Leonie Ossowski

Holunderzeit

Roman

Hoffmann und Campe

Die Deutsche Bibliothek – CIP-Einheitsaufnahme

Ossowski, Leonie
Holunderzeit: Roman / Leonie Ossowski. – 1. Aufl. –
Hamburg: Hoffmann und Campe, 1991
ISBN 3-455-05751-9

Copyright © 1991 by Hoffmann und Campe Verlag, Hamburg
Lektorat: Jutta Siegmund-Schultze
Schutzumschlaggestaltung: Lo Breier unter Verwendung
eines Fotos von Fred de Vegt
Gesetzt aus der Janson-Antiqua
Satz: Utesch Satztechnik GmbH, Hamburg
Druck- und Bindearbeiten: Mohndruck, Gütersloh
Printed in Germany

HOLUNDERZEIT

ERSTER TEIL

Es war noch nicht lange her, daß sich Anna in jeder Silvesternacht, kurz vor zwölf, auf eine Stufe stellte, um mit einem Satz und beiden Beinen zugleich von einem Jahr ins andere zu springen. Glück bringt das, behauptete sie. Vera hatte es bis ans Ende ihrer Kindheit der Mutter nachgemacht, später aus Freundlichkeit mitgemacht und dann nur noch ihrem kleinen Sohn Bosco zuliebe, um schließlich diesen jahrzehntelangen Brauch für sich ganz und gar abzulehnen.
Es tut mir leid, hatte sie liebevoll zur Mutter gesagt, aber deiner Vorstellung, an Silvester mit einem Hopser der Butterseite des Lebens näher zu kommen, kann ich nichts mehr abgewinnen. Darauf war auch Anna die Lust an der altvertrauten Gewohnheit vergangen. Sie genierte sich plötzlich und betrat von da ab das neue Jahr nur noch mit einem winzigen Schritt. Den hatte sie allerdings in den folgenden Jahren beibehalten, vollzog ihn unbemerkt, stets mit dem linken Bein und immer noch davon überzeugt, den Stein des Glücks so schneller ins Rollen zu bringen.
An diesem Jahreswechsel, das war vorauszusehen, würde sie darauf verzichten müssen, denn diesmal war alles ganz anders. Keine Party im üblichen Sinn war geplant, kein Bleigießen und kein Feuerwerk. Annas Vorschlag, Punkt zwölf in

einem Bus zu sitzen und den Kurfürstendamm entlang weiter durch Berlin zu fahren, war schon immer ihr Traum gewesen. Unter den Freunden fand ihr Einfall wenig Gefallen. Sie scheuten die kalten Füße, sagten sie, könnten sich unter der nächtlichen Fahrt in dem ihnen bekannten Stadtbild nichts vorstellen und zögen die Kneipe vor.
Bist du mit von der Partie? hatte Anna ihre Tochter am Telefon gefragt, und Vera hatte gesagt: Wenn Urs mitkommt, ja.
Und wenn er nicht mitkommt?
Ach Anna, hatte Vera geantwortet, verlange nicht von mir, daß ich euch gegeneinander ausspiele.
Natürlich nicht.
Blieb noch Oskar, Annas ältester Freund, der gefragt werden mußte, der ihr wichtig war und auf dessen Gegenwart sie, seitdem er in Berlin lebte, an Silvester ungern verzichtete. Aber auch Oskar war für die Busfahrt nicht zu begeistern. Für derlei habe er nichts mehr übrig, meinte er, ihm fehle die Neugier.
Dann wirst du alt, sagte Anna spöttisch, und Oskar antwortete: Das bin ich schon.
Mit deinen vierundsechzig bist du kaum älter als ich.
Eben.
Der Hieb saß. Anna schwieg. Sie bemerkte nicht die Blässe in seinem Gesicht, nicht die gelbliche Haut oberhalb seiner Schläfen, nicht das kleine Zittern seiner Hände. Sie nahm überhaupt keine Veränderung an ihm wahr. Schließlich nannte sie ihn einen Langweiler und Spielverderber, der sie um seiner Bequemlichkeit willen im Stich ließe. In ihrer Enttäuschung verabschiedete sie sich ohne die gewohnte Umarmung.
Rufst du mich an, wenn ihr in der Kneipe seid? hatte Oskar noch in der Tür gefragt, und Annas knappe Antwort war ein

Nein gewesen. Der Neujahrsmorgen, sagte sie, der sei auch noch ein Tag.
Zum Abend hin wurde es immer kälter. Der Schnee vor der Bushaltestelle, festgetreten und grau, ließ sich nicht mehr von der Straße kehren, war mit Sand überstreut und bildete kleine, gefrorene Wülste, die den Bürgersteig holprig machten. Ein weißgelber Mond verbreitete frostiges Licht, das lange, scharf gezeichnete Schatten warf. Wie Scherenschnitte, dachte Anna und suchte durch das blattlose Geäst der Platanen den Winterhimmel nach dem Großen Bären ab, suchte das kleine Reiterlein, das sie wegen seiner Unscheinbarkeit liebte und das zu sehen sie sich heute, in der letzten Stunde des alten Jahres, wünschte. Aber der allesbeherrschende Vollmond ließ in dieser Nacht ein so kleines Sternenlicht nicht zu.
Da waren die Leuchtkugeln schon etwas anderes. Rot und grün schossen sie in großen Abständen lautlos hinter den Häusern hervor, schwebten als Vorboten der Silvesterknallerei wie in den Himmel gehängte Weihnachtskugeln über den Dächern und hätten nach Annas Meinung genügt, um das neue Jahr zu begrüßen. Zwanzig Minuten vor zwölf. Wenn die anderen jetzt nicht bald kämen, würde sie um Mitternacht mit ihren zwei Sektflaschen allein im Bus sitzen.
Viel zu still war das hier draußen im Grunewaldviertel. Von Stimmung keine Rede. Nur diese glasklare Kälte im Mondlicht. Vielleicht hatte Oskar wirklich recht, sich auf Unternehmungen dieser Art nicht mehr einzulassen.
Drüben im Seniorenheim gegenüber der Bushaltestelle war kaum noch ein Fenster erleuchtet. Die Alten, so schien es, die hatten nichts mehr zu feiern, die brachte das neue Jahr nur dem Tod ein Stück näher, da war es besser zu schlafen.
An die Großstadt erinnerten hier nur noch die Autos, die mit immer gleicher Geschwindigkeit in die Kurve einbogen, um

die Ampel an der Herthastraße noch bei Grün zu erwischen. Dazwischen für kurze Zeit diese Lautlosigkeit, die der nahe gelegene Hubertussee und der kleine Park mit den schneebedeckten Bänken verbreiteten.
Der ständige Wechsel von Motorlärm und Friedhofsruhe wirkte beklemmend. Anna hätte gern vor sich hin gepfiffen, so, wie sie es in solchen Situationen schon als Kind getan hatte. Ein Jahrzehnt später hatte sie sich mit Singen begnügt. Als sie erwachsen wurde, war daraus ein Summen geworden, und mit nahendem Alter hatte sie auch das aufgegeben.
Plötzlich hörte sie viele Stimmen und ein Lachen, Veras Lachen, und das Jauchzen des Enkels.
Hattest du Angst, daß wir nicht rechtzeitig kommen? fragte Bosco, fröhlich die Großmutter umarmend, und Anna antwortete: Ein bißchen.
Im Bus waren sie die einzigen Fahrgäste. Der Fahrer, mürrisch, daß er die Silvesternacht hinterm Steuer verbringen mußte, fand kein Lächeln für die heitere kleine Gesellschaft, schob das Geld in die dafür vorgesehenen Schlitze seines Blechkastens, riß die Fahrscheine vom Block und sah im Rückspiegel kopfschüttelnd zu, wie sieben Erwachsene und drei Kinder die Treppe zum Oberdeck heraufstürmten. Schlecht gelaunt gab er ruckartig Gas. Um Mitternacht würde er den Henriettenplatz am unteren Ende des Kurfürstendamm passieren, und dann konnte er sich auf was gefaßt machen. Prost Neujahr.
Anna saß mit dem siebenjährigen Bosco ganz vorn, gleich hinter der Frontscheibe. Die anderen hatten paarweise Platz genommen. Vera kuschelte sich neben Urs auf die Bank. Gleich hinter Anna hatten sich Marion und Rudolf hingesetzt, während auf der anderen Seite Kurt und Paula mit ihren beiden Kindern stritten, wer neben wem die Fahrt verbringen durfte. Hinter der Halenseebrücke begann das Lichtermeer.

Rechts und links vom Ku'damm war das Geäst der Platanen mit unzähligen Glühbirnen besetzt, die wie Pilze aus den Zweigen wuchsen. Hier war's vorbei mit dem aschfahlen Mondlicht. Kein Schatten machte sich lang, alles war künstlich erleuchtet.
Es war an der Zeit, die Sektflaschen zu öffnen. Marion wickelte langstielige Gläser aus ihrer Tasche. Pappbecher, sagte sie, lehne sie auch im Bus ab. Paula begann mit den Kindern die Sekunden zu zählen, fing bei sechzig an, um bei null aufzuhören. Bosco zählte mit. Vera lehnte sich in die Arme von Urs. Rudolf schenkte die Gläser voll, und Anna wußte, daß sie gleich, ohne ihren linken Fuß auch nur ein Zentimeterchen nach vorn zu bewegen, vom alten ins neue Jahr rutschen würde.
Null, schrie Bosco mit überschlagender Stimme, und als hätte das Kind ihn ausgelöst, begann jetzt der ohrenbetäubende Lärm, auf den sich der Busfahrer schon in der Hubertusallee gefaßt gemacht hatte.
Auf dem Oberdeck fielen sich alle in die Arme, jeder wünschte jedem ein glückliches und gesundes neues Jahr. Küßchen, Küßchen. Der Sekt schwappte in den Gläsern, Zugestiegene bekamen Pappbecher gereicht. Auf der Straße und am hellen Nachthimmel war die Hölle los. Kracher fuhren im Zickzack, ständig neu explodierend, über den Bürgersteig. Donnerschläge folgten und ließen die Schreckhaften zur Seite springen. Knallfrösche hüpften über das Pflaster, und Raketen, die aus leeren Flaschen abgeschossen wurden, zischten heulend mit unbestimmbarem Ziel über die Köpfe der Menschen hinweg, die sich jetzt mehr und mehr auf der Straße versammelten. Bengalisches Feuer auf den Balkons, Feuerräder in Fenstern und Wunderkerzen in den Händen von Kleinkindern machten den Wahnsinn komplett. Cheers and happy new year.

Vor den Kneipen und Restaurants bildeten sich Trauben, standen, vor Kälte zitternd, Damen in Abendroben, nicht bereit, auf das Schauspiel des Feuerwerks zu verzichten. Ganze Lichtergarben schossen in die Nacht, fächerten sich auf, detonierten, sprühten und funkten und senkten sich sanft wie überdimensional große Käseglocken über die Dächer der Stadt. Dazwischen Raketen mit langen Feuerschweifen und Leuchtkugeln, und jedesmal schrien die Menschen ah und oh. Niemand störte sich an den beißenden Rauchschwaden, die sich stinkend zwischen den Häusern ausbreiteten.
Die Leute da unten sind alle ganz neidisch auf uns, schrie Bosco und trommelte abwechselnd mit Kurts Töchtern gegen die Scheiben, ihr müßt ihnen zuprosten.
Prost und noch einmal Prost.
Mittlerweile war der Bus am Olivaer Platz angelangt, noch immer explodierten die Kracher. Der Himmel glühte und glitzerte, als zerplatze ein Stern nach dem anderen. Rudolf schlug vor, in der Kochstraße auszusteigen. Von dort sollten alle mit der U-Bahn zum Bahnhof Friedrichstraße in Ost-Berlin fahren, um dann mit der S-Bahn zurückzukehren.
Genau so, sagte Anna, genau so habe ich es mir vorgestellt.
Der Sekt war ihnen schon in die Köpfe gestiegen, und deshalb wußte hinterher keiner mehr ganz genau, wer eigentlich Julian gesehen hatte. Marion behauptete, Paula hätte die ganze Sache nur aus Jux aufgebracht. Jedenfalls rief sie mit ihrer hohen und etwas blechernen Stimme quer durch den Bus, dort drüben vorm Kempi liefe Annas Mann über die Fasanenstraße. Wo?
Da, rief eine ihrer Töchter und zeigte in die entgegengesetzte Richtung.
Nein, dort, widersprach Paula. Kurt meinte, durch die ständig beschlagene Scheibe und den Rauch draußen sei die Sicht schlecht und somit auch ein Irrtum möglich. Unwillkürlich

richteten sich alle Blicke auf Anna, in deren Gesicht die Fröhlichkeit einzufrieren schien.
Es war besser, das Thema zu wechseln, die Gläser zu füllen und Prost zu sagen. Nur Vera strich Anna übers Haar und sagte: nicht traurig werden.
Als schmerze die Zärtlichkeit, entzog sich Anna der Hand ihrer Tochter und brachte mühsam ein Lächeln zustande: Warum sollte ich traurig sein, sagte sie, ich habe doch gar keinen Grund.

Die Erinnerungen an die mehr als ein Jahrzehnt mit Julian gemeinsam verbrachten Silvesterabende machten sie blind für das, was vor ihr auf der Straße passierte. Sie sah sich mit Julian tanzen, zu Hause, allein, ohne Gäste, einen ganzen Abend lang von einem Jahr in das andere. Sie sah sich mit ihm in Prag mit Fremden, in München mit Freunden, in Berlin auf dem Kreuzberg, im Urlaub, bei Vera, in Kneipen auf großen und auf kleinen Festen, Punkt zwölf einander in die Arme fallend und stets darauf bedacht, sich als erste Glück zu wünschen. Seit einem Jahr war das anders, Julian war ausgezogen, Anna lebte allein. Nein, es hatte keinen Streit gegeben. Sie hatten sich, wie man das heutzutage nannte, in Frieden getrennt und die Freunde gebeten, für keinen von beiden Partei zu ergreifen, denn von Scheidung, so behaupteten sie, wollten sie nichts wissen, mehr von Unabhängigkeit, von dem Wunsch, der ehelichen Enge zu entfliehen und dem Bedürfnis, ohne Kompromisse und ganz nach Belieben leben zu können.
Längst hatte der Bus den Ku'damm verlassen und fuhr jetzt über den Landwehrkanal auf die Ruine des Anhalter Bahnhofs zu. Drei gewaltige Torbögen waren alles, was von dem berühmten Bau der einstigen Weltstadt übriggeblieben war. Sie öffneten sich in die Leere des Trümmergrundstücks, das

noch heute das Ausmaß des früheren Bahnhofs umfaßte. Hier war Anna als Kind dreimal im Jahr, von Schlesien kommend, in den Zug gestiegen, der sie ins Internat an den Bodensee brachte. Sie sah noch genau die mächtige Halle vor sich, unter derem Dach, Annas Meinung nach, das ganze Dorf, aus dem sie stammte, Platz gefunden hätte und in der selbst die dampfenden Lokomotiven an Größe verloren. Und heute? Außer dem Portikus kein Stein mehr, der an den feudalsten aller Bahnhöfe Berlins erinnerte, kein Stückchen der Schienen, die einmal in alle Welt geführt hatten, nichts als eine mit Unkraut bewachsene Fläche, uneben, voller zugefrorener Pfützen und schneebedeckter Dreckhaufen, vom Bus her gut einsehbar. Auch hier fand ein Feuerwerk statt. Anna fiel auf, daß es nur von einer einzigen Person inszeniert wurde. Beim näheren Hinsehen erkannte sie einen Mann, der stolpernd von einer Ecke des Platzes zur anderen lief, ganz offensichtlich bemüht, an allen Stellen zur selben Zeit seine Raketen abzuschießen. Seht mal den Verrückten!

Es wirkte in der Tat lächerlich, wie der Mann mit wehendem Mantel über die Erdhügel jagte, die Eislachen übersprang, mit einem Feuerzeug hantierte und schon wieder zur nächsten Ecke unterwegs war. Er schien immer schneller zu werden, störte sich nicht, wenn er hinfiel, sah auch nicht den in den Himmel fahrenden Leuchtgeschossen zu, sondern war nur darauf bedacht, immer mehr anzuzünden.

Der hat die Feuerwerkskörper schon vorher plaziert, sagte Urs, dahinter steckt ein Prinzip. Fragt sich nur, welches.

Jetzt waren auch Donnerschläge zu hören, und immer mehr haushohe Feuerschweife fuhren aufwärts und kehrten als Funkenregen auf das ehemalige Bahnhofsgelände zurück. Der Mann warf die Arme hoch und schien dabei laut zu schreien, als handele es sich um eine ausbrechende Feuersbrunst und nicht um einen Silvesterspaß. Plötzlich glaubte jeder zu ah-

nen, was dort unten vor sich ging. Der Mann legte Feuer. Er steckte etwas in Brand, was es gar nicht mehr gab, den Anhalter Bahnhof. Er winkte dem Bus zu, dessen Fahrer auf der vorgeschriebenen Route mit gleichbleibendem Tempo weiterfuhr und den mutmaßlichen Brandstifter in seinem selbstfabrizierten Feuerregen unbeachtet hinter sich ließ.
Der ist wirklich meschugge, rief Paula, und alle gaben ihr recht. Nur Anna fand eine Erklärung. Der versucht, seine Erinnerungen zu verbrennen, sagte sie.
Die können doch nicht brennen, sagte Bosco verächtlich, tippte sich an die Stirn und bekam von Vera zur Antwort, daß in der Phantasie seiner Großmutter alles möglich sei.
Kochstraße, alles aussteigen. Rudolf wünschte dem verdutzten Busfahrer Glück und Gesundheit, drückte ihm zwanzig Mark in die Hand und dankte höflich im Namen der Freunde für den gelungenen Transport von einem Jahr ins andere. Sie entschlossen sich, ein Stückchen an der Mauer entlangzugehen. Hier kam kein Mensch auf die Idee, Feuerwerkskörper in die Luft zu ballern. Die Mauer war eine Sache für sich, an der es sich hüben wie drüben schlecht feiern ließ, egal, wie lustig die Graffiti auf der Westseite auch anzusehen waren. Unwillkürlich senkte jeder seine Stimme, selbst Kurt und Paulas Töchter lachten leiser, so daß einer die knirschenden Schritte des anderen im gefrorenen Schnee hören konnte.
Jetzt in die U-Bahn und ab nach drüben, schlug Urs vor, der keine Lust hatte, noch mehr Zeit in der Kälte zu verlieren. Zwischen Koch- und Friedrichstraße, wo der Übergang für westliche Bürger erlaubt war, hielt der Zug an keiner Station, fuhr unterhalb der Mauer, ohne anzuhalten, durch das Niemandsland und die Sperrzone am Bahnhof Berlin-Mitte vorbei bis zur Endstation. Alles aussteigen, Sie befinden sich in der Deutschen Demokratischen Republik.
Plötzlich bekam die Sache Tempo, die Feststimmung wich

der Ost-West-Geschäftigkeit. Hier war nicht mal Besinnlichkeit angesagt, hier ging's nur darum, so schnell wie möglich sein Ziel zu erreichen.

Warum rennt ihr denn so, maulten die Kinder, als alle die Treppe hinunter in den Tunnel stiegen, der zum S-Bahnhof führte. Vorneweg Vera und Urs, dahinter Marion neben Rudolf, Paula neben Kurt mit Bosco und ihren Töchtern im Gefolge. Nur Anna ging allein und ordnete sich nicht in den kleinen Zug ein. Der weißgekachelte Durchgang schob sich röhrenförmig unter der Erde fort, als gäbe es kein Ende. Die Luft war muffig, es roch nach feuchtem Mauerwerk und Urin. Jeder hielt sich streng rechts, den Blick geradeaus gerichtet und zeigte nichts als Eile. Nein, hier, unterhalb der Straßen, der Schienen und der Häuser der Stadt, erinnerte nichts an Silvester, hier gab's bis auf die hastenden Schritte keine Gemeinsamkeit mit den entgegenkommenden Menschen, keinen Glückwunsch, keine Verbrüderung.

Vera sah sich immer öfter nach Anna um, die mit den Händen in den Taschen und gesenktem Kopf als letzte hinter den Kindern herlief. Schließlich rief sie der Mutter über die Köpfe der Freunde hinweg zu, sie möge zu ihr nach vorn kommen und sich in die Mitte nehmen lassen. Anna winkte freundlich zurück, blieb aber, wo sie war, am Schluß und allein.

Vielleicht ist sie nur nachdenklich und will ein bißchen für sich sein, sagte Urs.

Ausgerechnet in der Silvesternacht? sagte Vera. Ich liebe meine Mutter. Ich möchte nicht, daß sie traurig ist. Sie ist der einzige Mensch, dem ich ganz und gar vertraue und auf den ich mich immer verlassen kann.

Mehr als auf mich?

Mehr als auf dich, sagte Vera und schlang beide Arme um seinen Hals.

Endlich war das Ende des Tunnels erreicht. Sie befanden sich auf dem Gelände der Fern-, der S-Bahn und des Grenzübergangs. Schilder wiesen darauf hin, daß niemand den vorgeschriebenen Weg verlassen, nicht zur Fernbahn gehen dürfe, wenn er zur S-Bahn wollte, und sich in der richtigen Schlange bei der Paßkontrolle anstellen müsse, die die Bürger des Ostens von denen des Westens trennte. Dazwischen die Volkspolizisten, offiziell auch Organe genannt. Die standen breitbeinig in überschaubaren Abständen voneinander entfernt und sorgten für reibungslosen Gehorsam. Ihre abweisenden Blicke, denen nichts zu entgehen schien, ihre ausdruckslosen Gesichter, in die kein Lächeln paßte, die knappen Gesten ihrer Daumen, mit denen sie wortlos Richtungen angaben, das alles ließ blitzschnell erkennen, daß hier keine Ausnahme die Regel bestätigte. Auf den Treppen, die zum Bahnsteig des S-Bahnhofs führten und zu dessen Zugang keine Papiere vorzuweisen waren, drückten sich ein paar Asylanten herum. Sonst war hier von dem üblichen Betrieb nichts zu sehen.

Der nächste Zug Richtung West-Berlin ging in zwanzig Minuten. Das hieß warten. Durch die lauernde Stille flatterten ein paar Tauben, und an der gläsernen Frontseite, haushoch über den leeren Schienen, standen auf schmalen Laufstegen mit Maschinenpistolen bewaffnete Volkspolizisten. Auch der Bahnsteig wurde bewacht, und eine Zeitlang waren die eisenbeschlagenen Stiefelabsätze auf den Steinplatten das einzig wahrnehmbare Geräusch. Es schüchterte ein, lähmte die Fröhlichkeit und ließ auch die Kinder verstummen. Plötzlich drohte die Stimmung zu kippen. Jeder befürchtete, daß es nur eine Frage der Zeit sei, bis sie die Silvesterfahrt mit den öffentlichen Verkehrsmitteln von West- nach Ost-Berlin und wieder zurück für blödsinnig erklären würden. Daß es dann Marion war, die mit einem Schlag die alte Heiterkeit wiederherstellte, damit hatte niemand gerechnet. Sie

fing an zu tanzen. Die Musik dazu lieferte ein Transistorradio, das ein Türke halb verdeckt unter seiner Jacke mit sich trug.
Ist das denn erlaubt? Niemand wußte es, niemand wollte es wissen. Und plötzlich waren es nicht mehr die eisenbeschlagenen Stiefelabsätze, deren träger Marschtritt sich in aller Ohren breitgemacht hatte, plötzlich war's die Discomusik, deren Rhythmen Marion nicht widerstehen konnte. Lauter, schrie Bosco. Kurt und Paulas Töchter klatschten im Takt und begannen im Kreis zu hüpfen. Es dauerte nicht lange, da tanzte auch Vera mit Urs über den Bahnsteig, Rudolf schnappte sich Anna, und mit einemmal waren auch die übrigen auf den Zug wartenden Fahrgäste nicht mehr zu halten. Zwei Rentner schwoften davon, gefolgt von einem Grüppchen Schwarzafrikaner, die der Sache erst richtig Schwung gaben. Die Bahnhofshalle wurde zum Tanzsaal. Die Volkspolizisten rührten sich nicht von der Stelle, standen verstört, als müßten sie damit rechnen, daß auch ihr Marschtritt in den leichtfüßigen Tanzschritt der Passanten wechseln könnte. Dagegen mußte etwas getan werden. Es galt, dem Türken das Spielen seines Radios zu untersagen. Aber allein der Versuch, sich ihm zu nähern, wurde blitzschnell von den Rentnern verhindert. Einer legte dem andern die Hände auf die Schultern, und in einer Art Polonaise, der sich alle anschlossen, wurde der Türke umkreist und blieb so für die Polizisten, trotz mehrerer Ordnungsrufe und Aufforderungen, die Musik einzustellen, unerreichbar. Die Afrikaner hatten jetzt das Sagen, gaben den Rhythmus an und stampften den Takt. Die Ausgelassenheit nahm kein Ende, bis die S-Bahn in den Bahnhof einfuhr und alle in den ersten Waggon stürmten. Dann wurden die Sektflaschen gemeinsam ausgetrunken.
Savignyplatz, Knesebeckstraße, Kneipe. Dort saßen alle, die

sich lieber aufs Gewohnte verließen und das Essen und Trinken im Mief des gutgeheizten Lokals einer Busfahrt durch Berlin mit ungewissem Ausgang bei Kälte und Schnee vorgezogen hatten. Die Begrüßung war stürmisch, Glückwünsche wurden nachgeholt, abermals Umarmungen und Küsse.
Man machte für die Neuankömmlinge Platz, schob Stuhl an Stuhl, denn jetzt, hieß es, jetzt müsse man richtig feiern. Selbst die Kinder brauchten noch nicht nach Hause und durften sich Cola bestellen.

Vera und Urs setzten sich allein an den Tresen, obwohl keiner vom anderen wußte, daß er eine Mitteilung zu machen hatte, die, für diese Stunde aufgespart, von Wichtigkeit war und niemanden etwas anging. Und weil beide noch nach Worten suchten, beließen sie es vorerst dabei, sich über den Rand ihrer Gläser zu betrachten.
Vor allem wollte Urs nichts überstürzen. Er rechnete nicht mit Veras Einsicht, was die von ihm geplante Trennung betraf. Andererseits hoffte er auf ihre Vernunft, mit der sie den Nutzen dieses Auslandsauftrags für sein berufliches Fortkommen sofort erkennen würde. Ein Jahr, vielleicht auch zwei sollte er die halbe Welt bereisen, um Fotos für Prospekte einer Hotelkette zu machen. Es waren so viele Städte, daß er die Namen gar nicht alle im Kopf behielt. Er wußte nur, daß ihn der Auftrag durch ganz Europa führen würde, nach Nord- und Südamerika, Australien, Afrika, Asien, in den Vorderen Orient, vielleicht auch nach Indien. Die Bezahlung war schlecht, das hatte man ihm gesagt, aber dafür hatte er als Fotograf die Chance, neben dem verhältnismäßig sturen Auftrag, ein Hotel nach dem anderen zu fotografieren, Bildmaterial zusammenzustellen, das er sich bei seiner finanziellen Situation nie auf eigene Kosten beschaffen könnte.
Seit Boscos Geburt waren er und Vera immer enger zusam-

mengerückt, und er hatte schon geglaubt, seine alte Abenteuerlust sei ihm abhanden gekommen. Er ertappte sich dabei, daß er nicht mehr wie früher gegen die verpönte Seßhaftigkeit opponierte, und als Vera eines Tages davon sprach, nach so vielen Jahren der Partnerschaft jetzt vielleicht doch eine gemeinsame Wohnung zu suchen, hatte er zwar nicht zugestimmt, aber auch nicht widersprochen. Davon konnte nun vorläufig keine Rede mehr sein.

Hör zu, sagte er langsam und legte seine Hand auf ihren Nacken. Weiter kam er nicht. Sie habe eine Überraschung für ihn, unterbrach ihn Vera, genauer gesagt, eine Überraschung für sie beide, und diese erste Stunde im neuen Jahr sei der richtige Moment, sie feierlich zu verkünden. Sein Gesicht verzog sich zu einem hilflosen Grinsen. Normalerweise hätte sie das einfach nur amüsiert. Aber in diesem Moment war sie sich sicher, Urs glaubte, sie sei schwanger.

Keine Angst, sagte sie spöttisch und schlüpfte aus seiner Umarmung, die längst keine mehr war, ich bekomme kein zweites Kind, dafür bin ich nun wirklich zu alt.

Am liebsten wäre sie aufgestanden, um sich unter die Freunde zu mischen oder neben Anna zu setzen. Aber dann war es seine Verlegenheit, die sie versöhnlich stimmte. Still saß er ihr gegenüber, den Kopf eingezogen und mit dem Fuß seines Glases beschäftigt, als suche er nach Worten der Wiedergutmachung für sein Verhalten.

Und die Überraschung, fragte sie schließlich, bist du denn gar nicht neugierig?

Natürlich, sagte er hastig, natürlich bin ich neugierig.

Er sah sie an, lächelte wieder und streckte ihr seine Hand hin, in die sie ein wenig zögernd ihre Fingerspitzen schob.

Ich habe eine Wohnung für uns, sagte sie, zwar noch nicht gleich beziehbar und etwas teuer, aber zusammen können wir sie uns leisten, vier Zimmer, Balkon, Küche und Bad.

Urs brachte es nicht übers Herz, Vera ein zweites Mal zu enttäuschen. Er versteckte sein Unbehagen hinter der neutralen Frage, wo sich denn die Wohnung befände.
In Charlottenburg, in der Danckelmannstraße, sagte Vera, freust du dich?
Er zog sie vom Tresenhocker herunter. Ach, Vera, sagte er zärtlich, ach, Vera.

Noch während Anna von einer Umarmung in die andere wanderte und mit den Neujahrsglückwünschen ihrer bequemen Freunde beschäftigt war, die hiergeblieben waren, suchten ihre Blicke jedes Winkelchen nach Julian ab. Er war nicht da, Paula war einer Verwechslung aufgesessen und sie ihrer alten Sehnsucht, alles möge wieder so sein, wie es früher einmal war. Jetzt wußte Anna nicht genau, ob sie Julians Abwesenheit mit Schmerz oder Erleichterung feststellte. Ehrlich gestanden, wollte sie auch nicht weiter darüber nachdenken. Sie setzte sich mit dem Vorsatz an den Tisch, wie die anderen fröhlich und unbeschwert zu sein.
Der Geräuschpegel stieg. Der Tabakrauch hing in dicken Schwaden unter der Decke, von wo er sich allmählich wieder herab auf die Gäste senkte und, gemischt mit dem Dunst des Alkohols, als Kneipenmief durch die Kleider bis auf die Haut drang. Kein Mensch dachte mehr an den brennenden Anhalter Bahnhof, an die Stille der Kochstraße, an die Mauer oder an die mit Maschinenpistolen bewaffneten Vopos an der gläsernen Fensterfront im Bahnhof Friedrichstraße auf der anderen Seite der Stadt. Es war ja alles erzählt und die Attraktion vorbei. Gelächter, Witze, ein bißchen Klatsch.
Sosehr sich Anna auch Mühe gab, es wollte ihr nicht gelingen, sich in die ausgelassene Stimmung hineinziehen zu las-

sen. Ein Gefühl von Einsamkeit hüllte sie ein. Da war nichts zu machen. Aus Höflichkeit blieb sie noch eine Weile, dann wollte sie nach Haus gehen.
Willst du mitkommen? fragte sie ihren Enkel, du kannst bei mir schlafen.
Nein, sagte Bosco mit klapprigen Augenlidern, heute will ich die ganze Nacht wach bleiben.
Es war zwischen Mitternacht und Morgengrauen. Kein Taxi weit und breit. Am Savignyplatz wankten ein paar Jugendliche, Bierdosen balancierend, über den Bürgersteig. Auf der anderen Seite der Kantstraße lag ein Mann, in seinen Mantel gewickelt und ohne Schuhe, quer über einer Bank, vor sich eine Flasche Wein. In den Sträuchern hingen Reste von Papierschlangen, die Straße war mit abgebrannten Feuerwerkskörpern übersät. Am auffälligsten aber war die Stille, die nichts mit der sonst üblichen Nachtruhe zu tun hatte, auch nicht an die Lautlosigkeit über dem Hubertussee erinnerte. Es war die Stille einer erschöpften Stadt nach einer gelungenen Party, die nichts weiter übriggelassen hatte als Unordnung und Schmutz. Anna war müde, und nachdem sie eine Weile vergeblich auf ein Taxi gewartet hatte, machte sie sich zu Fuß auf den Heimweg, von dem sie wußte, daß er eine knappe Stunde dauern würde. Sie ging schnell, die Hände in den Taschen zu Fäusten geballt. Sie war nicht einsam, aber allein. Zu Hause stellte sie fest, daß ihre Fingernägel kleine, rote Halbmonde in die Haut der Handflächen gedrückt hatten. Im Briefkasten lag ein Telegramm von Julian aus London. Er denke an sie, war auf dem Formular in Druckbuchstaben zu lesen, und wünsche ihr alles Gute zum neuen Jahr.

Wenn sich Wilhelm von Mickwitz in Berlin aufhielt, wohnte er im Savoy-Hotel. Schon seine Eltern waren bis in die ersten Kriegsjahre hinein, von Schlesien kommend, im Savoy abgestiegen. Als Kind hatte Wilhelm sie hin und wieder begleiten dürfen, und auch als junger Mann war er während eines Fronturlaubs hiergewesen, um sich auf Wunsch seiner Mutter bei Herrn Bogdan, dem Schneider seines Vaters, gegen Wurst und Speck einen Anzug anfertigen zu lassen.

Da sich Wilhelm von Mickwitz seit über sechs Jahrzehnten wenn auch vergeblich bemühte, seinem inzwischen längst toten Vater zu gleichen, war es für ihn ein ungeschriebenes Gesetz, im Savoy zu wohnen und sich bei Herrn Bogdan in der Schlüterstraße seine Anzüge machen zu lassen. Die Strecke von Schlesien nach Berlin war fast auf den Kilometer gleich lang wie die von Berlin nach Hannover, wo Wilhelm heute lebte. Das Schicksal hatte ihn zwar tausend Kilometer von Ost nach West verpflanzt, aber die Entfernung zur ehemaligen Hauptstadt hatte sich für ihn nicht verändert.

Nach dem Frühstück ging Wilhelm nicht den kürzeren Weg in die Schlüterstraße zu der Maßschneiderei des Herrn Bogdan, sondern er schlenderte zu Fuß den Kurfürstendamm entlang, besah sich die Auslagen in den Schaufenstern und kaufte schließlich, wie er es immer zu tun pflegte, für seine Tochter ein Fläschchen Chanel Nr. 5.

Herr Bogdan junior, ein älterer Herr in einem Anzug von bestechendem Sitz aus teurem Glenchecktuch, begrüßte Wilhelm mit vornehmer Zurückhaltung. Dieser langjährige Kunde brauchte nicht lange zur Wahl des Stoffes, lehnte modisches Design ab und entschied sich stets für dieselben Farben und Muster. Grau oder Blau, Nadelstreifen oder Fischgräte. Nur die Maße veränderten sich mit den Jahren, mußten jedesmal neu genommen werden und ergaben eine ständig wachsende Bauchweite. Herrn Bogdan war es allerdings zu verdanken, daß Wilhelm zumindest die Breite der Hosenbeine, die Polsterung der Schultern und den Schnitt

der Revers der jeweiligen Mode anpaßte. Alles andere blieb auf Wunsch des Kunden wie gehabt.
Den Rest des Tages bis zum Abend, für den sich Wilhelm bei seiner Tochter angemeldet hatte, verbrachte er bei mehreren Maklern, um sich über Angebote und Preise von Eigentumswohnungen zu informieren. Später setzte er sich ins Café Möhring und las in Ruhe Zeitung. Dann suchte er nach einem Geschenk für Bosco. Das beanspruchte Zeit. Für seinen Enkel konnte ihm nichts gut genug sein. Jedesmal stand er mit der gleichen Hilflosigkeit zwischen den überfüllten Regalen der Spielzeuggeschäfte, betrachtete die Baukästen, las Gebrauchsanweisungen, ließ sich batteriegeladene Autos, Roboter und Weltraumfiguren vorführen, versuchte sich vor den Bildschirmen erfolglos an Videospielen, bestaunte hochtechnisierte Modelleisenbahnen und kam zu keinem Entschluß. Unwirsch und jegliche Beratung ablehnend, lief er hin und her, bis er zufällig vor den Bären stehenblieb. Sie saßen und lagen da in allen Größen und Farben, aus echtem Fell, aus Plüsch oder Kunstfaser, weich wie ein Wollknäuel oder fest wie aus Fleisch und Knochen, manche an Kopf, Beinen und Armen beweglich, andere elastisch in sich. Unwillkürlich begann Wilhelm die Bären zu ordnen, stellte sie nach Farbe und Größe hintereinander auf und brachte damit die gesamte Dekoration durcheinander. Ganz vertieft in das, was er tat, sah er plötzlich Bosco vor sich, der zu Hause in Schlesien auf dem Dachboden in Wilhelms Elternhaus hockte, wo die Stoffbären aus der Kindheit des Großvaters längst dem Enkel gehören würden, wenn alles mit rechten Dingen zugegangen wäre.
Die Stimme der Verkäuferin machte Wilhelms Phantasien ein Ende. Ihre Hände zerstörten seine Ordnung und setzten mit raschen Griffen die Bären wieder in die vorherige Position.
Wie alt ist denn der Kleine? fragte sie.

Sieben, sagte Wilhelm erschrocken.
Mit sieben Jahren, sagte die Verkäuferin und betrachtete mitleidig den seltsamen Kunden, mit sieben Jahren will heute ein Junge von Teddybären nichts mehr wissen.
Was dann?
Na, Computerspiele, mein Herr, sehen Sie hier! Sie drückte auf Knöpfe und Tasten, bis es tickte und piepste, ließ Männchen mit elektronischer Genauigkeit hüpfen, Raketen platzen, versenkte Schiffe, ließ Flugzeuge abstürzen, Pferde über Hindernisse springen und Motorräder in rasender Geschwindigkeit über Spielflächen fahren.
Versuchen Sie's mal.
Aber Wilhelm war nicht flink genug. Ein Crash nach dem anderen bewies seine Tölpelei gegenüber dem Geschick der Verkäuferin und verdarb ihm die Lust am Kauf.
Nein, sagte er und noch einmal nein. Das Piepsen neben den ständigen Flop-Tönen der Elektronik machte ihn ganz verrückt. Die Verkäuferin lachte und sagte: Ihr Enkel macht das mit links, glauben Sie mir, die Kinder sind heute anders als früher.
Da gab Wilhelm auf, verkniff sich den letzten Blick auf die Bären, ging zur Kasse und bezahlte das Computerspiel. Schließlich kam es darauf an, daß der Junge sich freute. Bosco, der Enkel, der dem Großvater mehr als die eigene Tochter ans Herz gewachsen war.

Mit jedem Schritt, den Wilhelm sich der Wohnung seiner Tochter in der Bundesallee näherte, wuchs Bosco in der Vorstellung des Großvaters mehr und mehr zu einem jungen Mann heran, wuchs aus den Kinderhosen, bekam breite Schultern, zeigte Flaum auf der Oberlippe und erreichte schließlich Mannesgröße. Wilhelm schob in der Phantasie seine und des Enkels Gestalt wie auf Pauspapier übereinander und machte einen Mann daraus, sich selbst. Er ist mir ähnlich, sagte er sich, er ist von Kopf bis Fuß mein Ebenbild. Mein Leben ist sein Leben, und alles, was mein ist, wird später das Seine werden. So lebe ich fort, und wenn der gerechte Zeitpunkt kommt, an dem die deutschen Ostgebiete wieder deutsch sein werden, wird Bosco in Schlesien mein Haus bewohnen und meine Felder bestellen, um seine Ernte einzubringen.

An Boscos Vater verschwendete Wilhelm von Mickwitz keinen Gedanken, hielt nichts von dem Hallodri ohne Herkunft, Geld und Karriere, der es nie in Erwägung gezogen hatte, die Mutter des gemeinsamen Sohnes zu heiraten. Dieser Mann existierte für ihn einfach nicht, und in seiner Gegenwart, das hatte Wilhelm bei Vera und Bosco durchgesetzt, wurde Urs niemals erwähnt.

Schwer atmend stieg er die ausgetretenen Stufen hoch. Dritter Stock, Hinterhaus, schäbig und schlecht beleuchtet. Hier wohnte seine Tochter. Eine Sache, mit der er sich auch nicht zufriedengeben wollte. Aber Vera beharrte auf ihrer Selbständigkeit und fühlte sich, wie sie sagte, in dieser Wohnung wohl. Der schale Geruch des fensterlosen Flures stieg ihm unangenehm in die Nase. Überall vermutete er Schmutz, suchte nach Wasserflecken, abgeblätterter Farbe oder Beschädigungen des Treppengeländers, um vorzubringen, was er immer bei seinen Besuchen vorbrachte, einen Ortswechsel. Bosco sollte in einer anderen Umgebung aufwachsen, und er, der Großvater, wollte dafür sorgen, indem er auf den Namen des Enkels eine Eigentumswohnung mit der Bedingung zu kaufen bereit war, daß sie Mutter und Sohn nutzten.

Vor der Wohnungstür angelangt, klingelte er nicht gleich. Er brauchte Zeit. Er wußte, wenn jetzt Vera und nicht der Junge die Tür öffnete, würde er das Bild von Anna vor sich sehen. Dann würde er seine Tochter zu kühl begrüßen und aufkei-

mende Feindseligkeit unterdrücken müssen, obwohl die Scheidung schon Jahrzehnte zurücklag. Seine Hände fuhren an den Schlips, über das glattgescheitelte Haar, und wie immer, wenn er befürchtete, seine Gefühle nicht restlos unter Kontrolle zu haben, putzte er sich laut schnaubend die Nase.
Die Tür flog auf, und Bosco fiel ihm um den Hals.
Ich habe dich gehört, Großpapa.
Wilhelm hob den Enkel hoch, drückte ihn, dem Garderobenspiegel zugewandt, eng an sich und sagte: Sieh dich an, bald bist du so groß wie ich.
Dann begrüßte er Vera und legte das Päckchen mit dem Chanel Nr. 5 auf die Ablage, wo es meistens noch lag, wenn er seinen Besuch beendet hatte. Vera mochte das Parfüm nicht, traute sich aber nicht, das dem Vater zu sagen, während Wilhelm nie auf die Idee kam, sie zu fragen, ob ihr sein Geschenk auch Freude bereitete.
Bei dem Enkel sah es schon anders aus. Die Verkäuferin hatte ihn richtig beraten, der Junge bewies eine ungewöhnliche Fertigkeit, mit dem Computerspiel umzugehen. Kaum ein Crash war zu hören. Bosco beherrschte die Elektronik, als habe er nie etwas anderes in Händen gehabt.
Woher kannst du das?
Das kann jeder.
Wilhelm dachte an die Teddybären, mit denen er noch in Boscos Alter gespielt hatte und die ihm als Kind so wichtig und eine Welt für sich gewesen waren. Er würde sie dem Enkel gegenüber nicht erwähnen und sie vielleicht selbst am besten vergessen.
Schweigend sah er dem Jungen zu, betrachtete seine kurzen Locken, die zu groß geratenen Ohren, das Gesicht mit den Sommersprossen, aus dem die Augen herauslachten, als sei das Leben ein einziger Witz.
Während des Essens wollte er den Kauf der Eigentumswoh-

nung zur Sprache bringen und wartete ungeduldig auf einen günstigen Augenblick für seine Überraschung. Hastig begann er zu essen und schob schlürfend den Löffel mit der Suppe in den Mund.

Bosco, dem das Schlürfen untersagt war, warf der Mutter einen fragenden Blick zu, der ohne Erwiderung blieb. Also schürzte er die Lippen, schob mit Bedacht nur die Löffelspitze in den Mund, atmete erst tief aus und sog dann sprudelnd die Bouillon über die Zunge. Wilhelm hörte es nicht, bemerkte auch nicht das Lachen seiner Tochter und war nur darauf aus, seinen Teller so schnell wie möglich zu leeren. Bosco fragte sich, ob der Großvater im Gegensatz zu ihm vielleicht schon als Kind habe schlürfen dürfen. So dick und groß, mit der mächtigen Nase im Gesicht, mit den prallen Tränensäcken, die Boscos Meinung nach deshalb so schwer waren, weil der Großvater versicherte, nie geweint zu haben, mit den Falten im Nacken, dem weit über den Kragen hängenden Hals und den Haaren, die in dunklen Büscheln aus den Ohren wuchsen, war es ihm unmöglich, sich den Großpapa als Kind vorzustellen. Verwirrend kam Wilhelms ständige Behauptung hinzu, er habe Bosco in seinem Alter wie ein Ei dem anderen geglichen.

Und wenn ich groß bin?

Wirst du ebenfalls so aussehen wie ich.

Das bedrückte den Enkel, denn so gern er den Großvater auch hatte, aussehen wie er wollte Bosco unter keinen Umständen. Schon als Fünfjähriger hatte er höflich, aber bestimmt wissen wollen, was denn der Grund für des Großvaters Aussehen sei, und zur Antwort bekommen, der Krieg habe ihn gezeichnet, der Kampf ums Vaterland und der Verlust der Heimat. Bosco hatte sich nicht vorstellen können, daß man vom Krieg eine dicke Nase bekam, einen Bauch oder Falten im Nacken, und der Gedanke, daß der Kampf mit dem Feind Wilhelm die

Haarbüschel aus den Ohren getrieben hatte, leuchtete ihm ebenfalls nicht ein, auch wenn der Großvater dabei seine Heimat verloren hatte. Nur die Tränensäcke mit den vielen ungeweinten Tränen, die akzeptierte er. Aber er schwieg und behielt auch den Vorsatz für sich, nie an einem Krieg teilnehmen zu wollen, um nicht als erwachsener Mann so aussehen zu müssen wie der Großpapa.

Als Vera das Hauptgericht, eine mit Äpfeln gefüllte Ente, hereinbrachte, wurde der Großvater feierlich, hob sein Glas und prostete Bosco zu.

Ich habe eine Überraschung für dich.

Bosco dachte sofort an einen Homecomputer, an ein neues Fahrrad oder einen Hund, den er sich brennend wünschte. Aber der Großvater, der hin und wieder die Fähigkeit besaß, seine Gedanken zu lesen, schüttelte freundlich den Kopf.

Du kommst nicht drauf, sagte er und zu Vera gewandt, du auch nicht.

Die Spannung hing knisternd über dem Tisch und ließ Bosco die gebratene Ente mitsamt den Äpfeln, den Klößen und der Soße vergessen, als der Großvater, statt seine Überraschung preiszugeben, ein Taschentuch aus der Hose zog und sich dröhnend die Nase putzte.

Ich werde auf deinen Namen, sagte er schließlich und prostete Bosco ein zweites Mal zu, für dich und deine Mutter eine Eigentumswohnung kaufen. Es ist nur noch die Frage, in welchem Stadtteil ihr wohnen wollt und wie groß sie für euch beide sein muß.

Aber, sagte Bosco ganz perplex und warf Vera einen hilfesuchenden Blick zu, wir haben doch schon eine Wohnung.

Die hier ist mir zu schäbig für euch, ich will nicht, daß du in einem Hinterhaus groß wirst.

Und weil die Mutter sich nicht einmischte, sondern schweigend aufstand, um die Ente zu tranchieren, Fleisch, Äpfel

und Klöße auszuteilen, berichtete Bosco, enttäuscht über die Überraschung, die nun keine mehr war, daß es sich nicht um die jetzige Wohnung handelte, sondern um die in der Dankkelmannstraße, in die er, seine Mutter und... Es entstand eine furchtbare Pause, in die hinein der Großvater mit donnernder Stimme nur das eine Wort wiederholte: Und?
Mein Vater, flüsterte Bosco und klammerte sich an der Tischkante fest. Gleich würde der Großvater losbrüllen, vielleicht aufspringen, in den Flur laufen und die Haustür hinter sich zuknallen. Aber er blieb sitzen und was noch viel unheimlicher war, er brüllte nicht einmal. Es war nur das Knacken der Entenknochen zu hören, während die Mutter tranchierte. Ob Mama jetzt den Mut aufbrachte, den Vater gegen den Großvater zu verteidigen? Bosco kannte diese Auseinandersetzungen, die in Krächen zu enden pflegten, denen Mutters Tränen und Großvaters Drohungen folgten, Drohungen, die immer etwas mit Geld zu tun hatten und mit dem Besitz, den der Großpapa zu vererben hatte. Dann konnte es passieren, daß Mama behauptete, sie pfeife darauf, und der Großvater erwiderte, daß sie sich solche Bemerkungen in bezug auf Bosco überlegen solle. Erpressung, rief sie dann, und er antwortete, ihm sei es egal, wie sie das nenne.
Bosco fürchtete sich und wartete ab.
Unser Leben geht nicht nach deinen Wünschen, Papa, sagte die Mutter.
Der Großvater schwieg, fing an zu essen, wenn auch ganz ohne die vorherige Hast und mit weniger Appetit. Erleichtert griff Bosco zu Gabel und Messer, als der Großvater zwischen zwei Bissen sagte: Das wollen wir doch mal sehen.
Dabei blieb es. Aber der Satz zog schon wieder so eine Stille nach sich, die Bosco schlecht aushalten konnte und die auch der größte Hunger nicht ausfüllte. Jeden Augenblick konnte Streit ausbrechen. Großpapas Nase war röter denn je, und die

Mutter, die sich auf diese Schweigsamkeit einzulassen schien, hob nicht einmal den Blick, sah weder Bosco noch ihren Vater an. Kein Engel flog durch den Raum, eher saß der Teufel in den Ecken. Bosco überlegte, wie er das Thema wechseln und die beiden wieder zum Sprechen bekommen könne. Aber alles, was ihm einfiel, war der Vater, der endlich mit ihm und Mama zusammenziehen würde, der dann nie mehr zu Besuch käme und sie für immer ein gemeinsames Zuhause hätten. Schon waren die Teller leer. Wer nicht spricht, ißt schneller. Da endlich kam Bosco eine Idee, wie die Situation zu retten sei.

Mama hat mir erzählt, sagte er, daß man bei ihr im Institut an den Haaren erkennen kann, ob man miteinander verwandt ist oder nicht.

Blödsinn, polterte Wilhelm los, das ist ausgemachter Blödsinn.

Bosco hat recht, sagte Vera, man kann wirklich mit ein paar Haaren einen genetischen Fingerabdruck machen. Die Landeskriminalämter wenden diese Methode an, wenn es um Gewaltverbrechen geht oder um Beweismittel in Vaterschaftsprozessen.

Und was ist dir daran so wichtig? fragte Wilhelm.

Na, die Methode, Papa. An einem einzigen Haar bist du genetisch unverwechselbar zu identifizieren.

Wilhelm gab zu, daß er sich das nicht vorstellen könne und, ehrlich gestanden, nicht daran glaube.

Gut, sagte Vera, dann werde ich es dir beweisen. Ich reiße dir und mir ein paar Haare aus und nehme sie morgen mit ins Labor. Die Erbsubstanzen in den Zellkernen der Haarwurzel vervielfältige ich und mache anschließend eine Analyse davon. Bei der Analyse entstehen so, wie auf einem Blatt Papier, individuell charakteristische Streifen, die radioaktiv markiert sind. Wenn die radioaktiven Streifen mit einem Röntgenfilm

zusammengebracht werden, produzieren sie an genau entsprechender Stelle schwarze Banden. Selbst du als Laie könntest die Ähnlichkeit unserer beiden Bandenmuster auf dem Röntgenfilm erkennen.
Und von mir machst du keine Analyse, Mama?
Wenn du willst, auch von dir, und jetzt kannst du Großpapa, dir und mir vorsichtig ein paar Haare ausziehen.
Zugegeben, der Abend war gerettet, wenn auch die Stimmung kühl blieb. Und als es für Bosco Zeit war, ins Bett zu gehen, verabschiedete sich Wilhelm, ohne sein Chanel zu bemerken, das im Flur immer noch auf dem Regal lag.

Am Ende der Analyse im Labor war es für Vera immer das gleiche Wunder: Nach einer exakt vorgeschriebenen Prozedur, in der sie die Erbsubstanz aus den Zellkernen der Haarwurzel isolierte und vermehrte, wurde das individuelle Bandenmuster auf einem Film sichtbar. Da hingen sie, diese kleinen, schwarzen Banden, in unterschiedlichen Stärken und Abständen wie Ringe um eine Paketschnur und signalisierten allein durch ihre Position ihren unverwechselbaren Ursprung.
Erst hatte es Vera nicht glauben wollen, hatte sekundenlang mit angehaltenem Atem auf den Röntgenfilm gestarrt, auf dem ihr Bandenmuster und das ihres Vaters zu sehen war. So sehr sie auch danach suchte, hier waren keinerlei verwandtschaftliche Positionen festzustellen. Auch zwischen Enkel und Großvater gab es keine ablesbare Ähnlichkeit, während das Bandenmuster von Bosco und ihr teilweise übereinstimmte. Veras genetischer Fingerabdruck, verglichen mit dem von Wilhelm, gab dagegen eindeutig zu erkennen, daß er nicht ihr Vater war.
Der Tageszeit entsprechend war es noch still im Institut. Nur die Aggregate der Kühlkammern summten. Alle Geräte stan-

den in peinlicher Ordnung aufgereiht auf den Tischen. Es roch nach Labor, nach Säuren und Lösungsmitteln. Veras Blick kroch immer wieder über dieselben Dinge, die Tischzentrifuge, den Schüttler, das Elektrophoresegerät und das Gefäß mit den Eppendorf-Röhrchen, ohne die hier nichts zu machen war. Einen Moment lang hatte sie das Gefühl, alles kurz und klein schlagen zu müssen, rauslaufen zu müssen und hin zum Savoy-Hotel, ins Zimmer 207, in dem Wilhelm von Mickwitz zu wohnen pflegte, um ihren begründeten Verdacht mit ihm zu teilen. Aber dann dachte sie an Anna. Hatte die Mutter den Vater übers Ohr gehauen und ihm die Tochter als Kuckucksei ins Nest gelegt?

Nichts war zu Ende zu denken, alles blieb offen. Es gab keine Antwort, außer dem Ergebnis der Analyse.

Als Lotte, Veras Kollegin, ins Labor kam, schob Vera ihr schweigend den Röntgenfilm über den Tisch.

Was soll ich damit?

Prüfen, sagte Vera, du sollst prüfen, ob es sich hier um Vater und Tochter handeln kann.

Nein, sagte Lotte, nachdem sie die Bandenmuster miteinander verglichen hatte, für wie blöd hältst du mich?

Statt einer Antwort zog Vera sich ihren Mantel an, verließ wortlos das Labor und setzte sich in ihr Auto, ohne zu wissen, wohin sie eigentlich wollte. Sie saß ganz still, die Hände um das Steuerrad geklammert, bis ihr die Kälte unter den Rock kroch.

Anna mochte diese ersten Tage im Januar, wenn Weihnachten und Silvester vorbei waren und sich die Ordnung des alten Jahres allmählich in den Alltag des neuen Jahres schob. Hin und wieder gab es noch ein paar verspätete Glückwünsche, bis nichts weiter als die veränderte Jahreszahl auf den Wechsel hinwies, auf den Neubeginn der ewig alten Kalenderrech-

nung, der diesmal mit 1988 begann. Das mitternächtliche Feuerwerk auf dem Ku'damm war längst in Annas Gedächtnis verblaßt, geblieben war nur der Brandstifter des Anhalter Bahnhofs, geisterte ungerufen durch die Stunden des Tages oder der Nacht, hüpfte mit wehendem Mantel über Stock und Stein, nach wie vor bemüht, Erinnerungen anzustecken, in die Luft zu jagen und zu verbrennen.
An Annas Pinnwand, links neben ihrem Schreibtisch, hing immer noch Julians Telegramm aus London, auf dem sie, so oft sie wollte, lesen konnte, daß er zum Jahreswechsel an sie gedacht habe. Seither hatte sie nichts mehr von ihm gehört.
Draußen lag eine hauchdünne Schneeschicht über dem Rasen, deckte das faulig gewordene Laub der Kastanien zu und machte aus dem Anblick des Gartens ein Schwarzweißfoto mit viel Licht und wenig Schatten. Keine Spuren im Schnee, nicht einmal die der in den Sträuchern hockenden Amseln. Noch war der Tag zu jung.
Anna liebte die frühen Stunden des Morgens, wußte aus Erfahrung, daß es keine bessere Arbeitszeit für sie gab und hatte sich für diesen Tag vorgenommen, den Artikel über die Wüstenrallye von Paris nach Dakar fertig zu schreiben. Sechs Tote hatte es diesmal gegeben, darunter senegalische Frauen und Kinder, die, am Rand des Existenzminimums lebend, als Zuschauer immer wieder zu Opfern von Unfällen dieser wahnsinnigen Wettfahrten wurden. Für die Teilnahme, so hatte Anna recherchiert, war kein Nachweis einer entsprechenden Rennerfahrung erforderlich, hingegen ein Startgeld von nicht weniger als 11000 Mark, allein für die Sparte Motorrad. Motorsportkolonialismus, hatte Anna ihren Artikel überschrieben und nachgewiesen, daß die nunmehr seit zehn Jahren stattfindende Rallye nicht nur das Leben der Einheimischen gefährdete, sondern auch wich-

tige Straßenverbindungen zerstörte, ohne dem afrikanischen Staat eine angemessene Entschädigung zu zahlen.

Es klingelte, und bevor Anna aufstehen konnte, um die Tür zu öffnen, stand Vera schon vor ihr, die einen Schlüssel zu der Wohnung besaß.

Ist etwas passiert?

Wie man's nimmt, sagte Vera, ohne die Mutter zu umarmen.

Wie immer, wenn Vera aufgeregt war, setzte sie sich nicht, wollte auch ihren Mantel nicht ausziehen. Sie blieb mitten im Zimmer mit einwärts gekehrten Fußspitzen stehen, so, wie sie schon als Kind dagestanden hatte, wenn sie glaubte, mit Gefahr rechnen zu müssen.

Was ist mit dir los?

Vera wußte nicht, wie sie beginnen sollte. Alle Fragen, die ihr auf der Fahrt vom Institut hierher durch den Kopf gegangen waren, hatte sie wieder verworfen, neue wollten ihr nicht einfallen, und so blieb es dabei, daß sie, auf Abstand achtend, Anna in hilflosem Schweigen anstarrte.

Alt sah die Mutter um diese Tageszeit aus, älter als nachmittags oder am Abend. Ungeschminkt wirkten die Augen, hinter der randlosen Brille in Fältchen gebettet, viel kleiner, und beim Sprechen kräuselte sich die Haut leicht über der Oberlippe. Der Hals war hinter einem Tuch versteckt. Anna trug immer Tücher, mochte ihren Hals nicht, wie sie sagte, fand ihn strähnig, faltig und keines Schmuckes wert. Plötzlich hatte Vera das Bedürfnis, Anna den Seidenschal herunterzuziehen, zu entblößen, was die Mutter so mühsam verbarg. Schon hob sie die Hand, glaubte, das hauchdünne Tuch zwischen den Fingern zu fühlen, als Anna mit einer blitzschnellen Handbewegung Vera an den Schultern zu fassen kriegte, sie an sich zog und küßte.

Jetzt rede doch endlich.

Ich kann nicht.

Es war, als fielen Vera die Worte aus dem Mund hinein in das Halstuch der Mutter, wo sie zwischen Haut und Seide verlorengingen, als seien sie gar nicht ausgesprochen worden. Einen Atemzug lang war alles gut. Einen Atemzug lang roch Vera den vertrauten Geruch der Mutter von Zigaretten und Parfüm, Kaffee und ihrer frisch gewaschenen Bluse. Niemand roch so, konnte je so riechen. Einen Augenblick lang wünschte sich Vera, in den Falten des Seidenschals für immer und ewig zu verschwinden, mundtot und unsichtbar.
Nun?
In Annas Stimme lag eine Ungeduld, die Vera aus der Umarmung der Mutter löste.
Hier, sagte Vera und holte den entwickelten Röntgenfilm mit dem Bandenmuster aus der Tasche, hier ist etwas, was ich nicht verstehe.
Anna sah erst das schwarzweiße, teilweise verschwommene Foto an, auf dem in verschiedenen Abständen und Stärken die Markierungen zu erkennen waren, dann ihre Tochter.
Ich auch nicht, sagte sie freundlich, warum zeigst du mir Bandenmuster?
Das sind die genetischen Fingerabdrücke von Papa, Bosco und mir.
Und was ist daran nicht zu verstehen? Annas Stimme klang fremd und für die Frage viel zu dünn. Ein genetischer Fingerabdruck ist die Analyse der Erbinformationen, mit denen man, wie du weißt, eine Blutsverwandtschaft nachweisen kann, sagte Vera und erklärte der Mutter, wie an den Bruchstücken des Erbmaterials zwar die Blutsverwandtschaft zwischen ihr und Bosco ablesbar war, nicht aber die zwischen Vera und Wilhelm. Dann beschloß sie ihre Beweisführung mit dem einzigen, für sie wichtigen Satz: Demnach kann Papa nicht mein Vater sein.
Endlich war es heraus und die Mutter am Zuge. Vera ließ sie

nicht aus den Augen. Wie ihr Mund zuckte. Und während sie ununterbrochen ihren Kopf schüttelte, sagte sie, immer noch mit dieser zu dünnen Stimme:
Das ist doch verrückt, wer soll das denn glauben?
Ich, Mutter. Diese Analyse, die du hier für verrückt erklärst, ist immerhin die Grundlage vieler Forschungsergebnisse des Instituts, in dem ich arbeite.
Aber Anna gab nicht so leicht auf. Alles, was sie brauchte, war Zeit, um nicht eines Zufalls wegen preiszugeben, was sie länger als ein halbes Leben für sich behalten hatte.
Die Nervosität, die eben noch ihre Gesichtszüge beherrschte, wich einem spöttischen Lächeln, das Vera nur zu gut kannte. Gleich würde Anna die Brille abnehmen, mit Sorgfalt die Gläser putzen und sie wieder aufsetzen. Und tatsächlich, Anna nahm die Brille ab, putzte sie auch, nur setzte sie die Gläser nicht wieder auf.
Dein Vater hat sich doch nicht etwa für derlei unsinnige Behauptungen Blut abnehmen lassen?
Das brauchte er auch nicht, sagte Vera. Bosco hat Papa, sich selbst und mir ein paar Haare ausgerissen, und ich habe auf seinen Wunsch im Institut eine Analyse gemacht.
An den Haaren?
Jetzt setzte Anna die Brille auf.
Du vergißt, daß ich Journalistin bin. Ich habe auch von dieser Methode gehört, genetische Fingerabdrücke an intakten Haaren zu machen. Ich habe aber auch gelesen, daß es sich dabei um keinen hundertprozentig sicheren Nachweis handelt und daß das Verfahren juristisch nach wie vor nicht gültig ist.
Was willst du damit sagen?
Daß du das Opfer eines höchst umstrittenen Verfahrens geworden bist, mit dem du nicht nur dich in eine zweifelhafte Situation bringst, sondern auch deinen Vater und Bosco, von mir ganz zu schweigen. Ist dir das eigentlich klar?

Vera schwieg. Schwieg, wie sie gegenüber der Mutter schon als Kind geschwiegen hatte, wenn sie ihrer Sache plötzlich nicht mehr sicher zu sein schien.
Es weiß ja niemand außer dir, sagte sie zögernd, und Anna antwortete, daß das auch gut so sei.
Danach hatten sie sich plötzlich nichts mehr zu sagen.
Sie verabschiedeten sich wortlos, jeder für sich erleichtert, zumindest im Augenblick von des anderen Gegenwart befreit zu sein.

Anna stand mitten im Zimmer, ganz so, als gehöre sie hier nicht hin und sei fremd in diesen vier Wänden. Auch der Artikel über die Wüstenrallye, dessen Fertigstellung ihr noch vor kurzem so wichtig gewesen war, schien ihre Gedanken nicht mehr in Anspruch zu nehmen. Sie beschäftigte etwas ganz anderes. Anna dachte an Ludwik Janik. Es fiel ihr nicht leicht, sein Gesicht in den alten Erinnerungen zu finden, sein seltenes Lachen, die Zartheit seiner Hände, seine Umarmungen in den Verstecken auf dem Feld zwischen Steinhaufen, in Scheunen oder Ställen. Immer fielen ihr nur die Blumen ein, die sie beide als winziges Zeichen ihrer verbotenen Liebe zu tragen pflegten. Mal war es eine Kornblume, mal roter Mohn, eine Schafgarbenblüte oder eine Margerite. Nie durfte es eine Rose sein, eine Dahlie, Levkoje oder eine andere Blume aus dem Park, in dem ein polnischer Zwangsarbeiter in den Zeiten des Krieges nichts zu suchen hatte. Das wäre aufgefallen, hätte die Aufmerksamkeit auf ihn und Anna gelenkt und ihre Liebe gefährdet. Die Blumen, immer wieder tauchten nur die Blumen aus Annas Gedächtnis auf, schoben sich vor Ludwiks Gesicht, verwischten sein jugendliches Aussehen, das Lächeln seiner Augen und das seines Mundes und vertauschten es mit den herben Gesichtszügen des stellvertretenden Kombinatsdirektors, der Ludwik Janik später auf dem ehemaligen

Gut von Annas Vater in Polen geworden war. Fast drei Jahrzehnte nach Kriegsende, nach Vertreibung und Flucht hatte sie ihn als verheirateten Mann in Rohrdorf, dem heutigen Ujazd, bei ihrer Reise in die einstige Heimat wiedergetroffen.

Nein, in die Arme waren sie sich nicht gefallen. Ihre gemeinsame Vergangenheit hatte den Stellenwert eingebüßt und war nur ein einziges Mal zwischen ihnen zur Sprache gekommen. Mehr hatte Ludwik nicht zugelassen, und Anna hatte sich damit abgefunden.

Erst als Vera überraschend die Mutter in Ujazd besuchte, wurde die Sache noch einmal brisant. Annas Lebenslüge geriet in Gefahr, wäre vielleicht aufgeflogen, hätte sie Vater und Tochter miteinander bekannt gemacht. Aber sie hatte die Wahrheit für sich behalten.

Noch immer stand Anna in der Mitte ihres Arbeitszimmers und noch immer versuchte sie sich an den Ludwik zu erinnern, in den sie als junges Mädchen verliebt gewesen war und der nichts mehr mit dem späteren Kombinatsdirektor zu tun hatte. Aber nicht sein Gesicht tauchte jetzt vor ihren Augen auf, sondern der Holunderzweig, den sie am Tage seiner Verhaftung, als letztes Zeichen ihrer Zusammengehörigkeit, trugen, den sie aufbewahrt und getrocknet und dessen süßsäuerliche Früchte sie in der Nacht vor der Flucht tränenlos verschlungen hatte. Um zu vergessen, wäre ihre Antwort gewesen, hätte sie je ein Mensch danach gefragt. Mit jedem Jahr, das verging, verblaßte Ludwik Janik mehr in Annas Erinnerung. Der Holunder hatte im Lauf der Zeit seine Liebe aus ihrem Gedächtnis gelöscht, auch seine Zärtlichkeit und am Ende nur noch seinen Namen übriggelassen.

Nichts weiter als seinen Namen und die uneingestandene Tatsache, daß er und nicht Wilhelm von Mickwitz Veras Vater war.

Hatte Urs ein Projekt im Kopf, dann ließ er sich nicht davon abbringen, auch an Wochenenden, Sonn- oder Feiertagen daran zu arbeiten. Entsprach dann noch das Wetter seinen Vorstellungen, konnte es passieren, daß er auf niemanden Rücksicht nahm, nicht auf Vera, nicht auf Bosco, nicht einmal auf sich selbst.
Heute war einer dieser seltenen Wintersonnensonntage. Kaiserwetter, wie die Alten dazu sagten, dessen Licht die Menschen aus den Häusern in die Parks trieb, in die Wälder oder an die Ufer der Havel und der Berliner Seen. Dort liefen sie dann auf und ab, tranken an den Kiosken Punsch, aßen Currywurst und maulten später in den Cafés und Kneipen herum, daß die Mauer rund um West-Berlin eine Wanderung größeren Ausmaßes nicht zuließe.
Das hatte Urs eines Tages auf die Idee gebracht, Berliner Landschaften zu fotografieren, wie sie kaum ein Berliner kannte, geschweige denn je durchwandert hatte. Aber der Erfolg blieb aus. In Berlin, so sagte man ihm, als er seine Fotos zum Verkauf anbot, in Berlin sind Landschaften nicht weiter gefragt, auch wenn es sie gibt. Wen interessiere an dieser Stadt schon der Grunewald, der Berliner und der Tegler Forst, Lübars oder gar die Rieselfelder von Kladow? Der Tiergarten, der sei gefragt, die Pfaueninsel, die Spree, die Havel mit ihren Inseln und der Wannsee. Das wären Fotos, die in Berlin Landschaft repräsentierten, aber nicht das, was er da vorzuzeigen habe.
Darauf ging Urs wieder seinem Job als Werbefotograf nach, machte Aufnahmen von Neubauten, fotografierte zum Verkauf stehende Villen ebenso fachmännisch wie die Interieurs exklusiver Restaurants oder neu zu eröffnender Hotels. Er hatte sich mit seiner architektonischen Fotografie einen Namen gemacht und eine solide Existenz aufgebaut, auch wenn ihm diese Form des Broterwerbs längst zum Hals heraushing.

Im Grunde genommen möchte ich ganz etwas anderes, sagte er manchmal zu Vera, ohne zum Ausdruck zu bringen, was er eigentlich wollte. Dann wußte sie, es war wieder soweit. Tagelang würde er unterwegs sein, manchmal auch nächtelang, um dem ersten Morgenlicht aufzulauern. Nicht ansprechbar war er dann. Unzurechnungsfähig, wie Vera behauptete, nur mit seiner Kamera im Kopf.
Wie gesagt, Kaiserwetter im Januar und ein Sonntag dazu. Urs nahm sich nicht einmal für das Frühstück Zeit. Er rief auch Vera nicht an, der er versprochen hatte, das Wochenende bei ihr zu verbringen. Mit seinen Gedanken längst außer Haus, weit mehr mit dem Licht der Tageszeit beschäftigt als mit Vera, hatte er nicht mehr an sie gedacht.
Noch nie war es ihm gelungen, ihr seine Vergeßlichkeit zu erklären. Wie sollte er ihr das bange Gefühl beschreiben, das er um die Fotos in seinem Kopf hatte? Wie die Angst, sie könnten ohne ihn vom Morgen in den Tag und vom Tag in den Abend wechseln, von Wolken ausgelöscht, vom Regen verwischt oder sich im Dunst der Stadt für immer und von ihm nicht festgehalten auflösen?
Aber jetzt, da er ohne Frühstück, nur mit seiner Kameratasche über der Schulter, aus der Wohnung zu seinem Auto hastete, dachte er daran nicht. Die Kälte rötete sein Gesicht, und es dauerte ein Weilchen, bis er die Scheiben des alten, schon etwas ramponierten VW-Busses von Eis und Rauhreif befreit hatte. Das Geräusch war weit und breit zu hören, kein Mensch trieb sich um diese Zeit am Sonntagmorgen in Berlin-Schöneberg auf der Straße herum. Kirchgänger gab es in der Nähe des Winterfeldtplatzes wenig, denn hier waren die Kneipenwirte weit mehr als Gottvater gefragt. In der Winterfeldtstraße schlief man, wenn es ging, am Ende der Woche bis in die Puppen.
Sorgfältig überprüfte Urs die Festigkeit der Leiter, die er auf

dem Dachgepäckträger festgezurrt hatte. Er mochte es nicht, wenn sie schepperte, auf dem Dach hin und her rutschte und die Aufmerksamkeit anderer Autofahrer auf sich zog. Es war eine große Leiter, eine aus Aluminium, die sich mit Leichtigkeit ebenso schnell aufstellen wie zusammenklappen ließ und einen festen Stand hatte. Seit Wochen fuhr Urs mit ihr herum.

In seiner freien Zeit war er schon im Frühjahr, im Sommer und im Herbst mit ihr unterwegs gewesen, um über die Mauer hinweg den anderen Teil der Stadt zu fotografieren. Die Betonwand selbst interessierte ihn ebensowenig wie die darauf gemalten Graffiti, so bunt und phantasievoll sie auch sein mochten. Es war der Blick hinüber auf das mit Sand und Stahlnadeln bestreute Niemandsland, in die amputierten Straßen, auf die abgeschnittene Spree, die toten Gleise, zerteilten Wälder und halbierten Brücken. Erst war es die Trostlosigkeit, die ihn gepackt hatte, später der Ehrgeiz, etwas von dem festzuhalten, was hinter Mauer und Todesstreifen zu sehen war, egal, ob es sich dabei um die Skyline hinter dem Potsdamer Platz handelte, um die sich im Fenster einer Brandmauer spiegelnde Abendsonne oder um ein Karnickel auf den Wiesen der Enklave Steinstücken. Urs fotografierte im Sommer rechts am Reichstag vorbei von der Scheidemannstraße über die Mauer die Clara-Zetkin-Straße, die Glienicker Brücke im Frühling und die Felder und Wiesen hinter der Grenze von Spandau im Herbst. Urs war davon besessen, alles fotografieren zu müssen, was sich ihm hinter der über hundertachtzig Kilometer langen Mauer, die West-Berlin lückenlos umgab, von seinem Hochsitz aus zeigte.

Warum, hatte ihn Vera gefragt, warum machst du deine Bilder von dieser lächerlichen Leiter aus? Warum besorgst du dir nicht ein Arbeitsvisum für Ost-Berlin und fotografierst Stadt und Land drüben an Ort und Stelle?

Urs war die Antwort schuldig geblieben, hatte nur etwas von der Willkürlichkeit des Panoramas gemurmelt, die ihn faszinierte und die er festzuhalten gedenke.
Wozu?
Um mich später daran zu erinnern.
Später? Vera hatte gelacht und behauptet, daß er ein Traumtänzer sei und fern jeglicher Realität, denn was die Berliner Mauer beträfe, gäbe es für seine und ihre Generation kein Später.
Dann eben für Bosco, hatte er eigensinnig erwidert, nicht mehr bereit, sein Projekt Vera gegenüber weiterhin zu rechtfertigen.
Für den Vormittag hatte sich Urs kein großes Ziel gesteckt. Er wollte nach Kreuzberg und zwischen der Thomaskirche und der Köpenickerstraße seine Leiter auf den Bethaniendamm stellen, um die Mietshäuser jenseits der Mauer zu fotografieren, die von denen diesseits der Mauer in nichts zu unterscheiden waren. Hier verlief die Betonwand auf der Mitte der Fahrbahn, ließ nur einen Bürgersteig zu und kaum die Hälfte der Straße, die sich ein kurzes Stück von Ost nach West zog.
Für einen Augenblick, das wußte Urs, würde der Todesstreifen, einem himmlischen Zeichen gleich, in herrlicher Wintersonne liegen, während die Häuser hüben wie drüben mit blinden Fenstern lichtlos und grau blieben. Nur um diesen Augenblick abzupassen, dieses minutenlang strahlend leuchtende Niemandsland hinter der Mauer und vor den bleifarbenen, wie aus der Finsternis gewachsenen Hauswänden in einem Bild einzufangen, war er hier.
Urs spürte, wie er trotz der Kälte schwitzte. Eine einzige Wolke, die von Südwesten her über den Himmel zog, konnte alles zunichte machen, für immer ins Unerreichbare rücken. Er wartete, auf der Spitze seiner Leiter stehend, die Minuten ab, wagte kaum noch zu atmen, sah nicht den Hund, der an

die untersten Sprossen pißte, hörte nicht die um seinen Hochsitz hüpfenden Kinder und schon gar nicht die zaghafte Frage eines klapperdürren jungen Mannes: He, Alter, haste mal 'ne Mark?
Die Wolke legte an Tempo zu, während die Sonne noch immer nicht den von ihm berechneten Stand erreicht hatte. Es würde sich vielleicht nur um Sekunden handeln. Endlich war es soweit. Der sauber geharkte und mit scharfen Stahlnadeln vermischte, ganz und gar unberührte Sand blitzte auf, glänzte hell wie ein mit Gold übergossener, unverhoffter Weg zum Glück, um sich kurz darauf wieder in den gewohnten, von Vopos und Hunden bewachten Todesstreifen zu verwandeln. Die Wolke hatte sich wie ein in der Luft schwebender Fels vor die Sonne geschoben.
Urs hörte seinen Namen rufen. Jetzt sah er auch den Hund, die Kinder, den jungen Mann und Vera. Sie stand direkt neben der Leiter, drauf und dran, hochzusteigen, um ihn auf sich aufmerksam zu machen.
Hörst du mich nicht?
Nein.
Sprosse für Sprosse kletterte Urs abwärts, immer wieder den Himmel kontrollierend, ob es sich nicht doch noch lohnte, ein weiteres Bild zu machen. Veras plötzliches Auftauchen hatte ihn überrascht. Sie störte ihn, vor allem, wenn sie jetzt auch noch darüber diskutieren wollte, warum er die gemeinsame Verabredung nicht eingehalten hatte.
Wie hast du mich denn gefunden? fragte er unwirsch.
Vera schwieg. Und als er mit beiden Beinen wieder auf dem Boden stand, umarmte sie ihn wortlos.
Ist etwas passiert? wollte er nun schließlich doch wissen und machte sich daran, seine Leiter zusammenzuklappen und die Kamera einzupacken.
Nein, sagte Vera, zuckte nur ein wenig mit den Schultern und

schenkte ihm ein kleines Lächeln. Und weil sie jeden Handgriff von ihm kannte, zurrte sie mit ihm die Leiter fest. Dann stiegen sie in den Wagen.
Wohin?
An der Mauer entlang in die Stallschreiberstraße. Da steht auf der anderen Seite eine Kirche.
Vera ging Urs ohne Aufforderung zur Hand, und mit der Zeit empfand er ihre Gegenwart als hilfreich. Keine einzige Frage, kein Vorwurf, nur hin und wieder dieses Lächeln, das keine Freude ausdrückte.
Mittlerweile hatte sich die Wolke derart vergrößert, daß mit Sonne nicht mehr zu rechnen war. Das Kaiserwetter hatte sich in ein Zwielicht verwandelt, das nun trüb über den Dächern der Stadt hing und von dort in die Straßen zwischen die Bäume fiel.

Nachdem Vera ihre Mutter verlassen hatte, war sie wieder zurück ins Institut gefahren. Eigentlich hatte sie mit ihrer Kollegin Lotte, mit der sie seit Jahren befreundet war, über die ganze Sache reden wollen. Aber dazu war es nicht gekommen. Veras plötzliches Davonlaufen hatte im Labor die Arbeit verzögert und Lotte Probleme bereitet.
Für private Angelegenheiten habe sie jetzt keine Zeit, sagte sie, Vera könne ihr später erzählen, was los gewesen sei. Das klang unfreundlicher, als es gemeint war, aber Vera beschloß, die ganze Sache für sich zu behalten. Am liebsten hätte sie sich ins Bett gelegt. Schlafen, ohne zu träumen, das war es, was sie sich wünschte. Vor allem nicht über Anna und Papa nachdenken. Aber sosehr sie sich auch bemühte, die Gedanken auf ihre Arbeit zu konzentrieren, es gelang nicht. Sie brachte keine ordentliche Analyse zustande, wusch entweder die Fragmente nicht richtig aus, oder der Röntgenfilm zeigte sich so verschwommen, daß er für eine Auswertung unbrauchbar

war und Vera noch einmal von vorne anfangen mußte. Ständig hatte sie das Gefühl, ihr Vater beobachtete sie, stand in den Ecken, hockte auf dem Fensterbrett und sah ihr über die Schulter auf die Hände, wobei sie obendrein noch seine polternde Stimme zu hören glaubte: Blödsinn, alles ausgemachter Blödsinn.

Plötzlich glaubte sie nicht mehr einen Doppelstrang des Erbmoleküls für die Elektrophorese in Einzelstränge zu zerlegen, sondern sie zerlegte sich selbst, trennte die Kindheit von der Lüge und die Tochter vom Vater. Die Erinnerung wurde brüchig und zerfiel in unübersichtliche Stücke, die sich ohne Wilhelm nicht mehr zusammenfügen ließen.

Vera sah sich auf dem Schoß des Vaters sitzen, das alte Fotoalbum vor sich, fühlte die zerknitterten, mit einem Spinnenmuster versehenen Seiten des Seidenpapiers zwischen den Bildern, von denen sie noch heute die Reihenfolge der vergilbten Fotos aufzählen konnte. Papa hatte sie ihr immer wieder gezeigt, auf das Gutshaus mit dem breiten Walmdach hingewiesen, auf die gläserne Veranda, den Park und den auf einem Pferd sitzenden Großvater. Dann folgten Bilder des Gutshofes mit den Ställen, der Vorwerke und von dem Einbringen der Ernte.

Sieh es dir genau an, hatte der Vater jedesmal zu ihr gesagt und ihr dabei über den Kopf gestreichelt, eines Tages werden wir wieder dahin zurückkehren, und es wird dein Zuhause sein. Das war dann jedesmal der Augenblick, in dem der Vater sein Taschentuch aus der Hose zog und sich laut und vernehmlich die Nase putzte. Zwei Seiten weiter, Vera wußte es genau, kam das Bild, dessen Anblick sie nie abwarten konnte. Der Kirschbaum. Es war ein großer und mächtiger Baum mit ausladenden Zweigen, in denen ein Kind herumturnte und sich Kirschen in den Mund stopfte.

Das bin ich, pflegte der Vater an der Stelle zu sagen, als wüßte

das Vera nicht schon, seit sie denken konnte. Deshalb ließ sie ihm auch keine Zeit für weitere Erklärungen, sondern ergänzte seinen Bericht mit dem Satz: Und der Kirschbaum, der hat dir gehört, dir ganz allein. Danach trat eine Pause ein, die sich ebenfalls regelmäßig wiederholte, und dann folgte Veras Frage, die sie sich nie verkneifen konnte und auf die sie stets die gleiche Antwort bekam: Schenkst du mir zu Hause auch einen Kirschbaum?
Das werden wir sehen.
Ein anderes Interesse an der Heimat des Vaters hatte Vera selten bekundet. Immer war es nur der Kirschbaum, der sie faszinierte und von dem sie sich nicht vorstellen konnte, daß er einem Kind ganz allein gehören konnte.
Du bist eben ein Mädchen, sagte dann der Vater und klappte, enttäuscht über ihre Gleichgültigkeit der Heimat gegenüber, das Fotoalbum zu, ein Junge würde sicherlich neugieriger sein und mehr über das Land seiner Väter wissen wollen. Vera rief sich auch ins Gedächtnis, bei welchen Gelegenheiten sie als Kind den Vater bewundert und geliebt hatte, stolz auf ihn gewesen war und darauf, seine Tochter zu sein. Sie erinnerte sich, seine Gesten nachgeahmt und seine Redewendungen benutzt zu haben, und sie erinnerte sich des Spottes, den sie, ohne mit der Wimper zu zucken, dafür eingesteckt hatte. Später heuchelte sie dann entgegen ihrem einzigen Wunsch, nur einen Kirschbaum besitzen zu wollen, beim Betrachten des Fotoalbums plötzliches Interesse an Hof, Vieh, Feld und Wald. Alles, was sie tat, tat sie für ihn. Sie aß für ihn, schlief für ihn, wuchs und wusch sich für ihn, und als sie in die Schule kam, lernte sie auch für ihn, immer in der Hoffnung, daß er eines Tages einmal stolz auf sie sein und ihr einen Kirschbaum schenken würde.
Heute, als erwachsene Frau und Mutter eines Sohnes, vor die Tatsache gestellt, mit einem vorgetäuschten Vater groß ge-

worden zu sein, fühlte sie sich von Anna betrogen. Eine seltsame Fremdheit befiel sie, eine Fremdheit, die alles an ihr in Frage stellte und sie in Unsicherheit versetzte. Nicht nur, daß sie ihren wirklichen Vater nicht kannte, jetzt kannte sie sich auch selbst nicht mehr.
Also, sagte Lotte, nachdem der Feierabend immer näher rückte, wollen wir noch ein Bier zusammen trinken?
Keine Lust.
Vera zog es so schnell wie möglich nach Hause. Bosco wartete schon auf das Ergebnis der Haaranalyse und wollte die Ähnlichkeit mit sich, ihr und seinem Großvater schwarz auf weiß sehen. Um allen Fragen des Kindes aus dem Weg zu gehen, hatte sie sich einen Film irgendeiner DNA-Analyse eingesteckt, auf der eine verwandtschaftliche Beziehung abzulesen war. So schnell war sie bereit, ihrem Sohn gegenüber Annas Lüge fortzusetzen.
Als Bosco nach dem Abendbrot ins Bett gegangen war, setzte sich Vera vor den Spiegel. Wem sah sie ähnlich? Der Mutter natürlich, so sagten alle, Anna wie aus dem Gesicht geschnitten.
Die bernsteinfarbenen Augen, hatte Vera immer behauptet, die habe sie von Papa, auch die winzigen, sichelförmigen Falten am Rand der Mundwinkel, ihre Haltung und vor allem die Art zu lachen und dabei die Luft durch die Nase zu ziehen. Nicht zu vergessen ihre Hände, die mit denen der Mutter nichts gemeinsam hatten. Nur hatte Papa nicht bernsteinfarbene Augen, sondern braune, und die Falten neben seinen Mundwinkeln verliefen gerade von oben nach unten und hatten vielleicht nie die Form einer Sichel gehabt.
Im Zimmer tickte die Uhr. Vera betrachtete noch immer ihr Spiegelbild. Von wem hatte sie den Hang, ständig mißtrauisch zu sein und stur, wenn nicht von Papa? Wem hatte sie ihren Willen zur Entschlossenheit zu verdanken, ihre Selbst-

beherrschung und Abneigung gegen alles, was sich ihr als unüberschaubar zeigte?
Sie hakte eine Charaktereigenschaft nach der anderen ab, und für alles, was sie nicht Anna zuordnen konnte, machte sie den großen Unbekannten verantwortlich.
Darüber schlief sie ein. Als sie aufwachte, saß sie immer noch vor dem Spiegel. Die halbe Nacht war vorbei, und es erschien ihr sinnlos, um diese Zeit noch Urs anzurufen. Morgen würde sie mit ihm reden, morgen würde sie ihm alles erzählen. Morgen, so hatte er ihr versprochen, wollten sie sich gemeinsam die Wohnung in der Danckelmannstraße ansehen. Aber Urs kam weder am nächsten Tag, noch meldete er sich am Telefon, war mit der Leiter an der Mauer unterwegs und dachte nicht mehr an sie.
Das Warten und ihre erfolglosen Anrufe hatten sie im Lauf des Tages in einen Zustand völliger Apathie versetzt. Im Gegensatz zur Nacht wich sie nun jedem Blick in den Spiegel aus, und als Wilhelm am Nachmittag kam, um Bosco für einen Zoobesuch abzuholen, begrüßte sie ihn nur flüchtig. Als sie allein war, brach sie in Tränen aus. Zum erstenmal, seit sie erwachsen war, hatte sie das Bedürfnis gehabt, den Vater, der nun nicht mehr ihr Vater war, zu umarmen. Sie sah ihm nach, wie er Hand in Hand mit dem Enkel, der auch nicht mehr sein Enkel war, über den Hof durch das Tor des Vorderhauses ging.
Das Telefon klingelte. Aber nicht Urs war am Apparat, sondern Anna.
Ich will dich sprechen, Vera, sagte sie, ich möchte dich bitten, diese idiotischen Nachforschungen aufzugeben. Du bringst uns alle damit in Teufels Küche.
Und weil Vera nicht antwortete, bat sie, kommen zu dürfen, jetzt, später oder am Abend.
Aber sosehr Anna auch um eine Reaktion der Tochter bemüht

war, Vera antwortete nicht. Erst als die Mutter aufgab, legte Vera den Hörer behutsam auf die Gabel zurück.

Es war, als habe sie Annas Anruf aus ihrer Lethargie gerissen. Und ganz im Gegensatz zu ihren sonstigen Gewohnheiten begann sie plötzlich um diese Tageszeit Ordnung zu schaffen. Dazwischen sah sie immer wieder aus dem Fenster in den kahlen Hof und glaubte bei jedem Schritt, den sie hörte, es sei Urs. Nachdem er bis zum Abend nicht erschienen war und auch nicht angerufen hatte, ahnte sie, daß er sie über dem Fotografieren vergessen hatte.

Als Vera ihn dann endlich am Sonntagmorgen auf der Leiter nicht weit von der Thomaskirche in Kreuzberg entdeckte, war das nur dem Umstand zu verdanken, daß sie alle seine Mauerbilder kannte, die er sorgfältig zu beschriften pflegte. Im Ostteil der Stadt, so hatte er immer gesagt, da wolle er nur bei Sonnenschein und im Winter über die Mauer hinweg seine Bilder suchen.

Bevor sie seinen Namen rief, hatte sie ihm eine Weile zugesehen, hatte ihn beobachtet, wie er selbstvergessen, mit der Kamera vor dem Gesicht, hoch aufgerichtet und bewegungslos auf den obersten Sprossen seiner Leiter stand, um auf das Licht zu warten, das er brauchte. Sie prägte sich seine gegen den Himmel gerichtete Gestalt ein, schloß sie in ihr Herz und nahm sich vor, sie dort für immer aufzuheben. Als sie seine Ungeduld über ihr unerwartetes Auftauchen spürte, kam ihr kein Wort von dem, was sie fühlte, über die Lippen. Sie begnügte sich damit, ihm behilflich und in seiner Nähe zu sein.

Schließlich, sagte sie endlich, schließlich waren wir ja miteinander verabredet.

Was die Wohnung in der Danckelmannstraße anbetraf, so gab es eine Überraschung. Sie war nicht, wie es bisher hieß, erst in

mehreren Monaten beziehbar, sondern bereits in einigen Wochen. Alles andere, so hatte die Wohnungsinhaberin am Telefon vorgeschlagen, solle mündlich besprochen werden. In jedem Fall sei ein baldiger Besuch angezeigt, da es Wohnungssuchende gäbe wie Sand am Meer.
Wir sollen gleich hinkommen, sagte Vera mit einer Erwartung in der Stimme, die Urs jeden Widerstand unmöglich machte. Weiß der Teufel, wann er ihr diesen gemeinsamen Wohnungsplan ausreden konnte, heute jedenfalls nicht. Und solange er den Vertrag mit der Hotelkette für seine Reise nicht unterschrieben hatte, gab es für ihn auch keinen zwingenden Grund, ihr gegenüber diesen Auftrag zu erwähnen.
Irgendeinen Haken wird die Sache schon haben, sagte er vorsorglich, als sie in der Danckelmannstraße vor der Tür standen.
Er sah, wie sie mit langen Schritten die Zimmer ausmaß, ohne sie zu fragen, wozu. Er ließ sie die Räume aufteilen, ohne selbst einen Vorschlag zu machen. Er stand einfach da im Blickfeld der mitleidigen Wohnungsinhaberin wie einer, der hier nichts zu sagen hatte.
Vera war von einem plötzlichen Ehrgeiz gepackt, der Familie ein Nest zu bauen. Als müsse sie so schnell wie möglich alle unter einen Hut kriegen, dachte er und fühlte, wie ihm der Hals zuwuchs. Selbst seine Hoffnung, daß das Projekt an der Finanzierung scheitern könnte, zerschlug sich, als er von ihrem Entschluß hörte, ihre gesamten Ersparnisse dafür zu verwenden.
Und du, fragte sie ihn, als die Wohnungsinhaberin für einen Moment das Zimmer verlassen hatte, was kannst du einbringen?
Ich habe mich noch gar nicht entschlossen, sagte er vorsichtig. Und wie immer, wenn er sich unfähig fühlte, ihr zu widersprechen, nahm er sie in die Arme. Einen Augenblick hielt er

sie zu lange fest. Sie wurde mißtrauisch und ahnte, was sie die ganze Zeit mit soviel Eifer verdrängt hatte, Urs lehnte die gemeinsame Wohnung ab.
Du willst nicht mit Bosco und mir zusammenziehen, nicht wahr?
Am liebsten hätte er sie wiederum umarmt, aber Vera ließ es nicht zu und verlangte eine Antwort auf ihre Frage, und zwar sofort.
Jetzt noch nicht, sagte er und ließ offen, ob er damit die Beantwortung von Veras Frage meinte oder den Wunsch nach einer gemeinsamen Wohnung.
Vera hakte nicht nach und schien ihn richtig verstanden zu haben. Er war ihr sehr dankbar dafür. Und als die Wohnungsinhaberin in das Zimmer zurückkam, hatten Urs und Vera die Rollen getauscht. Sie war es nun, die schwieg, während er höflich, aber bestimmt der erstaunten Frau mitteilte, daß ihnen eine feste Zusage in so kurzer Zeit leider nicht möglich sei.

Urs nahm die Einsilbigkeit, die Vera seit der unerfreulichen Wohnungsbesichtigung an den Tag legte, mit großer Geduld hin. Er hatte sich vorgenommen, diesmal über Nacht bei ihr zu bleiben.
Wie du willst, sagte sie und legte sich neben ihn ins Bett.
Er nahm sie in den Arm und schlief gleich ein. Mitten in der Nacht wachte er von ihrer Stimme auf, einer viel zu lauten Stimme für die nächtliche Stille. Es klang, als habe sie seit Stunden mit ihm geredet. Die Worte strömten ihr in sonderbarer Regelmäßigkeit von den Lippen, und er brauchte eine Weile, bis er begriff, daß sie sich in dem, was sie sagte, ständig wiederholte. Er zog sie enger an sich heran und streichelte ihr beruhigend über die Haare und das Gesicht.
Aber Vera redete weiter, jetzt stockend, mit Pausen und

darauf bedacht, nichts von dem, was sie erlebt hatte, auszulassen, nicht das Resultat der Analyse, nicht ihren Besuch bei Anna, nicht das vergebliche Warten auf ihn und nicht seine Ablehnung, mit ihr gemeinsam eine Wohnung zu beziehen. Es war für ihn nicht zu verstehen, wie sie alles in einen einzigen Zusammenhang brachte.
Das eine hat doch mit dem anderen nichts zu tun, sagte er endlich.
Für mich schon.
Da war sie, diese Beharrlichkeit, die er fürchtete und die Vera immer annahm, wenn sie sich die Dinge auf ihre Weise zurechtlegte. In Wahrheit erleichterte ihn eher die Tatsache, daß Wilhelm nicht Veras wirklicher Vater und damit auch nicht Boscos Großvater war, als daß sie ihn beunruhigte. Annas Schweigen der Tochter gegenüber war seiner Meinung nach viel gravierender. Aber darüber schien Vera nicht reden zu wollen. Sie lenkte das Gespräch immer wieder auf sich und auf ihn.
Er wurde unruhig, fühlte sich bedrängt und wollte am liebsten aufstehen. Aber Vera hielt ihn fest, vorsichtig und zärtlich, doch mit soviel Kraft, daß er liegenbleiben mußte.
Ich brauche dich, sagte sie so sachlich wie möglich, ich habe sonst niemanden mehr, auf den ich mich verlassen kann.
Du dramatisierst die Geschichte, sagte er ausweichend und machte sich von ihr los.
Als er aus dem Bad kam und sich angezogen hatte, fühlte er sich wieder wohler und sicherer. Er setzte sich auf die Bettkante und beugte sich über sie.
Ich kann dir doch nicht deinen Vater ersetzen, sagte er. Nicht den Vater, sagte sie, natürlich nicht den.
Wen sonst?
Wie ein Mensch, der unter Wasser gedrückt wird, wagte sie nicht zu atmen. Er hob ihr Kinn hoch und fragte: Wen?

Sie antwortete nicht, zog nur ihre Hände unter der Bettdecke vor, kreuzte sie über der Brust und trommelte mit den Fingern in unregelmäßigen Abständen darauf herum.
Da wußte Urs Bescheid. Er war es also, der ihr die verlorengegangene Identität wiederbeschaffen sollte. Durch ihn und mit ihm wollte sie das finden, was für sie unüberschaubar geworden war. Ihre Abhängigkeit, die ihn schon während der Wohnungsbesichtigung in Bestürzung versetzt hatte, lag jetzt ganz deutlich in ihrem Gesicht. Und plötzlich sah er im Licht der Lampe die Schatten der Dinge, schwarze, runde, spitze und eckige Gebilde, die sich überall breitmachten. Eine Welt für sich, wenn man sie erst einmal wahrgenommen hatte. Ein Gewirr aus Grau, Blau und Schwarz, das alles auffraß, sich nun auch über Veras Gesicht legte und die vertrauten Züge verbarg.
Laß uns morgen weiterreden, sagte er, erschrocken über seine heisere Stimme, ich muß ein bißchen frische Luft schnappen.
Natürlich.
Er atmete auf und wollte sie küssen. Aber sie stieß ihn mit ihren Fäusten zurück.
Raus, sagte sie ohne Schärfe und mit geschlossenen Augen, mach, daß du rauskommst.

Alles, was Anna am Telefon gesagt hatte, war ihr wie ein Echo der eigenen Stimme vorgekommen. Von Vera kam kein Sterbenswörtchen. Nur ein paar Atemzüge waren zu hören gewesen. Darauf war Anna laut geworden. Aber auch das hatte keine Antwort zur Folge, und im nachhinein empfand es Anna als besonders verletzend, daß Vera nicht etwa aufgelegt, sondern die Bestürzung der Mutter bis zum Letzten ausgekostet hatte. Anna fühlte sich erniedrigt, und um ihrer Hilflosigkeit zu entrinnen, wünschte sie sich, zornig werden zu können. Mit der Faust auf den Tisch schlagen, Flüche ausstoßen,

Drohungen. Nur wollte nichts von dem gelingen, schon gar keine Drohungen. Sie saß fest, eingeklemmt in ihren Erinnerungen, die Vera unerwartet zutage befördert hatte. Sie spürte ein Würgen im Hals und den süß-säuerlichen Geschmack von vertrockneten Holunderfrüchten auf der Zunge. Und nicht genug damit, jetzt kroch auch wieder die Angst auf sie zu. Die Angst, die sie irgendwann vergessen hatte, weil sie nicht mehr nötig gewesen war.

Novembertage. Immer noch Holunderzeit. Andere Zweige als die von Kälte und Regen gezeichneten Fruchtdolden hatten Anna und Ludwik damals an den Feldrainen nicht mehr gefunden. Sommer und Herbst waren vorbei, und sie mußten sich schon etwas einfallen lassen, um sich heimlich treffen zu können. Wie oft hatten sie sich hinter Futterkisten versteckt, hinter Getreidesäcken und Holzstößen. Auf dem ganzen Gutshof gab es keinen Schlupfwinkel, den sie nicht für sich genutzt hatten. Plötzlich glaubte Anna wieder die Schritte zu hören, die sie damals in Panik versetzt hatten, Stimmen, die denen gehörten, die sie ins Gerede bringen oder gar anzeigen würden.

Daran darfst du nie denken, hatte Ludwik gesagt, das zieht nur das Unglück an.

Und mit der Zeit hatte sie sich tatsächlich an den Zustand der ständigen Wachsamkeit gewöhnt. Die Gefahr, in der sie bei jedem Zusammensein mit Ludwik schwebte, machte ihr nichts mehr aus.

In Annas Kopf begannen sich die Dinge zu ordnen, die sich, nacheinander ins Gedächtnis gerufen, nur auf das eine konzentrierten, auf die Schwangerschaft.

In den ersten Tagen hatte Anna nicht darauf geachtet, daß ihre Menstruation ausgeblieben war. Das kleine Ziehen in der Brust hatte sie letztlich darauf aufmerksam gemacht. Beim

Frühstück war es ihr unter die Haut gefahren und hatte dort einen Schmerz ausgelöst, der sich sekundenlang wie an Fäden bis unter die Brustwarzen zog. Dann war alles wieder vorbei. Übrig blieb nur diese plötzliche Unruhe, die mit nichts aus der Welt zu schaffen war. Immer wieder horchte Anna in ihren Körper, befühlte Brust, Bauch und kontrollierte mehrmals am Tag ihre Wäsche, bis sie sich der Schwangerschaft gewiß war. Heute konnte sie sich nicht besinnen, damals geweint zu haben. Hingegen erinnerte sich Anna an die ungewöhnliche Energie, die sie aufbrachte, um loszuwerden, was sie nicht gewollt hatte. Bis zur Erschöpfung hatte sie heiße Bäder genommen, war von Treppenabsätzen gesprungen, hatte Zentnersäcke getragen und sich nicht gescheut, die abscheulichsten Tees zu trinken. Nichts half, und so blieb nur noch die Möglichkeit, Jula, die alte Dorfhexe, um Rat zu fragen. Aber würde die Alte dichthalten, sich nicht gar verplappern oder Anna in der Angst um die eigene Existenz wieder fortschicken und damit eine ewige Mitwisserin bleiben?

Das war der Zeitpunkt, zu dem bei Anna die ihr bis dahin unbekannte Angst einsetzte. Sie hatte, ohne es zu wissen, die Fronten gewechselt, war auf die Seite der Gejagten geraten und konnte jeden Augenblick Opfer der neuen Gesetze werden. Die alte Jula, so hatte sie sich gesagt, die alte Jula war wirklich die einzige Rettung, die ihr blieb. Warum sie damals Ludwik nicht ins Vertrauen gezogen hatte, wußte sie heute nicht mehr. Ganz abgesehen davon, daß er ihr sowieso nicht hätte helfen können.

Beim ersten Besuch war Jula nicht zu Hause gewesen, und der zweite hatte gar nicht mehr stattgefunden. Schuld daran war eine Nachricht, die der Hoffmannswirt Anna in seiner Gaststube erzählt hatte.

Da sollten Sie mal hin, Fräulein Anna, hatte er gesagt und sie dabei eigentümlich angesehen, so eine Sauerei sollten Sie wenigstens einmal gesehen haben.

Und warum ausgerechnet ich?

Auf viele Fragen gibt es viele Antworten, hatte der Hoffmannswirt gesagt und aus dem Fenster gesehen, wo der Dorfpolizist gerade sein klappriges Fahrrad an die Hauswand stellte. Als habe der Hoffmannswirt, der in Rohrdorf dafür bekannt war, die Flöhe husten zu hören, Anna einen Befehl gegeben, machte sie sich auf den Weg nach Gola, um sich anzusehen, was der Hoffmannswirt eine Sauerei genannt hatte. Wie jeder auf dem Land oder in der Stadt hatte auch sie schon davon gehört und in der Zeitung gelesen, hatte es schrecklich gefunden und im selben Augenblick auch schon wieder vergessen. Erst recht war sie noch nie Zeugin eines solchen Tribunals gewesen.

In Gola schienen alle Dorfbewohner auf den Beinen zu sein, drängten aus den Hoftoren und rückten in kleinen Gruppen auf den Kirchplatz zu, als gäbe es dort ein Fest zu feiern. Nur war nirgendwo ein Lachen zu hören. Die Leute tuschelten, verschränkten die Arme und steckten in Anbetracht dessen, was vor sich gehen sollte, die Köpfe zusammen. Allesamt machten sie den Eindruck, als hätten sie nichts zu tun, obwohl es Zeit war, die Kühe zu melken und das Vieh zu füttern. Am meisten fiel Anna die Stille auf. Sie hatte sich über das ganze Dorf ausgebreitet, und man konnte meinen, die Leute gingen auf Zehenspitzen. Nicht einmal die Hunde bellten. Fremde, von denen es nur wenige gab, fielen auf, weil sie sich nicht zu den Gruppen gesellten, sondern einzeln herumstanden. Anna glaubte mit besonderem Interesse angestarrt zu werden. Das ist die vom Rohrdorfer Schloß, hörte sie eine Frau zur anderen sagen. Anna wollte schon gehen und sich dem Rat des Hoffmannswirtes entziehen, als vom oberen Ende des Dorfes langsam und feierlich ein merkwürdiger Zug auf die Kirche zusteuerte. Die Leute stellten das Tuscheln ein, verschränkten die Arme noch fester ineinander und rührten sich nicht mehr von der Stelle. Sie standen wie aufgestellte Puppen am Rand der Straße, die in Neugier erstarrten Gesichter dem zugewandt, was sie zu erwarten schienen, eine Frau und einen Mann, die jeder im Ort kannte.

Die Frau, nicht älter als Anna, trug einen dreckverschmierten Mantel, als sei sie mehrmals hingefallen. An ihrem Hals hing ein großes Pappschild, auf dem in schräger Sütterlinschrift stand: Ich bin eine Polackenhure und Volksverräterin. Noch auffallender war ihr Kopf, der glattrasiert war und wie polierter Marmor im Novemberlicht glänzte. Er wirkte so abstoßend, daß Anna wegsehen mußte. Die Frau weinte nicht. Ihr Mund stand offen und wirkte ein wenig schief wie bei Menschen, die schreien. Aber sie schrie nicht. Stumm setzte sie einen Fuß vor den anderen, ging an den starrenden Menschen vorbei, den Blick schräg nach oben auf die Spitze des Kirchturms gerichtet. Einen Augenblick glaubte Anna, sie müßte sich aus dem Kreis der Zuschauer lösen und sich der Frau anschließen. Mit ihr gehen, neben ihr. Schon spürte sie die Kordel des Pappschildes im Nacken, die plötzliche Kahlheit des Schädels, als wüchse nie mehr ein Haar aus der Kopfhaut, und das Gefühl von Schande und Schmach würgte in ihrer Kehle. Sie konnte nicht mehr atmen und hörte sich stöhnen.

Ist Ihnen nicht gut? fragte jemand.

Danke, alles in Ordnung, sagte sie.

Hinter der jungen Frau mit dem glattrasierten Kopf und dem Pappschild um den Hals ging ein Mann, dem die Hände auf dem Rücken zusammengebunden waren und den ein Polizist wie ein Tier an einem Strick hinter sich zerzog. Dem Gefesselten war weder das Haar vom Kopf rasiert, noch trug er ein Pappschild. Ihm hatte man neben dem lila P auf gelbem

Grund, das er als Pole an seiner Kleidung zu tragen hatte, andere Merkmale verpaßt. Schläge. An der Stirn klebte verkrustetes Blut, ein Auge war zugeschwollen, und seine Hände, das war deutlich zu erkennen, wiesen Quetschungen auf. Er blickte zu Boden, wußte, daß ihn sein Weg zum Galgen führte. Zur Abschreckung für die Bevölkerung, wie es dann später heißen würde.

Anna sah Ludwik vor sich. Keine Frage kam über ihre Lippen, kein Protest gegen Folter und Diskriminierung. Nicht einmal mit einem Blick suchte sie nach Verbündeten, die mit ihr verabscheuten, was hier vor sich ging. Sie hatte nur Angst, und das war es wohl, was der umsichtige Hoffmannswirt beabsichtigt hatte, als er sie nach Gola schickte. Daß es ihm dabei mehr um das Schicksal von Ludwik Janik ging, war eine andere Sache.

Vom Kirchturm her drang plötzlich ein seltsames Geläut. Der Klöppel schlug in ungewohnt schneller Folge gegen nur eine Glockenwand. Wer gab hier Alarm? Die Köpfe der Dörfler fuhren herum. Einer sah den anderen an und suchte nach dem Küster, dem Pfarrer, die sich allerdings schnell unter den Schaulustigen finden ließen. Ein Lärmen begann, ein Hasten und Durcheinander, als sei das unerlaubt ausgelöste Geläut weit mehr zu verurteilen als das, was hier vor aller Augen geschah. Das nahm Anna zum Anlaß, unbemerkt zu verschwinden.

Kein Wort hatte sie Ludwik von dem erzählt, was in Gola passiert war, kein Wort. Ebensowenig erfuhr er von ihr, daß sie sich immer öfter mit Wilhelm von Mickwitz traf. Alles war zu einer Frage der Zeit geworden, die Anna glaubte gelöst zu haben, wenn da nicht der Rohrdorfer Dorfpolizist gewesen wäre. Der hatte sie nämlich mit Ludwik erwischt, wie er es später Annas Vater gegenüber ausdrückte. Und damit war die letzte Gefahrenstufe erreicht. Ziethen, wie der Polizist im

Dorf allgemein genannt wurde, hatte ein Gespräch zwischen Anna und Ludwik belauscht. Dabei ging es um zwei deportierte und zu Tode geschwächte Polinnen, die Ludwik vor einem Transport ins KZ retten und fürs erste in den Schweinetrögen des Hoffmannswirtes verstecken wollte. Anna sollte helfen. Ziethen hörte, wie Ludwik Janik die Tochter des Herrn Major duzte, und er sah, wie das Fräulein Anna den Polen umarmte. Da hatte er nicht mehr an sich halten können und sich zu erkennen gegeben. Den Schreck, den er den beiden einjagte, hatte er sehr wohl bemerkt. Da halfen auch Annas schnippische Bemerkungen nichts mehr. Ludwik wurde weiß wie ein Leintuch und begann trotz der Novemberkälte zu schwitzen.
Am nächsten Tag machte Ziethen, der Dorfpolizist, beim Herrn Major seine Meldung. Kurz darauf verlobte sich Anna mit Wilhelm von Mickwitz. Den beiden Polinnen blieb mit Hilfe von Annas Vater der Transport ins KZ erspart, nur Ludwik Janik wurde verhaftet, und Anna erfuhr nie, wohin er gebracht worden war.

Anna öffnete die Augen. Es war dunkler geworden. Dämmerung mischte sich in den faden Winternachmittag. Vom Silvesterschnee keine Spur mehr. Das Licht hing zwischen den Jahreszeiten. An einen Frühling war noch lange nicht zu denken.
Obwohl sich Anna mit aller Gewalt aus der Vergangenheit gerissen hatte, brauchte sie alle Kraft, um nicht abermals hineinzustürzen, nicht auch noch an die erste Nacht denken zu müssen, die sie mit Wilhelm verbracht hatte, an die Hochzeit und ihre Lüge, mit der sie Wilhelm später ihre Schwangerschaft untergejubelt hatte.
Anna stand auf. Jedes Geräusch, das sie verursachte, zog ein Echo hinter sich her. Die Vergangenheit hatte sie eingeholt,

ließ keine Gegenwart zu, schon gar nicht die Zukunft. Anna blieb nicht viel Zeit.

Oskars Stimme klang müde. Warum heute, warum jetzt? fragte er, und Anna sagte: Also bis gleich.
Oskar hatte eine Vorliebe für Licht. Seine Wohnung war voll großer, kleiner, stehender und hängender Lampen, die allesamt so kunstvoll angebracht und aufgestellt waren, daß er die Lichtverhältnisse nach seinen Stimmungen ausrichten konnte. Er brauche das, behauptete er, denn Dunkelheit sei für ihn nur zu ertragen, wenn er sie jederzeit mit Licht ausfüllen könne. Ebenso konnte es auch passieren, daß er alle Zimmer in ein so schummriges Licht versetzte, daß es unmöglich war zu lesen. Ein anderes Mal strahlte er nur die Bilder an, seine Bücher und zwei Plastiken, die in seinem Schlafzimmer standen. Damit sei eine in Gefahr geratene Distanz wiederherzustellen, hatte er Anna einmal verraten. Er sprach zum Beispiel von Arbeitslicht, Liebes- und Lustlicht, hatte Lampen, die er zum Träumen anknipste, und welche, die er nur für Gespräche benutzte.
Anna hatte sich beeilt. Außer Oskar gab es niemanden, mit dem sie über ihre Situation reden konnte. Er war der einzige, der ihre Geschichte kannte, dessen Rat sie jetzt brauchte, und sie war sogar bereit, seinen Spott hinzunehmen, wenn er ihr nur zuhörte.
Als Oskar die Tür öffnete, war Anna über die ungewohnte Helligkeit in der Wohnung erstaunt. Alle Lampen, sowohl im Flur als auch in den Zimmern, waren eingeschaltet und verbreiteten ein unangenehmes Licht, in dem Oskar fremd und blaß wirkte.
Anna kniff die Augen zusammen.
Was bedeutet diese schreckliche Beleuchtung?
Oskar antwortete mürrisch, daß er sie sich so und nicht anders

wünsche. Auch im Wohnzimmer hatte Oskar für eine Lichtflut gesorgt, als sei Anna zu Probeaufnahmen erschienen. Kamera läuft. Nur Anna fehlten die Worte. Ihre Vergangenheit paßte hier nicht ins Bild, schon gar nicht die mit Ludwik Janik. Sie begriff plötzlich, daß alles, was sie Oskar darüber erzählen wollte, vierundvierzig Jahre zu spät kam, um bei irgend jemandem auf Verständnis stoßen zu können. Auch wenn sie sich noch so sehr um Sachlichkeit bemühen und es an Ehrlichkeit nicht fehlen lassen würde. Ihre Geschichte war und blieb eine Trivialgeschichte, eine Story für Heftchen, rührselig und geschmacklos.
Also, was ist los? fragte Oskar.
Anna sah in sein grell beleuchtetes Gesicht und suchte darin nach der vertrauten Ironie. Sie suchte vergeblich. Da war wirklich nichts als Blässe zwischen Augen, Mund und Nase.
Du siehst schlecht aus, sagte sie.
Ich weiß, sagte er.
Obwohl sie geschminkt war, bemerkte er jede Falte in ihrem Gesicht. Es waren neue hinzugekommen und signalisierten das Alter. Nicht anders die kleinen, braunen Flecken, die, in unterschiedlichen Abständen, bisher nur auf ihren Handrükken zu erkennen waren und sich jetzt auch an den Schläfen zeigten. Oskar beruhigte es, an Anna die Zeichen des Alterns festzustellen. Er war so sehr mit seiner Beobachtung beschäftigt, daß er nicht darauf achtete, was sie ihm mitteilte, sondern sich nur auf ihre Stimme konzentrierte. Die war weder brüchig noch hart, sondern unverändert warm.
Hör mir zu und starr mich nicht so an, sagte Anna.
Also hörte er zu, erfuhr, was er schon lange wußte und für ihn nichts Neues war.
Das hast du mir alles schon einmal vor über zehn Jahren in einem Hotel in Posen erzählt, sagte er.
Anna, die sich absichtlich auf kein Detail einließ und auf kein

Bekenntnis ihrer Gefühle aus war, hatte Mühe weiterzureden. Das viele Licht ging ihr auf die Nerven. Es blendete und erinnerte sie an einen Operationssaal.
Mach bitte ein paar Lampen aus.
Nein, sagte Oskar, ich brauche das Licht.
Anna schwieg.
Du bist doch sicher nicht hergekommen, nur um mir mitzuteilen, was ich ohnehin schon weiß, sagte er nun freundlicher.
Er sah über ihren Kopf hinweg und kontrollierte die Helligkeit des Raumes, stellte einen Schatten fest, als sei er ein Fleck zwischen den Regalen, und machte sich an den Lampen zu schaffen. Anna war es angenehm, daß er sie nicht ansah, während sie sprach.
Vera hat herausgefunden, daß Wilhelm nicht ihr Vater ist.
Annas Bericht war sachlich, vielleicht zu sachlich, denn Oskar schien die Tragik der Situation nicht zu begreifen. Warum sie denn ihrer Tochter nicht die Wahrheit sagte, wollte er wissen, Vera sei alt genug, um so eine Nachricht zu verkraften. Und er fügte mit spröder Stimme hinzu, daß es seiner Meinung nach größere Probleme im Leben zu bewältigen gäbe.
Was für eine Binsenwahrheit, fuhr Anna ihn an, es gibt immer größere Probleme. Sag doch gleich, daß dich die ganze Angelegenheit nicht interessiert.
Stimmt, sagte Oskar. Aber er sprach so leise, daß Anna es nicht hören konnte.
Ich habe immer geglaubt, du bist mein bester Freund, sagte sie enttäuscht und stand auf.
Lauf nicht weg.
Es blieb mir nichts anderes übrig, als zu schweigen, sagte sie zögernd. Es ging ja nie allein um mich. Es ging genauso um Ludwik und später um Wilhelm, Vera und wenn du willst, auch um Bosco.

Auf die du alle Rücksicht genommen hast? fragte Oskar mit Spott in den Augen.
Es ist mir egal, wie du das nennst, sagte sie trotzig, aber es hat in den vielen Jahren keinen Zeitpunkt gegeben, an dem irgend jemandem geholfen gewesen wäre, wenn ich ihm die Wahrheit gesagt hätte.
Anna lief auf und ab, als könnte sie mit ihren Schritten die Diskussion in Gang bringen, derentwegen sie hier war. Oskar ließ sich viel Zeit. Er war allem Anschein nach immer noch nicht bereit, die Tragik ihrer verzweifelten Lage einzusehen.
Sag doch etwas, forderte sie ihn auf, irgendeine Meinung wirst du doch haben, wenn dir schon kein Rat einfällt.
Du hast mit gezinkten Karten gespielt, und Rücksicht hast du in erster Linie wohl immer nur auf dich genommen. Das ist meine Meinung.
Annas Schritte hatten ihre Geräusche verloren. Nur an der Helligkeit änderte sich nichts, und sie glaubte, sie bis auf die Knochen zu spüren, von oben bis unten durchschaubar.
Ich weiß mir nicht mehr zu helfen, sagte sie.
Jetzt lächelte er, vielleicht, weil ihm seine Schroffheit leid tat. Er stand ein wenig mühsam auf und umarmte sie mit einer Vorsicht, als sei sie zerbrechlich. Sein Arm lag ganz leicht auf ihrer Schulter, und eigentlich spürte sie nur seine Hand, die sie jetzt im Zimmer auf und ab führte, als befänden sich beide auf einer Wanderung durch unwegsames Land. Schon wollte sie ihm für sein Mitgefühl danken, wollte fortfahren, von ihrer Angst zu berichten und von ihrer Furcht, Veras Fragen beantworten zu müssen, als Oskar plötzlich stehenblieb. Anna sah Schweiß auf seiner Stirn, und seine Hand wurde auf ihrer Schulter ganz schwer.
Es geht gleich vorüber, sagte er.
Was?
Die Schmerzen.

Er ließ sich in einen Sessel fallen und atmete mit geschlossenen Augen ein paarmal tief durch.
Was hast du?
Krebs.
Sie wiederholte das Wort. Sprach es mit großer Bestürzung aus, erst als Frage und dann als Feststellung. Sie sah ihn an und hatte das Gefühl, daß alles Weitere, was auch immer sie sagen wollte, das Falsche sein würde, längst schon von ihm ausgesprochen, gedacht und durchgestanden, die Frage nach der Gewißheit, vor allem aber die Angst vor Schmerzen und die Angst vor dem Tod.
Brauchst du deshalb soviel Licht?
Oskar nickte, erleichtert darüber, daß sie nicht in das übliche Mitleid ausbrach, nicht die Frage stellte, warum es gerade ihn erwischt habe.
Seitdem ich weiß, daß ich Krebs habe, kann ich nicht genug Licht um mich haben. Komisch, nicht?
Er zuckte ein wenig verlegen mit den Schultern und redete gleich weiter, als müsse er sich rechtfertigen.
Mit der Dunkelheit ist das so eine Sache. Sie ist mir nicht mehr vertraut. Statt sie zu lieben, fürchte ich sie. Das ist nicht gut. Aber ich kann es nicht ändern.
Seit wann weißt du es? fragte Anna so sachlich wie möglich, konnte aber nicht verhindern, daß ihre Stimme zitterte.
Seit Dezember vorigen Jahres.
Also deshalb war Oskar nicht mit auf die Silvesterfahrt gekommen, war lieber allein geblieben, mit seiner Krankheit beschäftigt, mit dem Tod und der Angst davor. Und Anna? Lustig hatte sie sich über ihn gemacht, ihn in Gedanken einen Spielverderber, Langweiler und alten Mann genannt. Sie wußte, wenn sie jetzt aufstand, um ihn zu umarmen, würde sie ihre Tränen nicht mehr zurückhalten können. Also blieb sie sitzen, die Hände fest aneinandergedrückt.

Was ist es für ein Krebs?
Blasenkrebs, der sich langsam an die Nieren heranfrißt.
Aber ...
Kein aber. Ich lasse mich nicht operieren. Ich bin nicht bereit, den Rest meines Lebens mit an Beinen oder Bauch befestigten Plastiksäckchen herumzulaufen. Ich will kein Opfer der chirurgischen und radiologischen Maschinerie werden, um dann doch elend und willenlos zu verrecken.
Du willst nicht um dein Leben kämpfen?
Nicht um das, was mir bevorsteht. Wenn ich um etwas kämpfe, dann ist es Gelassenheit. Vielleicht habe ich ja Glück und sterbe an Nierenversagen, das ist angeblich der sanfteste Tod, der mir blühen kann. So jedenfalls hat es mir der Arzt erklärt.
Oskar schien erschöpft. Als Anna erneut zu einer Frage ansetzte, winkte er ab.
Es ist alles über mich gesagt, Anna, jetzt können wir wieder über dich reden.
Sie brachte ein Lachen fertig, ein kleines und sehr kurzes Lachen. Aber es paßte irgendwie und beruhigte ihn. Komm her, sagte er, komm her und setz dich neben mich.
Sie saßen eine Weile im Licht der vielen Lampen, und es dauerte seine Zeit, bis sie den Mut hatte, seine Hand zu nehmen, die er ihrer Meinung nach viel zu schnell wieder zurückzog.
Möchtest du, daß ich gehe?
Ja.
Sie verabschiedeten sich wie immer. Vielleicht, daß sie ihn ein wenig länger umarmte als sonst und er sie fragte, wann sie denn wiederkäme.
Jederzeit, sagte sie, wann immer du willst.
Als er sie zur Tür brachte, war er wieder ganz der Alte, ohne Anzeichen von Krankheit und Tod. Einen Augenblick lang

kam es ihr vor, als ob alles, was sie von ihm erfahren hatte, nur ein furchtbares Hirngespinst war, um die eigene Misere zu verdrängen. Jetzt kehrte auch der Spott in Oskars Blick zurück, saß in den Winkeln seiner Augen.
Was dich angeht, sagte er zwischen Tür und Angel, was dich angeht, solltest du wenigstens einmal versuchen, nicht vor dir selbst wegzulaufen.

Es war Lottes Idee gewesen. Lotte, die nicht lockerließ, bis Vera ihr die ganze Geschichte erzählt hatte.
Das einzige, was du jetzt brauchst, ist Gewißheit, sagte sie, vorher lohnt es sich nicht, sich aufzuregen. Vielleicht tust du deiner Mutter unrecht.
Und wie komme ich zu der Gewißheit?
Lotte lachte. Es sei doch die einfachste Sache der Welt, anhand einer Speichelprobe von ihr und den Eltern die jeweilige Blutgruppe festzustellen.
Das Ergebnis kann ebenso einfach wie kompliziert sein, widersprach Vera, nur im simpelsten Fall kann man von hundertprozentiger Sicherheit ausgehen. Außerdem wisse sie ihre eigene Blutgruppe und brauche sie nicht mehr zu bestimmen.
Aber Lotte bestand darauf zur Vervollständigung des Testes. Wenn schon, denn schon, ermunterte sie die Freundin, und jetzt mach dich auf den Weg zu deinem Vater. Bring irgendwas von ihm mit, einen Briefumschlag, den er zugeklebt, eine Briefmarke, die er mit der Zunge befeuchtet hat, oder eine Zigarettenkippe. Irgend etwas wirst du ja finden.
Aber er fährt heute mittag zurück nach Hannover. Ich weiß gar nicht, ob er noch im Savoy ist.
Dann versuche es trotzdem, geh ins Hotel oder gleich zum Zug, aber beeile dich ein bißchen.
Auf diese Weise war es Lotte zu verdanken, daß Vera jetzt im Savoy an die Tür des Zimmers im zweiten Stock klopfte, in

dem der Vater stets zu wohnen pflegte. Er war noch nicht abgereist.
Wilhelm war auf den Besuch seiner Tochter nicht vorbereitet, hatte den Kellner erwartet, der ihm das bestellte Kännchen Kaffee bringen sollte.
Stellen Sie es auf den Tisch, sagte er ohne hinzusehen.
Sein massiger Körper wirkte über den Koffer gebeugt noch unförmiger. Eine Strähne seines schütteren Haars war ihm über die Stirn gerutscht. Er stand noch im Hemd da, und die Füße steckten nur in Strümpfen. Vera konnte sich nicht besinnen, ihren Vater jemals ungekämmt, mit Hosenträgern, ohne Jackett und ohne Schuhe gesehen zu haben. Umständlich packte er seine Sachen, faltete linkisch Hemden und Hosen zusammen. Dabei war sein Atem zu hören, als leiste er schwere, körperliche Arbeit. Einen kurzen Augenblick lang hatte Vera das Bedürfnis, ihn zu streicheln. Er wirkte einsam auf sie, sehr einsam und ohne die übliche Maskerade der übertriebenen Korrektheit mit dem Gehabe der väterlichen Strenge und irgendwie hilflos.
Leiser und sanfter, als es sonst ihre Art war, sagte sie:
Ich bin's, Papa.
Wilhelm erschrak. Verblüfft zog er sich schnell seine Jacke an, strich sich über die Haare und schlüpfte in seine Schuhe.
Wieso kommst du jetzt hierher? sagte er, ohne auch nur einen Funken von Freude über den unerwarteten Besuch seiner Tochter zu zeigen. Vera hatte mit dieser Frage gerechnet und ein Lächeln parat.
Ich wollte dir auf Wiedersehen sagen und mich noch mal bei dir bedanken.
Wofür?
Für dein Angebot, Bosco und mir eine Wohnung zu kaufen.
Nicht dir, dem Jungen wird die Wohnung gehören, du sollst lediglich mit ihm darin wohnen.

Da war sie wieder, diese polternde Stimme, die keine Zärtlichkeit zuließ, die immer maßregelte und nie anerkannte. Merkwürdigerweise empfand Vera nicht den sonst üblichen Zorn. Sie war auch nicht eingeschnappt. Sie sah nur diesen massigen, alten Mann an, der nicht mehr ihr Vater war und es nur noch nicht wußte. Schweigend ging sie zu seinem Koffer, packte ihn fertig und klappte ihn zu.
Freust du dich nicht, daß ich vorbeigekommen bin?
Wilhelm wußte nicht, was es darauf zu antworten gab. Fragen dieser Art war er nicht gewohnt, und so versuchte er seine Verlegenheit hinter weiterem Mißmut zu verbergen.
Für etwas, was man nicht annimmt, braucht man sich nicht zu bedanken, sagte er, und du scheinst ja auf alles, was ich dir und dem Jungen bieten will, zugunsten deines Hallodri zu verzichten.
Und endlich tat er das, worauf sie die ganze Zeit gewartet hatte, er holte sein Etui aus der Tasche und zündete sich eine Zigarette an. Gott sei Dank. Sie starrte dem milchigen Rauch nach, der jetzt in kleinen Schwaden an ihr vorbei durch das Zimmer zog.
Hast du es dir denn anders überlegt? fragte er, und sie hörte die Hoffnung aus seiner Stimme heraus.
Nein, sagte sie.
Eine Weile war jeder mit den eigenen Gedanken und dem Schweigen des anderen beschäftigt. Keiner von beiden wollte eine erneute Auseinandersetzung.
Als der Kellner mit dem Kaffee kam, hatte Wilhelm seine Zigarette zu Ende geraucht. Er merkte nicht, daß Vera die Kippe in ein Zellophantütchen und dann in ihre Tasche steckte. Er verabschiedete sie freundlich, aber bestimmt, brachte sie bis an die Tür und ließ sich von ihr wie immer rechts und links auf die Wangen küssen.

Sich von Anna eine Zigarettenkippe zu beschaffen war zwar einfacher, fiel Vera aber weit schwerer. Sie wollte der Mutter nicht begegnen, und das hieß, in ihrer Abwesenheit in die Wohnung zu kommen.
Ich habe Angst gehabt, erzählte Vera der Freundin später, und ich hatte das Gefühl, ein Unrecht zu tun.
Um es hinter sich zu bringen, war Vera gleich vom Savoy-Hotel zu Annas Wohnung gefahren. Vorher hatte sie von einer Zelle aus telefoniert und festgestellt, daß der Anrufbeantworter eingeschaltet und Anna demzufolge nicht zu Hause war. Auch das Auto stand nicht in der Garage, und wenn Vera sich beeilte, war die Sache in zwei Minuten erledigt. Nur zwei Minuten können eben verdammt lang sein. Alles schien ihr zu laut zu sein, der Schlüssel im Schloß, die Tür, selbst die Schritte auf dem Teppichboden. Vera hielt die Luft an, sah sich nicht um und ging zielsicher auf Annas Schreibtisch zu, wo der Aschenbecher rechts neben dem Computer zu stehen pflegte. Leer. Also weiter. Vielleicht war im Wohnzimmer eine Kippe zu finden. Vera stieß gegen den Couchtisch und erschrak über das Scheppern der Gegenstände, die darauf lagen. Auch hier war nichts als die gewohnte Ordnung zu finden.
Blieb noch die Küche. Und da lag eine aufgeschlagene Zeitung neben einem leeren Kaffeebecher und im Aschenbecher, halb geraucht mit zentimeterlanger Asche, Annas Morgenzigarette. Der Aufwand hatte sich gelohnt. Wenn nur nicht das Kribbeln in den Fingern wäre, das kleine Zittern der Hände, während Vera ihr Zellophantütchen hervorholte. Ihr war schlecht. Es hätte nicht viel gefehlt, und sie wäre unverrichteter Dinge weggelaufen. Aber dann sah sie wieder den Vater vor sich, der nicht ihr Vater war, sah ihn als Kind auf dem Foto zwischen den Zweigen des eigenen Kirschbaums sitzen, sah ihn als glücklichen Bräutigam neben der Mutter abgebil-

det, erinnerte sich ihres Kinderwunsches, diesem Vater zu ähneln und seine Anerkennung zu finden, und sah Bosco an der Hand des Großvaters über den Hof gehen. Das alles wollte sie jetzt nach vier Jahrzehnten in Zweifel ziehen. Hinterging hier die Tochter die Mutter, oder hatte die Mutter den Vater hintergangen und damit die Tochter? Noch drei Atemzüge, dann rutschte die Kippe ins Tütchen.

Lotte ließ Vera nicht im Stich. Gemeinsam zerschnippelten sie die Zigarettenbanderolen und steckten sie in die Eppendorf-Röhrchen, fügten ein Antiserum hinzu und ließen es dann, wie der Test es verlangte, bei 4° Celsius über Nacht stehen. Am nächsten Morgen konnte der Anteil der ungebundenen Antikörper im Röhrchen nachgewiesen werden. Und damit standen die Blutgruppen fest. Das Ergebnis war eindeutig. Veras Blutgruppe stimmte nicht mit der von Wilhelm von Mickwitz überein, er konnte gar nicht ihr Vater sein.

Und nun?

Du gehst zu deiner Mutter und sprichst mit ihr, sagte Lotte. Das war leichter gesagt als getan. Vera fühlte sich nicht in der Lage, irgendeinen Entschluß zu fassen. Sie ging im Labor ihrer Arbeit nach, nicht bereit, mit Lotte noch weiterzudiskutieren. Ständig standen ihr die Buchstaben der Blutgruppen vor Augen, malten sich an die Wände, standen in den Fenstern, hingen am Himmel und übersäten jedes Papier. Annas Blutgruppe war A, die vom Vater B, ihre eigene hingegen war ebenfalls A. Wäre Wilhelm ihr Vater, müßte sie die Blutgruppe AB haben. Von jetzt an war sie eine vaterlose Gesellin, eine, die der Esel im Galopp verloren hatte, wie man das früher zu nennen pflegte.

Hast du denn gar kein Selbstbewußtsein? fragte Lotte die Freundin am Abend. Vera zog nur die Schultern hoch und schüttelte den Kopf.

Das änderte sich erst, als Anna noch einmal versuchte, Vera

zu erreichen. Das Telefonat war kurz, bestand eigentlich nur aus der Frage, ob sie sich nicht noch einmal in Ruhe unterhalten könnten, und der Antwort, daß Vera bereit sei, am Abend bei der Mutter vorbeizukommen.
Aus ihr selbst unerfindlichen Gründen machte sich Vera für den Besuch bei der Mutter schön. Sie frisierte und schminkte sich anders und zog ein Kleid an, von dem sie wußte, daß es Anna nicht kannte.
Wie du aussiehst, sagte Bosco und starrte die Mutter an.
Und wie sehe ich aus?
Na anders, irgendwie ganz anders, murmelte er, indem er um sie herumging, als gehöre sie nicht zu ihm.
Gefalle ich dir denn?
Nein.

Natürlich war Anna nervös. Ganz gegen ihre Gewohnheit hatte sie für Vera gekocht. Schon zweimal hatte sie die Gedecke hin- und hergeräumt, vom Wohnzimmer in die Küche und wieder zurück. Der eine Platz war ihr zu offiziell, der andere zu gewöhnlich. Vielleicht hätte sie lieber nichts vorbereiten sollen, um die ganze Sache nicht noch mehr zu komplizieren. Anna wußte genau, daß sie alles daransetzen würde, ihre Notlüge nicht preiszugeben. Nicht jetzt, nachdem ihr Leben davon geprägt worden war, das von Vera, Ludwik und Wilhelm. Die Holunderzeit gehörte der Vergangenheit an und hatte nichts mehr mit der Gegenwart zu tun.
Auch Anna wunderte sich über Veras verändertes Aussehen. Sie hatte die Haare streng zurückgekämmt und trug entgegen ihren sonstigen Gewohnheiten ein hochgeschlossenes Kleid. Das Rouge in ihrem Gesicht hob ihre schrägen Backenknochen hervor, und noch nie waren Anna die kleinen, sichelförmigen Falten rechts und links der Mundwinkel aufgefallen. Zum erstenmal wurde ihr Veras Ähnlichkeit mit Ludwik

bewußt. Auch wie sie mit leicht geneigtem Kopf einen Augenblick im Flur stehenblieb und die Mutter ohne Lächeln fixierte, um dann, ohne sie zu berühren, dicht an ihr vorbeizugehen, das war Ludwiks Gehabe, wenn er sich über Anna geärgert hatte. Fehlte bloß noch, daß Vera jetzt unvorbereitet ein Lächeln aufsetzte, das grundlos in ihrem Gesicht stehenblieb, bis Anna etwas sagte. Aber Vera lächelte nicht, und auch sonst verschwand wieder alles an ihr, was Anna noch eben an Ludwik erinnert hatte.
Ich bin nicht zum Essen gekommen, sagte Vera, nachdem sie den im Wohnzimmer gedeckten Tisch wahrgenommen hatte, ich habe auch keinen Hunger.
Was dann?
Du hast mich hergebeten, Anna.
Vera ersparte der Mutter nichts, kam ihr nicht entgegen, mit keiner Umarmung und keiner Freundlichkeit. Unversöhnlich und streng saß sie vor Anna im Sessel, die Beine nebeneinandergestellt, wie zum Sprung bereit.
Aus der Küche drang der Geruch von Gebratenem, breitete sich aus und wies auf die vergebliche Liebesmüh der Mutter hin. Kein Wort des Vorwurfs, Anna ließ sich nicht provozieren, war auf Eintracht aus und nicht auf Zwietracht. Sie nahm sich Zeit und überlegte sich einen Satz nach dem anderen, mit denen sie Veras Kindheit zusammentrug.
Weißt du noch, begann sie leise mit den Schilderungen von Begebenheiten, in denen sich Vera als Kind wohl gefühlt hatte, und endete dann mit den Worten: Warst du da nicht glücklich?
Vera unterbrach die Mutter mit keinem Wort, widersprach nicht und stimmte auch nicht zu. Sie saß unbeweglich, mit einem nur von der Schminke belebten Gesicht da. Hin und wieder zuckten die Lider über den Augäpfeln, selbst der Blick blieb stur.

Hörst du mir überhaupt zu?
Ja.
Anna überschlug ein paar Jahre, erinnerte jetzt an die Zeit, in der sie mit der Tochter allein und ohne Vater gewohnt hatte. Sie erwähnte die Vertrautheit, die zwischen ihnen in diesen Jahren gewachsen war und sie einander immer nähergebracht hatte. Auch auf die Scheidung ging sie ein, wenn auch kurz und mit spröder Stimme, hastig, als fürchte sie gerade an dieser Stelle einen Einwurf der Tochter. Und der kam, war eine Frage, die alles vorher Gesagte messerscharf zunichte machte.
Wer ist mein Vater?
Warum fängst du wieder damit an? sagte Anna mit leichtem Vorwurf. Ich bin nicht bereit, mit dir darüber zu reden.
Jetzt endlich bewegte sich Vera, lehnte sich im Sessel zurück und schlug die Beine übereinander, als müsse sie sich nach dieser Frage ausruhen.
Du wirst es tun müssen, ob du willst oder nicht, sagte sie fast freundlich und schob Anna einen Zettel zu, auf dem sie mit großen Buchstaben Namen und Blutgruppen von sich und den Eltern aufgemalt hatte.
Wäre ich Papas Tochter, müßte ich die Blutgruppe AB haben, sagte sie, aber ich habe wie du die Blutgruppe A.
Anna saß in der Falle. Jeder weitere Widerspruch war zwecklos, auch Ausreden halfen nicht weiter, schon gar nicht die Frage, auf welche Weise sich Vera den Nachweis der Blutgruppen beschafft hatte. Unerbittlich schien sich der Kreis zwischen Jugend und Alter zu schließen und die Tatsachen ihres Lebens an die richtige Stelle zu rücken.
Laß mir Zeit, Vera.
Du hast dir genug Zeit genommen. Jetzt bin ich dran, und ich will unter keinen Umständen deine Lügen auch nur noch einen Tag länger mit mir herumschleppen. Hab ich vielleicht kein Recht darauf zu erfahren, wer mein Vater ist?

Natürlich, murmelte Anna vor sich hin, natürlich, es ist nur...
Sie blieb mitten im Satz stecken und sah Vera flehentlich an.
Aber Veras Geduld war zu Ende. Sie sprang auf, packte die Mutter an den Schultern und schüttelte sie hin und her.
Sag endlich, wer mein Vater ist, jetzt auf der Stelle!
Sie ließ die Mutter nicht los, spürte aber, wie schmal Annas Schultern waren, wie leicht ihr Gewicht. Sie hätte sie hochheben können.
Also wer?
Ein Pole.
Vera ließ Anna so plötzlich los, daß die Mutter in den Sessel zurückfiel.
Ein Pole? sagte Vera, ein Pole? Ich bin also die Tochter eines Polen. Du hast ein Polackenkind auf die Welt gebracht?
Anna fuhr sich mit beiden Händen in den Nacken, als könnte sie auf diese Weise den eigenen Hals aus der Schlinge ziehen.
Red nicht so, sagte sie leise, nicht in diesem Ton.
Und Papa? fragte Vera, ohne auf die Forderung der Mutter einzugehen, was weiß Papa?
Nichts.
Vera ging staksig auf Annas Barockspiegel zu, der in Kopfhöhe neben dem Fenster hing. Sie beugte sich dicht vor das Glas, als sei sie kurzsichtig, betrachtete prüfend ihr Gesicht und fuhr sich dabei mit den Fingern über die Lippen, die Brauen, die Haare.
Sag mir, wie er heißt, mein polnischer Vater, und wo ich ihn finden kann.
Anna spürte jede Schweißperle, die sich durch die Poren an die Schläfen drückte. Ihr Mund war trocken. Es gab keine Ausrede mehr, keine Lüge, kein Hintertürchen, durch das sie noch hätte schlüpfen können.
Ludwik Janik, sagte sie schließlich, dein Vater ist Ludwik

Janik. Damals Traktorfahrer in Rohrdorf, heute Kombinatsdirektor in Ujazd.
Dann kenne ich ihn ja, sagte Vera und wandte sich vom Spiegel ab verblüfft der Mutter zu.
Ja, sagte Anna, du kennst ihn.
Und er, weiß er denn, daß ich seine Tochter bin?
Nein.
Das ist Wahnsinn! Vera schlug sich mit der flachen Hand gegen die Stirn, das ist absoluter Wahnsinn. Was bist du für eine Frau!
Du kennst ja die Geschichte gar nicht, sagte Anna. Du hast keine Ahnung, was sich damals, zwischen den Jahren 1944 und '45, abgespielt hat. Hör mir doch erst einmal zu!
Aber Vera hörte nicht zu. Ihre Füße begannen sich in winzigen Schritten rückwärts zu bewegen, schoben sich lautlos über den Teppich, so daß es Anna gar nicht bemerkte. Erst als Vera die Hand hob und auf sie zeigte, wurde ihr der Abstand zwischen ihnen bewußt.
Du hast es zugelassen, sagte Vera jetzt und begann den Satz wieder von vorn, du hast es zugelassen, daß ich damals in Polen Ludwik Janik die Hand gab, unter einem Dach mit ihm wohnte und gemeinsam mit ihm an einem Tisch aß, ohne zu wissen, daß er mein Vater ist. Das hast du fertiggebracht.
Vera ging weiter rückwärts, stand nun im Flur. Das alles wirkte zunehmend theatralisch.
Anna lief hinter ihr her. Unter keinen Umständen durfte sie Vera in Unkenntnis der damaligen Geschehnisse weggehen lassen. Aber Vera schlug die Hand der Mutter zurück.
Laß mich los, sagte sie, faß mich nicht an, ich will hier weg, ich halte deine Nähe nicht aus. Kein Versuch, die Mutter verstehen zu wollen, nicht einmal Neugier. Nur raus, nichts wie weg!
Wo willst du denn hin?

Zu Papa, sagte Vera ganz ruhig, morgen werde ich mit der ersten Maschine nach Hannover fliegen und mit ihm sprechen.
Die Tür flog krachend ins Schloß und schluckte das Nein, das Anna der Tochter hinterherrief.
Der zu kleinen Wällen hochgeschippte graue Schnee gab Vera die Laufrichtung an. Immer geradeaus, scharf links und scharf rechts, eben so, wie der Fußweg gefegt war. Hier draußen im Grunewald herrschte Ordnung, kein Aufenthaltsort für Polackentöchter.
Vera fuhr direkt nach Hause. Dort fand sie einen Zettel mit der Nachricht, daß Bosco bei Urs sei und dort schlafen wolle. Noch im Mantel lief sie zum Schreibtisch, riß die Schubladen auf und wühlte so lange herum, bis sie die Fotos von Ujazd gefunden hatte. Bilder, auf denen Ludwik Janik zu sehen war, Bilder, die sie vor Jahr und Tag gemacht hatte, als sie die Mutter während ihres Aufenthalts in Polen auf dem einst väterlichen Gut mit einem Besuch überraschte. Es war wie verhext, auf keinem der Fotos war Ludwik Janik. Anna, immer wieder Anna, die fröhlich in die Landschaft wies, unter einem Baum stand, beim Kaufmann den Männern zuprostete, mit der alten Jula die Glocken läutete oder mit Kindern vor dem Schloß herumtobte. Felder, immer wieder weite Felder, dazwischen schiefe Bäume und nicht endende Wälder am Horizont. Die Kleinstadt, Pferdewagen und Annas Elternhaus, das Schloß, ramponiert und zweckentfremdet. Dann der Park, Bilder vom Park mit der alten Linde und den Platanen, so groß, wie sie höchstens noch im Tiergarten zu finden waren. Endlich ein Foto mit Ludwik Janik. Er saß im Park auf einer Bank neben ihr, ringsherum die Dorfjugend, die Vera über die Situation der Aussiedler in der Bundesrepublik befragte. Darunter waren der Sohn und die Tochter von Friedel Kowalek, die zur deutschen Zeit im

Schloß Dienstmädchen gewesen war. Janka und Tomek, Vera erinnerte sich genau, wie die beiden sie gefragt hatten, ob sie an ihrer Stelle in die Bundesrepublik gehen würde. Ludwik Janik hatte Wort für Wort übersetzt und nur zum Schluß eine Frage gestellt.
Und Sie, hatte er gefragt, würden Sie gern hier leben?
Sie hatte gelacht und geantwortet, nie im Leben, denn sie sei schließlich eine Deutsche.
Sein Gesicht ist nicht sehr deutlich zu erkennen, mehr die Haltung und die Hände, die auf einem seiner übereinandergeschlagenen Knie liegen. Auf dem Foto sieht er sie an, neugierig, ohne Lächeln, voller Interesse.
Kurz bevor dieses Foto gemacht worden war, hatte er ihr auf den Feldern, nicht weit vom Schloß, als sie dort allein spazierenging, leise hinterhergepfiffen. Das hatte ihr gefallen, es war lustig und kumpelhaft gewesen und ganz gewiß nicht angemessen für einen stellvertretenden Kombinatsdirektor, der er damals war. Später hatte er sie dann eingeladen, im Reitstall des Kombinats zu reiten, und Vera sah plötzlich sein besorgtes Gesicht vor sich, als das Pferd scheute, hinterrücks ins Gehölz setzte und sie um ein Haar abgeworfen hätte.
Jetzt brauchte sie kein Foto mehr. Klar hatte sie seine Gesichtszüge vor sich, seine bernsteinfarbenen Augen, mit denen er sie so oft lange angesehen hatte, daß es ihr aufgefallen war. Das also war ihr Vater.
Und plötzlich begann sie ihn in ihren Kindheitserinnerungen mit Wilhelm auszutauschen, saß auf seinem Schoß, sang für ihn, aß und schlief für ihn und glaubte in allem, was sie tat, seine Anerkennung zu finden. Er brachte ihr das Fahrradfahren bei, er erzählte ihr Gutenachtgeschichten, er lobte sie für gute Noten in der Schule, und was das Schönste war, er versprach ihr in Ujazd einen Kirschbaum, wenn sie alt genug war, hinaufklettern zu können. Ludwik Janik war das ganze

Gegenteil von Wilhelm von Mickwitz, und in Veras Phantasie sagte er nie: Du bist eben ein Mädchen. Es schien überhaupt nichts an ihm auszusetzen zu geben außer der Tatsache, daß ihm Anna seine Rolle als Vater bis zum heutigen Tag verschwiegen hatte. Das veränderte das Bild.
Ludwik Janik hatte nicht die Tochter gemeint, als er ihr kumpelhaft auf den Feldern nachpfiff, sondern die Mutter. Der Erinnerung an sie hatte Vera das Reiten im Kombinat zu verdanken. Für den Vater war die Tochter nichts weiter als ein Abklatsch der Mutter gewesen, eine sentimentale Erinnerung an seine Liebe, die nichts mit ihr zu tun hatte, schon gar nicht als Tochter. Und so schnell, wie sie dem neuen Vater begegnet war, so schnell verschwand er auch schon wieder aus ihrem Kopf und ließ um so schmerzlicher die Enttäuschung über Anna zurück. Anna, die Mutter, die der Tochter den Vater vorenthalten hatte.

Urs hatte gehofft, Vera zu Hause anzutreffen. Der Streit neulich ging ihm nicht aus dem Kopf. Er mußte mit ihr reden und die Dinge zwischen ihnen in Ordnung bringen. Es war höchste Zeit, daß sie von seinen Auslandsplänen erfuhr, egal, ob der Vertrag bereits unterschrieben war oder nicht. Jedes Hinausschieben würde sie im Augenblick als weiteren Betrug empfinden. Diesmal nicht von Anna, diesmal von ihm.
Aber er traf nur Bosco an, der, versunken in eins seiner Comic-Hefte, vor dem Fernseher hing, was ihm beides für diese Tageszeit untersagt war.
Mama ist ja nicht da, verteidigte er sich trotzig, obwohl ihm der Vater keinen Vorwurf gemacht, sondern nur schweigend das Heftchen an sich genommen und den Fernseher ausgeschaltet hatte.
Immer bin ich allein, jammerte Bosco, nicht mal zur Groß-

mutter durfte ich mit. Und ins Bett soll ich auch ohne Mama, findest du das gerecht?
Urs nickte. Bosco nehme Vera schließlich auch nicht mit auf den Sportplatz oder zu seinen Freunden.
Du siehst ja, was passiert, wenn Erwachsene kommen, sagte er, dir wird sofort das verboten, was dir Spaß macht.
Bleibst du jetzt wenigstens hier?
Nein, sagte Urs, aber wenn du willst, nehme ich dich mit. Ich will mit dir was besprechen.
Bosco fühlte, wie er vor Stolz rot wurde. Der Vater wollte etwas mit ihm besprechen. Als sei er sein Freund und erwachsen, klopfte Urs ihm auf die Schulter.
Auf geht's, sagte er.
Schweigend saß Bosco in dem klapprigen VW-Bus und hörte die Leiter des Vaters auf dem Dach klappern. Für alles kam er sich zu klein, zu dumm, zu unerfahren vor. Seine Stimme war zu hoch, seine Beine baumelten in der Luft und reichten nicht mal bis zum Boden des Wagens, aber was noch viel schlimmer war, er konnte seine Neugier nicht bezähmen. Nichts wünschte er sich mehr, als in diesem Augenblick erwachsen zu sein, um mit den richtigen Worten die richtige Frage zu stellen.
Ist es was Schönes, was du mit mir besprechen willst? fragte er schließlich und starrte dabei durch die Windschutzscheibe auf die vor ihnen fahrenden Autos.
Nein, sagte Urs, ich glaube nicht.
Ein paar Minuten später saßen sie in einer Kneipe am Winterfeldtplatz.
Was darf's sein, junger Mann? fragte der Ober, und Bosco bestellte sich Pommes mit Ketchup.
Es war laut hier. Viele kannten sich. Der Vater wurde von allen möglichen Leuten gegrüßt und aufgefordert, sich an ihren Tisch zu setzen. Aber er lehnte ab und sagte, daß er mit

seinem Sohn etwas zu besprechen habe, von dem Bosco jetzt wußte, daß es nichts Gutes verhieß.

Die Portion Pommes kam, Bosco goß das Ketchup darüber, und der Vater sah ihm dabei zu.

Ich werde für eine Weile verreisen, sagte Urs, ich werde um die halbe Welt fahren, und es wird lange dauern, bis ich wieder zurückkomme.

Bosco ließ sich den Schrecken, den die Worte in ihm auslösten, nicht anmerken, nur seine Beine begannen unter dem Tisch heftig hin und her zu schaukeln.

Aus jedem Land, in dem ich mich aufhalte, werde ich dir und Mama eine Karte schreiben.

Warum? fragte Bosco, denn er wußte nicht, was ihm die Ansichtskarten nützen sollten, wenn der Vater nicht da war.

Damit ihr wißt, wo ich bin, sagte Urs.

Und weil Bosco keine Reaktion zeigte, kein Einverständnis signalisierte, aber auch keinen Unmut, und nicht einmal fragte, was denn den Vater zu dieser Reise veranlaßte, wurde Urs ungeduldig. Interessiert dich meine Reise nicht?

Nein.

Boscos Füße hielten mit einemmal still, suchten den Fußboden und stemmten sich gegen die Dielen.

Und was ist mit der Wohnung in der Danckelmannstraße?

Also hatte Vera dem Jungen verschwiegen, daß aus dem Plan, zusammenzuziehen, nichts werden würde.

Hör zu, sagte er und starrte dabei in sein Bierglas, wie kann ich denn um die Welt fahren und gleichzeitig mit euch in die Danckelmannstraße ziehen?

Aber wenn du zurück bist.

Dann werden wir sehen, was ist. Erst fahr ich mal los.

Urs erklärte Bosco seine Reiseroute, berichtete von den Hotels, die er zu fotografieren hatte, und von den Ländern, die er besichtigen würde. Erzählte von Elefanten und Krokodilen,

von Rinderherden in Texas, von Tempeln in Asien und Eisbergen im Norden. Mit dem Schiff würde er fahren, mit Jeeps und der Transsibirischen Eisenbahn.
Bosco hörte nur mit halbem Ohr zu. Ihn interessierten weder die Elefanten, die der Vater sehen würde, noch die Tempel in Taiwan, ein Ort, von dem er gar nicht wußte, wo er lag, noch Wüsten oder Eisberge. Ihn interessierte nur, daß der Vater wegging und ihn zurückließ.
Es sei keineswegs nur das pure Vergnügen, sagte Urs unbehaglich, schließlich müsse er ja auch Geld verdienen.
Und was wolltest du mit mir besprechen? fragte Bosco.
Zum Beispiel, sagte Urs langsam, zum Beispiel, in welchem Land du mich gern mit Mama besuchen würdest.
In gar keinem, sagte Bosco höflich, du mußt ja erst einmal losfahren.
Nun geriet das Gespräch ins Stocken, und Urs hatte nichts mehr dagegen, als sich weitere Gäste an ihren Tisch setzten.
Als sie die Kneipe verließen, schob Bosco entgegen seiner sonstigen Gewohnheit seine Hand in die des Vaters.
Kann ich heute bei dir schlafen? fragte er, und Urs nahm Bosco auf den Arm, trug ihn die kurze Strecke bis in die Wohnung, wobei sie ihre Köpfe fest aneinanderdrückten.
Vera erfuhr erst ein paar Tage später davon, daß Urs sich auf eine Weltreise vorbereitete. Bosco hatte dem Vater Stillschweigen versprochen, und er hielt sein Versprechen, vielleicht auch froh darüber, der Mutter die traurige Nachricht nicht sagen zu müssen.
Der Anlaß war ein Streit, unbeabsichtigt und nichtssagend. Möglicherweise wäre er auch schnell wieder in Vergessenheit geraten, wenn Urs nicht diese Bemerkung herausgerutscht wäre, sie möge sich daran gewöhnen, Dinge auch ohne ihn zu entscheiden, im Sommer sei er sowieso nicht mehr da.
Nun war es heraus, und weil der Anfang gemacht war, gab

Urs auch zu, im kommenden Winter nicht in Berlin zu sein. Er zählte Land für Land auf, in das er zu reisen beabsichtige. Ein Abenteuer, sagte er, vor allem aber eine Chance, die er sich nicht entgehen lassen wolle. Er kam ins Schwärmen. Die Geheimniskrämerei hatte ein Ende gefunden, und Vera brach nicht in die von ihm befürchtete Panik aus.
Dabei bemerkte er gar nicht, wie blaß sie geworden war. Und als sie schließlich sagte, daß sie sich nach dem, was in der letzten Zeit alles passiert sei, nun auch von ihm verlassen fühle, nahm er sie in den Arm.
Wenn ich für ein paar Monate oder ein Jahr weg bin, heißt das doch nicht, daß ich dich verlasse, sagte er.
Vera gab keine Antwort, schluckte jedes weitere Wort herunter, unfähig, ihre Ängste auszudrücken oder Urs um Verständnis zu bitten. Aber er war ohnehin viel zu sehr mit dem beschäftigt, was er ihr erzählte und von dem sie nur soviel begriff, daß er sich ohne ihr Wissen entschlossen hatte, sie und Bosco für Monate, vielleicht auch für immer allein zu lassen.
Wann fährst du los?
Ich weiß es noch nicht.

ZWEITER TEIL

Um diese Jahreszeit war kaum ein Dorfbewohner von Ujazd auf dem Friedhof zu sehen. Der Winter war zwar vorbei, aber vom Frühling noch längst nicht die Rede. Nur Schneeglöckchen blühten schon, wuchsen in kleinen Büscheln auf Stefan Kowaleks Grab, jetzt das dritte Jahr. Im Halbrund gefächert lagen die Gräber um die alte Kirche herum, eine Ruhestätte von der anderen durch kleine Pfade getrennt, damit Platz für die Pflege blieb, für das Pflanzen und Gießen, für das Säubern der Steine und Kreuze von Regenwasser und Vogeldreck.
Hier ruhen Stefan Kowalek und ... war in Polnisch mit Geburts- und Todesdatum auf der rechten Seite des Grabsteins zu lesen. Die linke Seite war frei, spiegelte nur die kalte Märzsonne wider und sollte, so war es mit Stefan ausgemacht, nach Friedels Tod ihren Namen zieren, ihren Geburtstag und ihr Todesdatum.
Aber so, wie es aussah, schien daraus nichts mehr zu werden. Friedel Kowalek hatte sich vorgenommen, in den Westen zu gehen, und das bedeutete, die linke Seite des Steins würde leer bleiben, mit den Jahren an Glanz verlieren und ein Dokument dessen sein, was Stefan zu seinen Lebzeiten abgelehnt hatte: das Verlassen der Heimat.
Was sein muß, muß sein, sagte Friedel Kowalek und klopfte

mit dem Knöchel ihres Zeigefingers an den Grabstein. Dabei hielt sie den Kopf schräg nach unten und schob die Wollmütze vom Ohr, als erwarte sie Stefans Zustimmung aus dem Grab. Sie sehnte sich nach einem Signal und wenn es nur das Nicken der Schneeglöckchen wäre, vielleicht auch das Auffliegen eines Vogels. Aber alles blieb, wie es war, laut- und bewegungslos in der gewohnten Friedhofsruhe. Hin und wieder war ein Pferdegespann mit Wagen von der nahe gelegenen Straße zu hören, auch schon mal ein Traktor oder das Auto, mit dem der zum Direktor avancierte Ludwik Janik von einem Hof zum anderen fuhr. Vom Park her kamen keine Geräusche, da schilpten höchstens die Spatzen im Geäst der alten Eichen, und über den Platanen kreisten die Krähen.

Ich kann warten, sagte Friedel und begann mit kleinen Schritten das Grab ihres Mannes zu umkreisen, ließ die Schneeglöckchen nicht aus dem Blick, nicht den Efeu und vor allem nicht die für sie vorgesehene leere Fläche des polierten Steins. Weiß der Himmel, vielleicht würde ihr Stefan gerade an dieser Stelle eine Mitteilung machen. Aber außer der Märzsonne spiegelte sich nichts wider. Friedel fing an zu reden, wie sie früher mit Stefan geredet hatte, berichtete von den Gesprächen mit Tomek und wie sie das Geld zusammengespart hatten, um es für die Antragstellung auf der Behörde in einem Kuvert über den Tisch zu schieben.

Ohne Bestechung ist nichts zu machen, in Polen wäscht eine Hand die andere, frag Tomek.

Friedel hielt in ihrer Wanderung inne, sah auf den Stein und glaubte einen Moment lang, Stefans gurgelnde Pfeife zu hören, an der er zu seinen Lebzeiten immer dann zu ziehen pflegte, wenn er sich entschloß, eine Meinung zu äußern. Aber es war nur das Gurren einer Ringeltaube drüben im Park, und Friedel setzte ihren Bericht mit einem Sprichwort fort, das die alte Jula früher an Beerdigungen der Toten benutzte, die unerwartet von einer auf die andere Stunde das Zeitliche gesegnet hatten: Besser schnell gestorben als langsam verdorben.

Stefan hatte unterm Efeu gut liegen, während sie auf ihre alten Tage dem eigenen Schicksal und dem der Kinder eine neue Wendung geben mußte. Das glaubte sie wenigstens. Endlich war der Stein ins Rollen gekommen. Sie war in der Stadt gewesen und gleich danach zum Friedhof gegangen.

Angefangen hatte alles mit Tomek. Der war eines Tages von der Arbeit nach Hause gekommen und hatte die Nachricht mitgebracht, daß der Zloty mal wieder um fünfzehn Prozent abgewertet worden war, während die Einzelhandelspreise für Waren und Dienstleistungen um sechsunddreißig Prozent stiegen. Die Grundnahrungsmittel, Benzin, Mieten, Tabak und Schnaps sollten gar um die Hälfte teurer werden, die Kohle ab April um zweihundert Prozent und Gas und Strom um hundert Prozent. Aber das sei noch lange nicht das Ende der Fahnenstange, hätten die Solidarność-Anhänger gesagt und seien auf ihren Demonstrationen dafür eingesperrt worden.

Abhauen müßte man, sagte Tomek, abhauen wie die hundertachtzehn Polen, die sich während einer Schiffsreise im Januar in die BRD abgesetzt hatten. Darauf herrschte in der Kowalekschen Küche lange Zeit Stille.

Unsereins müßte ja nicht unerlaubt abhauen, sagte Friedel, bei Licht besehen, sind wir Deutsche, wenn wir wollen.

Mehr sagte sie vorerst nicht, und das war vielleicht gut so. Tomek sprang auf, um sich gleich wieder hinzusetzen. Seine Augen wurden klein, und sein ganzes Gesicht zog sich zu einer Grimasse fest. Dabei hielt er die Luft an, und seine Hände ballten sich zu Fäusten. Und weil Tomek keine Anstalten machte, das Grimassieren einzustellen oder auch nur seine Haltung zu ändern, geschweige denn mit irgendeinem

Wort auf das zu reagieren, was die Mutter da gesagt hatte, entschloß sich Friedel, weiter laut zu denken.

Allein wie wir hier zu viert wohnen müssen, sagte sie, das ist kein Leben, nicht für dich, nicht für deine Familie, nicht für mich. Und eine eigne Wohnung, sie lachte, die wirst du dir mit deinem Gehalt als Elektrotechniker nie leisten können. Bis du in Rente gehst, wirst du im Sommer mit deinem Motorrad und im Winter mit dem Bus nach Leszno zur Arbeit fahren müssen. Und deine Frau wird sich mit der Zeit drüben im Kiosk die Beine so krumm stehen, bis du ihr eins von den Broten, die sie dort verkauft, quer durchwerfen kannst. Nein, Junge, in Ujazd kommst du nicht vorwärts. Wer wegmachen kann und trotzdem hierbleibt, der gibt sich selber auf.

Endlich atmete Tomek wieder normal, und die Grimasse verschwand aus seinem Gesicht.

Damals haben wir die Papiere auch nicht gekriegt, sagte er. Aber in seinem Kopf, das sah Friedel ihm an, hatte sich ihr Vorschlag festgesetzt und ging dort auf wie Hefe im Teig. Nur jetzt kein falsches Wort. Dann fiel alle Hoffnung wieder in sich zusammen, und ein Ende des elendigen Alltags blieb für immer unabsehbar.

Ich könnte deiner Tante schreiben, sagte Friedel.

Die Tante ist alt, antwortete Tomek.

Das macht nichts, sie ist meine Schwester. Sie hat ein Häuschen am Rand von Berlin. Sie wird helfen.

Und wenn nicht?

Dann haben wir noch die Anna vom Schloß, die wohnt auch dort, die wird auch helfen.

Wieder trat Stille ein. Bald war es soweit, daß Renata vom Kiosk nach Hause kam, den vierjährigen Jan an der Hand, der den Nachmittag über meist bei Tomeks Schwiegermutter, der alten Fedeczkowa, verbrachte. Die hatte ihr Leben lang dafür gesorgt, daß das eine Ende des Dorfes wußte, was am anderen vor sich ging. Im Laufe der Jahre war ihr für ihr Alter viel zu früh das Gehör abhanden gekommen, und die Leute in Ujazd behaupteten, es sei der Wille des Herrn gewesen, daß die Fedeczkowa nichts mehr von dem verstand, was der eine zum anderen sagte, um dem Klatsch unter den nicht mehr als eintausend zählenden Dörflern ein Ende zu setzen. Blieb der Fedeczkowa nur noch der Enkel, mit dem sie den Nachmittag über herumbrüllte und der, ohne Schaden an seiner Seele zu nehmen, zurückbrüllte, bis er Kuchen bekam oder Bonbons. Kein Wort zu Renata, sagte Tomek. Die Sache sollte vorerst nur zwischen ihm und der Mutter bleiben. Friedel Kowalek sah sich in der Küche um und blickte aus dem Fenster. Alles hatte hier seit mehr als vierzig Jahren seinen unverrückbaren Platz. Der Herd, der Schrank, der Tisch und die Bank, auf der sie saßen. Und im Hof, von der Funzel über der Haustür beleuchtet, der Abort neben dem Karnickelgehege, auf der anderen Seite das Brennholz, die Hühner-, Enten- und Gänseställe.

Im Reich, sagte sie zu ihrem Sohn, im Reich werden wir ein Wasserklosett und Zentralheizung haben. Sie stand auf, schob mit dem Haken die Ringe vom Feuerloch und warf ein paar Scheite in den Herd.

Das Abendgeläut setzte ein, regelmäßig und auf den Schlag genau drei Minuten lang. So hatte es der Pfarrer von Tomek einstellen lassen. Nach dem Tod der alten Jula hatte sich niemand mehr gefunden, der im Kirchturm die Glocken läuten wollte. Nachdem es in Ujazd zu Unpünktlichkeiten mit dem Geläut gekommen war, hatte der Pfarrer, der auch die Gemeinden der Nachbardörfer betreuen mußte, Tomek eines Tages gebeten, ein elektrisches Getriebe einzubauen. Einfach war das nicht gewesen, und es hatte den Herrn Pfarrer alles zusammen einige D-Mark gekostet, die er, wie er sagte, durch Spenden aus der Bundesrepublik erhalten habe.

Die Fedeczkowa behauptete allerdings, daß sich der Herr Pfarrer die Deutschmark auf dem Schwarzmarkt besorgt hätte. Eingetauscht, sagte sie, eingetauscht hat er sie gegen ein Heiligenbild, das in der Sakristei gehangen hat und noch von den Deutschen her stammt. Sie wisse das genau, krähte sie hinter vorgehaltener Hand, denn je tauber sie würde, um so besser könne sie sehen.

Friedel hörte dem Geläut ein paar Atemzüge lang zu, winkte zum Fenster und sagte: So werden wir dann auch kochen, Tomek, elektrisch oder auf Gas. Du wirst bald ein Auto haben, Renata eine Waschmaschine und ich einen Farbfernseher.

Dann ging sie hinüber in die Stube, öffnete die oberste Schublade im Schrank zwischen den Fenstern, holte eine Schachtel hervor, trug sie zurück in die Küche und öffnete sie vor den Augen des Sohnes.

Hier, sagte sie und nahm ein Bündel Zlotys heraus, mehr habe ich nicht. Meinst du, das wird für den Anfang reichen?

Friedel hatte mittlerweile die Erde rund um Stefan Kowaleks Grab festgetreten, stand nun still, schob abermals die Wollmütze vom Ohr, legte den Kopf schief und überprüfte Efeu, Schneeglöckchen und Grabstein.

Und was glaubst du, Stefan Kowalek, flüsterte sie, hat unser Tomek gemacht? Er hat sein Erspartes dazugelegt und gesagt, ich soll gehen und sehen, was sich machen läßt.

Nichts rührte sich auf dem Grab. Auch gut, dachte sich Friedel, dann soll er jetzt noch den Rest erfahren.

Als Renata mit Jan nach Hause kam, waren sich Mutter und Sohn inzwischen einig, daß ihr Erspartes nicht reichen würde. Wer konnte schon mit Zlotys etwas anfangen. D-Mark war gefragt, Kognak, Fernseher und Waschmaschinen. Also mußte Friedel tatsächlich sehen, was sich machen ließ.

Als erstes schrieb sie der Schwester einen Brief, in dem gleich am Anfang stand, daß ihr die Familie Kowalek nicht zur Last fallen würde. Aber Tomek wolle nun mal in Berlin zu was kommen, und ohne verwandtschaftlichen Nachweis sei es schwer, in der Stadt ein Unterkommen zu finden. Zudem sei Berlin nicht so weit von zu Hause entfernt wie Westdeutschland, und auch das müsse bei ihren Überlegungen berücksichtigt werden. Sehr lang war der Brief nicht. Von Ujazd, so schrieb Friedel abschließend, gäbe es nichts zu berichten. Sie seien soweit alle gesund und hofften recht bald auf die Ausreise, um im Westen ein neues Leben beginnen zu können.

Friedel hatte sich Wort für Wort überlegt, hatte die Sätze immer wieder verworfen und von neuem begonnen. Nur die Anrede war immer die alte geblieben, liebe Schwester. Es wäre Friedel ein leichtes gewesen, ihrer Tochter den Brief mitzugeben. Schließlich arbeitete Janka in der Stadt bei der Post. Aber sie fürchtete ihre Fragen und traute ihr zu, den Brief heimlich zu öffnen, um ihn dann vielleicht zu zerreißen. Eigentlich war es egal, was die Schwester antwortete, die Hauptsache blieb der Nachweis, Verwandtschaft in West-Berlin zu haben.

Friedel gestand ihrem toten Mann, den Gott selig haben möge, daß sie von Stund an ungeahnte Kräfte verspürte. Gleich am folgenden Tag habe sie sich, mit dem Brief an die Schwester in der Tasche, auf den Weg in die Stadt gemacht. Selbst in der Wahl ihrer Kleider war sie vorsichtig und zog nichts an, von dem man vermuten konnte, daß es Geschenke aus dem Westen seien. Das würde die Amtsangestellten nur auf dumme Gedanken bringen, und die sollten gleich wissen, daß aus leerem Stroh kein Weizen zu dreschen war.

Die Behörde, bei der es die Anträge zur Ausreise gab, lag in der Bahnhofstraße. Zur Zeit der Deutschen war hier das Landratsamt gewesen, wo Friedel vor ihrer Eheschließung mit Stefan ihren arischen Nachweis hatte vorlegen müssen. Keine Juden, aber halbe Polacken, hatte der Beamte gesagt und mürrisch die Papiere ausgestellt, in denen schwarz auf weiß stand, daß Stefans Vater und Friedels Mutter Polen waren, während der jeweils andere Elternteil die deutsche Staatsangehörigkeit besaß. Nach Ende des Krieges waren sie dann abermals hier gewesen, um sich als Polen einzubürgern, und jetzt, inzwischen im 65. Lebensjahr und ohne Stefan, war sie zum drittenmal hier, nun allerdings mit der Behauptung, immer eine Deutsche gewesen zu sein, und mit der Absicht, Kinder und Enkel mit heim ins Reich zu nehmen.

Im Wartezimmer roch es nach Lysol, das in allen Amtsräumen für das Putzwasser verwendet wurde, nach Tabak und Schweiß. Wer hier saß, redete nicht viel, war um den eigenen Vorteil bemüht und hatte wenig Interesse an den Hoffnungen anderer. Friedel überlegte sich für den Beamten allerhand Begründungen, die vorzubringen waren, aber keine schien ihr wirklich stichhaltig. Immer blieb es bei dem Anfang, wir sind Deutsche, und deshalb wollen wir zurück ins Reich. Aber was hieß zurück? Sie war ja noch nie da gewesen. Also mußte sie das Wort zurück streichen. Und Reich würde sie auch nicht sagen, sondern BRD.

Friedel rückte auf ihrem Stuhl hin und her, sah nach links und nach rechts in die Gesichter der Wartenden um sich herum, die alle gleich schweigsam vor sich hin starrten, wohl ebenfalls damit beschäftigt, sich Argumente zurechtzulegen. Aus Ujazd war niemand dabei. Friedel Kowalek kannte überhaupt niemanden von denen, die hier ihre Ausreise beantragten. Schließlich faßte sie sich ein Herz und fragte den jungen Mann neben ihr, wie lange er schon warte. Ein halbes Jahr, sagte er, und fragen Sie mich nicht, was mich das bisher gekostet hat. Darauf fuhren alle Köpfe zu ihm herum, und er wurde knallrot. Zeit ist auch Geld, murmelte er schließlich.

Immer wenn ein Antragsteller aus dem Dienstzimmer kam, konnte er sich der neugierigen Blicke kaum erwehren. Manche winkten nur ab, andere fluchten und rieben zum Verständnis aller Daumen gegen Zeigefinger. Nur eine Frau strahlte und sagte, daß sie es geschafft habe.
Wie, fragte der junge Mann neben Friedel, wie? Er wußte, daß die Frau erst vor vier Wochen ihren Antrag gestellt hatte, und so schnell war es noch bei keinem gegangen.
Wir hatten in der K. Wielkiego ein Haus, sagte sie leise und sah vielsagend in die Runde. Und weil sie nicht sagte, wir haben in der K. Wielkiego ein Haus, wußte jeder Bescheid. Wer von denen, die hier saßen, hatte schon ein Haus zu bieten und dann noch in einer Straße, die von allen Bewohnern der Kreisstadt bevorzugt wurde.
Von da an wartete Friedel nur noch, ohne zu denken, und betete, der Herr möge ihr die ungeahnten Kräfte erhalten. Als sie endlich an der Reihe war, wollte sie es kaum glauben, aber hinter dem Schreibtisch im Dienstzimmer saß kein Mann, sondern eine junge Frau, kaum älter als Janka. Erst dachte Friedel Kowalek, das sei von Glück, und sie lächelte. Aber die Beamtin hielt nichts vom Lächeln, sah Friedel an, besser gesagt, durch sie hindurch, und fragte ohne Umschweife nach ihrem Anliegen.
Mein Vater war Deutscher, begann Friedel vorsichtig und fing an von ihrer Kindheit zu berichten, von der deutschen Schule und ihrer Tätigkeit als Dienstmädchen im Schloß bei der Familie von Zertsch.
Das interessiert mich nicht, Frau Kowalek. Für mich sind Sie Polin, Ihr Mann war Pole, und Ihre Kinder sind auch Polen. Was wollen Sie?
Ausreisen, sagte Friedel, etwas anderes fiel ihr nicht mehr ein, wir möchten einen Antrag stellen.
Wer?

Na ich, sagte Friedel, mein Sohn Tomek mit seiner Frau und dem Kind und die Janka mit ihrem Mann.
Haben Sie noch mehr Kinder? fragte die Beamtin.
Ja, den Leon, sagte Friedel Kowalek, aber der lebt in Wrocław, hat dort studiert und wird mit seiner Familie dort bleiben.
Die Beamtin sah abermals durch Friedel hindurch und fing dabei an zu sprechen, erst leise, dann immer lauter. Von Undank war die Rede, von Ausbildung, von Verantwortung, vor allem aber davon, daß weder Tomeks Frau noch Jankas Mann deutscher Abstammung seien.
Aber sie sind mit deutschen Kindeskindern verheiratet, wandte Friedel ein und fühlte, wie sie unter der Wollmütze zu schwitzen begann. Ganz unerwartet lachte die Beamtin jetzt doch, aber es war ein häßliches Lachen, eins, das nichts Gutes verhieß und nicht vom Herzen kam, sondern von der Zunge. Sie lehnte sich zurück in ihren Stuhl und sah erstmals nicht durch Friedel Kowalek hindurch, sondern direkt in ihre Augen. Dann zog sie die Oberlippe von ihren Zähnen, und einer ihrer versilberten Eckzähne wurde sichtbar. Schnell und Friedels Meinung nach frech behauptete sie, daß keine Anträge vorhanden seien und sie nicht wisse, wann neue Formulare kämen.
Friedel verzog keine Miene, griff nur in die Tasche und holte das Kuvert mit ihrem Ersparten hervor, lumpige Zlotys, weder Dollar noch D-Mark. Eigentlich zählten Zlotys nichts, das wußte auch Friedel, aber wenn sie nicht wenigstens für die Formulare reichten, hatten alle weiteren Bemühungen erst gar keinen Sinn.
Verloren lag das weiße Kuvert auf der Schreibtischplatte. Und weil die Frau nicht danach griff, schubste ihr Friedel den Umschlag Zentimeter um Zentimeter zu und hörte dabei ihr Herz klopfen. Ganz langsam schoben sich die Beamtinnenfin-

ger unter das Papier und zogen das Bündel Zlotys hervor, um es gleich wieder im Umschlag verschwinden zu lassen.
Ja, sagte die Beamtin und dann noch einmal, ja.
Das war nicht viel und ließ auf nichts schließen, obwohl es sich um vierzigtausend Zlotys handelte, eine Summe, die immerhin das Monatsgehalt dieser Frau weit überstieg. Aber umgerechnet in westliche Währung waren es nicht mehr als zehn D-Mark, und das wiederum war nicht der Rede wert.
Endlich ruckte der Stuhl der Beamtin, sie stand auf. Sie werde noch einmal nachsehen, sagte sie, ohne eine größere Suchaktion vorzutäuschen, zog eine Schublade auf und hielt einen ganzen Packen der ersehnten Papiere in der Hand.
Wieviel?
Fünf, flüsterte Friedel mit trockenen Lippen, fünf, wenn der Junge mit bei den Eltern aufgeschrieben werden kann.
Langsam zählte die Beamtin fünf Bögen ab und wog sie dann in den Händen, als hätten sie ein besonderes Gewicht.
Jeder unterschreibt seinen Antrag persönlich, sagte die Beamtin, sah erneut durch Friedel hindurch und fügte ganz nebenbei hinzu, daß Friedel Kowalek doch sicher wisse, wieviel Zeit so eine Bearbeitung in Anspruch nehme, und auch keine Garantie für die Ausreise damit verbunden sei.
Friedel nickte, seufzte und wußte nur zu gut, was diese Mitteilung bedeutete. Mit Zlotys brauchte sie hier nicht mehr zu erscheinen, da war anderes gefragt. Trotzdem dankte sie lächelnd, rückte den Stuhl, auf dem sie Platz genommen hatte, wieder ordentlich zurecht, grüßte zum Abschied, ohne eine Antwort zu bekommen, und verließ mit energischen Schritten das Dienstzimmer.
Je strenger die Gesetze, um so schlechter die Menschen, sagte Friedel zu sich, mit den Gedanken noch ganz bei der Behörde, deren Beamte sich ohne Scham von denen, die sich zum Deutschtum bekannten, wie eine Gans stopfen ließen. Aber

immerhin, wenigstens konnte sie nach diesem ersten Erfolg und mit den Ausreiseformularen in der Tasche guten Gewissens den Brief an die Schwester auf den Weg bringen. Die Tochter saß wie immer hinter dem Schalter und sah durch das runde Loch in der Milchglasscheibe der Mutter erstaunt entgegen.
Ist etwas passiert?
Muß denn gleich etwas passiert sein, wenn ich auf die Post komme? fragte Friedel und holte den Brief aus der Tasche.
Janka strich ihn glatt, legte ihn auf die Waage.
Achtzig Zlotys, sagte sie, und Friedel kramte die Münzen hervor.
Warum schreibst du der Tante? Sie kümmert sich doch sowieso nicht um uns.
Vielleicht deshalb, sagte Friedel und überlegte, ob sie der Tochter eine Andeutung machen sollte. Aber niemand konnte wissen, ob nicht vielleicht Mithörer hinter dem undurchsichtigen Glas saßen. Also war es klüger, den Mund zu halten und bis zum Abend zu warten. Friedels Blick streifte die Wände der Schalterhalle. Das war keine Farbe mehr an der Wand, das war Dreck, der von der Mauer abbröckelte. In die eisernen Säulen in der Mitte des Raums hatte sich im Lauf der Jahre der Rost gefressen, Steine waren aus dem Fußboden gebrochen, und durch die Fenster zog es wie Hechtsuppe. Nein, hier hatte, Friedels Meinung nach, Janka die längste Zeit gearbeitet.

Du mußt zugeben, Stefan, das ist kein Leben, was unsere Janka verdient hat, das nicht.
Friedel hatte, Gott weiß, wie lange, hier auf dem Friedhof gestanden, hatte ihrem Mann und ihrem Gewissen zuliebe noch einmal alles nachvollzogen, teils in Worten, teils in Gedanken, was in Sachen Aussiedlung vor sich gegangen war. Nichts gab es, was sie Stefan verschwiegen hatte, nichts, was

von ihr beschönigt oder mieser dargestellt worden wäre, als es war.
Nun war es an der Zeit, daß sich Stefan Kowalek endlich äußerte. Aber unter dem Efeu lag nach wie vor Grabesstille. Friedel mußte ohne Stefans Zustimmung nach Hause gehen und die Dinge allein in die Hand nehmen.

Im Lauf der Jahre hatte es sich eingebürgert, daß Janka und ihr Mann Jósef Staszak jeden Freitag bei Friedel Kowalek Abendbrot aßen. Natürlich sah sich die Familie auch unter der Woche, aber da hatte man selten Zeit, tauschte nur Informationen aus, wünschte sich einen guten Tag, fragte, wie es dem anderen ginge, und bekam von jedem die gleiche Antwort.
Wie soll es einem in solchen Zeiten schon gehen, sagte einer zum anderen, in denen der Zloty das Umdrehen nicht lohnt. Oft sagten sie nicht einmal das, sondern winkten nur ab.
Tomek ging nach Leszno, wo er bei einem Elektroinstallateur arbeitete, Janka zur Post in die Kreisstadt, während Renatas Weg zur Arbeit der kürzeste war. Sie brauchte nur quer über den Dorfplatz zu gehen und den Kiosk aufzuschließen, in dem sie Brot verkaufte, Süßigkeiten und Getränke. Jósef war selten im Dorf anzutreffen. Als Zootechniker und Schafsmeister im Kombinat hielt er sich meistens in den Ställen auf. Mehrmals am Tag fuhr er auf seinem Motorrad in die umliegenden Dörfer, deren frühere Gutshöfe dem Kombinat von Ujazd angeschlossen waren. Es konnte auch sein, daß er mit Ludwik Janik von der Verwaltung aus rüber zum Schloß ging, wo die Kombinatsangestellten das Essen einnahmen. Dann hieß meist die Antwort auf die Frage: Wie geht's? nicht, daß der Zloty das Umdrehen nicht wert sei, sondern man fragte höflich zurück, wie es einem schon gehen solle, denn mit denen vom Kombinat wollte man sich nicht anlegen.

Ein Festessen war das am Freitagabend nie, aber Friedel kochte für ihre Kinder und Schwiegerkinder reihum deren Lieblingsgerichte. Heute hatte sie Reibekuchen vorbereitet, Placki mit Apfelmus und saurem Rahm, davon konnte Jósef nie genug kriegen. Als Tomek mit Renata, den kleinen Jan zwischen sich, und Janka mit Jósef schon am Küchentisch saßen, stand Friedel noch neben dem Herd und rieb die Kartoffeln zu Mus. Frisch unter der Reibe weg, mit Zwiebeln gemischt und mit Ei, Mehl und Salz verrührt, kam der Teig schnell in die Pfanne, denn er durfte nicht blau werden, und wurde zu handtellergroßen Fladen in Öl goldgelb gebraten. Als der erste Placek in der Pfanne zischte, sich der Dunst des Gesottenen in der Küche breitmachte und einen derartigen Appetit auslöste, daß alle Gespräche verstummten, sah Friedel den richtigen Zeitpunkt für das gekommen, was sie zu sagen hatte.
Placek für Placek schob sie von der Pfanne auf die Teller, hörte das Kauen, das Schlucken und begann in ihrer Rede weit auszuholen. Da war von ihrem deutschen Vater, Gott hab ihn selig, die Rede und von Stefans deutscher Mutter, von der Zeit, wo Deutsch ihre Muttersprache gewesen sei, von ihrer Arbeit im Schloß, vom Kriegsende und der Schwester, die schon 1945 nach drüben gemacht sei und jetzt wie die Made im Speck lebe. Friedel legte eine Pause ein, hoffte auf Zustimmung, bekam aber keine zu hören. Auch nicht von Tomek. Darauf erwähnte sie die rapide Teuerung, zählte auf, was Tomek aufgezählt hatte, und stellte zum Schluß die Frage, ob sie denn alle vier blind und taub in ihrem Elend hockenbleiben wollten.
Ich für meinen Teil nicht, sagte Tomek jetzt, ohne die Mutter anzusehen. Er sah überhaupt niemanden an, nahm seinen Sohn auf den Schoß und kratzte auf dessen abgegessenem Teller herum.

Was willst du denn damit sagen? fragte Janka. Da war was im Busch, da hatten Bruder und Mutter eine Absprache getroffen, von der sie nichts wußte und der sie augenblicklich auf den Grund gehen wollte.

Aber Tomek hob lediglich die Schultern und wiegte den Kopf hin und her. Janka ließ nicht locker und ließ nur ein einziges Wort in die Runde fallen.

Ausreisen?

Jósef reagierte als erster: Wo der Hase auf die Welt kommt, da bleibt er.

Bin ich vielleicht ein Hase? fuhr ihn Friedel empört an, nahm die Pfanne vom Herd und setzte sich an den Tisch. Sie nahm die Zeitung vom Fensterbrett, in die sie die Formulare gelegt hatte, und breitete die einzelnen Blätter vor sich aus. Die hab ich heute geholt, sagte sie und strich die Seiten mit der Handkante glatt.

Ohne uns zu fragen? fiel ihr Janka ins Wort, und Friedel antwortete, jede Silbe betonend, daß schließlich einer den Anfang machen müsse, und das sei nun einmal sie gewesen, sozusagen als Deutsche von Geburt an. Aber jeder müsse natürlich für sich selbst entscheiden.

Du willst wirklich gehen, fragte Janka, von Ujazd weg, von uns, weg von deinem Enkel und von Papas Grab?

Friedel sah rüber zu Tomek und sagte: Der Vater ist tot, wenn er lebte, käme er mit.

Das glaub ich nie, sagte Janka, damals, vor fünfzehn Jahren, als Pani Anna hier war, wollte er auch nicht weg.

Das war damals. Heute würde er gehen, euretwegen. Ich weiß es.

Friedel saß die Lüge im Hals. Sie mußte sich räuspern. Kein einziges Zeichen seines Einverständnisses hatte Stefan gegeben, solange sie auch an seinem Grab ausgeharrt hatte. Wenn ihr Tomek jetzt nicht zu Hilfe käme, war alles umsonst und

ihr Erspartes beim Teufel, denn ohne die Kinder, das wußte Friedel Kowalek genau, würde sie nie nach drüben gehen. Alle schwiegen, auch Jan muckste sich nicht, saß mit roten Backen und von den Placki schläfrig geworden auf Tomeks Schoß. Kein Wunder also, daß er zusammenfuhr und zu quengeln begann, als Tomek plötzlich viel zu laut sagte: Die Mutter hat recht. Und zur Bekräftigung seiner Worte griff er über den Tisch nach den Formularen und vertiefte sich in den vorgedruckten Text.
Und ich? fragte Renata.
Du kommst mit! Oder willst du dir bis ans Lebensende im Kiosk auf dem Dorfplatz von Ujazd die Beine in den Bauch stehen? Und aus dir, sagte Tomek und hob seinen Sohn hoch in die Luft, aus dir machen wir in Berlin einen Prinzen oder einen Direktor.
Jan, über die unerwartete Zuwendung des Vaters verstört, kroch auf den Schoß der Großmutter und hielt sich an ihrer Schürze fest. Er wolle kein Prinz werden, greinte er, auch kein Direktor wie der Herr Janik, er wolle später nichts anderes als Polizist von Ujazd sein. Niemand lachte. Sei still, sagte Friedel ärgerlich, und rede nicht so einen gottverdammten Unsinn.
Jetzt hatte sich auch Renata eins der Formulare geangelt und las Zeile für Zeile. Tomeks Frage, ob sie sich denn bis an ihr Lebensende auf dem Dorfplatz von Ujazd die Beine in den Bauch stehen wolle, hatte ihre Phantasie in Bewegung gesetzt. Vor ihren Augen entstand das Bild von einem Kiosk auf dem Kurfürstendamm, mit der Gedächtniskirche im Hintergrund, so, wie sie es von Ansichtskarten her kannte. Ein Kiosk, so groß wie Friedel Kowaleks Stube und Küche zusammen, mit Markise und festgeschraubten hohen Tischen davor, an denen die Leute herum standen, Bier tranken und Currywurst aßen. So hatte es neulich jemand in Nowawieś

erzählt, der in Berlin gewesen war. Und Renata setzte ihren Traum fort, sah sich in Stöckelschuhen, Seidenstrümpfen und Minirock bedienen und abends Kasse machen, Silbergeld und D-Markscheine, Fünfziger und Hunderter Tag für Tag.
Schließlich griff auch Janka nach den Formularen. Aber kaum hatte sie das Papier in der Hand, sprang Jósef auf. Die Teller schepperten auf dem Tisch, ein Glas fiel um, Tee lief über das Wachstuch und tropfte auf den Fußboden. Alle starrten ihn an.
Lebendig kriegt mich hier keiner weg, sagte er.
Friedel Kowalek glaubte mal wieder ihren Herzschlag zu hören. Wie würde die Tochter reagieren? Etwa an der Seite ihres Mannes die Küche verlassen, um zu bekunden, daß für Jósef und sie die Aussiedlung nicht zur Debatte stand?
Der Tee tropfte vom Tisch und bildete auf dem Fußboden eine Lache, in die Jan den Finger steckte und herumrührte.
Es wird dich niemand von uns zwingen, Jósef, sagte Janka gedehnt und wandte sich wieder den Formularen zu, als ginge sie sein Zorn nichts an.
Sie sagt das, dachte Jósef, als sei sie nicht meine Frau, und in seine Erregung mischte sich die Angst, sie zu verlieren. Aber noch war sein Zorn größer, und seine sonst ruhige, eher leise Stimme dröhnte durch die Küche, daß Friedel schon befürchtete, man könne ihn außerhalb des Hauses hören.
Aus mir macht keiner einen Deutschen, das könnt ihr euch merken, egal, wer Jankas Großeltern waren. Und wieder war es Janka, die ihn zu beruhigen versuchte.
Das will ja niemand, ich weiß gar nicht, was du hast.
Dann komm mit, schrie er, hier haben wir nichts mehr zu suchen.
Nur machte Janka keinerlei Anstalten mitzukommen. Sie stand zwar auf, aber um den Tee wegzuwischen, den er vergossen hatte. Dann setzte sie sich wieder hin und rief ihn

auch nicht zurück, als er aus der Küche stürmte und die Tür hinter sich zuschlug.

Längst war es dunkel geworden. Das trübe Licht der Straßenlaterne beleuchtete nur einen Teil des Dorfplatzes. Jósef hielt sich im Schatten und war unschlüssig, welche Richtung er einschlagen sollte. Noch stand er vor Friedel Kowaleks Haus, noch hoffte er, von Janka zurückgerufen zu werden. Aber alles, was er hörte, war das Bellen des Hundes drüben auf dem Hof von Piotr Perka. Der war der letzte, dem Jósef jetzt begegnen wollte. Also wählte er nicht die Dorfstraße für den Heimweg, sondern den von Pflaumenbäumen gesäumten Feldweg hinter den Häusern, der auf der einen Seite an den Rinderwiesen des Kombinats vorbeiführte und auf der anderen an den Schweineställen. Hier kannte Jósef jeden Stein, jede Wurzel, jede Pfütze. Hier war er schon als Kind Tag für Tag auf dem Weg in die Schule langgelaufen, die nach dem Krieg neben den ehemaligen deutschen Zollhäusern gebaut worden war. In der Dunkelheit konnte er sie von hier aus nicht sehen, auch nicht die Umrisse des Schlosses, das sich wie ein riesenhafter Kaffeewärmer von den anderen Häusern abhob. In seiner Größe erinnerte es ihn an die Deutschen, die hier früher gelebt hatten, an die SA-Männer, die nach dem Überfall auf Polen seinen Großvater erschossen und auf den Misthaufen geworfen hatten, weil er seinen Hof in Domnik freiwillig nicht verlassen wollte. An die hundertmal hatte ihm der Vater die Geschichte erzählt, hatte nichts ausgelassen, auch nicht die Gebete der Großmutter, die über den Verlust von Mann und Hof den Verstand verloren hatte. Jósef war die Geschichte so oft erzählt worden, daß er im Lauf der Zeit glaubte, sie mit eigenen Augen erlebt zu haben.
Er blieb stehen und horchte in die Märznacht. Der Wind strich über die Wintersaat und pfiff in den Telefondrähten. Es

roch nach Schweinen und Rindern. Morgen würden die neuen Buchten gekalkt und von den Rindern an die fünfzig Stück verladen werden.

Gleich erreichte er die Senke, im Sommer voller Staub und Sand, jetzt voller Schlamm. Jósef wußte blind, wo sie anfing und wo sie aufhörte. Er sah den schwarzen Schatten der Pappel, hoch wie ein Kirchturm, deren Blätter ein paar Monate später im Sommerwind wie Seidenpapier rascheln würden. Und auf der anderen Seite des Weges, neben den Buchten, werden nach der Ernte die Strohschober stehen. Neben der Einfahrt zum Kombinatshof wird im Mai der Holunder blühen, ein alter, dickstämmiger Strauch, der schon fünfzig Jahre oder länger hier stehen mochte. Jósef bog in den Hof ein, der ähnlich trübe wie der Dorfplatz beleuchtet war. Das alte Kopfsteinpflaster war grauem Beton gewichen, der mehr an eine Fabrik erinnerte als an einen landwirtschaftlichen Betrieb. Alles war sauber gefegt, und in der Mitte standen militärisch nebeneinander aufgereiht die Anhänger der Traktoren. Bevor der alte Direktor in Pension ging, hatte er noch veranlaßt, daß die tiefroten Klinkersteine der Ställe und Magazine, der Parkmauer und des Verwalterhauses weiß verputzt wurden. Aus war's da mit der alten Gemütlichkeit, und nichts erinnerte mehr an die Zeit derer, die das hier alles gebaut hatten.

Gegenüber vom Schloß standen rechteckig und klobig die mit Flachdächern versehenen Wohnhäuser der Kombinatsangestellten. Eine Wohnung wie die andere, zwei Zimmer, Küche und Bad, Neubau. Als Jósef mit Janka nach der Hochzeit hier einzog, glaubten sie beide die glücklichsten Menschen der Welt zu sein.

Jósef knipste das Licht an. Zum erstenmal wurde er sich der Armseligkeit ihrer Wohnung bewußt, spürte, wie der Frühjahrswind durch die Fensterritzen zog, roch die Krautsuppe aus der Küche. Ständig gab es im Winter Krautsuppe, rote Bete oder Kürbis, und was Janka anzuziehen hatte, das war an einer Hand abzuzählen. Was nützte die ganze Schufterei, wenn es nichts zu kaufen gab und das Geld, das sie verdienten, für den Schwarzmarkt nicht reichte. Jósef wußte, wie satt Janka die Arbeit bei der Post hatte. Kein Weiterkommen, immer der gleiche Alltag hinter einer Milchglasscheibe, durch deren Klappe sie all die trübseligen Gesichter sah, die sie schon ewig kannte und die sie zu bedienen hatte. Kam sie am Abend nach Hause, machte sie den Haushalt, fütterte Hühner und Karnickel, und wenn er ihr von seinen Schafen erzählte, von dem Milchertrag seiner Kühe oder von den Bullen, die verkauft werden sollten, hörte sie nicht zu.

Früher hatte er sie dann in den Arm genommen und gefragt, wovon sie träume, wenn sie ihm schon nicht zuhöre, und Janka hatte geantwortet, daß sie von dem Geld träume, das sie nicht hätten, um das zu kaufen, was sie zum Leben brauchten. Sie lachte ihn aus, wenn er sagte, sie hätten doch zu essen, ein Dach über dem Kopf und Arbeit. Was für ein Essen, fragte sie dann zurück, was für ein Dach und was für eine Arbeit? Das sei für sie nicht das Leben, für das es sich lohne zu schuften. Später nahm er sie dann nicht mehr in den Arm und fragte auch nicht mehr, wovon sie träume.

Und eines Abends, Jósef konnte es nicht begreifen, lehnte Janka auch seine Zärtlichkeit ab. Nein, sagte sie, ich will nicht. Danach wickelte sie sich in ihre Bettdecke und drehte sich auf die andere Seite. Das war Wochen her, und alle weiteren Versuche, sich ihr zu nähern, endeten mit immer schroffer werdenden Abfuhren. Dann lag er stundenlang wach im Bett, unfähig, wenigstens Worte der Versöhnung zu finden. Seine Hilflosigkeit machte ihn zornig, und mit der Zeit fingen sie an zu streiten. Sie schrien sich an und bezichtigten sich gegenseitig der Rücksichtslosigkeit und Selbstsucht. Selten gab einer von beiden nach und schon gar nicht zu, daß dieser Zustand unerträglich geworden war. So flüchteten sie in eine mehr oder weniger gespielte Gleichgültigkeit, hielten für Gefühlskälte, was eigentlich nur ein Ausdruck tiefer Verzweiflung war.

Jósef lief durch die Wohnung, in die Küche, das Schlafzimmer und das Wohnzimmer. Er betrachtete die nebeneinanderstehenden Betten, den Herd und das schäbige Sofa. Er schaltete das Licht aus und setzte sich in der dunklen Stube mit dem Rücken zur Wand auf einen Stuhl, um zu warten.

Dagegen brannte in der Kowalekschen Küche noch immer Licht, und alle saßen um den Tisch. Jan lag hinter seinen Eltern auf der Bank und war eingeschlafen. Nachdem Jósef die Küche verlassen hatte, war es eine Weile still geblieben. Da Janka ihrem Mann nicht gefolgt war, erwarteten Friedel und Tomek, daß sie nun ihre Meinung äußerte. Sie strich mit den Fingern über das Formular, obwohl es keinerlei Falten aufwies. Endlich machte sie den Mund auf.

Du willst also wirklich gehen, fragte sie die Mutter, weg von zu Hause in ein anderes Land, wo außer dir keiner die Sprache kann?

Wir werden die Sprache lernen, sagte Tomek, wir werden arbeiten und Geld verdienen und leben. Hier sprechen wir zwar unsere Sprache, haben auch Arbeit und verdienen Geld, nur leben, das können wir hier nicht.

Und du, Renata, fragte Janka, was willst du?

Renata war auf die Frage nicht gefaßt, war noch immer am Träumen vom Kiosk in Berlin und dachte nicht an den Abschied, den es dann zu nehmen galt.

Wenn Tomek geht, sagte sie, ohne viel nachzudenken, werde ich auch gehen.

Und du, Mama, hast du nicht Angst?

Natürlich hatte Friedel Kowalek Angst, aber die gab sie nicht zu. Sie habe ja die Schwester drüben, sagte sie schnell, und weil keins der Kinder auf deren Hilfsbereitschaft setzte, fügte sie aus heiterem Himmel hinzu, sie habe auch an Pani Anna geschrieben, die wohne ebenfalls in West-Berlin und habe ihr schon damals bei ihrem Besuch in Ujazd Hilfe zugesagt.
Du hast an Pani Anna geschrieben? fragte jetzt Tomek verblüfft, und Friedel log weiter, nickte und sagte: Doppelt genäht hält besser.
Der Nachtwind rüttelte an den Fenstern. Draußen auf dem Dorfplatz schaukelte quietschend die Lampe hin und her, ein Geräusch, das ihnen allen vertraut war.
In Berlin werden die Lampen nicht schaukeln, sagte Friedel, da sind sie festgemacht, modern und hell wie die Sonne. Dann legte sie die Hand auf den Arm ihrer Tochter.
Und wenn Jósef nicht mitkommt, was dann?
Dann wird er hierbleiben, sagte Janka leise, was sonst.
Und du, kommst du mit?
Janka stand auf, stellte die Teller zusammen, die bisher noch niemand vom Tisch geräumt hatte, und trug sie zum Spülstein. Eiskalt kam das Wasser aus dem Hahn und perlte langsam vom fettigen Geschirr.
Im Westen, hörte Janka ihre Mutter sagen, im Westen haben sie Geschirrspülmaschinen, und in jeder Wohnung kommt das heiße Wasser direkt aus der Leitung.
Im Westen hatten sie sicherlich auch andere Küchen und keine Wände, in denen der Schimmel saß, dachte Janka, keine Regale überm Herd, die vom Alter, von Fliegenschiß und dem Wrasen schwarz geworden waren, ohne daß man sie erneuern konnte. Im Westen gab es Chromtöpfe und Kaffeemaschinen. Da waren die Fußböden gefliest, und an den Wänden stand ein Schrank neben dem anderen. Im Westen wurde auf Gas gekocht oder elektrisch und nicht winters wie

sommers mit Braunkohle und Holzscheiten. Im Westen kaufte man sich die Sauer- und Buttermilch und machte sie sich nicht selbst. Im Westen kochte man seine Wäsche nicht auf dem Herd, sondern steckte sie in die Waschmaschine.
Jankas Blick fiel auf die Ecke über dem Tisch, wo ein wenig verstaubt und mit Kunstblumen zu den Füßen der Herr Jesus an seinem Kreuz hing, nicht größer als ein Gurkenglas. So lange Janka denken konnte, hing er da, hatte schon bei den Großeltern dort gehangen, zuständig für den Segen der Familie und das Erhören ihrer Gebete. Janka hatte seit vielen Jahren nicht mehr gebetet und nur noch zufällig einen Blick auf diese Stelle geworfen. Sie hatte sich an den Anblick des Herrn gewöhnt, so, wie sie sich an alles gewöhnt hatte, was in der Küche der Mutter stand oder hing.
Es kam ihr nicht in den Sinn, nun plötzlich um Hilfe zu bitten, aber sie ließ die schmale Gipsfigur mit den ausgebreiteten Armen und den ans Kreuz genagelten Händen nicht aus den Augen, als sie sagte, sie würde sich alles genau überlegen, so oder so.
Als sie sich verabschiedete, gab sie der Mutter einen Kuß, was in der Familie Kowalek nicht üblich war, und als der Bruder aufstand, umarmte sie ihn.
Heilige Muttergottes, seufzte Friedel darauf, heilige Muttergottes, steh uns bei.
In der Nacht hatte Friedel einen Alptraum. Sie war als letzte ins Bett gegangen, hatte die Lichter gelöscht und die Haustür abgeschlossen. Sie lag wach unter dem Federbett, als sei es Morgen, wälzte sich hin und her, immer mal wieder den Arm oder den Fuß hinüber ins leere Bett ausstreckend, in dem Stefan ihr halbes Leben lang neben ihr gelegen hatte. Als sie endlich einschlief, fiel sie in ein Entsetzen, das ihr noch am Morgen in den Knochen steckte.
Friedel Kowalek träumte, nicht mehr die Hühner füttern zu

können. Jeder Handgriff erschien ihr unausführbar. Allein das Futter zu richten stellte sich als eine schier unlösbare Aufgabe dar. Die Körner waren so schwer, der Eimer war nicht zu tragen. Friedel mußte ihn Zentimeter für Zentimeter über den Hof schieben und sich vom Briefträger Suszko fragen lassen, was ihre Bemühungen, den Futtereimer nicht zu tragen, sondern über den Hof zu stoßen, zu bedeuten hätten. Sie hörte die Hühner hinter der Stalltür gackern und scharren und fürchtete, sie nicht beruhigen zu können. Sie wußte nicht mehr, wie die Tür zu öffnen war. Ihr Hände fuhren über das Holz, ohne daß ein Riegel zu fühlen war. Die Tiere wurden immer lauter, schlugen mit den Flügeln, und kleine Daunen stoben unter den Ritzen durch, wurden immer mehr und mehr, bis der ganze Hof damit übersät war. Die Hühner ließen ihre Federn, rupften sich selbst, waren vielleicht schon nackt. Friedel lag im Bett, stöhnte und schwitzte, ohne das fertigzubringen, von dem sie glaubte, es im Schlaf zu können. Als sie endlich aufwachte, wußte sie nicht, ob sie die Hühner gefüttert hatte oder nicht, ob sie noch fähig sei, die Tür zum Stall zu öffnen, ob das Vieh seine Federn gelassen hatte und der Hof voller Daunen lag. Sie stand auf, schlüpfte in ihren Morgenrock und lief, nur in Holzpantinen und ohne Strümpfe, hinaus auf den Hof. Keine Daunen, die Stalltür ließ sich mit gewohntem Griff öffnen, und die Hühner fuhren mit aufgeplusterten Federn erschrocken in die Höhe.
Obwohl es noch fast Nacht war, ging Friedel Kowalek nicht mehr ins Bett. Sie fürchtete sich vor ihren Träumen. Leise, um Tomek und Renata nicht zu wecken, machte sie Feuer im Küchenherd und wartete auf den Morgen. Im Westen, dachte sie, während sie Papier und Reisig unter dem Holzscheit anzündete, im Westen brauchte sie jetzt nur die Zentralheizung anzustellen.

Im Gegensatz zu Jósef ging Janka die Dorfstraße entlang nach Hause. Hier brannte kein Licht. Der Graben, der nebenherlief, war nur bei starkem Regen voll Wasser. Das alte Kopfsteinpflaster und der Sommerweg, der früher den Ochsen und Ackerwagen zugedacht war, hatten einer Teerdecke weichen müssen. Es gab keine Pfützen mehr, höchstens vom Frost aufgeworfene Beulen. Knapp fünfzig Meter vom elterlichen Haus entfernt führte eine Brücke über den Bach, deren Geländer verfallen war. Die Mutter nannte diesen Weg, der vor dem Schloß endete, noch immer den schwarzen Weg, obwohl er fast das ganze Jahr vom Unkraut grün war und kaum benutzt wurde. Hier sei damals die Herrschaft mit ihren Kutsch- und Jagdwagen entlanggefahren, erzählte die Mutter, hörte aber oft mitten im Satz auf, weil sich niemand mehr für die alten Zeiten interessierte.

Im Park fuhr der Wind durch die Platanen, die mittlerweile alle Dächer des Dorfes überragten und im Sommer nur noch die Spitze des Schloßturms sehen ließen. In der jetzigen Jahreszeit schimmerten tagsüber die Umrisse des mächtigen Gutshauses bis zur Erde durch das Geäst. Im Klubhaus, wie das Schloß von den Jüngeren genannt wurde, hatten Janka und Jósef sich damals verlobt. Das war unter den Dorfbewohnern ungewöhnlich. Verlobung feierte man bei den Eltern der Braut. Aber Janka hatte es aus Protest so gewollt. Aus Protest gegen den Plan der Mutter, auszusiedeln, heim ins Reich, wie die Mutter sagte. Und Pani Anna, die zu Besuch aus Westdeutschland war und der die Mutter heimlich ein Familiendokument zusteckte, das sie, bevor die Russen von allem Besitz ergriffen, im Schloß aus einer Vitrine genommen hatte, Pani Anna sollte dabei behilflich sein. Der Raum, in dem heute die Kawiarnia, die Caféstube, ist, war früher ein Salon, und in dem hatte die Mutter, mir nichts, dir nichts, das Dokument entwendet. Es war ein Brief der Katharina II. von Rußland an einen Vorfahren von Pani Anna. Man kann nie wissen, wozu das gut ist, hatte die Mutter ihren Diebstahl gerechtfertigt und den Brief in einer Zigarrenkiste im Schrank so lange aufgehoben, bis eines Tages die Pani Anna kam. Ob sie auf den Kuhhandel eingegangen war oder nicht, ist nie herausgekommen. Jedenfalls hatte die alte Jula das Dokument in den Händen, als man sie tot auffand und niemand wußte, wie es dahin geraten war. Der Brief ist dann dem Heimatmuseum übergeben worden, und die Eltern sind nicht ausgesiedelt, weil sich weder Tomek noch sie bereit erklärt hatten, mitzukommen.

Und heute? Janka war am Ende der Parkmauer angelangt und ging nun auf die wie Dominosteine daliegenden Wohnblocks der Kombinatsangestellten zu. Nirgendwo brannte Licht. In Ujazd fing die Nacht so zeitig an wie der Morgen. Auch in ihrer Wohnung war kein Fenster erleuchtet, und sie bemühte sich, so leise wie möglich die Tür aufzuschließen. Um so mehr erschrak sie, als sie Licht machte und Jósef in der Stube auf dem Stuhl sitzen sah.

Und, fragte er mit heiserer Stimme, und?

Janka zog sich umständlich den Mantel aus.

Wie lange willst du da noch sitzen? fragte sie und blieb im Türrahmen stehen, es ist schon nach Mitternacht.

Bis du mir antwortest, sagte Jósef.

Worauf?

Ob du jetzt eine Niemka werden willst.

Die Mutter meines Vaters war eine Deutsche, sagte sie, und der Vater meiner Mutter war ein Deutscher.

Dann frag doch mal nach, ob der Vater deiner Mutter den Vater meines Vaters vielleicht erschossen und auf den Misthaufen geworfen hat, denn der war ein Pole.

Jósef, sagte sie so leise, daß er sie kaum verstehen konnte, red nicht so, das hilft uns nicht.

Und was hilft uns dann?
Ein besseres Leben.
Jósef wiederholte ihre Worte, als verstünde er den Sinn nicht. Immer noch saß er auf seinem Stuhl, obwohl ihm inzwischen das Kreuz weh tat und seine Beine einzuschlafen drohten. Eigentlich brauchte er jetzt bloß aufzustehen, sich zu recken und ein paar Schritte zu machen. Aber er blieb in seiner unbequemen Haltung sitzen, als würde er dazu gezwungen. Ihn ließ das Bild des Großvaters nicht los, den er nie kennengelernt hatte und den die Deutschen auf so teuflische Weise ums Leben brachten. Schon als Kind hatte er sich nach den sich ständig wiederholenden Berichten des Vaters den Großvater tot auf dem Mist liegend vorgestellt. Er habe nicht vom Hof gewollt, hieß es, als die SA-Männer kamen, um sie allesamt auf und davon in die Arbeitslager, die Fabriken und die KZs zu jagen. Er habe plötzlich eine Mistgabel in der Hand gehabt und gebrüllt: Lebendig kriegt mich keiner vom Hof. Dann war's passiert. Einer der SA-Männer hatte geschossen, und der Großvater soll drei Stufen abwärts der Großmutter tot vor die Füße gerollt sein.
Auf einmal konnte sich Jósef wieder bewegen, erst den Kopf, dann die Beine. Er stand auf und reckte sich, daß seine Knochen knackten.
Und was ist ein besseres Leben für uns? fragte er, und Janka glaubte Hohn in seiner Stimme zu hören.
Ich will nicht mehr arm sein, schrie sie, verstehst du? Ich hab dieses verfluchte Elend hier satt. Warum soll ausgerechnet ich in Polen verkommen, wenn ich nur ein paar hundert Kilometer weiter in West-Berlin so gut wie die Deutschen leben kann, das sag mir mal.
Weil du eine Polin bist, antwortete Jósef. Aber Janka geriet nur noch mehr in Rage und trommelte mit ihren Fäusten gegen seinen Brustkorb.

Warum soll ich dafür büßen, daß die Deutschen den Krieg angefangen und unser Land ruiniert haben? Warum ich?
Er hielt ihre Hände fest. So dicht hatten sie schon lange nicht mehr beieinandergestanden.
Wie kommst du darauf, daß ausgerechnet du für die Verbrechen der Deutschen büßen mußt? In seinen Worten lag kein Hohn mehr. Er strich ihr über die Haare und die Wangen. Sie spürte die Wärme seiner Hände und legte plötzlich ihren Kopf an seine Brust.
Weil es uns heute so schlecht geht, wie es die Deutschen verdient hätten, sagte sie mit einer Stimme, als habe sie neue Kraft gesammelt. Aber die leben in Saus und Braus, und davon will ich etwas abhaben. Ich will mein Recht auf ein gutes Leben und nicht ständig verzichten müssen. Ich will mir für das Geld, das ich verdiene, etwas kaufen können. Ich will weg von Ujazd, um eine bessere Welt kennenzulernen. Raus aus der Post, verstehst du?
Jósef ließ Janka los. Er wußte nicht, mit welchen Argumenten er ihr noch widersprechen sollte. Im Grunde genommen hatte sie ja recht. Darum sagte er nur: Ob die Welt woanders besser ist als in Ujazd, das bezweifle ich.
Ob besser oder nicht, sagte sie trotzig, in jedem Fall aber schöner und lebenswerter. In Westdeutschland steigen nämlich die Preise nicht von einem zum anderen Tag um fünfzig und mehr Prozent. Da wird das Geld, das du verdienst, nicht über Nacht um sechzehn Prozent abgewertet, wie es uns Anfang des Jahres passiert ist. Im Westen ist Stabilität, und die will ich haben, nichts anderes.
Janka ging ins Schlafzimmer und zog sich schnell aus, denn der Ofen war nicht geheizt. Es störte sie nicht, daß Jósef ihr dabei zusah. Immer das gleiche, Abend für Abend kam sie mit eisigen Füßen ins Bett, wußte, daß sie bis zum Moment des Einschlafens frieren würde, ohne sich wie früher an Jósef zu wärmen.

Wenn Mutter, Tomek und Renata mit den Kindern nach drüben gehen, sagte sie, schon auf der Seite liegend, gehe ich auch.
Jósef antwortete nicht. Er lag auf dem Rücken unter seiner Decke und streckte nicht die Hand nach ihr aus, was er erst vorgehabt hatte. Jetzt war es heraus, und ihm blieb nichts anderes übrig, als entweder ein Niemiec zu werden oder allein und ohne Janka in der Heimat zurückzubleiben. Er spürte, wie die Tränen über sein Gesicht in das Kissen liefen. Aber da es dunkel war, wischte er sie nicht weg.

Mit dem Sonnenaufgang wehte der erste laue Wind über die Felder. Das Licht hatte unversehens an Farbe gewonnen, und Jósef glaubte schon, den kommenden Frühling zu riechen. Überhaupt fanden an diesem Morgen andere Dinge als sonst seine Aufmerksamkeit. Das wunderte ihn, und er wußte nichts damit anzufangen. So sah er das Schloß auf einmal zwischen den mächtigen Platanen mit neuen Augen. Hier hatte er in seiner Kindheit und Jugend fast die gesamte Freizeit verbracht. Und in der Zahnstation, im oberen Stockwerk des Schlosses, war ihm der erste Zahn plombiert worden.
Daß du mir nicht heulst, hatte der Vater gesagt, und als Jósef, noch keine sechs Jahre alt, verängstigt die Mutter ansah, erklärte der Vater, daß einem der Herrgott die Tränen nicht zum Vergeuden gegeben habe. Jósef hatte sich seine Worte zu Herzen genommen und beim Schmerz die Tränen hinuntergeschluckt. Heute nacht hatte er geweint, heute nacht hatte er um Jankas willen seine Tränen vergeudet.
Er erinnerte sich, wie er der Jugendorganisation beigetreten war und ein rotes Halstuch tragen durfte. Damals war er fast täglich im Schloß, hatte dort im Chor mitgesungen und zur Theatergruppe gehört. Die veranstaltete jedes Jahr am 22. Juli eine Aufführung, und bis zu seiner Ausbildung zum Zootech-

niker war er immer dabeigewesen. Der 22. Juli war im sozialistischen Polen ein Nationalfeiertag, auf den der Vater größten Wert legte. An diesem Tag, 1944, hatte der Landesvolksrat auf einem kleinen Stückchen befreiten polnischen Bodens eine Regierung unter dem Namen *Polnisches Komitee der Nationalen Befreiung* ausgerufen. Die Wiedergeburt Polens, wie der Vater ihm erklärte. Und jedes Jahr, so lange Jósef zurückdenken konnte, zog sich der Vater am 22. Juli seinen Sonntagsanzug an und saß bei der Festveranstaltung im Schloß in der ersten Reihe der für die Dorfbewohner aufgestellten Stühle. Ehrlich gestanden, sehr viele kamen eigentlich nicht, meist nur die Eltern der mitwirkenden Kinder, aber der Vater fehlte nie, und wenn die Nationalhymne gesungen wurde, war seine Stimme am deutlichsten zu hören. Sonst betrat der alte Staszak das Schloß nicht, schon gar nicht das Kombinat. Auf dessen Feldern, so sagte er, habe man ihn unter den Deutschen genug geschunden, da habe er heute nichts mehr zu suchen.

Für Jósef war das Schloß in seiner Funktion als Klubhaus genauso ein Stück Heimat wie der Dorfplatz, die Kirche und das Schulhaus. Auch heute ging er noch täglich hin, aß in der Kombinatsküche sein Mittag, trank in der Kawiarnia, wenn sie offen war, Kaffee, spielte Billard oder lieh sich in der Bibliothek, die allen Dorfbewohnern zur Verfügung stand, Bücher aus.

So früh war allerdings in den unteren Räumen noch kein Betrieb. Nur bei seiner Schwester Halinka waren die Fenster geöffnet, und die Betten hingen heraus. Halinka war mit dem Magazynier Jodko verheiratet und hatte nun schon bald zwanzig Jahre mit ihrem Mann im Schloß ihre Wohnung, während ihre Tochter Jolka, Jósefs Nichte, inzwischen in Poznań studierte.

Jósef ging über den Hof zu den Kuhställen. Eine der Leistungskühe wurde für eine Ausstellung gewaschen und schampo-

niert. Ludwik Janik rechnete mit einer Auszeichnung für das fünfjährige Tier, das mittlerweile fünfunddreißig Liter Milch am Tag gab. Jósef sah das schwarz-weiße Tieflandrind nicht einmal an, als es aus dem Stall geführt wurde. Er sah über den Rücken der Kuh hinweg durch das offene Hoftor hinaus auf die Felder, nahm das Grün der Wintersaat wahr und den Vorfrühlingsschimmer des Waldes am Horizont.
Schläfst du am frühen Morgen? fragte der Direktor seinen Schafsmeister.
Wenn Sie nichts dagegen haben, möchte ich nach Nowawieś fahren, antwortete Jósef.
Willst du nicht zu der Ausstellung nach Głogów? fragte Ludwik Janik, der genau wußte, daß der Besuch der Leistungsschauen für jeden Kombinatsangestellten ebenso eine Abwechslung wie eine Auszeichnung war.
Nein, sagte Jósef, schicken Sie jemand anderen, vielleicht den Magazynier, er hat um diese Jahreszeit am wenigsten zu tun. Dann drehte er sich ein wenig respektlos um, holte sein Motorrad und fuhr aus dem Hof.
Die Straße nach Nowawieś führte am Schulhaus und an den alten Zollhäusern vorbei. Rechts und links der Chaussee standen ursprünglich Linden, deren Kronen im Sommer über dem Fahrweg zusammenwuchsen und unter deren seitlich ausladenden Ästen die Saat auf den Feldern verkümmerte. Also hatte man die Bäume dort, wo die Felder begannen, gefällt und die Chaussee ihres Schmuckes beraubt, so, wie es schon die Deutschen mit der Landstraße gemacht hatten, die zur Kreisstadt führte. Der Wind pfiff hier heftiger, aber er roch nach Frühling, obwohl noch nichts von ihm zu sehen war. Am ehemaligen Grenzweg, wo die Weichselkirschen wuchsen, hielt Jósef an und stellte sein Motorrad ab. Bis vor ein paar Jahren hatte hier noch die Napoleonspappel gestanden. Es hieß, Napoleon habe sie auf seinem Feldzug nach

Rußland nach einer Mahlzeit an dieser Stelle im Jahre 1812 pflanzen lassen. Andere sagten wiederum, er habe während des Rückzugs unter der Pappel eine kurze Rast gemacht, und wieder andere behaupteten, eine Pappel könne überhaupt nicht ein solches Alter erreichen, und alles sei Erfindung. Jetzt gab es die Pappel nicht mehr. Sie war sehr groß und sehr alt geworden. Jósefs Erinnerung nach hätte es dreier Männer bedurft, um ihren Stamm zu umfassen. Ihre Krone hatte weit über das Wäldchen von Zawada herausgeragt, und es gab niemanden im Ort, der sich hier unter den silbrigen, im ständigen Wind zitternden Blättern in der Hitze des Sommers nicht schon mal ausgeruht hatte.

Vor ein paar Jahren war die Napoleonspappel Opfer eines Sturms geworden. Einer ihrer riesigen, nach Westen ragenden Äste war abgebrochen und hatte den Stamm gespalten. Jeder konnte es nun sehen, die Pappel war krank. Das faulige Holz hatte den Stamm ausgehöhlt und ihm die Kraft genommen. Kein Mensch wußte, wann der Rest der Pappel umstürzen und vielleicht ein Unheil anrichten würde. Also ließ Ludwik Janik die Pappel absägen, und die Forstarbeiter berichteten später, der Herr Direktor habe sich während des Fällens nicht vom Fleck gerührt, danach die Männer weggeschickt, sich auf den Baumstumpf gesetzt und, Gott weiß, wie lange, vor sich hin gestarrt.

Seit die Pappel verschwunden war, hatten die Weichselkirschen an Dichte verloren. Das Gestrüpp war lichter geworden, und Piotr Perka, der von Bäumen etwas verstand, unkte, daß auch die Weichselkirschen die längste Zeit hier gestanden hätten. Aus dem Schutz der Pappel gerissen, seien sie weit mehr der Kälte und dem Ostwind ausgesetzt, was ja auch aus dem immer dürftiger werdenden Ertrag der Kirschen ersichtlich sei.

Jetzt im März konnte Jósef noch nicht feststellen, welche

Sträucher der Weichselkirschen eingegangen waren und welche nicht. Vor ihm lag der wagenradgroße Pappelstumpf. Von Schnee und Feuchtigkeit dunkel geworden, erinnerte das flache Rund an eine vergessene Grabplatte.
Jósef zog eine Zeitung aus seiner Tasche, legte sie auf das Holz und setzte sich so hin, daß sein Blick über die Felder hinweg nach Westen auf das Dorf fiel. Langgestreckt, Haus neben Haus, zog es sich von Nord nach Süd, in der Mitte das Schloß, dessen Turm sich wie ein Wahrzeichen des Kombinats hoch über die Dächer der übrigen Gehöfte hob. Links neben der Chaussee lag der fast drei Hektar große Roggenschlag, nur von der Pflaumen- und der Apfelallee unterbrochen, die parallel und in großen Abständen zur Napoleonschaussee zum Dorf führten. Alles war überschaubar, nichts außer den alten Mulschbirnbäumen hielt den Blick nach Süden auf. Feld reihte sich an Feld. Mickrige, kleine Schläge, deren Wintergerste und Roggen sich nicht mit der kräftigen Saat des Kombinats messen konnten. Das waren die Felder von Perka, und daran grenzten die der anderen Bauern von Ujazd. Auch im Winter blieb der Unterschied sichtbar. Das Kombinat säte die bessere Frucht, verfügte über den notwendigen Dünger, konnte mit eigenen Maschinen zur rechten Zeit ernten und hatte demzufolge den größeren Ertrag.
So war es auch mit den Rindern, den Schweinen und den Schafen. Welcher Bauer hätte es sich leisten können, eine Milchkuh, das Stück für zweitausendfünfhundert Dollar, aus Kanada zu kaufen oder die Mutterschafe aus der Sowjetunion? Die Bauern von Ujazd mußten froh sein, den Genossenschaftsleiter bestechen zu können, damit ihr Korn mit dem einzigen Mähdrescher, der den Bauern in Ujazd zur Verfügung stand, rechtzeitig vom Halm kam. Wer plus minus null über die Runden kam, der dankte dem Herrn,

an Gewinn war bei der Teuerung schon lange nicht mehr zu denken. Wer konnte, verschob seine Enten und Gänse auf dem schwarzen Markt, wer das nicht konnte, hatte das Nachsehen.
Ein Schwarm Krähen ließ sich auf dem Roggenschlag nieder und marschierte pickend über die Saat. Jósef wußte, es konnte alles nur noch schlimmer werden, wobei er als Kombinatsangestellter weit besser dran war als die anderen. Aber ohne Janka würde er mit dieser Ungerechtigkeit hier auf die Dauer nicht zurechtkommen, und an ein Glück in seinem Leben wäre ohne sie nicht mehr zu denken.

Alles, was wir heute abend besprochen haben, bleibt unter uns, hatte Tomek seiner Frau noch vor dem Einschlafen eingeschärft, und Renata hatte versprochen zu schweigen. Aber am nächsten Tag war das Versprechen ihrer Erinnerung entschlüpft. Sie dachte nicht mehr daran, als sie Jan bei ihrer Mutter abgab.
Von allen Beteiligten hatte Renata die wenigsten Skrupel, eine Deutsche zu werden. Das Bild vom Kiosk am Kurfürstendamm mit Markise und Stehtischen hatte sie inzwischen in ihrer Phantasie bis aufs letzte Fleckchen ausgemalt. Es war nicht mehr wegzudenken, und langsam kam immer mehr hinzu. Ein Auto zum Beispiel, und auf dem Weg zu ihrer Mutter mitten auf der Dorfstraße hatte sie sogar die Vorstellung von einer Angestellten, die bediente, während sie sich nur mit dem Kassieren beschäftigen würde.
Erst Suszko, der Postbote, holte Renata wieder auf den Boden der Realität zurück.
Was ist los, Renata, rief er ihr vom Fahrrad aus zu, du gehst ja wie durch ein Mohnfeld, oder hast du im Lotto gewonnen?
Nein, nicht im Lotto, rief sie zurück, man kann auch sein Glück woanders machen.

Das genügte, um Suszko vom Fahrrad steigen zu lassen. Er hob kurz die Mütze vom Kopf, ließ sich sein darunter licht gewordenes, ständig verschwitztes Haar vom Frühjahrswind durchblasen und zog gleich darauf den Schirm wieder ins Gesicht.
Wo dann? fragte er und senkte seinen Blick auf Renatas Busen, der bei jedem Schritt hin und her schaukelte.
Da, wo die Briefträger nicht so geile Böcke sind wie in Ujazd, fuhr sie ihn an. Suszko lachte, klopfte ihr freundlich auf den Hintern und meinte dabei, in Poznań Głogów und Wrocław seien die Postboten auch nicht anders.
Vielleicht da, sagte Renata schnippisch, aber die Welt ist schließlich nicht in Poznań, Głogów und Wrocław zu Ende.
Nicht? fragte Suszko zurück, pfiff durch die Zähne und fuhr, Renata listig zuzwinkernd, fort: Ihr Kowaleks werdet doch nicht noch mal auf dumme Gedanken kommen?
Renata erschrak, nun hatte sie sich doch verquatscht.
Halt's Maul, Briefträger, schrie sie Suszko an und ging mit Jan an der Hand weiter, ohne sich noch einmal umzudrehen.
Suszko hingegen schwang sich gutgelaunt aufs Rad.
Kaum hatte Renata die Wohnung der Mutter betreten, da fing die alte Fedeczkowa auch schon an, ihren Enkel zu küssen, nahm ihn auf den Arm, trug ihn zum Herd und zeigte ihm die Suppe, die sie für ihn gekocht hatte. Sie hob den Deckel, so daß der Duft durch die Küche zog, und versprach dem Jungen für später Apfelkompott.
Jan lachte nicht wie sonst, bat auch nicht, gleich von der Suppe essen zu dürfen, sondern brüllte die Frage, die ihm auf dem ganzen Weg hierher auf dem Herzen gelegen hatte, der schwerhörigen Großmutter ins Ohr.
Kommst du auch mit nach Berlin, Babka?
Die alte Fedeczkowa sah ihre Tochter verständnislos an.
Was hat der Junge gesagt?

Nichts, gar nichts, wiegelte Renata ab und drohte, Jan den Hintern zu versohlen, wenn er noch mehr solchen Unsinn rede.

Aber der Junge ließ sich nicht beirren, rutschte vom Arm der Großmutter und stampfte mit den Füßen auf.

Das ist kein Unsinn, schrie er so laut, daß die Fedeczkowa ohne Anstrengung jedes Wort verstand, Papa hat gesagt, wir gehen alle nach Berlin. Ich will aber nicht nach Berlin, ich will auch kein Direktor werden, ich will Polizist in Ujazd werden und bei der Babka bleiben.

Jesusmaria, sagte die Fedeczkowa und setzte sich auf die Küchenbank, Jesusmaria, ist das wahr?

Renata wußte nicht, was sie sagen sollte. Log sie, würde ihr Jan widersprechen, sagte sie die Wahrheit, brach sie ihr Tomek gegebenes Versprechen. Also sagte sie zunächst nichts, worauf die Fedeczkowa zu jammern anfing. Im Alter allein gelassen zu werden, das sei der Dank der Tochter, die sie ohne Vater und unter größten Opfern großgezogen habe. Den Enkel wolle man ihr stehlen und nach drüben bringen, wo er über dem Reichtum seine Babka in Polen vergessen würde. Und wer sollte sie pflegen, wenn zur Taubheit auch noch die Blindheit käme? Wer würde ihr im Winter das Holz hacken, wenn der Schwiegersohn die Heimat verließ? Die alte Fedeczkowa hatte noch viele Beispiele für ihre mißliche Lage, wenn die Tochter sich mit Mann und Kind auf und davon machte. Egal, was Renata, die nun nicht mehr schweigen konnte, als Grund für Tomeks Entschluß auch vorbrachte, die Mutter bemühte sich erst gar nicht, die Worte der Tochter zu verstehen.

Da sei es schon besser, sagte die Fedeczkowa, Renata bringe sie gleich um, könne ihr ja mit der Axt eins überziehen oder Rattengift in den Kaffee schütten. Das sei alles noch besser, als in Ujazd allein zurückzubleiben, um von Kind und Kin-

deskind verlassen, schließlich von Fremden auf dem Friedhof verscharrt zu werden.
Die Fedeczkowa war nicht zu beruhigen. Gut, daß nicht Sommer war, wenn die Fenster offenstanden und jeder hören konnte, was sie, taub, wie sie war, lauthals herausplärrte. Selbst bei geschlossenen Fenstern war Renata nicht wohl, auch weil Jan zuhörte, von der Großmutter längst wieder auf den Arm genommen und mit Küssen überschüttet.
Gut, Mama, sagte sie, wenn du willst, holen wir dich nach.
Sofort stellte die Fedeczkowa ihr Lamento ein, und es wurde ganz still in der Küche, die Uhr tickte, und auf dem Herd simmerte das Wasser im Kessel.
Wie willst du das machen? Ich hab keine deutsche Verwandtschaft.
Ich werde dann eine Deutsche sein. Dann kannst du es vielleicht auch werden.
Die Fedeczkowa winkte ab. Sie glaube das nicht, sagte sie und machte Anstalten, ihr Gejammer wiederaufzunehmen.
Es gibt immer Wege, sagte Renata, laß uns erst einmal drüben sein und das neue Leben anfangen.
Und was ist mit der Kowalekowa, Jósef und Janka, gehn die auch?
Statt die Frage zu beantworten, begann Renata der Mutter mit Sorgfalt und Phantasie den Kiosk zu beschreiben, den sie in West-Berlin auf dem Kurfürstendamm zu betreiben gedachte.
Du könntest mir später helfen, Mama, sagte sie mit vor Begeisterung gerötetem Gesicht, dich um Jan kümmern und den Haushalt machen.
Die Fedeczkowa schlug die Hand vor den Mund, dachte wie die Tochter an all die Maschinen, die im Westen die Arbeit im Haushalt erledigten, dachte wie Friedel Kowalek an die Zentralheizungen, das Bad und die Toilette in der Wohnung,

dachte an das viele von den Kindern verdiente Geld, mit dem man in den Warenhäusern alles kaufen konnte, was man wollte, und sagte abermals: Jesusmaria.

Renata sah auf die Uhr. Sie mußte sich sputen, wenn sie ihre Mittagspause nicht überziehen wollte. Also lief sie los, und erst unterwegs fiel ihr ein, daß sie der Mutter nicht das gleiche Versprechen zu schweigen abgenommen hatte, das sie Tomek geben mußte.

Wie gewohnt, fütterte die Fedeczkowa ihren Enkel, schob ihm einen Löffel Suppe nach dem anderen ins Mäulchen und war mit den Gedanken ganz woanders. Was würde sein, wenn die Kinder sie nicht nachholten, wenn sie die Mutter lieber ließen, wo sie war, nämlich in Ujazd, um sich die goldene Nase allein zu verdienen? Oder was würde sein, wenn die deutschen Behörden den Wohnsitz der polnischen Mutter bei den eigenen Kindern nicht duldeten? Aus Erfahrung war da nichts Gutes zu erwarten. Ein Weilchen dachte die Fedeczkowa über die Deutschen nach, erinnerte sich an ihre Zeit im Lager, bis sie später als Zwangsarbeiterin einem Bauern in der Nähe von Góra, nicht weit von hier, zugeteilt wurde. Nicht, daß man sie geschlagen hätte, aber gut war es ihr auch nicht gegangen. Tag für Tag von früh bis spät arbeiten, und am Sonntag mußte sie die Kühe allein melken, das Vieh füttern und wenn es die Bäuerin wünschte, auch noch den Abwasch in der Küche erledigen. Und als sie einmal krank geworden war, hieß es, entweder sie mache ihre Arbeit, oder sie werde zurück ins Lager geschickt.

Der Fedeczkowa lief ein Schauer über den Rücken. Die Angst von damals, die ihr über die Jahre in Vergessenheit geraten war, fuhr ihr plötzlich wieder in die Glieder. Geld hin, feines Leben her, der Bösen Wohlstand ist der Frommen Jammer. Es wäre für alle Beteiligten besser, zu Hause zu bleiben.

Die Unruhe der Babka übertrug sich auch auf Jan, der die

Suppe nicht mehr aufessen wollte und nach seinem Plastikgewehr verlangte, um aus dem Fenster ins Leere zu zielen. Weder im Vorgarten noch auf der Straße war etwas zu sehen, auf das es sich lohnte zu schießen. Nicht einmal Vögel saßen in den Ästen der Eschen, keine Katze strich am Zaun vorbei, kein Auto war zu hören. Das Dorf schien mitten am Tag zu schlafen.
Komm, sagte die Babka mit ihrer ständig zu lauten Stimme, komm, wir gehen zur Staszakowa.
Und als Jan wissen wollte, warum sie ausgerechnet jetzt zur Staszakowa gehen sollten, zu der die Großmutter doch sonst nie hinging, bekam er zur Antwort, daß sie nach trocknen Pilzen fragen wolle. Die hat den ganzen Dachboden voll hängen, sagte die Babka, meine sind alle verbraucht.
Auf dem Weg zur Staszakowa maulte Jan, weil er ja gerade mit der Mutter hier langgegangen war und nun den weiten Weg noch einmal machen mußte.
Willst du vielleicht, daß ich das Bigos ohne Pilze koche? fragte die Babka.
Jan gab keine Antwort, war aber schließlich mit dem Besuch zufrieden, denn Staszaks Katze hatte Junge bekommen. Die Großmutter sagte, er dürfe auch mit den Jungen in der Scheune spielen und vielleicht ein Kätzchen später mit nach Hause nehmen.
Die Frauen saßen einander am Küchentisch gegenüber und nahmen sich Zeit, bis sie zu reden begannen.
Daß sie der Fedeczkowa Pilze verkaufen wolle, hatte Barbara Staszakowa schon in der Haustür gesagt, aber erst könne man ja zusammen einen Tee trinken. Die Fedeczkowa rührte in ihrem Teeglas, obwohl sie weder Milch noch Zucker hineingetan hatte, und starrte auf das Strickzeug in den Händen von Barbara Staszakowa. Es war ein kompliziertes Muster mit Zöpfen und Noppen, das die Staszakowa zu lautem Zählen

veranlaßte und damit den Beginn einer Unterhaltung immer wieder hinauszögerte. Schließlich sagte die Fedeczkowa:
Was strickt Ihr denn da und für wen?
Na, für den Jósef, war die Antwort, einen Pullover für den Jósef. Die Schwiegertochter hätte die Wolle besorgt, aber zum Stricken käme die nicht, und zu irgend etwas müßten die Alten ja noch gut sein. Die Staszakowa lachte, zählte die Maschen und fügte hinzu, daß Jósefs Vater jedesmal, wenn er das Strickzeug in ihren Händen sehe, behaupte, Knechte brauchten nicht so feine Strickware.
Wieso Knecht? Jósef ist doch Schafsmeister.
Für seinen Vater ist und bleibt er ein Knecht, ein Dworus, der den väterlichen Hof im Stich gelassen hat, um für das Kombinat zu arbeiten, so wie der Jacek früher für die Deutschen.
Die Fedeczkowa hielt das für einen guten Einstieg, um der Staszakowa auf den Zahn zu fühlen. Sie wies mit dem Daumen auf das Strickzeug und sagte:
Da müßt Ihr Euch aber beeilen, wenn er noch rechtzeitig fertig werden soll.
Rechtzeitig – wozu?
Die Fedeczkowa schlürfte an ihrem Tee und sah über den Rand des Glases der Staszakowa genau ins Gesicht.
Na, zum Transport, sagte sie.
Ein anderes Wort war ihr nicht eingefallen. In ihrem Leben waren Ortswechsel immer nur mit Transporten von einem Lager ins andere verbunden gewesen. Umzüge hatte die Fedeczkowa in dem Sinne nie erlebt und schon gar keine Reisen. Nach dem Krieg war sie von Góra nach Ujazd mit dem Fahrrad gefahren, weil ihr Mann hier ein Unterkommen für sie beide gefunden hatte, und woanders war sie seither nie hingekommen.
Transport, fragte Barbara Staszakowa verständnislos, soll der Jósef Vieh transportieren?

Kein Vieh, winkte die Fedeczkowa ärgerlich ab. Sie beugte sich vor, legte die geöffnete Hand an den Mund, als müsse sie sehr weit rufen, und flüsterte über den Tisch, daß man es noch im Hausflur hätte hören können: Es heißt, die Kowaleks wollen nach'm Westen, allesamt mit Kind und Kegel.
Darauf sprang Barbara Staszakowa vom Stuhl, ganz weiß im Gesicht, und schrie die Fedeczkowa an, sie möge verschwinden und nicht so einen gottverdammten Unsinn unter die Leute bringen. Ihr Jósef ginge nie im Leben nach dem Westen und die Janka auch nicht, denn das hätten sie ja schon damals haben können, als Pani Anna in Ujazd war. Ihr Sohn sei ein Pole, und kein Mensch würde ihn dazu bringen, ein Niemiec zu werden, schon gar nicht die Kowalekowa.
Und damit die Fedeczkowa sie auch richtig verstand, hatte Barbara Staszakowa so laut gebrüllt, daß Jan, ein Kätzchen auf dem Arm, aus der Scheune angelaufen kam.
Und deine Mutter, schrie ihn die Staszakowa an, geht die auch mit nach drüben?
Aber bevor Jan antworten konnte, riß ihn die Babka so heftig an sich, daß ihm das Kätzchen vom Arm sprang und wieder in der Scheunentür verschwand.
Keine Pilze, keine Katze. Die Staszakowa schlug das Hoftor hinter ihnen zu, und es würde sicher seine Zeit dauern, bis die beiden Frauen wieder miteinander redeten.
Allein an fünf Fingern war es auszurechnen, daß Jacek Staszak noch vor dem Feierabend wußte, was die Fedeczkowa da im Dorf rumerzählte. Und weil er sich mit der schwerhörigen Alten nicht anlegen wollte, ging er gleich zum Kiosk, um Renata ins Gebet zu nehmen. Je nachdem, wie die Auskunft ausfiel, würde er sich dann seinen Sohn vorknöpfen.
Niemand hätte behaupten können, daß Renata wie sonst bei der Sache war. Sie gab das Wechselgeld falsch zurück, einmal zuviel, das andere Mal zuwenig, rechnete zwei Getränke ab

statt drei, behauptete, keine Zuckerstangen zu haben, obwohl ein ganzes Glas voll hinter ihr stand, und hörte nicht zu, wenn jemand mit ihr redete.

Nach der Arbeit, bevor es dunkel wurde, trafen sich hier die Männer auf dem Dorfplatz, holten bei Kirkor, dem Kaufmann, auch schon mal einen Wodka, tranken, bevor sie nach Hause gingen, rauchten und erzählten sich die Ereignisse des Tages.

Das war eine Zeit, auf die sich Renata zu freuen pflegte, in der sie Mittelpunkt war und Neuigkeiten erfuhr. Heute sah sie mißtrauisch von einem zum anderen.

Wer wußte was? Wer im Dorf kannte schon das Gerücht, das vielleicht Suszko oder auch die Mutter in die Welt gesetzt hatte?

Noch verlief alles normal. Man sprach über das Vieh, über die bevorstehende Schafschur im Kombinat und wer sich dabei etwas zuverdienen wollte. Man sprach über den Kunstdünger, der in diesem Jahr wieder zu knapp sein würde, wenn es überhaupt welchen für die Bauern gab, und man sprach über den schwarzen Markt in Poznań oder Głogów, wo die meisten von ihnen die Enten und Gänse verkauften, die sie nicht selbst verbrauchten.

Renata sah Jacek Staszak zuerst, besser gesagt, sie hörte ihn. Die Absätze seiner Stiefel knallten über die Betonplatten, mit denen ein Teil des Dorfplatzes belegt war. Für sein Alter hatte Jacek Staszak einen verdammt kräftigen Schritt, und wie jeder im Dorf wußte, konnte er, wenn ihm jemand dumm kam, wütend wie ein Bulle werden. Infolgedessen brauchte er niemanden zurückzudrängeln, um an Renatas Kiosk heranzukommen, man machte ihm freiwillig Platz.

Was für ein Gefasel bringst du da unter die Leute, schrie er schon von weitem Renata zu und fuchtelte mit beiden Armen in der Luft herum, die Kowaleks haun nach'm Westen ab?

Renata wurde rot. In ihre Verlegenheit mischte sich Wut über die Art und Weise, wie der alte Staszak nicht ernst zu nehmen schien, was Tomeks und ihr Leben, das des Jungen, das von Tomeks Mutter, Janka und vielleicht auch von Jósef grundsätzlich zum Guten verändern sollte.
Gefasel, fragte sie mit gekräuselter Oberlippe, daß man glauben konnte, sie würde zu pfeifen beginnen, wer sagt, daß es sich um Gefasel handelt?
Kein Mensch sagte ein Wort, und die Kinder hörten auf, über die Betonplatten zu hopsen. Alle starrten Renata an. Erst hatte jeder gedacht, bei Jaceks Frage habe es sich mal wieder um eine seiner üblichen Gemeinheiten gehandelt, mit der er den Kowaleks und Jósef eins auswischen wolle. Wer im Dorf wußte nicht, daß Jacek Staszak seinen Sohn auf dem Kieker hatte. Aber was Renata da sagte, gab zu denken, und Adamski war es, der nachhakte und wissen wollte, ob der Jósef denn mit von der Partie sei. Jetzt wanderten alle Blicke zum alten Staszak hin.
Den kannst du selbst fragen, Adamski, rief Renata aus ihrem Kiosk heraus, froh, von sich ablenken zu können, und zeigte auf Jósef.
Tatsächlich fuhr der in diesem Augenblick, von Kolsko kommend, am Dorfplatz vorbei, hob grüßend die Hand und hatte nicht die Absicht zu halten, als ihm sein Vater in den Weg sprang und beide Arme hob.
Halt, schrie der alte Staszak, halt an.
Jósef konnte gerade noch rechtzeitig bremsen. Es hätte nicht viel gefehlt und er wäre seinem Vater zwischen die Beine gefahren. Jósefs Gesicht, das der Fahrtwind gerötet hatte, war plötzlich fahl, und das Entsetzen, um ein Haar den eigenen Vater überfahren zu haben, machte seine Stimme spröde.
Was ist denn los?
Schon lange hatte der Vater kein Wort mehr mit ihm gewech-

selt. Er behandelte ihn auch in Gegenwart anderer wie Luft, nahm ihn einfach nicht zur Kenntnis. Um so verständlicher war sein Erschrecken, als der Vater ihn auf so unerwartete Weise anhielt.

Stimmt es, rief der alte Staszak so laut, daß es jeder hörte, stimmt es, daß du mit den Kowaleks nach dem Westen abhaust?

Jósef ließ sich für seine Antwort Zeit. Er stieg sogar von der Maschine und blieb dicht vor dem Vater stehen. Bevor er endlich eine Antwort gab, wischte er sich mit dem Handrücken sorgfältig über den Mund, als säße Schmutz in den Winkeln. Erst dann sagte er:

Dich geht das nichts mehr an, Vater.

Alle wußten, daß sich der alte Staszak mit dieser Antwort nicht zufriedengeben würde, der hielt nämlich das Motorrad fest, damit ihm der Sohn nicht davonfahren konnte.

Antworte, schrie er, ich will auf der Stelle eine Antwort.

Ich weiß es ja selbst nicht, antwortete Jósef so ruhig und so leise, daß diejenigen, die es verstanden hatten, ganz beeindruckt waren.

Auch Jacek Staszak hatte mit dieser hilflosen Antwort nicht gerechnet. Einen Augenblick sah er seinen Sohn zweifelnd an. Dann sprang er zum Erstaunen aller mit einem Satz auf das Motorrad und forderte Jósef auf, sich hinten draufzusetzen.

Bist du verrückt, rief Jósef, ratlos, wie er den Alten von der Maschine kriegen sollte.

Ganz im Gegenteil, schrie Jacek Staszak und ließ den Motor an, wenn du dich nicht hinten draufsetzt, fahr ich allein.

Wenn ihm seine Maschine lieb war, blieb Jósef nichts anderes übrig, das sah jeder ein, obwohl noch nie jemand im Dorf den alten Staszak auf einem Motorrad gesehen hatte. Kein Mensch wußte, ob er überhaupt so eine Maschine fahren konnte, und einen Führerschein besaß er bestimmt nicht.

Das Zweirad schlingerte ganz schön, wie es da mit Vater und Sohn die Napoleonschaussee entlang Richtung Zawada und Nowawieś fuhr. Die ersten paar Meter liefen die Kinder jubelnd hinterher, aber dann hatte der Alte den Motor beschleunigt, und bald war von den beiden nichts mehr zu sehen.

Nicht weit von der Stelle, wo früher die Napoleonspappel gestanden hatte, hielt der alte Staszak an, stieg aber nicht von der Maschine und stellte auch nicht den Motor ab. Er zeigte nur über eine Wiese hinweg auf ein kleines Kästchen, das auf einen Pfahl montiert war und hiner dessen Glas eine Muttergottes zu erkennen war. Der Pfahl war schon etwas verrottet, stand schief im Wind, und im Lauf der Zeit hatte sich Efeu hinaufgerankt.

Dort, schrie der alte Staszak seinem Sohn zu, dort haben die Deutschen im Jahre 1939 den Jersy Duda erschlagen, und Jósef schrie zurück, daß er das wüßte und der Vater deshalb nicht diese halsbrecherische Tour hätte veranstalten müssen. Aber der alte Staszak gab wieder Gas, fuhr auf den Dorfplatz von Zawada, in dessen Mitte eine Gedenktafel stand, auf der mehr als zwanzig Namen zu lesen waren. Jetzt stellte Jacek Staszak den Motor ab, stieg auch zu Jósefs Erleichterung von der Maschine, und es war deutlich zu sehen, daß seine Hände zitterten.

Da, sagte er und zeigte auf den Gedenkstein, den Jósef kannte, so lange er denken konnte, da haben die Deutschen 1940 Jan Orlinski, den Lehrer von Zawada, erschossen und seine Braut Magda Weiß gleich dazu. Und in jedem polnischen Dorf haben sie jeden polnischen Lehrer erschossen, die Deutschen, von deinem Großvater ganz zu schweigen. Und zu denen willst du hingehen, mit denen in derem Land leben?

Jósef war wütend, wie der Vater mit ihm umsprang und über die lächerliche und gefährliche Motorradfahrt. Er setzte sich

auf die Maschine, und während er den Motor anspringen ließ, rief er dem Vater zu, was er ihm schon in Ujazd vor allen Leuten gesagt hatte:
Dich geht das nichts mehr an, rein gar nichts.
Dann gab er Gas und ließ Jacek Staszak auf dem Dorfplatz von Zawada allein zurück.

Das alles hatte unter den Dorfbewohnern viel Wirbel gegeben. Tagelang sprach man von nichts anderem, vor allem, weil Staszaks Beschimpfungen, was seinen Sohn und die Familie Kowalek betraf, kein Ende nehmen wollten. Er war an besagtem Abend tatsächlich von Zawada zu Fuß nach Hause gelaufen und mußte Suszkos Rechnung nach dazu mindestens anderthalb Stunden gebraucht haben. Perkas Karola soll den alten Staszak gesehen haben, als er mit schlurfenden Absätzen in die Dorfstraße einbog. Wie ein Bulle habe er geschnaubt und ihr gedroht, erzählte sie später der Mutter, obwohl sie nichts weiter getan habe, als den alten Mann höflich zu grüßen.
Mindestens eine Woche lang verkaufte Renata mit verkniffenen Lippen an ihrem Kiosk, was es zu verkaufen gab, und ging auf keine neugierige Frage ein. Als die Familie dahintergekommen war, daß der Klatsch und die Aufregung im Dorf ihrer Geschwätzigkeit zu verdanken waren, hatte es Krach gegeben mit Friedel Kowalek, aber auch mit Tomek, Janka und Jósef.
Ob sie überhaupt wisse, was sie ihnen mit ihrer Quatscherei eingebrockt habe, hatte Tomek sie angeschrien, drauf und dran, sie zu schlagen. Und wenn Jan nicht wie wild mit seinen Stiefeln gegen den Tisch getrampelt hätte, wäre es vielleicht auch passiert.
Die Schelte von Friedel Kowalek und Janka fiel nicht ganz so hart aus, aber Verständnis zeigten auch sie nicht. Schließlich

sei das Gerücht nicht auf dem Mist der Fedeczkowa gewachsen, egal, was Jan da gesagt habe, schimpfte Friedel Kowalek. Renata habe auch dem Briefträger gegenüber Andeutungen gemacht, und sie könne sicher sein, in ihrer Gegenwart würde niemand von ihnen mehr den Mund aufmachen.
Jósef sagte gar nichts. Es war einfach keine gute Stimmung mehr da. Und als Friedel Kowalek an dem darauffolgenden Freitag Tomeks Leibgericht, Hefeklöße mit Pflaumenmus, auf den Tisch stellte, war beim besten Willen das Thema nicht auf die Ausreise zu bringen. Nur von der Teuerung war die Rede und daß man in Warschau wieder einmal Leute von Solidarność festgenommen hatte.
Wer hierbleibt, obwohl er ins Reich kann, sagte Friedel Kowalek, ist nicht richtig im Kopf.
Aber die Antwort blieb aus. Kein Nicken, kein Blick, schon gar nicht von Renata, obwohl sie der Schwiegermutter am liebsten zugestimmt hätte. Es blieb still in der Kowalekschen Küche. Jeder aß vor sich hin, kaute die Klöße, schob das Mus nach. Es war ganz so, als traute keiner mehr dem anderen über den gemeinsam geplanten Weg.
Ist denn alles umsonst gewesen, wollte Friedel von Tomek wissen, als sie allein waren, oder was glaubst du, wie das weitergehn soll?
Du mußt warten, sagte Tomek, warten, bis sich alle im Dorf an den Gedanken gewöhnt haben, daß wir gehn. Solange wir die Papiere nicht eingereicht haben, kann uns niemand was anhängen. Sie werden so lange tratschen und reden, bis es ihnen langweilig wird. Dann geben wir unsere Papiere ab, wenn sie es dann erfahren, werden sie nicht mehr viel sagen, weil sie jetzt schon alles gesagt haben.
Das leuchtete Friedel Kowalek ein. Wochen vergingen, und inzwischen gab selbst die Fedeczkowa Ruhe. Nur der alte Staszak ließ seinen Sohn nicht mehr auf den Hof, und wenn

sich die beiden zufällig begegneten, sahen sie absichtlich aneinander vorbei, damit einer den anderen nicht grüßen mußte. Der Mutter winkte Jósef hingegen zu, wenn er sie traf, fragte auch schon mal, wie es ihr ginge, und bekam immer die gleiche Antwort: Wenn du nicht nach dem Westen machst, Junge, dann wird's mir schon gutgehen.

Der Frühling kam in diesem Jahr viel zu früh. Eines Morgens war er da und lag, mit der Morgensonne von Osten kommend, über dem Dorf. Niemand hätte behaupten können, daß der Winter vorbei war, das sagte auch keiner, aber jeder glaubte den Frühling zu spüren. Suszko zum Beispiel fühlte ihn in den Knochen, Piotr Perka meinte wiederum ihn riechen zu können, die Adamska machte ihn in ihrem Vorgarten aus, und die Katze der Fedeczkowa war die Nacht über weggeblieben. Das Licht war heller, und das Grau des Waldsaumes am Horizont, das im Winter so gut zu dem Schnee paßte, war unversehens in ein Lila übergewechselt. Die Spatzen waren lauter, die Meisen und die Tauben im Park waren auf einmal im ganzen Dorf zu hören. Als die Frauen sich zum Friedhof aufmachten, um die Gräber vom Winterlaub zu befreien und die Grabsteine vom Vogelmist zu säubern, war das Grab von Stefan Kowalek schon geputzt, bereit für die Sonne, die Wärme, eben den Frühling, vielleicht dem letzten, in dem sich die Kowalekowa am Grab ihres Mannes zu schaffen machte. Und weil Friedel Kowalek nicht mehr allein auf dem Friedhof war, nicht mehr unbeobachtet Stefans Grab umwandern konnte, blieb sie zu seinen Füßen stehn und flüsterte über den Efeu hinweg: Wenn ich von Leszno zurück bin und auf deinem Grab, oberhalb deines Herzens, die Märzbecher in Blüte stehen, dann, Stefan, dann weiß ich, daß du einverstanden bist.
Friedel sah sich nicht um, signalisierte den Frauen Eile, um

nicht in ein Gespräch verwickelt und gefragt zu werden, ob sie zur Pflanzzeit noch hier sei. Sie mochte nicht daran denken, wie Stefans Grab nach ihrer Aussiedlung aussehen würde, gerade mal von Efeu überwuchert und ohne Blumen. Vielleicht würden die Frauen später die Brennesseln aus der Erde reißen, den Löwenzahn und das Lierschkraut. Aber, wie Friedel wußte, nicht aus Mitleid oder gar Stefan zuliebe, sondern weil sie fürchteten, das Unkraut könnte auf ihre Gräber hinüberwuchern. Am besten wäre es, Jósefs Schwester Halina zu bitten, nach Stefans Grab zu sehen, oder Jolka, wenn man ihr versprach, bei Besuchen ein Geschenk aus dem Westen mitzubringen. Aber noch war es nicht soweit, noch klebten alle Pläne an Renatas Geschwätz wie der Sirup an den Fingern. Da war nichts zu machen.

Es war der 25. März 1988, also Mariä Verkündigung. Fast hätte Friedel über den Aufregungen der letzten Tage ihren Besuch in Leszno vergessen. Dabei fuhr sie jedes Jahr zu Mariä Verkündigung nach Leszno, um Stefans Schwester Waleria in die Kirche zu begleiten. Bis zu seinem Tod hatte Stefan diese Aufgabe übernommen, denn Waleria war alt und gebrechlich, ging an zwei Stöcken und war ganz und gar von ihren Kindern abhängig. Nicht, daß Waleria klagte. Sie bekam ihr Essen, sie hatte ihr Bett, und den Sommer über saß sie meist vor der Haustür und war mit dem beschäftigt, was auf der Straße passierte. Im Winter war das schon anders. Da gab's keine Abwechslung, und die alte Frau konnte von Glück sagen, wenn eins ihrer Kinder sie hin und wieder nach Feierabend in die Messe begleitete. Aber kirchliche Feiertage waren nun mal keine staatlichen Feiertage, und wenn früher der Bruder und später die Schwägerin nicht an Mariä Verkündigung nach Leszno kamen, fiel für Waleria das Gebet in der Kirche aus und damit der für sie lebensnotwendige Segen.

Ohne die Gottesmutter lief nichts bei Waleria, das wußte die ganze Familie. Und wenn sie zu Mariä Verkündigung niemand in die Kirche brachte, würde sie lamentieren, das Essen verweigern und obendrein noch kränker werden. Also waren Walerias Kinder froh, daß an diesem Tag mit der Tante aus Ujazd zu rechnen war.

Wie immer war der Bus voll besetzt, und Friedel mußte sich in die letzte Reihe quetschen, den Korb mit dem Eingemachten und ein paar Eiern für Waleria auf dem Schoß. Sie sah aus dem Fenster. Die Straße war bis zum Horizont von kahlen Feldern gesäumt. Der Wald lag weiter nördlich. Bis auf die Dächer der vier Dörfer, die der Bus durchfuhr und die schon von weitem zu sehen waren, störte nichts den weiten Blick. Hin und wieder Holunderbüsche und Weichselkirschen. Zwischen den Häusern Eschen und dahinter Pappelreihen. Ein Dorf wie das andere, ein sich wiederholendes, vertrautes Bild, ohne Verstecke und Winkel.

Was war zu sagen, wenn die Schwägerin Friedel zur Rede stellen würde? Hatte Waleria nicht schon genug gejammert, als ihre Tochter mit Mann und drei Kindern in den Westen gegangen war? Sie lebten jetzt in Mannheim, der Schwiegersohn hatte im Maschinenbau Arbeit gefunden, eine Wohnung hätten sie auch schon, hieß es, und die Kinder gingen in die deutsche Schule. Waleria war nicht mitgegangen, wollte zu Hause sterben, hatte sie gesagt, und war bei dem Sohn in Leszno geblieben. Insgeheim mußte Friedel Kowalek zugeben, daß sie die ganze Zeit an Walerias Ältester dachte und hoffte, von ihrem Leben im Westen Genaueres zu erfahren. Vielleicht gab es einen Brief, dem zu entnehmen war, wie sie und ihre Familie als Deutsche lebten. Über die eigenen Ausreisepläne würde sie allerdings nichts verraten. Nur die Kerzen, die sie am Altar der Mutter Maria aufzustellen pflegte, würden größer sein als sonst und die Gebete länger.

In Leszno, der kleinen Stadt zwischen Oder und Warthe mit den breiten Straßen und dem rechteckigen Marktplatz, wo die Wegweiser in alle vier Himmelsrichtungen zeigten, in Leszno, wo es immer ein bißchen schmutzig war, vielleicht, weil es ständig zog, dort wohnte Waleria am Rand des Stadtkerns in einem der Häuser, an denen noch heute die Einschüsse des Krieges ablesbar sind. Friedel Kowalek bemerkte das ebensowenig, wie es die Bewohner der Häuser nicht mehr wahrnahmen. Friedel Kowalek sah etwas ganz anderes, ein Auto. Es war rot, und in den Chromleisten spiegelte sich die Sonne, so daß jeder, der an dem Fahrzeug vorüberging, geblendet wurde.

Friedel stellte den Korb mit dem Eingemachten ab, um tief Luft holen zu können und um Zeit zu gewinnen. Das leuchtendrote Auto stand direkt vor Walerias Haustür, und das bedeutete, daß bei der Schwägerin Besuch aus dem Westen war. Was für ein Zufall.

Wie angenagelt stand Friedel Kowalek auf der Straße, die Augen auf das Auto gerichtet, nicht mit den Fragen beschäftigt, die Walerias Tochter zu stellen waren, sondern mit den Träumen, die der unerwartete Anblick in ihr ausgelöst hatte. Sie sah sich selbst in so einem Wagen sitzen. Sie saß im Fond. Nicht mit Eingemachtem und Eiern auf dem Schoß wie vorhin im Bus, sondern mit einer Handtasche aus Krokodilleder, mit einem Pelzmantel bekleidet, Seidenstrümpfen und Sonntagsschuhen, die sie nun auch wochentags trug. Und das Auto fuhr von Leszno nach Ujazd und von dort weiter nach Westen, immer nach Westen. Es fuhr immer schneller, ach was, es flog. Es flog mit Friedel Kowalek in das ersehnte Glück und setzte sie dort ab.

Erleichtert stellte Friedel die Herzlichkeit fest, mit der sie von der Verwandtschaft begrüßt wurde. Stefans Schwester, die eher zum Meckern neigte, als ein Lob über die Lippen zu bringen, hatte Friedel mehrmals zugenickt, mit ihrem Stock herumgefuchtelt und gesagt, daß auf Friedel Verlaß sei. Wie konnte ich wissen, daß Maria hier ist, warf Friedel mit betonter Bescheidenheit ein, mit der wirst du sicherlich lieber in die Kirche gehen. Und sie fügte nach einer kleinen Atempause hinzu, daß sie unter keinen Umständen stören wolle.

Du störst doch nicht, Tante, sagte Maria und bat Friedel Kowalek, wie immer in den letzten Jahren, an diesem Tag mit der Mutter die Messe zu besuchen. Aber erst müsse man gemeinsam Kaffee trinken. Den hatte Friedel schon längst gerochen. Der zog durch die ganze Wohnung und mischte sich mit dem Rauch der West-Zigaretten, von denen sich Marias Mann eine nach der anderen ansteckte. Man saß um den Tisch, trank und aß von der mitgebrachten Schokolade und dem Konfekt. Überhaupt war Waleria Friedels Meinung nach mit Geschenken geradezu überhäuft worden. Allein die wollene Unterwäsche. Man mußte schon zupacken, um sie überhaupt in der Hand spüren zu können, so weich und leicht war sie. Ihrer älteren Schwester hatte Maria Kleider mitgebracht und einen Frühjahrsmantel, wie ihn feiner keine Frau in Leszno besaß. Auch Marta, die jüngere Schwester, war nicht leer ausgegangen, drehte und wendete sich vor dem Spiegel am Kleiderschrank und hatte tatsächlich Tränen in den Augen. Das nächste Mal, sagte Maria, das nächste Mal bringen wir eine Waschmaschine mit.

Na, na, murmelte ihr Mann Witold, fügte aber nichts weiter hinzu. Er schien überhaupt schweigsamer als früher zu sein, rauchte nur wie verrückt, und wenn er nach etwas gefragt wurde, sagte er immer das gleiche: Man gewöhnt sich.

Die Zeit im Lager? Man gewöhnt sich. Die Arbeit? Man gewöhnt sich. Das andere Land? Man gewöhnt sich. Die Deutschen? Man gewöhnt sich. Es war einfach nichts rauszuholen aus ihm, obwohl er doch so ein schönes Auto sein eigen nennen konnte. Da war die Nichte gesprächiger. Hart sei die Zeit schon gewesen, bis sie ihre eigenen vier Wände hatten, aber nun ging es ihnen so gut wie noch nie, und wieder warf Witold sein na, na dazwischen.

Wieso, fragte Friedel Kowalek, wieso ist nur Maria zufrieden? Du hast ein schönes Auto und kannst Geschenke machen, da mußt du doch wie ein Fürst leben.

Witold winkte ab, rauchte, gab aber zu, in Deutschland besser dran zu sein als in Polen.

Maria, Witold und ihr Jüngster, den sie mitgebracht hatten, waren in ihrem Äußeren ein wahrer Kontrast zu der Stube, in der sie sich befanden, während Waleria, Marta und Friedel Kowalek weniger auffielen. Die abgearbeiteten Hände paßten zu dem rissigen Wachstuch, die Schürzen zu den verwaschenen Vorhängen und die Schuhe zu den grau gewordenen Dielen. Walerias Haare waren unter einem Kopftuch versteckt, die ihrer jüngeren Tochter kräuselten sich in einer billigen Dauerwelle, und Friedel trug einen dünnen, hoch über dem Nacken zusammengesteckten Knoten. Das alles gehörte zu dem Bild, das man gewohnt war, egal, ob in Ujazd oder Leszno.

Nun aber die aus dem Westen. Friedel sah genau hin. Maria hatte einen weißen Pullover an mit Goldstickerei und einen schwarzen Plisseerock, der sich hundertfach um ihr Hinterteil fältelte. Ihre Schuhe hatten Absätze, die sich schlecht für die Straßen von Leszno eigneten. Zwei Ringe schmückten ihre Finger, den Ehering eingeschlossen, drei, und die Nägel waren lackiert. In den Haaren steckten Kämmchen mit glitzernden Steinen, und ihr Gesicht war sorgfältig geschminkt. So lief in Leszno tagsüber kein Mensch rum, und wenn das im Westen so üblich war, dann hatte Friedel vorhin ihren Traum richtig geträumt, und sie lebte hier in Polen auf der falschen Seite. Auch der Witold war in seiner Kleidung als Westler

erkennbar. Eine Lederjacke hatte er an, ein Hemd aus feinem Trikot und eine karierte Hose, wie sie Friedel Kowalek noch nie an einem Mann gesehen hatte. Wie ein Clown, dachte sie und wollte nicht glauben, daß so etwas elegant sein sollte. Selbst dem Kind sah man an, daß es nicht von hier war. Stiefel hatte der Kleine an den Füßen wie aus einem Wildwestfilm, mit Lederfransen an den Schäften und einer Schnalle über dem Spann.
Inzwischen redete nur noch Maria. Waleria hatte die Augen halb geschlossen und stieß in kleinen Abständen ihren Atem hörbar aus der Nase. Offensichtlich nahm Maria das als Zustimmung, denn sie erzählte immer lauter und schneller. Friedel glaubte aus dem Schnauben der Schwägerin einen Protest herauszuhören. Marta wiederum hing an den Lippen ihrer Schwester, ohne sich zu rühren, die Arme auf den Tisch gestützt und die Finger der rechten Hand auf den Mund gepreßt, als müsse sie jeden Augenblick losschreien. Nur Friedel zeigte sich nach außen hin unbeeindruckt. Maria zählte auf, was es in Mannheim für Läden gab, Kaufhäuser und Einkaufszentren. Sie berichtete von einem Begrüßungsgeld von 200 D-Mark pro Kopf, das jedem zustehe, und bis das Arbeitslosengeld geregelt sei, hätten sie und Witold je 350 D-Mark im Monat bekommen.
Einfach so?
Einfach so.
Ja, und später hätte es dann Kindergeld gegeben und ein Anschaffungsdarlehen von 5000 D-Mark und für jedes Kind 1000 dazu, damit man sich einrichten könne. Das alles klang wie ein Leben im Paradies, und wenn Witold nicht so eisern geschwiegen und Waleria nicht dauernd und wirklich störend geschnaubt hätte, wäre die Vorstellung perfekt gewesen. Nur von Menschen redete Maria nicht. Sicher, sie gingen hin und wieder in den polnischen Gottesdienst, aber

die Polen – Maria sagte, die Polen –, denen sei in Deutschland nicht zu trauen.
Das schien der Moment zu sein, an dem Walerias Geduld am Ende war. Sie stieß mit ihrem Krückstock auf den Dielenboden, daß alle hochschreckten und Marias weitere Kommentare unausgesprochen blieben.
Friedel, krächzte Waleria, ohne auch nur mit einem Wort auf Marias Bericht aus dem Westen einzugehen, es ist Zeit für die Messe.
Witold bot Waleria an, sie und Friedel mit dem Auto in die Kirche zu fahren. Aber davon wollte seine Schwiegermutter nichts wissen. Sechzig Jahre liefe sie nun schon den Weg zu Fuß, sagte sie, und so würde es auch weiterhin bleiben. Um beten zu gehen, brauche sie kein Auto. Friedel war enttäuscht, sie hätte gern in den feinen Polstern gesessen und aus dem Fenster den Leuten zugewinkt.
Aber die Alte war unerbittlich, hatte sich in den Mantel helfen lassen und schlurfte hinkend an Friedels Arm der Kirche zu. Mit jedem Schritt schlug Friedel der kleine Greisengeruch entgegen. Sie riecht, als sei sie schon tot, dachte Friedel. Aber Waleria war quicklebendig und maulte vor sich hin: Mit einem Auto in die Kirche, so weit kommt's noch.
Sie blieb stehen, um Luft zu schöpfen. Mir gefällt das nicht, Friedel. Warum bekommen die Geld von den Deutschen?
Weil deine Mutter eine Deutsche war, sagte Friedel vorsichtig, nicht sicher, ob Waleria sich damit zufriedengeben würde.
Meine Mutter, die wäre heute schon hundert Jahre alt, was hat die damit zu tun?
Friedel schwieg.
Meine Mutter war von Leszno, von hier, mein Vater war Pole, auch von hier. Ich würde mich schämen, von einem Land, das ich gar nicht kenne, Geld anzunehmen.

Na, wenn sie doch Deutsche geworden sind?
Als wenn das möglich wäre, krähte Waleria, obwohl Friedel die Kirchentür schon aufgemacht hatte und jedes Wort durch das Seitenschiff hallte. Kannst du vielleicht von heute auf morgen ein Neger werden, ein Chinese oder Eskimo?
Die Leute, die bereits in ihre Gebete vertieft waren, drehten sich um, warfen sich Blicke zu, stießen sich an, und einer flüsterte: Guckt mal, die alte Waleria, die gibt noch nicht mal in der Kirche Ruhe, wenn ihr was nicht paßt.
Friedel Kowalek mußte später zugeben, weder gebetet noch der Predigt zugehört zu haben. Statt der Worte des Pfarrers klangen ihr die der Nichte im Ohr, und vor sich sah sie nicht die Jungfrau Maria, sondern das rote Auto, den Plisseerock und die Westernstiefelchen des Jungen. Es war nichts zu machen, es wollte einfach keine Frömmigkeit in ihr aufkommen, es blieb bei der Sehnsucht, auch an diesem Reichtum teilhaben zu können. Und weil Friedel Kowalek eine Frau von raschen Entschlüssen war, gab sie ihre Bemühung, der Gottesmutter während der Verkündigung zur Seite zu stehen, auf, kümmerte sich auch nicht mehr um deren damalige Furcht vor den Engeln und dem Beginn der Schmerzenszeit, sondern klagte kurzerhand das eigene Leid ein und bat um Hilfe.
Von da an wurden Friedel Kowaleks Gebete inniger, und ihr Flehen nahm eine Zielstrebigkeit an, dessen Leitbild bis zum Schluß der Messe das rote Auto, der Plisseerock und die Westernstiefelchen blieben.
Nach dem Kirchgang aßen alle gemeinsam zu Mittag, danach wollte Friedel Kowalek nach Hause fahren. Sie war völlig überwältigt, als Witold sich anbot, sie mit dem Auto nach Ujazd zu bringen. Zuvor müsse er allerdings noch ein paar Regale abholen, sagte er, die er sich beim Tischler, gegen Westgeld natürlich, bestellt hatte. Witold und Maria hatten

noch mehr eingekauft, Lampen zum Beispiel und Bilder, Kristall, Besteck und ein Kaffeeservice. Alles Dinge, die es nur zu solchen Preisen gab, die keiner von der Familie Kowalek bezahlen konnte. Für Witold aber war das ein Klacks, denn für eine D-Mark gab es 3800 Zlotys. Da konnte man schon voll in die Tasche greifen.
Und was verdienst du als Arbeiter in der Maschinenfabrik? fragte Friedel.
Na, so um die 2000, ohne Überstunden, sagte Witold, worauf Friedel die Spucke wegblieb, denn sie konnte einfach nicht ausrechnen, wieviel Zlotys das waren.
Waleria winkte nur ab und brummte, daß die Tochter mit Mann und Kind zwar im Geld ersticken, aber im Herzen vertrocknen würden. Zu einem weiteren Gespräch kam es nicht, weil der Kleine zu quengeln begann. Er hatte im Stadtpark nicht weit von der Straße nach Gostyn zwei Schießbuden und ein Karussell gesehen. Nicht, daß er Karussell fahren wollte, das war ihm viel zu langsam und zu klein. Er wollte den großen Teddybär, der in einer der Buden ausgestellt war. Bist du verrückt? fragte die Großmutter streng, worauf das Geplärr erst richtig losging. Er habe noch nie einen Teddy gehabt, der so groß sei wie der. Überhaupt habe in Mannheim kein Kind so einen Teddy, und wenn er ihn aus Polen mitbringe, würden ihn alle bewundern, und niemand würde ihm mehr Polackenjunge hinterherrufen.
Die Eltern sahen sich an, und Maria wurde rot bis in den Ausschnitt ihres goldbestickten Pullovers.
Ist das wahr? rief Friedel entsetzt und wurde von der Nichte beruhigt, das seien lediglich ein paar Türken gewesen, die man nicht weiter ernst nehmen dürfe. Witold aber sagte, man gewöhnt sich, stand auf und nahm seinen Sohn auf den Arm, um ihn zu trösten. Mit einer für ihn ungewöhnlichen Bestimmtheit entschloß er sich, mit ihm zu den Buden zu fahren

und anschließend Friedel Kowalek heimzubringen. Das Kind hörte auf zu plärren, Marta räumte den Tisch ab, während Waleria sich in der Schlafstube in ihren Sessel setzte, um ein Nickerchen zu machen. Friedel stieg in das Auto und beobachtete dabei verstohlen die Nachbarn in den gegenüberliegenden Fenstern, die ihr beim Einsteigen zusahen.
Der Teddy war schon von weitem zu erkennen. Knallblau hing er am Rand der Bude, als Blickfang gedacht und von jedem bewundert. Sein Fell war hart, noppig und hatte nichts mit dem eines Bären gemein. Seine Augen steckten etwas schief im klobigen Kopf, und die Nase war aus Kunststoff. Am beeindruckendsten war seine Größe, die tatsächlich der eines Kindes entsprach.
Nein, sagte der Budenbesitzer, der Bär ist nicht verkäuflich, er hängt sozusagen als Aushängeschild hier, um die Leute anzulocken. Nehmen Sie doch etwas anderes, eine Vase zum Beispiel, Bonbons, Porzellan oder Blumen aus Plastik.
Wir wollen den Bär, sonst nichts, sagte Witold.
Der Budenbesitzer lachte, trank von seinem Bier und behauptete, sein Bär sei unbezahlbar.
Wieviel?
Dreißigtausend.
Schweigen, rundum entstand Schweigen, wer würde schon für einen blauen Teddy dreißigtausend Zlotys ausgeben, auch wenn er die Höhe eines Tomatenstocks hatte. Aber Witold holte seine Brieftasche aus der Lederjacke, öffnete sie und blätterte stumm und ohne mit dem Budenbesitzer zu handeln, dreißigtausend Zlotys hin. Ohne Kommentar wechselten Geld und Bär den Besitzer. Nur das Kind zeigte, daß es glücklich war.
Während der Fahrt in Richtung Ujazd fühlte sich Friedel Kowalek, die vorn neben Witold saß, nicht sehr behaglich. Es war vor allem der Riemen, der sie einschüchterte, ein Riemen,

mit dem Witold sie quer über die Brust an den Sitz geschnallt hatte, als gelte es, eine Rose zu pfropfen.
Ich bekomme ja gar keine Luft, protestierte sie, und Witold sagte, daß man im Westen nicht anders Auto fahren dürfe. Also gab sich Friedel Kowalek zufrieden. Aber nicht zufrieden gab sie sich damit, daß Witold dreißigtausend Zlotys für einen Teddybär bezahlt hatte, um seinem Sohn eine Freude zu machen. Dreißigtausend, das waren zehntausend mehr als Renatas Monatsgehalt für ihre Arbeit im Kiosk. Das mußte man sich mal vorstellen.
Wir tragen uns auch mit dem Gedanken, in den Westen zu gehen, sagte Friedel endlich, was meinst du, Witold?
Es dauerte lange, bis er den Mund aufmachte. Friedel fürchtete schon, gar keine Antwort zu bekommen. Aber als die Dächer von Ujazd und der Turm vom Schloß auftauchten, entschloß er sich zu reden. Vielleicht, weil Maria nicht dabei war, vielleicht, weil er glaubte, ein Unheil verhüten zu können, erzählte er plötzlich ganz andere Dinge vom Leben im Westen.
Die Sprache, sagte er, ist schwer zu lernen, und weil sie so schwer zu lernen ist, bleiben wir für die Deutschen immer die Polen. Da hilft kein Ausweis und kein Verwandter. Bei denen gilt nur, wie du sprichst. Und wenn du nicht sprichst, wie sie sprechen, bist du ein Ausländer. Und plötzlich redete er von Einsamkeit. Friedel Kowalek hatte bisher weder in Ujazd noch in Leszno, noch sonstwo einen jungen Mann von Einsamkeit reden hören. Er erklärte ihr das Heimweh und wie klar und übersichtlich hier alles im Gegensatz zu dort sei, wo die Leute am Sonntag in den Odenwald führen oder in die Pfalz. Weinberge oder Hügel, sagte Witold, überall wird dein Blick aufgehalten. Nie kann man die Sonne am Horizont hinter den Wäldern untergehen sehen, immer sind Berge davor und davor wieder Häuser, verstehst du?

Friedel Kowalek verstand nicht. Nach einem Nest wie Leszno konnte man ihres Erachtens kein Heimweh haben, wenn man im Westen lebte. Und die Landschaft hier – sie sah über die Felder –, die konnte man sich mit einem Blick fürs ganze Leben merken. Aber Witold hatte noch mehr auszusetzen, und bis sie in Ujazd waren, hatte er Friedel derart verunsichert, daß sie ihm am liebsten gar nicht mehr zugehört hätte. Einziger Trost waren die Leute vom Dorf, die sie erkannten und dem roten Auto nachstarrten. Glück war, daß sie auch Jósef begegneten, Renata das rote Auto sah und die Fedeczkowa, die den Enkel nach Hause brachte.

Friedel stieg aus, winkte dem Kind zu, das auf dem Rücksitz fast hinter dem Teddy verschwand, und bedankte sich bei Witold für die Fahrt.

Nichts zu danken, sagte er und bat sie, ihre Pläne nicht zu überstürzen.

Da war ihre Geduld am Ende.

Weißt du denn überhaupt noch, wie und wovon wir hier leben müssen? rief sie und knallte ihre Faust auf das Dach des roten Autos, daß es dröhnte, meinst du vielleicht, unsereins will nicht auch so ein Auto haben? Wenn es deiner Meinung nach hier so schön ist, dann komm doch wieder zurück, das ist ja schließlich nicht verboten, oder?

Witold nickte freundlich, nahm ihr die Worte offenbar nicht übel, seufzte nur und sagte: Man gewöhnt sich.

Dann stieg er ins Auto und fuhr los, bevor Renata und Jósef auch nur ein Wort mit ihm wechseln konnten.

Als Renata später von Friedel hörte, daß ihr Monatslohn nicht mehr wert sei als ein knallblauer Teddybär, außen mit Stoff bezogen und innen aus Holzwolle, fing sie an zu weinen. Die anderen schwiegen. Was sollte man auch zu einer solchen Lächerlichkeit sagen.

Friedel erzählte auch von Marias Berichten nach ihrer Ankunft im Westen, von dem Begrüßungsgeld, der Hausratsentschädigung und dem Anschaffungsdarlehn, das zwei Jahre lang zins- und tilgungsfrei sei. Mehr sagte Friedel Kowalek fürs erste nicht.

Sie wartete bis Freitag, den Tag, an dem alle zum Essen kamen. Es gab Bigos, wenn auch auf die einfache Art. Sauerkraut, Weißkraut, Trockenpilze, ein bißchen Tomatenpüree, ein wenig Pflaumenmus, Zwiebeln und polnische Wurst. Friedel Kowalek hatte schon am Vormittag gekocht, denn den Nachmittag brauchte sie zum Nachdenken. Sie wollte einen Brief vortäuschen, eine Antwort von Anna aus Berlin auf ein Schreiben, das nie geschrieben worden war. Da keines der Kinder Deutsch konnte, war es mit der zweiten Notlüge, wie Friedel ihren Plan sich selbst gegenüber rechtfertigte, nicht viel schwerer als mit der ersten. Sie kramte aus dem Schrank in der Stube einen Brief hervor, den Anna vergessen hatte zu datieren, der kurz war und für dessen Inhalt nur ein neuer Text zu erfinden war.

Liebe Friedel, schrieb Friedel, und danach setzte eine Pause ein, die weit in den Nachmittag hineinreichte. Alles, was sie zu Papier brachte, um es danach auswendig zu lernen, hörte sich nicht so an, als ob es von Anna wäre. Viel eher könnte man annehmen, Suszko habe die Sätze formuliert. Friedel traf einfach nicht den richtigen Ton, und die Kinder würden mißtrauisch werden. Stets hatte Friedel ihnen Annas Briefe ins Polnische übersetzt und so oft vorgelesen, bis sie sich weigerten, noch weiter zuzuhören. Zumindest Janka würde der Mutter auf die Schliche kommen und den Schwindel entdecken. Friedel entschied sich für eine andere Lösung. Sie wollte nicht übersetzen, sondern mit ihren eigenen Worten berichten, was in dem Brief stehen sollte. Das klappte schon besser. Da kamen Sätze zustande, die glaubhafter wirkten, die

nur den Inhalt betrafen und nicht Annas Ausdrucksweise wörtlich wiedergeben mußten. Mit der Zeit wurde Friedel Kowalek immer heiterer, übte vor sich hin, wog ab, ergänzte und hatte zur Abendbrotzeit ihr Konzept im Kopf.
Kaum saß die Familie zusammen, begann Renata wieder über den Preis für den knallblauen Teddybär im Vergleich zu ihrem Lohn herumzujammern. Tomek erzählte, daß er versucht habe, den Cousin noch in Leszno zu erreichen. Aber der sei schon wieder mit Frau und Kind zurück nach Mannheim gefahren, und Tante Waleria sei zu keinerlei Auskünften über das Leben ihrer Kinder im Westen bereit gewesen. Jeder Gärtner hält seinen Kohl für den besten, habe sie gesagt und Tomek empfohlen, vor der eigenen Haustür nach dem Rechten zu sehen. Józef schwieg wie immer, und Janka hatte in der Post gehört, daß eine Familie aus Lysiny für die Aushändigung ihrer Ausreisepapiere einem der Beamten ihr Auto überschrieben habe.
Nun hielt Friedel den Zeitpunkt für gekommen, den Brief aus der Schürzentasche zu ziehen und auf den Tisch zu legen.
Hat die Tante aus Berlin geschrieben? fragten alle auf einmal.
Nein, sagte Friedel, die Anna vom Schloß.
Und, fragte Tomek, warum liest du ihn nicht vor?
Das war die Klippe, die es zu überwinden galt. Friedel stand auf, machte sich am Herd zu schaffen und kratzte im Bigostopf, während einer nach dem anderen den Brief in die Hand nahm, Anrede und Unterschrift studierte, ohne ein Wort verstehen zu können.
Der ist aber schnell gegangen, sagte Janka verwundert, weil sie den Brief in der Post nicht gesehen hatte.
Kannst ihn ja hier sehen, sagte Friedel ein wenig schnippisch und setzte noch eins obendrauf. Wenn ihr Deutsch könntet so wie ich, brauchte ich euch nicht zu sagen, was drinsteht.
Und was steht drin?

Daß sie uns helfen wird, die Anna, sagte Friedel. Wir sollen nur kommen, hat sie geschrieben, Wohnung und Arbeit werden sich finden. Natürlich müssen wir auch erst ins Lager, aber das muß jeder, und sie wird sich einsetzen.
Der Brief, von dem alle annahmen, daß ihn Friedel gerade bekommen hatte, ging von Hand zu Hand.
Die ist doch patent, die Anna, sagte Friedel und trocknete sich jetzt die Hände ab, und hilfsbereit ist sie auch, oder was glaubt ihr, warum sie mir gleich geantwortet hat. Ich jedenfalls verlasse mich auf sie.
Friedel hatte richtig kalkuliert. Jeder war so mit dem beschäftigt, was sie gesagt hatte, daß im Augenblick keiner darauf bestand, den Brief Wort für Wort übersetzt zu bekommen.
Friedel kam zurück an den Tisch und setzte sich wieder auf ihren Platz, die vom Schrubben noch roten Hände vor sich auf der Tischplatte gefaltet.
Dann wird es Zeit, sagte Tomek, stand auf, holte sein und Renatas fix und fertig ausgefülltes Formular und schob beide der Mutter hin.
Ich habe meins auch schon fertig, sagte Friedel und legte das ihre dazu.
Und ich, sagte Janka, ich muß nur noch unterschreiben, genau wie du. Dabei sah sie Jósef an, der neben ihr saß.
Aschfahl im Gesicht sah er ihr zu, wie sie sorgfältig und ohne abzusetzen ihren Namen hinschrieb. Kein Wort kam über seine Lippen. Wäre sein Blick nicht hin und her gegangen, man hätte glauben können, ihn habe der Schlag getroffen.
Und jetzt du, sagte Janka noch einmal und schob ihm das Papier hin. Auch für ihn stand schon alles da, Name, Geburtsdatum, Geburtsort, Beruf, nichts fehlte. Nur seine Unterschrift.
Niemand ermunterte ihn. Im Gegenteil, es kam ihm so vor, als zeigten sie alle eine besondere Geduld und wären bereit,

Stunden mit ihm hier rund um den Tisch zu warten, vielleicht Tage, bis er seine Unterschrift neben die von Janka setzte. Wenn er das am Ende nicht tat, würden sie gehen und Janka mit ihnen. Er bliebe allein zurück, allein in der Wohnung, Tag und Nacht seinen Erinnerungen ausgeliefert, für immer halbiert und gespalten wie der Kopf eines Ochsen im Schlachthof. Ganz langsam nahm er den Stift in die Hand, hielt ihn steil zwischen den Fingern, und als er zu schreiben begann, hörten sie ihn plötzlich alle atmen.

Das Gerücht war nun kein Gerücht mehr, die Familie Kowalek, einschließlich Jósef Staszak, gab zu, die Ausreisepapiere beantragt zu haben. Die Meinung im Dorf war geteilt. Allerdings ließ sich niemand zu ähnlichen Schimpfkanonaden wie der alte Staszak hinreißen. Der fing neuerdings schon an zu fluchen, wenn einer nur Jósefs Namen aussprach, und Barbara befürchtete zu Recht, ihr Mann würde in seiner Wut womöglich noch vom Schlag getroffen. Überall brüllte er herum, daß sein Sohn ein Verräter sei, ein Arschkriecher und ein Mann, der es nicht verdiene, ein Pole zu sein. Besonders bei der letzteren Äußerung winkten die Leute ab, und Adamski wagte es, den alten Staszak zu fragen, um was für einen Verdienst es sich denn seiner Meinung nach da handele. Etwa nicht genügend Fleisch zwischen die Zähne zu bekommen oder schlechtes Saatgut auf die Felder zu bringen? Der Strom sei jetzt doppelt so teuer wie vorher. Die Kohlen für den Winter könne man nicht bezahlen, und das Benzin, das man benötigt, von dem sei bloß noch zu träumen. An Medikamenten fehle es, an Ersatzteilen für den Mähdrescher, und der Zloty sei nicht mehr wert, als sich damit den Hintern zu wischen.
Wir sind die ärmsten Schlucker, die in Europa rumlaufen, sagte Adamski, der kaum älter als Staszak war, alle anderen

haben den Krieg gewonnen, auch die Deutschen, nur wir nicht. Und dann kommst du und sagst, das sei ein Verdienst. Da war guter Rat teuer, und Staszak mußte sich seine Antwort überlegen. Ganz rot war er im Gesicht, und der Sohn vom Adamski behauptete später, Staszaks Hände hätten so gezittert, daß ihm der Wodka aus der Flasche gekippt sei.
Weil ihr euch alles gefallen laßt, schrie Jacek, weil ihr euch vom Staat, wie früher von den Deutschen, herumkommandieren laßt, alles einsteckt und den Rücken krumm macht, statt euch zu wehren.
Die Antwort war Gelächter. Wie soll sich denn ein Bauer in Ujazd wehren? wollte man wissen. Da schien es doch in der Tat einfacher, in den Westen zu gehen. Im Grunde genommen seien die meisten ja nur auf Józef und die Kowaleks neidisch. Es war nicht auszumachen, wer das gesagt hatte. Plötzlich redeten alle durcheinander, und Jacek Staszak bot auf seine alten Tage jedem Prügel an, der die Ausreise der Kowaleks und seines Sohnes guthieß.
Ob es nun Neid war oder nicht, ob man des alten Staszaks Meinung vertrat oder den Kowaleks recht gab, es kam Unruhe im Dorf auf, und wo auch immer Friedel, eins ihrer Kinder oder Schwiegerkinder auftauchte, stellte sich jedesmal die Frage, was sie von dem, was sie besäßen, verkauften und was nicht.
Und weil Friedel für die Behörde mehr Schmiergeld brauchte, als der Familie zur Verfügung stand, ging man den einen oder anderen Handel schon vor der Ausreise ein. Beim Abgeben der Papiere mußte sie abermals ein Kuvert über den Tisch schieben, und bei jedem Nachfragen war ebenfalls etwas mitzubringen. Das erste Mal sagte die Beamtin, die Anträge seien verlorengegangen, einfach weg und nicht mehr zu finden. Dabei hatte sie, wie Friedel es von ihr schon kannte, durch sie hindurchgeblickt, als sei hinter ihr etwas zu

sehen, was die Beamtin weit mehr interessierte als Friedel Kowalek selbst.

Also organisierte Tomek eine Flasche Kognak, die es normalerweise nirgends zu kaufen gab, und schon fanden sich die Anträge wieder ein. Auch Kaffee brachte Friedel auf die Behörde, und während sie sich nach den Papieren erkundigte, gab sie zu verstehen, daß die Tochter ihren Fernseher nicht mit in den Westen nehmen würde und der Sohn als Elektrotechniker das eine oder andere Gerät besorgen könnte. Und mit der gleichen Selbstverständlichkeit gab die Beamtin zu verstehen, daß sie an einem Warmwasserboiler interessiert sei. Das kostete alles Geld und schmälerte Tag für Tag mehr den Besitz der Kowaleks.

Das war schließlich der Grund dafür, daß Jósef seinen Ledermantel verkaufte. In Ujazd besaß außer ihm niemand einen Ledermantel, und wenn Jósef damit über den Dorfplatz ging oder zu Ludwik Janik ins Auto stieg, um in die Kreisstadt oder nach Leszno oder Poznań zu fahren, dann konnte man ihn von hinten für einen Fremden halten, so elegant sah er in dem Mantel aus. Jósef hatte ihn eines Tages aus Wrocław mitgebracht, hatte ihn dort von seinem Schwager Leon geschenkt bekommen, der kaum noch in Ujazd auftauchte. Leon war ein Stadtmensch geworden und hatte sich zuletzt bei der Beerdigung des alten Kowalek blicken lassen. Er verdiente viel Geld, aber niemand in der Familie wußte genau, womit.

Hier, hatte er an jenem Tag in Wrocław zu Jósef gesagt und ihm den Mantel hingehalten, nimm den und frag nicht viel, jeder muß sehen, wie er über die Runden kommt. Dann war er in ein Auto gestiegen und hatte Jósef mit dem Mantel stehenlassen. Friedel war damals der Meinung gewesen, der Mantel stünde eher Leons Bruder Tomek zu, aber Janka hatte darauf bestanden, daß der Mantel dem gehöre, der ihn

geschenkt bekommen habe. Folglich behielt Jósef den Mantel, und er hatte auch vor, ihn mit in den Westen zu nehmen. Wenig getragen und von Janka sorgsam gepflegt, sah er noch aus wie neu und paßte seiner Meinung nach wie kein anderes Kleidungsstück dorthin.
Inzwischen hatte es sich im Dorf herumgesprochen, daß die Kowaleks und Jósef Geld brauchten. Was nicht mitzunehmen war, wurde verkauft, was noch benutzt werden mußte, versprochen. Das hatte den Briefträger Suszko auf die Idee gebracht, Jósef nach dem Mantel zu fragen. Natürlich nicht gleich, denn so schnell würde der den nicht hergeben. Und so wartete er geduldig, bis den Kowaleks das Geld knapp wurde. Denn um an die Papiere zu kommen, konnte man, wenn man Pech hatte, ein Vermögen loswerden, das wußte jedes Kind, es sei denn, man hatte Geduld – Wochen, Monate, Jahre. Aber den Kowaleks schien die Zeit unter den Nägeln zu brennen, denn, so sagte Friedel, man muß das Leben aus dem Holz schnitzen, das man hat.
Suszko dachte mit jedem Tag mehr an den Mantel. Er hatte genau die Farbe im Gedächtnis, Rotbraun wie die Stute von Perka, und in der Sonne glänzte das von Janka gewienerte Leder wie neu. Hinten war der Mantel geschlitzt, auf den Schultern befanden sich breite Klappen mit Messingschnallen, und zu schließen war er mit einem Reißverschluß. Suszko sah sich in der Lederpracht schon auf dem Fahrrad sitzen oder im Bus nach Leszno oder in der Kreisstadt herumscharwenzeln. Seht mal den Suszko, würden die Leute sagen, der muß allerhand auf der Kante haben, daß er sich so einen Mantel leisten kann. Vielleicht, dachte Suszko weiter, fiele ihm so ausstaffiert auch noch die Gunst der einen oder anderen Witwe aus der Gegend zu. Viel Zeit hatte er nicht mehr, wenn er im Alter nicht allein sein wollte. Mit dem Mantel, da war sich Suszko sicher, würde er mit den Weibern schneller

ins Gespräch kommen. Alles andere ergäbe sich dann von selbst.
So war es nicht weiter verwunderlich, daß er eines Morgens von der Vorstellung gepackt wurde, der Mantel könnte bereits einen anderen Käufer gefunden haben. Und da Jósef ihn auch schon längere Zeit nicht mehr getragen hatte, glaubte Suszko sofort handeln zu müssen. Er machte also keine Umstände, suchte Jósef in den Ställen des Kombinats auf und fragte nach kurzem Gruß:
Was kostet dein Ledermantel, ich will ihn dir abkaufen.
Den kannst du gar nicht bezahlen, Briefträger, antwortete Jósef. Dabei fiel ihm ein, daß er als einziger der Familie außer seiner Unterschrift auf dem Antrag noch nichts für die gemeinsame Ausreise geleistet hatte. Wenn es soweit wäre, würde er auf ihre Kosten mit von der Partie sein. Mitgehangen, mitgefangen und sonst nichts.
Du wirst dich wundern, sagte Suszko, oder meinst du, ich binde jedem auf die Nase, wieviel Geld ich habe?
Deutschmark, sagte Jósef, mehr um den Briefträger zu verspotten.
Aber Suszko ging aufs Ganze.
Wieviel? fragte er.
Zweihundert, antwortete Jósef und dachte nicht im Traum daran, daß der alte Suszko auch nur über eine einzige Deutschmark verfügen könnte. Zweihundert, wiederholte er, und keine Zlotys.
Suszko fühlte, wie sich der Schweiß unter seiner Mütze sammelte. Zweihundert Deutschmark für einen Mantel, das war heller Wahnsinn. Seine Stimme hüpfte in der Kehle.
Hundertfünfzig, Jósef, hundertfünfzig. Das Leder ist schon an den Ellbogen abgeschabt.
Zweihundert, hab ich gesagt und keinen einzigen Zloty. Ich handle nicht.

Einen Augenblick glaubte Suszko, er sei es nicht selbst, den er da hörte, so ungeheuerlich war das, was er nun sagte. Am Sonnabend bring ich dir das Geld.
Aber Jósef war mit dem Termin nicht einverstanden. Er hatte kein Mitleid mit dem Briefträger von Ujazd, er dachte nur an das Geld, das er der Schwiegermutter beim Freitagabendessen vor aller Augen auf den Tisch blättern wollte.
Am Freitag, Briefträger, am Freitag brauch ich das Geld, oder ich verkaufe den Mantel an einen anderen.
Nie hat in Ujazd jemand erfahren, für welchen Preis der Mantel, den jeder im Dorf kannte, den Besitzer gewechselt hatte. Weder Jósef noch Suszko waren zu einer Auskunft bereit, und die Familie Kowalek, die es am Freitag erfuhr, behielt es für sich.
Friedel Kowalek hatte ein Karnickel geschlachtet und gesagt, einmal muß ein Anfang sein. Ab jetzt, so wollte sie es, sollte hintereinanderweg geschlachtet und gegessen werden, was sie im Stall hatte. Karnickel mit Backpflaumen, einem Apfel, saurer Sahne und Speck. Das hatte es am Freitag noch nie gegeben.
Jósef war es nur recht. Das Festmahl paßte zu der Übergabe seines Geldes, von dem niemand etwas ahnte, auch Janka nicht. Suszko hatte pünktlich gezahlt, hatte nicht viel Worte gefunden und war schweigend mit dem Mantel über dem Lenkrad seines Fahrrades davongefahren.
Die Abende waren länger geworden. Eulenlicht hing zwischen den Bäumen, Friedel sparte mit Strom. Wenn wir erst im Reich sind, sagte sie, werden wir einen Kronleuchter haben.
Sie aßen schweigend den feinen Braten, den es sonst nur Weihnachten gab, und als sie fertig waren, fragte Janka die Mutter nach dem Brief, der heute mit der Post gekommen war.

Welcher Brief?
Der von der Tante aus Berlin.
Friedel, die geglaubt hatte, ihren Kindern das Schreiben verheimlichen zu können, zog es jetzt mürrisch aus der Schürzentasche.
Na, was wird sie schon geschrieben haben, die Tante, sagte sie, daß sie uns nicht helfen kann.
Tomek machte Licht, und Janka las vor.
Liebe Schwester,
habe dankend Deinen Brief erhalten und möchte Dir hiermit mitteilen, daß es mir leider nicht möglich sein wird, Euch hier in Berlin behilflich zu sein. In meinem kleinen Haus ist für eine Unterbringung von weiteren Personen kein Platz. Auch finanziell werde ich Euch nicht unter die Arme greifen können, da die mir zur Verfügung stehende Rente gerade für eine Person reicht. Was man hier aus dem Lager Marienfelde hört, ist auch nicht das Beste.
Vielleicht solltest Du Dir doch noch mal den Entschluß, mit den Deinen auszusiedeln, gründlich überlegen. So leid es mir tut, aber ich möchte Dir eher abraten. Das Leben im Lager ist nicht leicht, und eine Wohnung zu bekommen ist auch sehr schwer. Eine Bescheinigung, daß ich Deine leibliche Schwester, in Berlin-West wohnhaft bin, füge ich bei, weise aber darauf hin, daß mit einer Unterstützung meinerseits nicht zu rechnen ist.
Ich hoffe, es geht Dir gut, und Ihr seid alle bei bester Gesundheit. Es tut mir leid, daß ich Dir und Deiner Familie nicht die erwünschte Hilfe zusagen kann.
Mit freundlichen Grüßen, Deine Schwester Lidia
Man könnte meinen, sagte Tomek, die Tante lebt im Armenhaus. Und Friedel fügte hinzu, daß Lidia schon immer geizig gewesen sei. Die habe nur Angst, was abgeben zu müssen. Kein Wort glaube sie von dem, was in dem Brief stünde. Da

hätten alle mal hören sollen, was Walerias Tochter Maria erzählt habe.
Trotzdem waren sie bedrückt. Jeder hing seinen eigenen Ängsten und Hoffnungen nach, die so schwer in Worte zu fassen waren.
Wann gehst du wieder nach den Papieren fragen? wollte Jósef plötzlich wissen, und alle sahen ihn an. Danach hatte er noch nie gefragt. Friedel seufzte und faltete den Brief der Schwester zusammen.
Wenn ich was zum Bringen habe, sagte sie leise, und zum erstenmal glaubte Tomek, Mutlosigkeit in der Stimme seiner Mutter zu hören.
Uns wird schon was einfallen, sagte er. Wenn wir erst in Berlin sind, ist ja noch Pani Anna für uns da. Vergiß deine Schwester, die ist die Grüße nicht wert, die du ihr schickst.
Jósef glaubte, daß jetzt der richtige Moment für seinen Auftritt gekommen sei, und begann so umständlich in seiner Jackentasche zu kramen, daß ihm alle dabei zusahen.
Was suchst du denn? fragte Janka.
Und dann holte er sie hervor, die Deutschmarkscheine, die Suszko ihm für den Ledermantel gegeben hatte, und legte sie einzeln nacheinander auf den Tisch. Friedel zählte mit. Zweihundert Deutschmark, es war kaum zu glauben.
Nun hast du was zum Bringen, sagte Jósef.
Alle wollten gleichzeitig wissen, woher er das Geld habe, nur Janka sagte nichts. Er mußte sich räuspern und aufpassen, daß seine Antwort möglichst gleichmütig klang. Niemand sollte wissen, wie schwer ihm der Handel gefallen war.
Suszko hat meinen Ledermantel gekauft.
Der Briefträger?
Renata brach in Lachen aus, und für einen Moment herrschte ungewohnte Fröhlichkeit in der Kowalekschen Küche.
Janka stand auf, beugte sich zu Jósef hinunter und schlang ihre

Arme um seinen Hals. Das vergeß ich dir nie, flüsterte sie, in Berlin werde ich dir einen neuen kaufen.

Am nächsten Sonntag konnte jedermann Suszko in seinem Ledermantel an der Bushaltestelle sehen. Er stolzierte auf und ab und ließ bei jeder Kehrtwendung die Schöße fliegen. Nein, Suszko sah trotz des eleganten Stücks nicht wie ein Fremder aus, sondern nach wie vor wie Suszko, nur daß er Jósef Staszaks Mantel trug, glatt rasiert war und nach Gesichtswasser roch.

Das war ein so verwunderlicher Anblick, daß Ludwik Janik in seinem Auto anhielt und ihn fragte, wo er denn in seinem Aufzug hin wolle.

Zu einer Hochzeit, gab Suszko dem Kombinatsdirektor bereitwillig Auskunft, zu einer Hochzeit nach Konradowo, zu der ihn die Verwandtschaft eingeladen habe.

Bis in die Stadt könne er ihn mitnehmen, sagte Ludwik Janik und ließ Suszko einsteigen.

Auch Ludwik erkannte Jósefs Mantel, der sich an der Person des Briefträgers ungewöhnlich ausnahm. Obwohl Suszko ein wenig lächerlich wirkte, verlor Ludwik Janik kein Wort darüber. Darauf erzählte Suszko von sich aus, daß er dem Staszak den Mantel günstig abgekauft habe, da der jetzt jeden Pfennig brauche.

Jósef, fragte Ludwik, wozu braucht der jeden Pfennig?

Suszko wußte nicht so recht, ob es seine Sache war, dem Herrn Direktor mitzuteilen, daß sein Schafsmeister in den Westen abhauen wollte. Also begnügte er sich damit zu sagen, daß es doch alle im Dorf wüßten. Dabei strich er über das Leder seines neuen Mantels und schnibbte ein Stäubchen vom Revers.

Natürlich hatte Ludwik von den Plänen der Kowaleks gehört, aber er wollte nicht darüber reden, solange ihm Jósef die Kündigung nicht ausgesprochen hatte. Sie waren kurz vor der

Kreisstadt angekommen, und dort, wo sich zu deutschen Zeiten linker Hand das wuchtige Bismarckdenkmal in den Himmel gehoben hatte, stand jetzt überlebensgroß auf haushohem Sockel der Preisbulle des Kombinats und glotzte von West nach Ost. Ehrlich gestanden, hatte sich nie jemand so recht mit diesem Anblick vertraut machen können, denn es war nicht gerade üblich, ausgerechnet einem Bullen für dessen Fruchtbarkeit die Ehre eines Denkmals zu erweisen und ihn damit zum Wahrzeichen des Landkreises zu machen. Aber Ludwiks Vorgänger, Direktor Banaś, hatte es so gewollt, und da dem Kombinat das Geld für ein edles Metall fehlte, hatte ihn der Direktor aus Beton herstellen lassen.
Und wie so oft, beschlich auch heute Suszko der heimliche Gedanke, daß er nie Briefträger geworden wäre, wenn er allein für die Betätigung zur Fortpflanzung ein Denkmal in Aussicht gestellt bekommen hätte. Wie er wohl da oben aussehen würde, in Eisen oder gar in Bronze, mit Jósefs Mantel und einem Hut statt seiner Postmütze auf dem Kopf. Ludwik Janik riß ihn aus seinem kühnen Traum. Er bog jetzt von der Straße ab. Suszko mußte aussteigen und das letzte Stück bis zur nächsten Busstation nach Konradowo laufen.
Am nächsten Morgen bat Ludwik Janik Jósef in sein Büro. Das kam nicht oft vor. Im allgemeinen besprach er, was mit den Kombinatsangestellten zu besprechen war, in der Verwaltung. Jósef ahnte, was ihm bevorstand. Mit dem Verkauf seines Mantels hatte er die Absicht auszusiedeln offenkundig gemacht, jetzt mußte er Farbe bekennen.
Das Büro des Direktors war mit den anderen Zimmern nicht zu vergleichen. Da standen Ledersessel und ein Schreibtisch aus feinem Holz mit geschwungenen Beinen, der angeblich aus einem der früheren Gutshäuser stammte. An der Wand hingen Bilder in schmalen Goldrahmen und ein Ölgemälde vom Schloß. Teppiche lagen auf dem Fußboden, und auf dem

Glastisch gab es Aschenbecher aus Marmor, groß wie ein Eierkuchen. Die Regale füllten Akten, die den Aufbau des Kombinats seit der Übernahme durch die Sowjets 1945 dokumentierten.

Als wenn er Jósefs Gedanken erraten hätte, sagte Ludwik Janik: Mit drei Kühen hat Direktor Banaś damals angefangen, heute haben wir tausend. Fünfzehntausend Schafböcke wurden bisher verkauft und jährlich eintausend Lämmer und mehr, wir bewirtschaften 3400 Hektar und ...

Entschuldigung, Herr Janik, unterbrach ihn Jósef höflich, aber das ist mir bekannt. Ich bin in Ujazd geboren, und ich arbeite im Kombinat. Seit ich denken kann, hat man mir diese Zahlen eingetrichtert.

Und du bist nicht stolz darauf?

Ich? Jósef schüttelte den Kopf und fuhr mit der Schuhspitze über den Teppich. Das Kombinat oder Herr Banaś kann meinetwegen stolz sein, aber was habe ich davon? Ein Gehalt, von dem ich mir nichts kaufen kann, und ein Leben, das ich nicht mehr aushalte.

Also stimmt es, du gehst nach dem Westen?

Ja, Herr Janik.

Und warum erfahre ich das erst jetzt?

Die Papiere sind noch nicht da. Ich wollte erst kündigen, wenn die Papiere da sind.

Ludwik Janik mußte sich beherrschen. Am liebsten hätte er losgebrüllt. Jósef war einer seiner besten Männer. Mit ihm fing das Davonlaufen nun also auch in Ujazd an. Wer weiß, wer noch alles seine deutsche Verwandtschaft ausgraben würde, um abhauen zu können.

Du verrätst dein Land, sagte Ludwik, und Jósef antwortete: Nein, das Land hat mich verraten, es verrät alle, so, wie es ist. Nicht einmal Solidarność wird etwas ändern.

Da war es mit Ludwik Janiks Beherrschung vorbei. Er sprang

auf, packte Jósef, schüttelte ihn und schrie, daß es die Sekretärinnen nebenan hören konnten: Ich glaube nicht, was du da sagst, ich glaube dir kein Wort!
Jósef wehrte sich nicht und ließ sich schütteln, als könne er dadurch die Situation schneller beenden. Tatsächlich nahm Ludwik die Hände von seiner Jacke, murmelte unverständlich so etwas wie eine Entschuldigung und fügte dann deutlich hinzu:
Willst du, daß alles vergeblich war, was Männer wie dein Vater und ich, die den Krieg überlebten, aufgebaut haben, was euch einmal gehören soll?
Ich bin nach dem Krieg geboren, Herr Janik, sagte Jósef so sachlich wie möglich, und von dem Wiederaufbau, von dem Sie da reden, bekommt unsereins in Polen verdammt wenig zu spüren.
Wenn du hierbleiben würdest, Jósef, sagte Ludwik unerwartet beherrscht, bliebe Janka dann auch?
Jósef wurde rot, keins seiner Argumente hatte den Direktor überzeugt, Ludwik Janik hatte ihn durchschaut, da war nichts zu machen.
Nein, sagte Jósef, sie würde nicht bleiben.
So ist das also. Das hättest du gleich sagen sollen.
Jósef hob die Schultern, und seine Fußspitzen fuhren abermals den Linien des Teppichmusters nach. Er schämte sich. Aber es war ihm unmöglich, dem Direktor zu sagen, daß seinem Entschluß nichts anderes als die Hoffnung zugrunde lag, in einer neuen Welt das alte Glück mit Janka wiederzufinden.
Und wohin wollt ihr?
Nach Berlin, antwortete Jósef erleichtert, die Dinge endlich beim Namen nennen zu können, dort lebt die Schwester meiner Schwiegermutter, und Pani Anna vom Schloß hat uns Hilfe angeboten.

Pani Anna?
Ludwik Janik kniff die Augen zusammen. Sein Gesicht wurde plötzlich starr, als habe ihn ein unvorhergesehener Schmerz durchfahren.
Pani Anna, wiederholte er, wie soll die euch denn in einer Stadt wie Berlin helfen?
Jósef wußte es nicht, berief sich auf den Brief und die Worte der Schwiegermutter, daß auf Pani Anna Verlaß sei. Darauf war Ludwik Janik nicht mehr bereit, länger mit Jósef über die Aussiedlung zu reden. Er machte den Eindruck, als sei ihm jedes weitere Wort zuviel. Jósef möge eine Kündigung schreiben, sagte er, und als Jósef schon an der Tür war, fügte er noch hinzu: Wenn du in Berlin nicht zurechtkommst, Jósef, in Ujazd, im Kombinat, wirst du jederzeit wieder einen Platz finden, solange ich hier der Chef bin. Einen Moment lang zögerte Jósef, ob er umkehren und Ludwik Janik die Hand geben sollte. Aber der hatte sich schon hinter dem Schreibtisch in seine Papiere versenkt. Kein Lächeln, kein Blick, ganz und gar ein Direktor, der das Gespräch mit seinem Schafsmeister für beendet hielt, und Jósef wußte plötzlich, daß er weder Janka noch den anderen Mitgliedern der Familie Kowalek von dieser Unterredung etwas erzählen würde.
Tomek hatte da mit seinem Arbeitgeber mehr Glück. Der witterte gleich ein Geschäft, das mit dem angehenden Aussiedler zu machen sei. Nichts war in Polen so gefragt wie Computer, und wenn Tomek geschickt sei, könne er sich im Handel damit eine goldene Nase verdienen. Ich verstehe aber nichts von Computern, hatte Tomek erwidert. Dann wirst du's lernen, hatte sein Chef gesagt und ihm die Adresse einer Firma in Berlin in die Hand gedrückt. Die gehört Polen, die bauen Computer zusammen und verkaufen sie dann. Sag einen schönen Gruß von Zygmunt aus Poznań, das ist

mein Bruder. Dann wirst du zu Arbeit kommen und wir zu Geschäften.
So einfach war das. Aber je übersichtlicher Tomeks Zukunft zu werden schien, um so bedrückender stellte sich ihm jetzt der bevorstehende Abschied dar. Plötzlich achtete er auf Dinge, die bisher noch nie in seinem Bewußtsein aufgetaucht waren. Zum Beispiel, wenn er von Leszno aus die Chaussee entlangfuhr und nach einer Kurve inmitten der Felder Ujazd liegen sah, erschien ihm das Dorf mit einemmal wie ein Inselchen. Davor die Holunderbüsche, dann die Obstbäume, die Dorfstraße, gesäumt von Eschen, und im Park des Kombinats die riesigen Platanen, Buchen und Eichen. Das alles baute sich wie ein Berg auf, grün im Sommer, braun im Winter. Dann sah man durch das Geäst, so wie jetzt, die kleinen unauffälligen, dicht nebeneinanderliegenden Häuser der Dorfbewohner.
Dieses Bild würde aus seinem Leben verschwinden. Das Elternhaus, der Dorfplatz, die Kirche, der Park und das Schloß mit dem Jugendklub, der Bibliothek und der Kawiarnia. Jedesmal, wenn Tomek daran dachte, hielt er auf seinem Motorrad an und prägte sich alles, was er sah, so fest ein, als müsse er es in sein Hirn meißeln. Kaum war er zu Hause, nahm er Jan an die Hand und lief mit ihm durchs Dorf und hinter den Häusern wieder zurück. Tomek zeigte seinem Sohn alles, was er längst kannte, störte sich nicht an dem Gejammer des Kindes, das sich auf dem langen Weg langweilte.
Dort ist die Schule, in die du nicht mehr gehen wirst, und da ist die Kirche, in der du getauft wurdest, sagte dann Tomek, beugte sich zu seinem Sohn hinunter und deutete auf all das, was sich Jan einprägen sollte. Siehst du den Birnbaum dort, der war schon zu Großvaters Zeiten so groß. Und da drüben die Pfirsichbäume, die gehören dem Perka. Wenn es Frost gibt im Frühjahr, macht er zwischen den Stämmen Feuer,

damit der Rauch die Blüten vor dem Erfrieren bewahrt. Und die Linde im Park, merk sie dir gut, du wirst nie mehr im Leben eine so alte und große Linde sehen. Auf diese Weise zerrte er seinen Sohn von einem Ende des Dorfes zum anderen und das nicht nur einmal, sondern immer öfter, je länger sie alle auf die Papiere warten mußten.

Friedel Kowalek hatte die zweihundert Deutschmark am Montag nach dem gemeinsamen Karnickelessen mit zur Behörde genommen. Auf die Frage, ob ihre Papiere da seien, hatte die Beamtin in der ihr üblichen Manier durch Friedel hindurchgesehen und den Kopf geschüttelt.

Vielleicht nächste Woche? hatte Friedel gefragt und die Deutschmark wie sonst die Zlotys in einem Kuvert über den Tisch geschoben.

Vielleicht, hatte die Beamtin gesagt und das Kuvert an sich genommen, ohne es zu öffnen. Danach hatte Friedel eine ganze Woche gewartet, bis sie wieder bei der Beamtin erschien. Und zum erstenmal hatte sie nicht durch Friedel Kowalek hindurchgesehen, als sei hinter ihr Bemerkenswertes zu suchen. Sie hatte sogar gelächelt und Friedel mitgeteilt, daß sie diesmal Glück habe, die Ausreise aller Familienmitglieder, auch die ihrer Schwiegerkinder, sei genehmigt.

Friedel konnte sich später nie mehr erinnern, wie sie aus der Behörde herausgekommen war. Ihr erster Weg hatte sie zu Janka in die Post geführt. Ohne Rücksicht auf die wartenden Menschen am Schalter hatte sie sich nach vorn gedrängt, ihr Gesicht durch die runde Öffnung im Glas gedrückt und so laut gerufen, daß es jeder hören konnte: Unsere Ausreisepapiere sind da.

Sofort begann unter den Leuten ein Durcheinander. Einige gratulierten, andere reagierten mit finsteren Mienen. Aber alle sahen zu, wie sich kurz darauf Mutter und Tochter in die Arme fielen und weinten.

Von nun an begann für die Kowaleks eine große Geschäftigkeit. Hab und Gut mußten verkauft werden, und es galt zu überlegen, was mitzunehmen war und was nicht. Schon als alles noch in der Schwebe war, hatten die Perkas bei Friedel Kowalek angefragt, ob sie den Wohnzimmerschrank übernehmen könnten, hatten auch gleich bezahlt und sich einverstanden erklärt, das Möbel erst am Tag der Abreise zu holen. Aber seit man im Dorf wußte, daß die Kowaleks im Besitz ihrer Papiere waren, hatte es sich Piotr Perka, der seine Zeit einteilen mußte, anders überlegt.
Nichts für ungut, sagte er verlegen, als er vor Friedel Kowaleks Wohnungstür stand, aber Janina meint, wir sollten nicht länger warten.
So, sie will also nicht warten, deine Frau, antwortete Friedel giftig, vielleicht will sie uns auch noch die Stühle unterm Hintern wegziehen, bevor wir aus dem Haus sind, den Herd abholen und das Bettzeug.
Piotr winkte ab. So sei das nicht zu verstehen, sagte er und kratzte sich umständlich ein Stück Mist vom Absatz.
Wie denn?
Tomek hat mir gesagt, in spätestens drei Tagen haut ihr ab.
Eben, erst in drei Tagen, warum kommst du dann heute?
Heute ist Sonnabend, da habe ich Zeit für einen Möbeltransport.
Friedel Kowalek rührte sich nicht von der Schwelle. Für euch kann es wohl nicht schnell genug gehen, bis wir weg sind.
Piotr hatte keine Lust auf einen Disput mit der Kowalekowa, ihm ging es um den Schrank, auf was anderes wollte er sich nicht einlassen.
Ich habe das Möbel gekauft und bezahlt, basta, sagte er, in der Woche bin ich auf dem Feld, das müßt ihr verstehen.
Mehr sagte Piotr nicht, vermied auch die naheliegende Frage, was Friedel Kowalek, ihre Kinder, Schwiegerkinder mit dem

Enkel von zu Hause fort in den Westen trieb, vom Land in die Großstadt, die keiner kannte und wo eine Sprache gesprochen wurde, die niemand, außer der Mutter, beherrschte. Er fürchtete das Lachen, das in ihm hochsteigen würde und sicherlich nicht zu halten war, wenn Friedel Kowalek auf den Gedanken käme, ihm zu sagen, sie seien in Wahrheit Deutsche, und deshalb zöge es sie heim ins Reich, wo sie herzlich willkommen seien.

Mürrisch machte Friedel Kowalek in der Tür Platz, und er folgte ihr durch den Flur an den geöffneten Stubentüren vorbei in die Küche. Was für ein Durcheinander. Kisten standen herum, Taschen, Kartons und halbvoll gepackte Koffer. Selbst die Lampen waren schon abgenommen, und auch das Geweih des einzigen mickrigen Hirsches, den der alte Kowalek als Forstgehilfe bei den Deutschen je hatte schießen dürfen, war verschwunden. Verkauft, verschenkt, vielleicht eingepackt, um es im neuen Reich abermals über die Haustür zu nageln. Wenn das der alte Kowalek wüßte. Aber der war tot, mußte hier in Polen auf dem Friedhof unter dem efeubewachsenen Grab liegenbleiben, in drei Tagen von Frau und Kindern für immer verlassen.

Mit dem Gedanken an den alten Kowalek befiel Piotr eine Unruhe, die ihn nicht nur störte, sondern auch ärgerlich machte. Was hatte er schon mit der Aussiedlung der Familie Kowalek zu schaffen. Gerade mal, daß er ihnen für gutes Geld ihren Wohnzimmerschrank abgekauft hatte, den er sich jetzt holen wollte. Aber der Ärger ließ sich nicht so leicht unterdrücken, zumal Jósef in der Küche saß. Jósef, der Sohn des Stockpolen Staszak. Auch er wollte ein Niemiec werden, ein Volkswagendeutscher, wie man sagte. Ohne daß es sich Piotr vorgenommen hätte, entschlüpften ihm plötzlich zwei Worte, zwei deutsche Worte, die einzigen, die er kannte.

Guten Tag.

Das klang komisch, weil ihm die Vokale zu kurz gerieten und die Konsonanten zu hart. Jósefs Gesicht wurde bis zu den Ohren rot. Er sprang auf, und Piotr glaubte schon, er wolle ihm an die Gurgel. Vielleicht wäre es auch dazu gekommen, wenn nicht Friedel Kowalek angefangen hätte zu zetern. Kummer habe sie so schon genug, schrie sie die Männer an, Kummer und Sorge, Haus und Hof verlassen zu müssen, um sich und die Ihren auf den Weg zu bringen. Piotr hätte gern nach diesem Weg gefragt, den die Kowaleks da freiwillig einschlugen und der sie allesamt für immer und ewig von zu Hause fortführte. Aber er fragte nicht. Er hörte sich schweigend an, was Friedel Kowalek noch alles an Schwierigkeiten aufzählte, mit denen sie fertig werden mußte.
Es fehlt nicht viel, jammerte sie, und ich komme eher zu meinem Mann auf den Friedhof als mit Gottes Hilfe nach drüben.
Selten sprach Friedel das Wort Westdeutschland aus, schon gar nicht nannte sie das Ziel ihrer Ausreise, obwohl jeder in Ujazd wußte, daß es sich dabei um Berlin handelte. Hin und wieder redeten sie vom Reich, in das sie heimkehrte, oder von drüben, wo seit Jahr und Tag nicht nur ihre Schwester wohnte, sondern auch Pani Anna.
Weder Jósef noch Piotr hätten sagen können, ob es sich um einen Zufall handelte. Aber als Friedel Kowalek behauptete, eher auf den Friedhof zu kommen als nach drüben, trafen sich ihre Blicke. Jósef fing Piotrs Lächeln auf, behielt es ein Weilchen für sich und gab es erst zurück, als er sicher war, daß es seine Schwiegermutter nicht bemerken würde. Die aber meinte jetzt, lange Reden machten kurze Tage, Jósef solle lieber Piotr helfen, das Möbelstück auf den Wagen zu laden, sie wolle es hinter sich haben.
Zurück blieb ein heller Fleck an der Wand, der plötzlich die ganze Stube beherrschte und Friedel Kowalek unmißver-

ständlich zu verstehen gab, daß der Verzicht auf die Heimat nunmehr eine beschlossene Sache war. Es galt, Abschied zu nehmen. Friedel Kowalek tat das, indem sie auf den hellen Fleck starrte und die Erinnerung an der Stelle suchte, wo eben noch der Schrank gestanden hatte. Ihr war, als öffnete sich im Umriß des Möbels die Wand und gab zwischen den Fenstern den Blick auf den Dorfplatz frei. Dort war aber nicht der Kiosk zu sehen, in dem Renata Getränke und Süßigkeiten verkaufte, dort stand wie zu Zeiten der Deutschen das Kriegerdenkmal, und aus der Teerstraße wölbte sich Kopfsteinpflaster, über das die Kutschpferde des Herrn Major trabten. Er zog vor Friedel Kowalek den Hut, und vom Kutschbock her nickte ihr Stefan zu, ein frisch geschossenes Reh zu den Füßen, das Friedel später im Schloß den Gästen servieren würde. Frau Baronin, es ist angerichtet.
Sie roch den Braten, den Rotkohl, den Speck. Sie sah die silbernen Platten in ihrer Hand und die goldenen Ringe an den Händen der Damen, die sie bediente. Sie spürte den Stolz, zum Schloßpersonal zu gehören, und fühlte die Treue der Herrschaft gegenüber. Die Erntefeste fielen ihr ein, die jedes Jahr gefeiert wurden. Den Eingang des Dorfgasthauses, das längst nicht mehr als solches genutzt wurde, aber jetzt durch die Öffnung in der Wand im alten Zustand wiederzuerkennen war, schmückten Papiergirlanden. Männer trugen die Erntekrone, gefolgt von den Frauen, die auf der Bühne im Saal die Gedichte wiederholten, die sie vor dem Schloß dem Herrn Baron, der im Krieg mit Herr Major anzureden war, schon einmal aufgesagt hatten. Danach gab es Kaffee und Streuselkuchen, später Würstchen und Kartoffelsalat, dazu Bier und Schnaps, soviel ein jeder vertrug. Eine Kapelle spielte, und es wurde getanzt, bis frühmorgens die Kühe gemolken und das Vieh gefüttert werden mußte. An einem solchen Erntefest hatte sich Friedel mit Stefan Kowalek ver-

lobt, der Herr Baron hatte mit ihr einen Walzer getanzt und danach das Brautpaar dreimal hochleben lassen.
Das war die Zeit, in der Friedel Kowalek fest an ihr Glück und an die Zukunft geglaubt hatte und von der sie sich jetzt verabschiedete.
Die SA- und SS-Uniformen spielten dabei keine Rolle, auch nicht die Hakenkreuzfahnen und Frauenschaftsversammlungen, an denen Friedel Kowalek teilgenommen hatte. Wozu, sagte sie sich, wozu soll man noch an so was denken. Und mit den Nazis, von denen es auch in Rohrdorf genug gegeben hatte, strich sie gleich die Zwangsarbeiter und die sowjetischen Kriegsgefangenen aus ihrem Gedächtnis. Der Krieg hatte ihr schließlich genug eigenes Leid gebracht.
Jetzt schloß sich die Öffnung im Umriß des Wohnzimmerschranks, den Jósef und Piotr inzwischen auf den Wagen geladen und festgezurrt hatten. Friedel sah es durchs Fenster, sah auch, wie Piotr Perka unerwartet Jósef umarmte, und dachte, Pack schlägt sich, Pack verträgt sich.

Wie in der Wohnung der Mutter fehlten auch bei Janka zu Hause schon die Bilder und Möbel. Nur daß sie an den Wänden nicht so helle Flecken hinterließen und sich auch für Janka nicht öffneten. Sie war mit Packen beschäftigt. Eigentlich hätte sie damit rechnen müssen, aufgrund ihres Ausreiseantrags sofort den Arbeitsplatz zu verlieren, aber dazu war es nicht gekommen. Niemand wollte so schnell auf Jankas zuverlässigen Schalterdienst verzichten, und darum blieb bis zuletzt alles beim alten, auch wenn das nicht ganz den Vorschriften entsprach.
Mit ihren Gedanken längst im Westen, in der Großstadt Berlin, verkaufte sie Briefmarken, quittierte Einschreiben, frankierte Auslandspost, nahm Einzahlungen entgegen oder zahlte Zlotys aus. Im Postamt war für Janka tagaus, tagein die

Außenwelt nur durch dieses Fensterchen von der Größe eines Kuhfladens in einer Milchglasscheibe sichtbar. Und alles, was sich in ihr Blickfeld schob, waren Gesichter, die sie kannte. Da war weder mit Fröhlichkeit zu rechnen noch mit Abwechslung. Im Postamt der Kreisstadt hatte für Janka Staszak winters wie sommers nur Eintönigkeit die Zeit totgeschlagen. Damit aber war jetzt ein für allemal Schluß. Ein neues Leben lag vor ihr, ein Leben mit Chancen in einem reichen Land, das ihr eine bessere Zukunft versprach.

Da gab's nicht viel von Ujazd mitzunehmen. Auch Janka hatte verkauft, was zu verkaufen war, der Rest wurde verschenkt. Die Wohnung gehörte dem Kombinat und mußte, wie es hieß, leer geräumt übergeben werden. Janka würde die Tür hinter sich offenlassen, in Polen fand heutzutage alles seine Verwendung. Nur die Gänse, die hatte sie weder verscherbelt noch verschenkt, die hatte Janka Jósefs Eltern zugedacht. Sie werden sie nicht nehmen, hatte Jósef gesagt, der Vater wird mich vom Hof jagen.

Aber Janka war stur geblieben. Das müsse er schon in Kauf nehmen. Auf keinen Fall könne er ohne den Versuch, sich von den Eltern zu verabschieden, Ujazd verlassen, und da sei es klüger, etwas mitzubringen. Also hatte sich Jósef schweren Herzens mit den drei Gänsen zu Fuß auf den Weg gemacht. Das ständige Krächzen und Schnattern der Tiere versetzte ihn unversehens in seine Kindheit zurück.

Er sah sich, nicht älter als zehn Jahre, wie er allabendlich Mutters Gänse vom Teich her die Dorfstraße entlang an Kanteckis Haus vorbei nach Hause trieb. Das wäre an sich keiner Erinnerung wert, wenn es da nicht Kanteckis Hund gegeben hätte. Der war scharf auf Gänse, war als Welpe von einem Ganter gezwickt worden und fing bereits hinterm geschlossenen Tor an zu toben, sobald sich Jósef mit dem Federvieh näherte.

Eines Tages nun stand Kanteckis Hoftor, Gott weiß, warum, offen, und der Hund stürzte sich mit fletschenden Zähnen geifernd und bellend auf die Gänse. Erschrocken breiteten die ihre mächtigen Schwingen aus, wechselten in Panik vor ihrem Angreifer die Richtung, rissen dabei den kleinen Jósef um und rannten flatternd und lärmend zurück zum Teich. Inzwischen hatte Herr Kantecki den Hund zu fassen gekriegt und Jósef aufgeholfen. Aber die Gänse, die waren weg.

Jula setzte mit dem Abendgeläut ein. Die Männer standen vor Kirkors Laden, tranken Bier, und sicherlich war niemand mehr auf den Feldern, bis auf den Vater. Der mähte Zug um Zug die Luzerne, die aufzuladen und in den Kuhstall zu bringen die Aufgabe des Sohnes gewesen wäre.

Jósef aber lief voller Angst die Dorfstraße runter zum Teich. Die Gänse hatten sich gut unter dem Weidengebüsch versteckt, waren mucksmäuschenstill, und so hetzte er atemlos zurück, an der Kirche vorbei, an der Schule und der hohen Schloßparkmauer, an deren Ende auf der anderen Seite der Straße sein Elternhaus stand, in dem er Prügel zu erwarten hatte und auch bekam.

Heute, fast zwei Jahrzehnte später und abermals mit drei Gänsen unterwegs ins Elternhaus, glaubte er noch immer die Angst zu spüren, die er damals als Kind gehabt hatte. Zwar saß nach wie vor jeder Handgriff, mit dem er die Tiere ohne Umstand ins Gehöft brachte, er hob auch das Türchen im Hoftor ein wenig an, damit es weit aufflog und den Gänsen genug Platz ließ. Aber er schaffte es nicht, wie gewohnt mit der einen Hand den Stall zu öffnen und mit der anderen umsichtig und ohne Hast die Gänse hineinzuführen. Sie flatterten aufgeregt über den Hof, wo die Eltern vor der Haustür standen und staunend ihrem Sohn zusahen, wie er ihnen seine drei Gänse durch das Tor trieb.

Noch bevor Jósef seinen Gruß sagen konnte, polterte der alte Staszak auch schon los:
Über meine Schwelle kommt kein Pole, der ein Niemiec werden will.
Die Mutter zupfte ihn am Ärmel.
Er ist dein Sohn, sagte sie beschwichtigend.
Aber der alte Staszak ließ sich nicht beruhigen.
Mein Sohn, schrie er, ein Dworus ist er, ein Knecht, der lieber im Kombinat gearbeitet hat, als meinen Hof zu übernehmen, und der jetzt auch noch sein Vaterland verrät und ein Deutscher werden will.
Jósef schwieg, ließ sich auf die Provokation nicht ein und wollte wieder gehen, als die Mutter nach den Gänsen fragte. Was es mit denen auf sich habe, wollte sie wissen, und warum er sie mitgebracht habe.
Das ist unser Abschiedsgeschenk, sagte Jósef, ich bin gekommen, um auf Wiedersehn zu sagen.
Er fühlte genau, daß ihm die Worte zu förmlich geraten waren, hätte die Mutter gern umarmt und dem Vater wenigstens die Hand gegeben. Eine nicht enden wollende Pause entstand, die erst der alte Staszak durchbrach, indem er unerwartet von der Bank aufsprang.
Glaubst du, du kannst Mutters Liebe und meinen Segen mit Gänsefleisch kaufen? brüllte er und rannte so behende, wie ihn Jósef schon lange nicht mehr gesehen hatte, quer über den Hof, wo sich die Gänse ans Ende des Gartenzauns drückten. Und mit einem Griff hatte er lautlos und flink eine der Gänse in den Händen. Die begann jämmerlich zu krächzen, wehrte sich und versuchte davonzukommen. Vielleicht zum Teich, dachte Jósef, ohne zu ahnen, was der Vater vorhatte.
Ich werd dir zeigen, was ich von deinem Angebot halte, rief der. Dann packte er fest zu, drehte der Gans den Hals um und warf das sterbende Tier Jósef vor die Füße.

Die Mutter bekreuzigte sich und fiel dem Vater in den Arm, vielleicht um zu verhindern, daß er die anderen Gänse auch noch umbrachte. Jósef merkte, wie er sich rückwärts bewegte, den Blick nicht von den Eltern abwandte, von dem Hof, dem Haus und der toten Gans.
Er sah das Abendlicht über das Ziegeldach tanzen, und der Ostwind, der unversehens aufkam, drehte die blecherne Wetterfahne in die gewohnte Richtung. Jósef zog das hölzerne Hoftor hinter sich zu, ging mit schweren Schritten die Dorfstraße entlang, und jeder, der ihm begegnet wäre, hätte sehen können, daß er weinte.

Bis kurz vor der Abreise ihrer Tochter hatte die Fedeczkowa doch tatsächlich geglaubt, daß auch ihr ein Leben im Westen beschert würde. Nicht nur, daß sie Renata unterstützte und Friedel Kowalek versprach, Stefans Grab zu pflegen, sie machte sich auch eigene Pläne. Das Haus wollte sie verkaufen, obwohl es Suszkos Meinung nach eine elende Bruchbude war. Sie bot der Adamska ihren Hausrat an, wenn's soweit wäre, und holte sich ihre paar deutschen Brocken ins Gedächtnis zurück, die sie vor rund fünfzig Jahren gelernt hatte. Dann saß sie im Dunkeln in ihrer Küche und murmelte vor sich hin. Grüßen konnte sie auf deutsch, danke und bitte sagen, links und rechts, schnell, schnell und an die Arbeit, aber dalli. Dazu war es ihr möglich, ein paar Kleidungsstücke in Deutsch zu benennen, sie erinnerte sich an den einen oder anderen Fluch und an die Wörter Lager, Zwangsarbeit und Suppe. Das war natürlich zuwenig, und so bat sie Tomek, ein Wörterbuch aus Leszno mitzubringen. Um so härter traf es sie, als ihr der Schwiegersohn klarmachte, daß für ihre Aussiedlung keine Aussicht bestünde.
Und warum nicht, wenn meine Tochter und mein Enkel drüben sind?

Weil du keine Deutschen in deiner Abstammung hast.
Aber so schnell gab die Fedeczkowa nicht auf, wußte, daß man ohne Visum nach Berlin durfte, und einmal dort, werde sich schon ein Weg finden zu bleiben.
Doch Tomek war stur und prophezeite ihr obendrein, von den deutschen Behörden wieder zurückgeschickt zu werden, und dann hätte sie hier kein Dach mehr über dem Kopf.
Da fing die Fedeczkowa an zu weinen. Sie jammerte und heulte, daß es aus dem Haus heraus über den Gartenzaun weg nach allen Richtungen hin zu hören war. Tomek konnte sie nicht beruhigen. Die Fedeczkowa schrie, daß ihr nicht nur der Enkel, sondern auch die Tochter genommen würde und sie nach Zawada laufen wolle, um sich dort vor den Zug nach Leszno zu werfen. In seiner Not fuhr Tomek zum Kiosk, lud Renata auf den Rücksitz seines Motorrades und brachte sie zur Mutter, damit sich die Fedeczkowa beruhigte.
Mama, rief Renata ihr in die Ohren, Mama, wir kommen dich doch besuchen. Berlin ist nicht aus der Welt, von hier aus nicht viel weiter als zur heiligen Muttergottes von Częstochowa.
Die Fedeczkowa bekreuzigte sich und hörte auf mit der Jammerei, denn das war eine Entfernung, die sie sich vorstellen konnte. Aber gleich darauf legte sie wieder los, traute der Tochter nicht und fürchtete, von ihr vergessen zu werden.
Dann kommst du eben zu uns zu Besuch, das ist nicht verboten, sagte Renata. Vielleicht ändern sich auch die Gesetze, und du kannst bei uns bleiben. Tomek wird geschäftlich öfter nach Leszno fahren müssen, und wenn wir erst ein Auto haben, komme ich jedesmal mit, das verspreche ich.
Und weil die Fedeczkowa schon wieder Anstalten machte, ihren Tränenstrom fortzusetzen, pochte Renata auf ihr Recht, ein eigenes Glück zu haben.

Willst du denn, daß ich deinetwegen auf ein besseres Leben verzichte?
Da klappte die Fedeczkowa ihren Mund zu, sagte bis zur Stunde des Abschieds kein einziges Wort mehr, und die Adamska unkte, daß es Renatas Mutter vielleicht für immer die Sprache verschlagen habe.

Friedel Kowalek hatte im Laufe der letzten Wochen ihren Alptraum mit ziemlicher Regelmäßigkeit geträumt, und obwohl ihr der Anblick der nackten Hühner schon ganz vertraut war, fürchtete sie sich immer wieder davor. Auch schienen die Körner im Eimer mit jedem Traum schwerer zu werden. Die Stalltür nahm an Glätte zu, war klinkenlos und mit nichts zu öffnen, während Suszko bereits bis zu den Hüften in Jósefs Ledermantel auf dem Hof in den Federn stand und lachte und winkte. Erst hatte Friedel Kowalek gehofft, daß sich die Zahl der Hühner im Traum mit jedem Tier, das sie schlachtete oder verkaufte, verringerte. Aber weit gefehlt, es wurden immer mehr. Manchmal wachte sie sogar mit schmerzenden Armen auf, so schwer hatte sie an dem Futter getragen. Und immer häufiger lief sie nach dem Aufwachen in der festen Überzeugung zum Fenster, daß der Briefträger auf dem Hof stehe, lachte und winkte.
Wenn ich erst im Reich bin, tröstete sie sich, werde ich auch die Träume los sein.

Friedel stand an Stefan Kowaleks Grab. In der Höhe seines Herzens waren die Märzbecher längst verblüht, und der Efeu zeigte die ersten jungen Triebe. Jetzt wartete Friedel auf kein Zeichen mehr. Für sie waren die Würfel gefallen, es galt nur noch Abschied zu nehmen. Um so mehr erschrak sie, als sie plötzlich doch Stefans Stimme vernahm. Er sprach zwar nicht aus dem Grab oder aus den Heckenrosen an der Friedhofsmauer heraus, sondern seine Stimme saß in ihrem Kopf und war dort deutlich zu hören.

Die Deutschen, sagte Stefan Kowalek in Friedels Ohr, die hat man ja mit Kind und Kegel verjagt, die mußten fort, aber du? Du verzichtest mit den Kindern freiwillig auf die Heimat, das wird euch teuer zu stehn kommen.

Hätte Friedel nicht im letzten Moment den Grabstein zu fassen gekriegt, sie wäre gestürzt. So hielt sie sich fest, und von weitem hätte man annehmen können, sie versuche, den ein wenig nach vorn geneigten Stein geradezurücken. Du weißt ja gar nicht, wie es im Reich ist, sagte Friedel Kowalek ärgerlich, und Stefan antwortete: Du auch nicht.

Doch, ich weiß es von Maria.

Und was hat Witold erzählt?

Witold ist ein Schisser, der sich an alles und nichts gewöhnt. Wenn ich auf den hören wollte, könnte ich mich gleich neben dir ins Grab legen.

Schluß, aus, Stefan Kowalek war verstummt, egal, wie lange sie noch an seiner Grabstätte ausharrte. Es war kein Wort mehr von ihm zu vernehmen, sie wartete vergeblich.

Dann gehe ich jetzt, Stefan, flüsterte sie, Jósefs Schwester Halina wird nach deinem Grab sehen, vielleicht auch die Fedeczkowa, wenn sie wieder bei Verstand ist. Ich verspreche dir, ich komme dich besuchen, und dann werde ich dir erzählen, daß du dich wunderst.

Kein Blick mehr zurück, kein Gebet, nur Hast. Sie lief um die Kirche herum und bekreuzigte sich in der Hoffnung, Stefans Seele in der Obhut der Muttergottes zu wissen.

Am Tag des Abschieds schien immer noch die Sonne. Piotr Perka hatte sich erbarmt und versprochen, Jósef, Tomek und das Gepäck mit dem Pferdefuhrwerk zum Bahnhof zu bringen, während die Frauen mit Jan den Bus nehmen sollten.

Erst hatte man gehofft, daß Jósefs Schwager Jodko, der als Verwalter im Kombinat über ein Auto verfügte, den Transport übernehmen würde, aber der hatte behauptet, für private Dienste über kein Benzin verfügen zu können.
Auch gut, hatte Friedel gesagt, wer zuletzt lacht, lacht am besten, und dem Jodko nicht die Hand gegeben.
Perka half, die vielen Koffer auf den Wagen zu laden. Sie waren mit Schnüren zusammengehalten, und nur der Reisekorb, in den Friedel Bettzeug und darin ihr Hochzeitsservice gepackt hatte, trug ein Vorhängeschloß. Was sie erst mal nicht mitnehmen konnte, hatte Janka bei Halina untergestellt und Renata bei ihrer Mutter. Tomek, so hieß es, würde nach und nach holen, was sie davon im Westen brauchten. Friedel sah durch das Fenster, wie die Männer das Gepäck aufluden. Sie hatte schon ihren Sonntagsmantel an und mußte, bis der Bus abfuhr, wohl oder übel mit Renata und dem Jungen drinnen warten, um den Bemerkungen der Leute aus dem Dorf zu entgehen. Wer weiß, vielleicht kam der alte Staszak auch noch angerannt, fluchend und schimpfend, wie es seine Art war. Da schien es besser, in der leer geräumten Wohnung zu bleiben, in der nur noch die alte Küchenbank und der Tisch standen, wofür kein Liebhaber zu finden gewesen war.
Als Piotr die Pferde antrieb und sich der vollbeladene Wagen mit Tomek und Jósef in Richtung Kreisstadt in Bewegung setzte, zeigte niemand für diese Fuhre sonderliches Interesse. Wer vorbeikam, winkte lässig, als machten sich Tomek und Jósef nur auf den Weg nach Częstochowa oder Opole. Bloß Suszko hatte Jósef zu Ehren dessen Ledermantel angezogen und trug, die Posttasche über dem Rücken, die Briefe aus.
Piotr ließ die Pferde im Schritt gehen. Er redete nicht und sah geradeaus, während Jósef und Tomek mit dem Rücken zur Fahrtrichtung auf den Koffern hockten und das Dorf im Blick hatten, das sie für immer verließen.

Das Dach von Adamskis Haus ist direkt neben dem Giebel links oben beschädigt, sagte Tomek.
Ja, sagte Jósef, und bei Kirkor ist der Schornstein kaputt.
Außer den Wohnblöcken vom Kombinat ist kein Haus dazugebaut worden, seit die Deutschen weg sind, ist dir das eigentlich klar? fragte Tomek.
Jósef schüttelte langsam den Kopf.
Im Sommer, sagte er, will Ludwik Janik den Dorfplatz neu aufschütten lassen und in der Mitte eine Linde pflanzen.
Linden, antwortete Tomek leise, Linden haben wir in Ujazd genug. Wenn die Bauern so viele neue Häuser wie Linden hätten, so viele neue Maschinen, Saatgut und gesundes Vieh, dann ...
Ja, antwortete Jósef, dann ...
Keiner von beiden sprach aus, was dann wäre. Statt dessen drehten sie sich um, setzten sich so, daß sie nun in Fahrtrichtung blickten, und baten Piotr, die Pferde anzutreiben, damit sie am Bahnhof genügend Zeit hätten, die Fahrkarten nach Berlin zu kaufen.
Als der Bus in Ujazd hielt und sich Friedel Kowalek mit Janka, Jan und Renata anschickte einzusteigen, hatten sich mehrere Frauen eingefunden, die ihren Einkauf bei Kirkor mit der Absicht verbunden hatten, sich von den Kowaleks zu verabschieden. Auch die Fedeczkowa war gekommen. Mit rotverheulten Augen stand sie abseits, stumm und wie von allen guten Geistern verlassen. Nicht einmal die Umarmung der Tochter erwiderte sie, nur dem Enkel legte sie ihre Hand auf den Kopf, und als er ihr sein Gesicht entgegenhob, machte sie ihm ein kleines Kreuz auf die Stirn.
Viel Glück, sagten die Frauen zu Friedel Kowalek, und Kirkor konnte es sich nicht verkneifen, Renata zuzurufen, daß fremdes Feuer nie so hell sei wie daheim der Rauch. Dabei zeigte er mit dem Daumen auf den verschlossenen Kiosk, in

dem sonst Renata Getränke, Süßigkeiten und Brot verkauft hatte.

Wenn ihr wüßtet, wie hell das Feuer in Berlin ist, Kirkor, sagte Renata lächelnd, wenn auch mit Abschiedstränen in den Augen, dann würdet ihr nicht wagen, den Rauch von Ujazd damit zu vergleichen.

Der Busfahrer drängte, hupte und ließ die Türen schließen, als Jan plötzlich zu brüllen anfing. Er wolle nicht nach Berlin, schrie er und streckte die Ärmchen nach der Fedeczkowa aus, die unbeweglich auf dem Dorfplatz stand und aussah, als hätte sie mit dem Reden auch noch das Atmen aufgegeben.

Es war nicht leicht, das Kind festzuhalten und zu beruhigen. Erst die Aussicht, Eisenbahn fahren zu dürfen, half. Und als Friedel, Renata und Janka aus dem Rückfenster sahen, war das Dorf schon hinter der Biegung verschwunden. Vor ihnen lag die Stadt.

DRITTER TEIL

Es war Tomeks Vorschlag, in Berlin zunächst die Tante aufzusuchen. Fast hätte es Streit gegeben, denn Friedel fürchtete sich nach den Strapazen der Reise vor Auseinandersetzungen.
Laß uns gleich ins Lager gehen, sagte sie, da müssen wir heute sowieso noch hin.
Aber dort wird für unser Gepäck kein Platz sein, sagte Tomek, und bis wir eine Wohnung haben, wird uns die Tante in ihrem Keller vielleicht ein Eckchen einräumen.
Als sie später alle vor ihrer Tür standen, war der Tante der Schrecken ins Gesicht geschrieben. Sie geriet so durcheinander, daß sie deutsch statt polnisch sprach und außer Friedel niemand ein Wort verstand.
Warum habt ihr nicht telefoniert, jammerte sie, ich habe doch geschrieben, daß ich euch nicht unterbringen kann.
Bevor Friedel übersetzen konnte, mischte sich Janka ein.
Kannst du kein Polnisch mehr, Tante?
Die Tante schlug sich an die Stirn und wiederholte ihre Worte in der Sprache, die sie seit fünfundvierzig Jahren nicht mehr gesprochen hatte.
Renata, die sich durch die Tür in den Flur gedrängt hatte, zählte mit einem Blick sechs Türen. Sechs Türen bedeuteten Küche, Bad und vier Zimmer.

Da sich vor der Haustür die Kowalekschen Koffer, Taschen und Körbe stapelten, breitete sich unter den Wartenden Unschlüssigkeit aus, ob sie nun eintreten sollten oder nicht. Schwierigkeiten hatte es genug gegeben, die ganzen Sachen bis hierher zu transportieren. Letztlich war das nur der Hilfsbereitschaft eines polnischen Taxifahrers zu verdanken. Ein Glück, hatte er auf der Fahrt nach Marienfelde gesagt, ein Glück, daß eure Tante nicht weit vom Lager wohnt. Die Tante hingegen schien diesen Umstand nicht als Glück zu betrachten. Sie hatte wieder zu jammern begonnen und brachte der Schwester gegenüber kaum Wiedersehensfreude auf.

Sie habe keinen Kuchen im Haus, um die Verwandtschaft so zu bewirten, wie es sich gehöre, sie könne leider nur Kaffee anbieten.

Das brauchst du nicht, sagte Friedel, wenn wir noch heute im Lager Aufnahme finden wollen, haben wir sowieso keine Zeit, bei dir rumzusitzen.

Die Mitteilung, daß niemand der Kowalekschen Familie den Anspruch erhob, bei ihr Unterschlupf zu finden, ließ die Tante freundlicher werden.

Tretet erst einmal näher, sagte sie, ins Lager kommt ihr immer noch rechtzeitig.

Und das Gepäck? fragte Friedel.

Das stellen wir in den Flur, sagte die Tante und fügte kopfschüttelnd hinzu: Mein Gott, was habt ihr bloß alles mitgeschleppt.

Dann drängten sich alle im Wohnzimmer um den Tisch, tranken Kaffee und sahen sich um. Die Fragen der Tante waren dünn gesät und berührten kaum die Zukunft der Familie Kowalek. In Berlin, sagte sie seufzend und öfter als notwendig, sei es kein Zuckerschlecken, darüber sollten sie sich im klaren sein.

Schön wohnst du, sagte Friedel, um das Thema zu wechseln, und die Schwester antwortete, daß sie nicht klagen wolle. Das Häuschen sei das Resultat der lebenslangen Arbeit ihres verstorbenen Mannes.
Und du lebst ganz allein hier? wollte Friedel wissen, die wie Renata schon im Flur blitzschnell die sechs Türen registriert hatte.
In zwei Zimmern wohne ich, über die anderen beiden verfügen mein Sohn und meine Tochter, sagte die Tante.
Und wo sind die? fragte Tomek in der Hoffnung, in den beiden Gleichaltrige zu finden, die ihm helfen könnten, mit dem fremden Land vertraut zu werden.
Aber die Tante verstand seine Frage als Kontrolle.
Was geht dich das an? sagte sie ungehalten, fügte dann aber, als sie die Röte in Tomeks Gesicht aufsteigen sah, erklärend hinzu: Mein Sohn ist in Bayern Berufssoldat, und meine Tochter besucht in Kassel eine Hotelfachschule. Wenn sie Urlaub haben, wohnen sie hier.
Damit war alles gesagt.
Wir wollen nichts von dir, Tante, sagte Janka, wir wollen auch nicht bei dir unterkommen. Das einzige, worum wir dich bitten, ist eine Ecke in deinem Keller, damit wir nicht alles, was wir mitgebracht haben, mit ins Lager nehmen müssen.
Von mir aus, sagte die Tante erleichtert, von mir aus stellt in den Keller, was ihr wollt.
Jósef und Tomek trugen die Gepäckstücke die steile Treppe runter und schichteten im Keller alles ordentlich übereinander, um nicht mehr Platz in Anspruch zu nehmen, als unbedingt nötig war. Dann küßten sie der Tante die Hand, so, wie sie es von zu Hause gewohnt waren, während sich die Frauen nach polnischer Sitte mit drei Küssen, rechts, links und auf den Mund, verabschiedeten. Alle hatten sie nur den einen

Wunsch, so schnell wie möglich Friedel Kowaleks Schwester zu verlassen.

Das Aussiedlerlager Marienfelde war ein großer Komplex, dessen Eingang mit einer klinkenlosen, gläsernen Tür versehen war. Sie erschraken, als sich die mannshohe Glasscheibe unerwartet in der Mitte teilte und sich lautlos, ohne daß einer von ihnen irgendeinen Knopf betätigt hätte, auseinanderschob. Und kaum waren sie mit ihren Koffern durchgegangen, da schloß sich die Tür wieder mit der gleichen engelhaften Lautlosigkeit.
Jesusmaria, sagte Friedel Kowalek andächtig, Jesusmaria und Josef.
Auf Anweisung eines mürrischen Mannes stellten sie sich an das Ende einer langen Schlange von Wartenden, die wie sie in die Bundesrepublik gekommen waren, um Arbeit zu finden, eine Wohnung und das Glück. Es dauerte Stunden, bis die ersten Formalitäten erledigt waren. Die Kowaleks legten eine große Geduld an den Tag, schoben sich stumm Zentimeter für Zentimeter nach vorn und nahmen abwechselnd den schlafenden Jan auf den Arm.
Bald, sagte Friedel, bald werden wir unser Bett haben, einen Herd und eine Tür, die wir hinter uns zumachen können.
Als sie endlich durch den Lagerkomplex geführt wurden, war es dunkel. Breite Gehwege, ein Häuserblock wie der andere, nur durch Nummern voneinander zu unterscheiden. Trübes Licht, nicht anders als auf dem Dorfplatz von Ujazd, und das Treppenhaus, das sie jetzt betraten, war ebenso kahl und unwirtlich wie die Aufgänge zu den Wohnungen der Kombinatsangestellten. An keiner Tür stand ein Name, nur Nummern, überall Nummern. Auf den Papieren, an den Häusern und nun auch an den Wohnungstüren.
Der Mann, der sie herführte, schloß eine dieser Wohnungen

auf und schob die Kowaleks mit Sack und Pack hinein.
Diese beiden Zimmer, sagte er, stehen Ihnen zur Verfügung.
Jósef sah es mit einem Blick, jeder Raum war nicht größer als sechzehn Quadratmeter. Darin standen jeweils zwei Betten übereinander, ein Schrank, ein Tisch und vier Stühle. Auf den Betten lagen Decken und Bettwäsche, ordentlich zusammengelegt wie beim Militär.
Hier ist die Küche, sagte der Mann, und dort das Bad mit Toilette. Jede Tür, die er aufriß, knallte wie ein Schuß gegen die Wand, während er einen Befehl nach dem anderen gab, egal, ob er verstanden wurde oder nicht. Dann zählte er die Verbote auf: Erstens dürfen keine Bilder an die Wand gehängt werden, sagte er und hob einen Finger. Zweitens ist es verboten, eigene Möbel aufzustellen. Eine Beschädigung des vorhandenen Mobiliars wird von Ihrem Tagegeld abgezogen. Das gilt auch für verlorene Schlüssel. Drittens, und jetzt streckte er seinen Mittelfinger in die Luft, darf im Bad keine Wäsche gewaschen und aufgehängt werden, dafür gibt es Waschküche und Trockenräume im Waschhaus. Viertens, Kochtöpfe, Geschirr und Besteck sind gezählt. Fehlbestände müssen gemeldet werden. Wenn Sie sonst noch Fragen haben, wenden Sie sich an Ihre Sozialarbeiterin, Frau Lippert, Torweg, Zimmer 243.
Friedel versuchte die Anweisungen zu rekapitulieren, während die anderen stumm dem Wortschwall gefolgt waren, ohne auch nur zu ahnen, um was es dabei ging.
Janka hatte sich inzwischen in der Küche umgesehen. Dort stand benutztes Geschirr und auf dem Küchenschrank neben allerlei Lebensmitteln ein Teller mit Kuchen.
Wem gehört das? fragte Janka auf polnisch.
Der Mann ging auf die einzige Tür zu, die er noch nicht geöffnet hatte, klopfte kurz und riß sie dann auf.

Entschuldigung, rief er, hier sind die neuen Mitbewohner, Familie Kowalek.
Eine Antwort wartete er nicht ab. Alles klar, sagte er statt dessen, wünschte zu Friedels Verblüffung allen noch einen schönen Abend und verschwand.
Die fremden Leute grüßten höflich, gaben jedem die Hand und stellten sich vor: Sie seien Jakub und Genowefa Filak aus Katowice und wohnten schon drei Monate hier. Heute früh sei die Familie, die bisher die beiden anderen Zimmer benutzt hätte, in ein Wohnheim gezogen.
Das waren dreckige Polen, sagte Genowefa Filak. Die Frau hat von morgens bis abends Streit gesucht, und die Kinder haben jede Nacht ins Bett gemacht.
Und jetzt müssen wir auf diesen Matratzen schlafen? fragte Renata entsetzt.
Nein, sagte Jakub Filak, die seien ausgetauscht worden. Die Lagerverwaltung achte auf Ordnung und Sauberkeit. Auch sonst könne man nicht klagen. Jósef schluckte. Wieso hatte die Filakowa dreckige Polen gesagt? Ihr Polnisch hatte einen leicht deutschen Akzent, wie es in Oberschlesien gesprochen wurde, während ihr Deutsch, das sie mit Friedel Kowalek sprach, einen polnischen Akzent aufwies.
Warum sprechen Sie mit meiner Schwiegermutter deutsch? fragte Jósef, das verstehen wir nicht.
Genowefa Filakowa warf ihren Kopf in den Nacken, was Jósef für ein Zeichen von Arroganz hielt.
Weil wir Oberschlesier sind, sagte sie, das ist etwas anderes.
Als was? fragte Jósef.
Als Deutsche oder Polen.
Auch das noch, murmelte Friedel Kowalek und bat Tomek, das Gepäck in ihre Zimmer zu stellen, während sich Genowefa Filakowa bereit erklärte, Tee für die Neuankömmlinge zu kochen.

Wasserpolacken, sagte Friedel, als sie die Tür hinter sich zugemacht hatte.
Dann überlegten sie gemeinsam die Verteilung der Betten und einigten sich, daß Renata, Tomek und Jan in dem einen Zimmer und Janka, Jósef und Friedel in dem anderen schlafen sollten. Aber Jan wollte nicht in einem Bett schlafen, das unter einem anderen stand, weinte und wollte wieder nach Hause. Die Glühbirne an der Decke hatte einen Blechschirm, wie ihn Jósef von den Ställen in Ujazd her kannte. Das Licht war grell und ließ die Gesichter der Kowaleks noch blasser erscheinen.
So sollen wir leben? fragte Renata leise und suchte nach ihrem Taschentuch. Während Friedel mit der Hand über die Betten strich, sagte sie: Aller Anfang ist schwer, bald werden wir eine Wohnung haben.
Später saßen sie mit Filaks in der Küche und tranken Tee aus Tassen und nicht aus Gläsern, wie sie es gewohnt waren.
Morgen, sagte die Filakowa, morgen bekommt ihr Begrüßungsgeld und Essen in der Kantine, bis ihr euch selbst versorgen könnt.
Danach wies sie den Kowaleks Fächer, Regale, Schubladen und einen Platz im Kühlschrank zu, behielt auch im Gespräch das Sagen und versäumte nicht, noch einmal zu betonen, daß sie und ihr Mann weder Polen noch Deutsche seien, sondern Oberschlesier.
Jakub Filak war schweigsamer. Wurde er von Tomek oder Jósef angesprochen, ließ er lieber seine Frau antworten. Nur als Jan auf die Fotos wies, die im Küchenschrank steckten und allesamt Tauben zeigten, antwortete er selbst und erzählte, daß er in Kattowice Tauben gezüchtet habe, Pfauentauben. Da aber keiner der Kowaleks etwas von Taubenzucht verstand, schon gar nicht von Pfauentauben, verstummte er bald wieder. Allerdings versprach er Jan, ihm am nächsten Tag

mehr Bilder von den Tauben zu zeigen, die ein Rad wie ein Pfau schlagen könnten. Auch sonst unterschied sich Jakub Filak von seiner Frau. Er sprach zum Beispiel nur polnisch, auch mit Friedel Kowalek.
Für Friedel war es ungewohnt, mit ihrem Schwiegersohn in einem Zimmer zu schlafen. Sie hatte noch nie mit einem Mann außer Stefan nachts ein Zimmer geteilt. Sie zog sich im Dunkeln aus, schlüpfte schweigend unter die Decke und sah im dumpfen Licht der Außenbeleuchtung den Umriß des Schrankes als ein riesiges schwarzes Loch, in das sie traumlos hineinfiel.

In den ersten drei Tagen verließ keiner von ihnen das Aufnahmelager. Sie aßen, dicht um einen Tisch gedrängt, in der Kantine, ohne daß es ihnen schmeckte. Wenn die Filakowa morgens die Herdplatten nicht mehr benutzte, kochten sie sich ihren Kaffee, standen vormittags vor dem Zimmer der Sozialarbeiterin, Frau Lippert, Schlange, und nachmittags füllten sie gemeinsam die Formulare aus, die ihnen in die Hand gedrückt worden waren. Jan hing am Rockzipfel der Mutter oder Großmutter, ohne zu quengeln, wollte aber nichts essen. Er lief überallhin mit, und obwohl die Temperatur draußen angenehm mild war, schwitzte er ständig. Abends hockte die Familie flüsternd zusammen, und wenn ihnen die Filakowa Tee und Kuchen anbot, lehnten sie höflich ab.
Friedel hatte mit ihren Deutschkenntnissen nicht nur automatisch die Rolle der Sprecherin übernommen, sondern auch sonst das Kommando in der Familie. Sie verhandelte mit Frau Lippert, der Sozialarbeiterin, bestellte das Essen in der Kantine, kaufte das Brot ein und sorgte dafür, daß sich alle bis auf Jan im Sprachkurs anmeldeten. Friedel bestimmte, wann gegessen wurde, wann man aufstand und schlafen ging, was

ausgepackt und in welche Schublade geräumt wurde und wer von ihnen die Zimmer saubermachen oder das Geschirr abspülen sollte.

Wie es die Filakowa vorausgesagt hatte, erhielt jeder von ihnen zweihundert Mark Begrüßungsgeld und Jan hundert. Auch Fahrscheine gab es gratis, und das veranlaßte Friedel Kowalek, mit allen zum Kurfürstendamm zu fahren.

Genowefa hatte Friedel die Busstationen aufgeschrieben. Wie eine Henne ihre Küken führte Friedel Kowalek ihre Familie vom Wittenbergplatz zum Kurfürstendamm. Hier kamen sie aus dem Staunen nicht mehr heraus, liefen den Boulevard auf der einen Seite hoch bis zum Olivaer Platz und auf der anderen wieder runter. Sie ließen sich Zeit dabei, blieben vor den Auslagen der Geschäfte stehen, und ein paarmal stieß Jan mit dem Kopf gegen eine Schaufensterscheibe, weil er das sauber geputzte Glas wie ein fliegender Vogel nicht realisierte. Vor allem Renata ließ sich überall verlocken, zeigte, begleitet von winzigen Schreien, auf Blusen, Röcke, Kleider und Pelze und spürte, wie allmählich die zusammengefalteten Geldscheine, die sie nicht wie die anderen ins Portemonnaie gesteckt hatte, in ihrer Hand feucht wurden. Immer wieder drängte sie, eins der Geschäfte zu betreten, um wenigstens anzufassen, was sie so sehr begehrte.

Tomek interessierte sich weniger für die Geschäfte als für das, was auf der Straße passierte. Am liebsten hätte er jedes parkende Auto befühlt, die Motorhaube hochgehoben und hineingesehen. Marken und Typen fuhren da an ihm vorbei, die er noch nicht einmal vom Fernsehen her kannte, von den Motorrädern ganz zu schweigen.

Janka konnte später keine Einzelheiten der Auslagen benennen. Sie war von der Stadt fasziniert, von den vielen Menschen, die geschäftig aneinander vorbeigingen. Hier war alles von einem für sie unbegreiflichen Tempo bestimmt, von einer

Hast, die den Vorbeieilenden im Gesicht stand und sie einander ähneln ließ.

In der Tauentzien blieb Janka staunend stehen. Auf dem schmalen Rasenstreifen in der Mitte ragten zwischen Blumenrabatten zwei haushohe, ineinander verschlungene Stahlröhren wie überdimensionale, nach oben hin zerrissene Kettenglieder in den Himmel. So etwas hatte Janka noch nie gesehen. Sie stieß Jósef an, der mit unbeteiligtem Blick zwischen den Straßenpassanten wie durch ein Kornfeld schritt. Er schien überhaupt nichts wahrzunehmen. Seine Ohren waren von dem Straßenlärm betäubt, seine Augen fanden nirgendwo Ruhe, ständig rempelte ihn jemand an, und wenn einer ärgerlich sagte, er solle gefälligst aufpassen, murmelte er przepraszam, Entschuldigung. Nein, Jósef zeigte weder Interesse an der Skulptur aus den verchromten Stahlröhren noch an den Autos und schon gar nicht an den Schaufenstern. Jósef, sagte Janka und fuhr ihm über das Haar, Jósef, wach auf und sieh dich um.

Auf Renatas Drängen besuchten sie schließlich ein Kaufhaus. Hier verschlug es selbst Friedel die deutsche Sprache, und sie antwortete auf polnisch, als sie nach längerem Betasten eines Pullovers in der Strickwarenabteilung von einer Verkäuferin angesprochen wurde.

Na, fragte Genowefa Filakowa neugierig, als sie am Abend ins Lager zurückkehrten, wofür habt ihr euer Geld ausgegeben? Und Friedel antwortete mürrisch, für gar nichts. Nach dem Essen hockten sie wie immer schweigend um den Tisch, und als Jósef sagte, daß er das nächste Mal nicht mehr mit in die Stadt käme, versuchte ihn niemand umzustimmen. Renata behielt ihre Begeisterung über all das, was sie gesehen hatte, für sich.

Aber am folgenden Tag fuhr sie mit Genowefa wieder in die Stadt und kaufte, was für ihre zweihundert Mark zu haben

war. Kein Pfennig blieb übrig, und die hundert Mark, die für Jan ausgezahlt worden waren, haute sie auch auf den Kopf. Tüten über Tüten auf Tisch und Betten, Tomek war sprachlos.
Bist du verrückt?
Nein, glücklich, sagte Renata.
Dann machte sich Friedel auf den Weg, und als auch sie mit vollgestopften Taschen heimkehrte und zu schwärmen anfing, wofür man noch alles Geld ausgeben könne, das sie nicht hatten, machte sich eine allgemeine Unzufriedenheit unter ihnen breit.
Eine Änderung ihrer Situation war nicht absehbar. Der begehrte A-Ausweis, der ihnen den Stand eines deutschen Aussiedlers bescheinigte, ließ auf sich warten, und ihr einziges Einkommen blieb nach wie vor die Sozialhilfe.
Der Alltag des Lagerlebens war eintönig, und die Reibereien mit der Filakowa nahmen zu. Mit der Zeit war das Neue nicht mehr neu, blieb aber unerreichbar und schmälerte die Hoffnung auf das Ziel ihrer Wünsche, es möge ihnen wie den Deutschen in Deutschland gehen.
Lernt erst mal die Sprache, sagte die Filakowa auf deutsch, sonst seid und bleibt ihr Polen.
Als die Kowaleks erfuhren, daß manche der Aussiedler bis zu einem Jahr und länger auf ihre Papiere warten mußten und daß immer mehr dazukamen, über hundert täglich allein nach Berlin, schlug Janka der Mutter vor, sich endlich mit Pani Anna in Verbindung zu setzen.

Seit Vera die Wohnung der Mutter verlassen hatte, war es Anna nicht mehr gelungen, sie zu sprechen. Wenn Anna anrief, war der Anrufbeantworter eingeschaltet. Versuchte sie es im Institut, ließ sich Vera verleugnen oder legte auf, wenn sie die Stimme der Mutter erkannte. In den ersten Tagen hatte Anna das Verhalten der Tochter als Folge emotionaler Verwirrung hingenommen. Aber als aus den Tagen Wochen wurden und nun schon Monate, in denen Vera jeden Kontakt mit ihr ablehnte und sie auch Bosco selten zu sehen bekam, machte sich Anna keine Illusionen mehr.

Zwar war Vera nicht, wie angedroht, zu Wilhelm gefahren, um ihn über den Bluff seiner Vaterschaft aufzuklären, aber die Ausgrenzung, mit der sie Anna bedachte, war mit der Zeit immer schwerer zu ertragen.

Hat Vera dir verboten, mich zu besuchen? hatte Anna ihren Enkel einmal gefragt und ein verwundertes Nein zu hören bekommen.

Warum sehe ich dich dann so selten?

Bosco hatte verlegen mit den Schultern gezuckt. Die Großmutter fiele ihm nicht mehr so oft ein wie früher, hatte er schließlich verlegen gesagt.

Und warum nicht?

Ich weiß nicht, vielleicht, weil Mama nie mehr von dir spricht und du nicht mehr zu uns kommst.

Dabei hatte er sie erwartungsvoll angesehen und gehofft, endlich von ihr zu erfahren, warum das alles so war. Aber Anna hatte nicht geantwortet. Mit der Zeit veränderte sich ihr Leben. Es gab auf einmal so viele Löcher in ihrem Alltag, sie vermißte Veras fröhliche Berichte über Bosco, das Institut oder Urs. Und als Anna mit Urs reden wollte und ihn anrief, sagte er nur: Das ist eure Sache.

Kommst du mich wenigstens mal besuchen?

Gern, wenn du von mir nicht den Vermittler erwartest.

Er kam aber nicht, hatte immer zu tun.

Keine gemeinsamen Einkaufsbummel mehr mit Vera, kein Wein im Bovril, kein Kino, kein Frühlingsspaziergang in den Gatower Rieselfeldern, kein Essen zu dritt, schon gar nicht zu zweit, keine Umarmung und keine Berührung.

Anna hoffte, daß Marions Geburtstag, bei dem Vera noch nie gefehlt hatte, eine Annäherung brachte.
Wer wird alles kommen? fragte sie Marion.
Alle, sagte sie.
Im Gegensatz zu ihrer sonstigen Gewohnheit gehörte Anna zu den letzten Gästen, die erschienen. Nachdem sie Marion gratuliert hatte, folgten die üblichen Begrüßungen, Rechts- undlinksküsse, und jeder sagte zum anderen, daß er sich freue, ihn zu sehen. Von Vera keine Spur. Gut siehst du aus, hörte Anna von allen Seiten. Neuerdings bekam sie das immer häufiger zu hören. Auch daß sie jung aussähe und für eine Schwester von Vera gehalten werden könne. Als sei ich zuvor todkrank gewesen, dachte sie und ging auf keines dieser lächerlichen Komplimente ein.
Paula hatte wie immer ein zu kurzes und zu enges Kleid an, das ihren klapperdürren Körper unvorteilhaft betonte. Du solltest zunehmen, sagte Anna, weil sie das immer sagte, wenn sie Paula sah, und Paula krähte mit ihrer blechernen Stimme ein Um-Gottes-willen-auch-das-noch. Kurt wurde nach den Kindern gefragt, die diesmal zu Hause geblieben waren. Alles spielte sich ähnlich wie Silvester ab, als sie sich in dieser Runde zum letztenmal gesehen hatten.
Hat dir Vera abgesagt? fragte Anna.
Sie wußte nicht, ob sie kommen könne, antwortete Marion.
Hat sie gefragt, ob ich komme?
Was ist los, Anna?
Es gab Streit, das ist alles.
In diesem Augenblick mischte sich Paula in das Gespräch, schien Annas Worte gehört zu haben und sagte:
Vielleicht hat sie mit Urs Streit. Ich könnte es mir jedenfalls vorstellen.
Dabei sah sie Anna prüfend an. Genüßlich ließ sie jedes weitere Wort zwischen ihren riesigen Zähnen hindurchglei-

ten. Ist nichts mit der Wohnung in der Danckelmannstraße, sagte sie und machte eine Pause, in der Anna prompt die Frage entfuhr: Und warum nicht?
Das weißt du nicht?
Nein, sagte Anna.
Paulas Stimme wurde noch blecherner, als sie erklärte: Urs geht für ein Jahr ins Ausland. Da will er sich mit keiner Wohnung belasten, in der er nicht wohnt.
Und Vera?
Paula zuckte mit den Schultern. Ihr war plötzlich klar, daß die Reise von Urs für Anna eine Neuigkeit war.
Ein Jahr geht auch vorüber, sagte Anna mit gespieltem Gleichmut, was ist daran so dramatisch.
Die Wohnung, sagte Paula. Schließlich hatte sich Urs endlich entschlossen, mit Vera und Bosco zusammenzuleben.
Anna schaffte ein Lächeln, ein Nicken.
Tu doch nicht so, sagte Paula ein wenig pikiert, tu doch nicht so, als wenn dir Vera das nicht schon alles erzählt hätte.
Irgend jemand legte eine Platte auf, der Geräuschpegel nahm zu, und als sich dann alle über das kalte Büfett hermachten, nutzte Anna das Durcheinander und ging.

Von der nächsten Telefonzelle aus rief sie Oskar an.
Kann ich dich noch um diese Zeit besuchen? fragte sie.
Ja, komm nur, an Schlaf ist bei mir sowieso nicht zu denken.
Anna hatte den Eindruck, daß diesmal weniger Lampen in Oskars Wohnung brannten. Vielleicht waren aber auch nur die Dimmer niedriger gestellt, jedenfalls schmerzte das Licht nicht in den Augen.
Sie fragte Oskar schon lange nicht mehr, wie es ihm geht. Sie legte sich immer einen anderen Satz für die Begrüßung zurecht, einen, der nicht den üblichen Floskeln entsprach.

Es ist schön, noch so spät zu dir kommen zu dürfen, sagte sie heute und umarmte ihn.
Oskar war dünner geworden, seine Haut an den Schläfen noch durchsichtiger und sein Atmen deutlich zu hören.
Gibt es was Neues? fragte Anna und setzte sich neben ihn auf das Sofa.
Ich warte auf das Computer-Tomogramm, sagte er. Dann weiß ich endlich, wohin sich der Tumor ausbreiten wird, ob auf die Nieren beispielsweise oder die Harnröhre. Wenn er sich für die Nieren entscheidet, soll das einen schnellen Tod ohne Schmerzen zur Folge haben. Die andere Möglichkeit läßt mich zwar länger am Leben, ist am Ende aber qualvoller. Merkwürdigerweise wünsche ich mir letzteres.
Warum? fragte Anna.
Ich weiß es nicht. Vielleicht, weil ich mich noch zuwenig mit dem Tod beschäftigt habe. Das Leben, auch wenn es für mich nur noch Schmerzen und Siechtum bedeutet, ist mir immer noch vertrauter als der Tod.
Anna legte sanft den Arm um ihn.
Und wenn du dich operieren läßt?
Das ist mir zu einfach. Ich käme mir vor, als würde ich die Verantwortung für meinen Zustand an die Ärzte abgeben, an das Krankenhaus, in das mir die Freunde Blumen bringen würden. Nein, ich bleibe hier und versuche, normal zu leben, solange es geht.
Das ist mir zu heroisch, sagte Anna und sah Oskar dabei nicht an, wenn dir das Leben lieber ist als der Tod, ist dein Entschluß, dich nicht operieren zu lassen, ein Widerspruch.
Du verwechselst Leben mit Abhängigkeit. Ich möchte so lange leben, wie ich kann, nur will ich nicht abhängig sein. Weder von Apparaten noch von Ärzten.
Aber vielleicht schaffst du es nicht allein und bereust später deinen Entschluß?

Beide flüsterten fast, und Anna kam es so vor, als fürchtete jeder, was der andere sagen würde.

Vielleicht schaffe ich es nicht, sagte er müde, vielleicht ist es heroisch, wie du es nennst, aber dann habe ich wenigstens ein Ziel gehabt, soweit Sterbenden ein Ziel zusteht, außer zu sterben.

Anna stand auf, ging in dem Licht, das immer noch aus zu vielen Lampen kam, hin und her, ohne einen Schatten zu werfen.

Ich will versuchen, dich bis zu deinem Ziel zu begleiten, sagte sie, ob ich es kann, weiß ich ebensowenig, wie du die Gewißheit hast, es zu erreichen.

Dann knipste sie eine Lampe nach der anderen aus, bis nur noch die Stehlampe neben dem Sofa ein warmes Licht verbreitete. Sie bemerkte sein amüsiertes Lächeln.

Und weshalb bist du noch so spät zu mir gekommen? fragte er.

Froh, daß er das Thema wechselte, berichtete sie ihm, was sie bedrückte. Nicht nur, daß Vera sich ihr entzog, jetzt mußte sie auch noch so wichtige Informationen wie die Auslandsreise von Urs und den Verzicht auf die gemeinsame Wohnung in der Danckelmannstraße auf Marions Geburtstag von anderen erfahren.

Warum quält Vera mich so, warum tut sie das?

Sie braucht Zeit, sagte Oskar, und wenn Urs jetzt auch noch für ein Jahr ins Ausland verschwindet, trifft sie das doppelt.

Und was soll ich machen?

Anna hatte sich fest vorgenommen, nicht zu weinen. Aber die Tränen waren nicht mehr aufzuhalten, hatten schon bei dem Gespräch über seinen Tod hinter den Lidern gesessen und stürzten ihr jetzt über das Gesicht. Er stand ein wenig mühsam auf, aber nicht, um sie in die Arme zu nehmen, wie sie gehofft hatte, sondern um ihr einen Whisky einzugießen.

Was soll ich machen? fragte sie noch einmal, gib mir doch außer deinem Whisky auch einen Rat.

Nicht einmischen, sagte er, hör auf, dich einzumischen, und laß deiner Tochter die Zeit, die sie braucht.

In den folgenden Tagen war Anna ruhiger geworden. Oskar hatte recht, sie mußte aufhören, sich einzumischen. Erst jetzt, da sie wußte, daß er todkrank war, wurde ihr klar, wie sehr er in ihr Leben gehörte. Ihn zu verlieren war für sie unvorstellbar. Es wollte ihr nicht gelingen, seinen absehbaren Tod zu akzeptieren, schon gar nicht, wie er das Sterben übte.

Nun saß sie schon zwei Stunden in ihrem Arbeitszimmer vor dem Computer, um ihren Artikel über den »Anschluß Österreichs an Hitlerdeutschland vor 50 Jahren« zu schreiben. Ein zähflüssiger Artikel, der nicht gelingen wollte, egal, wie sie ihn anpackte.

Sie war abgelenkt, dachte an Oskar und seinen vergeblichen Wettlauf und an Vera, die kein Bedürfnis hatte, ihren Kummer mit ihr zu teilen. Und plötzlich tauchte in ihrer Vorstellung auch noch Julian auf. Er war neulich für eine Woche in Berlin gewesen, und sie hatten sich täglich gesehen, ohne danach viel mehr voneinander zu wissen als vorher. Alles, was sie sich erzählten, war an der Oberfläche geblieben wie Schlagsahne auf einem Stück Torte. Sie waren essen gegangen, hatten sich ihrer gegenseitigen Zuneigung versichert und daß sich einer auf den anderen verlassen könne. Sie gingen miteinander aus Gewohnheit in großer Vertrautheit um, und weil sie glaubten, alles vom anderen zu wissen, verpaßten sie den Augenblick, nach des anderen Glück zu fragen.

Ich weiß nicht, ob er glücklich ist, dachte Anna, ich weiß gar nichts von ihm außer den Ort, an dem er sich befindet. Sie nahm sich vor, ihm zu schreiben. Wenn sie schon nichts von ihm wußte, sollte er wenigstens erfahren, was sie bedrückte.

Alles wollte sie ihm schreiben, egal, ob er ihr antworten würde oder nicht.
Es klingelte. Anna fuhr zusammen. Das war Vera. Um diese Zeit konnte es niemand anders als Vera sein. Sie hatte sich also doch besonnen, hatte ihr verziehen, wollte nur nicht den eigenen Schlüssel benutzen, um die Mutter nicht zu erschrecken. Typisch Vera, immer ein bißchen zu förmlich und darauf bedacht, keinem zu nahe zu treten. So schnell war Anna noch nie an der Wohnungstür.
Aber vor ihr stand nicht Vera, vor ihr stand Friedel Kowalek, schön rausgeputzt mit einer weißen Wollmütze auf dem Kopf, ihrem Sonntagsmantel und sorgfältig geputzten Schuhen. In der Hand trug sie einen kleinen Blumenstrauß, den sie Anna stumm entgegenstreckte.
Anna war so überrascht, daß sie kein Lächeln zustande brachte.
Friedel, fragte sie, als könne sie es nicht glauben, Friedel Kowalek?
Ja doch, Anna, wer soll ich denn sonst sein?
Friedel beunruhigte, daß Anna keinerlei Freude zeigte, sie nicht einmal in die Wohnung bat, sondern nur wie eine ungebetene Fremde anstarrte.
Wenn ich ungelegen komme, sagte sie und machte Anstalten, wieder zu gehen.
Nein, du kommst natürlich nicht ungelegen. Komm rein und erzähl mir, wie es dir geht.
Anna umarmte Friedel Kowalek und half ihr aus dem Mantel.
Wie kommst du nach Berlin, Friedel? Ich kann es noch gar nicht glauben, daß du hier bist.
Wir sind alle da, sagte Friedel Kowalek vorsichtig, der Tomek mit Renata und dem Jungen, Janka und ihr Józef.
Annas Wohnung war die zweite, die Friedel Kowalek im Westen betrat. Schon die der Schwester hatte ihr die Sprache

verschlagen, aber wie die Anna vom Schloß wohnte, das war kaum ein Unterschied zu früher. Die Bilder, die an den Wänden hingen, der Barockschreibtisch, auf dem die Fotos von Annas Eltern und Tochter standen, nicht anders, wie in Rohrdorf die Fotos auf dem Schreibtisch im Damenzimmer gestanden hatten. Und die Silberleuchter, Friedel Kowalek erkannte sie mit einem Blick, die waren auch aus Rohrdorf, ebenso die Schale im Schrank und die silberne Kaffeekanne. Mein Gott, wie oft hatte Friedel aus dieser Kanne Annas Eltern bedient. Der Gedanke daran brachte Friedel Kowalek aus dem Konzept. Nicht, daß es Neid war, der ihr die Sprache verschlug, oder gar Zweifel an der Gerechtigkeit ihrer unterschiedlichen Schicksale. Nein, es war etwas ganz anderes. Friedel fühlte sich in der Umgebung von Anna plötzlich geborgen. Anna wird helfen, sagte sie sich, wie früher die Herrschaft geholfen hatte, weil der eine arm geboren wird und der andere reich. Es galt nur abzuwarten.

Schweigend sah sie sich um, fand noch dieses und jenes aus alten Zeiten, seufzte und sagte mit einem Lächeln, als habe sie lang Ersehntes endlich wieder vor Augen:

Daß ich davon noch mal was wiedersehe, das hätte ich mir auch nicht träumen lassen.

Es hielt sie nicht auf der Kante des Sessels, auf der sie Platz genommen hatte. Sie stand auf, ging hin zu dem Leuchter, wischte mit ihrem Ärmel darüber, betrachtete im Schrank ausgiebig Schale und Kanne, ging zurück zu einem kleinen Tischchen und nahm einen Silberbecher in die Hand.

Der hat bei deinem Papi im Herrenzimmer neben dem Telefon gestanden.

Anna unterbrach die unerwartete Besucherin mit keinem Wort, sah nur mit einem wachsenden Gefühl der Ablehnung, wie Friedel Kowalek vor den wenigen Gegenständen, die noch aus dem Rohrdorfer Elternhaus stammten, ins Schwär-

men geriet. Es fehlt nicht viel, dachte Anna, und sie fängt an, das Silber zu putzen, das sie seit dreiundvierzig Jahren nicht mehr in der Hand gehabt hatte. Warum sagte sie nicht, was sie allesamt von Ujazd nach Berlin getrieben hatte.
In diesem Augenblick fiel ihr Ludwik Janik ein. Mit Friedel Kowalek rückte er plötzlich in eine Nähe, mit der sie nicht gerechnet hatte. Zum erstenmal seit der von Vera inszenierten Trennung war sie froh, daß ihre Tochter nicht da war.
Friedel machte noch immer die Runde, entdeckte jetzt eine Karte der Ländereien von Rohrdorf und blieb entzückt davor stehen.
Die hast du auch mitgebracht? Und das Bild, Friedel schlug die Hände über dem Kopf zusammen, die Egerländer Bauernhochzeit, das deine Urgroßtante gemalt hat und im Biedermeierzimmer hing, das hast du ja auch noch.
Ja, sagte Anna zunehmend ungeduldig, und Besteck habe ich noch für zwölf Personen. Laura hat die Porträts der Urgroßeltern und Marie das Bild von meiner Mutter. Auch Serviettenringe habe ich noch von zu Hause, Aschenbecher, Mamas Bibel und Papas goldene Taschenuhr. Alles andere ist in Rohrdorf geblieben. Bist du hergekommen, um das festzustellen?
Friedel erschrak. Irgend etwas hatte sie falsch gemacht, aber sie wußte nicht, was, und setzte sich deshalb wieder zurück auf die Kante des Sessels, obwohl sie lieber stehen geblieben wäre.
Friedel, sagte Anna jetzt freundlicher, warum hast du deine Kinder nicht mitgebracht, wenn ihr schon alle hier in Berlin zu Besuch seid?
Wir sind nicht zu Besuch, Anna. Wir sind für immer hier, vorerst im Lager, zwei Zimmer zu sechst. Küche und Bad müssen wir uns mit noch zwei Personen teilen. So ist das.
Jetzt begriff Anna, warum Friedel Kowalek gekommen war, und sie erinnerte sich genau, wie ihr Friedel damals in Ujazd

das vor den Russen gerettete Familiendokument als eine Art Tauschobjekt übergeben hatte und sich dafür Annas Hilfe bei der Aussiedlung ihrer Familie glaubte einhandeln zu können. Anna hatte den Kuhhandel nicht mitgemacht. Der Brief Katharinas II. an einen ihrer Vorfahren war im Heimatmuseum der Kreisstadt gelandet, und die Kowaleks hatten auf ihre Aussiedlung verzichtet. Heute, vierzehn Jahre später, hatten sie es sich abermals anders überlegt.

Und warum ausgerechnet Berlin? fragte Anna.

Friedel Kowalek war auf der Hut. Ohne Pause, als habe sie alles auswendig gelernt, ratterte sie herunter, was sie von der mißlichen Lage in Polen aufzuzählen wußte. Das sei kein Leben, nicht für die Kinder, nicht für sie und nicht für den Enkel.

Aber in Ujazd, auf dem Land, sagte Anna, ist es doch etwas anderes.

Friedel winkte ab, nannte den Verdienst ihrer Kinder und erwähnte zum Beweis, daß Renatas Lohn den Wert eines blauen Teddys gehabt habe, den Witold, ihr Neffe, der jetzt in Mannheim lebte, in Leszno in einer Schießbude gekauft habe.

Das Beispiel ließ Anna verstummen. Die Art, in der sich Friedel Kowalek in der für eine Person äußerst geräumigen Wohnung mit Terrasse und Garten gründlich umsah, sprach Bände.

Du kannst uns doch helfen, sagte Friedel nach einer gehörigen Pause, du hast doch Verbindungen, du bist doch wer im Gegensatz zu uns.

Ich weiß nicht, was du für Vorstellungen hast, wie soll denn ausgerechnet ich euch helfen.

Friedel Kowalek fiel eine Menge ein, wie ihr die Anna vom Schloß helfen könnte. Aber sie sagte es nicht. Sie knüllte ihr Taschentuch von einer Hand in die andere.

Komm, sagte Anna, ich mach uns erst einmal einen Kaffee. Sie gingen beide in die Küche, wo sich Friedel erneut bewundernd umsah.
Wie schön du es hast, sagte sie.
Anna hatte nicht die Absicht, Friedel zu widersprechen. Sie machte die Kaffeemaschine an und stellte die Tassen auf ein Tablett, Zucker und Milch, während Friedel dazu übergegangen war, wortreich zu berichten, woran es im Lager alles haperte. Da sei man nichts weiter als eine Nummer unter Tausenden, und bis man die Papiere zusammenbekäme, die Voraussetzung für Arbeitslosengeld, Entschädigung, Kredite und Anspruch auf eine Wohnung, da könnten Monate vergehen.
Monate, sagte Friedel, setzte die Kanne mit dem durchgelaufenen Kaffee auf das Tablett und trug es ins Wohnzimmer, Monate mit fünf Erwachsenen und einem Kind in zwei Räumen, kleiner als die kleinste Kammer im Rohrdorfer Schloß. Keine Arbeit, nur die Schule, in der die Kinder Deutsch lernen, und sonst, Friedel seufzte, sonst hocken die bloß im Lager rum.
Von Renatas Streifzügen durch die Kaufhäuser erwähnte sie nichts, auch nichts von Jan, der immer stiller wurde und ständig schwitzte, obwohl noch lange kein Sommerwetter zu verzeichnen war. Und dann, Friedel Kowalek hatte wieder einen der Silberleuchter im Auge, sagte sie:
Ich könnte doch bei dir saubermachen, Anna. Da weißt du, wen du im Haus hast. Ich könnte mir was verdienen, und dir wäre geholfen.
Friedels Blick fuhr über die Silbersachen, die, gemessen an dem früheren Rohrdorfer Glanz, angelaufen und fleckig aussahen. Sie entdeckte plötzlich Staub auf dem Glastisch, und der Teppichboden hatte in der Nähe der Lampe Flecken. Hier fehlte eine tüchtige Kraft, da würde die Anna nicht nein sagen.

Aber Anna sagte nein, bestimmt, freundlich und mit einer Begründung, die Friedel Kowalek nicht einleuchten wollte.
Du bist älter als ich, sagte Anna, ich will nicht, daß du heute für mich arbeitest, wie du damals für meine Eltern gearbeitet hast. Die Zeiten haben sich geändert.
Aber Dreck bleibt Dreck, fiel ihr Friedel ins Wort, und ich glaube, du kannst jemanden brauchen, der den wegmacht.
Anna sah Friedel Kowalek an, und Friedel fühlte sich einen Moment an die Beamtin auf der Behörde erinnert, bei der sie die Papiere beantragt hatte. Deren Blick war ähnlich durch Friedels Kopf hindurchgefahren, ganz so, als gäbe es hinter ihr etwas zu sehen, was ständig dem widersprach, was sie sagte. Wie konnte sie wissen, daß es Annas Vergangenheit war, die mit Friedel Kowaleks Gegenwart erneut auftauchte.
Ich möchte nicht, daß du bei mir putzt, sagte Anna noch einmal, aber wenn ich euch finanziell ein wenig helfen kann, dann mache ich das gern.
Meinst du, ich bin betteln gekommen, sagte Friedel, meinst du, unsereins hat mit der Heimat auch den Stolz verloren?
Du hast ja deine Heimat nicht verloren, Friedel, du bist doch freiwillig gegangen, heim ins Reich, wie du das nennst, und deine Kinder auch.
Mit dieser Antwort hatte Friedel nicht gerechnet. Die Hände noch in Brusthöhe, stand sie da, ganz perplex, so wenig Verständnis für ihre Situation zu finden. Und das sagst ausgerechnet du? murmelte sie mühsam, und Anna antwortete: Wer denn sonst, wenn nicht ich.
Und um ihren Worten die Schärfe zu nehmen und Friedel nicht entgelten zu lassen, wofür sie nichts konnte, ging sie auf sie zu, nahm sie behutsam in die Arme, fuhr ihr über das grau gewordene Haar und sagte:
Was kann ich denn für dich tun?
Und Friedel, die in Polen gelernt hatte, nach dem Besseren zu

greifen, wenn man das Gute nicht kriegen konnte, erwiderte die Umarmung.
Komm uns besuchen, Anna, sagte sie, komm uns im Lager besuchen.

Es war schon ein Vierteljahr vergangen, seitdem sie Urs mit seiner Weltreise vor den Kopf gestoßen hatte, und noch immer wußte sie nicht, wann er abreisen würde.
Wann fährst du? fragte Vera ihn zum wiederholtenmal.
Ich weiß es noch nicht.
Darauf verließ Vera die Wohnung, ging zur U-Bahn, setzte sich in die Linie 9 und fuhr bis Steglitz und wieder zurück. Das gleichmäßige Schlagen der Räder gegen die Schienenkanten beruhigte sie. Sie stellte sich vor, im Schutz der Dunkelheit durch die schwarzen Schächte zu laufen. Der Tunnel war ihr Tunnel, der sie von Urs fort führte, auch von Anna und dem Vater. Der Tunnel half ihr zu verlassen, um nicht mehr von anderen verlassen zu werden. Sie war es, die sich jetzt unter die Erde wie ein Maulwurf grub, ohne zu wissen, wo sie wieder auftauchen würde. Wenn sie den Blick hob, sah sie ihr Spiegelbild im Glas der Fensterscheibe, mochte sich nicht, war sich fremd mit den verkniffenen, schrägen Augen und dem geöffneten Mund. Der Mann ihr gegenüber starrte sie mit teilnahmsloser Neugierde an und schlief plötzlich ein. Auf der anderen Seite küßten sich zwei junge Leute und fuhren sich gegenseitig mit den Händen unter die T-Shirts.
Als Vera an der Endstation in Spandau ankam, ging sie auf die andere Seite des Bahnsteigs, fuhr dieselbe Strecke zurück, und als sie aus dem Tunnel herauskam, war sie wieder da, wo sie hergekommen war, zu Hause.
Sie rannte, als würde sie erwartet. Als sie im Hof stand zwischen dem Platanengestrüpp, den drei großen Bäumen und den Sträuchern der Schneebeeren, sah sie, daß alles grün

geworden war. Der Frühling war da, und sie hatte ihn bisher nicht wahrgenommen. Es würde ein Sommer ohne Urs werden, ein Sommer ohne Anna. Sie stand still und spürte, wie sich zwischen ihren geschlossenen Augen eine senkrechte Falte zusammenzog. Plötzlich empfand sie an dieser Stelle einen brennenden Schmerz, und hinter ihren Lidern flammte grelles Licht auf. Entsetzt hob sie schützend ihre Hand und hörte ein Lachen. Bosco. Er stand am Fenster der Wohnung und hantierte mit einem Spiegel, dessen Reflex er auf die Stirn der Mutter gerichtet hatte.

Als Vera die Treppen hinaufstieg und ihr Bosco die Tür öffnete, zeigte sie auf die Falte zwischen ihren Augen und sagte:

Sieh mal, was du gemacht hast.

Urs war nicht mehr da. Nachdem sie die Wohnung verlassen habe, sei er gegangen, sagte Bosco.

Und was hat er gesagt?

Nichts.

Weißt du, daß Papa uns allein lassen will? fragte Vera.

Bosco gab keine Antwort. Es gefiel ihm nicht, wie die Mutter sich ausdrückte.

Er verläßt uns nicht, sagte er und versuchte, den Tonfall des Vaters nachzuahmen, er macht nur eine Weltreise. Und wenn er zurückkommt, ziehen wir alle drei zusammen.

Wenn er zurückkommt, sagte Vera.

Hin und wieder telefonierte sie mit Urs und vermied es dabei, seine Weltreise zu erwähnen. Aber dann sagte er eines Tages knallhart, der Vertrag sei unterschrieben, und seine Reise könne demnächst losgehen. Vera hielt den Hörer umklammert, stumm und verkrampft. Nach einer Weile sagte sie so unbeholfen, als drücke sie sich in einer fremden Sprache aus, ich muß dich sehen. Laß uns miteinander reden, spazierenge-

hen, durch den Frühling, ich habe ihn dieses Jahr noch nicht bemerkt.
Gut, sagte Urs, ich komme.
Wie immer klapperte die Leiter auf dem Dach seines Autos und übertönte das Motorengeräusch. Auf den Sitzen lagen Zigarettenschachteln, Äpfel, Zeitungen, eine Flasche Selter, Teile der Fotoausrüstung, der Stadtplan und verschiedene Kleidungsstücke. Schweigend schob er das Zeug von ihrem Sitz auf den Boden.
Sie fuhren einfach drauflos, in Richtung Westen, über den Hüttenweg unter der S-Bahn hindurch bis zum großen Stern. Dann gingen sie zu Fuß, hätten bis zur Havel laufen können, zum Grunewaldturm oder zum großen Fenster, von wo aus man einen Blick bis nach Schwanenwerder hatte. Aber sie gingen ihre gewohnten Wege. Hellgrünes, seidiges Gras, schon eine Handbreit hoch, und wenn man stillstand und die Luft anhielt, konnte man in den Kastanien das Aufspringen der Knospen hören. Am blauen Himmel die Wolken wie aus weiß bemalter Pappe gestanzt. Dazu tausend Gerüche, selbst der Sand auf dem Weg schien nach Frühling zu riechen.
Ohne Urs anzusehen, wußte Vera, wie er neben ihr ging, den Kopf in ständiger Bewegung, um sich kein Bild entgehen zu lassen, das vielleicht zu fotografieren wäre. Die Hände steckten in den Hosentaschen, egal, wie schnell er lief. Hin und wieder hing ihm eine Zigarette im Mundwinkel, und sein linker Fuß trat stets anders auf als sein rechter und mit der Spitze leicht einwärtsgekehrt. Auch wenn er stehenblieb, nahm er die Hände nicht aus den Taschen, und wenn er Vera etwas zeigen wollte, gab er die Richtung mit dem Kinn an.
Sieh mal dort drüben das Licht, sagte er, und Vera erkannte sofort, was er meinte, sah die Sonnenstreifen zwischen den Bäumen, auch das Spiel der Schatten im zarten Blattwerk, die alles in Bewegung hielten.

Urs schloß die Augen und sagte, daß er dieses Bild in seinem Kopf archivieren wolle. Er würde es brauchen, wenn er im Ausland Heimweh bekäme.

Auch Vera schloß die Augen, vor denen sie jetzt ein Haus sah, ein kleines Haus mit Schindeln gedeckt und einer Laube neben der Haustür. Geranien blühten vor den geöffneten Fenstern, in die die Sonnenstreifen zwischen den Bäumen fielen. Urs stand neben ihr im Garten zwischen Glockenblumen und Zinnien, den einen Arm um ihre Schultern gelegt, mit dem anderen drückte er Bosco fest an sich. Alle drei lachten. Ein kitschiges Bild, aber es war fröhlich.

Urs, sagte sie, ich fürchte mich, wenn du weggehst.

Warum?

Er öffnete die Augen, und die Ungeduld, die sofort aus diesem einen einzigen Wort herauszuhören war, fand sie jetzt auch in seinem Blick. Aber sie nahm allen Mut zusammen und sagte, was bisher zwischen ihnen nie ausgesprochen worden war:

Ich liebe dich.

Und als bekäme er diese drei Worte tagtäglich von ihr zu hören, sagte er:

Ich weiß.

Sie vergaß den Frühling, sah nicht das Grün, hörte nicht das Aufspringen der Knospen und spürte die Sonne nicht mehr im Gesicht. Auch wenn der Frühling kein Ende nähme, sie würde es ebensowenig merken, wie sie den Anfang verpaßt hatte.

Mit Hilfe eines Anschlags am Schwarzen Brett in der Uni hatte Urs seine Wohnung vorerst für ein Jahr vermietet. Bis auf die Möbel hatte er seine Sachen in Koffern und Kisten zusammengepackt, einen Teil im Keller untergestellt, den Rest zu Vera gebracht. Als er sie fragte, ob er die letzten

beiden Tage vor seiner Abreise bei ihr übernachten könne, sagte sie, von mir aus.
Seit sie von seinen Plänen wußte, hatten sie nicht mehr miteinander geschlafen. Manchmal lag er noch neben ihr im Bett, aber wenn er sie umarmen wollte, flüsterte sie, ich habe keine Zeit, und drehte sich auf die andere Seite. Aber im Schlaf rollte sie sich eng an seinen Körper und hielt ihn ganz fest.
Das alles hatte ihre letzte gemeinsame Zeit vergiftet. Er zählte die Tage bis zu seiner Abreise. Heute wird er die Wohnung verlassen und übermorgen in Madrid sein, dann in Spanien, Portugal, Afrika und Südfrankreich.
Die Henkersmahlzeit, wie Vera die gebackene Lammschulter mit grünen Bohnen nannte, nahmen sie am letzten Abend zu dritt ein. Urs schnitt wie immer das Fleisch, Vera teilte das Gemüse und die Kartoffeln aus. Den Nachtisch hatte sich Bosco für den Vater gewünscht, Bananencreme.
Wenn du morgen nicht wegfahren würdest, sagte er, ohne den Vater anzusehen, wär's wie immer.
Ich komme doch wieder, Bosco.
Urs nahm den kurzen Blickwechsel zwischen den beiden wahr. Es lag eine Trauer darin, die ihn ausschloß, als wäre er schon unterwegs.
Ihr macht es mir schwer, sagte Urs und aß seinen Teller leer, ihr macht es mir verdammt schwer. Und weil beide nicht antworteten, sondern im Gegensatz zu ihm in ihrem Essen herumstocherten, erklärte er, daß es für ihn auch nicht leicht sei.
Und warum fährst du dann? wollte Bosco wissen.
Warum, warum, herrschte Urs den Jungen an, redete aber nicht weiter, als er in Boscos erschrockenes Gesicht sah.
Wir wollen uns doch am letzten Abend nicht streiten, sagte er schließlich.
Der Abend zog sich hin. Längst hatte Vera den Tisch abge-

räumt. Sie hatten überlegt, ob sie Bosco zuliebe Mikado spielen sollten oder vielleicht Malefiz. Bosco fühlte die Bemühung.
Nein, sagte er, ich möchte nicht spielen.
- Was möchtest du dann?
Bosco sah auf die Koffer und Taschen im Flur. Schon jetzt kam es ihm vor, als habe sich das Gepäck des Vaters unversehens ausgedehnt, wüchse von Minute zu Minute, sprengte vielleicht über Nacht die Wände, nähme die Größe eines Flugzeugs an, mit dem Vater davonflöge und ihn mit der Mutter in den Trümmern des Hauses zurückließe. Er merkte, wie ihm übel wurde, und rannte ins Klo, um sich zu übergeben.
Die Bananencreme, sagte Urs, er hat zuviel davon gegessen.
Nein, erwiderte Vera, er kann den Abschied von dir nicht verkraften.
Sie sah ihm an, wie ungeduldig ihn ihre Antwort machte. Als Bosco wieder erschien, blaßhäutig und still, nahm er den Jungen auf den Arm, drückte ihn fest an sich und fühlte den warmen Atem des Kindes an seinem Hals. Bosco wiederum nahm den Geruch des Vaters in sich auf, roch den Tabak in seinen Kleidern und die Vertrautheit der Haut.
Kommst du bestimmt wieder?
Natürlich, Bosco, wie oft muß ich dir das noch sagen.
Nachdem der Junge ins Bett gegangen war, saßen Urs und Vera noch eine Weile im Wohnzimmer. Auch jetzt ließ Vera kein persönliches Gespräch zu. Langsam und mit sauberer Schrift schrieb sie sich die Adressen auf, die ihm von seinen jeweiligen Aufenthaltsorten bekannt waren.
Ich rufe dich an, sagte er, ich werde dich von jedem Land anrufen.
Schon gut.
Als sie spät in der Nacht schlafen gingen, war er lange wach. Er hatte sie nicht berührt, nicht einmal geküßt, in der Furcht, sie könnte ihm, wie so oft, mitteilen, daß sie keine Zeit mehr habe.

Morgen, bevor er das Haus verließe, wollte er ihr sagen, wie sehr er sie liebte. Und wenn er von seiner Reise zurückkäme, würde er mit ihr und Bosco zusammenziehen. Auch das wollte er ihr morgen sagen. Als sich ihm Vera kurze Zeit später zuwandte und sich an ihm festhielt, war er schon eingeschlafen.

Tomek hatte sich entschlossen, der Lageratmosphäre zu entfliehen.
Da war zunächst der Sprachkurs, der täglich vier Stunden am Nachmittag stattfand. Im Gegensatz zu Jósef, Renata und Janka nahm er das Lernen ernst. Er übte eifrig, schrieb reihenweise Vokabeln auf, um sie sich einzuprägen, und brachte, wenn er in der Stadt unterwegs war, immer wieder die wenigen Sätze an, die er konnte, fragte nach der Uhrzeit, obwohl er sie wußte, ließ sich Straßen erklären, suchte in Geschäften das Gespräch mit den Verkäufern oder bot alten Leuten auf deutsch seinen Platz in der S-Bahn an.
Arschkriecher, sagte Jósef, den Tomeks Eifer ärgerte, wenn du so weitermachst, wirst du am Ende kein Polnisch mehr können.
Aber Tomek winkte nur ab und ließ sich nicht provozieren. Er hatte ein Ziel, über das er zwar nicht sprach, das er aber so schnell wie möglich zu erreichen suchte.
Auch mit Friedel sprach er in den alltäglichen Dingen deutsch. Bitte gib mir den Zucker, sagte er beispielsweise beim Frühstück mit schwerem Akzent, aber grammatikalisch richtig, oder er fragte, was die Sozialarbeiterin, Frau Lippert, in Zimmer 243 für Auskünfte gegeben habe. Und Friedel antwortete ihm gern in der den anderen noch fremden Sprache, auch wenn er nicht alles richtig verstand.
Du wirst Deutsch lernen, so, wie ich Polnisch gelernt habe, sagte sie dann nicht ohne Stolz auf den Sohn.

Nur Jan mochte es nicht, wenn der Vater Wörter sprach, deren Bedeutung ihm fremd blieb. Es war ein paarmal vorgekommen, daß er deshalb weinend aus dem Zimmer lief und sich im dunklen Flur unter den Jacken versteckte. Dort hockte er, schwitzte und träumte von Ujazd, der Fedeczkowa und den Suppen, die sie für ihn gekocht hatte. Als Tomek ihm eines Tages auf die Schliche kam, ihn unter den Jacken hervorzog und begriff, was Jan bedrückte, ging er mit ihm vor die Haustür und die Lagerstraße auf und ab.
Es gibt für alles zwei Wörter, sagte er, ein polnisches und ein deutsches. Die polnischen kennst du alle, die deutschen noch nicht. Ich kenne auch noch nicht alle, aber ich lerne sie, weil wir hier wohnen, und du wirst sie auch lernen. Sag mir, welches Wort du zuerst wissen willst.
Was heißt zupa auf deutsch?
Suppe, antwortete Tomek.
Und w domu?
Zu Hause.
Mehr fragte Jan nicht, wiederholte aber immer wieder: Suppe, zu Hause.
Von da an brachte Tomek seinem Sohn täglich neue Wörter bei, aber nur die, die der Junge sich selbst aussuchte, und wenn Tomek sie nicht wußte, sahen sie gemeinsam im Wörterbuch nach. Die Großmutter fragten sie nicht. Überhaupt gaben sie ihre Art des Unterrichts vor den anderen nicht preis. Und jedesmal, wenn sie ihr Auf und Ab auf der Lagerstraße beendet hatten und Jan neue Wörter kannte, wobei sie sich vorerst mit Substantiven und geläufigen Verben begnügten, sagte Tomek zu Jan: Du wirst Deutsch lernen, wie du Polnisch gelernt hast, und vielleicht wirst du hier doch noch ein Direktor.
Dann sah Jan zu Boden und scheute sich auszusprechen, was er dachte, nämlich nicht Direktor in Berlin zu werden, son-

dern Polizist in Ujazd. Auch dort würden ihm die deutschen Wörter nützlich sein, und er könnte denen antworten, die in Autos von weit her angereist kamen, an die Kinder Bonbons verteilten, an die Erwachsenen Kaffee, durch die Häuser und Ställe liefen und bei allem, was sie sahen, die Hände über dem Kopf zusammenschlugen und Fragen in der Sprache stellten, die Jan jetzt mit dem Vater lernte. Mit der Mutter sprach er kein deutsches Wort, auch nicht mit der Großmutter. Schon gar nicht mit Jósef oder Janka. Denn Jósef war es gewesen, der ihn neulich mit der flachen Hand leicht auf den Kopf schlug, nur weil er wie der Vater beim Frühstück auf deutsch um Zucker gebeten hatte. Statt Jósef zurechtzuweisen, hatten alle gelacht, auch der Vater, und niemand hatte für Jan ein Lob gefunden. Darauf hatte Jan seine Bitte auf polnisch wiederholt und sich vorgenommen, in Ujazd Polizist zu werden, was auch immer geschehen würde. Denn wenn man von dort hierher gekommen war, mußte man auch von hier wieder dorthin zurückkommen können.

Aber der Sprachkurs, der den Kowaleks als deutsche Aussiedler vom Arbeitsamt finanziert wurde, war nicht das einzige, wodurch Tomek dem tristen Lagerdasein zu entfliehen suchte.
Jeden Morgen machte er sich auf den Weg in die Stadt. Bis zur Yorkstraße fuhr er mit der S-Bahn. Von dort ging er zu Fuß weiter. Auf diese Weise glaubte er die Stadt besser erobern zu können, wanderte nach Westen bis zum Hohenzollerndamm, nach Norden bis zum Tiergarten, und im Osten war er schon bis zur Mauer gekommen, die die Stadt in zwei Teile teilte, war dort wie ein Wolf im Zoo auf kurzer Strecke hin und her gelaufen, hatte eine Sprühdose gefunden, sie geschüttelt und mit unsicherer Hand seinen Namen auf den Beton über die Graffiti gemalt. Dann war er denselben Weg wieder zurück-

gegangen. Aber jedesmal, wenn er sich umdrehte, und er drehte sich am Anfang sehr oft um, konnte er noch immer die Buchstaben seines Namens auf der Mauer erkennen. Sie leuchteten ungewöhnlich rot, und Tomek glaubte einen Moment, daß sie sich von dem Beton gelöst hatten. Wie ein Vogelschwarm schienen sie ihn zu begleiten, jeder Buchstabe ein Vogel, für jeden sichtbar, wenn auch als Name nicht mehr erkennbar, aber mit ihm verbunden, bis er schließlich in der Sonnenallee war und von dort in die Urbanstraße einbog.
Auf diese Art und Weise hatte Tomek mit der Zeit die City eingekreist und begann nun, sich den Stadtkern von West-Berlin zu erlaufen. Eines Tages stand er an seinem geheimen Ziel, vor dem Computergeschäft der Polen in der Nürnbergerstraße, denen er einen schönen Gruß von Zygmunt aus Poznań, dem Bruder seines ehemaligen Chefs in Leszno, ausrichten sollte.
Tomek hatte sich gut überlegt, wie er sein Anliegen vorbringen wollte. Aber als er sich in dem kleinen, unübersichtlichen Raum befand, der mit den verschiedensten Computern, Bildschirmen und Rechnern vollgestopft war und in dem keine Menschenseele zu sein schien, war sein Kopf leer.
Was kann ich für Sie tun?
Der junge Mann, der plötzlich wie aus dem Boden gewachsen hinter dem Ladentisch stand, war ein Deutscher. Tomek hörte es nicht nur, er glaubte es auch an den kurzgeschnittenen Haaren über dem feisten Nacken und dem kleinen Ohrring, den der Mann am rechten Ohrläppchen trug, zu erkennen.
Tomek entschied sich für einen Satz, den er schon häufig gesagt hatte und der ihm flott über die Lippen kam.
Entschuldigen Sie, ich komme aus Polen, ich hätte gern eine Auskunft.
Soso, sagte der junge Mann, eine Auskunft willst du. Auf polnisch oder auf deutsch?

Dabei lachte er nicht gerade freundlich und zündete sich eine Zigarette an.
Auf polnisch, antwortete Tomek verlegen, wenn möglich, auf polnisch.
Ist möglich, ahmte ihn der Dicke mit dem Ohrring nach und rief nach einem Adam, der zu Tomeks Erleichterung ganz anders aussah. Adam war dünn, trug einen schmalen Lippenbart, und seine Haare waren nicht kürzer als die von Tomek. Wenn er sprach, sah man das Gold eines Eckzahns, und im Gegensatz zu dem Dicken trug er Jeans und ein T-Shirt.
Da ist wieder mal einer, der eine Auskunft will, sagte der Dicke grinsend, wenn möglich, auf polnisch.
Adam lächelte, wobei sein Eckzahn, der Tomeks Meinung nach in Polen bestimmt noch aus Silber bestanden hatte, hell aufleuchtete.
Na, sagte Adam auf polnisch, was ist?
Ich soll einen schönen Gruß vom Zygmunt aus Poznań bestellen. Er hat mich geschickt.
Warum?
Wegen Arbeit, ich suche Arbeit.
Was kannst du?
Tomek starrte auf Adams goldenen Zahn und sagte: Alles, was man mir beibringt. Ich bin Elektriker.
Mehr nicht?
Das ist doch genug, sagte Tomek mutig, oder konntest du mehr, als du hier ankamst?
Adam lachte, ihm gefiel die Antwort. Er sah zu dem Dicken rüber, den das Gespräch nicht weiter zu interessieren schien, der in großen Schlucken Cola trank und auf einem Keyboard herumspielte, das er sich auf die Knie gelegt hatte.
Kalle, sagte Adam auf deutsch, was meinst du, Zygmunt hat uns den hier geschickt. Er ist gelernter Elektriker.
Was kann er?

Alles, was man ihm beibringt, sagt er.
Kalle lachte, wie eben Adam gelacht hatte, nur daß er die Augen dabei zusammenkniff und zwei Dinge wissen wollte. Erstens, ob Tomek einen Führerschein habe und zweitens noch über die polnische Staatsangehörigkeit verfüge.
Und Tomek, der verstanden hatte, um was es ging, legte beide Dokumente auf den Tisch.
Dann saßen alle drei in der Hinterstube und wurden sich bald einig. Tomek sollte vorerst halbtags und schwarzarbeiten, um nicht auf seine Sozialhilfe verzichten zu müssen und bis zum Abschluß in die Sprachschule gehen zu können. Am Anfang, sagte Kalle, habe er Computerteile auszupacken, Geräte einzupacken und Expreßgut und die Bestellungen bei den Großhändlern abzuholen. Für einen Stundenlohn von zehn Mark. Später würde man weitersehen.
Und was kann ich lernen? fragte Tomek.
Alles, sagte Adam, aber leg dich nicht mit Kalle an. Wenn du schlau bist, bringst du es auch zu was, du mußt nur Geduld haben.
Ich bin schlau, sagte Tomek, Adams goldenen Zahn im Blick, und Geduld habe ich auch.

Jan erfuhr von der Arbeit des Vaters, als sie auf der Lagerstraße hin und her gingen. Diesmal allerdings fragte Tomek nicht die am Vortag gelernten Wörter ab, übersetzte auch keine neuen und antwortete nicht, als Jan auf eine vorbeischleichende Katze zeigte und kotka rief. Was heißt kotka?
Statt dessen sagte Tomek: Ich hab Arbeit, Jan. Er erzählte ihm von dem dicken Deutschen mit dem Ohrring, der Kalle hieß, und von dem Polen Adam, der sich hier in Berlin schon einen goldenen Zahn verdient habe.
Jan zog seine Hand aus der des Vaters. Sein blasses Gesicht

wirkte noch durchsichtiger. Kein Lächeln, keine Freude, nicht einmal Neugier war darin zu finden.
Na, was sagst du? wollte Tomek wissen.
Jan zog den Kopf zwischen die Schultern, und sein Blick bohrte sich in die Fugen der Pflastersteine.
Wirst du da jetzt immer hingehen?
Natürlich, und eines Tages werde ich auch so ein Geschäft haben.
Auch einen goldenen Zahn?
Nein, Jan, keinen goldenen Zahn. Aber es wird uns gutgehen, besser als in Ujazd. Wir werden eine Wohnung für uns haben, ein Auto, nicht mehr im Lager leben müssen, sondern so wie Deutsche, verstehst du?
Jan dachte an die Suppe der Fedeczkowa, an die Katzen der alten Staszakowa, die er nicht hatte mitnehmen dürfen, und er sah die Bäume im Park des Kombinats vor sich, die dreimal so groß waren wie die, die hier zwischen den Häusern standen. Er hörte die Gänse der Großmutter schreien und den Hund von Piotr Perka bellen, und ihn packte ein großes Heimweh.
Kotka, sagte er schließlich, was heißt kotka auf deutsch? Er wollte noch mehr Wörter übersetzt haben, konnte gar nicht genug bekommen und setzte sich, ohne daß er es begriff, mit den deutschen Wörtern seine polnische Heimat zusammen.
Das alles weiß ja nicht einmal ich, lachte Tomek und fing an, im Wörterbuch zu blättern, während Jan vor sich hin flüsterte, was der Vater herausfand. Baum, sagte er, Gans, Wiese, Wind, Zaun und Garten.
Dann gingen sie nach oben, wo Tomek seine Neuigkeiten in der Küche zum besten gab und Jakub Filak darauf einen Wodka spendierte.
So schnell, sagte Jakub Filak, so schnell hat's noch keiner geschafft.

Friedel sah ihren Sohn voller Stolz an, und Renata malte sich aus, was sie für seinen Lohn alles kaufen könne. Nur Jósef hatte etwas auszusetzen. Er würde den anderen die Dreckarbeit nicht machen, sagte er, dazu sei er nicht nach Deutschland gekommen.
Fleiß bricht Eis, sagte Janka und prostete ihrem Bruder zu.
Jósef schob geräuschvoll seinen Stuhl zurück, als sich ohne Klopfen die Wohnungstür öffnete. Wer außer den sieben Personen, die um den Tisch saßen, hatte noch einen Schlüssel und konnte mir nichts, dir nichts hier hereinschneien?
Hauskontrolle, rief eine Männerstimme statt eines Grußes.
Im selben Moment wurde das Badezimmer geöffnet, und eine zweite Stimme war zu hören.
Was sag ich, immer das gleiche.
Danach klatschte etwas in die Wanne.
Genowefa Filakowa flüsterte: Die Wäscheleine.
Was für eine Wäscheleine? fragte Friedel.
Zum Erstaunen der Kowaleks hielt sie einer der Männer, die jetzt die Küche betraten, in der Hand.
Ist doch verboten, sagte der eine, wickelte das Nylonseil auf und steckte es in die Tasche.
Schon meine sechste Leine, jammerte Genowefa.
Zum Trocknen ist der Trockenboden im Waschhaus da, sagte der Mann ohne einen Anflug von Verständnis.
Aber der ist voll, und die Maschinen sind kaputt, sagte Genowefa standhaft.
Der Mann hielt eine Antwort für überflüssig und inspizierte mit dem anderen zusammen die Zimmer der Kowaleks, sie zählten die Stühle, kontrollierten die Schlüssel der Schränke, nahmen ein von Jan gemaltes Bild von der Wand und warfen es auf den Tisch. Dann gingen sie zu den Filaks und blieben vor einem kleinen Teewagen stehen, den Genowefa geschenkt bekommen hatte.

Verboten, sagte der Mann, der offenbar der Wortführer war, Möbel, die nicht zum Inventar gehören, sind verboten.
Gut, gut, sagte Genowefa, ich leg ihn zusammen.
Endlich war Friedel aus ihrer Starrheit erwacht.
Was glauben Sie denn, wer wir sind, daß Sie uns so rumkommandieren, rief sie, das ist ja wie früher bei den...
Nu mal halblang, junge Frau, sagte der Mann, während sein Kollege die Kochtöpfe zählte und das Besteck, wir sind hier nun mal die Hauspolizei, ob Ihnen das paßt oder nicht. Einer muß schließlich für Ordnung sorgen. Wenn jeder seine Wäsche in der Wohnung aufhängt, setzt sich Schimmel in die Ecken. Bilder an den Wänden bedeutet renovieren, und fremde Möbel, die nach dem Auszug zurückgelassen werden, machen uns ebensoviel Ärger wie die, die geklaut worden sind. Von Töpfen, Besteck und Geschirr gar nicht zu reden.
Sie denken, wir stehlen? sagte Friedel.
Wir denken gar nichts, sagte der Mann und verließ grußlos mit dem anderen Mann die Wohnung.
Jósef, der sich von Jakub Filak alles hatte übersetzen lassen, lief aus der Küche in das Zimmer, das er mit Janka und Friedel teilte, warf sich auf sein Bett und drehte sich zur Wand.
Essen wollte an diesem Abend keiner mehr. Im Badezimmer lag die nasse Wäsche in der Wanne, und Jan wälzte sich in dieser Nacht unruhig von einer Seite auf die andere, obwohl er längst eingeschlafen war. Niemand hatte es zunächst bemerkt. Tomek saß allein in der Stube und lernte Vokabeln, Friedel sah bei Jakub und Genowefa fern, Renata und Janka hockten in der Küche und regten sich immer noch über die Hauskontrolle auf.
Es war das Geräusch, das Tomek auf seinen Sohn aufmerksam werden ließ, dieses Hin und Her, das in seiner Regelmäßigkeit dem Pendel einer Uhr glich. Allmählich nahm das Geräusch zu, wurde zu einem Schütteln und Wiegen, das

sogar das Bett in Bewegung setzte, als tanzte Jans Körper unter der Bettdecke, ein Rhythmus, der immer schneller wurde, bis Tomek den Jungen weckte.
Was ist mit dir, Jan? fragte er leise.
Nichts, murmelte Jan, lag ein paar Sekunden still und fing dann wieder an, den Kopf von einer Seite zur anderen zu werfen.
Tomek holte Renata, die ratlos wie er das ungewöhnliche Verhalten ihres Kindes betrachtete.
Du mußt dich mehr um ihn kümmern, sagte Tomek, du darfst ihn nicht mehr so oft sich selbst überlassen, sonst wird er krank. Du mußt ihn ablenken.
Ablenken, fragte Renata, wie soll ich ihn hier im Lager ablenken und wovon?
Von zu Hause.
Am nächsten Tag nahm Renata ihren Sohn mit in die Stadt.
Was soll er dort? hatte Friedel gefragt, die das ständige Herumlungern der Schwiegertochter in den Kaufhäusern sowieso unnötig fand.
Wenn was zu kaufen ist, kannst du kaufen, schimpfte Friedel, aber was nützt einem die Schatzkammer, wenn man nichts herausnehmen kann.
Du mit deinen Sprüchen, sagte Renata und verließ mit Jan an der Hand die Wohnung. Er lief fein herausgeputzt neben ihr her, ohne zu fragen, wohin die Fahrt ging.
S-Bahn, alle Wege fingen mit der S-Bahn an. Jan fuhr gern damit, mochte das Rattern der Räder und das selbsttätige Schließen der Türen, als wären Zauberer am Werk. Das geht alles elektrisch, hatte ihm der Vater erklärt, ohne daß Jan begriff, wie das nun tatsächlich funktionierte. Er setzte sich ans Fenster und sah in die Fenster der vorbeifliegenden Häuser, wo es zwar nie etwas zu sehen gab, er sich aber allerhand vorstellen konnte. Die Fedeczkowa zum Beispiel, wie sie

Suppe kochte, strickte oder das besser hörende Ohr ans Radio preßte, um die Wettervorhersage mitzukriegen. Er stellte sich den Kaufmann Kirkor hinter einem der Schaufenster inmitten von Gemüse und Früchten vor, wie sie Pan Kirkor bestimmt noch nie gesehen hatte. Jan versetzte die Familie Perka in ein Mietshaus, sah sie dort in Sonntagskleidern auf feinen Sofas sitzen, weil sie keine Felder und keinen Garten mehr hatten. Und der Dorfpolizist winkte ihm zu und war als Dorfpolizist überhaupt nicht mehr zu erkennen.
Da, sagte Jan so leise, daß ihn seine Mutter nicht verstand, und zeigte aus dem Fenster, der Dorfpolizist.
Im Bus stellte sich Jan nichts vor. Bekamen sie keinen Sitzplatz, mußte er aufpassen, die Mutter nicht aus den Augen zu verlieren. Er wurde geschubst und gestoßen, und meist war es eng wie zwischen den Schafen in den Ställen von Nowawieś.
Im Kaufhaus nahm sich Renata viel Zeit, obwohl sie keinen Pfennig Geld auszugeben hatte. Da sie die Informationstafeln nicht lesen konnte, ging sie von Abteilung zu Abteilung, als zöge sie in einem fremden Land von Dorf zu Dorf. Überall blieb sie stehen, nahm staunend alles in die Hand, fuhr über Wolle, Seide, Polyester und Leinen, roch an Ledertaschen, hielt sich Ketten an, probierte Hüte auf, fuhr in Mäntel und Jacken, setzte sich in Sessel und auf Betten, öffnete Kühlschränke und Geschirrspülmaschinen, ohne dabei ein Wort zu sagen und mit einem Gesicht, als habe sie diese Dinge Stück für Stück nur einzupacken und fortzutragen.
Jan war das Verhalten der Mutter unheimlich. So hatte er sie noch nie erlebt, schon gar nicht mit den Hüten auf dem Kopf. Sie schien keine seiner Fragen zu hören, so daß er es bald aufgab, auf Antworten zu bestehen. Unendlich fuhren Pullover und Blusen an Rundständern, die Renata unermüdlich drehte, an seiner Nase vorbei. In Kästen, größer als der Sandkasten in Ujazd, lagen Hemden, in anderen Wäsche oder

Strümpfe, so viel, daß es für das ganze Dorf gereicht hätte. Und jeder Kunde faßte wie die Mutter alles an, prüfte, legte zurück oder nahm es mit, trug es weg, wohin, Jan hatte keine Ahnung, und die Mutter sagte es ihm nicht.
Schtscht, machte sie, als er danach fragte, ich hab jetzt keine Zeit, und zog ihn hinter sich her die Rolltreppe hoch in die nächste Abteilung.
Mit der Zeit nahm Jan von dem, was die Mutter sich ansah und prüfte, keine Notiz mehr. Er begann zu schwitzen. Die Füße taten ihm weh, das viele Licht blendete ihn, und er fühlte eine große Müdigkeit. Das änderte sich erst in der Spielzeugabteilung, wo ihn die Mutter am Ende zur Belohnung hinschleppte.
Erst wollte Jan gar nicht hinsehen, ließ sich mitzerren, die Augen nur halb geöffnet, um nicht zu fallen, als plötzlich ein Bällchen, nicht größer als eine Kastanie, vor ihm auf und ab sprang. Aber nicht nur das, es hatte auch einen schillernden Schweif, den es wie ein glitzerndes Flämmchen hinter sich herzog. Daneben befand sich ein ganzer Korb solcher Bällchen, in allen Farben und mit den ungleich verschiedensten Schweifen. Ein paar Jungen, kaum älter als er, griffen in den Korb und warfen die kleinen Dinger mit einer solchen Wucht auf den Boden, daß sie ganz hoch flogen, zurück auf das Parkett fielen und wieder emporschossen, so schnell, daß man nur die glitzernden Flämmchen sah. Und plötzlich entdeckte Jan etwas, was ihn noch viel mehr faszinierte. Einer der Jungen ließ so ein Bällchen in seiner Hosentasche verschwinden. Einfach so. Und damit nicht genug, er griff abermals in den Korb und ließ das nächste Flämmchen aufwärts steigen. Die Jungen lachten Jan zu und gingen auf die andere Seite, wo sie ein Computerspiel ausprobierten.
Jan drehte sich nach seiner Mutter um, die ein paar Schritte weiter vor einer Reihe Puppen stand und deren Preise stu-

dierte. Der Korb mit den Bällchen lockte. Ohne sich sonderlich zu beeilen, ohne sich zu vergewissern, ob er beobachtet wurde, griff Jan hinein, nahm eins heraus und steckte es mit Sorgfalt in seine Tasche. Für all die anderen Spielsachen zeigte er kein Interesse mehr, nicht für die Autos, die Teddys, die Legosteine oder die Computerspiele. Versonnen stellte er sich neben die Mutter, die Hand in der Tasche um das Bällchen gedrückt.

Als sich beide der Rolltreppe zuwandten, um abwärts zu fahren, wurde Renata von einem Mann angesprochen. Sie verstand kein Wort, obwohl sie nun schon drei Wochen in den Deutschunterricht ging. Nur das Wort Entschuldigung kam ihr über die Lippen.

Entschuldigung. Und dann: Ich komme aus Polen.

Der Mann blieb hartnäckig, redete weiter, zeigte auf Jan und dessen Hand in der Tasche. Einige Kunden wurden neugierig, hörten dem zu, was Renata nicht verstand, und sahen Jan an, dessen Gesicht sich langsam rötete.

Gib schon her, sagte der Mann, schnappte nach Jans Hand und zog sie aus der Tasche. Alle konnten jetzt das Bällchen mit dem glitzernden Flämmchen sehen.

Jan war ein Dieb. Renata begriff es mit einem Blick. Aber sie konnte nichts erklären, verstand es ja selbst kaum, wiederholte nur immer wieder Entschuldigung und ich komme aus Polen. Dann schlug sie Jan ins Gesicht, einmal rechts und einmal links. Das Bällchen mit dem Flämmchen fiel zu Boden, Renata hob es auf und legte es zurück in den Korb. Als sie gerade zu einer weiteren Ohrfeige ausholen wollte, stellte sich der Mann schützend vor Jan. Schon gut, sagte er, schon gut, und winkte Renata, ihm zu folgen. Sie nahm Jan grob an die Hand, und unter den Blicken der Umstehenden wurden die beiden von dem Mann zum Ausgang begleitet, wo er Renata, ohne daß sie verstand, was er sagte, Hausverbot erteilte.

Zu Hause erwähnten weder Renata noch Jan den Vorfall. Die besondere Blässe des Jungen fiel niemandem weiter auf, auch nicht seine Schweigsamkeit. Man hatte andere Sorgen in der Familie Kowalek. Die Sozialarbeiterin, Frau Lippert, hatte Friedel gerade eröffnet, daß mit den A-Ausweisen nicht so schnell zu rechnen sei. Zur Zeit gäbe es mehr Anträge, als bearbeitet werden könnten.

Aber ohne Ausweis bekommen meine Kinder keine Arbeit, keine Wohnung und keinen Kredit, und ich kriege keine Rente.

Das stimmt, habe Frau Lippert geantwortet, weiter Geduld empfohlen und sie freundlich, aber energisch aus der Tür geschoben. Sie könnten froh sein, habe sie noch hinterhergerufen, nicht in ein Übergangsheim verlegt zu werden, denn nicht überall wohne man so feudal wie hier, mit Küche und Bad für nur zwei Familien.

Jetzt sagte Jósef zum erstenmal, daß er wieder nach Hause wolle. Ganz still war es da in der Küche geworden, so still, daß man Friedels Schluchzer hörte, der ihr unwillkürlich aus der Kehle kam und alle zusammenfahren ließ. Außer bei der Beerdigung von Stefan Kowalek hatte noch nie jemand Friedel Kowalek weinen sehen. Gott sei Dank blieb es auch nur bei dem einen Schluchzer. Aber der saß Janka und Tomek in den Ohren, und um ihn dort zu vertreiben, machten sie Jósef Vorwürfe. Er möge sich hüten, noch einmal die Mutter derart zu erschrecken, riefen sie, und Janka fügte hinzu, daß es für Jósef an der Zeit wäre, sich an Tomek ein Beispiel zu nehmen.

Ein Beispiel, wofür?

Wie man ein Deutscher wird, sagte Janka.

In der Stube lag Jan schon im Bett, schlug seinen Kopf von einer Seite zur anderen, bis sein ganzer Körper in Bewegung geriet und sich das Bett langsam von der Wand weg in den Raum schob.

Die Wut hatte Jósef Beine gemacht. Er rannte die Lagerstraße runter bis zum Ausgang. Es kümmerte ihn nicht, welche Richtung er einschlug. Er lief einfach weiter, angetrieben von Jankas Aufforderung, sich an Tomek ein Beispiel zu nehmen, ein Deutscher zu werden, und die Männer vor Augen, die, ohne anzuklopfen, in die Wohnung eingedrungen waren, um die verbotene Wäscheleine über der Badewanne abzuschneiden, die Stühle zu zählen und den Hausrat zu kontrollieren, die Decken und die Schlüssel der Schränke. Er lief in der Hoffnung, einen ungestörten Platz zu finden, einen Ort, der ihm erlaubte, allein zu sein. Er lief sich die Wut aus dem Leib, fühlte nicht, wie ihm der Schweiß übers Gesicht in den Kragen tropfte. Er begriff nur ganz langsam, daß seine Kräfte nachließen und er nicht ewig so weiter durch die Gegend rennen konnte.

In der Nähe des S-Bahnhofs Marienfelde entdeckte er auf einem kleinen, von Bäumen und Büschen bewachsenen Platz eine Bank und ließ sich erschöpft darauf fallen. Es war dämmrig und so still, als sei hier versehentlich die Stadt abhanden gekommen. Je länger er in dieser plötzlichen Bewegungslosigkeit auf der Bank saß, um so heißer wurde ihm. Das Blut klopfte in seinen Fingerspitzen und machte sie taub, und die Fußsohlen brannten, so daß er die Schnürsenkel lockern mußte.

Er hatte Angst, und als er sein Gesicht mit den Händen zudeckte, fühlte er, daß es nicht von Schweiß, sondern von Tränen naß war.

Plötzlich stand ein Mann vor ihm und hielt ihm freundlich eine Flasche Wodka hin.

Trink, sagte er auf polnisch, trink, die Sonne scheint auch hinter den Wolken.

Ich trinke nicht, antwortete Jósef, ohne daß ihm bewußt wurde, daß er auf polnisch angesprochen worden war.

Hier wirst du's lernen, sagte der Mann, hier lernen wir es alle.
Erst jetzt begriff Jósef, daß ein Landsmann vor ihm stand.
Woher weißt du, daß ich Pole bin? fragte er.
Ich kenne dich vom Lager. Ich kenne alle. Du bist einer von den Neuen.
Jósef nickte. Es störte ihn, daß der fremde Mann mit schwerer Zunge sprach, nach Alkohol roch und sich ständig mit dem Ärmel seiner Jacke über die Nase wischte. Trotzdem fragte er ihn nach seinem Namen.
Roman, ich heiße Roman und komme aus Kalisz. Warst du schon mal in Kalisz?
Nein, sagte Jósef, aber er wisse, wo es liegt, da er aus Ujazd in der Nähe von Leszno käme, nicht weit von Kalisz entfernt.
Ungefähr 120 Kilometer?
Ja, sagte Jósef, so ungefähr. Warst du schon mal in Leszno?
Nein, sagte Roman, in Leszno noch nicht, aber in Rawicz, das ist auch nicht weit davon weg.
Jósef nickte, nahm die Flasche, trank einen kräftigen Schluck und gab sie Roman zurück. Danach trat eine Pause ein, und Roman setzte sich neben Jósef auf die Bank. Sie wußten nicht, worüber sie reden sollten.
Roman sagte schließlich, daß in Rawicz seine Großeltern lebten und seine Mutter dort geboren sei. Er habe keine Verwandten in Rawicz, sagte Jósef, sei aber für seinen Chef schon einige Male dort gewesen. Sie ließen die Flasche zwischen sich hin und her wandern, und Jósef spürte, wie der Alkohol in seinem Magen glühte, dort kleine Flammen schlug und seine Trauer und Wut verbrannte. Verwundert nahm er von der Leere Kenntnis, die in ihm entstand, und weil ihm das unheimlich war, füllte er sie vorerst mit der Erinnerung an Rawicz aus, einem kleinen Städtchen auf der Strecke zwischen Leszno und Wrocław, dem eigentlich nie sein besonderes Interesse gegolten hatte. Dagegen konnte er Leszno be-

schreiben, den viereckigen Marktplatz mit den Arkaden und dem alten Rathaus in der Mitte. Aber um Romans Fragen nach seinem Beruf und seinem Chef zu beantworten, benötigte er noch einige Wodka. Roman revanchierte sich mit Erzählungen von Rawicz, kannte sich dort gut aus, wußte eine Menge Straßen und Plätze aufzuzählen und erwähnte seine Heimatstadt Kielce so flüchtig, wie Jósef Ujazd erwähnt hatte.

Jósef ließ ihn reden und nickte ihm nur hin und wieder mit einem wachsenden Grinsen zu, das langsam über sein Gesicht zog und sich in den Mundwinkeln festsetzte.

Na siehst du, sagte Roman befriedigt über die Veränderung seines neuen Freundes und teilte mit der sturen Gründlichkeit von Betrunkenen den Rest aus der Flasche zwischen sich und Jósef auf.

Dann wankten sie Arm in Arm über die Marienfelder Allee zurück ins Lager, brauchten viel Platz auf dem Bürgersteig und fielen durch ihre lauten Flüche in der fremden Sprache auf. Obwohl es schon spät war, schlief Janka nicht. Noch nie war Jósef allein vom Lager weggegangen. Er zeigte kein Interesse, von sich aus die Stadt zu erkunden.

Er ist weg, hatte Janka zu ihrem Bruder und ihrer Mutter gesagt, und Tomek hatte geantwortet: Er wird wiederkommen, wo soll er denn schon hin.

Friedel hatte geschwiegen, war ins Bett gegangen und hatte sich wie immer im Dunkeln ausgezogen. Auch Tomek und Renata waren in ihrer Stube, während Jakub und Genowefa vor dem Fernseher, dessen Ton in jedes Zimmer drang, eingenickt waren.

Zum erstenmal befand sich Janka allein in der Küche, trank ihren Tee und lauschte auf Schritte im Treppenhaus. Aber es blieb bei dem Geräusch des Fernsehers. Sie überlegte einen Moment, ob sie an die Wand klopfen sollte, damit die Filaks das Ding endlich abstellten. Aber sie verwarf den Gedanken sofort wieder. Der schreiende Fernseher war immer noch leichter zu ertragen als das unausbleibliche Theater der Filakowa.

Janka machte sich Vorwürfe. Sie hatte Jósef beleidigt, nur weil er ausgesprochen hatte, was jeder von ihnen sich schon hundertmal selbst eingestanden, aber nie zu sagen gewagt hatte. Auch sie nicht. Unvorstellbar der Spott im Dorf, wenn sie mit Sack und Pack zurückkommen würden, oder gar der Bittgang zu den Behörden der Kreistadt, um wieder in der Post arbeiten zu dürfen.

Janka sah das kuhfladengroße Fensterchen vor sich, blickte hindurch und hatte in einem einzigen Atemzug alles das vor Augen, dem sie entflohen war. Die Eintönigkeit, die Armut und die Hoffnungslosigkeit auf eine Änderung der Zustände. Das genügte, um zu ertragen, was hier zu ertragen war, bis sie alle Arbeit und eine eigene Wohnung haben würden. Ein Zuhause. Sie dachte daran, wie schwer Jósef das alles hier fiel und daß er nur ihr zuliebe die Aussiedlung auf sich genommen und ihr zuliebe unterschrieben hatte, ein Deutscher zu werden. Und sie hatte ihn ausgerechnet zu einem Zeitpunkt verletzt und erniedrigt, als er ihre Hilfe besonders nötig hatte, ihr Verständnis und ihre Unterstützung. Wäre er jetzt bei ihr, dann würde sie ihn um Verzeihung bitten, nach seiner Hand suchen und sie festhalten.

Janka wartete bis Mitternacht. Dann schlich sie in die Stube, wo Friedel Kowalek, längst vom Schlaf eingeholt, auf dem Rücken lag und schnarchte. Ihr Atem sog sich flatternd in die geöffnete Mundhöhle und fuhr zischend wieder heraus, regelmäßig wie ein Uhrwerk, durch nichts zu stören, auch nicht durch Janka, die sie lange betrachtete.

Sie muß ein zweites Mal mit Pani Anna sprechen, dachte Janka, denn sie hat schwarz auf weiß Hilfe zugesagt. Und wenn die Mutter den Mut nicht aufbrachte, würde sie zu Pani Anna gehen, um sich das Versprechen einlösen zu lassen.

Vor dem Haus waren Geräusche zu hören. Als müsse sich Janka verstecken, löschte sie das Licht, zog sich aus und legte sich in Jósefs Bett, in dem sie seit ihrer Ankunft im Lager noch kein einziges Mal gelegen hatte.

Die Haustür flog mit lautem Knall gegen die Wand. Im Flur stieß Jósef gegen die herumliegenden Sachen, und im Badezimmer fiel ihm der Zahnputzbecher herunter. Dann polterte er in die Stube und knipste die Deckenbeleuchtung an. Sofort stellte Friedel das Schnarchen ein. Jósef steuerte betrunken auf sein Bett zu.

Janka rührte sich nicht. Als er sie in seinem Bett liegen sah, fing er an zu lachen, so laut und böse, daß Friedel Kowalek entsetzt aus den Kissen fuhr.

Kurwa, fluchte er und noch einmal, Kurwa.

Dabei zog er sich Hemd und Hose aus, ließ sich in Jankas Bett fallen, warf ein Kissen über den Kopf und schlief sofort ein. Er merkte nicht, wie sie leise aufstand, in den Flur ging und die Wohnungstür schloß. Er merkte auch nicht, wie sie die Deckenlampe ausschaltete, und schon gar nicht, wie sie in seinem Bett weinte.

Am nächsten Morgen hatte Jósef einen dicken Kopf, trank nur Kaffee und schwieg sich aus, wo er die halbe Nacht verbracht hatte.

Fang mir nicht so an, sagte Friedel Kowalek und war kurz davor, den gleichen Fehler zu machen, den die Tochter sich geleistet hatte, und Tomek als Musterbeispiel hinzustellen, als Janka sie unter dem Tisch anstieß.

Laß den Jósef in Frieden, sagte sie, der braucht seine Zeit.

Jósef nahm keine Notiz davon, daß Janka ihn verteidigte, er

war nur damit beschäftigt, seinen Kaffee zu trinken. Danach verließ er die Wohnung, um an der vertrauten Hauswand gegenüber unverwandt vor sich hin zu starren.

Wenn der so weitermacht, sagte Renata und fuhr mit der Handkante an den Hals, dann weiß ich nicht.

Mußt du ja auch nicht wissen, fuhr Janka sie an, dich geht's nichts an.

Jósef, sagte die Genowefa, als sie in die Küche kam, der hatte gestern ganz schön geladen, was?

Niemand wollte ihr antworten. Was ging das schon die Filakowa an, die sollte sich lieber um Jakub kümmern, der seinerseits keine Gelegenheit ausließ, sich einen hinter die Binde zu gießen.

Weißt du, sagte Janka zu Friedel und drehte der Filakowa den Rücken zu, du solltest mit Pani Anna sprechen. Schließlich hat sie uns ihre Hilfe angeboten. Sie hat immer noch nichts von sich hören lassen.

Sie wird schon kommen, sagte Friedel verlegen, so was kann man nicht übers Knie brechen.

Aber Janka befriedigte die Antwort der Mutter nicht. Es war schon schlimm genug, daß ihnen die Tante jegliche Unterstützung versagte, nur ein paar alte Möbel und abgelegte Kleider angeboten hatte.

Dann werde ich eben Pani Anna anrufen, sagte Janka, ich will endlich wissen, woran wir mit ihr sind.

Kommt nicht in Frage, rief Friedel. Ich verbiete dir das, verstehst du?

Sie packte Janka am Arm und schüttelte sie, wie sie sie als kleines Kind geschüttelt hatte.

Sie mache, was sie für richtig hielte, schrie Janka und wollte aus der Wohnung stürmen, als die Sozialarbeiterin, Frau Lippert, in der Tür stand.

Störe ich? fragte sie und wartete, daß man ihr einen Platz

anbot. Ein Besuch von Frau Lippert war ungewöhnlich und mußte etwas Besonderes bedeuten.
Kommen Sie zu mir? fragte Genowefa Filakowa und wischte mit dem Zipfel ihrer Schürze über den Stuhl, auf dem Friedel Kowalek eben noch gesessen hatte.
Nein, sagte Frau Lippert erstaunlich höflich, ich habe mit der Familie Kowalek zu reden. Genowefas Enttäuschung wechselte so rasch in Neugierde um, daß Friedel Frau Lippert gar nicht schnell genug in ihr Zimmer führen konnte.
Pani Anna, dachte Janka sofort, Frau Lipperts Besuch ist Pani Anna zu verdanken. Jetzt werden wir unsere Papiere bekommen, Arbeit und Wohnung.
Renata nahm Jan auf den Arm, obwohl der Junge sich sträubte, folgte Friedel und schloß hinter sich die Tür.
Obwohl Renata kein Wort verstand, lächelte sie in Erwartung von etwas Wunderbarem. Friedel hielt es für überflüssig, eine Frage zu stellen, so tief war sie davon überzeugt, daß Frau Lippert der Vorbote für das neue Leben war.
Frau Lippert setzte sich, sah die drei Frauen an und behauptete, nicht zu wissen, wie sie anfangen solle.
Das wiederum war kein gutes Zeichen, denn wenn jemand eine gute Nachricht zu überbringen hatte, fällt ihm doch der Anfang nicht schwer.
Das Gefühl der Hoffnung schlug unversehens in Angst um. Vielleicht war irgend etwas schiefgelaufen, und die Rückkehr drohte? Vielleicht war Frau Lippert aber auch gekommen, um ihnen zu sagen, daß sie jetzt in einem Heim Unterkunft nehmen müßten, Bad und Küche nicht nur mit einer, sondern mit mehreren Familien zu teilen hatten und alles noch enger würde, als es sowieso schon war.
Ihr Sohn ist nicht da? fragte Frau Lippert, und Friedel schüttelte den Kopf.
Und Ihr Schwiegersohn?

Auch nicht, sagte Friedel und hörte, wie ihre Stimme zitterte.
Wie ist es denn mit Ihrem Deutsch? fragte Frau Lippert unvermittelt und sah Janka an.
Ein bißchen, sagte Janka verlegen und radebrechte, daß sie noch viel lernen müsse. Renata brachte überhaupt kein Wort heraus. Nur Jan plapperte unbekümmert drauflos, was ihm der Vater beigebracht hatte.
Suppe zu Hause, sagte er und zählte auf: Wiese, Wind, Zaun und Garten.
Frau Lippert nickte erfreut, lobte ihn und strich ihm über das Haar.
Mein Sohn Tomek, sagte Friedel eilfertig, spricht von meinen Kindern am besten Deutsch.
Ich weiß, Frau Kowalek, deshalb in ich ja auch hier.
Wegen Tomek? fragte Friedel.
Frau Lippert, die jetzt offensichtlich wußte, wie sie ihr Anliegen vorbringen sollte, erklärte:
Es ist nämlich so, unten wartet ein Fernsehteam. Die suchen für eine Reportage über Aussiedler aus Polen eine Familie, die noch nicht lange hier ist. Da habe ich an Sie gedacht. Es steht Ihnen zwar ein Dolmetscher zur Verfügung, aber je mehr jeder von Ihnen deutsch spricht, um so interessanter ist die Reportage natürlich für die Zuschauer. Aber selbstverständlich sollen Sie sich nicht überrumpelt fühlen. Niemand zwingt Sie, vor der Kamera Auskunft zu geben. Ich habe lediglich den Fernsehleuten Ihre Familie vorgeschlagen.
Und während Friedel Kowalek überlegte, was sie antworten sollte, endlich auch Renata und Janka übersetzte, was der Grund des Besuches war, trat Frau Lippert ans Fenster und winkte zwei Männern, die offenbar nur auf ein Zeichen von ihr gewartet hatten. Jedenfalls standen sie im nächsten Augenblick bereits in der Wohnung.
Schon die Begrüßung fiel anders aus, als es die Familie Kowa-

lek gewohnt war. Die beiden Männer sagten nicht guten Tag, sondern hallo, und gaben auch niemandem die Hand.
Ich bin Müller zwei, sagte der eine, während der andere behauptete, Müller eins zu sein. Weder Müller eins noch Müller zwei schienen Platz nehmen zu wollen. Der eine hockte sich auf das Fensterbrett, der andere lehnte sich mit den Händen in den Taschen und überkreuzten Beinen gegen einen der Bettpfosten. Als stünde er in einem Gasthaus, dachte Friedel und sah skeptisch von einem zum anderen, betrachtete die Turnschuhe, die ihrer Meinung nach nicht zu den feinen Lederhosen von Müller zwei paßten. Müller eins hingegen trug Jeans und eine Lederjacke.
Er ist der Regisseur, sagte Müller eins mit einem starken oberschlesischen Akzent auf polnisch und zeigte auf Müller zwei. Und ich bin der Dolmetscher. Alles, was Sie nicht verstehen, werde ich Ihnen übersetzen, natürlich auch das, was Sie Müller zwei fragen wollen.
Weder Renata noch Janka hatten eine Frage, auch Friedel blieb stumm. Die Herren Müller eins und zwei beunruhigten die Frauen, paßten nicht in die Kowaleksche Stube und wirkten befremdlich. Da half es auch nicht, daß Müller eins Jan hochhob und ihn lachend auf den Tisch stellte, der andere Müller von seinen Zigaretten anbot und alle beide behaupteten, man würde schon zusammenkommen.
Zusammenkommen, fragte Friedel jetzt in der Aufregung auf polnisch, wozu?
Müller eins übersetzte, hob dabei Jan, der wie versteinert auf dem Tisch stand, herunter und nahm unerwartet Platz. Auch Müller zwei setzte sich und begann sachlich und präzise sein Anliegen vorzutragen. Je länger er erklärte, worauf es ihm bei seiner Reportage ankam, um so unheimlicher wurde Friedel Kowalek die ganze Sache. Es gefiel ihr nicht, als Lagerbewohnerin im Fernsehen gezeigt zu werden,

schon gar nicht, wie sie hier mit ihrer Familie in zwei Zimmern hauste. Unwillkürlich dachte sie daran, was wohl die Leute in Ujazd sagen würden, wenn sie das zu sehen bekämen.

Einmal in der Leute Mund, sagte sie und fingerte an ihrem Dutt herum, kommt man nicht wieder heraus. Suchen Sie sich eine andere Familie für Ihren Film.

Müller zwei legte beschwichtigend seine Hand auf Friedel Kowaleks Arm. Sie müsse das richtig verstehen, es sei keine Schande, wie sie hier lebten, sondern ein Zustand, auf den er in seinem Beitrag aufmerksam machen wolle. Schließlich seien sie und ihre Kinder doch Deutsche.

Friedel Kowalek sah Müller zwei aufmerksam ins Gesicht, suchte nach Spott, auch bei Müller eins, der Renata und Janka halblaut Wort für Wort übersetzt hatte. Aber keiner von beiden schien sich über sie lustig zu machen. Im Gegenteil, sie zeigten großes Interesse an dem, was sich Friedel Kowalek und ihre Familie vom Reich, wie sie sich wieder einmal ausdrückte, erhofften.

Das alles, sagte Müller zwei, müssen Sie morgen vor der Kamera wiederholen.

Dann wandte er sich an Renata und hatte in Null Komma nichts ihr Vertrauen gewonnen. Denn er schlug vor, sie bei einem Einkaufsbummel zu begleiten. Nur Janka blieb mürrisch. Von ihren Hoffnungen sei wenig übriggeblieben, sagte sie, worauf Müller eins antwortete, auch das zu erwähnen sei keineswegs ohne Bedeutung.

Müller zwei gab noch zu verstehn, daß ihm auch die Meinungen von Tomek und Jósef wichtig seien, denn schließlich handle es sich ja um die Ernährer der Familie. Vielleicht könnten die Frauen dafür sorgen, daß ihre Männer morgen dabeiseien.

Nachdem Müller eins und Müller zwei gegangen waren, sagte

Jan, daß ihn noch nie jemand mit Schuhen auf einen Tisch gestellt habe.

Daß am nächsten Tag Friedel Kowalek bei den Dreharbeiten Pierogi zubereitete, war eine Idee von Müller zwei gewesen. Alle Versuche, ihre Erwartungen von dem Land, dem sie sich zugehörig fühlte, vor der Kamera zu formulieren, gingen schief. Nicht nur, daß sie sich ständig verhaspelte und die Sätze nicht zusammenbrachte, sie wußte plötzlich auch nicht mehr, was sie sich vorgenommen hatte zu sagen. Selbst die Fragen von Müller zwei halfen nicht weiter. Friedel Kowalek verstummte.

Das brachte Müller zwei auf die Idee, Friedel zu raten, etwas in der Küche zu tun, worauf sie vorschlug, Pierogi zu machen. Während sie den Teig knetete, ihn messerrückendick ausrollte und mit einem Wasserglas ausstach, das Sauerkraut zwischen zwei Teigscheiben legte und den Rand mit den Fingern festdrückte, löste sich ihre Zunge.

Sie sprach von ihren Träumen und dem Recht, eine Deutsche zu sein, so, wie ihre Schwester, die seit 1945 in Berlin lebte, eine Deutsche war. Lange genug habe sie darauf gewartet, und jetzt endlich sei sie da, wo sie hingehöre. Hier, sagte sie, hier will ich nun zu Hause sein, wo meine Kinder die Möglichkeit haben, ein neues und besseres Leben aufzubauen.

An dieser Stelle hakte Müller zwei ein und fragte nach der Schwester und ihrer Hilfsbereitschaft.

Ach, sagte Friedel und knallte den Teig aufs Brett, daß dem Tonmeister die Ohren unter dem Kopfhörer dröhnten, der stehen die Zähne näher als die Verwandten. Da haben wir mit nichts zu rechnen.

Danach besann sie sich und schwieg, so daß nur das Kneten des Teigs zu hören war.

Stop, sagte Müller zwei, und der Take mit Friedel Kowalek war im Kasten.

Wie abgesprochen, wurde Renata bei einem Einkaufsbummel in Begleitung von Müller eins aufgenommen. Das Gefühl, auf den Straßen von Berlin gefilmt zu werden, konnte Renata auch noch Tage danach nicht in Worten ausdrücken. Ich kann es nicht beschreiben, schrieb sie der Fedeczkowa, die es dem Postboten Suczko in Ujazd laut vorlas. Die Leute seien stehengeblieben und hätten ihr nachgesehen, als sei sie ein Filmstar. Der Gang vom Bus bis zum Kaufhaus sei zweimal gefilmt worden, und zweimal hätte sie dabei erzählen müssen, wie sie sich ihre Zukunft in Berlin vorstelle. Den Kiosk habe sie geschildert, von dem sie schon in Ujazd geträumt hatte, mit den Stehtischen und der Markise. Im Kaufhaus habe sie durch mehrere Abteilungen gehen, sich Blusen und Kleider anhalten, Wäsche auseinanderfalten und Teppiche befühlen müssen.

Auch Tomek war von Müller zwei zu den Aufnahmen schnell zu überreden gewesen.

Vielleicht, hatte Tomek gesagt, vielleicht bekämen sie mit Hilfe dieser Sendung eine Wohnung. Außer Friedel war er der einzige, der deutsch sprach, wenn auch langsam, mit schwerem Akzent und fehlerhafter Grammatik. Aber die Bemühung war unverkennbar. Arbeiten wolle er, egal, was, wobei er seinen Job bei Kalle und Adam nicht erwähnte, um so bald wie möglich seine Familie ernähren zu können.

Jósef hingegen lehnte eine Stellungnahme zu seiner augenblicklichen Situation ab, obwohl sich Müller eins große Mühe gab, mit ihm ins Gespräch zu kommen. Weder oben in der Wohnung war er für einen Dialog zu gewinnen noch unten an der Hausecke.

Mit mir nicht, war das einzige, was Müller eins von ihm zu hören bekam. Er ging aber auch nicht beiseite, als sich die Kamera auf ihn richtete. Er nahm keine Notiz von ihr. Er stand da, als habe ihn irgend jemand hier abgestellt, unbeweg-

lich, den Blick in das Frühlingsgrün der Sträucher zwischen den Häusern gerichtet.
Wie lange, fragte Müller zwei Janka, wird es Ihrer Meinung nach dauern, bis Ihr Mann mit seiner Situation in der neuen Heimat zurechtkommt?
Erst hatte auch sie vor der Kamera nichts sagen wollen, um sich mit Jósef zu solidarisieren. Aber jetzt antwortete sie:
Hier ist ja noch gar nicht seine Heimat und meine auch nicht.
Und wie kann der Ort, an dem Sie jetzt leben, für Sie zur Heimat werden? fragte Müller eins.
Im ersten Augenblick wollte Janka diese Frage nicht beantworten, glaubte mit dem, was sie gesagt hatte, genug Auskunft gegeben zu haben, als ihr die Idee kam, Pani Anna ins Spiel zu bringen.
Uns wäre schon geholfen, sagte sie fest, wenn die Menschen ihr Wort hielten, die mit meiner Mutter in Polen aufgewachsen sind, uns alle seit Jahren gut kennen und vom Westen aus Briefe nach Polen schickten, in denen sie uns Unterstützung versprachen.
Und wer ist das zum Beispiel?
Der Kameramann rückte näher, während Friedel Kowalek, die sich bisher in die Interviews ihrer Kinder nicht eingemischt hatte, entsetzt die Hand auf ihren Mund schlug.
Du wirst doch nicht, rief sie auf polnisch.
Doch, sagte Janka, wandte ihr Gesicht abermals der Kamera zu und sagte, wenn auch stockend, Annas vollen Namen. Sie hat uns geschrieben, sie wird uns helfen. Und jetzt? Sie ist noch nicht mal vorbeigekommen, obwohl ihr meine Mutter einen Besuch abgestattet hat. Nein, sagte Janka und ging aus dem Bild, ob ein Land mit so kaltherzigen Menschen meine Heimat werden kann, das weiß ich nicht.

Als das Telefon Anna in ihrem Mittagsschlaf überraschte, träumte sie, Vera sei am Apparat. Sie hörte ihre Stimme mit der fröhlichen Ankündigung eines Besuchs. In einer Stunde, sagte Vera in Annas Traum, in einer Stunde bin ich bei dir.
Es hatte zum drittenmal geklingelt. Anna fuhr aus ihrem Lesesessel, in dem sie ganz gegen ihren Willen eingenickt war. Habe ich dich gestört? fragte Müller zwei und fuhr, ohne eine Antwort abzuwarten, fort, ich muß dich sofort sprechen.
Warum?
Das ist am Telefon zu umständlich. Kann ich mit Müller eins für ein paar Minuten vorbeikommen?
Und um was geht es?
Marienfelde, sagte Müller zwei, es geht um Leute im Aussiedlerlager.
Eine Viertelstunde später saßen Müller zwei und Müller eins in Annas Küche und tranken Kaffee. Sie kannten sich alle drei, hatten erst vor kurzem miteinander gearbeitet und im vorigen Jahr ein Feature über ausländische Schwarzarbeiter in Berlin produziert.
Wir machen eine Reportage über polnische Aussiedler in Marienfelde, sagte Müller eins, rührte in seiner Tasse und hoffte, daß Anna die Familie Kowalek erwähnen würde.
Ich bin schon lange nicht mehr draußen gewesen, sagte Anna, alle meine Informationen stammen aus der Zeitung.
Und was ist mit der Familie Kowalek? fragte Müller zwei.
Bevor Anna antworten konnte, fuhr Müller eins fort:
Die wurden uns von der Verwaltung empfohlen. Die Mutter könne ausnahmsweise deutsch, hieß es, auch sei die Familie noch nicht sehr lange in Berlin.
Dann berichteten sie von Friedel Kowalek und wie sie Pierogi zubereitet habe, weil sie anders nicht reden konnte. Sie erzählten von Renatas Konsumzwang, von Tomek, der alles,

was er auf deutsch konnte, angebracht habe, ebenso sein kleiner Sohn. Nur der andere junge Mann, der Jósef, habe sich gewehrt und sei ihnen etwas unterbelichtet vorgekommen. Über Janka sagten sie vorläufig nichts, warteten ab, wie Anna auf das, was sie ihr geschildert hatten, reagierte.
Wir kommen aus demselben Dorf, sagte Anna, und Friedel Kowalek war in meinem Elternhaus Dienstmädchen.
Ach ja? warf Müller zwei ein, das hat sie nicht erzählt. Nur die Schwester hat sie erwähnt und daß der die Zähne näher stünden als die Verwandten.
Alle drei lachten. Müller zwei wollte jetzt wissen, ob die Kowaleks schon mit Anna Verbindung aufgenommen hätten. Seid ihr deshalb hier?
Ehrlich gestanden, ja. Wir wollten dich nämlich bitten, uns für unseren Bericht über die Familie Kowalek ein Interview zu geben.
Nein, sagte Anna schnell, das kommt nicht in Frage. Daß die Kowaleks sich entschlossen haben auszusiedeln, hat nichts damit zu tun, daß ich sie kenne.
Da sind die Kowaleks ganz anderer Meinung, sagte Müller zwei.
Plötzlich sah Anna Friedel Kowalek vor sich. Aber nicht rundlich und alt mit den roten Bäckchen, den grau gewordenen Haaren unter der weißen Wollmütze und dem kleinen Blumenstrauß in der Hand. Nein, sie sah Friedel im schwarzen Satinkleid mit weißer Schürze, wie sie im Rohrdorfer Schloß die Herrschaft bediente, sah die kümmerliche Wohnung, die, seit fünfundvierzig Jahren unverändert und kein bißchen modernisiert, Friedel, ihrem Mann und ihren Kindern als Bleibe gedient hatte. Für Friedel stand Anna nun wieder auf der Sonnenseite des Lebens, eine Tatsache, die sie Müller zwei und Müller eins unmöglich erklären konnte. Noch weniger wollte sie von Ludwik berichten, dessen Exi-

stenz mit der Reise der Familie Kowalek von Ujazd hierher nach Berlin wieder näher gerückt war. Es fehlte nur noch, daß einer der Kowaleks mit Vera Kontakt aufnahm.

Die Bilder in Annas Kopf rutschten durcheinander. Sie sah sich plötzlich den Erpressungen der Kowaleks ausgeliefert, sah Ludwik vor sich, zornig und über die Maßen verletzt, auch seine Frau, die sich nichts sehnlicher als Kinder von ihm gewünscht hatte, sah Wilhelms Zusammenbruch voraus und dazwischen immer wieder Vera, die kein Wort mehr mit ihr sprach, nur Ablehnung und Verachtung zeigte.

Die Meinung der Kowaleks interessiert mich nicht, sagte Anna, ich gebe euch nun mal für diese Reportage kein Interview. Ich habe meine Gründe.

Welche? Müller zwei erwies sich als hartnäckig und ließ sich so einfach nicht abwimmeln.

Das ist meine Sache.

Anna hoffte, daß die beiden nun verschwinden würden. Aber sie blieben sitzen. Müller zwei blickte sogar in aller Ruhe aus dem Fenster in den blühenden Rotdorn.

Du hast keine Ahnung, was Janka, die Tochter von Frau Kowalek, vor laufender Kamera erzählt hat, sagte er.

Anna, die nur darauf aus war, Müller eins und Müller zwei loszuwerden, gab ihnen höflich zu verstehen, daß ihre Zeit begrenzt sei und sie jetzt arbeiten müsse.

Müller zwei war das egal. Er redete weiter und schilderte jetzt, wie Janka Annas Brief mit vollem Namen und Absender zitiert habe.

Anna war so erstaunt, daß sie sich wortlos auf den nächsten Stuhl fallen ließ.

Du spinnst, sagte sie schließlich, ich habe nie einen solchen Brief geschrieben.

Na hör mal, mischte sich Müller eins ein, die Frau hat sich das doch nicht aus den Fingern gesogen.

Es ärgerte ihn, wie sich Anna aus der Affäre ziehen wollte. Die Enttäuschung der jungen Polin, sagte er, sei alles andere als gespielt gewesen, und die Mutter sei sogar dazwischengegangen und habe gesagt, sie könne doch Pani Anna nicht so verunglimpfen.
Ich verstehe das nicht, sagte Anna hilflos, ich verstehe das wirklich nicht.
Du behauptest, diesen Brief nie geschrieben zu haben?
Was heißt behaupten, ich habe ihn nie geschrieben, kapiert ihr das nicht?
Die beiden sahen sich an.
Natürlich werden wir deinen Namen und die Adresse rausschneiden, sagte Müller zwei, aber die Geschichte als solche bleibt, die rundet unseren Report auf eine Art ab, wie es besser nicht sein könnte.
Und wenn ich dich bitte, die Sache mit dem Brief rauszulassen?
Müller zwei stand auf, lachte und klopfte Anna auf die Schulter.
Das kannst du nicht von mir verlangen. Es weiß ja kein Mensch, daß es sich hier um dich handelt. Nimm's leicht und sieh zu, wie du mit deinen Kowaleks klarkommst. Übermorgen, 21 Uhr, Erstes Programm.

Anna hatte sich vorgenommen, die Sendung mit Oskar anzusehen, und war so zeitig gekommen, daß sie vorher noch zusammen Abendbrot essen konnten. Sie hatte Salate mitgebracht und eine serbische Bohnensuppe. Während sie in der Küche die Suppe wärmte und er die Salate anrichtete, fragte sie ihn nach dem Computer-Tomogramm.
Der Krebs gedenkt sich in der Blase auszubreiten, sagte er.
Und was bedeutet das?
Daß ich nicht mehr länger als ein Jahr leben werde.

Und wenn du dich operieren läßt?
Ich lasse mich nicht operieren, das weißt du doch. Fang mit dieser Diskussion nicht wieder von vorne an.
Gut, sagte Anna, und Oskar beförderte Teller, Besteck und Gläser geräuschvoller als nötig auf das Tablett.
Was machst du den ganzen Tag? fragte sie, um das Gespräch wieder auf ein anderes Thema zu bringen, und stellte die Suppenschüssel im Wohnzimmer auf den Tisch.
Aufräumen, wenn ich nicht schlafe, räume ich von morgens bis abends auf. Du glaubst gar nicht, was ich im Laufe der Jahre für einen horrenden Blödsinn zusammengeschrieben habe. Was wirklich wichtig ist, paßt in einen einzigen Ordner.
Anna sah seinen Händen zu, die jetzt das Brot schnitten. Sie waren schmaler geworden und die Adern auf den Handrücken bläulicher. Plötzlich hatte sie Lust, sie zu streicheln. Aber als sie in sein abweisendes Gesicht blickte, rührte sie sich nicht.
Während sie die Suppe aßen, sagte er und lächelte sie auf einmal an: Du solltest öfter für mich kochen.
Warum?
Weil du gut kochen kannst und ich gern esse.
Eigentlich wollte er *noch* gern essen sagen, verzichtete dann aber doch lieber auf das verräterische kleine Wort.
Was hältst du davon, sagte er, vom Rotwein beschwingt, wenn wir beide noch einmal in die Toskana fahren würden?
Jetzt benutzte er absichtlich das Wort noch, für Anna ein gutes Zeichen, daß er sich doch nicht unterkriegen lassen wollte.
Ja, sagte sie, stand auf und küßte ihn auf die Stirn.
Als sie es sich vor dem Fernseher gemütlich gemacht hatten, schlief Oskar sofort ein. Sie weckte ihn erst, als der Beitrag von Müller zwei und Müller eins über die Familie Kowalek begann.

Während Friedel Kowalek den Pierogi-Teig knetete, glaubte sich Anna in ihre Kindheit zurückversetzt. Jeden Handgriff sagte sie laut voraus, wußte, wann Friedel Kowalek nach dem Nudelholz griff, wußte, wann die Täschchen ausgestochen, gefüllt und die Teigränder eingedrückt wurden. Sie glaubte, das Sauerkraut zu riechen, die Zwiebeln, die gebräunte Butter und vergaß dabei ganz und gar, auf Friedel Kowaleks Worte zu achten. Erst als vom Recht die Rede war, vom Recht, eine Deutsche zu sein, hörte Anna hin und stimmte Friedel Kowalek zu.
Als Renatas Auftritt ablief, war das schon eine andere Sache. Sie kommt mir wie eine Süchtige vor, sagte Oskar, von Renatas Wunsch, alles anfassen zu wollen, unangenehm berührt. Wenn sie könnte, wie sie wollte, würde sie alles kaufen, was ihr in die Finger kommt, egal, was.
Sie machen sich lustig über sie, merkst du das? sagte Anna.
Und dann kam Tomek mit seiner Bemühung, auf deutsch zu sagen, was er zum Leben brauchte. Arbeit und Wohnung.
In dem knappen Ausschnitt des Bildschirms erschien Jósef noch einsamer, noch trauriger. Die Beine gekreuzt, den Rücken an die Hauswand gelehnt, die Arme herunterhängend und den Blick an der Kamera vorbei irgendwohin ins Leere gerichtet, sagte er immer nur denselben kurzen Satz, den Müller eins nicht übersetzte: Mit mir nicht. Und weil man nicht verstand, was er sagte, war zu vermuten, daß er entweder betrunken war oder geistig nicht ganz zurechnungsfähig.
Als letzte wurde Janka interviewt. Was sie sagte, hatte Hand und Fuß, und wenn sie gestand, daß hier noch nicht ihre Heimat sei, dann klang das glaubhaft. Schließlich kam sie auf die nicht stattgefundene Unterstützung zu sprechen.
Der Brief, sagte Anna, jetzt wird sie den Brief erwähnen, den ich nie geschrieben habe.
Richtig. Janka erwähnte den Brief, und Müller eins über-

setzte, hatte lediglich Annas Namen ausgeblendet, kommentierte aber, die Person, um die es sich handele, sei der Redaktion bekannt.
Janka schilderte nicht nur, was in diesem ominösen Brief stand, sie berichtete auch, daß diese Person und ihre Mutter sich von Jugend auf kannten und beide aus demselben Dorf stammten. Der Unterschied sei nur, daß ihre Mutter Dienstmädchen im Schloß gewesen war und die erwähnte Person, wie Müller eins sich ausdrückte, die Tochter der Herrschaft. Sie glaube nicht, sagte Janka zum Schluß, daß sie jemals ein Heimatgefühl entwickeln könne für ein Land, in dem so kaltherzige Menschen zu Hause seien.
Diese Frau lügt nicht, sagte Oskar.
Ja meinst du, ich lüge? Annas Stimme kippte um vor Wut.
Das einzige, was du in dieser Situation tun kannst, sagte er liebevoll, fahr nach Marienfelde und versuche, das Mißverständnis so schnell wie möglich aufzuklären.
Aber ich kann ihnen doch nicht helfen, sagte Anna, und nach dem, was sie hier im Fernsehen über mich verbreiten, will ich ihnen auch gar nicht mehr helfen.
Oskar sah angestrengt aus. Das Gespräch begann ihn zu erschöpfen. Er fürchtete eine längere Diskussion.
Das ist eine andere Sache, sagte er, ich meinte auch nur, du solltest dem Geheimnis dieses Briefes nachgehen.
Als Anna auf den abgeschalteten Bildschirm starrte, als sei dort noch die Familie Kowalek zu sehen, sagte er:
Mir ist kalt, und ich bin müde. Und dein Problem können wir heute abend ohnehin nicht lösen.
Es ist ja auch nicht deins, sagte sie leise.

Da es nicht möglich war, Friedel Kowalek im Aussiedlerlager anzurufen, schrieb Anna eine Karte, auf der sie nur Datum und Uhrzeit ihres Besuches angab.

Ihr Zorn war noch nicht verraucht. Trotzdem wurde sie die Bilder von der Familie Kowalek in der Fernsehsendung nicht los, auch nicht das kleine Zimmerchen, in dem sich alle zwischen dem Tisch und den übereinanderstehenden Betten drängten. Und dabei schoben sich in seltsamer Weise die Erinnerungen der eigenen Erlebnisse nach Kriegsende vor die Kowaleks. Es waren nicht die Bilder von der Flucht, dem ständigen Unterwegssein von Ort zu Ort in Trecks bei Schnee und Eis, von den Übernachtungen in fremden Betten, Massenlagern oder unter den Planen der Fuhrwerke. Es waren die Bilder von der Ankunft im Westen, die Anna ins Gedächtnis rückten, die Suche nach den eigenen vier Wänden, das Betteln, endlich bleiben zu dürfen, wo man glaubte hinzugehören. Das Gefühl der Hoffnung tauchte aus Annas Erinnerung auf, die Hoffnung, die anderen, die nichts verloren hatten, würden mit denen teilen, die nichts mehr besaßen. Und dann die Enttäuschung, die zu verkraften man lernen mußte, weil das Teilen nicht Sache derer war, bei denen man angekommen war. Die Ablehnung, die einem plötzlich entgegenschlug, wenn man um etwas bat, auch die fiel Anna wieder ein, und wie aus der Enttäuschung Zorn wurde und aus dem Zorn Verachtung. Anna erinnerte sich an die Verwandten, von denen sie nur deshalb aufgenommen worden war, weil man ihnen sonst Fremde in die Villa gesetzt hätte, und an die Cousine, die für die Benutzung ihres Fahrrads zwanzig Pfennig von ihr verlangte und für die Mitnahme in ihrem Auto fünfzig. Und Anna dachte daran, wie man die Bilder an den Wänden des ihr zugewiesenen Zimmers ausgewechselt und mit billigen Drucken vertauscht hatte. Ihr ganzer Lebensraum damals wurde mit dem Wort Flüchtling verbunden. Da gab es das Flüchtlingszimmer, das Flüchtlingsbad, die Flüchtlingsecke im Garten, und die Teller, Tassen, Töpfe und Bestecke, die Anna zur Benutzung zur Verfügung standen,

hießen das Flüchtlingsgeschirr, das im Flüchtlingsregal stand, separat vom sonstigen Haushalt der Verwandtschaft. Für jedes abgelegte Kleid, das man ihr zuschob, wurde Dank erwartet und war in der Tat das, was die Verwandtschaft sagte, nämlich besser als nichts. Vom Teilen war nie die Rede gewesen, schon gar nicht von Nächstenliebe.
Wir können schließlich nichts dafür, daß Adolf Hitler den Krieg verloren hat, sagten die Verwandten im Chor, sooft sie es für angebracht hielten, bis Anna mit Wilhelm und Vera, die inzwischen auf die Welt gekommen war, endlich eine eigene Bleibe gefunden hatte.
Und jetzt, dreiundvierzig Jahre später, wo Tausende von Menschen abermals dieselbe Strecke zurücklegten, um da eine Heimat zu finden, wo sie Anna längst besaß, stand sie auf der anderen Seite, war plötzlich der entfernten Verwandtschaft verwandt, hatte nichts zu teilen, wenig abzugeben und fühlte sich nicht für das verantwortlich, was die Kowaleks von zu Hause fortgetrieben hatte.
Anna ging durch die Wohnung, vom Schlafzimmer ins Arbeitszimmer, dann an dem winzigen Gastzimmer vorbei ins Wohnzimmer. Hier hatten keine Kowaleks Platz, das hatte Friedel bei ihrem Besuch sicher auf den ersten Blick festgestellt, wollte ja auch gar nicht hier wohnen, wollte nur Hilfe, Nähe und Wärme.
Anna riß ihren Kleiderschrank auf. Bei jedem Stück, das sie erwog mitzubringen, dachte sie an die verwaschenen Pullis und Röcke, die man ihr damals gegeben hatte. Nur nichts Ausrangiertes, nichts Abgelegtes, das nach ihrem Parfum roch und weder für Friedel noch für Renata und Janka zugeschnitten war. Was sonst?
Anna sah die Männer von Ujazd vor Kirkors Laden stehen, die Frauen am Kiosk, der nun nicht mehr von Renata bedient wurde, hörte sie tuscheln und lachen, daß die Kowaleks von

Pani Anna im Stich gelassen worden waren. Suszko hatte eine Postkarte gelesen, die Renata an die Fedeczkowa geschrieben hatte. Nicht mal zu Besuch ist sie zu uns ins Lager gekommen, würde da vielleicht drauf stehen, wir sind für sie niemand, und sie will nichts von uns wissen. Anna hörte den alten Staszak fluchen. Sicherlich würde er höhnisch grinsen und dafür sorgen, daß der Inhalt der Karte Ludwik Janik zu Ohren kam.
Anna schloß den Schrank. Bevor sie nicht erfuhr, was es mit dem Brief auf sich hatte, wollte sie gar nichts mitbringen. Nur Jan sollte einen Bauernhof bekommen, einen mit den Tieren, die er auf Geheiß seines Vaters deutsch benannt hatte: Katze, Hund, Gans, Ente, Hühner, Pferd und Kuh. Kleine, buntbemalte Tiere sollten es sein, wie er sie von zu Hause kannte und die es im Lager nicht gab.

Friedel Kowalek hatte Annas Karte rundum gereicht, so daß sie auch Genowefa und Jakub in die Hand bekamen. Es war klar, Pani Anna hatte den Film gesehen, und jetzt plagte sie das schlechte Gewissen.
Das hast du gut gemacht, sagte die Filakowa zu Janka, jetzt wird die Pani helfen müssen. Und Jakub gab der Hoffnung Ausdruck, daß vielleicht auch etwas für ihn und Genowefa dabei herauskäme.
Und wenn es nur eine Verbindung zu Taubenzüchtern wäre, sagte er.
Pani Anna versteht nichts von Tauben, sagte Friedel ärgerlich, weil sich die Filaks wieder einmal bei ihnen anhängen wollten.
Was wirst du sagen, fragte Tomek, wenn Pani Anna dir Vorwürfe macht, daß Janka den Brief erwähnt hat?
Gar nichts, sagte Friedel und fummelte an ihrem Dutt herum, Pani Anna kann Janka selbst fragen.

Von mir aus, sagte Janka, ich werde ihr schon die richtige Antwort geben.
Ja, und sie vor den Kopf stoßen, daß sie aufsteht und geht, was? fuhr Tomek dazwischen, dann haben wir gar nichts.
Du kannst ihr ja in den Hintern kriechen, wenn du willst, ich tu es nicht.
Janka sah Jósef an. Der hatte gar nicht zugehört, rauchte nur und blätterte in einer polnischen Zeitung.
Habt ihr schon gelesen, fragte er plötzlich, daß in Bydgoszcz und Nowa Huta gestreikt wird?
Es hatte niemand gelesen, und Renatas Meinung nach ging sie das jetzt auch nichts mehr an. Jósef sah in die Runde. Niemand wollte mit ihm über die wilden Streiks der öffentlichen Verkehrsbetriebe in Polen reden, auch Janka nicht. Er stand auf, trug seinen Stuhl zurück in die Stube, stellte ihn vor sein Bett und verließ wortlos die Wohnung.
Inzwischen war Friedel Kowalek dabei zu überlegen, ob sie einen Kuchen backen solle, was aber von allen, außer von Tomek, heftig abgelehnt wurde. Janka sagte, das sähe ja aus, als sei man Pani Anna zu Dank verpflichtet, während Renata befürchtete, ein selbstgebackener Kuchen mitten in der Woche ließe vermuten, daß das Leben im Lager erträglich und keineswegs unzumutbar sei. Aber Friedel lehnte es ab, einen Gast zu empfangen, dem sie nichts anzubieten hatte. Also einigte man sich auf gekauftes Gebäck, das Genowefa besorgen wollte, da sie sich mit Gebäck im Supermarkt besser als Friedel auskannte.
Am Nachmittag hatten sich alle eingefunden. Es war ein Sonnabend, also kein Deutschunterricht. Friedel strich zum hundertstenmal die Decken auf den Betten glatt, während Renata jeden Teller so lange herumdrehte, bis das verkratzte Muster in der richtigen Position war. Da die Stühle nicht alle um den kleinen Tisch in der Stube Platz fanden, bot sich Jósef

an, mit Jan auf dem Bett zu sitzen. Wegen der neugierigen Filaks wollte man nicht in der Küche bleiben, und wer konnte wissen, ob Jakub nicht die ganze Zeit von seinen Pfauentauben faseln und von der Sache ablenken würde. Janka lungerte am Fenster herum, Tomek putzte seine Schuhe, nur Jósef ließ sich nicht stören, saß in der Küche und las seine Zeitung, las hin und wieder auch laut, ohne daß ihm jemand zuhörte.

Anna war pünktlich, war mit der S-Bahn gekommen und vom Bahnhof aus zu Fuß gelaufen, in der Hand nur das Päckchen mit dem Bauernhof, den sie für Jan gekauft hatte. Durch die Glastür des Gebäudekomplexes gingen ununterbrochen Menschen aus und ein. Die Atmosphäre glich einem Bahnhof. Taschen wurden getragen, Koffer und Säcke. Gleich hinter der Glastür befand sich ein Schalter, an dem Anna ihren Ausweis vorzeigen und angeben mußte, wen sie zu besuchen wünsche.

Was geht Sie das an?

Der Beamte murmelte etwas von Vorschrift und war nicht bereit, per Knopfdruck eine weitere Glastür zu öffnen, bevor Anna ihr Ziel angegeben hatte. Raus durfte man ohne Kontrolle, rein aber nicht, damit, wie sie später erfuhr, noch nicht registrierte Personen nicht heimlich Unterschlupf suchten.

An einem anderen Schalter warteten Neuankömmlinge, vielleicht hundert Männer, Frauen und Kinder, die am Nachmittag eingetroffen waren. Sie standen in ihrer schäbigen Kleidung in seltsamem Kontrast zu denen, die hier schon länger wohnten, Begrüßungsgeld bekommen hatten, vom Sozialamt unterstützt wurden und bereits neu eingekleidet waren. T-Shirts waren in allen Farben zu sehen mit Aufdrucken in englischer Sprache, mit Zigarettenwerbung, den Köpfen von Pop-Stars oder dem Berliner Bär. Bunte Röcke wippten über bunten Strümpfen, und die Mädchen trugen breite, mit glitzernden Steinen besetzte Haarreifen.

Die Wege zwischen den Häuserzeilen waren gepflastert und nur für Fußgänger gedacht. Dazwischen Sträucher, Bäume und ein Spielplatz, auf dem Jugendliche hockten, Bier tranken und rauchten. Ein Lachen war nicht zu hören, auch nicht von den Kindern, die auf der anderen Seite vor einem Eingang spielten.

Als das Sonnenlicht plötzlich brüchig wurde und unversehens ein paar Wolken über den Himmel zogen, tauchte zwischen den graubraunen Häusern die Trostlosigkeit auf, lenkte die Aufmerksamkeit auf das herumliegende Papier und war auch nicht durch bunte Röcke, T-Shirts und glitzernde Haarreifen zu verdrängen.

Die Treppen des Aufgangs waren aus Stein, die Wände bekritzelt, und an der numerierten Wohnungstür der Kowaleks war keine Klingel zu finden, Anna mußte klopfen.

Sie begrüßte Friedel nach polnischer Sitte, küßte sie auf Wangen und Mund, während Tomek und Jósef ihr die Hand küßten, die sie dann Renata und Janka hinstreckte. Jan nahm sie auf den Arm. Er fürchtete, abermals mit Schuhen auf den Tisch gestellt zu werden, zwischen Teller und Gläser, Löffel und Kekse. Aber Anna schleppte ihn nur bis zu einem Stuhl, setzte sich mit ihm hin und forderte ihn auf, das Päckchen, das sie mitgebracht hatte, zu öffnen. Jan löste langsam den Bindfaden und packte Tier für Tier aus der Schachtel, die Katze, den Hund, die Hühner, die Gänse und Enten, das Pferd und die Kuh, wobei er wie in der Fernsehsendung das dazugehörige Wort auf deutsch sagte.

Toll, lobte ihn Anna, einfach toll, und ließ ihn eine Figur nach der anderen aufstellen. Das nahm Zeit in Anspruch, aber auch Platz und zwang alle anderen, zwischen Betten und Stühle gezwängt, abzuwarten, wie es weitergehen würde.

Auf einen Wink von Friedel holte Renata den Kaffee aus der Küche, wo sie auf Genowefa traf, die schnuppernd wie ein

Hund die Nase in den Flur streckte. Aber bevor sie noch einen Blick in die Stube werfen konnte, hatte Janka schon die Tür hinter Renata geschlossen. Sanft plätscherte der Kaffee in die Tassen.

Schön, daß du gekommen bist, sagte Friedel endlich, wir haben dich schon lange erwartet.

Anna nickte, sah sich um und erkundigte sich, ob alles, was sie aus Ujazd mitgebracht hätten, hier in den beiden Zimmern untergebracht sei.

Natürlich nicht. Renata mußte lachen, und Friedel erläuterte, daß sie ihre Habseligkeiten im Keller ihrer Schwester untergestellt hätten.

Und sonst hat sie keinen Platz für euch?

Nein, war die kurze Antwort, denn Friedel Kowalek erschien es unangebracht, sich darüber zu äußern, daß der Schwester im Reich der Familiensinn auf der Strecke geblieben war.

Ich habe natürlich den Fernsehbericht gesehen, sagte Anna und staunte, daß Janka ihren Blick mit so viel Ruhe aushielt. Sie haben darin etwas behauptet, das ich mir nicht erklären kann.

Die ganze Familie schien die Luft anzuhalten, und Friedel bekam einen so feuerroten Kopf, daß Jan seine Hand nach ihrem Gesicht ausstreckte und es mit dem Zeigefinger berührte.

Was willst du denn, sagte Friedel, dein Name ist doch gar nicht gefallen.

Na, hör mal, fiel ihr Janka ins Wort, darum geht es ja auch nicht.

Und obwohl Tomek die Schwester unterm Tisch gegen das Schienbein trat, fuhr sie fort:

Sie haben meiner Mutter geschrieben, daß Sie uns helfen wollten, sobald wir hier ankämen. Arbeit wollten Sie uns besorgen, Arbeit und Wohnung, so stand's im Brief, und was ist? Alles leere Versprechungen, auf die wir hereingefallen sind, der Tomek, die Renata, der Jósef und ich. Das habe ich gesagt, Pani Anna, und das werde ich immer wieder sagen. Tränen schossen ihr aus den Augen, die sie wütend wegwischte.

Ich habe aber diesen Brief nie geschrieben, Janka, sagte Anna leise und fragte Friedel auf deutsch, von was für einem Brief hier eigentlich die Rede sei.

Friedel schwieg und verbarg ihr Gesicht in den Händen.

Er war auf deutsch geschrieben, sagte Renata, die Mutter hatte ihn uns übersetzt. Er kam im März bei uns an, und daraufhin haben wir alle unsere Papiere beantragt.

Ich habe eurer Mutter zuletzt zu Weihnachten geschrieben. Auf deutsch, das stimmt, ich schreibe immer auf deutsch. Aber im Februar oder März habe ich ihr nicht geschrieben und sie mir auch nicht.

Sie hat Ihnen nicht geschrieben, daß wir nach Berlin aussiedeln wollen? fragte Tomek und sah über die Mutter hinweg, als sei sie gar nicht mehr in der Stube.

Nein, das hat sie nicht. Jedenfalls habe ich keinen Brief bekommen.

Wie ein Häufchen Elend hockte Friedel auf ihrem Stuhl, die Hände nun im Schoß gefaltet, und ihre Lider flatterten über den Augäpfeln.

Was sollte ich denn machen? flüsterte sie, und die Worte kamen ihr so mühsam über die Lippen, daß sie nur schwer zu verstehen waren. Ich wollte doch nur euer Bestes und daß wir alle raus aus dem Elend kommen und neu anfangen können.

Im ersten Augenblick dachte Anna, Janka würde auf die Mutter losgehen, so sah es jedenfalls aus. Tomek war blaß geworden, und Renata schlug, wie es die Fedeczkowa zu tun pflegte, die Hand vor den offenen Mund. Nur Jósef stand auf und hielt sich an der Lehne des Stuhls fest, als wankte der Boden des Zimmers.

Kein Wort des Vorwurfs. Niemand würdigte Friedel Kowalek eines Blickes. Sie war sich nicht einmal sicher, ob ihr überhaupt jemand zugehört hatte. In ihrer Ratlosigkeit klatschte sie plötzlich in die Hände, aber auch das nützte nichts, sie wurde nicht mehr beachtet, auch nicht von Anna. Niemand war auf ihre Erklärung erpicht, was sie sich bei dieser Notlüge gedacht hatte.

Man muß das Haus retten, sagte sie ungefragt, selbst wenn man hundertmal dafür lügen muß.

Aber die Aufmerksamkeit der Kinder gehörte jetzt Anna.

Ich will mich ja bemühen, sagte sie, nur viel Hoffnung habe ich nicht. Auf jeden Fall müßt ihr als erstes eure Papiere zusammenhaben. Dann werden wir weitersehen.

Wenn du da was machen könntest, mischte sich Friedel ein, um wieder mit von der Partie zu sein.

Unsere Sachbearbeiterin heißt Frau Lippert, schnitt Tomek der Mutter das Wort ab, sie ist sehr freundlich, und sie hat unsere Familie auch den Herren vom Fernsehen vorgeschlagen.

Was nicht gerade die beste Idee war, sagte Anna und lächelte Janka zu.

Ich geh noch mal Kaffee brühen, sagte Friedel und schnappte sich die Kanne. In der Küche saß immer noch Genowefa auf der Lauer.

Na, was ist, fragte sie neugierig, wird die Pani jetzt ihr Versprechen halten?

Friedel winkte ab.

Sag bloß, hakte die Filakowa nach, die ist so hartgesotten, daß ihr Jankas Worte im Fernsehen nicht Beine gemacht haben.

Was geht euch das an, sagte Friedel, kümmert euch um eure eigenen Angelegenheiten.

Sie setzte sich auf den einzigen noch verbliebenen Küchenstuhl und starrte aus dem Fenster. Egal, was die Filakowa noch an Fragen auf Lager hatte, von ihr bekam sie jedenfalls keine Antwort.
Später hörte Friedel, wie sich Anna in der Stube verabschiedete. Sie blieb sitzen, mit dem Rücken zur Tür, komme, was da wolle. Unwillkürlich dachte sie an Stefan und hörte schon seine Pfeife gurgeln, als Anna die Tür aufmachte.
Ich gehe jetzt, sagte sie.
Friedel rührte sich nicht. Darauf umarmte Anna sie kurz und sagte:
Laß gut sein, jetzt ist es, wie es ist. Aber eine Gemeinheit war es doch.
Um die Scham zu verbergen, senkte Friedel ihren Kopf noch tiefer, stand aber auf, reichte Anna die Hand und murmelte eine Entschuldigung.
Jósef begleitete Anna aus dem Haus und durch das Lagergelände zur Straße. Sie gingen langsam nebeneinanderher, und Anna ließ sich von Jósef das Leben hier erklären. Viel zu berichten gab es nicht. Am wichtigsten seien die Sachbearbeiterinnen, von denen hinge alles ab. Immer wieder brächten die Leute denen Blumen, Schnaps oder Pralinen, wie sie es von zu Hause gewohnt seien. Aber hier in Deutschland sei alles anders.
Die wollen nichts, sagte er, die behaupten, Geschenke anzunehmen sei verboten.
Du hast Heimweh, sagte Anna und vergaß ihn zu siezen, du warst der einzige, der kein Wort gesagt hat.
Es war dämmrig geworden, die Amseln legten sich ins Zeug, und selbst hier in den Sträuchern zwischen Häusern, Zäunen und Müllcontainern roch es nach Frühling.
Zu Hause, sagte Jósef, zu Hause in Ujazd werden sie jetzt schon die Lämmer verkaufen.

Und an der Napoleonspappel werden die Weichselkirschen bald blühen, sagte Anna.
Die Napoleonspappel steht nicht mehr, Pani Anna. Der Herr Direktor hat sie schlagen lassen. Sie war von innen her verfault und eine Gefahr für Mensch und Tier.
Anna war dankbar, daß Jósef nicht weiter von Ludwik berichtete, sondern sich über die Schafe ausließ und auf welche Wiesen sie wohl zuerst getrieben würden. Er erzählte von den neuen Ställen in Nowawieś, und dann redeten sie von der alten Jula, die längst unter der Erde lag und die ihrer beider Kindheit begleitet hatte.
Wer pflegt ihr Grab? wollte Anna wissen.
Jósef wußte es nicht. Auch ihr kleines Haus unter der großen Weide sei verfallen. Es heißt, sie geistert dort nachts herum, sagte Jósef lächelnd. Suszko erzählt das jedenfalls. Der trägt noch immer die Post aus und fährt sonntags in meinem Ledermantel in die Stadt.
Weil Anna nicht begriff, warum Suszko im Besitz von Jósefs Ledermantel war, berichtete er stockend vom Verkauf des Mantels und daß er mit dem Geld die Ausfertigung der Papiere für die Aussiedlung hatte beschleunigen wollen.
Jósef schlug vor, Anna bis zum S-Bahnhof zu begleiten. Er ginge gern mit, sagte er, vielleicht träfe er später auf dem kleinen Platz Roman, der wohne auch im Lager und fände sich in der Großstadt genausowenig zurecht wie er.
Wärst du damit einverstanden, wenn ich dir einen Job besorge?
Ja, antwortete Jósef und küßte Anna die Hand.

Kaum hatte Anna die Wohnung verlassen, gingen die Kinder mit Friedel ins Gericht. Das Schlimmste war, Janka und Tomek behaupteten, sich vor Pani Anna der Mutter wegen geschämt zu haben.

Und ich beleidige sie auch noch öffentlich, sagte Janka, im Fernsehen, wo es jeder hören und sehen konnte.
Jedenfalls könnten wir es ihr nicht verdenken, mischte sich Renata ein, wenn sie es ablehnt, uns zu helfen.
Friedel machte den Eindruck, als sei sie von jetzt auf gleich taub geworden. Ihr Gesicht war noch immer gerötet, nur die Nasenspitze zeigte unnatürliche Blässe, und das Flattern ihrer Lider wollte nicht aufhören.
Laßt sie in Frieden, sagte Tomek schließlich, es ist doch nicht mehr rückgängig zu machen.
Friedel bemerkte, daß Renata und Janka auf Tomek hörten. War er jetzt etwa die Respektsperson in der Familie? Die Frauen schwiegen, und jeder hatte plötzlich irgend etwas zu tun. Renata fing an zu bügeln, Janka holte ihr Schulbuch hervor, um Vokabeln zu lernen, und Tomek studierte ein polnisches Handbuch über Computer-Hardware, das Adam ihm geliehen hatte. Jan war eingeschlafen, lag auf dem Fußboden mitten zwischen den Tieren seines Bauernhofs, die Katze fest zwischen den Fingern.
Das Kind muß ins Bett, sagte Friedel, ohne daß es Renata zur Kenntnis nahm.
Auch als sie später in der Küche Abendbrot aßen, wurde nur das Nötigste gesprochen. Die Filakowa, die einen zweiten Anlauf machte, um zu erfahren, ob und wie den Kowaleks Hilfe ins Haus stünde, bekam abermals eine Abfuhr.
In der Nacht lag Friedel Kowalek lange wach, warf sich auf dem schmalen Bett hin und her, hörte jeden Schritt vor dem Haus und jede Stimme. Kein Gedanke ließ sich zu Ende denken, und eine Wirrnis entstand in ihrem Kopf wie Kraut und Rüben. Als sie endlich eingeschlafen war, fiel sie Hals über Kopf in ihren Alptraum, der sie zurück nach Ujazd trug. Sie mußte die Futtereimer über den Hof stoßen, konnte sie nicht tragen, weil sie so schwer waren, und Suszko, der ihr in

Jósefs Ledermantel zusah, lachte sich dumm und dämlich. Das Federvieh gackerte hinter der Tür ohne Riegel, und die Daunen quollen aus den Ritzen hervor, füllten nicht nur den Hof, sondern auch Friedel Kowaleks Ohren, Nase und Mund, stopften sie zu. Kein Schrei konnte ihren Lippen entfliehen, kein noch so kleiner Atemzug war möglich, nur sehen konnte sie noch, den Suszko nämlich, wie der sich mit wehendem Mantel vor Lachen bog und auf die Schenkel schlug.

Anna war es tatsächlich gelungen, Jósef einen Job zu besorgen. Er konnte ab sofort in einem Reiterverein im Grunewald als Pferdeknecht arbeiten. Das hieß allerdings, Verzicht auf den Deutschunterricht, der vom Arbeitsamt bezahlt und dessen Abschluß nach acht Monaten zur Arbeitsvermittlung verlangt wurde.
Die brauchen mich nicht zu vermitteln, sagte Jósef, froh, dem verhaßten Deutschunterricht auf diese Weise zu entrinnen. Das Deutsch, was ich zur Arbeit brauche, kann ich auch ohne Schule lernen.
Er sagte zu, in der kommenden Woche mit der Arbeit zu beginnen. Anna wußte nicht, daß er diesen Entschluß ganz allein gefaßt und nicht einmal Janka eingeweiht hatte, und sie wußte auch nicht, daß für ihn der Job eine Flucht vor dem Lager war und vor dem Unterricht, der ihn zu einem Deutschen machen sollte.
Die Arbeit war ihm vertraut, egal, ob es sich um das Ausmisten der Ställe handelte oder das Füttern und Striegeln der Pferde. Im Kombinatsreitstall von Kolsko habe er jahrelang gearbeitet, ließ er Anna dem Vorsitzenden des Reitervereins übersetzen.
Für Sie, sagte Herr Pöschke, der Vorsitzende, lächelnd, mache ich alles. Von mir aus kann der junge Mann anfangen.

Man einigte sich darauf, daß Jósef, bis er über einen Personalausweis verfügte und damit arbeitsberechtigt war, zur Probe arbeiten solle. Das war zwar auch nicht ganz korrekt, aber Herr Pöschke erklärte sich bereit, ein Auge zuzudrücken.
Der hat eine Menge Häuser, sagte Anna, als sie mit Jósef allein war, wenn er mit dir zufrieden ist, werde ich ihn nach einer Wohnung für euch fragen.
Die Vorstellung, daß es an ihm liegen könnte, für die Familie eine Wohnung zu besorgen, machte Jósef glücklich.
Ich werde arbeiten, was das Zeug hält, sagte er.
Stolz berichtete er der Familie von seinem neuen Job und der eventuellen Aussicht auf eine Wohnung. Pani Anna hatte also doch geholfen.

Ein Sonntag, einer von den warmen Frühsommertagen, die einem das Aufstehen leichtmachen. Jósef hatte im Stall Frühdienst, war also schon auf den Beinen und frühstückte, während die anderen noch schliefen. Als Janka in die Küche kam, nickte er ihr wie immer nur zu. Kein Morgengruß, keine Frage, warum sie schon auf sei und was sie so zeitig am Morgen vorhabe. Schweigend saßen sie sich gegenüber, schlürften den Kaffee, kauten Brot, ohne ein Wort zu finden, sosehr sie auch insgeheim danach suchten. Nicht einmal ihre Blicke trafen sich, und jeder verhielt sich so, als sei er allein in der Küche. Janka schnitt Brot, bestrich einige Scheiben mit Margarine, legte Wurst und Käse darauf, wickelte sie ein und schob sie über den Tisch.
Für mich? fragte Jósef.
Ja, sagte Janka, du mußt doch was essen, wenn du so hart arbeitest.
Bist du deshalb aufgestanden? fragte Jósef und packte die Brote in seine Tasche.
Ich will auf den Polenmarkt, sagte sie zögernd, ich will wis-

sen, was sie dort verkaufen und ob es stimmt, daß sie das Pfund Butter, was in den polnischen Städten nicht zu bekommen ist, hier für eine Mark hergeben.

Jósef zog sich umständlich seine Jacke an. Es war nicht ersichtlich, ob er über Jankas Antwort enttäuscht war oder ob er nur ihre Absicht, zum Polenmarkt zu gehen, für überflüssig hielt. Jedenfalls tippte er, einen militärischen Gruß andeutend, nur mit zwei Fingern an die Schläfe und ging.

Janka sah ihm vom Fenster aus nach. Jósef lief quer über den Platz mit dem weit ausholenden Schritt, den er sich beim Pflügen des väterlichen Ackers angewöhnt hatte. Hätte er sich jetzt umgedreht, Janka hätte gewunken. Aber Jósef wandte sich nicht um, war ganz darauf konzentriert, pünktlich in die Ställe des Reitervereins zu kommen.

Als Janka am Reichpietschufer, zwischen Schelling- und Linkstraße, eintraf, war der Polenmarkt schon voll im Gange. Auf dem Mathäikirchplatz stand ein polnisches Auto neben dem anderen, und zwischen dem Potsdamer Platz und dem Landwehrkanal drängte sich eine unübersehbare Menschenmenge. Von weitem schien es, als seien die Menschen miteinander verwachsen und bewegten sich wie ein riesiger Algenteppich hin und her. Nur die großen Pfützen, die der Regen vom Vortag hinterlassen hatte, bildeten Löcher und spiegelten zwischen den trampelnden und sich vorwärts schiebenden Füßen den Himmel wider. Es gab weder Stände noch Tische, alles spielte sich auf der Erde ab. Manche Polen hatten ihre Ware am Rand des Platzes in den Zaun gehängt, priesen in mühsamem Deutsch an, was zu verkaufen war. Die meisten aber hatten ihre Habseligkeiten auf Tüchern auf dem blanken Boden ausgebreitet oder verkauften sie aus Taschen, Körben und Koffern.

Unfähig, sich unter die Menschen zu mischen, blieb Janka

stehen. Ihre erste Reaktion war davonzulaufen, nicht sehen zu müssen, wie ihre Landsleute da neben ihren lächerlichen Angeboten auf der Erde hockten oder auf winzigen Campingstühlen saßen, die Gesichter der gaffenden Menge zugewandt, auf den Lippen die sich ständig wiederholenden, auswendig gelernten deutschen Sätze, mit denen sie ihre Ware anboten. Müde Augen waren das, in denen die Anstrengung der langen Autofahrten und schlaflosen Nächte abzulesen war.
Die Frau da drüben schien zu gar nichts mehr fähig zu sein. Ihr ausgemergeltes Gesicht unter dem Kopftuch war dem Erdboden zugekehrt, und das einzige, was sie sagte, war: Bitte kaufen, alles gut, bitte kaufen.
Auf einem Handtuch bot sie in Gläsern eingelegte Pilze feil, ein Körbchen mit Eiern, Bonbons und in Papier eingewickelte Speckstücke.
Bitte kaufen, alles gut.
Es stimmte also, was im Lager und in der Schule berichtet wurde, die Polen verkauften hier jedes Wochenende gegen D-Mark alles, was nicht niet- und nagelfest war.
Janka konzentrierte sich darauf, Bekannte zu finden, um etwas von zu Hause zu hören. Sie war in der Hoffnung hierhergekommen, ein Schwätzchen machen zu können, wie sie es von dem heimatlichen Wochenmarkt kannte, wenn die Leute aus den Dörfern in der Kreisstadt ihr Gemüse anboten, ihr Geflügel oder die gesammelten Beeren und Pilze. Da erfuhr man, wer geheiratet hatte, wer gestorben war, wer Nachwuchs bekommen hatte oder wer umgezogen, vielleicht auch abgehauen war.
Aber die Polen, die Janka hier antraf, hatten keine Zeit für ein Schwätzchen, denen stand der Sinn nicht nach Klatsch, sondern nach D-Mark. Sie verkauften, was es in ihren eigenen Städten nicht gab oder rationiert war. Und weil es das alles,

was dort auf Tüchern lag und in Taschen steckte, im Westen in Hülle und Fülle gab, verkauften sie es für Niedrigstpreise. Ein Pfund Butter für eine Mark, ein Ei für einen Pfennig. Ein ganzes Paket polnische Wurst konnte man für fünf Mark mitnehmen, und unter der Hand, weil es verboten war, wurden Wodka verkauft und Zigaretten. Das Geschäft ging gut. Die Käufer waren Türken, Asylanten, Arbeitslose. Manche deckten sich für die ganze Woche ein mit billiger Butter, Speck und Eiern.

Janka hatte sich aus ihrer Erstarrung gelöst, ließ sich schieben, immer noch fassungslos und beschämt, und mit jedem Schritt wurde sie zorniger über die Würdelosigkeit dieses Spektakels. Es waren ja nicht nur Lebensmittel, Zigaretten und Wodka, was hier feilgeboten wurde. Auch Kinderkleidung lag auf den Tüchern, Selbstgestricktes, Kristall, Autowerkzeug, Plastiktaschen und aus Holz geschnitzte Figuren, ebenso Spielzeug und hin und wieder ein Fuchspelz.

Janka schob sich parallel zur Linkstraße weiter, unter der Magnetbahn hindurch und ein paar Meter seitlich wieder runter. Die Polen standen dicht bei dicht, Männer und Frauen aller Altersgruppen, zusammengenommen ein paar tausend. Sie redeten kaum miteinander, waren Konkurrenten, halfen sich höchstens beim Geldwechsel aus. Vom Potsdamer Platz her kamen immer noch mehr mit prallen Taschen, suchten nach einem freien Platz, wurden an den Rand gedrängt und mußten zusehen, wie sie dort ihre Ware an den Mann bringen konnten.

Wenn Janka angesprochen wurde, gab sie weder auf deutsch noch auf polnisch eine Antwort. Sie wußte nicht mehr, auf welche Seite sie gehörte, auf die der Polen oder die der Schaulustigen und Käufer, die inzwischen nicht mehr nur aus Türken, Arbeitslosen und Asylanten bestanden, sondern auch aus Berlinern. Die kamen mehr, um zu gucken als zu kaufen, betrachteten die wäßrige Butter, den Speck im Papier, zeigten auf die Babyjäckchen und belächelten die Qualität, schüttelten über die von Tschernobyl verstrahlten Pilze die Köpfe und kauften höchstens Wodka oder Zigaretten. Das bessere Geschäft hatten schon frühmorgens die Armen unter sich gemacht. Jetzt war es mehr Glückssache, irgend etwas loszuwerden, und nur diejenigen, die Wurst und Eier anboten, hatten noch Chancen.

Janka hatte die Mitte des Platzes erreicht, schnappte rechts und links Sätze auf, erfuhr, wann die Busse zurückfuhren, daß der Polenmarkt nächste Woche verboten werden sollte oder vielleicht nur verlegt, daß es im nahen Umkreis keine Toiletten gab und die Notdurft auf dem Parkplatz vor der Mathäikirche zu verrichten war, auch hinter den Pfeilern der Magnetbahn. Wer zwanzig Mark verdient hatte, war zufrieden, und wer darüber hinaus Geld gemacht hatte, war glücklich. Kaum einer, der über die Unbequemlichkeit und Mühsal jammerte, jeder schien froh, mit seiner Ware überhaupt bis hierher gekommen zu sein.

Endlich entdeckte Janka bekannte Gesichter. Zenon aus Leszno mit seiner Frau Lucja. Zenon verkaufte Würste, in Klarsichtfolie verpackt, immer fünf Stück in einem Paket, wovon er einen ganzen Koffer voll mitgebracht hatte. Lucja bot Eier an und, wie Janka beobachten konnte, auch Wodka. Die beiden machten kein schlechtes Geschäft, und das lag allein an Zenon. Kein deutsches Wort kam über seine Lippen, er sprach bis auf die Summe des Preises nur polnisch, was aber dem Verkauf seiner Würste nicht abträglich zu sein schien. Im Gegensatz zu den anderen war er nämlich fröhlich, schnitt Grimassen, lachte, machte den Frauen schöne Augen, ließ die Leute probieren, warf hin und wieder eine Wurst in die Luft, fing sie wieder auf, klopfte sich damit an den Kopf und erzählte dabei in einem fort, wie gut sie sei, daß er das

Schwein selbst gemästet, geschlachtet und zu Wurst verarbeitet habe. Jetzt ließ er einen Zuschauer daran riechen. Plötzlich packte er alles wieder ein, sagte, er ginge, wenn man hier in Berlin nicht wisse, wie gut die polnische Wurst sei, nahm Lucja ein Ei aus dem Korb und schenkte es wie zum Abschied einer der herumstehenden Frauen. Gelächter. Zenon schaffte es, Stimmung zu machen. Janka hatte ihn so noch nie erlebt, kannte Zenon als einen ruhigen und besonnenen Mann, der in Leszno einen Gartenbetrieb führte und mit dem Tomek hin und wieder ein Bier getrunken hatte. Lucja arbeitete bei einer Getränkefirma. Es wollte Janka nicht gelingen, die beiden zu begrüßen. Sie fürchtete die Verlegenheit, die zwischen ihnen aufkommen könnte, vielleicht auch die Verachtung.
Janka begriff nicht, wie Zenon und Lucja sich für ein paar D-Mark einer derart unwürdigen Situation aussetzen konnten und sich vor den reichen Deutschen zum Hampelmann machten. Schon war sie drauf und dran, ihre Skrupel zu überwinden und die beiden anzusprechen, als ihr ein Landsmann zuvorkam. Seiner Kleidung nach kam er nicht aus Polen. Er schien auch nichts kaufen zu wollen. Er gehörte offenbar auch zu denen, die nach Bekannten Ausschau hielten. Schon eine ganze Weile hatte er dem Treiben von Zenon zugesehen, und Janka war aufgefallen, daß nicht ein Lächeln über sein Gesicht huschte. Plötzlich löste er sich aus dem Kreis der Zuschauer, packte Zenon an den Schultern und schüttelte ihn, als müsse er zur Vernunft gebracht werden. Die Würste fielen zu Boden.
Schämst du dich nicht, schrie der Fremde auf polnisch, ohne den verdutzten Zenon loszulassen, schämst du dich nicht, hier die Würste und Eier für lumpige D-Mark zu verkloppen?
Nein, sagte Zenon ruhig und versuchte sich loszumachen.

Die Fröhlichkeit war aus seinem Gesicht gewichen, aber man merkte, er wollte keinen Streit, schon gar nicht eine Prügelei. Doch der Fremde pöbelte weiter.
Zu Hause in den Städten haben die Leute nichts zu fressen, und an dem wenigen, was es auf dem Land gibt, stoßen sich Typen wie du gesund.
Das geht dich nichts an, sagte Zenon leise.
Mittlerweile hatte sich immer mehr Leute um die beiden versammelt. Obwohl kaum einer der Schaulustigen verstand, um was es hier ging, glaubte jeder die Vorwürfe des Fremden zu begreifen. Man nahm Partei, man lachte, man freute sich, daß etwas passierte. Der Fremde griff jetzt nach einem der Wurstpakete und schrie, damit es die anderen polnischen Händler auch verstanden, daß Zenon ein Schieber und Verräter sei, der mit den raren Lebensmitteln seines Heimatlandes im reichen Westen den billigen Jakob abgebe. Und um seinen Worten Nachdruck zu verleihen, schlug er Zenon die Würste über den Kopf, daß eine davon zerplatzte. Da war es mit Zenons Geduld vorbei. Er warf sich auf den Fremden, und eine wilde Prügelei begann, in die sich weder Deutsche noch Polen einmischten. Die polnischen Händler sahen zur Seite, wenn auch manche von ihnen leise fluchten und rote Köpfe hatten. Von den Deutschen riefen einige, man müsse die Polizei holen, um die Kampfhähne zu trennen.
Inzwischen hatte Zenon zugeschlagen, hatte den Fremden am Kinn getroffen, so daß der ins Taumeln geriet und in Lucjas Eierkorb trat. Während die Dotter aus den Schalen sprangen und an den Hosen des Fremden hängenblieben, schrie Zenon: Du bist auch einer dieser miesen Volkswagendeutschen, dieser Ausreißer aus unserem Land, denen wir das wachsende Elend in Polen zu verdanken haben.
Sie lagen zwischen den Würsten und kaputten Eiern auf der Erde, Zenon blutete aus der Nase, dem Fremden schwoll ein

Auge zu, und auf einem seiner Backenknochen zeigte sich eine Platzwunde.

Die schlagen sich ja tot, schrie eine Frau hysterisch, worauf zwei Männer aus dem Kreis der Schaulustigen endlich den Versuch machten, Zenon und den Fremden auseinanderzutreiben. Von der Schellingstraße war das Martinshorn eines Polizeiautos zu hören.

Während der Fremde, ohne von irgend jemandem angehalten zu werden, verschwand, Zenon seine Würste aufsammelte und sich die meisten Gaffer verdrückten, ging Janka auf Lucja zu und half ihr, die wenigen noch ganz gebliebenen Eier zu säubern und in den Korb zurückzulegen. Auch die Würste ordnete sie wieder auf dem Tuch, und einen Augenblick lang hatte es den Anschein, als gehöre Janka zu den beiden, die der Fremde angegriffen und geschädigt hatte.

Lucja hatte Janka nicht gleich erkannt.

Ich bin es doch, Janka Staszakowa, sagte Janka, die Schwester von Tomek aus Ujazd.

Was denn, verkauft ihr auch hier? fragte Zenon, der offensichtlich nicht wußte, daß die Familie Kowalek ausgesiedelt war. Lucja sagte gar nichts. Aber als sie merkte, daß Janka bereit war, ihr zu helfen, fiel sie ihr um den Hals und fing an zu weinen.

Zenon fragte Janka, wo ihr Platz sei oder ob sie schon alles verkauft habe. Erst dann bemerkte er ihre Kleidung, ihre Schuhe und begriff, daß sie, wie sein Angreifer, nicht aus Polen hergekommen war, sondern zu denen gehörte, die hier ihr neues Zuhause hatten.

Ach so, sagte er, und in diesem ach so lag so viel Verachtung, daß Janka Lucja sofort losließ.

Und ihr, fragte sie leise und zeigte auf die Eier und Würste, seid ihr besser?

Hör auf, so zu fragen, sagte Lucja, dazu hast du kein Recht,

wenn du hier lebst. Du hast ja keine Ahnung mehr, wie es uns geht. Es ist wegen der Medizin. Zenons Mutter ist zuckerkrank, und wir bekommen bei uns in Leszno nicht genügend Insulin.
Janka bohrte den Blick in den zertretenen, schlammigen Rasen.
Zenon ist nicht nach Witzen zumute, fuhr Lucja fort, aber er hat gemerkt, daß die Deutschen lieber bei dem kaufen, der Spaß macht.
Und wieviel braucht ihr heute? fragte Janka.
Hundert Mark, flüsterte Lucja. Mama braucht für hundert Mark Insulin. Das ist eine Packung mit fünf Fläschchen und reicht für drei Wochen.
Zenon gefiel die Beredsamkeit seiner Frau nicht.
Was geht sie das an, sagte er, lud sich die Taschen mit den Würsten auf und ging, ohne sich von Janka zu verabschieden.
Wenn du denkst, sagte Lucja noch, bevor sie ihrem Mann mit dem Eierkorb, dem Wodka und den Zigaretten folgte, wir haben das alles im Laden gehamstert, dann irrst du dich. Die Eier sind von unseren Hühnern, und die Wurst ist von unserem Schwein, von dem wir einen Teil zu Hause in Wodka und Zigaretten eingetauscht haben. Wir bescheißen niemanden, und ... hier machte Lucja eine Pause ... wir haun auch nicht ab. Dann umarmte sie Janka schnell, zu schnell, als daß Janka die Umarmung hätte erwidern können.

Janka hatte keine Lust, ins Lager zurückzukehren, und kam auf den ungewöhnlichen Einfall, Jósef zu besuchen. Sie hatte das Bedürfnis, mit jemandem zu reden, und Jósef schien ihr der richtige dafür zu sein. Die Mutter würde kein Verständnis zeigen, Renata nicht zuhören, und Tomek zöge es mit Sicherheit vor zu schweigen.
Sie hatte Glück und traf Jósef in seiner Mittagspause an. Er

saß nicht weit von den Ställen entfernt auf einem Mauerabsatz und sah auf den gegenüberliegenden See, dessen im Sonnenlicht flirrendes Wasser ihn ebenso beruhigte wie das fröhliche Schlagen der Finken. In unregelmäßigen Abständen fuhren Windstöße durch die Pappeln, und wenn gerade keine Menschen auf dem Weg zwischen dem Paulsborner Forsthaus und dem Jagdschloß Grunewald vorbeigingen, war sogar das helle Schnalzen der Bläßhühner zu hören. Dann bildete sich Jósef ein, er säße zu Hause am Golaer See, wo die Landschaft zum Verwechseln ähnlich war. Nur roch es hier anders, und die Autos waren vom nahen Parkplatz und der Straße nach Zehlendorf her zu hören. Die Leute, die vorbeikamen, gingen keiner Arbeit nach, sondern mit ihren Hunden spazieren oder mit ihren Kindern, auch an Wochentagen. Und am Golaer See gab es auch keinen Herrn Pöschke, der Jósef Anweisungen erteilte, die er stets mit den Worten dawai, dawai abschloß.
Da darfst du nicht hinhören, hatte Pani Anna gesagt, der ist in den letzten Wochen des Krieges noch eingezogen worden und in russische Gefangenschaft geraten, er meint das nicht so. Aber ich bin weder ein Russe noch ein Gefangener, hatte Jósef geantwortet und zu hören bekommen, daß für Herrn Pöschke östlich der Elbe, erst recht hinter der Mauer von Berlin, Rußland begänne.
Nicht, daß Herr Pöschke zu Schikanen aufgelegt wäre, nein, er gab seine Anweisungen immer in dem gleichen höflichen Ton, wenn auch grammatikalisch verstümmelt. Er ließ die Artikel weg und sprach die Verben prinzipiell nur in der Grundform aus. Er sah Jósef selten dabei an, und wenn er abschließend dawai, dawai sagte, hob sich seine Stimme wie eine Aufforderung, sich zu beeilen.
In der Hoffnung, in Herrn Pöschkes Häusern eine Wohnung zu bekommen, ließ Jósef diesen seltsamen Umgang mit sich zu und ging zuverlässig und mit Fleiß seiner Arbeit nach.

Janka sah Jósef schon von weitem. Froh, ihn in seiner Arbeitspause zu erwischen, fing sie plötzlich an zu laufen und war ganz außer Atem, als sie vor ihm stand.
Ist was passiert? rief er und rutschte vom Mäuerchen. Er war so erschrocken, daß ihm Jankas Umarmung gar nicht auffiel.
Nichts ist passiert, sagte sie.
Und warum kommst du dann her?
Er sagte das so, als sei ihm ihr Besuch peinlich, als fürchte er ihre Gegenwart beim Misten und Fegen der Ställe, beim Säubern der Krippen und Eimer, alles Arbeiten, die er zu Hause nicht mehr nötig gehabt hatte.
Sie gingen ein Stück den Weg entlang, der zum Jagdschloß führte, vorbei an den Sonntagsspaziergängern in ihren Sonntagskleidern und Sonntagsschuhen.
Ich war auf dem Polenmarkt, sagte Janka und berichtete stockend von Zenon und Lucja, von der Prügelei, warum die beiden auf dem Berliner Polenmarkt Wurst und Eier verkauften und was Zenon von den Volkswagendeutschen hielt.
Damit meint er auch uns, Jósef, sagte sie.
Jósef schwieg. Nur seine Schultern spannten sich, als wüchse er plötzlich. Sein Kopf richtete sich auf, sein Blick fuhr über die Köpfe der Menschen hinweg, er kehrte um und sagte, indem er immer schneller ging: Ich muß an die Arbeit.
Mehr sagst du nicht dazu? fragte Janka enttäuscht und hatte Mühe, mit ihm Schritt zu halten.
Jósef schüttelte den Kopf und verschwand im Pferdestall. Von der Tür aus sah sie ihm zu, wie er sich an dem Sattelzeug zu schaffen machte, die Trensen wusch, das Leder putzte und die Bandagen ausbürstete.
Warum tust du das, Jósef, warum heute, an einem Sonntag, wo sonst kein Mensch arbeitet?
Er lächelte, wie sie es schon lange nicht mehr an ihm gesehen hatte.

Ich will nicht, daß es uns einmal so geht wie Zenon und Lucja, verstehst du? Ich arbeite hier, weil ich vielleicht von Herrn Pöschke eine Wohnung bekomme und wir langsam aus der Scheiße raus müssen, in die wir so oder so geraten sind.
Und weil es das erste Mal war, daß Jósef sich überhaupt zu ihrer gemeinsamen Lage äußerte und sich für eine Veränderung krummzulegen schien, ging Janka noch einmal auf ihn zu und umarmte ihn.
In diesem Augenblick erschien Herr Pöschke im Stall, wartete ab, bis Janka verlegen beiseite trat, und sagte dann zu Jósef: In fünf Minuten – dabei hob er fünf Finger seiner Hand – Braunen satteln, Trense, nix Kandare.
Wie zu erwarten, fügte er sein unmißverständliches dawai, dawai hinzu und schnippte kurz mit den Fingern, wobei er Janka ansah, die daraufhin den Stall verließ, als stünde sie hier auf verbotenem Terrain.

Es war nicht genau auszumachen, seit wann Renata diese Unruhe gepackt hatte, aber inzwischen fiel sie allen auf, auch Genowefa und Jakub. Renata hörte einfach nicht mehr zu, egal, ob Jakub von seinen Pfauentauben erzählte oder Genowefa von einer Kaffeefahrt, die sie für dreißig Mark nach Lübeck unternommen hatte. Renata dachte in letzter Zeit nur noch daran, nach Ujazd zu fahren.
Und wann fahren wir? fragte Jan die Großmutter.
Noch nicht, sagte Friedel Kowalek. Ihrer Meinung nach würde so ein Besuch den Jungen nur durcheinanderbringen. Er hatte sich hier noch nicht eingewöhnt. Damit mußte sich Renata zufriedengeben, ob es ihr paßte oder nicht. Auch von Janka erhielt sie keine Unterstützung, schon gar nicht von Jósef. Nur Tomek versprach ihr, sobald wie möglich ein Wiedersehn mit der Mutter zu arrangieren.
Renata begann mit kleinen Einkäufen die Reise vorzuberei-

ten, sparte Pfennig für Pfennig und hörte nicht auf, auch Janka, Jósef und Friedel zu drängen, Geschenke für zu Hause einzukaufen. Sie könne schließlich nicht mit leeren Händen in Ujazd auftauchen, sagte sie.

Kommt Zeit, kommt Rat, sagte Jósef mürrisch, der nicht glaubte, daß seine Eltern überhaupt Geschenke annehmen würden, rückte aber mit etwas Geld heraus, das er im Reitstall verdient hatte.

Renata war wieder in ihrem Element, strich durch die Kaufhäuser und Supermärkte, trieb sich bei Woolworth herum, prüfte Sonderangebote und kaufte auch schon mal was bei den Straßenhändlern.

Du weißt ja noch gar nicht, wann du fährst, jammerte Friedel, die nicht wußte, wohin mit dem Zeug, das Renata anschleppte.

Aber Renata setzte sich darüber hinweg und erinnerte die Schwiegermutter daran, daß jetzt Tomek in der Familie das Sagen habe, denn der von Friedel inszenierte Schwindel war noch lange nicht in Vergessenheit geraten. Tomek war es auch, der schließlich den Besuch in Ujazd finanzierte. Das heißt, Adam lieh ihm das Geld für Renatas und Jans Fahrkarte, denn, so behauptete Kalle, bald sei ein größeres Geschäft in Sicht. Ein Geschäft mit heißer Ware, die schnellen Absatz erforderte. Renata solle über Tomeks ehemaligen Chef bei Zygmunt vorfühlen, ob ad hoc dreißig Computer No-name-AT an den Mann zu bringen seien. Ein Zeitpunkt könne noch nicht genannt werden. Aus Gründen der Sicherheit sei das Problem telefonisch nicht zu klären, zumal ein Gespräch nach Polen sowieso kaum zu bekommen war. Wenn ich ihr sage, was für uns davon abhängt, hatte Tomek Kalle und Adam versprochen, verrät sie niemandem ein Sterbenswörtchen davon.

Weder Friedel noch Janka verspürten den Wunsch mitzufahren, Jósef wurde erst gar nicht gefragt. Bevor ich nicht hier in den eigenen vier Wänden wohne, sieht mich in Ujazd keine Menschenseele, hatte Friedel gesagt.

Auch Janka fürchtete Fragen, aber noch mehr ängstigte sie der Gedanke, in Ujazd zu sein, ohne dort ein Dach überm Kopf zu haben. Eine Fremde zu Hause, das war ihr eine unerträgliche Vorstellung.

So fuhr Renata allein mit Jan, der, seit er den Abfahrtstag wußte, kaum noch schlief. Mehr denn je schlug er nachts mit dem Kopf von rechts nach links und links nach rechts, und in der Vorfreude auf die Großmutter, auf die Kinder, die er kannte, und alles, was ihm sonst noch einfiel, vergaß er die deutschen Wörter, die ihm der Vater so liebevoll beigebracht hatte.

Tomek brachte die beiden frühmorgens zum Zug, schleppte den Koffer und die Taschen mit den Geschenken, die nicht zu knapp waren.

In sieben Stunden, sagte er, in sieben Stunden seid ihr zu Hause.

Er nahm Jan noch einmal auf den Arm, küßte ihn und trug ihm auf, am Haus der Großmutter hinterm Dorf die Pflaumenallee langzulaufen, um nachzusehen, ob die Störche auf dem Schornstein der alten Brennerei ihr Nest bezogen hätten. Und auf Großvater Kowaleks Grab mußt du Blumen legen und für ihn beten. Wenn du den alten Staszak siehst, dann gib ihm die Hand und grüß ihn von mir. Meinetwegen auch den Suszko, in jedem Fall aber den Herrn Pfarrer.

Renata hatte er den Brief für seinen Chef gegeben, hatte ihr noch einmal ans Herz gelegt, mit niemandem sonst darüber zu sprechen, und sie auch geküßt.

Wenn du wiederkommst, sagte er zu Jan, mußt du mir alles genau erzählen, hörst du?

Jan nickte, und als sich der Zug in Bewegung setzte und der

Vater noch ein paar Meter neben dem Waggon herlief, hob er hinter der Fensterscheibe die Hand und winkte, als führe er mit der Mutter auf Nimmerwiedersehen fort.

In Ujazd ahnte niemand etwas von Renatas Ankunft. Sicher, sie hatte geschrieben, irgendwann werde sie, wie versprochen, kommen, aber ein Datum hatte sie nicht genannt. Ein Telegramm wurde von allen für zu teuer befunden, telefonisch wäre höchstens nachts ein Durchkommen möglich, und das wollte niemand dem Kaufmann Kirkor zumuten, der als einziger außer dem Kombinat und dem Bürgermeister über einen Telefonanschluß in Ujazd verfügte.

Nun saß sie mit ihrem vielen Gepäck im Bus von Leszno nach Ujazd, und Jan, der im Zug geschlafen hatte, starrte jetzt hellwach aus dem Fenster. Schon an der Bushaltestelle, wo sie über eine halbe Stunde lang warten mußten, hatte Renata die Blicke gespürt, mit denen sie gemustert wurde. Man sah es ihr eben an, daß sie aus Westdeutschland kam. Der eine oder andere trug auch schon mal eine Jacke oder Hose oder Schuhe aus dem Westen, aber so wie sie, von oben bis unten in West-Berlin eingekleidet, lief niemand in Polen unter der Woche herum, schon gar nicht mit einem Kind an der Hand, das so herausgeputzt war wie Jan. Er hätte sich nicht vor dem Sohn von Witold und Maria zu verstecken brauchen. Das Gefühl, von den Menschen beneidet zu werden, tat Renata gut. Es ließ sie das Lagerleben vergessen, die Erniedrigung, ein Mensch zweiter Klasse zu sein, eine Polin in Deutschland und nicht eine Deutsche in Deutschland. Renata dachte plötzlich nicht mehr daran, daß sie immer noch kaum Deutsch konnte, daß die Familie immer noch keine Wohnung in Aussicht hatte, noch nicht mal die für eine Arbeit notwendigen Personalausweise, geschweige denn die Anerkennung als Aussiedler. Weder Genowefa noch Jakub kamen ihr in den Sinn, mit denen

sie auf engstem Raum zusammenwohnen mußten, auch nicht die Hauskontrolleure, die die Wäscheleinen im Badezimmer abschnitten, die Möbel und das Geschirr zählten und dafür sorgten, daß keine Bilder an den Wänden hingen. Hätte im Augenblick jemand Renata nach Frau Lippert gefragt, sie hätte nicht sofort sagen können, daß es sich dabei um die Sachbearbeiterin handelte, vor deren Tür einer der Familie Kowalek täglich Schlange stand, um dann zu erfahren, daß sich nichts Neues ergeben habe. Es war kaum zu glauben, aber Renata war glücklich. Plötzlich stand eine Frau neben ihr und sagte:
Bist du nicht die junge Kowalekowa?
Ja, sagte Renata und strahlte die Frau an, bereit, jede Frage zu beantworten. Aber die Frau fragte nichts, musterte Renata nur und suchte sich woanders einen Platz.
Renata und Jan saßen ganz hinten, wo sie nach allen Seiten raussehen konnten.
Sie fuhren durch mehrere Dörfer, und mit jedem Kilometer wurde Jan die Gegend vertrauter. Manchmal winkte er, obwohl niemand zu sehen war.
Wenn wir an der Kirche vorbei sind und der Bus links auf die Landstraße fährt, kann man das Schloß von Ujazd sehen, sagte Renata.
Jan griff nach der Hand der Mutter und hielt sie fest. Der Bus bog von der Hauptstraße ab in die Landstraße nach Ujazd, die, wie mit dem Lineal gezogen, die Felder durchschnitt. Roggen, Weizen, Hafer und Kartoffeln bis zum Horizont, an dessen Ende eine Turmspitze in den Himmel ragte.
Ujazd, schrie Jan, und alle Leute im Bus drehten sich nach ihm um.
Krähen über den Feldern, die grauschwarz mit trägem Flügelschlag aufflogen, um sich gleich wieder niederzulassen. Renata hatte das Gefühl, nie weg gewesen zu sein, nie in

Deutschland, nie in Berlin. Alles ein Traum, aus dem sie Jans Schrei herausgerissen hatte.

Am Dorfeingang das übliche Bild. Jedes Haus war ihr vertraut, auch die Vorgärten, in denen die Tulpen blühten. Auf den Leinen flatterte Wäsche, ein Kind trieb Gänse zum Teich. Die Brennesseln im ausgetrockneten Dorfgraben waren schon zwei Handbreit hoch. Beim Bürgermeister stand ein Auto vor der Hofeinfahrt. Bei den Perkas pflanzte Janina Tomaten, und die Makowskis von gegenüber hatten den Zaun neu gestrichen. Das Grün der Eschen am Straßenrand kam Renata dunkler vor, kräftiger, als sie sich zu erinnern glaubte, und sie wunderte sich, daß ihr das überhaupt auffiel. Nach ein paar Metern bog der Bus scharf links ein, zockelte langsam an Friedels Haus vorbei und hielt schließlich gegenüber von Kirkors Laden, gleich neben dem Kiosk, in dem sie tagaus, tagein die Leute vom Dorf bedient hatte.

Am Kowalekschen Haus hatte sich nichts verändert. Selbst im Garten schienen die gleichen Blumen zu blühen, und die Hühner kratzten, wie die von Friedel Kowalek am Rand des Grabens gekratzt hatten, stets in Gefahr, überfahren zu werden. Auch der Kiosk sah so aus, wie er immer ausgesehen hatte. Nur die Frau, die dort das Brot verkaufte, war eine Fremde. Die Leute stiegen aus, und der Busfahrer rief Renata zu, sich zu beeilen, ohne ihr mit den Taschen, dem Koffer und Jan behilflich zu sein.

Als sie endlich alles draußen hatte und der Bus abgefahren war, kam Janina über die Straße gelaufen, wischte sich die Hände an der Schürze ab, hob Jan hoch und küßte ihn.

Fein siehst du aus, sagte Janina zu Jan, wie ein richtiger kleiner Westberliner.

Und plötzlich kamen von allen Seiten Leute und begrüßten Renata so herzlich, daß sie zu weinen anfing. Kirkor kam aus dem Laden gelaufen und ließ es sich nicht nehmen, Jan ein paar Bonbons zuzustecken. Und Gott weiß, woher, kam auch Suszko, drehte seine Postmütze auf dem Kopf, schnalzte mit der Zunge und behauptete, Renata sei nicht wiederzuerkennen, so vornehm, wie sie jetzt aussähe. Er befühlte den Stoff ihrer Jacke, begutachtete ihre Schuhe und Strümpfe und zeigte zum Schluß auf den mit glitzernden Steinchen besetzten Hornreif, der in ihren Haaren steckte.

Ein Diadem hat sie auch schon, unsere Kioskprinzessin, seht euch das an, sagte er und griff frech, wie er war, nach dem Haarschmuck, klemmte ihn quer über den Schirm seiner Postmütze, setzte sich auf sein Fahrrad und umkreiste Renata, Jan, das ganze Gepäck und alle Leute, die herumstanden. Als erster begriff Jan den Spaß und lief Suszko hinterher, um ihm den Reif wieder abzujagen.

Ist der jetzt immer so? fragte Janina staunend, und Renata mußte zugeben, daß Jan keineswegs immer so vergnügt war.

Seit die Fedeczkowa von Tochter und Enkel verlassen worden war, hatte sich ihr Leben verändert. Die Neugier war ihr abhanden gekommen, und es kam immer öfter vor, daß sie am Kiosk stand, nichts fragte und nichts zu berichten hatte.

Wenn jeder vor seiner Tür fegt, antwortete sie mürrisch, wenn sie nach ihrer Familie gefragt wurde, wird es überall sauber. Das waren Töne, die in Ujazd noch niemand von der Fedeczkowa gehört hatte, und die Adamska meinte, bei jedem finge das Altern anders an.

Auch der Lebensrhythmus der Fedeczkowa war ein anderer geworden. Sie stand morgens nicht mehr so zeitig auf und hatte sich angewöhnt, Suppe für zwei Tage zu kochen. Das sparte Zeit und Geld. Hätte sie jemand gefragt, wofür sie die Zeit spare, wäre sie um die Antwort verlegen gewesen. Niemals hätte sie zugegeben, daß sie die Zeit zum Träumen brauchte. Daß sie stundenlang in ihrem ausgeleierten Sessel am Fenster saß, ohne hinauszusehen, das mochte sie niemandem sagen. Noch weniger mochte sie von den Bildern berichten, die sie dann vor sich sah und die sie sich aus den Briefen der Tochter herausklaubte wie Kartoffeln aus der Erde. Für jeden Satz, den Renata der Mutter schrieb, erfand die Fedeczkowa ein Bild, vergaß, was ihr gewohnt und vertraut war, und träumte sich die Großstadt Berlin zusammen, fuhr mit der U- und S-Bahn, durchstreifte mit der Tochter die Kaufhäuser und saß in Cafés auf der Straße. Allerdings konnte sich die Fedeczkowa letzteres am schwersten ausmalen, wußte nicht, wie sie es sich vorstellen sollte, ihren Kuchen auf der Straße sitzend zu essen. Da hatte sie es mit den Villen schon leichter, kannte schließlich genug Gutshäuser in der Umgebung und versuchte sich einzubilden, mit Renata in so ein Gebäude einzuziehen. Vom Lager träumte die Fedeczkowa nicht, was aber auch daran liegen mochte, daß Renata davon wenig berichtete.

So war es kein Wunder, daß sie jetzt, zur späten Mittagszeit, in ihrem Sessel am Fenster hockte und über dem Träumen fest eingeschlafen war. Um so mehr erschrak sie, als die Nachbarskinder mit einem Stöckchen gegen die Scheiben schlugen und schrien, die Fedeczkowa möge aufwachen, Renata sei mit dem Bus aus Leszno gekommen. Renata und Jan, riefen die Kinder und hüpften an der Hauswand hoch, um durchs Fenster sehen zu können, ob die Fedeczkowa aufgewacht war.

Erst schimpfte die Alte, riß das Fenster auf, um die Kinder zu verjagen. Aber als die keine Ruhe gaben und immer wieder riefen, daß Renata mit Jan gekommen sei und obendrein einen Haufen Tüten und Taschen mitgebracht habe, schien die Fedeczkowa zu begreifen, was ihr da mitgeteilt wurde. Sie fuhr in die Pantinen und rannte aus dem Haus, die Dorfstraße hinunter, daß man glauben konnte, der Teufel hätte ihr Beine gemacht.

Schon von weitem erkannte sie Renata. Alle möglichen Leute

begleiteten sie, halfen tragen, und Suszko, der sein Fahrrad schob, balancierte über der Querstange Renatas Koffer, während auf seinen Schultern Jan saß, mit Suszkos Postmütze auf dem Kopf. Als die Fedeczkowa den ungewöhnlichen Aufzug erreicht hatte, wurden plötzlich alle ganz still. Später konnte niemand mehr genau sagen, ob es an dem Tempo der Fedeczkowa gelegen hatte, das sie nicht so schnell bremsen konnte, oder ob sie von allein auf die Knie gefallen war. Jedenfalls hielt sie sich an den Beinen der Tochter fest, und es bedurfte der Hilfe von zwei Personen, um sie wieder auf die Füße zu stellen.

Jetzt wird wieder alles sein wie früher, flüsterte die Fedeczkowa und schlug unter Tränen die Hände vor der Brust zusammen. Sie küßte die Tochter und griff nach dem Enkel, der ihr beide Arme entgegenstreckte. Er schrie, daß er jetzt Deutsch könne. Suppe, rief er der Großmutter in die Ohren, Suppe, Gans, Ente, Pferd und Kuh. Alle lachten und waren froh, auf diese Weise nicht die Rührung der Fedeczkowa teilen zu müssen.

Jan ließ die Hand der Großmutter nicht mehr los, drückte sein Gesicht in den weichen Flanell ihres Rocks und roch daran. Roch Zwiebeln darin, Sauermilch, ein wenig Hühnermist, Kamillentee, getrocknete Pilze und den Rauch des Herdfeuers. Er hob das Gesicht nicht hoch, fand auch, ohne zu sehen, den Weg, paßte sich dem Schritt der Großmutter an und hob blind im richtigen Moment den Fuß, um nicht über den Stein zu stolpern, der das Gartentor daran hinderte, bei Wind aufzuspringen. Jan kannte sich aus, und es packte ihn plötzlich ein unbändiger Appetit nach der Suppe, die die Großmutter früher für ihn zu kochen pflegte.

Die Dorfbewohner verabschiedeten sich vor der Haustür, winkten und hofften, bald alles über die Kowaleks in West-Berlin zu erfahren. Suszko schleppte den Koffer herein, blieb

noch eine Weile in der Tür zur Küche stehen und sah zu, wie Renata wieder von dem Besitz ergriff, was einmal zu ihr gehört hatte. Alles faßte sie an, sogar die Handtücher, die neben dem Herd hingen. Sie tastete mit den Fingern über die Holzregale, als hätte sie ihre Sehkraft verloren, und sagte dann plötzlich:
Die blaue Tasse, wo ist die blaue Tasse, Mama?
Wo wird sie sein, sagte die Fedeczkowa verdutzt, kaputt ist sie, runtergefallen.
Und warum stehen auf dem Brett neben dem Fenster keine Marmeladengläser mehr?
Warum, warum, für wen soll ich Marmelade kochen, wenn ich allein geblieben bin? Mir reicht der Sirup, den mir die Adamska abgibt.
Suszko schielte nach den Tüten und Taschen, hoffte auf die Neugierde der Fedeczkowa, die aber keine Anstalten machte, nach den Geschenken zu fragen, sondern statt dessen den Enkel herzte.
Renata ging in der Küche auf und ab und rückte zurecht, was die Mutter in ihrer Abwesenheit verändert hatte. Als Jan nach seiner Suppe verlangte und die Fedeczkowa Milch aufsetzte und zu kochen anfing, machte sich Suszko enttäuscht auf den Weg, ohne nachher beim Kiosk oder in Kirkors Laden erzählen zu können, was Renata aus Berlin mitgebracht hatte.
Renata setzte sich an den Tisch, dort, wo sie immer gesessen hatte, und beobachtete die Mutter, wie sie den Herd anzündete, im Topf rührte, nach dem Eierkorb griff, nach dem Zucker, dem Gries, jede Bewegung in großer Zuverlässigkeit ausführend, schnell und lebenslang gewohnt.
Die Trägheit, die die Fedeczkowa nach der Abreise der Tochter erfaßt hatte, war ihr nicht anzumerken. Kein Bild von der Großstadt Berlin schlich sich jetzt in ihren Kopf. Alles war so, als habe Renata den Enkel gebracht, um anschließend im

Kiosk ihre Arbeit aufzunehmen. Der Fedeczkowa kam es vor, als habe die Zeit einen gewaltigen Sprung rückwärts vollführt, und alles sei neu zu überlegen. Als die Griessuppe fertig war, stellte sie ein Glas Kürbiskompott auf den Tisch, und nachdem sie, wie Jan es von ihr gewohnt war, smacznego gesagt und ihm dabei über das Haar gestrichen hatte, tauchte er gierig seinen Löffel in das lang entbehrte Gericht und begann zu essen. Er schien nicht genug in sich hineinschlingen zu können, verlangte nach einem zweiten und dritten Teller, und als er den zur Hälfte leer gegessen hatte, glitt ihm plötzlich der Löffel aus der Hand, er rutschte der Großmutter auf den Schoß und schlief dort sofort ein. Erst dann fingen Mutter und Tochter an, miteinander zu reden.
Bis zum Abend wußte jeder in Ujazd, daß Kowaleks Renata zu Besuch gekommen war, und anderntags wußte man auch, was sie an Geschenken mitgebracht hatte.
Die Fedeczkowa war wieder ganz die alte, saß weder am Fenster und träumte, noch behauptete sie, daß es überall sauber würde, wenn ein jeder vor seiner Tür fege. Sie berichtete jedem, der ihr in die Quere kam, daß die Tochter ihr einen elektrischen Heißwassertopf mitgebracht habe, ein Sonntagskleid und eine Rheumadecke. Den Kaffee wolle sie gar nicht erwähnen und auch nicht die Seife, die besser duftete als alles, was man je in Ujazd gerochen habe. Und dann behauptete sie noch, was ihr kein Mensch glaubte und was man Renata selbst fragen mußte, nämlich, daß die Tochter in Deutschland im Fernsehen aufgetreten sei. Auf dem Kurfürstendamm habe man sie gefilmt und auch beim Einkauf. Die anderen Kowaleks seien auch aufgetreten, nur Jósef habe sich geweigert, etwas zu sagen. Nachdem die Fedeczkowa das erzählt hatte, wollte jeder die Wahrheit hören, und je öfter Renata gefragt wurde, um so genauer beschrieb sie, was sich mehr in ihrer Einbildung abgespielt hatte als in der Wirklichkeit.

Nur der alte Staszak machte ihr einen Strich durch die Rechnung. Suszko behauptete später sogar, er habe sie vom Hof gejagt, und es sei nur der Flinkheit der Staszakowa zu verdanken gewesen, daß er Renata nicht auch noch den Kaffee hinterhergeschmissen habe. Aber das stimmte so nicht. Der Wahrheit entsprach vielmehr, daß der alte Staszak Renata gar nicht erst ins Haus gelassen hatte. Die kommt mir nicht unters Dach, hatte er zu Barbara gesagt, als ihm die Geschichte von ihrem Fernsehauftritt zu Ohren kam. Auch von seinem Sohn Jósef wollte er nichts wissen und sich eher die Zunge abbeißen, als eine Frage nach dessen Wohlergehen zu stellen.
Und wenn sie doch kommt, um Grüße auszurichten? fragte seine Frau.
Dann wird sie wieder gehen, sagte er ungerührt.
Als sich Renata mit dem von Janka besorgten Kaffee und einem Schultertuch, das Jósef für die Mutter gekauft hatte, endlich zu einem Besuch aufraffte, war der alte Staszak nicht da. Im Hof war es stiller als anderswo. Längst rumorten keine Pferde mehr im Stall. Die Kuh, alt und klapprig, rührte sich nicht von der Stelle, wartete geduldig, auf das kleine Stückchen Wiese hinterm Haus geführt zu werden. Was sie an Milch gab, reichte gerade für die beiden Alten. Für ein Schwein hatte Barbara nicht genug Abfälle, und die paar Kartoffeln, die sie ernteten, brauchten sie für sich selbst. Das Land hatten sie an das Kombinat abgegeben. Nichts war ihnen geblieben als das Haus, der Garten, die Kuh, ein paar Hühner und Enten. Als der Hund eines Tages tot in der Hütte lag, lehnte Staszak es ab, einen neuen anzuschaffen.
Bei uns gibt es nichts mehr zu bewachen. Uns kann nur noch der Teufel holen, hatte er mürrisch gesagt.
Nur die Katzen strichen noch mit steilen Schwänzen an der Hauswand entlang, lautlos auf Mäuse aus.
Barbara saß wie so oft auf der Bank neben der Haustür, das

Hoftor im Blick, insgeheim hoffend, Renata würde vorbeikommen, wenn Jacek nicht da war. Und als sich tatsächlich das kleine Törchen öffnete und Renata in ihren städtischen Kleidern erschien, in Sonntagsschuhen über das Kopfsteinpflaster tippelte, glaubte Barbara diesen Umstand der Gottesmutter verdankt zu haben.

Abend für Abend hatte sie ihre Gebete zum Himmel geschickt, der Sohn möge in der Fremde das Glück finden, das er zu Hause vermißt hatte. Geschrieben hatte er nicht, auch nicht der Schwester. Alles, was Barbara wußte, hatte sie von der Fedeczkowa zu hören bekommen, aus Briefen von der Tochter, in denen aber selten ein Wort über Jósef stand. Im Grunde genommen wußte Barbara nichts von ihrem Sohn, und so war es verständlich, daß ihr jetzt, als Renata vor ihr stand mit ihren Geschenken, die Worte fehlten.

Ihre Hände glitten unablässig über das Schultertuch, dessen Stoff so zart und weich war, wie es Barbara noch nie zwischen den Fingern gespürt hatte. Und noch nie hatte sie ein solches Muster gesehen in den feinsten Farben von Astern, Lila, Weiß, Rosa und Blau, mit ineinander verschlungenen Bögen, die weder Anfang noch Ende hatten.

Das ist von Jósef, sagte Renata, und der Kaffee, der ist von Janka für den Schwiegervater.

Jesusmaria, entfuhr es Barbara, sie sich nicht vorstellen konnte, wie sie Jacek das Geschenk überreichen sollte. Noch immer mit dem Tuch beschäftigt, faltete sie es mehrmals auf und wieder zusammen, ohne es umzulegen. Endlich gelang ihr die Frage, die ihr seit dem dramatischen Abschied, bei dem Jacek einer der geschenkten Gänse den Hals umgedreht hatte, Tag und Nacht auf dem Herzen lag.

Geht es ihm gut, dem Jósef?

Nicht besser und nicht schlechter als uns allen, antwortete Renata, was so gut wie keine Antwort war, denn Barbara

wußte ja nicht, wie es den Kowaleks ging. Andrerseits dachte sie sich, wer ein so feines Tuch seiner Mutter mitschicken konnte, dem mußte eine glückliche Zukunft in Aussicht stehen. Sie strich wieder über den Stoff, schweigend und geduldig, bis Renata von sich aus den Mund aufmachen würde.
Aber Renata saß in der Stille des Hofs neben der Alten und wußte nicht, was sie berichten sollte. Die Hühner scharrten im Mist, die Schwalben flogen zwitschernd durch die offene Stalltür, von der Straße war ein Pferdefuhrwerk zu hören und von weiter her das Dingeln einer Sense. Was sollte Renata in diese vertraute Ruhe hinein vom Lager erzählen? Von der Enge der Betten übereinander? Vom Streit mit Genowefa und Jakub oder von der Hauskontrolle? Sollte sie sagen, daß der Sohn neulich stockbesoffen nach Hause gekommen war und nicht mehr in den Deutschunterricht ging? Es war wie verhext, aber hier in dem Hof, wo sie jeden Stein kannte, jede Ecke, schien Renata plötzlich die Phantasie zu zerrinnen. Nicht einmal von ihren Erlebnissen als Fernsehstar mochte sie berichten. Und so fiel ihr nichts weiter ein, was die Staszakowa im Innersten ihrer Seele vielleicht beruhigen könnte, als von Pani Anna zu berichten. Die habe, so sagte Renata, dem Jósef vorerst einen Job als Pferdepfleger besorgt. Bis er seinen Personalausweis und damit eine Arbeitserlaubnis hätte, könnte er auf Probe arbeiten. Pani Anna habe gesagt, der Chef des Reitstalls besitze Häuser, und wenn Jósef seine Arbeit zur Zufriedenheit ausführe, stehe ihnen allen eine Wohnung in Aussicht.
Spätestens dann, sagte Renata, hole sie ihre Mutter zu Besuch, und die Staszakowa könne, wenn sie wolle, gleich mitkommen und sich selbst davon überzeugen, wie sie alle in Berlin lebten. Der Gedanke, nach Berlin zu fahren, erheiterte Barbara, und sie lachte, wie sie schon lange nicht mehr gelacht hatte. Sie stellte nun allerhand Fragen, zum Beispiel, wo die

Kowaleks in Berlin zur Kirche gingen, und Renata traute sich nicht zu antworten, daß bisher noch keiner von ihnen eine Messe besucht hatte. Barbara wollte auch wissen, wie sie kochten, was sie aßen, wann Jósef zur Arbeit ging und wie lang sein Weg dorthin sei. Ob er selbst reiten dürfe, fragte sie, und wer von den drei Frauen den Haushalt führe.
Sie stellte derart viele Fragen, daß Renata ganz froh war, als der alte Staszak plötzlich erschien und sie guten Gewissens ihren Besuch beenden konnte.
Von wem ist das? schrie er, ohne Renatas Hand zu ergreifen, die sie ihm entgegenhielt, und riß an dem Schultertuch, daß es krachte und Barbara entsetzt die Hände vors Gesicht schlug.
Von Jósef für seine Mutter, sagte Renata, die sich so schnell nicht aus der Ruhe bringen ließ, und der Kaffee hier ist von Janka.
Man könnte glauben, dem alten Staszak platze der Kopf, so rot wurde er, und seine eisgrauen Bartspitzen tanzten wie Schwalbenflügel in seinem Gesicht. Es hätte nicht viel gefehlt, und der Kaffee wäre im hohen Bogen zwischen den Hühnern gelandet, wenn Barbara sich nicht gefaßt und ihn aufgefangen hätte.
Du brauchst ihn ja nicht zu trinken, sagte sie leise und wickelte den Kaffee in das Tuch, das unter die Bank gerutscht war, worauf der alte Staszak brüllte, daß er eher Jauche saufe als den Kaffee, den Jósef geschickt habe. Dabei stapfte er hin und her, daß seine Stiefelabsätze über das Kopfsteinpflaster knallten und die Hühner das Weite suchten. Aus war's mit der Stille. Ohne Hund, ohne Pferde und Vieh in dem Stall mit leeren Trögen, ohne Maschinen in der windschiefen Scheune und ohne Milchkannen vor dem Tor wirkte der Hof auf Renata mit einemmal tot und gespenstisch. Hier ist kein Leben mehr, sagte sie sich, hier gibt es nur noch Armut, Einsamkeit und Verbitterung.

Das Sonnenlicht wirkte bleiern, die Schatten vergrößerten sich und schluckten die Helligkeit, vertrieben die Katzen und brachten die Vögel zum Schweigen. Es kam Renata so vor, als stiege mitten im Sommer Kälte aus dem Boden und unter ihren Rock. Langsam stand sie auf, reichte der Staszakowa die Hand und verließ den Hof, ohne von dem Alten Abschied zu nehmen.

Von nun an unterließ es Renata, mit ihrem Fernsehauftritt zu prahlen, trug auch nicht mehr ihre Kleider zur Schau, gab nicht mit ihren Geschenken an, und als sie mit dem Bus nach Leszno fuhr, um Tomeks ehemaligem Chef den Brief zu überreichen, achtete sie darauf, unter den Mitfahrenden nicht aufzufallen. Mit einemmal hatte sie den Wunsch, sobald wie möglich nach Berlin zurückzufahren. Nicht, daß sie Sehnsucht nach dem Lager gehabt hätte und all dem Drum und Dran. Sie hatte vielmehr das Gefühl, in Ujazd nicht mehr dazuzugehören und fürchtete, im Kowalekschen Haus Fremde aus Rydzyna antreffen zu müssen, die dort vom Kombinat untergebracht worden waren. Alles war neu gestrichen, ein Bad hatte man einrichten lassen und eine Toilette. Nichts mehr erinnerte an das alte Försterhaus, nichts mehr an die Kowaleks.

Renata gehörte hier nicht mehr hin. Außerdem fürchtete sie, die Verachtung des alten Staszak, die ihr noch immer unter der Haut saß, könnte vielleicht auf Piotr Perka übergreifen oder den Kaufmann Kirkor oder die Adamska. Das mochte auch der Grund sein, warum sie Ludwik Janik aus dem Weg ging und sich nur ganz kurz bei Jósefs Schwester Halina und ihrem Mann, dem Magazynier Jodko, aufhielt. Mit jedem Tag, den sie länger in Ujazd war, verlor sie mehr Boden unter den Füßen, und einmal hörte die Fedeczkowa sogar ihre Tochter in der Nacht weinen.

Da ging es Jan anders. Er schlug im Schlaf nicht mehr mit dem Kopf hin und her und schwitzte weniger. Nach Meinung der

Großmutter war er geradezu aufgeblüht, bekam rote Backen, aß fröhlich seine Suppe, tobte durch Haus und Garten und trug dabei seine alten Pantinen, die er im Hausflur unter der Stiege gefunden hatte. Im Gegensatz zu früher lief er nicht mehr an der Hand der Mutter oder der Fedeczkowa die Dorfstraße entlang, sondern rannte allein bis zu Kirkor und wieder zurück. Alles sah er sich an, und nur die Dinge, die sich verändert hatten, ließ er links liegen. So mißachtete er beispielsweise den Kiosk, in dem die Mutter nicht mehr bediente, und auch vor dem Kowalekschen Haus, das sein Zuhause gewesen war, blieb er nie stehen. Ob er es mal von innen sehen wolle, hatte ihn Janina gefragt, die mit den neuen Nachbarn gut stand. Aber Jan hatte den Kopf geschüttelt und war in seinen Pantinen die Dorfstraße runtergelaufen, am Kombinatshof vorbei, um nach den Störchen zu sehen. Die hatten wie jedes Jahr ihr Nest auf dem Schornstein der alten Brennerei bezogen, klapperten dort hoch über den Dächern von Ujazd, warfen dabei ihre Schnäbel gen Himmel, wobei ihre Köpfe hin und wieder das Gefieder auf dem Rücken berührten. Das hatte Jan schon lange nicht mehr gesehen, und er nahm sich vor, so oft hierherzukommen, bis er wußte, wie viele Junge das Storchenpaar dieses Jahr ausgebrütet hatte.
Immer grüßte er den Dorfpolizisten, und manchmal begleitete er ihn auf seiner Runde. Nur erzählen wollte er nichts von Berlin und behauptete glatt, alles vergessen zu haben, was sich dort ereignete.

In Leszno lief alles wie am Schnürchen. Zuerst machte Renata, wie Tomek vorgeschlagen hatte, ihren Besuch bei Friedels Schwägerin und gab dort die Geschenke ab, die natürlich nicht mit denen von Witold und Maria zu vergleichen waren. Renata sagte, daß im Westen nicht alles Gold sei, was glänze. Noch habe man keine Arbeit und Papiere. Gehorsam ver-

schwieg sie Tomeks Arbeit im Computergeschäft und erzählte nur von Józef, daß er sich ein bißchen Taschengeld verdiene. Die Fragen der Tante blieben zum Glück an der Oberfläche. Sie hatte mit sich selbst zu tun und klagte, daß sie nun, da Friedel Kowalek nicht mehr hier sei, nicht wisse, wer sie an Mariä Verkündigung in die Messe begleiten würde. Vielleicht Marta, schlug Renata vor, aber da fuchtelte die alte Waleria mit ihrem Stock herum und krähte, daß ihr die Jungen zu schnell gingen und keine Muße zum Gebet hätten. Dann jammerte sie über die Knochen, die schmerzten, und die Feuchtigkeit in den Wänden, die so stark sei, daß sie auch im Sommer nicht mehr austrockneten. Sie werde noch am lebendigen Leibe verfaulen, murrte sie und trug Renata auf, daß man ihr das nächste Mal Medikamente mitbringen solle und keinen Firlefanz oder Kaffee, den ihr Magen sowieso nicht vertrüge.
Von Tomeks ehemaligem Chef wurde sie freundlich empfangen.
Gut so, sagte er, als er Tomeks Brief zu Ende gelesen hatte, genauso habe ich mir das mit Zygmunt gedacht. Sag Tomek, ein Telegramm genügt, und ich nehme ihm jederzeit die Geräte ab. Nur bringen muß er sie selbst. Über den Preis werden wir uns schon einig.
Mehr soll ich dem Tomek nicht ausrichten? fragte Renata.
Nein, sagte der ehemalige Chef, mehr nicht, aber der Tomek wird zufrieden sein.
Zwei Tage später fuhr Renata mit Jan nach Berlin zurück. Die Fedeczkowa fand wieder in den von ihren Träumen bestimmten Rhythmus zurück. Sie stand später auf, kochte für zwei Tage im voraus und saß im Sessel am Fenster. Nur die Träume, die waren brüchig geworden, rissen immer öfter auseinander und zeigten das Bild der Tochter, wie sie nachts in den Kissen lag und schluchzte. Dann stand die Fedeczkowa

auf, schlug das Kreuz und schickte ein Gebet zur Gottesmutter.

Es war Zufall, daß Anna am Nachmittag in der Nähe des Reitstalls zu tun hatte. Bei der Gelegenheit wollte sie Jósef besuchen und sich erkundigen, wie ihm seine Arbeit gefiel. Sie traf nur Herrn Pöschke an. Jósef, sagte er, habe heute Frühschicht gehabt, käme aber in einer knappen Stunde wieder, um die Pferde nach der letzten Reitstunde abzureiben, zu füttern und zu tränken. Das sei zwar nicht nötig, aber man solle niemanden von der Arbeit abhalten.
Der Pole ist der anstelligste von allen Pferdeknechten, die in den letzten Jahren in meinem Stall gearbeitet haben, sagte er anerkennend. Wenn die übrige Familie auch so ordentlich ist wie er, habe ich eine Wohnung für Ihre Polen. Um die 130 Quadratmeter im Erdgeschoß, fünf Zimmer, Küche, Bad, kleiner Garten. Über die Miete kann man reden, renovieren müssen die Leute selber.
Das ist ja phantastisch, sagte Anna, und weshalb ging das so schnell?
Ich möchte Ihnen einen Gefallen tun, liebe Anna. Wenn man helfen kann, soll man das tun.
Über Herrn Pöschkes Gesicht zog ein breites Lächeln.
Morgen können sich die Polen die Wohnung ansehen, der Hausmeister weiß Bescheid.
Und wo ist die Wohnung? fragte Anna.
Im Wedding, antwortete Herr Pöschke, in der Müller-/Ecke Seestraße, natürlich Hinterhaus, denn sonst gäbe es ja keinen Garten.
Anna vertrieb sich die Zeit im Pferdestall, bis Jósef kam. Er konnte es kaum glauben, als sie ihm von der Wohnung erzählte, daß ausgerechnet er es sein sollte, der mit seinem Fleiß und seiner Zuverlässigkeit der Familie zu einer eigenen Bleibe

verhelfen würde. Schon sah er in dem Garten, von dem Pani Anna erzählte, die Blumen blühen, sah Friedel, wie sie für alle den Haushalt führte, während Tomek, Renata, Janka und er einer geregelten Arbeit nachgingen. Er hörte das Lob der Familie und dachte an die Freude, die die Nachricht bei Janka auslösen würde.

Wie kann ich Ihnen danken? fragte er Anna, und weil ihm nichts anderes einfiel, küßte er ihr die Hand, was den Reitlehrer, die Reiter und Reiterinnen in Erstaunen versetzte.

Auf dem Heimweg malte er sich genau aus, wie er die gute Nachricht überbringen würde. Keinesfalls wollte er mit der Tür ins Haus fallen. Um es feierlich zu machen, kaufte er am S-Bahn-Kiosk eine Flasche Wodka und stellte zu Hause Gläser auf den Tisch in der Stube, wo sich alle nach dem Abendbrot zu versammeln pflegten.

Da Renata noch in Polen war, saßen sie bequem um den kleinen Tisch, neugierig, was Jósef unter soviel Aufwand mitzuteilen hatte. Im Gegensatz zu den anderen kippte er zwei Wodkas auf einmal, schluckte und atmete tief mit geöffneten Lippen aus.

Ihr werdet es nicht glauben, sagte er dann, aber wir haben eine Wohnung.

Danach lief alles so ab, wie er es sich vorgestellt hatte. Er wurde umarmt, alle tranken auf sein Wohl, und niemand ließ es an Respekt darüber fehlen, daß Jósef sich für die Arbeit als Knecht nicht zu schade war, um der Familie zu einer Wohnung zu verhelfen. Immer wieder mußte er das wenige berichten, das er wußte. Fünf Zimmer, 130 Quadratmeter, Küche, Bad und ein kleiner Garten. Herr Pöschke habe etwas von fünfhundert Mark Miete zu Pani Anna gesagt, hinzu käme das Material für die Renovierung, wobei Herr Pöschke die Arbeitsleistung auf die Miete anrechnen wolle. Das war schließlich ein Angebot, wie es besser nicht sein konnte.

Da die Besichtigung schon am nächsten Tag stattfinden sollte, konnte Tomek nicht mitkommen, weil eine größere Warenlieferung angemeldet war. Jósef werde schon die richtigen Entscheidungen treffen, sagte er, und zum erstenmal, seit sie in Berlin angekommen waren, fühlte sich Jósef von der Familie anerkannt. Am Abend lag er noch lange wach, und kurz bevor er einschlief, strich er Janka sanft über das Haar.

Freust du dich? flüsterte er, aber sie war schon eingeschlafen.

Friedel Kowalek traf als erste in der Müllerstraße ein. Janka und Jósef waren auf dem Sozialamt und würden von dort aus nachkommen. Auch Pani Anna, die sie zum Hausmeister begleiten wollte, war noch nicht da. Von außen war nichts weiter zu sehen als eine große, zweiflügelige Haustür. Alles wirkte grau, ein wenig schmutzig, aber nicht verwahrlost.

So, wie Friedel da stand, war sie den eiligen Passanten im Weg, wurde geschubst und stellte ein Hindernis dar. Also ließ sie sich die Straße abwärts treiben und blieb erst wieder stehen, als sie sich vor dem Eingang eines Friedhofs befand und dort wie selbstverständlich durch das Tor ging. Verwirrt sah sie sich um. Ein Stein wie der andere, hell und nicht größer als drei aneinandergelegte Ziegel, alle mit der gleichen Schrift versehen, die Namen und Daten der Toten anzeigten. Hunderte dieser Steine auf Gräbern, in denen kaum ein Kind Platz hatte.

Nicht wissend, daß es sich hier um einen Friedhof für Urnenbestattungen handelte, die es weder in Ujazd noch in der Kreisstadt gab, packte Friedel das helle Entsetzen. Ging man so mit den Toten um? Wurden sie gar übereinandergeschichtet, und waren sie ihren Angehörigen keinen Hügel wert? Die Grabsteine, in Reih und Glied ausgerichtet, wirkten eher beklemmend als friedlich. Hin und wieder ein paar Blumen, die weder die Ordnung auflockerten noch die Reihung der quadratischen Steine durchbrachen. Die Toten schienen hier

nicht beerdigt, sondern gelagert zu werden, platzsparend, überschaubar und leicht zu zählen. Jeder Stein nicht höher als eine Handbreit über der Erde. Friedel hätte sich zu Fuß auf ihnen fortbewegen können, jede Reihe nur eine Schrittlänge von der anderen entfernt.
Sie dachte an Stefan und sein Glück, hier nicht begraben sein zu müssen. Im selben Augenblick schien es ihr, als hebe sich eine der Grabsteinreihen hoch, wüchse langsam in den Himmel, während sich die beschrifteten Quadrate aneinanderschlossen und auf diese Weise eine Mauer bildeten, wie sie Friedel vom Ende der Marienfelder Allee her kannte. Kein Durchkommen, kein Tor und keine Tür, das zum efeubewachsenen Hügel von Stefan Kowalek führte. Eine Mauer, die Friedel Kowalek, seit sie in West-Berlin lebte, einschloß und ausschloß, auf der anderen Seite von bewaffneten Volkspolizisten bewacht, damit niemand hindurchkam. Um an Stefans Grab beten zu können, um seine Stimme zu hören oder nur das Gurgeln seiner Pfeife, brauchte sie eine Genehmigung. Hier, jenseits der Mauer zwischen den winzigen Gräbern und den Steinen, die wie Gehwegplatten nebeneinanderlagen, würde er ihr kein Zeichen geben, keine Zustimmung signalisieren und auch keine Ablehnung.
Friedel schluchzte vor sich hin und hörte erst auf, als ihr von einer älteren Frau Hilfe angeboten wurde.
Danke, sagte Friedel verlegen.
Die Frau lächelte, sagte, sie sei jeden Tag hier und wisse, was Trauer und Schmerz bewirkten. Sie war zu einem längeren Gespräch bereit, auch dazu, die Fremde zu einem der quadratischen kleinen Steine zu begleiten, Trost zu spenden und Einsamkeit zu teilen. Aber Friedel war nicht auf Gespräche aus, vermutete, daß die Familie längst vor der Wohnung auf sie wartete, rückte ihre Kleidung zurecht und ging.

Endlich, sagte Janka, als die Mutter um die Ecke bog, während Anna schon beim Hausmeister klingelte.

Der ließ auf sich warten, schlurfte mißmutig über den Flur zur Haustür, betrachtete die vier Wohnungsbesichtiger, ließ seinen Blick länger als notwendig auf Anna ruhen und fragte, ob sie auch zu der Familie gehöre.

Nein, ich bin mit ihr befreundet, sagte Anna.

Soso, antwortete der Hausmeister, befreundet.

Sie gingen im Gänsemarsch durch die Einfahrt, sahen an den fünfgeschossigen Häuserwänden hoch, die wie ein überdimensionaler Kamin das Rechteck des Hofes umschlossen.

Dort, sagte der mürrische Hausmeister und zeigte auf einen Blumenkasten vor einem Fenster, dort drüben kommt im Sommer die Mittagssonne hin.

Und sonst? fragte Anna.

Der Hausmeister blickte die Hauswände hoch und sagte: Sonst nicht.

Der Hausflur war finster. Es roch muffig, süßlich modrig, ähnlich wie die Müllcontainer im Hof, aber noch waren sie nicht in der Wohnung. In den Berliner Häusern konnten hinter den miesesten Aufgängen die schönsten Wohnungen liegen. Niemand sagte ein Wort, der Hausmeister sowieso nicht, der mittlerweile die Wohnungstür aufgeschlossen hatte.

Der Flur war ebenfalls dunkel, und es roch hier genauso nach Schimmel und Moder wie im Treppenhaus.

Das hier, sagte der Hausmeister, ist die Küche.

Das Fenster war dasjenige, vor dem der Blumenkasten stand und in das nach den Worten des Hausmeisters im Sommer zur Mittagszeit die Sonne hereinschien. In der Ecke stand ein ramponierter Feuerherd, daneben ein trogartiger Ausguß, im Fußboden fehlten Kacheln, und über der Tür war die elektrische Leitung aus der Wand gerissen.

Muß renoviert werden, sagte der Hausmeister und stieß die nächste Tür auf. Dieser Raum war groß, zog sich aber schlauchförmig an der Küche vorbei und lag demzufolge zur Hälfte im Dunkeln. Das bedeutete, hier mußte auch am Tag das Licht eingeschaltet werden.

Der Hausmeister schien die enttäuschten Gesichter der Menschen, die diese Wohnung besichtigten, gewohnt zu sein. Er fand keine Worte des Zuspruchs oder der Ermahnung, froh zu sein, überhaupt eine Unterkunft zu finden. In seinem schwammigen Gesicht fielen nur seine Lippen auf, die ständig leise Pfeiftöne von sich gaben. Dabei strömte ein dumpfer Tabakgeruch aus seinem Mund, dem auf dem engen Flur niemand entgehen konnte. Jetzt öffnete er die Türen zu den übrigen vier Zimmern, die zellenartig nebeneinanderlagen, Bad und Klo auf der gegenüberliegenden Seite. Er unterbrach sein Pfeifen und sagte, was er schon in Küche und Wohnzimmer gesagt hatte:

Muß renoviert werden.

In der Tat, überall war der Fußboden kaputt, die Türen waren schief, die Fensterrahmen verrottet, von der Decke fiel der Putz, und die Farbe, mit denen die Wände einmal gestrichen waren, blieb unkenntlich.

Anna sah es mit einem Blick, die Zimmer lagen nach Norden. Und der Garten? fragte sie, vergeblich nach einer entsprechenden Tür Ausschau haltend.

Der Hausmeister öffnete eins der Fenster und zeigte nach draußen. Alle starrten gleichzeitig auf den knapp vier Meter breiten, mit Unkraut bewachsenen Erdstreifen, auf dem nicht einmal Gras wuchs.

Und wie kommt man da raus? fragte Anna.

Der Hausmeister zeigte pfeifend mit dem Daumen von unten nach oben auf das Fenstersims.

Sie meinen, man muß aus dem Fenster springen? sagte Anna.

Der Mann nickte, ließ sich dann aber doch herab hinzuzufügen, daß man auch durch den Keller nach draußen käme.

Als erste der Familie fing sich Friedel und begann mit einer Lautstärke zu schimpfen, daß sogar der Hausmeister seine Gleichgültigkeit verlor.

In so einer Bruchbude, keifte sie, in so einer Bruchbude werden ja bei uns in Polen nicht mal die Schweine untergebracht.

Sie hatte ›bei uns in Polen‹ gesagt, eine Formulierung, die bisher weder die Kinder noch Anna von Friedel Kowalek gehört hatten.

Was glaubt Ihr denn, krähte sie und schüttelte ihre Faust, wer unsereins ist, daß Ihr uns so ein Loch zum Wohnen geben wollt? Sind wir keine Menschen, oder glaubt Ihr, für die Polacken ist jeder Verschlag gut genug?

Jósef war bei dem Wort Polacken zusammengezuckt. Janka versuchte, die Mutter zu beruhigen. Anna, die in der Nähe des Hausmeisters stand, wußte nicht, ob Friedel Kowalek sie in ihre Anrede mit einbezogen hatte oder nicht.

Wenn ich das gewußt hätte, sagte sie, hätte ich euch doch nicht hergebeten, Friedel.

Aber die fing wieder von vorne an, zog weiter vom Leder und blieb bei ihrer altmodischen Anrede in der dritten Person.

Hier kann man ja nicht mal Rüben aufheben. Habt Ihr die Brühe gesehen, die unterm Fenster die Wand runterläuft? Da wächst einem der Schimmel über Nacht in die Federbetten!

Das reichte dem Hausmeister. Er klapperte mit den Schlüsseln, machte die Türen wieder zu und trieb alle vor sich her durch den Flur aus dem Haus.

Gehen Sie doch zurück, sagte er freundlich, fast höflich, als habe ihn Friedel nach einem Weg gefragt, gehen Sie dahin, wo Sie hergekommen sind, dann sind alle zufrieden, und es gibt keine Klagen.

Es wäre an Anna gewesen zu widersprechen, den Hausmeister zur Rede zu stellen und ihn zurechtzuweisen. Aber sie schwieg. Das einzige, was ihr gelang, war, Friedel unterzuhaken, womit sie auch deren Redestrom abschnitt. Friedel klappte den Mund zu, und nur ihr Körper zitterte noch. Anna mußte achtgeben, daß ihre Füße nicht stolperten. Der Hausmeister schlurfte pfeifend über den Hof.
Friedel kam der Lärm auf der Seestraße doppelt so laut vor wie vorher. Unerwartet hatte sie Sehnsucht nach der Stille, die sie von Ujazd kannte, nach dem Wind, der die Wäsche immer in dieselbe Richtung flattern ließ. Sie wünschte sich, die Glocken zu hören, die Jula früher mit der Hand zu läuten pflegte und die dank Tomek schon lange elektrisch betrieben wurden. Friedel Kowalek schlug das Kreuz über Kopf und Brust und gab alle ihre Hoffnungen auf.
Anna wollte erst einmal Kaffee trinken, und da sich niemand von ihnen in der Gegend auskannte, betraten sie das nächstbeste Café. Türkische Musik, türkischer Kaffee, türkischer Kuchen. Im Hintergrund spielten ein paar Männer Billard. Die Tische waren mit dunklen Decken belegt, die Beleuchtung bestand aus bunten Glühbirnen, da auch hier das Tageslicht nicht ausreichte. Ein deutsches Wort war nicht zu hören, der Wirt bediente sie stumm und mit großer Langsamkeit.
Diese Schande, flüsterte Friedel, uns so ein Kellerloch anzubieten.
Jetzt war es Jósef, den sie dabei ansah und an dem sie ihre Enttäuschung auszulassen gedachte.
Wenn die Wohnung deiner Arbeit entspricht, na dann gute Nacht, sagte sie.
Bevor Friedel noch ein weiteres Wort hinzufügen konnte, war Jósef schon weg.
Das hättest du nicht sagen dürfen, Mutter, sagte Janka, du bist die letzte von uns, die ein Recht dazu hat.

Anna fürchtete eine erneute Auseinandersetzung.
Hört auf zu streiten, rief sie, schließlich ist das nicht die einzige Wohnung in der Stadt, die zu vermieten ist.
Sie legte Friedel einen Arm um die Schulter und sagte: Das nächste Mal gehe ich vorher allein hin.

Wilhelm von Mickwitz erfuhr es von Bosco, Urs hatte Frau und Kind verlassen. So jedenfalls stellte es sich für ihn dar. Der Hallodri hatte sich aus der Verantwortung geschlichen und davongemacht. Im Grunde genommen war Wilhelm von Mickwitz nicht überrascht, und wenn er ehrlich sein sollte, war er sogar froh, diesen Hungerleider und Schwiegersohn in spe los zu sein und endlich freie Bahn zu haben, für Bosco die Vaterrolle zu übernehmen. Nachdem ihr der Liebhaber aus dem Nest geflogen war, würde Vera vermutlich ihren Widerstand aufgeben und ihn für Bosco sorgen lassen, für eine angemessene Wohnung und seine Erziehung, wie es sich für einen Mickwitz gehörte.
Er beschloß, sofort nach Berlin zu fahren. Er wohnte wie immer im Savoy. Aber diesmal besuchte er weder seinen Schneider, noch kaufte er für Bosco ein Geschenk oder für Vera das übliche Chanel. Und was noch ungewöhnlicher war, er kündigte seinen Besuch nicht an. Er würde einfach vor der Tür stehen, auch auf die Gefahr hin, daß niemand zu Hause war.
Wie immer geriet er auf den dunklen Treppenstufen außer Atem. Schon den ganzen Weg über hatte er sich Bosco vorgestellt. Er dachte ihn sich älter, als er war, sah in dem Enkel sich selbst und plante bereits eine gemeinsame Reise in die ehemals ostdeutsche Heimat, um dem Jungen zu zeigen, worauf er nach seiner Überzeugung niemals den Anspruch aufgeben durfte.
Das war der Moment, in dem ihn die Rührung packte. Er

mußte stehenbleiben und tief durchatmen. Er glaubte die Linden vor dem alten Gutshaus zu riechen, hörte den Kies der Einfahrt unter den Schuhsohlen knirschen, fühlte die Klinke der Haustür mit den großen Glasfenstern in der Hand, betrat in Gedanken die Diele und war, den Enkel an seiner Seite, zu Hause.

Er ordnete seinen Schlips und fuhr über das sauber gescheitelte, schüttere Haar, zog sein Taschentuch aus der Jacke und putzte sich in gewohnter Lautstärke die Nase.

Nein, die Tür flog nicht auf, Bosco begrüßte ihn nicht, hatte nicht mit dem Besuch des Großvaters gerechnet. Wilhelm von Mickwitz mußte klingeln. Als Vera ihm öffnete, erschrak er für Sekunden. Wie immer wurde er bei ihrem Anblick an Anna erinnert. Wehrlos gegen den Geschmack von Gift und Galle, murmelte er seinen Gruß und war froh, daß die Tochter ihn nicht umarmte.

Er nahm ihre Überraschung wahr. Weil er sich nicht angesagt hatte, vermutete er und bemerkte nicht, daß es Verwirrung war.

Willst du mich nicht hereinbitten?

Natürlich, komm herein, entschuldige.

Vera stotterte, rückte sinnlos an den Stühlen, hob Papier auf, holte einen Aschenbecher, alles in großer Hast.

Ist der Junge nicht da?

Nein, sagte Vera, es ist Sonnabend, und da ist er meistens...

Vera sprach den Namen ihrer Mutter nicht aus.

Wo ist er?

Bei seiner Großmutter.

Das Zucken in Wilhelms Gesicht war unmerklich, aber Vera hatte es gesehen. Früher hätte sie ihm zuliebe gelogen und irgendeine freundliche Ausrede zur Hand gehabt, um ihn zu schonen. Diesmal hatte sie die Wahrheit gesagt. Beide schwiegen, verstört darüber, ein Tabu gebrochen zu haben.

Ruf deine Mutter an, sagte er in seinem üblichen Befehlston, Bosco soll sofort nach Hause kommen.
Vera rührte sich nicht, tat so, als sei sie taub.
Ruf sie an, sagte er noch schärfer. Aber sie machte keine Anstalten, nach dem Telefon zu greifen, auch nicht, als er sie anfuhr: Was glaubst du eigentlich, weswegen ich hier bin?
Der Widerstand, den er so unversehens von Vera zu spüren bekam, machte ihn hilflos. Sie schien allen Respekt vor ihm verloren zu haben, saß da, lächelte jetzt sogar und sah ihrer Mutter unerträglich ähnlich. Es kam ihm vor, als habe sie ihm einen Kampf angesagt, dessen Front er nicht kannte. Vielleicht steckte Anna dahinter, die ihm den Enkel abspenstig machen wollte, um seine Pläne zu durchkreuzen. Schon ihr Einfluß auf die Tochter war seiner Meinung nach immer zu groß gewesen. Die beiden steckten von jeher unter einer Decke, und er hatte seine ganze Autorität aufwenden müssen, um seine Bindung zu Bosco halten zu können. Wollte ihm Anna auch diesen Verlust zufügen?
Wilhelm von Mickwitz fühlte, wie die Haut über seinem Herzen spannte. Sie zog sich zusammen und schnürte es ein. Er fühlte die Einsamkeit, fürchtete, das letzte zu verlieren, was ihm geblieben war, die Liebe von Bosco. Er räusperte sich und putzte sich lauter denn je die Nase.
Ich bin hier, sagte er, weil ich mich dir und Bosco gegenüber verantwortlich fühle.
Warum?
Der Vater, der nicht ihr Vater war, ging Vera in seinem Anspruch auf die Nerven. Er sah, wie sich die kleinen, sichelförmigen Falten um ihren Mund vertieften und ihre Finger über die Lippen strichen, als müßte sie jedes Wort auf seine Wirkung hin abtasten.
Weil dir dein Liebhaber und der Vater meines Enkels davongelaufen ist, sagte er sachlich.

Vera kicherte. Es waren winzige Lachsalven, die durch das Zimmer flatterten.

Ich weiß nicht, was es dabei zu lachen gibt, sagte er irritiert, ich bin entschlossen, für Bosco und dich eine Wohnung zu kaufen, und später werde ich dafür sorgen, daß Bosco in ein gutes Internat kommt. Ich nehme an, du hast dagegen nichts mehr einzuwenden, so, wie die Dinge jetzt liegen.

Er hatte mit Streit gerechnet, aber nicht mit Spott. Er wußte nicht, wie er reagieren sollte, als aus dem Gekicher ein Lachen wurde, Vera an ihre Stirn tippte und ihn allen Ernstes fragte, ob er verrückt geworden sei. Sie sah ihm an, daß er wütend war und am liebsten losgebrüllt hätte. Darum fragte sie:

Willst du einen Kognak oder einen Kaffee?

Er überhörte die Frage.

Ich will dir doch bloß helfen, sagte er.

Nein, du hast mir nie helfen wollen. Dir geht es nur um Bosco. Aber er ist mein Sohn, und wie er erzogen wird, wo er wohnt und zur Schule geht, entscheide ich. Ich will weder in eine von dir gekaufte Eigentumswohnung ziehen noch Bosco in irgendein Internat stecken.

Der Vater deines Kindes wird nie zu dir zurückkommen.

Das geht dich nichts an.

Die Selbstverständlichkeit, mit der sie ihn abwies, zeugte von tiefer Respektlosigkeit. Er stand auf, knöpfte sein Jackett zu und gab auf diese Art zu verstehen, daß er keinen Anlaß sähe, noch länger zu bleiben.

Wie du willst, sagte Vera.

Nur ein freundliches Wort von ihr, eine Geste, und er wäre vielleicht geblieben, hätte nicht mehr die Wohnung erwähnt, nicht das Internat und schon gar nicht Boscos Vater. Nichts wünschte er sich plötzlich sehnlicher, als sich wieder in den Sessel zu setzen und auf den Jungen zu warten und seine Freude über den Besuch des Großvaters genießen zu können.

Aber das Signal blieb aus. Vera begleitete ihn zur Tür und küßte ihn mit der Leichtigkeit eines Schmetterlings auf die Wangen. Noch nie hatte er über diese flüchtige, zwischen ihnen zur Gewohnheit gewordene Zärtlichkeit nachgedacht. Nie hatte er sich mehr Nähe zu seiner Tochter gewünscht. Immer hatte seine ganze Liebe nur dem Enkel gegolten, seinem Ebenbild und männlichen Erben, der für ihn nichts mit Anna zu tun hatte.

Aber jetzt vermißte er auf einmal Veras Umarmung, und weil ihm ein Kloß im Hals steckte, zog er sie wortlos an sich. Als sie ihm vom Fenster aus nachsah, war er in seinem aufrechten, behäbigen Gang wieder ganz der alte.

Sie fror trotz des Sommertages. Es kam ihr vor, als seien sie alle eine Felswand hinunter in ein Meer gefallen, erst die Mutter, dann Urs und nun der Vater. Sie schwammen davon, einer nach dem anderen, mit kräftigen Zügen, sie aber blieb oben auf dem Felsen, wo weit und breit keine Menschenseele zu sehen war, allein mit dem Kind zurück.

Boscos Anruf holte sie aus ihrem einsamen Tagtraum zurück. Er wollte bei der Großmutter übernachten. Sie hatte ihm für den nächsten Tag einen Ausflug versprochen.

Aber morgen mußt du im Savoy deinen Großvater anrufen, sagte sie, er ist in Berlin.

Vera fühlte sich allein in der Wohnung mit all den Erinnerungen. Dort am langen Tisch pflegte Urs zu sitzen und Zeitung zu lesen. Bevor er ins Bett ging, hatte er stets den übervollen Aschenbecher ausgeleert. Jetzt war der Aschenbecher nutzlos geworden, hatte sich mit anderen Dingen gefüllt, Kleingeld, Briefmarken und Büroklammern. Das Bücherregal hatte er selbst gezimmert, auch das Hochbett für Bosco, und alle Türen in der Wohnung hatte er gestrichen. Die italienische Vase war von Anna, auch der Spiegel an der Wand und der kleine Teppich. Im Badezimmer standen mindestens ein hal-

bes Dutzend Fläschchen Chanel Nr. 5, von denen sie hin und wieder Lotte eins als Geschenk mitbrachte. Es gab keinen Raum, in dem sie nicht an diejenigen erinnert wurde, von denen sie sich verlassen glaubte.
Lotte war nicht zu Hause, auch Marion nicht, mit denen sie über alles hätte reden können. Dann rief sie Oskar an, der wie immer in letzter Zeit zu Hause war. Seine Stimme klang müde, aber er sagte, natürlich könne sie kommen.
Mein Gott, sagte Vera, nachdem sie ihn umarmt hatte, warum hast du so abgenommen?
Ich esse weniger, sagte er und führte sie durch die hell erleuchtete Wohnung in das Wohnzimmer. Es war gut, neben dem alten Freund der Mutter zu sitzen, der zu ihrer Kindheit und Jugend gehörte und immer Verständnis für sie gehabt hatte.
Kann ich mich ein bißchen an dich kuscheln? fragte sie und lehnte ihren Kopf an seine Schulter.
Dann kann ich dich aber nicht ansehen.
Brauchst du auch nicht, nur zuhören sollst du.
Die Abreise von Urs und sein Auftrag, für eine Hotelkette um die Welt zu fahren, um endlich fotografieren zu können, was er sich schon immer erträumt hatte, war schnell erzählt.
Und das verstehst du nicht? fragte Oskar sachlich.
Man kann doch auch über etwas traurig sein, was man versteht, sagte Vera.
Wolltest du heiraten?
Nein, nur mit ihm und Bosco zusammenziehen. Ist das zuviel verlangt, wenn man sich liebt?
Ich habe nie jemanden so geliebt, daß ich mit ihm hätte zusammenleben wollen, nicht einmal deine Mutter.
Meine Mutter, sagte Vera langsam und deutlich, mit der rede ich nicht mehr.

Sie hörte, wie er an seinem Whisky schlürfte. Sein angespanntes Gesicht konnte sie nicht sehen, auch nicht die kleinen Schweißperlen an den Schläfen und nicht das winzige Zittern seiner Hände, das in unregelmäßigen Abständen auftrat und das er zu verhindern suchte.
Das weiß ich, sagte er schließlich.
Was weißt du?
Alles.
Seit wann? rief sie in dem Gefühl, auch von Oskar verraten worden zu sein.
Seit wir beide damals deine Mutter in Ujazd besucht haben, sagte er, ohne auf ihren aggressiven Ton einzugehen. Er lächelte sogar, als erinnere er sich an etwas Angenehmes.
Findest du es etwa richtig, daß meine Mutter mich mein Leben lang belogen und mir meinen Vater vorenthalten hat?
Unter den gegebenen Umständen ja, sagte Oskar, ich wüßte niemanden, dem die Wahrheit genutzt hätte.
Mir, sagte Vera.
Du bist aber nicht die Hauptperson in dem Drama. Vielleicht eine Art Opfer, das will ich gern zugeben. Die Hauptpersonen waren und sind deine Mutter, der Pole und, ohne zu wissen, in welchem Stück er eine Rolle spielt, auch Wilhelm.
Vera war drauf und dran, in Tränen auszubrechen.
Und einen Rat, sagte sie, oder einen Trost hast du nicht für mich?
Er nahm sie in den Arm und wiegte sie hin und her, wie er es schon mit ihr als Kind immer gemacht hatte, wenn sie mit ihrem Kummer zu ihm gekommen war.
Denk an die alte Weisheit, sagte er dabei, der Weg ist das Ziel.
Aber ich kenne den Weg nicht mehr. Ich habe Anna verloren, Urs ist weg, und Papa habe ich heute die Tür gewiesen.
Dann such dir deinen eigenen Weg und warte nicht ständig, daß ihn dir andere zeigen.

Zum erstenmal sah Vera ihn genauer an und stellte fest, wie blaß und elend er aussah.
Was ist mit dir, Oskar, bist du krank?
Ja, ich habe Krebs, aber verlange nicht von mir, daß ich dir meine Krankengeschichte erzähle.
Vera schüttelte entsetzt den Kopf und entschuldigte sich, daß sie ihn mit ihren Problemen belästigt habe.
Du hast mich nicht belästigt, du hast mich abgelenkt und mir das Gefühl gegeben, wenigstens eine Stunde lang gebraucht zu werden.
Kann ich dir helfen, fragte sie, kann ich irgend etwas für dich tun?
Nein, sagte Oskar, das macht Anna.
Aber sie versteht nichts von Krankenpflege.
Das braucht sie auch nicht, sagte er und küßte sie zum Abschied, wie Wilhelm sie einige Stunden zuvor geküßt hatte.

Der Zug hatte Verspätung. Tomek stand über eine halbe Stunde auf dem Bahnsteig herum und dachte daran, was Renata für Nachricht mitbringen würde. Wenn alles so geklappt hatte, wie er es sich vorstellte, konnten demnächst die ersten dreißig Computer nach Leszno und von dort nach Poznań gebracht werden. Alles war dann nur noch eine Frage des Transports. Kalle und Adam hatten ihre eigenen Abnehmer, und wenn Tomek in das Geschäft einstieg, sollte er für die Abwicklung selbst verantwortlich sein.
Sei froh, wenn ich dir die dreißig Stück in Kommission gebe, hatte Kalle gesagt. Es interessiert mich nicht, wie du die Dinger über die Grenze kriegst.
Damit war das Thema für ihn erledigt, und Adam hatte hinzugefügt:
Ich frage dich ja auch nicht, wie ich meine Kisten nach Warschau transportieren soll.

Wann die Ware kam, wußte keiner, schon gar nicht, wann sie mit der Endfertigung der Computer fertig sein würden. Wenn erst mal ein Anfang gemacht war, müßte alles Weitere von allein gehen. Der Anfang aber war die Nachricht aus Leszno.
Tomek stand dicht an der Bahnsteigkante, und seine Augen folgten den Schienen bis hinaus ins Licht am Ende des Bahnhofs. Er dachte an Jan. Der Junge sollte eine Zukunft haben, die mit der in Polen nicht zu vergleichen war, das wußte er jetzt. Jan hatte ihm gefehlt. Wenn er abends nach Hause kam, vermißte er die gemeinsamen Spaziergänge durch die Straßen des Lagers und das Üben von deutschen Wörtern: Katze, Hund, Gans, Ente, Wiese und Kuh. Wenn Jan in die Schule kommt, würde er Deutsch können, Deutsch wie jedes andere deutsche Kind.
Tomek verdrängte den Gedanken, wie der Besuch in Ujazd auf Jan gewirkt haben könnte, und auch das Bild von dem ständig schwitzenden Kind und sein merkwürdiges Verhalten, im Schlaf mit dem Kopf von rechts nach links zu schlagen. In diesem Augenblick freute er sich nur darauf, ihn in die Arme zu schließen und ihm das Blaue vom Himmel herunter zu versprechen.
Die Stimme aus dem Lautsprecher kündigte den Zug an und forderte die Wartenden auf, von der Bahnsteigkante zurückzutreten. Die Fenster huschten an Tomek vorbei, in denen er vergeblich nach Renatas blondem Haar Ausschau hielt. Endlich sah er sie mit Jan an der Hand aus einem der Waggons aussteigen. Jan rannte ihm in die Arme und überschüttete ihn mit Worten, denen Tomek das wichtigste Ereignis von Ujazd entnehmen konnte, daß nämlich die Störche auf dem Schornstein der alten Brennerei im Kombinat diesmal zwei Junge hatten. Dann umarmte er Renata und fragte dabei, was sie für Nachrichten aus Leszno mitgebracht habe.

Ein Telegramm genügt, sagte sie. Du kannst jederzeit die Geräte liefern. Mehr soll ich dir nicht ausrichten.
Tomek lachte, nahm Jan auf den Arm, warf ihn hoch in die Luft und sagte:
Paß auf, Jan, bald haben wir es geschafft, und später wirst du mal ein Direktor.
Zu Jans Begrüßung stand ein mit Batterie betriebenes Polizeiauto auf dem Tisch. Das Blaulicht zuckte wie verrückt, und der Wagen konnte mit einer Fernbedienung vorwärts, rückwärts, zur Seite und im Kreis fahren. Während Jan das Auto durch die Stube und um die Stuhl- und Tischbeine herumdirigierte, sagte er, wenn er groß sei, wolle er in Ujazd nicht mit dem Fahrrad, sondern in so einem Auto durchs Dorf fahren und für Ordnung sorgen.
Die Großmutter strich ihm über den Kopf.
In Ujazd, sagte sie, was willst du in Ujazd mit einem Polizeiauto? Mit einem Mercedes wirst du da später zu Besuch hinfahren.
Alle lachten, und niemand merkte, daß Jan das Auto stehenließ und sich unter dem Tisch verkroch. Sie waren auch zu sehr mit dem beschäftigt, was Renata aus Ujazd zu erzählen hatte, wer jetzt im Kowalekschen Haus wohnte, wie es der Fedeczkowa ging und wie die mitgebrachten Geschenke angekommen waren. Vom alten Staszak berichtete sie zuletzt. Nur daß er behauptet hatte, lieber Jauche zu saufen, als den von seinem Sohn mitgeschickten Kaffee zu trinken, erwähnte sie nicht.
Die Staszakowa, sagte sie, habe sich sehr über das Schultertuch gefreut. Alles habe sie über Jósef wissen wollen und ihr ein Loch in den Bauch gefragt.
Und, wollte Jósef wissen, was hast du erzählt?
Na, daß du Pferdepfleger bist, was sonst?
Das genügte ihm. Und als sie sagte, sein Schwager, der Maga-

zyner Jodko, ließe ihm ausrichten, daß im Kombinat die Anzahl der Schafe um tausend Stück angehoben werden sollte, nickte er nur.

Immer das gleiche, schimpfte Tomek, für die Kombinate gibt's alles, egal, ob Schafe oder Saatgut, und die Bauern können sehen, wo sie bleiben.

Nachdem alle fürs erste genug von Ujazd erfahren hatten, hielt Tomek den Augenblick für gekommen, der Familie seine Mitteilung zu machen. Die Bruchbude von Wohnung, die sie besichtigt hatten, sei eine Zumutung, sagte er. Selbst Pani Anna habe sich in Grund und Boden geschämt. Jetzt würde er für eine anständige Unterkunft sorgen.

Und wie, fragte Jósef, der Tomeks Worte als Angriff betrachtete, wie willst du das anstellen?

Tomek setzte sich zurecht und ließ sich dabei Zeit.

Ich habe Renata nicht umsonst nach Ujazd geschickt, sagte er und wippte Jan auf den Knien. Ich habe ihr einen Brief an meinen Chef in Leszno mitgegeben und angefragt, ob er dreißig Computer von mir für Deutschmark in Kommission nimmt.

Dreißig Computer, wiederholte Friedel andächtig.

Aber wie willst du die Computer nach Leszno schaffen, und womit willst du den polnischen Zoll bezahlen? schaltete sich jetzt Janka ein, die längst gemerkt hatte, wie Jósef unter Tomeks Trumpf litt.

Ich werde mir das Geld leihen, sagte Tomek. Vielleicht hilft mir Pani Anna, vielleicht kann man die Zöllner bestechen.

Jesusmaria, entfuhr es Friedel, du wirst doch der Anna kein solches Geschäft vorschlagen.

Bis jetzt ist es ja noch nicht soweit, sagte Tomek, enttäuscht über die Miesmacherei der Familie.

Kalle und Adam waren mit der Nachricht, daß Tomek dreißig Geräte auf einen Schlag verkaufen könnte, zufrieden. Jetzt

ging es nur noch darum, wann die Ware aus Taiwan eintraf. Kalle rechnete stündlich damit. Was nicht aus Taiwan geliefert wurde, kam aus Japan, der Rest mußte im Großhandel gekauft werden.
Und dann, sagte er, muß ohne Pause gearbeitet werden, um Motherboard, Speicherchip, Festplatte und Diskettenlaufwerk einzubauen. Die Festplatten sind zu formatieren, die Geräte zu prüfen, die Betriebssysteme draufzuspielen und die Monitore zu justieren.
Tomek, der sich ebenso gelehrig wie geschickt gezeigt hatte, wurde von Adam geschult, Kalle übernahm das Abholen des Expreßguts und packte die Sachen aus, wenn keine Kundschaft im Laden stand.
Tomek hockte in der stickigen Luft der fensterlosen Werkstatt, die Adam mit seinem Zigarettenqualm zusätzlich verpestete. Wenn du so weitermachst und auch noch vernünftiges Deutsch lernst, sagte Kalle so oft, daß sich der Satz allmählich in Tomeks Gedächtnis grub, dann hast du bald einen eigenen Laden.

Der Reinfall mit der Wohnung in der Müllerstraße war es nicht allein, den Jósef zu verkraften hatte. Er fühlte sich vor allem auch von Herrn Pöschke mißachtet und verletzt. Am liebsten hätte er die Arbeit hingeschmissen. Aber was dann? Wie sollte er seinen Anteil für die Haushaltskasse aufbringen? Auf dem Weg zum Reitstall kaufte er Roman eine Flasche Wodka ab. Während der Busfahrt gingen ihm Renatas Berichte aus Ujazd nicht aus dem Sinn, alle Veränderungen im Dorf und Kombinat setzten sich wie ein Puzzle zusammen. Am meisten beschäftigten ihn die tausend Schafe, die Ludwik Janik zusätzlich angeschafft und von denen Renata nicht erzählt hatte, in welchem Stall sie untergebracht worden waren. Auch an den Vater dachte er und ahnte, daß Renata das eine

oder andere von der Begegnung mit den Eltern verschwiegen hatte. Er sah sich neben der Mutter auf der Bank im Hof und hielt ihre Hand oder ging mit ihr die Dorfstraße an der Parkmauer des Schlosses entlang bis zum Dorfplatz, wo die Männer am Kiosk standen. Jósef grüßte Perka, den alten Adamski, Suszko, der seinen Ledermantel trug, und Jurek Kantecki, der zu Besuch im Dorf war. Alle grüßten freundlich zurück, aber niemand wollte wissen, wie es ihm ging, und niemand fragte, wie er sein Geld im Westen verdiente. Und weil ihm niemand Interesse entgegenbrachte, blieb er nicht, wie früher üblich, am Kiosk bei den Männern stehen, sondern ging an ihnen vorbei an der Seite der Mutter in die Kirche. Er roch den Weihrauch. Seine Knie fielen wie von selbst auf die Bank, und der Kopf kippte über die gefalteten Hände. Er betete um die Kraft und den Mut, Herrn Pöschke zu sagen, daß einem Jósef Staszak, der ordentliche Arbeit leistet und sich nichts zuschulden kommen läßt, nicht so ein Loch von Wohnung zuzumuten ist. Und weil er auf dem Fußweg von der Haltestelle zum Reitstall so viel zu überlegen hatte, vor allem, wie das, was er zu sagen hatte, in der fremden Sprache auszudrücken war, kam er zu spät. Es war das erste Mal. Herrn Pöschkes Auto stand schon da. Dawai, dawai.
Jósef griff nach der Wodkaflasche wie nach einer Waffe, und als er sich im Stall allein glaubte, nahm er einen ordentlichen Schluck.
Nur, er war nicht allein.
Prost, sagte Herr Pöschke so laut, daß Jósef beinahe die Flasche aus der Hand fiel. Herr Pöschke sah auf die Uhr, und Jósef murmelte widerwillig eine Entschuldigung.
Na ja, sagte Herr Pöschke und verzog das Gesicht zu einem gutwilligen Grinsen, das sei wohl die Freude, jetzt endlich eine Wohnung zu haben. Da wolle er ausnahmsweise alle

fünf gerade sein lassen. Und weil Jósef keine Zustimmung signalisierte, glaubte er deutlicher werden zu müssen.
Wohnung okay, ja? fragte er und klatschte in die Hände, als müsse er sich selbst Beifall zollen. Langsam begriff Jósef, daß es sich bei Herrn Pöschkes Wohnungsangebot nicht um eine Diskriminierung handelte, sondern um eine gutgemeinte Zuweisung.
Nichts wäre Jósef in diesem Moment lieber gewesen als Herrn Pöschkes übliche Anordnungskanonade: den Braunen satteln, dawai, dawai, die Reithalle harken, dawai, dawai, die Bandagen ausbürsten, den Stallgang fegen, Heu holen, dawai, dawai.
Statt dessen sagte Herr Pöschke: 500 Mark Miete, hob fünf Finger seiner Hand hoch und fügte hinzu, daß er das gesamte Material für die Renovierung übernehmen wolle.
Jósef nahm sich zusammen und sagte leise, daß die Wohnung nicht gut sei, zu dunkel, zu feucht, zu kalt und zu kaputt. Es war schlimm, wie er herumstotterte und in der Not ständig die gleiche Redewendung benutzte. Nun war es an Herrn Pöschke, nicht zu begreifen, was ihm sein polnischer Pferdeknecht mitteilte.
Sie wollen die Wohnung nicht? fragte er verständnislos.
Und als Jósef heftig mit dem Kopf nickte und wiederholte: zu kalt, zu dunkel und zu kaputt, wurde Herr Pöschke böse. Alle Freundlichkeit verschwand aus seinem Gesicht. Er baute sich bedrohlich dicht vor Jósef auf und sagte:
Von nichts kommt nichts.
Und als er merkte, daß Jósef nicht begriff, was er meinte, ließ er sich zu einer weiteren Erklärung herab.
Eine deutsche Familie, sagte er, eine wirklich deutsche Familie hätte an Ihrer Stelle die Wohnung genommen und ein Schmuckkästchen daraus gemacht, so, wie wir es damals mit unserem kaputten Deutschland gemacht haben.

Mit dieser Schlußpointe verschwand er. Auch das gewohnte dawai, dawai blieb aus.
Jósef brauchte nach diesem Auftritt von Herrn Pöschke einen ordentlichen Schluck aus der Wodkaflasche, und als der Reitlehrer kam und forderte, einige Pferde zu satteln, war Jósef betrunken.
Typisch für einen Polacken, schon am frühen Morgen besoffen, sagte der Reitlehrer, sattelte selbst die Pferde und schickte Jósef nach Hause.

Undank ist der Welt Lohn, sagte Herr Pöschke am Telefon und zeigte sich verstimmt. Annas Einwand, daß es sich hier nicht um Undankbarkeit handele, sondern um die Tatsache, daß die Wohnung wirklich nicht bewohnbar sei, ließ er nicht gelten.
Wissen Sie, sagte er, diese Polen oder Aussiedler, wie sie heutzutage genannt werden, die denken, sie können sich in unsere gemachten Nester setzen.
Sie sind Deutsche, sagte Anna, zumindest die Mutter.
Deutsche, die kein Deutsch können?
Es wird nicht in den Schulen gelehrt.
Was heißt Schulen, ich denke, die Mutter ist Deutsche.
Sie vergessen, daß es jahrzehntelang in Polen untersagt war, deutsch zu sprechen. Fragen Sie mal, wie viele Kinder noch in den Staaten, Kanada oder Australien deutsch sprechen, die dort geboren wurden und deren Eltern erst nach dem Krieg ausgewandert sind.
Herr Pöschke zeigte kein Verlangen zu fragen. Er blieb bei seiner Meinung, daß er für Polen, egal, ob mit oder ohne deutschstämmige Großeltern, mit solchen Ansprüchen, wie sie die Familie Kowalek stellte, nun mal kein Verständnis habe. Im übrigen könne sie froh sein, daß er Jósef, der sich neulich betrunken habe, nicht achtkantig rausschmisse.

Dieses unerfreuliche Gespräch war der Anlaß für Annas Einladung an die Familie Kowalek. Sie entschloß sich, auf der Terrasse zu decken. Erst hatte sie überlegt, ob sie jedem ein kleines Geschenk neben den Teller legen sollte, empfand das dann aber eher als peinlich und besorgte nur für Jan einen Stall und einen Wagen mit Pferden zur Vervollständigung seines Bauernhofs. Als die Familie Kowalek pünktlich an der Haustür klingelte, war der Kaffeetisch gedeckt und mit Blumen geschmückt. Die Begrüßung war herzlich. Als erstes übernahm Friedel mit großer Selbstverständlichkeit die Führung durch die Wohnung, als sei diese ein Museum und sie die Sachverständige. Nichts ließ sie aus, ging von Bild zu Bild, wies auf silberne Leuchter und Aschenbecher hin und klärte mit Stolz in der Stimme ihre Familie darüber auf, worum es sich jeweils handelte.

Das alles hat Pani Annas Vater gehört, sagte sie und wischte mit der Hand einen Kreis auf eine schlesische Landkarte. Die Leuchter dort stammen von Pani Annas Ururgroßmutter, und der Becher hier, Friedel hob einen kleinen, silbernen Trinkbecher hoch, der ist nur so verbeult, weil ihn Pani Annas Großvater im Krieg dabeihatte. Und dieses Bild hier, das hat Pani Annas Urgroßtante gemalt.

Friedel Kowaleks Augen suchten das Wohnzimmer ab, ob es noch etwas aus dem Schloß gab, das sie übersehen hatte und das aus früheren Zeiten erwähnenswert war. Sie merkte nicht, daß ihr keiner zuhörte, daß niemand die Leuchter, den Becher oder die Landkarten des Großgrundbesitzes von Pani Annas Vater bewunderte. Tomek, Renata, Janka und Jósef maßen vielmehr in Gedanken die Wohnung in Quadratmetern aus und dachten, was Anna vor dreiundvierzig Jahren an ihrer Stelle auch gedacht hatte: Warum die, warum nicht wir? Und wie nach ihrer Ankunft bei der Tante begannen die Kowaleks die Wohnung um- und einzuräumen, teilten sie auf,

warfen einen Blick auf Terrasse und Garten und fühlten den Neid in sich wachsen, den Anna vorausgeahnt hatte.
Ihr müßt Geduld haben, sagte sie und nahm Friedel den Becher aus der Hand, um ihn wieder auf seinen Platz zu stellen, wir werden auch für euch eine Wohnung finden.
Geduld ist ein Hemd aus Brennesseln, erwiderte Janka ernst, und unsereins besitzt nur noch solche Hemden.
Danach setzten sie sich auf der Terrasse um den Tisch und ließen sich von Anna mit Kaffee und Kuchen bedienen. Aus den Rhododendren waren die Amseln zu hören, an der alten Kiefer mitten auf dem Rasen klopfte ein Specht, und von irgendwoher kam Fliedergeruch.
Schön hast du's hier, sagte Friedel, und Anna antwortete:
Ich weiß es.

Am Vortag hatte Vera einen Entschluß gefaßt, und um nicht wankelmütig zu werden, rief sie Oskar an und teilte ihm ihr Vorhaben mit, gemeinsam mit Bosco die Mutter zu besuchen.
Und was wirst du ihr sagen?
Nichts, was unser Thema angeht. Darüber kann ich nicht sprechen.
Warum gehst du dann hin?
Wegen Bosco.
Nur stimmte das nicht. Bosco hatte sich längst mit der Situation abgefunden, hielt Mutter und Großmutter säuberlich auseinander, trug der einen von der anderen nichts zu und war darauf aus, hier wie da zu seinem Recht zu kommen.
Der Anlaß für Veras Entschluß war ein anderer. Das Gesicht der Mutter verfolgte sie, ließ ihr keine Ruhe, mischte sich in die Angelegenheiten der Tochter ein, indem es ständig gegenwärtig war.
Vielleicht war das auch der Grund, daß Vera nicht weiter erschrak, als sie der Mutter neulich unversehens in der Stadt

begegnete. Anna überquerte gerade den Kurfürstendamm, als Vera sie sah und ihr, ohne nachzudenken, folgte. Sie hielt Tempo und Abstand, kannte den gewohnt eiligen Schritt der Mutter, die selten vor einem Schaufenster stehenblieb. Aber heute ging Anna langsamer als sonst. Mit weit ausholendem Schritt und gesenktem Kopf wirkte sie in dem Gedränge der städtischen Passanten, als liefe sie über Land. Als sie einem Straßenmusikanten ein Geldstück in seinen Korb warf, blieb sie nur ein paar Sekunden stehen. Vera konnte jetzt ihr Gesicht sehen, aber kein Lächeln darin finden. Die Mutter erschien ihr blaß, traurig und alt. Nichts war von ihrem üblichen Selbstbewußtsein zu merken, nichts von ihrer heiteren Gelassenheit. Sie war eine fremde, ältere Frau auf verlorenem Posten.

Vera beeilte sich plötzlich, um die Mutter unterzuhaken und zu führen, als Anna unverhofft in einer Buchhandlung verschwand. Sie war weg, so schnell und so unerwartet, wie sie ihr zuvor begegnete. Vielleicht war sie es aber auch gar nicht gewesen? Was hatte die Mutter eigentlich angehabt? Wie war sie frisiert? Was für eine Tasche hatte sie getragen? Vera konnte sich an nichts erinnern.

Kommst du mit? fragte sie Bosco am nächsten Tag, ich fahre zur Großmutter.

Er war über den Vorschlag verdutzt. Und weil er zögerte und sich unter diesem Beisammensein nichts Gutes vorstellen konnte, behauptete Vera, daß sie diesen Besuch auch seinetwegen mache.

Es genügt, daß Papa schon nicht mehr da ist. Es muß ja nicht die ganze Familie auseinanderbrechen, sagte sie.

Als Vera klingelte, öffnete niemand. Während sie schon halb erleichtert wieder umkehren wollte, schlug Bosco vor, durch den Garten zu gehen, vielleicht war die Großmutter auf der

Terrasse. Ohne Veras Zustimmung abzuwarten, lief er am Haus entlang durch das Gartentörchen, die Stufen hinauf zur Terrasse und stand vor dem gedeckten Tisch, um den Anna mit der Familie Kowalek saß.
Mein Enkel, sagte Anna auf polnisch, das ist mein Enkel Bosco, der Sohn meiner Tochter.
Bosco hatte die Großmutter noch nie polnisch sprechen hören. Er mußte darüber so lachen, daß er ihre Frage, wie er denn hergekommen sei, nicht beantworten konnte. Aber er ging reihum und gab höflich jedem die Hand.
So ein schöner Junge, sagte Friedel Kowalek auf deutsch und tätschelte ihm die Wangen.
Also, wie bist du hergekommen, Bosco?
Mit Mama.
Er zeigte mit dem Kinn in den Garten, wo Vera an der untersten Treppenstufe zur Terrasse stehengeblieben war. Die Tatsache, daß sie die Mutter nicht begrüßte, sondern wie angenagelt im Garten stehenblieb, bezogen die Kowaleks auf sich und zeigten sich peinlich berührt.
Obwohl Anna aufsprang, ging Vera der Mutter nicht entgegen. Keine Umarmung kam zustande, nur ein Händedruck. Anna ließ sich ihre Enttäuschung nicht anmerken, holte ein Gedeck, goß Vera Kaffee ein und legte Kuchen auf ihren Teller. Sie erzählte, daß die Kowaleks heute zum erstenmal bei ihr zu Gast seien, und die Herzlichkeit zwischen dieser Familie und der Mutter schien Vera unbegreiflich. War es nicht Janka gewesen, die Anna im Fernsehen des Verrats und der Verweigerung jeglicher Hilfe bezichtigt hatte? Wie hatte es die Mutter fertiggebracht, daß sie nun alle gemeinsam bei ihr Kaffee tranken und Kuchen aßen, als sei Anna eine von ihnen?
Ich habe Sie im Fernsehen gesehen, sagte Vera zu Janka und sah dabei die Mutter an.

Wieder tauchte bei der Familie Kowalek Verlegenheit auf.
Nicht wichtig, sagte Janka zögernd, fügte dann aber umständlich eine Entschuldigung hinzu, die Anna freundlich mit den Worten unterbrach, daß das, was Janka im Fernsehen gesagt habe, für sie alle kein Thema mehr sei.
Vera betrachtete Annas Gäste, die alle mit der gleichen Intensität und gesenktem Blick an ihrem Kuchen kauten, als handelte es sich um einen von Anna eingeübten Dressurakt. Nur Anna hatte die Lider nicht gesenkt, sah von einem zum anderen, bis ihr Blick an der Tochter hängenblieb.
Schön, daß du da bist, sagte sie leise.
Vera antwortete nicht, erwiderte auch kein Lächeln, sondern lag auf der Lauer. Jünger denn je sah die Mutter aus, nichts da von Einsamkeit und Alter. In gewohnter Manier schien sie die Kowaleks von der Redlichkeit ihrer Absichten überzeugt zu haben. Anna, die Lügnerin.
Warst du gestern nachmittag in der Stadt, Ku'damm/Ecke Joachimsthalerstraße?
Ja, sagte Anna, warum fragst du?
Ich habe dich gesehen.
Der Satz, dem Vera nichts hinzufügte, blieb in der Luft hängen, als sei mit ihm ein Geheimnis verbunden, das preiszugeben nicht möglich war. Da Anna keine Neugier zeigte, wandte sich Vera Jósef zu und erkundigte sich, ob er schon etwas Deutsch könne.
Ein bißchen, antwortete er verlegen, nur ein bißchen.
Ich möchte wissen, sagte Vera langsam und deutlich, als sei Jósef taub, wie es Ihrem früheren Chef, Herrn Janik, geht.
Ein Löffel fiel klirrend zu Boden. Anna bückte sich schnell, um die Röte zu verbergen, die ihr ins Gesicht geschossen war. Das Blut klopfte in ihren Schläfen. So war das also. Vera war nicht gekommen, um sich auszusöhnen, sondern um sich zu rächen.

Die Familie Kowalek zeigte sich über Veras Frage erstaunt.
Wie wird es ihm gehen, dem Herrn Direktor, sagte Friedel mit einer wegwerfenden Handbewegung, in Polen geht es allen Direktoren gut.
Sie glaubte, das Thema sei damit erledigt, als Jósef in fehlerhafter Grammatik, mühsam ein Wort neben das andere reihend, Vera mitteilte, daß Ludwik Janik ein guter Chef gewesen sei und trotz der schwierigen Zeiten die Schafzucht um tausend Tiere vergrößert habe.
Als wenn das wichtig ist, fuhr Friedel dazwischen.
Herr Janik ist bei meinem Besuch in Polen sehr nett zu mir gewesen, erklärte Vera und wandte sich abermals Jósef zu.
Hat er eigentlich Kinder, der Herr Janik?
Kinder? wiederholte Jósef und schüttelte den Kopf.
Anna stand auf, um Bosco und Jan, die im Sandkasten spielten, Kuchen zu bringen. Sie ging unsicher über den Rasen, als sei ihr schwindlig. Vera sah es genau und stellte sofort die Ähnlichkeit mit der Anna fest, die sie in der Stadt beobachtet hatte. Und als habe sie plötzlich genug über Ludwik Janik erfahren, erkundigte sie sich jetzt nach den Berufs- und Wohnungschancen der Kowaleks.
Die Kinder freuten sich über den Kuchen, ließen sich aber vom Spiel nicht abhalten, hatten Straßen gebaut, Weideplätze für die Tiere, Zäune aus Zweigen, und Jan legte mit viel Liebe einen Garten aus Blättern und Blüten an, in die Bosco die Bäuerin stellte.
Frau, sagte Bosco, das ist eine Frau, und Jan wiederholte das Wort bereitwillig, verlangte aber von Bosco, daß der es auch auf polnisch sagte. So mußten sie schon eine Weile miteinander umgegangen sein, denn sie kontrollierten immer wieder ihr gegenseitiges Wissen und kümmerten sich nicht um Anna, die den Gedanken nicht los wurde, daß sich ganz langsam aus Wilhelms Enkel der von Ludwik entpuppte.

Anna hörte das Lachen von Friedel Kowalek, die Stimmen von Renata und Tomek, Jósef und Janka, die sich alle bemühten, Vera zuliebe deutsch zu sprechen.
Vielleicht hatte Vera ihre Herkunft schon zum besten gegeben.
Kaum hatte sich Anna wieder an den Tisch gesetzt, wechselte Vera abrupt das Thema, kam wieder auf Ujazd zu sprechen und sagte ohne Zusammenhang, daß sie vorhabe, in der nächsten Zeit dorthin zu fahren.
Anna reagierte mit keinem Wort und schob nur bedächtig das Geschirr zusammen.
Und was wollen Sie da? fragte Tomek, der außer Friedel am besten Deutsch konnte.
Meine Erinnerung auffrischen, mir noch einmal alles ansehen und mit den Menschen reden, die ich damals kennengelernt habe.
Wirst du mitfahren, Anna? fragte Friedel, die mit Veras Erklärung nicht viel anfangen konnte.
Nein, sagte Anna vielleicht ein wenig zu scharf, denn die Kowaleks stellten keine weitere Frage mehr.
In Tomeks Kopf war ein Plan entstanden, den er blitzschnell zu realisieren versuchte. Ohne Umschweife berichtete er von den dreißig Computern, die er nach Leszno zu bringen habe. Ihm fehle es lediglich am Transportfahrzeug und dem Geld, sich ein solches zu mieten. Wenn aber Vera nach Ujazd wolle, dann könne man doch vielleicht gemeinsam ... Tomek geriet ins Stottern, hatte unterm Tisch den Fuß der Mutter zu spüren bekommen und vollendete seinen Satz nicht.
Hör nicht hin, Vera, unterbrach Friedel den Sohn, der Tomek redet Unsinn. Auf so was solltest du dich nicht einlassen. Der Anna wäre das bestimmt nicht recht.
Sie nickte Anna zu, die aber keine Miene verzog und das Geschirr in die Küche trug.

Warum nicht? sagte Vera so laut, daß es die Mutter noch hören mußte. Ich bin mit von der Partie, und einen VW-Bus kann ich auch besorgen.
Dann stand sie auf, um sich zu verabschieden. Bosco hatte noch keine Lust zu gehen. Der Bauernhof war nicht fertig, ein Teich fehlte für die Gänse, das Feld, das Jan mit Blüten besteckte, war erst zur Hälfte bepflanzt, und er war gerade dabei, aus Zweigen und Blättern für den Hund eine Hütte zu bauen.
Können wir nicht noch ein bißchen bleiben? bettelte er.
Nein, sagte Vera freundlich, heute nicht. Sie gab allen Kowaleks die Hand und wünschte ihnen Glück. Sie versprach Renata, für Jan Hosen und Pullis herauszusuchen, die Bosco nicht mehr paßten. Auch Wäsche habe sie für den Jungen, und Tomek möge die Sachen holen.
Dann können wir auch über unsere Reise reden, okay?
Vera hatte damit gerechnet, daß die Mutter sie zur Haustür oder zum Gartentörchen begleitete, hatte sich auf die Frage nach dem Sinn ihrer Polenreise vorbereitet, den Hieb schon parat und war entschlossen, ihre Bitte, Ludwik Janik nicht aufzusuchen, abzulehnen.
Aber Anna machte keine Anstalten, sie zum Ausgang zu bringen, umarmte sie auch zum Abschied nicht. Anna küßte nur Bosco.
Ich hoffe, ich habe dir deinen Nachmittag nicht durcheinandergebracht, sagte Vera, und Anna antwortete wahrheitsgemäß: Doch, das hast du, und fügte so leise hinzu, daß es niemand von der Familie Kowalek verstehen konnte: Darauf hattest du es ja auch angelegt.
Nein, sagte Vera erschrocken, ich bin gekommen, weil ich dich in der Stadt gesehen habe.
Sie sahen sich an, traurig und hilflos, jeder von dem anderen enttäuscht.

Habt ihr euch jetzt wieder vertragen? fragte Bosco, dem das Verhalten der beiden nicht geheuer war, und bevor Vera den Mund aufmachen konnte, sagte Anna: Ja.
Bald darauf machte sich auch die Familie Kowalek auf den Weg. Aber vorher lief Friedel noch einmal durch Annas Wohnzimmer, jagte den von Ujazd mitgebrachten Gegenständen nach und erntete Gelächter, als sie in ihrem Überschwang eine silberne Tabaksdose wiederzuerkennen glaubte, die erst Jahre nach Kriegsende in Annas Besitz gelangt war und nichts mit Ujazd zu tun hatte.
Aber sie könnte in der Vitrine im Salon gestanden haben, verteidigte sich Friedel und stellte das Döschen verlegen zurück, nicht ohne vorher auf den Deckel zu hauchen und mit dem Ärmel darüberzupolieren.
Anna, die schon fürchtete, sie würde sich abermals als Putzhilfe anbieten, legte ihren Arm um die einen Kopf kleinere Friedel.
Wenn du von zu Hause weggegangen bist, sagte sie freundlich auf polnisch, darfst du dich nicht ständig mit der Vergangenheit beschäftigen. Es ist eine andere Zeit, und du hast ein anderes Leben gewählt.
Wie du das sagst! Friedel wand sich aus der Umarmung und reckte sich kerzengerade auf. Da könnte man glauben, du wärst an meiner Stelle in Ujazd geblieben.
Alle sahen Anna an, als hinge das Glück ihrer Aussiedlung allein von ihrer Antwort ab.
Ich kann die Frage nicht beantworten.
Und warum nicht?
Weil ich damals im Gegensatz zu euch gehen mußte. Das ist der Unterschied.
Den Kowaleks gefiel Annas Antwort nicht. Nur Jósef setzte ein kleines Lächeln auf, und er war es auch, der sich als erster verabschiedete und für den Nachmittag dankte und Anna

versprach, mit der Sachbearbeiterin, Frau Lippert, zu telefonieren.
Nachdem Anna wieder allein war, empfand sie die eingetretene Stille als wohltuend. Eilig räumte sie auf und rückte alles wieder in die gewohnte Ordnung. Dann legte sie sich in den Liegestuhl und schloß die Augen. Sie mußte zugeben, daß von dem Neid, mit dem sie gerechnet hatte, wenig zu spüren gewesen war, oder die Kowaleks hatten schnell gelernt zu verbergen, was besser zu verbergen ist. Wie selbstverständlich Renata Veras Angebot angenommen hatte, Boscos abgelegte Hosen und Pullis abzuholen. Kein falscher Zungenschlag war zu hören gewesen. Kein Gedanke schien da aufgekommen zu sein, daß das Schicksal die eine Frau mehr begünstigt hatte als die andere. Zwei Mütter, die sich halfen, etwas anderes hatte nicht stattgefunden.

Noch hatte Vera Annas Geheimnis nicht preisgegeben, aber es lag wie eine Drohung in der Luft. Immer, wenn Anna jetzt an Ujazd dachte, war Vera gegenwärtig. Überall tauchte sie auf, lag unter der Napoleonspappel, schwamm im Golaer See, lief den schwarzen Weg entlang, saß bei Jula in der Küche und ging mit Ludwik Janik über die Felder. Vater und Tochter. Die Erinnerungen an das alte Zuhause hatten nichts Tröstendes mehr, waren zerfressen von der Furcht vor der Vergangenheit, die die Tochter mit jedem Tag mehr ans Tageslicht zerrte.
Das Telefon läutete und riß Anna aus ihren Gedanken. Marion war am Apparat. Wenn alles klappt, sagte sie, habe sie für Annas Aussiedlerfamilie eine Wohnung. Gerade habe sie ihren Hausbesitzer getroffen und mit ihm ein Schwätzchen im Hausflur gehalten. Er suche eine zuverlässige Aussiedlergroßfamilie, habe er gesagt, aber er wisse nicht, wie er die finden solle. Auf gut Glück ließe er sich ungern auf fremde Menschen ein und ob sie ihm nicht einen Rat geben könne.

Und wozu braucht dein Hausbesitzer eine Aussiedlergroßfamilie? fragte Anna.
Um seinen Dachstuhl in einem seiner Häuser in Schöneberg auszubauen. Für die Aufnahme einer solchen Familie bekommt man vom Land Berlin einen Bauzuschuß von 25 000 Mark.
Wo ist die Wohnung, wie groß und wie teuer?
Fünf Zimmer, Küche, Kammer und Bad, 150 Quadratmeter, Gasheizung, 650 Mark Miete.
Geschenkt, sagte Anna, da muß ein Haken dran sein.
Die Aussiedler sind der Haken. Glaub mir, der Mann ist auf den Zuschuß scharf, der will nichts weiter als seinen Dachstuhl ausbauen.
So viel Glück war kaum zu glauben und mußte geprüft werden. Noch eine solche Enttäuschung wollte sie den Kowaleks ersparen.
Und Vera, fragte Marion, wie geht es Vera?
Gut geht's ihr, sagte Anna, sie war vorhin hier. Wir haben mit der Aussiedlerfamilie gemeinsam Kaffee getrunken.
Sie redeten noch ein Weilchen miteinander, zum Schluß schrieb sich Anna Adresse und Telefonnummer des Hausbesitzers auf.
Im Gegensatz zu Herrn Pöschke legte Marions Hausbesitzer keinen sonderlichen Wert darauf, als Samariter dazustehen. Ihm ging's um Geld. Seine Fragen waren kurz. Ob sie sich für die Zuverlässigkeit der Familie verbürgen könne und ob die Leute sauber seien.
Die Familie ist so sauber wie ich, sagte Anna und schlug dem Hausbesitzer vor, bei ihr einen Kaffee zu trinken. Der hielt das für einen Witz, lachte und sagte, daß ihm Anna als Journalistin bekannt sei. Sie brauche sich nur in seinem Büro mit Frau Linke in Verbindung zu setzen, die würde alles andere veranlassen.

Soll ich Ihnen nicht die Familie vorstellen?
Mir? fragte der Hausbesitzer irritiert, ich bitte Sie, dafür ist Frau Linke zuständig.
Die war am folgenden Tag bereit, Anna die Wohnung in der Kolonnenstraße zu zeigen.
Anna sah es mit einem Blick, die Wohnung war solide, lag im zweiten Stock, hatte neue Fenster, ein funktionierendes Bad, Gasheizung, und in der Küche waren Herd und Spüle vorhanden.
Was wollen Sie mehr für den Preis? fragte Frau Linke, während Anna die renovierungsbedürftigen Wände und Türen betrachtete, etwas müssen die Herrschaften schon selbst machen.
Haben Sie etwas gegen Aussiedler?
Frau Linke schien auf die Frage gefaßt zu sein und sagte, daß sich in diesem Fall ja Anna für die Familie verbürge.
Wer hat hier vorher gewohnt?
Aussiedler, sagte Frau Linke. Man habe ihnen Farbe und Tapeten zur Verfügung gestellt, aber statt zu renovieren, hätten diese Leute das Material verkauft und die Wohnung noch mehr verkommen lassen. Nach drei Monaten Mietrückstand seien sie mit Kind und Kegel über Nacht verschwunden, kein Mensch wüßte, wohin.
Anna ging auf dieses Mietererlebnis nicht weiter ein.
Wird die Familie Kowalek ebenfalls Renovierungsmaterial bekommen?
Frau Linke ließ die Frage offen.
Ich komme aus Schlesien, sagte Anna, mein Vater hatte ein Landgut, ich bin dort geboren.
Was Sie nicht sagen, antwortete Frau Linke gleichgültig.
Frau Kowalek, fuhr Anna fort, war bei meinen Eltern bis zum Kriegsende Hausmädchen und ihr Mann Revierförster. Genügt Ihnen das?

Mein Gott, wenn das so ist.
Frau Linke lächelte, so gut sie das konnte, und war bereit zu sehen, was sich machen ließe. Schließlich sagte sie, daß es ja wohl im Interesse aller Beteiligten sei, wenn man sich in gutem Einvernehmen einige. Ihr Chef wünsche noch in diesem Sommer mit dem Umbau zu beginnen. Voraussetzung sei natürlich die Anerkennung des Aussiedlerstatus, was bedeutete, daß die Kowaleks, um die Wohnung beziehen zu können, im Besitz ihrer A-Ausweise sein müßten.
Anna stimmte Frau Linke zu, während sie in Gedanken überlegte, wie die Ausstellung der Papiere zu beschleunigen war. Erst einmal müssen ja die Kowaleks die Wohnung besichtigen, sagte sie und verabredete für den nächsten Abend einen Termin.
Wir müssen ein bißchen lügen, sagte Anna später am Telefon zu Tomek, wir müssen behaupten, daß alle eure Papiere in Ordnung sind. Niemand darf sich verplappern. Wie wir das dann schaffen, ist eine andere Sache, okay?
Okay, sagte Tomek und brachte die Neuigkeit nach Hause. Diesmal waren die Kowaleks gewappnet, keiner machte sich über Gebühr Hoffnungen, denn noch hatte jeder die Bruchbude in der Müllerstraße vor Augen.

Sie zogen ihre Sonntagskleider an. Die Wohnungsinhaber sollten sehen, wen sie vor sich hatten, und Friedel legte ein Goldkettchen um, das von Stefans Mutter stammte.
Anna stand schon mit Frau Linke vorm Haus, und die Herzlichkeit, mit der Anna die Aussiedler begrüßte, blieb Frau Linke ebensowenig verborgen wie das vertraute Du, mit dem Anna inzwischen die gesamte Familie anredete, das aber nur von Friedel erwidert wurde.
Sie kennen sich schon lange? fragte Frau Linke, und Friedel Kowalek antwortete:

Länger, als Sie auf der Welt sind.
Alle sahen es auf den ersten Blick, die Wohnung entsprach ihren Vorstellungen. Friedel hätte zwar lieber in einem Neubau gewohnt, Renata hatte von einer Einbauküche mit Geschirrspülmaschine geträumt, und Jósef wäre es nie in den Sinn gekommen, ein neues Leben in einer gemeinsamen Wohnung mit Jankas Familie zu beginnen. Aber im Gegensatz zum Lager und dem Zusammenleben mit Genowefa und Jakub war das hier ein Paradies. Sie nickten sich zu, gingen von Zimmer zu Zimmer, befühlten die Wände, drehten die Wasserhähne auf, betrachteten das grün gekachelte Bad, öffneten Fenster und Türen und richteten sich im Geiste ein. Die Ehepaare jeder ein Zimmer für sich, eins für Friedel und eins für Jan, während das Wohnzimmer allen gemeinsam zur Verfügung stehen sollte.
Und, fragte Frau Linke, wie gefällt Ihnen die Wohnung?
Viel Arbeit, sagte Tomek, sehr viel Arbeit.
Frau Linke verzog ihr Gesicht und sah aus dem Fenster.
Mein Sohn hat nämlich schon eine Stelle, sagte Friedel, die Frau Linkes Gedanken ahnte, und mein Schwiegersohn auch. Aber wir werden das schon schaffen. Die Tochter ist ja schließlich da, die Schwiegertochter, und ich kann auch noch zupacken.
Man war sich mehr oder weniger einig, als Frau Linke plötzlich mit der Nachricht rausrückte, daß eine Kaution von dreitausend Mark zu zahlen sei.
Da wurde es still. Es schien, als höre man alle Kowalekschen Träume auf einmal zerbrechen. Übrig blieb ein Scherbenhaufen, der Zimmer, Küche und Bad, die sie schon untereinander aufgeteilt hatten, unbewohnbar machte.
Dreitausend Mark, murmelte Friedel, schlich aus dem Zimmer, das sie für sich ausgesucht hatte, in den Flur zur Tür.

Davon war bisher nicht die Rede, sagte Anna, was glauben Sie, woher die Familie das Geld nehmen soll?
Frau Linke versuchte vergeblich, ein Lächeln anzudeuten. Wir haben unsere Erfahrungen gemacht, sagte sie, wir sind kein Wohlfahrtsunternehmen.
Tomek gingen die von Kalle versprochenen Computer, die er nach Leszno bringen wollte, nicht aus dem Kopf. Aber noch waren die Geräte nicht da, geschweige denn zusammengesetzt.
Muß das Geld gleich bezahlt werden? fragte er.
Bei Unterzeichnung des Mietvertrags, sagte Frau Linke, so ist es nun mal üblich.
Darauf folgten alle der Mutter wie Schafe, die auf das Öffnen der Stalltür warteten. Dicht aneinandergedrückt standen sie in der Tür, ein Häuflein Verlorener ohne Hoffnung.
Wenn es Ihnen nur um die Absicherung geht, muß Ihnen doch auch eine Bürgschaft genügen, sagte Anna und erreichte damit Frau Linkes Aufmerksamkeit.
Ihr Blick strich über Anna, und es sah aus, als wolle sie fragen, ob Anna auch wisse, worauf sie sich einlasse. Sie schüttelte verwundert den Kopf, seufzte vielsagend und wollte wissen, ob Anna wirklich bereit sei, die Bürgschaft zu übernehmen.
Ich übernehme die Bürgschaft, sagte Anna, obwohl ich die Forderung für eine Erpressung halte, auch wenn Ihnen die Vormieter abgehauen sind.
Ich bitte Sie, sagte Frau Linke.
Friedel hatte den anderen alles flüsternd übersetzt. Ganz langsam schoben sie ihre Füße wieder in den Flur und in die Zimmer hinein, die für sie nun wieder bewohnbar zu werden schienen.
Ich hab's gewußt, sagte Friedel und umarmte Anna, ich hab's von Anfang an gewußt, daß du uns nicht im Stich läßt. Tomek bedankte sich bei Anna auf polnisch, damit Frau Linke nicht

verstand, was er sagte, und versprach, nach dem geglückten Computergeschäft die Kaution auf Heller und Pfennig zurückzuzahlen.
Alle freuten sich und redeten durcheinander. Nur Jósef fand ein Haar in der Suppe, erinnerte an den A-Ausweis, den sie alle noch nicht besaßen und ohne den sie die Wohnung nicht bekamen, egal, ob Anna zu einer Bürgschaft bereit war oder nicht.
Gut, daß du das nicht auf deutsch gesagt hast, fuhr Anna ihn ärgerlich an. Das Gefühl, so unerwartet in die Rolle des Kowalekschen Schicksalsengels versetzt worden zu sein, hatte sie in die allgemeine überschwengliche Stimmung hineingezogen. Jósefs Frage brachte sie auf den Boden der Tatsachen zurück. Es galt Zeit zu gewinnen. Das war leichter gesagt als getan, denn der Ausbau des Dachstuhls war für den Juli geplant, und jetzt war es schon Ende Mai.
Nächste Woche, sagte Frau Linke, kommen Sie bitte mit der Familie Kowalek in unser Büro, und bringen Sie alle notwendigen Papiere mit.
Ich fahre morgen für drei Wochen weg, log Anna so perfekt, daß in Frau Linke keinerlei Zweifel aufkamen, und so einigte man sich auf einen Termin gleich nach Annas Rückkehr.
Noch einmal gingen die Kowaleks und Anna in der Wohnung von Zimmer zu Zimmer, planten, was von dem Einrichtungsdarlehen, das ihnen zur Verfügung gestellt würde, gekauft werden müßte, und maßen mit langen Schritten die Räume aus. Friedel hatte inzwischen den Wunsch nach der Neubauwohnung vergessen und Renata die Einbauküche mit Geschirrspülmaschine. Jósef sah sich in dem ihm und Janka zugedachten Zimmer um, während Tomek mit einem Zettel und Kugelschreiber zu rechnen anfing, was für Kosten auf die Familie zukommen würden. Selbst Frau Linke konnte sich dieser freudigen Geschäftigkeit nicht entziehen, und um teil-

zuhaben, vielleicht auch nur, um darauf aufmerksam zu machen, daß letztlich alles von ihrer Person abhing, sagte sie plötzlich, über das Renovierungsmaterial könne man sich einigen und es gleich aus dem Depot mitnehmen, wenn der Vertrag unterschrieben sei.
Als ihr Tomek und Jósef zum Abschied die Hand küßten, verzog sie ihr Gesicht erstmals zu einem echten Lächeln.
Es gibt eben solche und solche, sagte sie zu Anna, ohne daß das Lächeln aus ihrem Gesicht verschwand.
Kaum hatte Frau Linke die Wohnung abgeschlossen und sich verabschiedet, bestürmten die Kowaleks Anna, warum sie gerade jetzt wegführe, wo man ihre Hilfe so dringend für die A-Ausweise benötige. Am lautesten jammerte Friedel.
Ich fahre gar nicht weg, erklärte Anna, das habe ich nur gesagt, um Zeit zu gewinnen.
Du kommst vielleicht auf Ideen, sagte Friedel und schüttelte in tiefer Bewunderung den Kopf.

Genowefa hatte zur Feier des Tages Lebersuppe gekocht, Zupa Watrobiana. Noch gibt's nichts zu feiern, hatte Friedel gesagt, es sich aber nicht nehmen lassen, die Wohnung ausführlich zu beschreiben. Dabei wurden die Zimmer immer größer, die Küche wurde heller, das Bad eleganter, und die Fenster, so berichtete Friedel wahrheitsgemäß, die seien brandneu. Nur die Wände und die Türen müßten gestrichen werden. Also kein Vergleich mit der Wohnung, die ihr durch Jósef bekommen solltet? fragte Genowefa.
Tomek winkte ab.
Das war keine Wohnung, das war eine Blamage, mir hätte man die als Anerkennung für meine Arbeit nicht anbieten dürfen.
Jósefs Löffel fiel in die Suppe, daß sie über den Tisch spritzte.
Tomek packte den Schwager am Arm.

Ich habe es satt, daß dir nie etwas anderes einfällt, als besoffen oder beleidigt zu sein. Für uns alle ist das Leben hier schwer. Aber du, du lernst ja nicht einmal Deutsch, lieber verdingst du dich als Knecht und wunderst dich dann, wenn du als solcher behandelt wirst. Frag mal die Mutter, wie die Knechte früher in Ujazd gewohnt haben, als es noch deutsch war. Da waren solche Wohnungen, wie sie uns dein Herr Pöschke andrehen wollte, gang und gäbe.
Es roch nach Streit. Jósef war weiß wie die Wand, Jan verkroch sich, und Genowefa rückte die Teller in die Mitte des Tisches.
Jósef wußte, wenn er jetzt ging, hatte er den letzten Respekt in der Familie verloren, war für immer und ewig als Knecht, als Dworus, abgestempelt, so, wie es ihm der Vater beim Abschied unter die Nase gerieben hatte.
Jankas wegen bin ich mitgekommen, sagte er langsam, aber deswegen werde ich in meinem Herzen kein Deutscher.
Es gibt Dinge, über die denkt man in unserer Situation besser nicht nach, sagte Tomek unerwartet sanft, und wir haben keine Wahl, Jósef. Für unsereins heißt es nur, so schnell wie möglich soviel wie möglich Geld zu verdienen. Aus einem anderen Grund bin ich auch nicht hier.
Aber wir sind Deutsche, warf Friedel störrisch ein, und Renata und Jósef haben Deutsche geheiratet.
Hör auf, Mutter, sagte Tomek, ohne sich um Genowefas Blicke zu kümmern, bis vor einem Vierteljahr war ich so wenig deutsch, wie Pani Anna polnisch ist, obwohl wir beide im selben Dorf geboren sind.
Aber ich, schrie Friedel auf deutsch, ich bin nicht weniger deutsch als meine Schwester, ohne darauf eine Antwort zu erhalten, denn Tomek war bereits dabei, die Renovierungsarbeiten untereinander zu verteilen. Außer Janka merkte niemand, daß sich Jósef nicht an dem Gespräch beteiligte, auch

nicht an der Planung, wie die Wohnung einzurichten sei. Sie hatte das Gefühl, daß er gar nicht zuhörte, sondern noch dem nachhing, was Tomek ihm eben an den Kopf geworfen hatte.
Jósef, der Knecht, der Dworus.
Wollen wir beide ein bißchen spazierengehen? fragte sie.
Weil sie ihm das noch nie vorgeschlagen hatte und er ihr Mitleid spürte, fuhr er sie an, sie solle ihn in Frieden lassen.

Weniger die Bürgschaft als die Beschaffung der Ausweise versetzte Anna in Unruhe. Eine weitere Enttäuschung würde Friedel kaum verkraften. Das Lagerleben hatte sie zermürbt, und die Verantwortung, die sie sich mit der Aussiedlung aufgebürdet hatte, schien von Tag zu Tag mehr auf ihr zu lasten.
Am nächsten Morgen fuhr sie ins Lager, drängelte sich an der Warteschlange vor Zimmer 243 vorbei und trat nach kurzem Klopfen ein.
Können Sie nicht warten, sagte Frau Lippert ärgerlich.
Ich bin Journalistin, sagte Anna.
Auch das noch. Trotzdem müssen Sie warten, bis Sie hereingerufen werden.
Wieder eine, die glaubt sich vordrängeln zu können, sagte ein Mann auf polnisch mit einem Blumentöpfchen in der Hand und einer Flasche billigem Kognak unter dem Arm.
Ich bin Journalistin, sagte Anna. Erschrocken drückte der Mann die Flasche in seine Tasche. Und da er das Töpfchen in seiner Hand nicht verstecken konnte, hob er es hoch, grinste und sagte auf deutsch: Kleine Freude möcht sein. Dabei nickte er zur Tür, hinter der Frau Lippert sein und der anderen Schicksale entschied.
Frau Lipperts große Augen sahen Anna aufmerksam an.
Das ist Vortäuschung falscher Tatsachen, sagte sie freundlich, als Anna am Ende ihrer Geschichte war.

Wie meinen Sie das?
Wie ich es sage. Die Kowaleks haben ihren A-Ausweis noch nicht, und ich weiß nicht, wann sie ihn bekommen werden.
Sie blätterte in Karteien und Papieren und erklärte schließlich, daß alles bei der zuständigen Bundesbehörde beantragt sei.
Und Sie können nicht, fragte Anna, fieberhaft überlegend, womit eine Person wie Frau Lippert zu bestechen sei, die Kowaleks bevorzugt behandeln?
Was?
Helfen, damit die Familie Kowalek zu der Wohnung kommt, die ich für sie gefunden habe.
Sie hätten vorher, bevor Sie solche Versprechungen machen, zu mir kommen müssen. Wenn es nicht klappt, möchte ich nicht in Ihrer Haut stecken.
In meiner? fragte Anna ein wenig schnippisch, in Ihrer möchte ich nicht stecken. Aber wahrscheinlich ist es für Sie nichts Neues, den Menschen, die es hierher verschlagen hat, ihre Hoffnungen zu nehmen.
Stimmt. Aus diesem Grund komme ich auch nie auf den Gedanken, den rettenden Engel zu spielen, die Glücksfee oder als was auch immer Sie sich fühlen. Ich kann Ihnen hundert Familien von der Kowalekschen Zuverlässigkeit nennen, nur mit dem Unterschied, daß die ihren Aussiedlerausweis schon haben.
Sie machen keine Ausnahme?
Anna hatte den Vorwurf weggesteckt und hielt Frau Lipperts Blick, so gut es ging, aus.
Wo käme ich da hin, sagte Frau Lippert leise.
Vom Flur her war Unruhe zu hören, jemand klopfte. Frau Lippert stand auf und öffnete die Tür, worauf gespannte Stille eintrat.
Noch zwei Minuten, sagte sie höflich, kam zurück, griff zum

Telefon. Eine mürrische Männerstimme meldete sich. Frau Lippert hielt den Hörer so, daß Anna mithören konnte, und erfuhr, daß die Papiere der Kowaleks noch nicht bearbeitet und telefonische Anfragen unerwünscht seien.
Bei mir sitzt eine Journalistin, sagte Frau Lippert, sie schreibt einen Artikel über die Kowaleks und deren Erfahrungen im Aufnahmelager Marienfelde.
Mir egal, sagte die mürrische Stimme.
Die Kowaleks könnten aber sofort eine Wohnung bekommen, wenn sie in den nächsten Tagen den A-Ausweis vorlegen, insistierte Frau Lippert.
Das behaupten alle. Ich gehe aus Prinzip streng nach den Eingängen.
Es knackte in der Leitung. Aufgelegt.
Sehen Sie, so ist das, sagte Frau Lippert, jetzt wissen Sie, warum ich nicht in Ihrer Haut stecken möchte.
Vielleicht schreibe ich tatsächlich einen Artikel über das Lager, sagte Anna und wurde von Frau Lippert mit den Worten entlassen, daß es über das Schicksal der Aussiedler nicht genug Pressereaktionen geben könnte.

Die Anna wird das schon machen, sagte Friedel Kowalek zu ihren Kindern und war von einem positiven Ausgang der Dinge nicht abzubringen.
Mit roten Bäckchen und erwartungsvollem Blick saß sie in der Stube auf dem Stuhl, als Anna hereinkam. Tomek und Jósef waren zur Arbeit, Janka war einkaufen, und Renata, so sagte Friedel, sei mit dem Jungen in die Stadt gefahren, um nach Möbeln zu sehen.
Es ist noch nicht soweit, Friedel, noch sind die Ausweise nicht da.
Friedel unterbrach Anna auf polnisch: Du wirst das schon machen. Ich weiß es.

Dann klappte sie den Mund zu, sank in sich zusammen und starrte seltsam stumpf vor sich hin.

Friedel, sagte Anna und zupfte sie am Ärmel, Friedel, was ist mit dir los? Hast du mir überhaupt zugehört?

Der Suszko war hier, sagte Friedel leise, als handelte es sich um ein Geheimnis, er hat eine Karte von Janina gebracht.

Der Suszko, fragte Anna entgeistert, der Suszko aus Ujazd?

Friedel nickte mit verschmitztem Lächeln, zog eine Postkarte aus der Schürzentasche und legte sie Anna zum Beweis auf den Tisch. Sie war tatsächlich von Janina und mit herzlichen Grüßen für Pani Anna versehen.

Aber die hat dir doch nicht der Suszko gebracht, sagte Anna energisch in der Annahme, Friedel hätte sich an Jósefs Wodka gemacht, wie soll der denn hier in Berlin die Post austragen?

Das sah Friedel ein, faßte sich an den Kopf, wischte sich über die Stirn und sagte, nun auf deutsch, da hast du auch wieder recht.

Dann ging sie in die Küche, und während sie Kaffee kochte und sich von Anna berichten ließ, wie es um die Chancen stand, die Papiere zu bekommen, war ihr nichts mehr von der kleinen Verwirrung anzumerken.

Vor dem Haus traf Anna auf Janka, die vom Einkauf zurückkam und sich nach dem Gespräch mit Frau Lippert erkundigte.

Ich gebe nicht auf, sagte Anna, ich weiß nur nicht, ob ich es schaffe.

Janka zuckte nur mit den Schultern, ganz so, als habe sie das von Anfang an gewußt, hob ihre Tasche wieder auf und wollte schon gehen, als Anna noch sagte:

Ihr müßt auf die Mutter achtgeben, vorhin hat sie ganz wirres Zeug geredet.

Das war nicht das erste Mal, Pani Anna. Sie wird mit dem allen hier nicht fertig. Ich glaube, sie hat sich das Reich und das Leben im Reich, wie sie es immer genannt hat, ganz anders vorgestellt.

Für Jósef hatte sich die Situation im Reitstall zu seinen Ungunsten verändert. In erster Linie lag das an Herrn Pöschke. Der hatte zwar Jósef das Besäufnis verziehen, nicht aber die Ablehnung der angebotenen Wohnung. Er gab ihm nur noch selten Anweisungen, rief ihm nicht mehr sein übliches dawai, dawai zu, sondern ließ ihm von anderen ausrichten, was zu machen war. Jósef hörte es genau, wenn Herr Pöschke den Reitlehrer oder den anderen Pferdepfleger Blaschke aufforderte, dem Polen zu sagen, er solle die Pferde gründlicher striegeln, den Stall sauberer fegen, die Reithalle sorgfältiger harken, nicht soviel Heu verfüttern und auch mal von allein die Beschläge kontrollieren.

Blaschke war der Pole, wie Jósef von allen genannt wurde, ein Dorn im Auge. Er verübelte ihm seinen Fleiß, seine Gründlichkeit und Umsicht, womit Jósef nicht nur Herrn Pöschke, sondern auch den Vereinsmitgliedern angenehm aufgefallen war. Selbst der Reitlehrer winkte ab, wenn Blaschke eifersüchtig über den Polen herzog, und lobte Jósef Herrn Pöschke gegenüber, auch wenn der in letzter Zeit davon keine Notiz nahm.

Machen Sie sich nichts draus, sagte der Reitlehrer zu Jósef, Blaschke tut Ihr Vorbild nur gut.

Jósef erzählte Anna nichts von Herrn Pöschkes verändertem Verhalten und schon gar nichts von Blaschke, der ihn zu schikanieren begann, wo immer er konnte. Jósef biß die Zähne zusammen, ließ sich nichts anmerken und dachte an Ujazd. Dann arbeitete er wie geistesabwesend, bildete sich ein, die Pferde vom Kombinatsstall vor sich zu haben, und statt der Pappeln des Grunewaldsees sah er die Eschen von Kolsko vor sich, hörte den Ostwind im Geäst und roch den Holunder,

der um die Zeit hier wie dort blühte. Es konnte mitunter passieren, daß ihm das Heimweh wie ein nadelscharfer Schmerz in den Magen fuhr. Dort rumorte er dann und ließ keine Ruhe, bis ihm die Methode des alten Kombinatsnachtwächters Fratczak einfiel, mit der er bis zu seinem Tode jeden Doktor ersetzt hatte. Er trank einen gehörigen Schluck Wodka und sagte:
Ist gut für den Magen, brennt Krankheit aus und nimmt den Schmerz.
Auch Jósef nahm der Wodka den Schmerz, brannte vielleicht auch die Krankheit aus, denn er griff immer öfter zu diesem Heilmittel.
Blaschke, der Jósef schon ein paarmal beim Trinken erwischt hatte, behauptete dem Reitlehrer gegenüber, Jósef sei ein Säufer. Aber der hörte nicht hin. Solange Jósef seine Arbeit ordentlich mache, sagte er, sei nichts gegen einen Schnaps einzuwenden. Blaschke solle sich an die eigene Nase fassen.
Das schürte Haß. Irgendwann, dachte Blaschke, irgendwann werde ich es dem Polacken schon noch zeigen.
Es kam gelegentlich vor, daß einer seine Jacke vor dem Ausritt in die Futterkammer hängte. Eines Tages hatte ein Reiter seine Brieftasche in der Jacke gelassen. Das wäre niemandem weiter aufgefallen, am wenigsten Blaschke, wenn das Jackett nicht so schlampig an den Nagel gehängt worden wäre, daß die Innenseite nach außen zeigte. Mit einem Handgriff entnahm Blaschke der Brieftasche drei Hunderter, steckte die Brieftasche wieder an ihren Platz, die Scheine hingegen ließ er fein säuberlich zusammengerollt links oben in der Brusttasche von Jósefs Jacke verschwinden. Als der Reiter von seinem Ausritt zurückkehrte, das Pferd abgesattelt und abgerieben hatte, zog er seine Jacke an, griff automatisch nach der Brieftasche, sah hinein und stellte den Diebstahl fest.
Hier waren dreihundert Mark drin, sagte er und zeigte sowohl

Blaschke als auch dem Reitlehrer die leere Brieftasche. Der Reitlehrer wollte es erst nicht glauben, lachte freundlich und fragte, ob sich der Herr nicht geirrt habe, im Verein sei noch nie etwas weggekommen.

Aber da hatte der Reitlehrer aufs falsche Pferd gesetzt, der Brieftaschenbesitzer forderte Aufklärung, sonst habe der Verein mit einer Anzeige zu rechnen.

Sollte das Geld nicht auftauchen, sagte Herr Pöschke, den der Reitlehrer gerufen hatte, und sah Blaschke dabei an, werde ich es aus eigner Tasche ersetzen, denn die Polizei hat in meinem Vereinsstall nichts zu suchen.

Dann ließ Herr Pöschke Jósef kommen.

Ich weiß nichts davon, sagte er höflich, ich habe den ganzen Vormittag über den Zaun der Koppel repariert.

Das ist kein Alibi, sagte Blaschke und legte ohne Aufforderung alle Gegenstände, die er bei sich trug, auf eine Futterkiste. Er kehrte sogar alle Taschen von innen nach außen, griff nach seiner Jacke, die er auf dem Weg zur Arbeit trug, und leerte auch deren Taschen. Hundertmarkscheine waren nicht dabei.

Er soll auch seine Jackentaschen zeigen, sagte Blaschke, Gerechtigkeit muß sein.

Jósef begann widerspruchslos seine Taschen auszuräumen, dann auch die seiner Jacke, die an einem Pfosten hing und die er bei der Arbeit nicht zu tragen pflegte. Auch da war kein Hunderter zu finden. Schon wollte Jósef sie wieder weghängen und sich der ganzen Angelegenheit entziehen, als Blaschke auf die kleine, von Jósef nie benutzte Brusttasche wies.

Und da?

Was soll sein? fragte Jósef und hielt Blaschke ärgerlich das Kleidungsstück hin. Der faßte mit spitzen Fingern hinein, als greife er in Müll, fingerte darin herum, sah von einem zum anderen und holte den ersten Hunderter heraus, griff wieder hinein und beförderte auch die beiden anderen zusammengerollten Scheine zutage. Ohne eine Miene zu verziehen, strich er die Scheine glatt, legte sie ordentlich übereinander und reichte sie dem sprachlosen Eigentümer.

Im selben Augenblick hatte Jósef Blaschkes Hinterhältigkeit durchschaut. Er ging auf Blaschke zu, holte aus und schlug ihm mit Wucht ins Gesicht. Der sackte zusammen und rutschte an einer der Boxen zu Boden, wo er breitbeinig und mit blödem Gesichtsausdruck sitzenblieb.

Mein lieber Schwan, sagte der Reitlehrer halb entsetzt, halb bewundernd, ohne Blaschke wieder auf die Beine zu helfen, während sich Jósef bemühte, trotz seiner Aufregung die richtigen Worte zu finden.

Ich nix stehlen, sagte er, ich bin Pole.

Als er in Herrn Pöschkes Gesicht ein Grinsen aufflackern sah und bemerkte, wie der Brieftaschenmann seinen Kopf zweifelnd hin und her wiegte, der Reitlehrer schwieg und sich auf einmal um den lädierten Blaschke kümmerte, begriff Jósef, daß ihm jeder hier einen Diebstahl zutraute.

Er spürte Übelkeit und versuchte, tief durchzuatmen.

Blaschke hatte sich inzwischen erholt und murmelte etwas von einer Anzeige wegen Körperverletzung, worauf weder der Reitlehrer noch Herr Pöschke eingingen. Beide ahnten, was Blaschke für ein Spiel getrieben hatte, wollten der Sache aber offenbar nicht nachgehen.

Glauben Sie, ich habe das Geld gestohlen? schrie Jósef mit rotem Kopf.

Der Reitlehrer tat, als habe er die Frage nicht gehört, Herr Pöschke hob die Schultern, und der Brieftaschenbesitzer winkte ab. Nur Blaschke nickte stumm, wenn auch mit Vorsicht. Jósef fand kein einziges Wort, mit dem er seiner Verzweiflung und seiner Enttäuschung hätte Ausdruck geben können. Also nahm er seine Jacke vom Haken, bei der die Taschen immer noch nach außen hingen, zog sie an und verließ den Stall. Er kam nicht einmal auf den Gedanken, seinen ihm noch zustehenden Lohn zu fordern. Er ging einfach weg, wie jemand in einer Pause ein Theaterstück verläßt, das ihm nicht gefällt.

Weil er um diese Zeit kein Ziel hatte, mitten am Tag nicht nach Hause gehen wollte, lief er zum See, warf sich in den Sand und starrte in den blauen Himmel, bis ihm von der Sonne die Augen brannten. Was sollte er der Familie sagen, warum er die Arbeit verloren hatte? Gerade hatte er die Blamage mit der Bruchbude von Wohnung verdaut, und schon schob man ihm einen Diebstahl in die Schuhe. Er wünschte sich, an dieser Stelle wie in einem Grab zu verschwinden, niemandem Rechenschaft geben zu müssen, vor allem aber kein Pole in Deutschland zu sein. Seine Hände gruben sich tiefer in den Sand, der weiter unten nicht mehr durch die Finger rieselte, sondern sich körnig unter den Nägeln festsetzte.
Die Menschen um ihn herum waren nackt, spielten ganz ohne Scham Federball oder Fußball, tranken Bier, lasen Zeitung, bräunten sich in der Sonne oder diskutierten miteinander, als säßen sie in der Kneipe. Jósef löste in seiner langen Hose Gekicher aus. Zwei nackte Mädchen kamen auf ihn zu, blieben dicht vor ihm stehen, so daß er ihre Schamhaare im Gegenlicht der Sonne sah, und die großen Brüste der einen warfen unerwartet Schatten auf sein Gesicht. Jósef mußte an Janka denken, auch daran, daß ihm außer ihr noch nie unbekleidete Frauen begegnet waren. Er wußte nicht, wo er hinsehen sollte.
Das is 'n Spanner, sagte das eine Mädchen und fuhr mit den Zehen über den Sand, so daß er Jósef ins Gesicht spritzte.

Ein ganz raffinierter, sagte die mit dem großen Busen, lief zu ihrer Tasche, holte eine Frisbee-Scheibe und warf sie dicht über Jósefs Kopf hinweg der Freundin zu. Die fing die Scheibe gekonnt auf und spielte sie wieder zurück. Den Mädchen machte das großen Spaß. Sie schienen im Frisbeespiel Könnerinnen zu sein. Jósef stellte sich taub und blind, vernahm das leise Sirren der Scheibe und spürte den Windhauch, wenn sie über seinen Kopf hinwegsauste. Vielleicht würden die Mädchen die Lust verlieren und aufhören, wenn er sich nicht rührte. Aber sie hörten nicht auf, das konnte er aus den Augenwinkeln sehen. Sie tollten in ihrer schamlosen Nacktheit hin und her, spreizten die Beine, bückten und streckten sich, fingen und warfen die Scheibe über ihn hinweg und ernteten den Applaus anderer Unbekleideter, die jetzt einen Kreis um ihn bildeten, klatschten und lachten und die Mädchen anfeuerten.

Jósef machte das Angst. Er nahm in Kauf, das Wurfgeschoß an den Kopf zu bekommen, und setzte sich hin, worauf die Frauen die Scheibe abwechselnd mal vor und mal hinter ihm vorbeifliegen ließen. Plötzlich fing ein Mann das blitzschnelle Ding und zielte auf Jósef, um den sich langsam der Kreis schloß. Jósef war wie gelähmt, machte keinen Versuch, der Scheibe auszuweichen, glaubte, sie machten sich über ihn lustig, wie Blaschke sich über ihn lustig gemacht hatte. Die Scheibe traf ihn an der Stirn und hinterließ dort einen roten Fleck.

Entschuldigung, sagte der nackte Mann, der sie geworfen hatte, das habe ich nicht gewollt.

Jósef erhob sich mit gesenktem Blick, wollte weg und fürchtete, dabei die fremde Haut berühren zu müssen. Aber der Kreis öffnete sich wie von selbst, und die Leute riefen ihm auf Wiedersehn hinterher und mach's gut, Kumpel, und jemand klopfte ihm sogar auf die Schulter.

Unterwegs kaufte er sich an einem Kiosk eine neue Flasche Schnaps, und als er am Abend zur üblichen Zeit im Lager ankam und sich wortlos an den Tisch setzte, war er betrunken.

Von nun an täuschte Jósef seine Arbeit vor, ging morgens weg und kam abends wieder, selbst die Wochenendschicht hielt er ein. Niemand außer Janka fiel seine besondere Schweigsamkeit auf, dafür begannen sie mehr und mehr, seinen Alkoholkonsum zu kritisieren.
Wie willst du je weiterkommen, wenn du ständig besoffen bist? fragte Tomek und erzählte von seinem Erfolg, daß die Ware aus Frankfurt endlich eingetroffen sei, er jetzt mit der Arbeit loslegen könne, um bald nach Polen zu fahren und die Computer in Leszno zu verkaufen. Er müsse Festplatten und die Diskettenlaufwerke einbauen, erklärte er fachmännisch, die Geräte prüfen und die Monitore justieren. Da aber niemand von der Familie begriff, wovon er da redete, schloß er abrupt mit dem Satz:
Noch ein paar solcher Geschäfte, und ich bin ein gemachter Mann.
Jósef fragte nicht mehr nach den Papieren oder was Pani Anna bei Frau Lippert erreicht habe. Statt dessen traf er sich öfter, als es der Familie lieb war, mit Roman an der Hausecke. Eines Tages bemerkte Janka, daß Jósef nicht mehr nach Pferden roch, wenn er nach Hause kam. Auch seine Hände waren sauberer als sonst, und weder Häcksel noch Strohhalme oder Heureste steckten in seinen Taschen und Stiefeln. Da sie nicht wagte, ihn nach dem Grund zu fragen, ging sie ihm eines Tages, als er sich zur gewohnten Arbeitszeit verabschiedet und seine Brote eingepackt hatte, heimlich hinterher. Es war nicht einfach, ihm unbemerkt zu folgen, denn schon nach zwei Stationen stieg er aus dem Bus, überquerte die Fahr-

bahn, stieg in den Gegenbus, fuhr zum U-Bahnhof Alt-Mariendorf, wo ihn Janka aus den Augen verlor.

Am nächsten Tag wartete sie gleich am U-Bahnhof, stieg mit ihm in den Zug, am Halleschen Tor um und am Bahnhof Zoo wieder aus. In der Bahnhofshalle lehnte er sich an eine Säule in der gleichen Haltung, wie er an der Hausecke im Lager dazustehen pflege, unbeweglich, als habe man ihn einzementiert. Ein paar Männer grüßten ihn auf polnisch, andere reichten ihm eine Schnapsflasche, aus der er ohne Hast trank, dankte und sie wieder zurückgab. Ein Gespräch suchte er offenbar nicht. In dem Menschengewimmel drückte er so viel Einsamkeit aus, daß Janka am liebsten zu ihm hingelaufen wäre. Aber sie wagte es nicht. Er sah über die Köpfe der Menschen hinweg, als gleite sein Blick über die Felder von Ujazd, und Janka hatte den Eindruck, als höre er nicht einmal den Lärm um sich herum.

Nachdem sie ihn eine Stunde lang beobachtet hatte und überzeugt war, daß er sich noch ewig nicht von der Stelle rühren würde, beschloß sie, zu Tomek in seinen Computerladen zu fahren und ihn um Rat zu fragen. Bisher war noch nie jemand von der Familie auf den Gedanken gekommen, bei Tomek im Laden aufzukreuzen. Jeder wußte, er hielt auf strenge Arbeitsdisziplin. Dementsprechend kühl war der Empfang.

Was willst du? fragte er ärgerlich.

Nichts, sagte Janka eingeschüchtert, nichts.

Dann kannst du ja wieder gehen, sagte Tomek und setzte seine Arbeit fort. Er hatte deutsch gesprochen, wollte wahrscheinlich vor dem Dicken mit dem kleinen Ohrring, der sein Chef zu sein schien, keine Geheimnisse haben.

Es hatte keinen Sinn, mit Tomek hier über Jósef zu sprechen. Sie murmelte Kalle eine Entschuldigung zu und verließ den Laden.

Einen Augenblick lang dachte sie an die Post in ihrer polni-

schen Kreisstadt, wo sie tagtäglich die Welt nur durch ein kuhfladengroßes Loch in einer Milchglasscheibe zu sehen bekommen hatte. Jetzt lag sie in ihrer ganzen Größe vor ihr, unübersichtlich, feindlich und ohne einen Platz für sie.
Vor einem Blumenstand blieb sie stehen. Blüten in allen Farben unter einem großen Schirm, vor der Sonne geschützt. Rosen, Levkojen, Kaisernelken, Malven, Rittersporn, Phlox. Sie sah dem Mann zu, wie er die Dornen von den Rosenstielen raspelte, Sträuße zusammenstellte, sie zusammenband, alles in großer Geschwindigkeit. Dazwischen sprach er Passanten an und pries seine Sträuße, lachte, zwinkerte mit den Augen und machte den Frauen Komplimente.
Am Rand des Sonnenschirms klebte ein Zettelchen, auf dem in türkischer und polnischer Sprache stand, daß eine weibliche Hilfskraft gesucht würde. Arbeit, ging es Janka durch den Kopf. Hier bei diesem lustigen Mann, der soviel von Blumen verstand, würde sie vielleicht das Geld verdienen, das Jósef jetzt nicht mehr für die gemeinsame Haushaltskasse aufbringen konnte. Sie zeigte auf den Zettel und sagte auf polnisch: Ich bin daran interessiert. Was ist das für eine Arbeit bei Ihnen?
Der Mann verlor augenblicklich seine fröhliche Unbekümmertheit. Sein Lächeln verschwand, und nur die Hände behielten die gleiche Flinkheit.
Bei mir wird deutsch geredet, sagte er.
Janka tippte auf den Zettel am Sonnenschirm, und der Blumenhändler sagte etwas freundlicher:
Ich arbeite gern mit Ausländern.
Ich habe Interesse, sagte Janka langsam und dachte daran, daß sie vielleicht schon in ein paar Tagen eine Deutsche sein würde und nach Meinung der Mutter schon lange eine war.
Der Blumenmann ging einen Schritt zurück, kniff ein Auge zu, als müsse er Kimme und Korn zusammenbringen, nickte

und sagte, indem er sie mit großer Selbstverständlichkeit duzte:
Du kannst abends in den Lokalen Blumen verkaufen. Dazu brauchst du nicht viel Deutsch. Die Sträuße kosten alle das gleiche, acht Mark. Du bekommst einen Korb mit dreißig Stück, und wenn du alle verkaufst, kriegst du einen Fünfziger bar auf die Kralle. Und das jeden Abend, wenn du willst.
Und welche Lokale?
Der Blumenmann schlug mit dem Arm einen Kreis und sagte: Na hier, in der Innenstadt. In Kreuzberg oder im Wedding machste mit Blumen keine Geschäfte.
Janka erfuhr noch, daß sie beim erstenmal für die Blumen einen bestimmten Betrag hinterlegen müsse, denn sonst, diesmal warf der Blumenmann seinen Arm nach hinten, sonst hauste mir noch mit den Mäusen ab, is alles schon passiert.
Sie hatte nicht lange überlegt und nur Tomek in ihren Plan eingeweiht, um sich von ihm das Geld vorstrecken zu lassen, das der Blumenmann als Sicherheit verlangte.
Und du erzählst Jósef nichts?
Kein Wort, sagte Tomek und versprach auch, Renata und der Mutter gegenüber zu schweigen.

Es war ein großer und flacher Korb, in dem die kleinen Sträuße, mit Spitzenrüschen umlegt, dicht nebeneinandersteckten. Es regnete nicht, es war ein lauer und schöner Abend, so recht dafür geeignet, Blumen zu verkaufen. So jedenfalls redete es sich Janka ein, als sie das erste Lokal betrat. Niemand schien sie zu bemerken. Die Gäste saßen an kleinen Tischen eng beieinander, aßen, tranken und redeten. Nachdem Janka sah, was da in Schüsseln und auf Platten serviert wurde, überfiel sie ein großer Appetit. Was hier gegessen wurde, war nicht mit den mickrigen Schweinekoteletts zu vergleichen, die bei den Kowaleks sonntags auf dem

Tisch standen, schon gar nicht mit den Kutteln, die es in Ujazd am Wochenende gegeben hatte. Janka schluckte und schob sich an den ersten Tisch.
Blumen, sagte sie, schöne, frische Blumen.
Sie hielt den Korb schräg, daß jeder der am Tisch Sitzenden hineinschauen konnte. So hatte es ihr der Blumenhändler empfohlen.
Aber keiner der Gäste blickte hoch. Also kam sie dichter heran, stellte ein Eckchen des Korbes auf den Tischrand zwischen die Teller, hielt ihn noch schräger und wiederholte: Blumen, schöne, frische Blumen.
Na, na, sagte ein Herr und schob den Korb zurück. Ein anderer wünschte beim Essen nicht belästigt zu werden, und nur die Damen starrten schweigend in den Korb. An den anderen Tischen verhielten sich die Gäste nicht viel anders. Manche winkten schon ab, bevor Janka ihre Blumen überhaupt gezeigt hatte. Die meisten aber sahen durch sie hindurch, als fürchteten sie, von Janka in ein Gespräch verwikkelt zu werden. Als sie das Lokal verließ, hatte sie nicht ein Sträußchen verkauft. Auch im nächsten Lokal war kein Geschäft zu machen. Nur ein älterer Herr, der gerade dabei war, seine Zeche zu zahlen, steckte ihr mit freundlichem Gesicht den Rest seines Kleingeldes zu. Blumen wollte er nicht, sagte er, Blumen störten ihn auf Tischen, die gehörten seiner Meinung nach auf Wiesen und in Gärten.
Janka hatte noch immer kein Sträußchen verkauft. Aber drei Pakistanis war sie begegnet, die meterlange, gebündelte Rosen wie Ruten in ihren Armen hielten, mit denen sie ihr wortlos drohten. Sie dachte an Jósef, sah ihn betrunken nach Hause kommen, an der Hausecke im Lager stehen, an der Säule im Bahnhof Zoo, in seiner Einsamkeit ohne Scham.
Sie setzte ihre Tour fort und bot jetzt ihre Blumen mit einer solchen Hartnäckigkeit an, daß sie tatsächlich einige Sträuße

verkaufte. In jedem neuen Restaurant, das sie betrat, machte sie es besser, zeigte jetzt zuerst den Frauen die Blumen, lächelte die Herren an und redete erst, wenn sie gefragt wurde. Sie schaffte es, stumm und bewegungslos an den Tischen stehenzubleiben, bis sich die Aufmerksamkeit auf sie richtete, und wenn ihr mal eine männliche Hand über das Hinterteil fuhr, verbat sie es sich nicht. Nur ihren Kopf trug sie immer höher, und ihr Rückgrat richtete sich gerader auf. Als sie sich an einem Kiosk eine Currywurst kaufte, wiederfuhr ihr ein unerwartetes Glück.

Ein Herr, der dort in der Nähe mit seiner Dame auf ein Taxi wartete, winkte sie heran und nahm ihr wortlos alle restlichen Sträuße ab. Er wolle der Dame seines Herzens den Weg von der Haustür bis zu ihrem gemeinsamen Bett mit Blumen bestreuen, sagte er, und deshalb möge Janka die Papiermanschetten und Bastfäden von den Sträußen abmachen. Und weil Janka glaubte, aufgrund ihrer schlechten Sprachkenntnisse nicht richtig verstanden zu haben, drückte er ihr zwei Hunderter in die Hand und schüttete die Blumen allesamt in das seidene Schultertuch der Dame, mit der er dann in das Taxi stieg.

Als die Woche rum war, hatte Janka das für sie und Jósef notwendige Haushaltsgeld verdient. Jósef schien nicht einmal wissen zu wollen, wo sie sich abends so lange herumtrieb. Meist war er betrunken, wenn er heimkam, und achtete gar nicht darauf, ob sie da war oder nicht.

Es hatte sich in der Familie so eingebürgert, daß die Haushaltskasse jeden Sonnabendvormittag von Tomek und Jósef aufgefüllt wurde. Je nach Verdienst der Männer wurde dann beschlossen, was für Lebensmittel ausgegeben werden durfte, für Kleidung oder Luxusgegenstände, die allen gemeinsam zugute kamen. Streit gab es selten. Janka und Renata waren mit dem zufrieden, was Tomek und Jósef einbrachten, und Friedel Kowalek hatte schon längst nicht mehr das Sagen wie früher.

An diesem Sonnabend wollte Jósef nicht frühstücken, hatte schon seine Hausschuhe mit den Stiefeln gewechselt, sich die Jacke übergezogen und nach seiner Tasche gegriffen, in der diesmal keine Brote waren.

Warum gibst du mir nichts zu essen mit? fragte er Janka. Ich habe bis zum Abend im Reitstall Schicht.

Die Sonne schien in die Küche und machte den kargen Raum gemütlich. Auf dem Herd summte das Teewasser, der Tisch war wie in Ujazd gedeckt, selbst die frühere Sitzordnung hatte man übernommen, und alles machte den Eindruck zuverlässiger Regelmäßigkeit.

Was gibst du diesmal in die Kasse? fragte Janka statt dessen.

Sie merkte, wie Jósef zusammenzuckte und seine Hände sich hinter seinem Rücken am Fensterbrett festhielten, vor dem er stand. Im Flur klappte eine Tür, jeden Moment konnte Renata oder die Mutter reinkommen.

Du hast deinen Job verloren, nicht wahr?

Jósef wollte widersprechen, kriegte aber nichts anderes zustande als ein verzweifeltes Ja.

Warum?

Sie haben behauptet, ich hätte Geld gestohlen.

Mehr brachte er nicht heraus. Janka begriff auch so die Verletzung seines Stolzes. Wie selbstverständlich drückte sie ihm ihr mühsam verdientes Geld in die Hand und sagte, er solle nachher davon in die Kasse legen, was er für richtig halte.

Jósef steckte das Geld nicht ein. Er hielt es zwischen den Fingern, als müsse es jeden Augenblick in Flammen aufgehen.

Ich habe abends Blumen verkauft, in Kneipen und Restaurants, das ist mein Lohn.

Und was verlangst du dafür?
Janka ging durch den Kopf, daß sie ihn bitten könnte, nicht mehr zu trinken, daß er sich nach neuer Arbeit umsehen oder den Sprachkurs wieder besuchen solle. Aber sie sagte:
Daß du mich nie mehr anlügst. Es ist doch egal, wer von uns beiden das Geld verdient. Die Hauptsache ist, wir finden einen Anfang.
Anfang wovon?
Von unserem Leben hier.
Jósef versuchte ein Lachen. Er ging hin und her, als wüßte er nicht, wo die Tür ist.
Wenn du das hier Leben nennst, sagte er und versuchte abermals zu lachen. Dann legte er die Geldscheine auf den Tisch zwischen die Tassen und Teller.
Als Friedel hereinkam, um den Tee aufzugießen, sagte er:
Ich muß in den Reitstall, in anderthalb Stunden fängt meine Schicht an.
Dann nahm er seine leere Tasche, als sei da sein Mittagbrot drin, zeigte auf das Geld zwischen den Tellern und sagte ungewöhnlich leise, daß die Scheine dort für die Haushaltskasse seien.
Von wem? fragte Friedel, und Janka antwortete: Von uns.

Alles war viel schneller gegangen, als Kalle und Adam geplant hatten. Die Computer stapelten sich versandfertig im Büro, im Laden und in der Werkstatt. Zum Teil war das Tomek zu verdanken, der jeden Tag bis in die Nachtstunden hinein gearbeitet hatte und, wie Adam sagte, immer mehr von der Sache verstand.
Wenn der so weitermacht, sagte er zu Kalle, versteht er eines Tages mehr vom Geschäft als wir beide zusammen.
Und dann?
Dann macht er seinen eigenen Laden auf.

Kalle lachte nur. Bis es soweit sei, meinte er, müsse noch viel Wasser die Spree runterfließen, vorerst sei Tomek von ihnen abhängig, und dabei solle es auch bleiben.
Wie gesagt, die dreißig Computer für den ehemaligen Chef in Leszno standen zum Abtransport bereit. Kalle machte Druck. Wenn du die Kisten nicht wegbringst, setz ich die Ware anderweitig ab, sagte er und fummelte an seinem goldenen Ohrring herum.
Längst hatte Tomek mit Vera Kontakt aufgenommen. Sie wollte sich den VW-Bus von Urs leihen, den er einem Freund verkauft hatte, und ihr Visum steckte schon in der Tasche.
Von mir aus, hatte sie gesagt, von mir aus kann es nächstes Wochenende losgehen, nur am Montag muß ich wieder im Institut sein.
Alles klar.
Renata und Jan sollten mitkommen, für mehr Personen war wegen der Computer kein Platz. Janka hatte ohnehin abgewinkt, und Friedel behauptete, daß die weite Reise für sie zu anstrengend sei. Im Grunde genommen wußte sie nur nicht, bei wem sie wohnen sollte, fürchtete die vielen Fragen nach dem guten Leben im Westen, die sie nicht überzeugend beantworten könnte. Was sollte sie Jósefs Mutter sagen? Was dem alten Staszak? Und um an Stefans Grab zu stehen, war die Zeit auch noch nicht gekommen.
Fahrt mal alleine, sagte sie, für unsereins ist immer noch Zeit.
Jósef wurde nicht gefragt.
Jan schlief vor Aufregung schlecht. Er schwitzte mehr denn je, und ab Mitte der Woche fing sein Kopf an zu glühen. Fieber. Am Donnerstag zeigten sich kleine rote Flecken in seinem Gesicht, die sich bald auf dem ganzen Körper verteilten, zu Bläschen wurden, die aufplatzten und verkrustete Hügelchen bildeten. Windpocken. Da kam die Reise nach Ujazd für ihn nicht mehr in Frage.

Zu elend, um zu protestieren, lag er weinend, die Decke über dem Kopf, im Bett, dachte an die Großmutter, schmeckte ihre Milchsuppe, sah Suszko, den Postboten, vor sich, mehr noch den Dorfpolizisten und die beiden Jungstörche, die inzwischen sicher schon fliegen konnten. Auch Renata heulte, hatte schon eingekauft und mußte jetzt ihre Geschenke für die Mutter Tomek mitgeben. Und damit die Fedeczkowa nicht vor Enttäuschung der Schlag traf, schickte man ihr ein Telegramm.

Tomek hatte in aller Herrgottsfrühe mit Adam die Computer eingeladen, kein Zentimeterchen Platz war zu verschwenden. Das Gewicht lag schwer auf den Achsen, und Tomek würde vorsichtig fahren müssen. Bis zum Schluß hatte er um die Abwicklung seines Geschäfts gebangt. Kalle hatte ständig etwas von den Sicherheiten gemurmelt, die Tomek nicht zu bieten hatte.

Wer sagt mir, daß du nicht mit den Kisten über alle Berge gehst, hatte Kalle immer öfter behauptet, je näher der Tag der Fahrt nach Ujazd rückte. Erst hatte Tomek nur gelacht, dann hatte er Vera ins Spiel gebracht, deren Name und Beruf Kalle beeindruckten. Auch daß sie den Wagen zur Verfügung stellte, schien Kalle eine Sicherheit zu sein. Als er das aber wieder vergaß und abermals damit anfing, wurde Tomek wütend.

Wenn du glaubst, ich bin ein Betrüger, verkauf deine Computer, die ich dir zusammengebaut habe, doch selbst und sag gleich dazu, woher und wie du dir die einzelnen Teile aus Taiwan und Japan beschafft hast.

Darauf schwieg Kalle, spielte an seinem Ohrring und sagte: Ihr Polen seid alle gleich. Gibt man euch den kleinen Finger, droht ihr, den ganzen Arm auszureißen.

Bevor es zu einem richtigen Streit kam, mischte sich Adam ein, erwähnte Zygmunt, der Tomek vertraute und den Kalle

kannte. Das müßte in so einem Geschäft als Sicherheit genügen.
Erst hatte Vera Bosco mitnehmen wollen. Aber dann war sie von dem Plan wieder abgerückt. Ludwik Janik neben der Tochter auch noch den Enkel zuzumuten schien ihr zuviel. Auch auf seine Frau, die laut Anna zeit ihres Lebens unter ihrer Kinderlosigkeit litt, wollte Vera Rücksicht nehmen, obwohl sie sich kaum noch an das Aussehen von Zofia Janik erinnern konnte. Ihrer Erinnerung nach war es eine blasse, etwas rundliche Frau, die sowohl Anna als auch ihr damals aus dem Weg gegangen war. Also würde Bosco in Berlin bleiben und das Wochenende bei Lotte verbringen, denn Anna wollte Vera aus der Sache heraushalten.
Natürlich hatten sie miteinander telefoniert.
Wo wirst du wohnen? hatte Anna gefragt, und Vera hatte geantwortet:
Ich weiß nicht, vielleicht bei Renatas Mutter.
Anna wußte, daß Vera nicht neben der Witwe Fedeczkowa im Ehebett schlafen würde, auch nicht in der Küche auf dem Sofa, wo Jan bei Besuchen sein Bett gemacht bekam. Anna kannte sich in den Häusern von Ujazd aus.
Tomek wird mich unterbringen, fuhr Vera fort, ich habe mich nicht darum gekümmert.
Und du willst Ludwig Janik treffen?
Das habe ich vor, sagte Vera ein bißchen zu laut, soll ich ihn von dir grüßen?
In Veras Vorstellung sanken Annas Schultern nach vorn, sie glaubte zu wissen, daß die Mutter blaß geworden war, und stellte sich auf Widerspruch ein.
Aber Anna sagte, Vera möge ruhig Grüße ausrichten, wenn sie es wolle, und wünschte ihr eine gute Fahrt.
Unabhängig voneinander legten sie die Hörer vorsichtig auf, unzufrieden über das, was sie zueinander gesagt hatten. Im

ersten Moment wollte Anna Veras Nummer erneut wählen, wollte zumindest fragen, wo Bosco bleiben würde. Aber sie ließ es. Zu müde und unfähig, sich weiterhin dem Lauf der Dinge in den Weg zu stellen, machte sie sich auf, um Oskar zu besuchen.

Vera hatte nicht mit dem lähmenden Gefühl gerechnet, das sie durchfuhr, als sie neben Tomek im Bus saß. Alles in diesem Auto erinnerte sie an Urs, auch wenn keine Teile seiner Fotoausrüstung herumlagen, keine Zigaretten, keine Zeitungen, Landkarten oder Wasserflaschen. Es waren die Geräusche des Autos. Automatisch hielt sie sich mit der rechten Hand am Griff über dem Fenster fest. Der Knopf der Gangschaltung klapperte noch immer und klopfte ihr die Erinnerungen aus dem Gedächtnis. Sie sah, wie sich Urs während des Fahrens eine Zigarette in den Mund steckte und sie so lange von einem in den anderen Mundwinkel schob, bis sie ihm Feuer gab. Sie fühlte seine Hand in ihrem Nacken und wartete darauf, daß er gleich anhielt, weil er ein Motiv gefunden hatte, das jetzt zu fotografieren war. Aber Urs war weit weg, in Lissabon oder Casablanca, und sie war auf dem Weg nach Polen, um sich ihrem Vater als Tochter vorzustellen.
Die Kommunikation mit Tomek erschöpfte sich bald. Für eine Unterhaltung reichte sein Deutsch noch nicht aus. Es blieb bei dem Austausch von Informationen, wie lange die Fahrt dauere, daß es an der Grenze Schwierigkeiten geben könne, Tomek das erste Mal nach der Aussiedlung wieder nach Hause komme und daß er versuchen wolle, Vera eine Unterkunft im Kombinat zu verschaffen.
Bei Herrn Janik? fragte sie erschrocken.
Nein, sagte Tomek, im Schloß gibt es Gästezimmer.
Im Schloß, sie würde also im Schloß wohnen, in Annas Elternhaus, vielleicht in dem Zimmer, das die Mutter damals

bewohnte, als sie sich heimlich mit Ludwik Janik getroffen hatte. Der Gedanke beunruhigte sie, auch das Gefühl der Einmischung, dem sie sich nicht mehr entziehen konnte.
Die schiefergraue Autobahn kam ihr wie ein Magnetband vor, das sie Kilometer um Kilometer nach Osten zog, hinweg über die bügelbrettflache Landschaft mit den kleinen Wäldchen zwischen großen Feldern, deren Bäume sich, ineinander verhakt und verzweigt, westwärts bogen wie Netze im grünen Meer der Roggenschläge.
Sie wünschte sich Regen. Vielleicht wollte sie auch nur das Quietschen des Wischers hören, das hüpfende Rubbeln des linken Gummiblattes, das für Sekunden die Umrisse eines Fächers auf der Scheibe hinterließ und dadurch die Sicht erschwerte. Aber es schien die Sonne. So weit das Auge reichte kein Dorf, keine Stadt, und noch war Polen weit weg.
Tomek war Vera dankbar, daß sie auf keiner Unterhaltung bestand. Immer wieder horchte er nach hinten, ob die Geräte auch nicht ins Rutschen gerieten. In einer Stunde würden sie Frankfurt/Oder erreichen. Dann kam die Grenze und damit der Zoll.
Nur nicht nervös werden, nicht ängstlich und nicht frech, das hatte Adam gesagt. Je sicherer du auftrittst, um so größer sind deine Chancen. Um sich abzulenken, fragte er Vera, warum sie diese Reise mit ihm unternahm.
Meine Mutter ist in Ujazd geboren, sagte sie, mein Großvater und Urgroßvater.
Aber Sie waren schon mal da, warum wollen Sie wieder hin?
Und weil Tomek keine Worte dafür fand, daß es seiner Meinung nach für Fremde in Ujazd nichts zu besichtigen gab, auch wenn noch so viele Großväter von ihr in Ujazd gelebt hatten, fügte er hinzu:
Ich bin auch dort geboren.
Sehen Sie, sagte Vera, Sie fahren ja auch hin.

Ich muß.
Tomek zeigte mit dem Daumen nach hinten, wo die Computer lagen. Der klopfende Rhythmus, der sich durch Rillen zwischen den Betonplatten der Autobahn ergab, setzte sich in ihren Köpfen fort und animierte Tomek zum Zählen.
Jeden, dwa trzy, cztery, begann er, und Vera fuhr fort: Fünf, sechs, sieben, acht...
Sie zählten immer wieder von vorn durch, sangen dazu Melodien von Kinderliedern und Schlagern, mal in Polnisch, mal in Deutsch, bis die ersten Schilder auf Frankfurt/Oder hinwiesen und sie die Autobahn verlassen mußten.
Tomek hatte seine Ausfuhrgenehmigung ordnungsgemäß ausgefüllt, und auf der deutschen Seite tauchten weder Fragen noch Probleme auf. Als der Wagen langsam auf die polnische Seite rollte, klammerte sich Tomeks Hand an den Knopf der Gangschaltung, der nun nicht mehr klapperte und Vera aufmerksam machte.
Was ist los? fragte sie und sah ihn besorgt an.
Was soll los sein, nichts.
Als der erste polnische Grenzer an ihren Wagen trat und die Papiere verlangte, bekam Tomek kein Wort heraus. Und weil er wie gelähmt am Steuer saß, reichte Vera dem Grenzer erst mal ihre Papiere hin.
Zlotys eintauschen, radebrechte der, ohne einen Blick ins Wageninnere zu werfen. Freundlich streckte er jetzt Tomek die Hand hin:
Bitte Papiere, mein Herr.
Tomek reichte seinen Paß aus dem Fenster. Der Grenzer kontrollierte Blatt für Blatt und warf nun doch einen Blick in den Wagen. Dann winkte er die beiden durch, damit sie sich am Schalter ihre Stempel holen konnten.
Vera merkte, wie Tomek schwitzte, und sah jetzt auch, daß

der Grenzer am Schalter seinem Kollegen etwas sagte. Sie hatten ihre Mützen weit ins Genick geschoben. Sie wirkten weder streng noch freundlich, auch nicht abweisend und wiesen Tomek an, den Wagen zur Kontrolle auf die Seite zu fahren, wo sich ein Kollege vom Zoll ihrer annähme.
Bis sie endlich als einzige auf dem Mittelstreifen standen, hatte Tomek den Motor zweimal abgewürgt. Rechts und links bildeten sich Autoschlangen, die sich wieder auflösten. Es passierte nichts. Keiner der Zöllner, die fünfzig Meter weiter ihren Dienst versahen, zeigte Interesse an ihnen.
Hier ist etwas faul, sagte Vera, ich weiß nur nicht, was.
Tomek begnügte sich mit einem Achselzucken und hatte die Hände um das Steuer gelegt, als gelte es, eine Serpentinenabfahrt zu bewältigen.
Also gut, sagte Vera, stieg aus dem Bus und ging zu den Zöllnern, die einen Wagen nach dem anderen abfertigten, hineinsahen, ihre Fragen stellten, auch schon mal kontrollierten, höflich grüßten und zur Weiterfahrt winkten. Es schien sie nicht zu stören, daß Vera neben ihnen stand. Sie reagierten auf nichts, was auch immer sie sagte.
Hören Sie, rief sie schließlich aufgebracht, wie lange sollen wir da noch stehen?
Müssen warten, sagte einer der Zöllner. Dabei sprach er das ü wie ein i aus und sah haarscharf an Vera vorbei in Richtung Bus, vielleicht auch darüber hinweg. Dann wandte er sich wieder dem nächsten Auto zu und schien sie vergessen zu haben.
Obwohl Tomek hinter dem Steuer sitzen geblieben war, hatte er den Blick des Zöllners wie ein Signal aufgefangen. Er griff in die Tasche, holte einen Hundertmarkschein hervor, glättete ihn sorgfältig und legte ihn in seinen Paß.
Vera riß die Wagentür auf und rief ihm wütend die Worte des Zöllners zu, wobei sie ebenfalls das ü wie ein i aussprach.

Der Bus gehört mir nicht, sagte sie, ich kann nicht riskieren, daß er beschlagnahmt wird.

Tomek dachte an seine dreißig Computer, dachte an Kalle, der ihm den Laufpaß geben würde, wenn er unverrichteterdinge zurückkäme, vor allem aber dachte er daran, die Chance zu verpassen, sich eine eigene Existenz zu gründen. Er nickte Vera zu und stieg aus.

Plötzlich sah er die Spatzen auf dem Mittelstreifen im Sand baden. Er spürte den Sommerwind, der zwischen Abgasen und Benzinschwaden den Geruch von Heu mit sich führte. Heu, seit Tomek in der Stadt wohnte, roch er zum erstenmal wieder Heu. Stumm reichte er einem Zöllner seinen Paß hin, der ihn mehrmals auf die Knöchel seiner Hand klopfte, als könne er hören, ob es sich lohne, ihn aufzuklappen. Tomek zeigte keine Erregung. Ihm half der Duft des Heus, der ihn beruhigte und ihn an die Wiesen von Ujazd denken ließ.

Der Zöllner drehte sich zu dem nächsten Auto um, das gerade hinter ihm gestoppt hatte. Jetzt sieht er den Hunderter, dachte Tomek, jetzt steckt er ihn ein oder...

Der Zöllner wandte sich wieder Tomek zu, und alle Leblosigkeit war aus seinem Gesicht gewichen. Er reichte ihm den Paß zurück und gab ihm mit einer selbstverständlichen Handbewegung zu verstehen, sich in die Schlange einzureihen, als sei nichts anderes zu erwarten gewesen.

Plötzlich roch Tomek kein Heu mehr, sah auch nicht mehr die Spatzen im Staub baden, er sah nur im Bus die Kartons, in denen seine Computer verpackt waren, und sagte zu Vera, als er die Tür aufmachte: Alles okay.

Zügig fuhren sie in Richtung Zielona Góra, ein Städtchen, das früher Grünberg hieß, von wo es dann weiter nach Nowa Sóo und über Głogów nach Ujazd ging.

Kurz bevor sie in Krosno über die Oder fuhren, hielt Tomek an und stieg aus. Vera war wütend, daß er einfach ohne

Erklärung verschwand. Aber dann stand er mit einem großen Wiesenstrauß vor ihr. So schöne Margeriten hatte sie noch nie gesehen, Glocken- und Butterblumen waren dabei, Gräser, wilde Akelei, Hahnenfuß und dazwischen Klatschmohn, immer wieder Klatschmohn.
Polnische Blumen als Dank für Sie, sagte Tomek, drückte ihr den mächtigen Strauß in die Arme und küßte ihre Hand.
Aber Tomek, sagte Vera verdutzt, was soll ich denn hier mit den Blumen anfangen?
Egal, sagte Tomek und lächelte verlegen, noch habe ich nichts anderes zu geben.
Mit jedem Kilometer, den sie zurücklegten, wurde Vera aufgeregter.
Wo werden Sie schlafen? fragte sie Tomek, und er antwortete: In Leszno. Wenn es nach ihm ginge, fügte er leise hinzu, würde er gleich, nachdem er seine Computer abgeliefert habe, wieder zurückfahren.
Warum?
Weil ich noch nicht gelernt habe, nach Hause zu kommen, ohne zu Hause zu bleiben.
Von Glogów bis in die Kreisstadt war es nicht mehr weit. Die Straßen waren holprig und schmal, von Häusern umsäumt, die in ihrer Ärmlichkeit auf Vera verlassen wirkten. Tomek nannte jeden Namen der kleinen Orte, durch die sie kamen, lachte manchmal seltsam traurig, zeigte auf eine Kirche, ein altes Gutshaus oder einen Dorfplatz. Alles schien ihn an etwas zu erinnern. Als sie über die Brücke der Eisenbahnschienen in die Kreisstadt einbogen und einen Moment lang der winzige Bahnhof zu sehen war, sagte er:
Von hier sind wir abgefahren, die Mutter, Janka, der Józef, Renata, Jan und ich.
Die Kreisstadt, die nicht mehr als zehntausend Einwohner zählte, war noch immer vom Zweiten Weltkrieg gezeichnet.

Die schmalen Gassen mit ihren ramponierten Häusern wirkten trostlos. Ein paar Pferdefuhrwerke zockelten über das Pflaster, hin und wieder auch ein Auto. Auf dem Marktplatz verkauften Frauen Kohl und Rüben. In den Schaufenstern der Geschäfte waren kaum Auslagen zu sehen, und Vera kam es vor, als bewegten sich die Menschen hier langsamer als anderswo. Manche standen so dicht zusammen, als sei es Winter, und sie müßten sich aneinander wärmen.

Tomek machte den Eindruck, als führe er den Bus mit geschlossenen Augen. Er kannte jeden Stein und jede Senke in der Straße, fuhr in gleichmäßigem Tempo und ohne einen Anflug von Wiedersehensfreude.

Sie brauchten nur ein paar Minuten aus der Stadt heraus, dann waren sie auf der Chaussee nach Ujazd. Vera glaubte ihren Augen nicht zu trauen. Dort, wo bei ihrem letzten Besuch noch der Sockel des Bismarckdenkmals stand, das der Mann von Annas geschichtenumwobener Großtante Helene gestiftet hatte, schwebte hoch über den Kronen der Bäume ein überdimensionaler Bulle gegen den Horizont. Sein mächtiger Kopf reckte sich nach Osten, als würde er sich jeden Augenblick quer über den Himmel auf den Weg machen. Das Tier, so, wie es sich dem erschrockenen Betrachter darstellte, mußte die Größe einer Lokomotive haben.

Was ist das? fragte sie entsetzt.

Der Preisbulle vom Kombinat, sagte Tomek.

Und, fragte Vera, noch immer von dem ungewöhnlichen Anblick fasziniert, sind die Leute mit dieser absurden Ehrung eines Bullen mitten in der Landschaft einverstanden?

Die Leute? Tomek sah Vera erstaunt an, die werden bei so etwas hier nicht gefragt.

Das Dorf Ujazd hatte sich nach Veras Erinnerung nicht verändert. Mickrig und klein wie immer lag es zwischen

den mächtigen Eschen, die entlang der Dorfstraße wuchsen.
Auf dem Dorfplatz neben der Busstation stand der Kiosk.
Schräg gegenüber hockten vor der Tür des Kaufmannsladens, genau wie vor zwei Jahrzehnten, als Vera Anna hier besucht hatte, ein paar Männer mit Bierflaschen in der Hand auf einem Mäuerchen.
Tomek fuhr langsamer und erkannte sofort den alten Staszak, Perka, Adamski und Suszko, den Postboten.
Tomek, sagte Piotr Perka zu den anderen, da im Auto ist Tomek Kowalek.
Obwohl Tomek ohne Stop an ihnen vorbeifuhr, konnten alle einen Moment lang seine Hand sehen, mit der er grüßte, so, wie sie es von ihm gewohnt waren, wenn er früher mit seinem Motorrad an Kirkors Laden vorbeigefahren war.
Der Hundsfott, polterte der alte Staszak los, kaum hat er eine deutsche Karre unterm Arsch, schämt er sich, seine Landsleute anständig zu begrüßen.
Vielleicht hat er keine Zeit, verteidigte Perka den früheren Nachbarn, er war ja nicht allein, und Suszko behauptete darauf, nicht Renata, sondern die Tochter von Pani Anna habe neben dem Tomek gesessen.
Als das Auto vor dem Schloß hielt und Tomek den Motor abstellte, blieb Vera sitzen.
Kommen Sie nicht mit?
Nein, sagte sie, ich will lieber im Auto warten, ob mein Besuch willkommen ist.
Es war ganz still, als Tomek in dem wuchtigen Gebäude verschwand. Die Fenster wirkten im Abendlicht wie in die Mauern geschlagene Löcher. Kein Geräusch auf dem Hof, kein Hund, der bellte, nicht einmal Katzen lungerten herum. Totenstille. Nur sauber aufgereihte Anhänger für Traktoren, Eggen, Pflüge und andere landwirtschaftliche Geräte. Der Zementboden war sauber gefegt, nirgendwo ein Strohhalm,

ein Klümpchen Erde oder auch nur ein Stückchen Papier.
Vera fürchtete sich vor dieser lautlosen Ordnung.
Plötzlich öffnete sich das große Portal, und Ludwik Janik kam heraus wie aus einer Theaterkulisse, ihr Vater. Er war älter geworden, sein Schritt behäbiger und sein Haar fast weiß.
Guten Abend, sagte er, und herzlich willkommen.
Sie las ihm seine Verwunderung über ihren Besuch an den Augen ab. Seine Hand war schmal und fest, und ohne hinzusehen, wußte sie, daß ihre der seinen ähnelte. Vielleicht hatte sie auch die Füße von ihm. Er trug handgearbeitete Schaftstiefel, dazu Breeches, ein T-Shirt und eine Sommerjacke. So lässig gekleidet hatte sie ihn nicht in Erinnerung. Und da sie sich ihm zur Begrüßung vor dem Elternhaus ihrer Mutter, das inzwischen sein Zuhause geworden war, nicht als seine Tochter vorstellen konnte, fiel ihr nichts anderes ein, als zu fragen, ob sie sich nicht besser ein Quartier in Leszno suchen solle.
Ludwik Janik lachte, legte den Kopf schräg, so wie es ihre Art war, wenn sie etwas amüsierte, und sagte:
Aber nein, wir haben mit Ihnen gerechnet. Pani Fedeczkowa hat mich gefragt, ob Sie im Kombinat unterkommen könnten, bei ihr sei es für einen Gast zu beengt.
Tomek hatte inzwischen Veras Tasche aus dem Bus genommen und sie Ludwik Janik in die Hand gedrückt. Dann machte er Anstalten, sich zu verabschieden.
Jetzt schon? fragte Vera ängstlich.
Aber Ludwik Janik griff nach ihrem Arm und führte sie, als sei sie gebrechlich, auf das Portal des Schlosses zu.
Er will noch Bekannte begrüßen, sagte er, und dann weiter nach Leszno. Er ruft an, wenn er Sie wieder abholt.
Tomek sprang in den Wagen, ließ den Motor an, winkte Vera zu und fuhr los. Erst jetzt merkte Vera, daß sie noch immer den Wiesenstrauß in den Händen hielt.
Das Glas der Portaltür klirrte, als Ludwik Janik sie hinter ihr

zumachte und abschloß. Der Schlüssel schnappte genau so, wie er bei Annas Vater geschnappt haben mußte. Nur innen sah es jetzt anders aus. Aber Vera wußte nicht, worin die Veränderungen im einzelnen bestanden, da sie die Halle nur so kannte, wie sie jetzt aussah, kühl und trostlos, ohne Truhen, Schränke und Spiegel, ohne Bilder und Jagdtrophäen. Ihre Schritte hallten, woran Ludwik Janiks Ohren offensichtlich gewohnt waren, denn er gab sich keine Mühe, leise zu gehen. Beim Anblick der Flügeltüren fiel Vera von Fotos und Erzählungen der Mutter wieder ein, was in Annas Kindheit dahinter verborgen gewesen war: Salon, Damenzimmer, Herrenzimmer, Eßzimmer und ein Saal, in dem die Diners stattzufinden pflegten. Ludwik Janik, der ihre Gedanken ahnte, öffnete die Türen.
Die Räume, sagte er, würden immer noch auf die gleiche Weise genutzt. Das hier sei die Bibliothek, hier die Caféstube, der Raum dort drüben das Billardzimmer und daneben der Fernsehraum. Auch der Saal stünde noch der Dorfjugend zum Theaterspielen zur Verfügung.
Ich weiß, sagte Vera ohne Interesse, ich war ja schon einmal hier.
Im oberen Flur stand Zofia Janikowa und blickte an Vera mit aufgerissenen Augen vorbei, als müsse ihr noch jemand folgen. Erst als sie sich davon überzeugte, daß Vera wirklich der einzige Gast war, reichte sie ihr die Hand.
Dobry wieczór!
Guten Abend!
Und weil Zofia offensichtlich befürchtet hatte, daß auch Anna, der sie nach wie vor Ludwiks Schicksal in die Schuhe schob, mitgekommen sei, überreichte ihr Vera den Wiesenblumenstrauß, als sei er für niemand anderen als Pani Janikowa gepflückt worden.
Zofia sah hilflos Ludwik an, der ihr lächelnd zunickte.

Sie brauchen Wasser, sagte Vera, um Zofia aus der Verlegenheit zu helfen. Vera betrachtete Ludwik verstohlen und überlegte, ob er wohl jemals seiner Frau einen Wiesenblumenstrauß gepflückt hatte. Im Wohnzimmer mußte der Tisch schon vor geraumer Zeit gedeckt worden sein. Vera sah es am Brot, das sich an den Rändern leicht krümmte, an dem Käse, auf dessen Oberfläche sich winzige Tröpfchen gebildet hatten, und an der Haut auf der Milch, die neben einem Schüsselchen rote Grütze stand.
Zofia zupfte an der Decke, schob Teller und Besteck neu zurecht und bat Vera, Platz zu nehmen.
Sie haben mich erwartet?
Ludwik nickte. Ich sagte Ihnen doch, Pani Fedeczkowa hat uns informiert.
Zofia, die kein Wort deutsch sprach, bewirtete den deutschen Gast stumm, höflich und ohne Neugier. Hin und wieder hob sie den Blick, und dann erschrak Vera, weil er sich förmlich in ihr Gesicht bohrte, aber nur kurz, so daß es ihr nicht gelang, ihn zu erwidern.
Sie mag mich nicht, dachte Vera, sie ist eifersüchtig, und wahrscheinlich erinnere ich sie an Anna.
Ich hoffe nicht, sagte Vera etwas gespreizt, daß ich Ihnen mit meinem Besuch zur Last falle.
Wie kommen Sie darauf? Ludwik lächelte sie voller Herzlichkeit an. Es sah sogar so aus, als wollte er nach ihrem Arm fassen. Aber im letzten Moment besann er sich, und seine Hand blieb wie verloren auf dem Tisch zwischen den Tellern dicht neben ihrer Hand liegen. Was für eine Ähnlichkeit der Hände vom Ansatz der Finger bis hin zu der auffallend länglichen Form der Nägel. Bemerkte er das nicht? Zofia starrte auf die beiden nebeneinanderliegenden Hände. Ihr Mund öffnete sich zu einem langgezogenen, leisen Oh, mit dem sie gleichzeitig ein Salzfaß umwarf.

Das bringt Glück, sagte Ludwik.
Dabei sah er nicht seine Frau an, sondern Vera, die durch Zofias kleinen Ausruf verwirrt ihre Hand vom Tisch zog. Von jetzt an würde sie auf der Hut sein.
Ich werde morgen Frau Fedeczkowa besuchen, sagte sie, auch Jósefs Eltern.
Und weil sie es für ein gutes Ablenkungsmanöver hielt, ließ sie sich von Ludwik Janik aufzeichnen, wo die jeweiligen Häuser im Dorf lagen. Dann bat sie ihn, seiner Frau ihren Dank für das Abendbrot zu übersetzen, und gab vor, müde zu sein.
Schon? fragte Ludwik Janik sichtlich enttäuscht, er habe gerade einen Abendspaziergang vorschlagen wollen, um ihr zu zeigen, was sich alles im Kombinat verändert hat.
Ich verstehe nichts von Landwirtschaft, sagte Vera und sah Zofia dabei an, ich bin Biochemikerin und in der Stadt groß geworden.
Aber vielleicht wollen Sie durch den Park gehen? Sie wissen doch, wie schön er ist und was für seltene Bäume darin stehen.
Kommt Ihre Frau mit?
Ludwik glaubte eine Herausforderung in Veras Stimme zu hören und sah sie bestürzt an, aber gab die Frage mit der gleichen Kürze an Zofia weiter, als sei ihm ihre Begleitung ebenso recht wie gleichgültig. Auch ihre Antwort war kurz.
Nein.
Sie begann, den Tisch abzuräumen, und zu Veras Verwunderung legte Ludwik den Arm um seine Frau. Einen Atemzug lang schienen sie miteinander verwachsen. Als halte man einen laufenden Film an, um das Bildmaterial zu kontrollieren, dachte Vera.
Sie hat keine Zeit, sagte Ludwik und strich seiner Frau über das Haar.

Im Park war kein Mensch zu sehen.
Dörfler, sagte Ludwik, gehen am Abend nicht spazieren. Die sitzen vorm Haus, im Garten oder beim Nachbarn.
Die Wege zogen sich wie eh und je in weiten Bögen von einem Ende der Mauer zum anderen. Hier hatten Krieg und Besitzwechsel nichts verändert. Nur die Bäume waren gewachsen, stießen in ihren Kronen aneinander und bildeten hohe, grüne Tunnel, durch die Vera neben Ludwik Janik hindurchging. Die Blätter hingen wie aus Blech im Geäst. Kein Windzug, der von Osten her durch die Zweige strich. Das Abendlicht schien die Zeit aufzuheben. Wenn es dunkel genug war, würde sie ihm die Wahrheit sagen. Vielleicht würde er dann auch den Arm um sie legen und über ihr Haar streichen.
Sind Sie hier auch mit meiner Mutter langgegangen? fragte sie.
Ludwiks Schritt hatte nur eine Sekunde gezögert, trat dann aber fester auf.
Ich soll Sie von ihr grüßen, fuhr Vera fort, sie hat mir viel von Ihnen erzählt.
Das glaube ich Ihnen nicht, sagte Ludwik, und Vera erschrak, daß er sie auf Anhieb bei ihrer Lüge ertappt hatte. Es wurde langsam dunkler, und es blieb ihr nicht mehr viel Zeit, wenn sie die Gunst der Stunde ausnutzen wollte.
Anna, sagte sie wohlüberlegt, Anna hat, soviel ich weiß, den Mann, den sie so überstürzt heiratete, nie wirklich geliebt.
Horchte er auf? Begriff er, warum sie von dem Mann und nicht von ihrem Vater sprach? Tatsächlich blieb er stehen, legte sogar den Arm um ihre Schulter und beugte sich zu ihr herunter, wie er sich vorhin zu Zofia heruntergebeugt hatte.
Das geht mich nichts an, sagte er mit einer heiseren Stimme, die fremd klang, und wollte sie wieder loslassen. Aber sie hielt seine Hand fest.
Meine Mutter hat Sie sehr gern gehabt.

So? Ludwik schüttelte Veras Hand ab, als sei ihm die Berührung unangenehm. Es war inzwischen zu dunkel, um sein Gesicht erkennen zu können.
Ich habe kein Bedürfnis, mit Ihnen über meine Vergangenheit oder Ihre Mutter zu sprechen, und ich bitte Sie, das zu respektieren.
Er drehte sich um und ging langsam den Parkweg zurück.
Im Haus führte er sie schweigend an seiner Wohnung vorbei und öffnete eine Tür auf der gegenüberliegenden Seite des Flurs.
Ich hoffe, Sie werden in dem Haus Ihrer Großeltern gut schlafen, sagte er höflich.
Und was war das hier früher für ein Zimmer?
Es war das Zimmer Ihrer Mutter.
Vera brauchte all ihre Phantasie, um sich diesen Raum als Annas früheres Zimmer vorzustellen. Ein Schrank stand hier, ein Tisch, ein Stuhl, ein wackliger Sessel, ein Bett und ein Nachttisch. Warenhausmöbel. An den graugestrichenen Wänden hingen gerahmte Kalenderblätter, und von der Decke baumelte eine Glühbirne in einer milchigen Glaskugel. Vera kramte in ihrem Gedächtnis, was die Mutter von ihrem Mädchenzimmer erzählt hatte. Ein Barockschreibtisch zum Beispiel, der neben dem Fenster gestanden haben soll, und über dem dazugehörigen Sofa eine in Gold gerahmte Landschaft, daneben das Gehörn der Rehböcke, die Anna als junges Mädchen geschossen hatte. Mehr wußte Vera nicht. Diese Gegenstände sich hier vorzustellen war zum Lachen. Ihr kam der Gedanke, die Mutter habe in der über Jahrzehnte gewachsenen Erinnerung übertrieben und alles, mit der Tradition des Adels versehen, größer und feudaler dargestellt, als es jemals war. Es gelang Vera nicht so ohne weiteres, sich in die Lage der jungen Anna hineinzuversetzen. Was war an diesem zu pompös geratenen Gebäude, an diesem ärmlichen Dorf, an

dieser Bügelbrettlandschaft dran, daß man bis ins Alter davon Aufhebens machte?
Sie trat ans Fenster, sah hinaus in den Park mit den mächtigen Platanen, den Buchen und Eichen. Die Bäume waren das einzige, was hier imponierte und noch am ehesten in die Erzählungen der Mutter paßte.
Sie legte sich, ohne Licht zu machen, auf das schmale Bett. Plötzlich war ihr Anna ganz nah. Vera glaubte sie neben sich zu spüren und mit ihr die Angst um die Wahrheit zu teilen, die sich nicht ans Tageslicht bringen ließ. Der Vater wollte nichts von der Tochter wissen, stellte sich stur und schien alles daranzusetzen, sie mit ihrer unausgesprochenen Wahrheit wieder fortzuschicken. Aber da kannte er Vera schlecht. Wenn es schon der Mutter nicht gelungen war, Ordnung in ihr Leben zu bringen, wollte es wenigstens die Tochter nachholen. Mit diesem Vorsatz schlief sie ein, schlief traumlos und fest, als habe sie sich auf einen Kampf vorzubereiten.
Am Morgen klopfte Zofia an die Tür, kam herein und bat Vera zum Frühstück. Sie unterstrich ihr polnisch mit Gesten, die Essen und Trinken andeuteten und in ihrer Knappheit schroff wirkten und Vera verunsicherten. Zofia hatte offenbar wenig geschlafen, denn dunkle Ringe unter den Augen beherrschten ihr blasses Gesicht. Sie mußte jünger sein als Anna, aber sie wirkte älter, und die Fältchen in ihrem Gesicht schien nicht das Lachen geprägt zu haben, sondern die Traurigkeit.
Vera fragte sich, ob sie dieses Haus hier wohl auch als ihr Zuhause betrachtete. Sie ging hinter ihr den langen Flur entlang, und es kam ihr vor, als hätte Zofia es eilig, mit der Deutschen im Gefolge in die eigenen vier Wände zu kommen. Bitte, sagte sie höflich auf polnisch, bitte nehmen Sie Platz, und lassen Sie es sich schmecken.
Ludwik, der schon am Tisch saß, begrüßte Vera herzlich.

Was wollen Sie heute unternehmen?
Ich werde Frau Fedeczkowa und die Staszaks besuchen, sagte sie ohne Ungeduld, obwohl Ludwik ihren Plan bereits kannte. Im Gegensatz zum Vortag übersetzte Ludwik seiner Frau, was Vera sich vorgenommen hatte.
Bei dem alten Staszak wird sie kein Glück haben, warnte Zofia, aber das übersetzte Ludwik nicht. Er schien etwas anderes zu überlegen und fragte, ob Vera für ihn noch Zeit habe, bevor sie von Tomek wieder abgeholt würde.
Zeit wofür?
Ich möchte mit Ihnen eine Pappel pflanzen, sagte er, es würde mir Freude machen, wenn Sie dabei wären.

Vera kamen der Ort und die Dorfstraße kleiner und trostloser vor als in Annas Erzählungen. Auch die Schule, in die die Mutter gegangen war, das Haus, in dem zu deutschen Zeiten der Metzger gewohnt hatte, die Vorstellung vom Hufschmied oder von Fiebig, dem Totengräber, zu denen sie jeweils eine Geschichte parat hatte, verloren in der Realität die Kraft von Annas Erinnerungen. Die Gehöfte rechts und links der Dorfstraße wirkten auf sie wie ein Bühnenbild, dessen Stück seit langem abgesetzt worden war.
Wie so oft war die Fedeczkowa in ihrem Sessel am offenen Fenster eingenickt. Noch am Abend hatte ihr Tomek außer Geschenken einen Brief von der Tochter gebracht. Den hatte sie immer wieder gelesen. Mit jedem Mal prägten sich ihr mehr Sätze ein, so daß sie die Hälfte schon auswendig wußte. Da sie mit Veras Besuch rechnete, war sie nicht in die Kirche gegangen, sondern hatte sich in ihrem Sonntagskleid ans Fenster gesetzt.
Aber was für eine Enttäuschung, als Vera kam. Die Deutsche hatte nicht viel von der Tochter zu berichten, noch weniger von dem Enkel. Eigentlich wußte die Fedeczkowa später

nicht, warum die Tochter von Pani Anna überhaupt nach Ujazd gekommen war. Nicht einmal die Wohnung kannte sie, in die die Kowaleks ziehen würden, auch im Lager war sie noch nie gewesen, und wie es mit der Zukunft der Aussiedler im Reich aussah, wußte sie ebenfalls nicht.
Vorerst, so hatte Tomek der Schwiegermutter gesagt, sei an eine Übersiedlung ihrerseits nach Berlin nicht zu denken. Und nun wollte sie von Vera wissen, warum.
Wo sechs Personen in einer Wohnung leben, da ist doch auch Platz für eine siebte. In Polen, fuhr sie in ihrem lange nicht benutzten und lückenhaften Deutsch fort, gehören die Kinder nicht nur zur Mutter, sondern die Mutter auch zu den Kindern.
Vera wußte nicht recht, wie sie die Alte trösten sollte.
Ich weiß nicht, sagte sie vorsichtig, ob Sie sich in einer so großen Stadt wohl fühlen würden.
Aber das hätte sie besser nicht sagen sollen, denn nun wurde die Fedeczkowa mißtrauisch, immerhin lebte die Kowalekowa ja auch in Berlin. Vielleicht hatte man ihr die Deutsche geschickt, um ihr die Aussiedlung zur Tochter nach Berlin madig zu machen. Die wußte ja von den Polen in Berlin nicht mehr als der Suszko von den Negern in Afrika. Die Fedeczkowa stellte keine Fragen mehr, war enttäuscht von dem nichtssagenden Gespräch und froh, als Vera sich verabschiedete. Grüße trug sie noch auf, Grüße an Friedel und Pani Anna. Was sie der Tochter zu sagen hatte, sollte Tomek ausrichten.
Nach dieser Begegnung verspürte Vera wenig Lust, bei den Staszaks vorbeizugehen. Weiß der Himmel, vielleicht wollten die auch von ihr wissen, wie man am besten von hier nach Berlin umziehen konnte. Überhaupt wurde dieser ganze Wochenendtrip immer absurder und der eigentliche Grund ihres Besuches verschwand mit jedem Schritt, den sie durch das

fremde Dorf in dem fremden Land machte, hinter einer seltsamen Unwirklichkeit.
Kein Wunder, daß sie erschrak, als sie auf dem Weg zu Staszaks Haus angesprochen wurde.
Entschuldigung, sagte eine Frau in dem gleichen schwerfälligen Deutsch, wie es die Fedeczkowa sprach, sind Sie die Tochter von Pani Anna?
Ja, das bin ich, sagte Vera und betrachtete die kleine Frau mit dem großen, bunten Schultertuch, unter dem sie ganz zu verschwinden schien.
Und wer sind Sie?
Jósefs Mutter, flüsterte Barbara Staszakowa, als dürfe das niemand hören. Kommen Sie, kommen Sie bitte herein.
Sie öffnete die kleine Tür im Hoftor und warf sie schnell hinter Vera wieder zu. Hier wuchsen die Blumen nicht nur vorm Haus, sondern auch im Hof, wucherten in alten Eimern, Trögen und Kübeln, und selbst um den verrosteten Heuwender rankten sich Wicken in allen Farben.
Wie schön, sagte Vera erstaunt, und Barbara erklärte:
Dann sieht man den Tod nicht so.
Wieso Tod?
Die Staszakowa lächelte traurig, und ihre Hände fuhren unter das Schultertuch, wo sie sich aneinander festhielten.
Weil hier alles tot ist, sagte sie, nur wir leben noch und dürfen hier wohnen. Und nach einer Atempause, in der sie über die Blumen hinweg auf die leere Scheune und auf die Ställe blickte, in denen es mucksmäuschenstill war, fügte sie leise hinzu: Unsere Kinder wollten keine Bauern mehr sein.
Vera nickte, als habe sie begriffen, was die Frau ihr da sagte. Aber sie war mehr von dem Anblick fasziniert, der Farbenpracht, dem Duft der Nelken, den Katzen, die sich in der Sonne rekelten, dem kunstvoll gestapelten Holz, den

Schwalben, die lautlos durch das zersplitterte Glas flogen, und der unwirklichen Stille.
Wie schön das ist, sagte sie noch einmal, wie wunderschön.
Wie geht es Jósef? fragte Barbara, die das Staunen der Fremden ungeduldig gemacht hatte.
Jósef?
Ja, Sie kennen ihn doch, nicht wahr? Die Fedeczkowa hat erzählt, Pani Anna hat für alle eine Wohnung besorgt und für Jósef Arbeit. Wie geht es ihm?
Vera schloß einen Augenblick die Augen. Die allgegenwärtige Anna schien sich selbst bis in dieses verwunschene Gehöft eingenistet zu haben.
Soviel ich weiß, geht es ihm gut. Er arbeitet als Pferdeknecht in einem Reitstall.
Als Knecht? stammelte die Staszakowa und schlug beide Hände vors Gesicht, als Dworus? Jesusmaria, wenn das dem Jacek zu Ohren kommt, der fährt nach Berlin und schlägt ihn zum Krüppel.
Vera wußte mit dem Entsetzen der Frau nichts anzufangen. Was daran so schlimm sei, wollte sie wissen und fügte tröstend hinzu, daß dies nur eine vorübergehende Arbeit sei.
Aber die Staszakowa ließ sich nicht beruhigen. Zu allem Überfluß redete sie jetzt Deutsch und Polnisch durcheinander, so daß Vera gar nichts mehr verstand. Die Stimmung schlug um. Es fehlte bloß noch, daß die Sonne hinter den Wolken verschwand. Die Katzen sprangen auf, als könnten sie das Klagen der Alten nicht ertragen, und die Schwalben flogen nicht mehr lautlos durch das gesplitterte Fenster, sondern stießen zeternd unterm Gebälk hervor.
Vera hoffte, daß die Frau irgendwann wieder zur Vernunft kam. Wenigstens hörte sie auf zu weinen. Das Schultertuch hatte sie bis zum Hals um sich gewickelt. Endlich sprach sie wieder verständliches Deutsch:

Sagen Sie dem Jósef, sein Vater war bei den Deutschen lange genug Knecht. Da ist es für den Sohn besser, ein polnischer Bauer zu sein.
Sie meinen im Ernst, er soll wieder zurückkommen?
Die Staszakowa nickte. Zum Antworten kam sie nicht, denn das Türchen am Hoftor wurde aufgestoßen, der alte Staszak war nach Hause gekommen.
Er grüßte, wie es sich gehörte, nahm die Mütze vom Kopf, aber gab Vera nicht die Hand. Er fragte auch nicht, wer sie sei, sondern stellte umständlich sein Fahrrad in die leere Scheune.
Das Fräulein, sagte Barbara auf deutsch, ist die Tochter von Pani Anna.
Und Jacek antwortete mürrisch: Soso.
Vera glaubte eine Erklärung für ihre Anwesenheit geben zu müssen und sagte: Ich kenne Ihren Sohn und mußte sich einen langen Blick des Alten gefallen lassen.
Ich nicht, gab er ihr zur Antwort, setzte seine Mütze wieder auf und ging ins Haus.

Während des Essens, das Zofia zubereitet hatte, fragte Ludwik, ob Vera auch den Magazynier Jodko und seine Frau Halina, Jósefs Schwester, sehen wolle. Vera lehnte ab. Sie habe nicht viel Glück mit ihren Besuchen gehabt, sagte sie. Frau Fedeczkowa sei verärgert gewesen, weil sie ihr nicht zu einer Aussiedlung nach Berlin geraten habe, und die Frau Staszakowa wünsche die Rückkehr ihres Sohnes, den der Vater wiederum nicht mehr zu Gesicht bekommen wolle.
Sind Sie von Ihrem Besuch in Ujazd enttäuscht? fragte Ludwik.
Ich weiß nicht, sagte Vera, ich glaube, ich habe es mir anders vorgestellt. Ohne meine Mutter scheine ich mich hier nicht zurechtzufinden.

Den letzten Satz übersetzte Ludwik seiner Frau nicht. Statt dessen wiederholte er seine Einladung vom Vormittag.
Also was ist, kommen Sie mit?
Ja.
Ludwik hatte sich für ein Pferdefuhrwerk entschieden.
Da sehen Sie mehr von der Landschaft, sagte er und legte die kleine Pappel mit dem um den Wurzelballen gebundenen Sackleinen in den Einspänner unter die Sitzbank.
Vera war noch nie in einem Pferdewagen über Land gefahren. Sie saß in dem kleinen Gefährt dicht neben Ludwik, der Zügel und Peitsche in den Händen hielt. Die Hufe klapperten fröhlich über die geteerte Dorfstraße, während die gummibereiften Wagenräder nicht zu hören waren. Die Alten, die über die Gartenzäune hinweg der Kutsche nachsahen, wie sie mit Tempo in die Napoleonschaussee einbog, sahen sich an und sagten: Man könnte meinen, da fährt der Herr Baron.
Auch Vera dachte an die Erzählungen der Mutter, wie sie gemeinsam mit dem Vater über die Felder gefahren war und sie den Stand des Getreides geprüft hatten, den Wuchs der Rüben oder die Höhe der Luzernen.
Das alles, sagte Ludwik und beschrieb mit der Peitsche einen großen Halbbogen, hat mal Ihrem Großvater gehört.
Und wem gehört das Land jetzt? fragte Vera.
Dem polnischen Staat.
Wie vom Wind plattgefegtes Land. Hin und wieder ein einzelner Baum, kein Hügelchen und keine Talsenke. Nur der Wald schloß in Kilometerentfernung den Horizont ab. Der Geruch des Pferdes schlug Vera entgegen. Es schwitzte, war den scharfen Trab nicht gewohnt und zeigte unter dem Lederzeug dunkle Stellen. Das Geräusch der Hufe ließ kein Vogelzwitschern hören, klopfte nur den Takt in die nachmittägliche Sonntagsruhe, der kein Ende nahm.
Finden Sie das eigentlich richtig, fragte sie so leise, daß sie den

Satz wiederholen mußte, finden Sie das richtig, daß man damals die Deutschen aus ihrer Heimat vertrieben hat?
Ludwik nahm das Tempo des Pferdes zurück, das erleichtert den Kopf nach vorn streckte und in langsamen Schritt verfiel. Jetzt waren auch die Vögel zu hören. Lerchen, Schwalben, Finken und vom Dorf her Hundegebell.
Menschen zu vertreiben ist noch nie richtig gewesen, sagte er vorsichtig.
Aber Vera war das nicht deutlich genug. Die Familie ihrer Mutter habe über siebenhundert Jahre in Ujazd gesessen, sagte sie.
Das Leid trägt immer der Mensch, der gerade davongejagt wird, sagte Ludwik, oder was glauben Sie, haben die Polen gefühlt, die die Deutschen von ihren Höfen vertrieben und in die Arbeitslager und in den Tod schickten?
Und weil Vera nichts erwiderte, fuhr er freundlicher fort:
Die Menschen aus ihrer Heimat zu vertreiben war am Anfang des Krieges ebenso ein Verbrechen wie am Ende oder wie es heute sein würde.
Sie waren an der Stelle angelangt, wo früher die Napoleonspappel gestanden und er sich unzählige Male mit Anna getroffen hatte. Nach Osten hin zog sich ein Wäldchen, nicht groß und mit dürftigen Fichten bewachsen, von einem Wiesenstückchen unterbrochen, auf dem von hier aus ein kleines Kästchen auf einem Pfahl zu sehen war.
Was bedeutet das dort?
Ludwik hatte die Pappel, den Spaten und den Kanister mit Wasser aus dem Wagen gehoben und begann, dicht neben dem alten Baumstumpf ein Loch zu graben.
Dort haben die Deutschen Jósefs Onkel totgeschlagen, sagte er, ohne von seiner Arbeit aufzusehen.
Vera ging die paar Schritte hinüber. Der Pfahl war im Laufe der Zeit angefault, stand schief im Gras, und an dem Käst-

chen war das Glas zertrümmert. Das Marienbild war verblaßt, noch mehr die Schrift, mit der Name, Geburts- und Todestag des Opfers auf ein Holztäfelchen gemalt worden war und von der Vera nur noch das Jahr 1939 entziffern konnte.
Aber Jósef hat man nicht fortgejagt, auch nicht Tomek und seine Familie, die sind von allein abgehauen. Was sagen Sie dazu?
Daß sie wiederkommen sollten, und ich hoffe, sie kommen eines Tages wieder.
Dann bat er Vera, den Stamm der Pappel festzuhalten, damit er ihn gerade einpflanzen konnte. Sie sah ihm zu, wie er Schaufel um Schaufel Erde in das Pflanzloch warf, betrachtete sein lichtes, fast weißes Haar, seinen Nacken, um den sie als Kind nie ihre Arme gelegt hatte, und einen Augenblick war sie versucht, ihn zu streicheln.
Warum pflanzen Sie eigentlich diesen Baum ausgerechnet an einem Sonntag in meinem Beisein an dieser Stelle?
War er rot geworden, oder lag es an der Anstrengung, sie wußte es nicht. Sie stellte nur fest, daß er sich seine Antwort lange überlegte, jetzt selbst den Stamm festhielt und sie bat, die restliche Erde aufzuschütten.
Weil hier schon immer eine Pappel stand, sagte er mürrisch, eine, die angeblich Napoleon gepflanzt hat. Sie ist von innen her morsch geworden. Ich mußte sie fällen lassen.
Als wenn er etwas mit Napoleon am Hut hätte, dachte Vera und schippte den letzten Haufen Erde um den Stamm. Annas wegen pflanzt er die Pappel, weil er Anna geliebt und längst begriffen hat, daß ich seine Tochter bin. Warum hätte er mich sonst hierher mitgenommen? Sie blickte an ihm vorbei, den schmalen Weg entlang, an dem rechts die Weichselkirschen wuchsen, deren Früchte noch grün und hart waren.
Wissen Sie eigentlich, wann ich geboren bin?

Fast flehentlich sah er sie an, als wollte er sagen, sie möge um Gottes willen den Mund halten. Mit Wucht hieb er den Spaten in die Erde, so daß der bis zum Schaft darin verschwand. Dann griff er nach dem Kanister und goß mit Sorgfalt das Wasser um den Stamm.
Wollen Sie es nicht wissen?
Nein.
Mit dieser knappen Abfuhr hatte Vera nicht gerechnet. Die Enttäuschung zog ihr das Herz zusammen. Aber so schnell gab sie nicht auf, der Vater sollte seine Tochter noch kennenlernen.
Im August bin ich geboren, schrie sie ihn an, am 15. August 1945.
Er hob die Arme. Aber nicht, um sie zu umarmen, sondern um abermals nach dem Spaten zu greifen, an dem er sich jetzt festhielt. Einen Augenblick lang glaubte sie, er würde, über den Griff gebeugt, nach vorn fallen und neben der kleinen Pappel ins Gras sinken. Aber er brauchte nur eine Atempause. Als er sich wieder aufrichtete, war sein Gesicht von großer Anspannung gezeichnet. Trotzdem lächelte er.
Napoleon hat auch am 15. August Geburtstag, nur ist er über anderthalb Jahrhunderte älter als Sie.
Vera war zumute, als müsse sie sich jetzt irgendwo festhalten. Ludwik Janik war stur geblieben, wollte von der Tochter nichts wissen und ließ kein zweites Mal Unordnung in sein Leben bringen. Aus der Traum vom Vater.
Rundum schattenlose Fläche, in die die kleine Pappel ebensowenig zu gehören schien wie Vera.
Ich muß hier weg, dachte sie, so schnell wie möglich weg. Sie hob ganz langsam ihre Füße, als befürchte sie, daß aus den Sohlen Wurzeln schlagen und sie für immer neben die von Ludwik Janik gepflanzte Pappel fesseln könnten.
Wollen Sie sich noch einen Augenblick ausruhen? fragte er

und zeigte auf den Baumstumpf der alten Napoleonspappel, wo er sich offensichtlich mit ihr hinzusetzen beabsichtigte. Aber Vera war nicht mehr bereit, für seine Erinnerungen herzuhalten, und stieg in den Wagen.
Auf der Heimfahrt hatte sie das Elternhaus der Mutter im Blick, in dem jetzt der Vater wohnte. Aus der Ferne wirkte es noch wie auf den Fotos, die Anna aus alten Zeiten besaß, herrschaftlich und pompös. Aber je näher sie dem Dorf kamen, um so ramponierter erschien das Schloß, das längst kein Schloß mehr war und nach Veras Meinung wohl auch nie eines gewesen war.
Der Abschied war kurz. Vera bedankte sich förmlich für die Gastfreundschaft, ließ Zofia grüßen, und als sie Ludwik Janik die Hand gab, war er für sie ein Fremder wie jeder andere in Ujazd.
Und, fragte Vera, als sie neben Tomek in dem leeren Bus in Richtung Berlin saß, hat sich der Besuch für Sie gelohnt?
Ja, sagte er, für Sie auch?
Nein, für mich nicht.

Sie saßen um den Tisch in der Stube und hatten die Tür abgeschlossen, um vor der neugierigen Genowefa sicher zu sein. Alle konnten, bis auf Jósef, der mal wieder betrunken war, nicht begreifen, was Tomek ihnen da Schein für Schein hinblätterte. Ganze viertausend Mark.
Und das Geld hast du alles von zu Hause mitgebracht? fragte Jan. Er saß trotz der späten Stunde aufrecht im Bett. Sein Gesicht war von den Pusteln der Windpocken, die wie Schmeißfliegen an Stirn und Wangen klebten, übersät. Und weil ihm der Vater nicht antwortete, vielleicht gar nicht zugehört hatte, fuhr er trotzig und laut fort:
Wenn es dort so viel Geld gibt, warum sind wir dann von Ujazd weg?

Psssst, sagte Renata. Nur Jósef nickte Jan zu und behauptete mit schwerer Zunge, daß der Junge recht habe. Er wisse schon lange nicht mehr, warum er noch hier in Berlin sei.
Halt den Mund, fuhr Friedel den Schwiegersohn an, dich hat keiner etwas gefragt.
Alle Blicke richteten sich wieder auf die Scheine, die in vier sauberen Häufchen auf dem Tisch lagen und von denen Tomek sagte, daß sie sein Startkapital seien.
Wofür? fragte Jósef.
Für ein eigenes Geschäft.
Andächtiges Schweigen. Tomek bewies, daß er das Zeug zu einem Geschäftsmann besaß und im Reich zurechtkam, wie Friedel es nannte. Erst jetzt wagte sie nach Ujazd zu fragen, nach der Fedeczkowa, dem alten Staszak, nach Perkas, vor allem aber nach dem Zustand von Stefan Kowaleks Grab.
Nun kam es heraus, Tomek hatte gar nicht bei der Fedeczkowa übernachtet, sondern in Leszno. Nur die Geschenke habe er abgeliefert und die Grüße ausgerichtet.
Und am Grab, jammerte Friedel, warst du nicht am Grab und hast dir Vaters Segen geholt?
Vaters Segen? fuhr Tomek auf und klopfte auf die Geldhäufchen. Das hier habe ich geholt. Vaters Segen hilft uns in deinem Reich nicht weiter.
Jesusmaria. Friedel Kowalek bekreuzigte sich.
Tomek sammelte das Geld ein, bündelte es und steckte es in seine Brusttasche zurück. Was er zuwege gebracht habe, das solle ihm erst mal jemand in der Familie nachmachen, sagte er und sah Jósef an, worauf alle anderen seinem Blick folgten.
Jósef konnte es von ihren Augen ablesen, was sie dachten, und in seinem Suff wurden ihre schweigenden Vorwürfe zu wabernden Wogen, die über ihm zusammenschlugen.
Ihr braucht mich gar nicht so anzustarren, schrie er, und

Janka hörte die Angst in seiner Stimme, schließlich ist es ja nicht eure Sache.
Was? fragte Tomek.
Sie beugten sich ihm entgegen über den Tisch, und der Spott zuckte in ihren Mundwinkeln, auch die Verachtung, die ihm seine Unfähigkeit bestätigte.
Daß ich meine Arbeit verloren habe.
Er hörte nicht, daß Friedel abermals Jesusmaria sagte und das Kreuz schlug. Er hörte auch nicht Jans kleines Geflüster, daß er das schon lange gewußt habe. Er griff in die Tasche, holte eine Wodkaflasche heraus und nahm einen ordentlichen Schluck.
So ist das eben, sagte Tomek eiskalt, der eine hat Schnaps in der Tasche, der andere Geld.
Das hätte er nicht sagen dürfen, dachte Janka, nicht das.
Im selben Augenblick sprang Jósef, wie sie es alle schon an ihm kannten, auf, so daß der Stuhl zu Boden krachte. Er ging auf Tomek los, holte aus und traf ihn mit der Faust ins Gesicht, so, wie er Blaschke ins Gesicht getroffen hatte. Die Frauen schrien, und Renata versuchte vergeblich, sich zwischen sie zu werfen. Es wäre sicher zu einer Prügelei gekommen, wenn Friedel nicht plötzlich diesen furchtbaren Ton von sich gegeben hätte.
Hell und spitz fuhr er aus ihrem Mund heraus und hielt sich wie der Ruf eines Vogels im Raum. Noch nie hatte jemand einen solchen Laut von der Mutter gehört. Dabei saß sie kerzengerade, den Kopf leicht angehoben, mit verdrehten Augen auf ihrem Stuhl, bis sie mit einemmal, ohne daß es einer erwartet hätte, vornüberfiel. Im ersten Moment rührte sich niemand. Auch die zwei Kampfhähne hatten voneinander abgelassen, hoben Friedel, die steif wie ein Brett war, gemeinsam hoch und trugen sie zum Bett. Genowefa, die Friedel Kowaleks Schrei gehört hatte und wegen der anschlie-

ßenden Stille Böses ahnte, klopfte wie verrückt an die Tür. Sie hatte, Gott weiß, woher, kleingehacktes Gurkenkraut auf einem Tellerchen, von dem sie jetzt winzige Portionen zwischen Friedel Kowaleks Lippen schob und sie damit wieder zum Leben erweckte. In dem kleinen Gesicht wirkte die Nase noch spitzer als sonst, und als sich die Augen öffneten, blickten sie wirr in der Stube umher.
Meine Hühner, wisperte Friedel Kowalek, ich kann meine Hühner nicht füttern.
Die Kinder sahen sich ratlos an.
Ihr habt keine Hühner, sagte Genowefa Filakowa resolut und schob Friedel abermals einen Löffel Gurkenkraut zwischen die Zähne, folglich braucht Ihr auch keine zu füttern.
Das leuchtete Friedel Kowalek ein. Sie nickte, sah erleichtert von einem zum anderen und sagte, daß sie darüber sehr froh sei.
Die Männer hatten ihren Streit vergessen. Sie standen am Bett der Mutter, der eine am Fußende, der andere am Kopfende.
Nichts für ungut, sagte Tomek, ging einen Schritt auf Józef zu und reichte ihm über Friedel Kowalek hinweg die Hand.
Und weil Janka Józef einen kleinen Schubs gab und Friedel genau zu beobachten schien, was über ihrem Kopf vor sich ging, streckte auch Józef die Hand nach Tomek aus. Er sagte zwar nichts, nickte aber Friedel zu, und das kam ihrer Meinung nach einer Versöhnung gleich.

Von nun an wurde nicht mehr über Józef und sein Versagen gesprochen. Schweigend nahm man zur Kenntnis, wenn Janka abends verschwand und in Lokalen Blumen verkaufte. Irgendwo mußte das Geld für die Einrichtung der neuen Wohnung ja schließlich auch herkommen. Ein paar Tage später war das Wunder geschehen, und die A-Ausweise für die gesamte Familie Kowalek konnten abgeholt werden. Niemand brachte in Erfahrung, warum plötzlich alles so reibungslos geklappt hatte. Seien Sie froh, hatte Frau Lippert freundlich zu Anna gesagt, als sie sich telefonisch erkundigte, daß die Kowaleks jetzt die Wohnung beziehen können, und stellen Sie keine Fragen.

Damit stand fest, daß mit der Renovierung begonnen werden konnte, und es war ebenso selbstverständlich, daß diese Arbeit in erster Linie Jósef zufiel.

Der Jósef kann malern, sagte Friedel, und wer Zeit hat, wird ihm helfen.

Mit Tomek war am wenigsten zu rechnen. Der war schon wieder dabei, die nächsten Computer für Leszno zusammenzubauen, kam nur, wenn es um Arbeit ging, die Jósef allein nicht machen konnte. Renata half unregelmäßig, mochte die schmutzige Arbeit nicht, ekelte sich vor den alten Tapeten, die in mehreren Schichten herunterzureißen waren, und hatte stets Ausreden parat. Es machte ihr mehr Spaß, in den Katalogen zu blättern, die sie in Stößen anschleppte. Immer wieder maß sie die einzelnen Zimmer aus, richtete ein und rechnete, was sie an Geld brauchten.

Nur Janka fand sich täglich in der Kolonnenstraße ein, fragte nicht viel, griff nach dem Spachtel und schabte Meter für Meter die Wände sauber. Sie und Jósef arbeiteten meist in getrennten Räumen, um nicht mehr Staub als nötig schlucken zu müssen. Sie trafen sich nur, wenn sie die mit Tapetenfetzen gefüllten Säcke in den Flur schleppten, die abends mit Hilfe von Tomek nach unten gebracht wurden. Sie arbeiteten schweigend und ohne Pause, als hätten sie in einem fremden Haus für einen fremden Besitzer Lohnarbeit zu verrichten. Das änderte sich auch nicht, wenn beide zufällig in dem Zimmer zu tun hatten, das die Familie für sie bestimmt hatte. Es war ein großer, quadratischer Raum, in den morgens durch

die zur Straße hin liegenden Fenster die Sonne schien. Waren die Fenster geöffnet, schwappte der Verkehrslärm bei jeder Ampelschaltung an der Kreuzung mit Wucht gegen die Wände und verschluckte jedes Wort. Manchmal hielt Janka mit der Arbeit inne und blickte hinaus auf das nicht enden wollende Fließband der Autos. Nachts würde es mit dem Verkehr besser sein.
Als Jósef begann, in diesem Zimmer Rauhfasertapeten zu kleben, sagte sie:
Und welche Farbe wünschst du dir?
Welche Farbe wünschst du dir denn? fragte er.
Ich weiß es nicht, ich finde keine Farbe mehr, die zu uns paßt.
Dann sollten wir sie vielleicht suchen.
Und wie?
Behutsam legte er seinen Arm um ihre Schultern.
So, sagte er und schob sie neben sich an der Wand entlang, mach die Augen zu und stell dir eine Farbe vor. Grün, Blau, Gelb, meinetwegen auch Braun.
Ich kann nicht, sagte Janka, ich kann mir nichts vorstellen, es bleibt alles gleich grau.
Gut, sagte Jósef, dann streichen wir unser Zimmer eben grau, vielleicht ist das unsere Farbe.
Ihre ungewohnte Nähe war ihm angenehm, und ein seltsamer Mut zur Zärtlichkeit erfaßte ihn. Er streichelte ihr Haar und führte sie in die Mitte des Zimmers.
Hier werden wir einen Tisch und zwei Sessel hinstellen, ein Radio, vielleicht auch einen Fernseher. Und dort, er zeigte auf die gegenüberliegende Wand, dort kommt der Schrank hin mit einem großen Spiegel für dich.
Ich brauche keinen Spiegel.
Doch, sagte er und küßte sie auf die Seite ihres Gesichts, die ihm zugewandt war, sonst vergißt du, wie schön du bist.

Im ersten Augenblick wollte sie ihm ausweichen, aber dann hielt sie still.

Hier, fuhr Jósef mit einer kleinen Atemlosigkeit fort, hier wird unser Bett stehen. Eins für uns beide zusammen, damit wir die Farbe wiederfinden, die zu uns gehört. Es kann doch nicht immer alles grau in grau bleiben. Er küßte sie lange und heftig, und als er sie auf den Fußboden hinunterzog und seine Hände unter ihren Rock fuhren, sträubte sie sich nur ein wenig.

Doch nicht hier, Jósef, wir haben ja nicht einmal eine Decke.

Die brauchen wir nicht, und wenn nicht hier, wo denn sonst, Janka?

Seine ungewohnte Leidenschaft in diesem kahlen Raum auf dem blanken Fußboden ließ Janka alles vergessen. Sie streichelte ihn und drückte sich an seinen Körper. Aber so stark sein Bedürfnis war, Janka zu lieben, so unfähig war er dazu in diesem Augenblick. Er fühlte seine Schwäche wie eine Strafe. Schwer lag er halb nackt über ihr, sein Gesicht auf die schmutzigen Dielen gedrückt.

Komm, sagte sie liebevoll und schob ihn vorsichtig zur Seite, komm, steh auf.

Jetzt sah sie, daß er weinte. Janka hatte Jósef noch nie weinen sehen, und seine Tränen bestürzten sie mehr als seine Impotenz.

Komm, sagte sie noch einmal, komm, steh auf.

Vera hatte es nicht fertiggebracht, die Mutter gleich nach der Rückkehr aus Ujazd anzurufen. Sie wußte nicht, was und vor allem wie sie ihr von der Begegnung mit Ludwik Janik berichten sollte. Aber am nächsten Abend stand Anna unangemeldet vor ihrer Tür.

Du hättest wenigstens vorher anrufen können, sagte Vera anstelle einer Begrüßung.

Sie saßen sich schweigend gegenüber. Anna hielt ihre Handflächen auf den Tisch gepreßt, als könnte sie jeden Augenblick von einem Windstoß aus der Tür gefegt werden.
Laß uns nicht drum rum reden, was hat er gesagt?
Nichts.
Anna hob die Hände von der Tischplatte und rieb die Fingerspitzen aneinander.
Wieso nichts?
Weil ich ihm nichts gesagt habe.
Kein Seufzer der Erleichterung, kein Lächeln.
Ich konnte es nicht, fuhr Vera fort, ich hatte das Gefühl, er fürchtete sich, daß ich die Wahrheit ausspreche. Er war froh, als ich wieder wegfuhr.
Und du?
Ich auch.
Anna legte die Hände um ihren Hals, als müsse sie ihren Kopf stützen. Vera betrachtete das Gesicht der Mutter und glaubte dort neue Fältchen zu entdecken. Fadendünn fälteten sie sich senkrecht um die Lippen und signalisierten Alter. Auch unterhalb der Augen hatten sie sich wie ein feines Netzwerk eingenistet.
Es war eine merkwürdige Distanz zwischen ihnen, so wie bei Menschen, die sich jahrelang nicht mehr gesehen haben.
Wo ist Bosco? fragte Anna und lächelte ein wenig.
Auf dem Sportplatz. Er wird bald hiersein, sagte Vera, schob plötzlich ihre Haare aus dem Gesicht und fragte:
Sehe ich ihm ähnlich?
Nein, sagte Anna, du siehst ihm nicht ähnlich, aber du bist ihm ähnlich. Manchmal gehst du auch so wie er.
Habe ich dich nie an ihn erinnert?
Kaum, sagte Anna, ich habe keine Erinnerungen an ihn zugelassen.
Vera nickte, als habe sie mit dieser Antwort gerechnet.

Du hast nie an mich gedacht, sagte sie traurig, immer nur an dich.
Es war schwer genug, allein damit fertig zu werden, sagte Anna ohne Dramatik und hob die Schultern wie jemand, der um Verständnis für die eigene Unzulänglichkeit bittet.
Das Schlimme ist nur, sagte Vera und legte sanft Annas Hände wie zwei Gegenstände auf den Tisch zurück, daß ich nun zwei Väter habe, aber beide nichts von mir wissen wollen.
Als Anna widersprechen wollte, sagte sie müde: Laß uns nicht mehr darüber reden. Sie war froh, als sie den Schlüssel in der Wohnungstür hörte und Bosco nach Hause kam.
Du bist da? fragte er und fiel Anna stürmisch um den Hals, fest davon überzeugt, daß sich Mutter und Großmutter nun wieder vertragen hatten.
Der Eindruck war auch nicht falsch. Jedenfalls bemühten sich Anna und Vera, ihr altes, vertrautes Verhältnis wiederherzustellen, ohne sich einzugestehen, daß es nie mehr so sein würde wie früher.
Als Anna später sagte, sie wolle noch bei Oskar vorbeigehen, schlug Vera unerwartet vor, sie zu begleiten.

Zum erstenmal, seit Anna Oskar kannte, war seine Wohnung unordentlich. Überall lag etwas herum, stapelten sich Papiere, Akten, Zeitschriften. Er hatte nicht mit Besuch gerechnet und entschuldigte sich.
Wofür? wollte Vera wissen und umarmte ihn.
Für alles. Für meinen Zustand, mein Aussehen, die Unordnung.
Und warum machst du das ganze Durcheinander?
Weil ich vor meinem Tod mit dem Aufräumen fertig sein will.
Mußt du denn immer vom Tod reden?
Er steht mir am nächsten, das mußt du verstehen.

Oskar war noch dünner geworden, und sein unrasiertes Gesicht mit den grauen Bartstoppeln ragte gespenstisch aus dem Morgenrock. Anna sah, daß seine Beine zitterten und sich auf seinen Wangen kleine rote Flecken zeigten.
Du hast Fieber, sagte sie, darfst du überhaupt rumlaufen?
An sich nicht, eigentlich gehöre ich in die Klinik.
Im Wohnzimmer schaltete er die kalten Halogenlampen ein.
Nur keine Schatten, sagte er grinsend, die kann ich, wie du weißt, partout nicht vertragen.
Er legte sich aufs Sofa und schloß die Augen.
Wenn ich mir eine Pflegerin nehme, flüsterte er, kann ich noch eine Weile hierbleiben.
Eine Pflegerin, sagte Anna kopfschüttelnd, du und eine Pflegerin? Das kommt nicht in Frage.
Sie setzte sich auf den Rand des Sofas, beugte sich über ihn und küßte ihn mitten in seine Bartstoppeln hinein.
Ich werde dich pflegen. Ich werde hier wohnen, solange es nötig ist.
Als Oskar die Augen aufschlug, waren sie voller Tränen, die ganz und gar nicht zu dem Lächeln paßten, um das er sich jetzt bemühte.
Ist die Drohung ernst gemeint? fragte er.
Natürlich, sagte Anna, immerhin wollen wir diesen Sommer zusammen in die Toskana fahren, oder hast du das schon wieder vergessen?
Nein, sagte Oskar, und jetzt war sein Lächeln echt. Er hielt Annas Hand fest, so, als wären sie ein altes Ehepaar.
Und ihr beiden? fragte Oskar wieder mit seiner alten Ironie in der Stimme.
Anna hat mich vorhin besucht, sagte Vera, und ich wollte mitkommen zu dir, das ist alles.
So, fragte Oskar amüsiert, das ist alles?
Vera schwieg, suchte nach Ausflüchten, um nicht vorzuho-

len, was sie eben begraben zu haben glaubte. Dafür antwortete Anna:
Versteh das doch, sie muß das alles erst begreifen.
Vera zuckte zusammen. Da war er wieder, dieser herrische Ton, mit dem die Mutter für die Tochter entschied, was sie verstand und was nicht, teilte ihr nach Belieben den Vater zu und auch die Wahrheit.
Sei still, sagte Vera leise, sei um Gottes willen still.
Dann umarmte sie Oskar, fuhr Anna mit einer fast mütterlichen Geste über das Haar und verabschiedete sich.
Der Abend war voller Lärm von den Amseln, die in den Linden und Platanen der Stadt hockten und hin und wieder den Verkehr der Autos übertönten. Vera war plötzlich froh, allein zu sein, und als sie sich im Spiegelbild eines Schaufensters entgegenkommen sah, glaubte sie in ihrem Gang den ihres Vaters zu erkennen.

Umzugstag. Tomek hatte sich frei genommen und einen Kleinbus gemietet. Schon am frühen Morgen begann die Familie, die gepackten Koffer, Kartons und Tüten aus dem Lager auf die Straße zu schleppen. Jakub und Genowefa halfen. In der kommenden Woche würden auch sie das Lager verlassen, um in einem Aussiedlerheim Unterkunft zu finden, bis man ihnen eine Wohnung zuwies.
Unterwegs machten sie bei der Tante Station, um die im Keller untergestellten Sachen und die von ihr versprochenen Möbel abzuholen. Friedel hatte es erst nicht glauben wollen, als ihr die Schwester, nachdem sie von der Wohnung hörte, versprach zu helfen. Geld könne sie nicht erübrigen, hatte sie gesagt, aber von den Möbeln, die im Keller stünden, könnten die Kowaleks mitnehmen, was sie wollten, ihr sei das nur recht.
Wer weiß, was das für ein Gerümpel ist, hatte Renata gesagt.

Aber sie waren darauf angewiesen. Noch stand die Bewilligung des Einrichtungsdarlehens aus, und demzufolge war an neue Möbel einstweilen nicht zu denken.
Diesmal hatte die Tante den Tisch gedeckt und ein Frühstück vorbereitet. Zu aller Erstaunen hatte sie sogar einen Proviantkorb gepackt, der so reich gefüllt war, als mache sich die Familie auf den Weg dahin zurück, wo sie hergekommen war.
Glaubst du, wo wir wohnen, gibt es keine Geschäfte? fragte Friedel, worauf die Tante beleidigt behauptete, es der Verwandtschaft nie recht machen zu können.
Im Keller erwartete die Kowaleks eine einzige Enttäuschung.
Sperrmüll, murmelte Jósef.
Aber Friedel flüsterte ihren Kindern zu, daß man bei einer geschenkten Kuh auch nicht vorher frage, wieviel Milch sie gebe.
Die Tante rückte einen wackligen Küchenschrank heraus, zwei ausgediente Sessel, ein durchgesessenes Sofa, einen scheußlichen Schrank und ein paar alte Matratzen.
Wer hat, soll auch geben, sagte sie fröhlich und stellte noch ein paar Stühle dazu, während die Kowaleks im Bus verstauten, was besser als nichts war.
Da hatten sie bei Vera schon mehr Glück. Dort bekamen sie einen Kühlschrank geschenkt, einen Couchtisch, eine Kommode, für Friedel ein richtiges Bett und für Jan einen kleinen Schrank, den Bosco vorher mit Spielzeug gefüllt hatte. Mehr ging in den Kleinbus nicht rein. Bei Pani Anna, so hatte sie ausrichten lassen, sollte Tomek mit dem leeren Wagen erscheinen, sie habe noch eine Überraschung.
Wie später alle Aufregung angefangen hatte, konnte niemand genau sagen. Janka behauptete, es hätte an Friedels gesundheitlichem Zustand gelegen, Jósef hatte sich gar nicht geäußert, Tomek war ebenfalls zu keiner Stellungnahme zu bewegen gewesen, und Renata war bei ihrer Meinung geblieben,

daß der Geiz und die Lieblosigkeit der Tante Auslöser allen Übels gewesen seien.

In Wirklichkeit aber war der Anlaß ein anderer. In dem Haus in der Kolonnenstraße wohnte keine einzige deutsche Familie. Die Namen an den Klingelschildern mit mehr Üs und Ös, als auszusprechen war, gehörten Türken. Nur im obersten Stock wohnten Jugoslawen, und, was Friedel noch mehr zu schaffen machte, auch der Hausmeister war ein Türke, ein kleiner, krummbeiniger Mann mit einem Schnauzbart. Er habe das Sagen hier, hatte Frau Linke bei der Mietvertragsunterzeichnung der Familie Kowalek mitgeteilt, seinen Anordnungen sei Folge zu leisten.

Einem Türken? hatte Friedel Kowalek mit hörbarer Empörung in der Stimme gefragt und von niemandem eine Antwort darauf erhalten, auch nicht von Anna. Die schien nichts dabei zu finden, daß Friedel Kowalek und ihre Familie in einem Haus leben sollten, in dem nur Ausländer wohnten.

Aber waren die Kowaleks nun Deutsche oder nicht? Hatte man es nicht schwarz auf weiß im Ausweis stehen? Ein halbes Leben lang waren die Kowaleks unter den Polen die Ausländer gewesen, und nun, wo sie endlich da waren, wo sie hingehörten, nämlich in Deutschland, zählte man sie abermals zu den Ausländern. Bevor Friedel Kowalek auch nur einen der türkischen Mitbewohner kennengelernt hatte, haßte sie alle gleichermaßen, verachtete sie und wollte nichts mit ihnen zu tun haben. Das wäre vielleicht nicht weiter aufgefallen, wenn es nicht eben jenen türkischen Hausmeister gegeben hätte, dem Folge zu leisten war, egal, ob es Friedel paßte oder nicht. Zu allem Übel war mit den klapprigen Möbeln der Tante beim Ausladen kein Staat zu machen. Friedel feuerte Tomek und Jósef an, sich zu beeilen und die Sachen nach oben zu bringen, weil die Kinder des türkischen Hausmeisters herumlungerten und glotzten, was da aus dem Bus getragen wurde. Sie stießen sich an und lachten, setzten sich zum Spaß in die Sessel und hüpften gar auf dem Sofa herum, bis der Staub im Sonnenlicht hochstieg und für jedermann sichtbar wurde. Die Frauen, die unter ihren Kopftüchern neugierig aus den Fenstern sahen, lachten freundlich und winkten, wobei nicht auszumachen war, ob sie die Kinder meinten oder die Neuankömmlinge.

Fort mit euch, schrie Friedel die Kinder an und klatschte dabei in die Hände, als gelte es, Federvieh aus dem Garten zu treiben. Feuerrot im Gesicht, wagte sie nicht nach oben zu sehen, wo jetzt niemand mehr lachte und nacheinander die Fenster geschlossen wurden.

Das Pack macht sich über uns lustig, murmelte Friedel. Es hätte nicht viel gefehlt, und sie hätte selbst einen der Sessel nach oben geschleppt, nur damit niemand der Türken die Kowaleksche Armut wahrnehmen konnte.

Kaum waren alle Sachen in der Wohnung und Tomek mit Jósef zu Anna gefahren, schloß Friedel Kowalek die Tür hinter sich ab. Janka und Renata räumten die Kisten, Koffer und Tüten in die jeweiligen Zimmer, schoben die Matratzen in die Ecken und verteilten die Stühle. Im Wohnzimmer stellten sie das Sofa der Tante an die Wand, davor den Couchtisch, daneben die Sessel. Trotzdem hallte jedes Wort in dem Raum ohne Teppich und Gardinen. Von Gemütlichkeit keine Rede. In der Küche wirkte der wacklige Schrank verloren. Nur der Kühlschrank machte sich gut neben dem Herd und summte vertrauenerweckend, nachdem Janka ihn angeschlossen hatte. Ein trauriger Umzug, in dem es wenig Platz zum Einräumen gab und die meisten Sachen auf dem Boden ausgebreitet werden mußten.

Um so größer war die von Anna angekündigte Überraschung, als Tomek und Jósef den Kleinbus ausluden. Sie hatte nicht nur Bettzeug zusammengesammelt, sondern auch Regale, eine Garderobe, einen schönen Schrank und viele andere Dinge, die eine Wohnung gemütlich machten. Diesmal brauchte sich Friedel Kowalek, wie sie mit einem Blick sah, vor den Hausbewohnern nicht zu schämen. Sogar Gardinen hatte Anna mitgeschickt. Das Glanzstück aber war ein Spiegel. Friedel blickte herausfordernd von der Straße an der Häuserfront hoch, nur hatten die Frauen ihr Interesse an den neuen Mietern offenbar verloren. Die Fenster blieben geschlossen, und auch die Kinder waren wie vom Erdboden verschwunden.

Stellt den Spiegel vor die Wohnungstür, sagte Friedel. Tomek und Józef gehorchten, dachten über die Anweisung nicht weiter nach, ahnten nicht, daß Friedel insgeheim auf die Neugier der Nachbarinnen hoffte und der feingeschliffene Spiegel den Spott über das kärgliche Umzugsgut wieder wettmachen sollte.

Die Rechnung ging zumindest bei den Kindern auf. Während die Kowaleks in der Wohnung bewunderten, was Pani Anna da für sie mitgeschickt hatte, schlichen die türkischen Kinder die Treppen hinauf und standen nun staunend vor dem Spiegel, der sie an Größe weit überragte. So etwas Feines hatten auch sie noch nicht gesehen. Die Schelte der fremden Frau saß ihnen noch in den Knochen, und sie sannen auf Rache, bis einer von ihnen auf die Idee kam, den Spiegel zu beschmieren. Ein Junge zog einen Filzstift aus der Tasche und malte ein dickes, riesiges P auf das Glas. Und weil ihm das noch zu poplig erschien, malte er einen fetten rechteckigen Rahmen drum herum. Die Kinder lachten über den gelungenen Scherz.

Mal sehen, was die Polen dazu sagen.

Als der Spiegel nach Friedels Vorstellung lange genug zur allgemeinen Bewunderung auf dem Flur gestanden hatte, öffnete sie leise die Tür. Keine Menschenseele war da, auch

keine Schritte waren zu hören. Zu sehen war nur das P auf dem Glas. Und mit dem P nahm Friedel auch das Rechteck wahr. Ohne daß sie sich dagegen wehren konnte, wurde das Rechteck gelb und das P lila, verdeckte für Sekunden den Spiegel und löste sich wieder in Luft auf.
Nicht aber der mit Filzstift aufgemalte Buchstabe. Der blieb und holte einige Bilder in Friedel Kowaleks Gedächtnis zurück. Kein Pole, der ihn unter den Deutschen nicht hatte tragen müssen. Wie Viehzeug hatte man sie gekennzeichnet, Stefans Vater, den alten Staszak, Perka, die Pawlakowa, Fratczak, seine Jadwiga und all die anderen aus Ujazd. Wie ein kleines Heer standen sie auf einmal vor Friedel Kowalek, jeder mit einem lila P auf gelbem Rechteck versehen, und zeigten in großer Fröhlichkeit auf den verschandelten Spiegel. Mit mir nicht, murmelte Friedel mit schmalen Lippen und fing an zu wischen. Aber das P saß dermaßen fest auf dem Glas, als sei es hineingeätzt. Auch Spucke half nicht, sosehr sie auch rieb. Das P blieb ein P und machte Friedel Kowalek ganz verrückt. In ihrer Verzweiflung starrte sie mitten hinein in den Spiegel und glaubte plötzlich wie durch einen Tunnel bis nach Ujazd zu sehen. Puppenstubenklein lag das Dorf vor ihr, die Straße, das Haus, in dem sie ein halbes Leben mit Stefan gelebt hatte, und schließlich sah sie Stefan selbst. Aber er kam ihr nicht entgegen, er wandte ihr den Rücken zu und ging von ihr weg, wurde immer kleiner und kleiner und war plötzlich verschwunden. Friedel beugte sich über das Glas, immer tiefer und tiefer, bis es ihre Nase berührte. Die türkischen Kinder, die oben auf dem Treppenabsatz lauerten, mußten darüber lachen. Friedel fuhr herum und wußte Bescheid.
Ihr verdammten Gören, schrie sie, ich werde euch lehren, eine deutsche Familie zu beleidigen.
Jósef und Janka kamen aus der Wohnung.

Da, rief Friedel außer sich, seht euch das an!
Janka versuchte vergeblich, das P von dem Glas zu reiben, auch Jósef probierte es ohne Erfolg. Da war Friedel nicht mehr zu halten. Sie rannte die Treppe hinunter ins Parterre, wo der Hausmeister wohnte, und läutete Sturm, bis die Tür aufgerissen wurde.
Wir sind Deutsche, schrie Friedel dem verdutzten Mann ins Gesicht und drohte mit der Polizei.
Von Türken, so krähte sie laut genug für jedermanns Ohren, von Türken lassen wir uns nicht zu Polacken machen, lamentierte sie weiter und verlangte, daß der Hausmeister den von seinen Kindern verursachten Sachschaden sofort beseitigte. Aber als er hinter Friedel die Treppe heraufstapfte und vor dem Spiegel stand, war von dem P nichts mehr zu sehen. Nur der Geruch von Nagellackentferner hing noch in der Luft, mit dem eine Nachbarin ohne viel Aufhebens das Glas gereinigt hatte.
Was ist jetzt? fragte der Hausmeister, und sein schwalbenflügelgroßer Schnurrbart zitterte bedrohlich. Friedel zeigte, den Tränen nahe, auf den gesäuberten Spiegel, während die Nachbarin dem Hausmeister auf türkisch erklärte, was vor sich gegangen war. Dann wandte sich der Hausmeister wieder Friedel Kowalek zu, tippte mehrmals mit dem Zeigefinger an seine Stirn und stieg kommentarlos die Treppe wieder herunter. Auch die Nachbarin verdrückte sich wortlos.
Tomek trug das gesäuberte Schmuckstück in die Wohnung. Aber wenn er glaubte, die Sache sei damit für Friedel erledigt, dann hatte er sich geirrt. Jetzt ging es erst richtig los. Friedel behauptete, das von dem Ausländerpack auf den Spiegel gemalte P sei ihr wie auf die Haut gebrannt, verlor aber kein Wort darüber, daß sie Stefan in dem P gesehen hatte, Stefan, der ihr den Rücken zugewandt und von ihr weggegangen war.

Mein Gott, sagte Jósef, der sie beruhigen wollte, das waren doch Kinder, die wissen nichts von dem P, das wir Polen im Krieg unter den Deutschen tragen mußten.
Wir? schrie Friedel und sprang vom Stuhl, ich habe kein P getragen und Jankas und Tomeks Vater auch nicht. Nimm du nur die Türken in Schutz, du bist ja hier auch nichts anderes als so ein Ausländer.
Janka, die mit Jósefs Jähzorn rechnete, zupfte ihn beruhigend am Ärmel. Tomek hob schweigend die Schultern, um zu zeigen, daß er mit dem, was die Mutter da gesagt hatte, nicht einverstanden war. Nur Renata schnalzte mit der Zunge, als wollte sie Friedel warnen, sie auch eine Ausländerin zu nennen.
Friedel aber nahm nichts zurück, saß mit gefalteten Händen auf dem ausrangierten Sofa der Tante und starrte Jósef an. In seinem Gesicht war jeder Muskel gespannt, aber er fuhr nicht aus der Haut, er rannte auch nicht raus wie sonst und knallte die Tür. Er lachte auf einmal, und das war noch schlimmer. Er nahm einen Stuhl und setzte sich rücklings mit gespreizten Beinen, die Ellbogen auf der Lehne, Friedel Kowalek dicht gegenüber, ganz so, wie man es aus Filmen von Verhören her kannte.
Du sagst also, ich sei ein Ausländer?
Friedel Kowalek nickte trotzig.
Deine Mutter war Polin, wie ich Pole bin, war die deiner Meinung nach auch eine Ausländerin?
Die Mutter ist tot, Gott hab sie selig.
Ob die hier auch eine Ausländerin wäre? brüllte Jósef plötzlich los, so daß alle zusammenfuhren und Friedel entsetzt die Hände vor den Mund schlug.
Und dein Schwiegervater, der alte Kowalek, dem die Deutschen den Verstand aus dem Hirn getrieben haben, was wäre der denn deiner Meinung nach hier? Und dein Mann, der zu

seinen Lebzeiten kein Deutscher sein wollte, wäre der hier auch ein mieser Ausländer gewesen?
Hör auf, mischte sich Tomek ein, der den hilflosen Blick der Mutter nicht mehr aushalten konnte, hör auf und laß die Mutter in Frieden.
Aber Jósef machte weiter.
Von mir, dem Ausländer, hast du Geld für die Ausreise angenommen und mit deinen leeren Versprechungen einen Polen aus seiner Heimat gelockt.
Ich? muckte Friedel Kowalek auf, kam aber nicht weit, denn Jósef war schon wieder am Zuge.
Ein Dreck bin ich hier, ein Polacke, der seine Arbeit verloren hat, weil man ihm Diebstahl unterstellt, einer, der hier nichts wird und nichts werden kann, weil man Schafsmeister in Berlin nicht braucht, schon gar keine polnischen.
Was kann sie dafür, wenn du nichts auf die Beine stellst, drohte Tomek, setzte sich neben die Mutter und legte schützend die Arme um ihre Schultern.
Sie hat mich einen Ausländer genannt, murmelte Jósef, nicht anders als die im Reitstall. Und nach einer Pause fuhr er fort: In Deutschland schämt sie sich ihrer polnischen Herkunft, das ist es.
Friedel riß wortlos den Mund auf und schlug wie wild um sich. Jan behauptete später, sie habe sogar mit den Augen gerollt. Dann sackte sie in sich zusammen.
Da siehst du, was du angerichtet hast, sagte Tomek und zeigte auf Friedel, die nicht mehr reagierte.
Sie hat Jósef beleidigt, sagte Janka, obwohl auch sie um die Mutter besorgt war.
Was heißt beleidigt, sagte Renata, wenn es Jósef in Polen besser gefällt als in Berlin, kann er ja wieder nach Ujazd zurückgehen.
Tomek dachte dasselbe, aber er schwieg. Und um erneute

Diskussionen zu vermeiden, schlug er vor, die Wohnung weiter einzurichten. Nur gab es nicht viel einzurichten, es blieb bei einem sinnlosen Hin- und Herschieben der wenigen Möbel, die sie besaßen.
Und der Spiegel, fragte Tomek die Mutter, wo soll der Spiegel hin?
Friedel gab keine Antwort, sondern brütete geistesabwesend vor sich hin.
Wenn Papa den Spiegel in dein Zimmer hängt, sagte Jan und stieß die Großmutter sanft an, freust du dich dann?
Ich will den Spiegel nicht, flüsterte Friedel, ich will nie wieder hineinsehen, hört ihr, nie wieder.
Dann ging sie in ihr Zimmer und legte sich aufs Bett, das noch mittendrin zwischen Tüten und Kisten stand. Am Abend kochte Renata. Es gab polnische Hühnersuppe mit Salzgurken und Weißbrotwürfeln, wie Friedel sie liebte. Aber Friedel ließ die Suppe stehen, verlegte sich weiter aufs Schweigen und ging damit allen auf die Nerven.
Als es Zeit war, schlafen zu gehen, hatten Jósef und Janka noch nichts von ihren Sachen ausgepackt. Nur auf den Matratzen lag das bezogene Bettzeug, zum Schlafen bereit. Aber sie machten keine Anstalten, sich auszuziehen und hinzulegen. Aus dem geöffneten Fenster hörten sie den Lärm der Autos, rochen die Abgase, die zwischen den Häuserwänden hingen und in Schwaden bis ins Zimmer hinein krochen. In steter Regelmäßigkeit sprang die Ampel an der Kreuzung von Grün über Gelb auf Rot und wieder zurück, bremste den Verkehr oder ließ ihn wie aus einer Schleuse strömen, während die Lichtreklamen den Abendhimmel übertönten.
Ich werde es hier nicht aushalten, sagte Jósef, nahm Jankas Hand und legte sie sich auf die Stirn, als säße dort ein Schmerz.

Wir haben alle Heimweh, sagte Janka, die anderen geben es nur nicht zu. Eines Tages bist du auch hier zu Hause.
Er nickte. Dann zogen sie sich im Dunkeln aus, und als sie eingeschlafen waren, lag ihre Hand wieder auf seiner Stirn. Friedels Schlaf wurde von niemandem tröstend begleitet. Nur die Enten, Gänse und Hühner waren im Traum wieder da, füllten das Zimmer mit Federn und krächzten hinter der Stalltür, die nicht zu öffnen war. Die Eimer mit Körnern ließen sich nicht von der Stelle heben, und zu allem Überfluß stand Suszko, der Briefträger, ohne Posttasche, aber in Jósefs Ledermantel neben ihrem Bett und übertönte ihren Hilferuf mit seinem Gelächter, das in der leeren Stube aus allen vier Ecken ein nicht enden wollendes Echo zurückwarf.

Am nächsten Morgen machte Friedel einen verwirrten Eindruck. Sie sprach mehr Deutsch als Polnisch, worauf Jan sie nicht mehr verstand und zu weinen begann.
Heul nicht, sagte Renata ungeduldig, über kurz oder lang wirst du sowieso mehr Deutsch als Polnisch sprechen.
Aber nicht, wenn ich Polizist in Ujazd werde.
Du wirst kein Polizist in Ujazd, antwortete Tomek.
Und warum nicht?
Weil du jetzt Deutscher bist.
Und was ist der Unterschied?
Niemand antwortete ihm, und er verkroch sich unter der Tischplatte im Schoß seiner Mutter, die ihn streichelte, ihm aber auch nicht den Unterschied erklärte.
Auch an den folgenden Tagen hielt die Spannung an, die sich seit dem Streit zwischen Friedel und Jósef in der Familie Kowalek breitgemacht hatte. Als Tomek und Renata sich für ihr Zimmer eine ausziehbare Doppelcouch gekauft hatten, baten sie Jósef nicht einmal, das neue Möbelstück zu bewundern. Auch für Friedels Zimmer hatte Tomek ein paar hüb-

sche Sachen besorgt. Nur Jósef und Janka machten keine Neuanschaffung. Was Janka verdiente, ging in die allgemeine Kasse. Jósefs Arbeitslosengeld, das ihm jetzt als ehemaligem Schafsmeister zustand, wurde für den Haushalt verbraucht. Wenn der Einrichtungskredit genehmigt würde, wollte man ihn für das gemeinsame Wohnzimmer ausgeben, und dann mußten Küchenmöbel und ein Herd gekauft werden.
Die von der Tante ausrangierten Stühle sammelten sich mit der Zeit in Jankas und Jósefs Stube, das war alles. Nachts hängten sie vor ihre Fenster Decken, und die einzige Lampe war eine Schnapsflasche, auf die Jósef eine Fassung mit einem Schirm gesetzt hatte.
Ich muß Arbeit finden, sagte er jeden Abend, bevor sich Janka mit ihrem Blumenkorb auf den Weg machte, und jedesmal antwortete Janka: Ja, Jósef, das mußt du.
Wieder war es Anna, die einen Ausweg wußte. Sie hatte für Jósef einen Job als Zeitungsausträger des Tagesspiegel aufgetrieben, wo sie ein paar Leute in den Redaktionen kannte.
Du mußt nur besser Deutsch können, sagte sie, und Jósef versprach zu lernen.
Inzwischen hatte Tomek die nächsten dreißig Computer nach Leszno gebracht und von dem Geld einen Fernseher gekauft, eine Kaffeemaschine, einen Kronleuchter für das Wohnzimmer und sogar auf seinen Namen einen Telefonanschluß beantragt.
Ungeachtet dessen, wann über den Kredit verfügt werden konnte, hatte sich Tomek zum Kauf einer Wohnzimmereinrichtung entschlossen, an der sich alle Familienmitglieder beteiligen sollten.

Jósef nahm den Job an. Er mußte jeden Tag, auch sonntags, von nachts um drei bis morgens um sechs 153 Zeitungen austragen für einen monatlichen Verdienst von 780 Mark.

Nur der Montag war arbeitsfrei. Er hatte ein Tourenbuch zu führen, in dem jeder Abonnent aufgelistet war, und dazu gab es die durchnumerierten Schlüssel der Häuser, in deren Briefkästen die Zeitungen zu stecken waren.
Auf Jósefs erste zwei Touren kam Janka mit. Abwechselnd schoben sie den Bollerwagen, wie die Kollegen das zweirädrige Gefährt nannten, in dem die Zeitungsstapel lagen. Es war nicht leicht, in den funzligen Lampen der Flure die Namen zu lesen. Manche Schlüssel klemmten in den Haustüren, und hin und wieder war es auch schwierig, den richtigen Eingang zu finden. Nein, bis um sechs schaffte er die Tour die ersten Male nicht, und er mußte ein paar Rüffel der Frühaufsteher hinnehmen, die gewohnt waren, ihre Zeitung auf der Fahrt zur Arbeit im Bus oder in der U-Bahn zu lesen.
Es fiel ihm schwer, sich daran zu gewöhnen, morgens um zwei aufzustehen, wenn Janka meistens erst nach Hause kam. Dann saßen sie schweigsam in der Küche, und nur das Schlucken des Tees war zu hören, den sie für ihn aufbrühte.
Du mußt etwas Warmes im Bauch haben, sagte sie jedesmal. Wenn er morgens gegen sieben nach Hause kam, schlief sie noch und wachte auch nicht auf, wenn er sich neben sie legte. Dreimal in der Woche arbeiteten sie beide zusätzlich nachmittags in einer Putzkolonne, Jósef als Fensterputzer, während sich Janka auf das Bohnern der Fußböden spezialisiert hatte. Sie legten Pfennig auf Pfennig, leisteten sich keinerlei Luxus, richteten sich ihr Zimmer aber auch nicht ein und kauften sich nichts.
Wofür arbeitet ihr eigentlich? fragte Tomek einmal beim gemeinsamen Sonntagsessen.
Für die Zukunft, sagte Janka, und sie sagte es mit so viel Hoffnungslosigkeit in der Stimme, daß Tomek das Thema wechselte. Aber Janka hatte keine Lust, sich mit anzuhören, ob das Wohnzimmer in naturfarbenem Holz oder farbig be-

stellt werden sollte. Sie stand auf, bevor Friedel die Quarkspeise auf den Tisch gestellt hatte, ging in ihr Zimmer und ließ sich auf einen der Stühle von der Tante fallen, der neben den ordentlich aufgereihten Koffern und Tüten stand.

Als Jósef hereinkam und sie auf dem Stuhl mitten in dem leeren Zimmer sitzen sah, wußte er, daß er dieses Bild nie mehr vergessen würde. Zärtlich legte er seine Hände auf ihre Schultern.

Ich kann nicht mehr, Jósef, sagte sie. Ich möchte nach Hause.

Wenn wir das tun, Janka, sagte er leise, wird deine Mutter nicht darüber wegkommen.

Ja, sagte Janka, wir gehen ja auch nicht fort.

Im Laufe der Zeit hatte sich Jósef daran gewöhnt, zwei Stunden nach Mitternacht aufzustehen. Allmählich bekam er auch Routine bei der Zeitungsaustragerei, kannte die Schlüssel, die Hauseingänge und die Briefkästen. Und mit der Zeit traf er immer dieselben Leute: Arbeiter, die zur Frühschicht gingen, Angestellte der Müllabfuhr und der Berliner Verkehrsgesellschaft, hin und wieder auch Männer und Frauen, die in den umliegenden Lokalen bedienten und jetzt erst Feierabend hatten. Manchmal bekam er ein Lächeln geschenkt. In den lauen Sommernächten kroch der Geruch der blühenden Linden durch die Straßen, unterbrochen von Bierschwaden, die mit den letzten Zechern aus den Kneipentüren quollen. Danach tauchte am Himmel der Tag auf und weckte die Stadt, die sich mit jeder Minute mehr in einen lärmenden Moloch verwandelte. Dann war von den Linden nichts mehr zu riechen, von den Katzen nichts mehr zu sehen, und ein Lächeln gab es auch nicht mehr auszutauschen.

Jósef schob seinen Zeitungskarren die Straßen entlang und dachte an Ujazd. Dort war um diese Zeit kein Mensch und kein Tier wach, höchstens die Fledermäuse im Dachstuhl der

Kirche, die Ratten in den Futterkammern der Ställe und die Katzen, die auf dem Land wie in der Stadt am Tage schliefen. Jósef glaubte den Frühnebel vor sich zu sehen, der hinter dem Dorf über die Felder zog und sich in Piotrs Pfirsichbäumen einnistete, als er plötzlich angesprochen wurde. Ein junger Mann mit kahlgeschorenem Kopf stand vor ihm in Springerstiefeln und Bomberjacke.

He, Alter, sagte er freundlich und zeigte auf die Zeitungen, verkaufste mir eine?

Jósef starrte erschrocken den Kahlkopf an. Bisher war er solchen Typen aus dem Weg gegangen. Aber der hier schien harmlos zu sein, war auch allein und kramte sogar in seinen Taschen nach Geld.

Ich darf nicht verkaufen, nur austragen, sagte Jósef.

Kaum hatte er die ersten Worte ausgesprochen, fuhr der Kahlkopf hoch.

Ausländer? fragte er drohend und ging breitbeinig um den Karren auf Jósef zu.

Nein, Aussiedler, sagte Jósef schnell und versuchte, den Karren wieder zwischen sich und den Kahlkopf zu ziehen.

Das ist dasselbe, du Schwein, merk dir das.

Jetzt sah Jósef die Tätowierung an dem Hals, eine Rune, die bei jeder Bewegung auf der Muskulatur hin und her hüpfte. Der Atem des Kahlkopfs roch nach Bier, und seine Augen begannen seltsam zu flackern. Er hob die Hand, und Jósef dachte schon, er würde zuschlagen. Aber der Kahlkopf schob nur zwei Finger zwischen die Lippen und ließ einen Pfiff ertönen, der bis in die Hinterhöfe der Häuser drang.

Rühr dich nicht von der Stelle, sonst stech ich dich ab!

Es klickte. Ein Springmesser. Es hatte keinen Sinn, um Hilfe zu rufen. Es war niemand auf der Straße. Zudem fiel Jósef das deutsche Wort für Hilfe nicht ein, immer nur pomoc, na pomoc, was er nicht zu rufen gewagt hätte.

Inzwischen zeigte der Pfiff seine Wirkung, hatte aus Nebenstraßen und Hauseingängen Typen gelockt, die im Laufschritt näher kamen, und alle hatten sie diese kahlgeschorenen Schädel, die in der Dunkelheit leuchteten. Jósef wollte weglaufen.

Hiergeblieben, zischte der Kahlkopf, und die Klinge seines Springmessers ritzte Jósefs Jacke auf, so daß die wärmende Nylonwatte wie Gekröse aus dem Ärmel quoll.

Ein Ausländerschwein, rief der Kahlkopf seinen Kumpels zu, als sie sich eingefunden hatten, ein Polacke, der deutsche Zeitungen austrägt, was sagt ihr dazu?

Nicht viel, sagte einer, der eine ähnliche Rune an seinem Hals trug, am besten, wir nehmen ihm die Zeitungen weg.

Das Unheimliche an der Sache war, daß sie ganz ohne Erregung sprachen, eher so, als hätten sie etwas ganz Alltägliches mit Jósef zu erledigen. Mit großer Schnelligkeit griff einer in die Speichen der Räder und kippte den Karren um. Die Zeitungen rutschten über die Straße in den Rinnstein, und die Männer trampelten mit ihren Stiefeln darauf herum.

Bitte nicht, könnt ihr nicht machen, rief Jósef außer sich, und in seiner Aufregung sprach er selbst diese wenigen deutschen Wörter nicht richtig aus.

Wir können noch ganz was anderes, sagte darauf einer und hieb Jósef die Faust ins Gesicht.

Pomoc, na pomoc!

Aber keine Menschenseele war in der Nähe. Alles ging so leise vonstatten, daß sich auch kein Fenster öffnete. Der zweite Schlag streckte Jósef zu Boden. Er schmeckte das Blut, schluckte und kotzte es wieder aus. Jetzt wurde er in den Magen getreten. Über ihm drehten sich die Kahlköpfe.

Wenn du schreist, stechen wir dich ab.

Jósef schrie nicht. Irgend etwas krachte in ihm. Sein Kopf flog nach hinten und wieder nach vorn. Dann hörte er nichts

mehr, obwohl er die Besinnung nicht verloren hatte. Er sah die Stiefel, sah sie ganz langsam auf sich zukommen, fühlte die Spitzen und Absätze auf seinem Körper, glaubte sie zwischen den Rippen zu fühlen, im Kopf und zwischen den Lungenflügeln, bis ihm die Luft wegblieb und er in einem riesigen schwarzen Loch verschwand.
Pomoc, na pomoc.
Als man ihn fand, war keiner von den Kahlköpfen mehr zu sehen. Ein Krankenwagen wurde über Funk angefordert. Die Zeitungsreste, den Karren und die Schlüssel zu den einzelnen Häusern stellte die Polizei sicher, um sie später dem Büro des Tagesspiegel zu übergeben. Auch die Straße wurde von Jósefs Blut gereinigt, und nach ein paar Stunden liefen die ersten Beschwerden über das Ausbleiben der Zeitungen ein.
Als es bei der Familie Kowalek an der Haustür klingelte, schlief Janka noch. Tomek war schon aus dem Haus, während Renata und Friedel in der Küche ihren Morgenkaffee tranken. Vielleicht hatte Jósef seinen Schlüssel vergessen. Mürrisch stand Friedel vom Tisch auf, um zu öffnen. Zu ihrer Verblüffung standen zwei Polizisten vor der Tür, grüßten höflich und fragten, ob hier ein gewisser Jósef Staszak wohnhaft sei.
Mein Schwiegersohn, sagte Friedel und fühlte ihr Herz klopfen. Die Polizisten baten, hereinkommen zu dürfen, blieben im Flur stehen und machten ernste Gesichter.
Ihr Schwiegersohn, sagte der eine, ist in eine Schlägerei verwickelt worden.
Schlägerei, wiederholte Friedel Kowalek, der Jósef?
Ohne eine weitere Frage zu stellen, ging sie ins Zimmer der Tochter und rüttelte sie wach.
Die Polizei ist da, sagte sie auf polnisch, dein Jósef hat sich mal wieder herumgeprügelt.

Janka sprang aus dem Bett und war im Nu angezogen.
Ich bin die Frau, rief sie den Polizisten zu, während sie sich noch die Bluse zuknöpfte, was ist meinem Mann passiert?
Einer der Polizisten sagte, er sei zusammengeschlagen und bewußtlos auf der Straße von Passanten gefunden worden und befinde sich im Krankenhaus. Sie würden Janka, wenn sie es wolle, hinbringen, der Weg zur Klinik gehöre sowieso zu ihrer Tour.
Ich komme mit, entschied Friedel kurzerhand. Aber Janka lehnte ab, auch Renatas Begleitung.
Wenn er noch lebt, sagte sie leise, braucht er euch beide am wenigsten.

Im ersten Augenblick erkannte sie ihn nicht. Sein Kopf war verbunden, und das, was sie von seinem Gesicht sehen konnte, war blutunterlaufen und geschwollen, die Lippen wirkten wie aufgeblasen.
Er habe neben schweren Prellungen einen Schädelbruch davongetragen, sagte eine Schwester zu Janka, mehrere Rippen seien gebrochen, aber innere Verletzungen habe er nicht.
Er wird nicht sterben?
Nein, lächelte die Schwester und ließ Janka mit Jósef allein.
Sein Atem war zu hören. Er flog, wie von einem Motor angetrieben, in kleinen Stößen aus ihm heraus. Die Augen waren geschlossen, die Arme lagen angewinkelt neben seinem Kopf, und die Handflächen waren nach außen gedreht, als sei er bemüht, sich einem unsichtbaren Feind zu ergeben.
Ich bin's, sagte Janka und beugte sich über ihn, hörst du mich?
Seine Lider zuckten. Er schien nicht die Kraft zu haben, sie zu heben. Sie beugte sich noch tiefer, roch den Verband, die Tinkturen und Salben darunter und küßte seine verletzten Lippen.
Hörst du mich?

Wieder zuckten die Lider, diesmal schaffte er es. Er sah Janka an, als habe er sie schon seit Stunden vor Augen. Langsam hob er die Hände, als wolle er sie umarmen. Aber sie blieben auf halbem Weg in der Luft hängen und fielen dann auf das Bett zurück.
Er versuchte zu sprechen. Jedes Wort brauchte seine Zeit, bis es ausgesprochen und von Janka verstanden worden war. Manches mußte er wiederholen, und zum Schluß war er so erschöpft, daß sie glaubte, er würde sein Bewußtsein verlieren.
Die Krankenschwester kam herein, die Besuchszeit war zu Ende.
Gleich, sagte Janka höflich, neigte sich tief über ihn und sagte so leise, daß nur er es hören konnte:
Wenn du gesund bist, Jósef, gehen wir beide wieder nach Hause, das verspreche ich dir.

Seit dieser Nacht war mit Janka nicht mehr viel anzufangen. Sie wurde von Tag zu Tag mürrischer und gleichgültiger.
Renata hatte, nachdem sie von einem zum anderen Möbelhaus gelaufen war, eine Küche und eine Sitzgruppe für das Wohnzimmer ausgesucht, die auch Tomek gefielen. Nun ging es um das Einverständnis von Janka, schließlich hatten die Geschwister ihren Anteil gezahlt, auch wenn der Betrag nicht an die Summe heranreichte, die Tomek einbrachte.
Gleiches Geld, gleiches Recht, hatte Renata gemurrt, die fürchtete, Janka würden die Möbel zu teuer sein. Aber Tomek bestand darauf, den Kaufvertrag erst zu unterschreiben, wenn Janka zustimmte. Früher als sonst verließ er seinen Arbeitsplatz, um sie in dem Möbelhaus zu treffen.
Sie war zwar zum verabredeten Zeitpunkt da, zeigte aber nicht das geringste Interesse an dem, was hier zu sehen war, hatte nicht wie Renata das Bedürfnis, das Holz der Schränke

zu berühren, eine Tür zu öffnen oder nach dem Preis zu fragen. Mit sturem Blick lief sie zwischen den Sofas, Sesseln, Tischen, Schränken und Regalen neben dem Bruder her, als befände sie sich auf der Straße.
Du benimmst dich, als sei dir alles egal, sagte er.
Vielleicht ist das auch so.
Tomek, dem daran gelegen war, die Schwester fröhlich zu stimmen, zeigte auf eine braune Sitzgruppe aus Kunstleder, deren Sessel so breit waren, daß man mühelos zu zweit darin sitzen konnte.
Hier, sagte er, die hat Renata für uns ausgesucht. Ich kaufe sie aber nur, wenn sie dir gefällt.
Mir gefällt sie, antwortete Janka viel zu schnell. Aber sie setzte sich nicht einmal auf die Polster, sie befühlte auch nicht das Material. Tomek hätte genausogut auf die danebenstehende grüne Sitzgruppe hinweisen können, sie hätte auch der zugestimmt.
Da war's vorbei mit seiner Geduld.
Was glaubst du eigentlich, warum ich mit dir herkomme? fuhr er sie an und zog die Aufmerksamkeit der Verkäufer auf sich. Und weil sie nicht antwortete, schüttelte er sie an den Schultern. Er habe es satt, ihr in den Hintern zu kriechen, sagte er wütend, sie könne ihm den Buckel runterrutschen und zum Teufel gehen.
Janka war blaß geworden.
Hör zu, Tomek, sagte sie, kauf, was dir gefällt. Jósef und ich gehen zurück nach Ujazd. Wir bleiben hier nicht mehr.
Erst wollte er lachen, aber es wurde nur die sinnlose Frage daraus, ob sie verrückt geworden sei.
Nein.
Tomek beschrieb mit seiner Hand einen großen Bogen, als gehöre ihm alles, was in der Etage des Möbelgeschäfts zu sehen war.

Darauf willst du verzichten? fragte er. Ein solches Leben wie hier bekommst du in Polen nie geboten.
Vielleicht brauche ich das gar nicht, sagte sie und ging langsam zwischen den vielen Sitzgruppen dem Ausgang zu.
Ich lasse es nicht zu, daß ihr abhaut, schrie er und hielt sie fest.
Janka wischte die Hand des Bruders von ihrer Schulter.
Du hast gar nichts zuzulassen, sagte sie beherrscht, und unser Zimmer, das könnt ihr vermieten. Da machst du noch ein Geschäft.
Aber die Mutter, sagte Tomek, sie wird es nicht überleben, wenn ihr geht. Willst du das verantworten?
Hilflos sah sie ihn an.
Du mußt nur wollen, dann schaffen wir es, flüsterte Tomek sanft, nahm sie an die Hand und führte sie wieder zurück.
Du hast ja noch nicht einmal die Küche gesehen.
Jankas Finger ließen sich nicht so einfach festhalten. So hatte er sie als Kind hinter sich hergezogen, wenn sie etwas ausgefressen hatten. Mit der Zeit, das wußte er, würde das Flattern ihrer Finger aufhören. Dann hatte er gewonnen. Und tatsächlich schien Janka ihren Widerstand aufzugeben und ließ sich die Küche zeigen. Beige, Kunststoff mit Naturholz und, wie der Verkäufer versicherte, mit Doppelbeschichtung aller Flächen, auch bei den Rückwänden, mit Massivholz-Trageleiste und allseitigem Kantenschutz.
Nun, fragte Tomek, einverstanden?
Die Führung der Schubkästen, erläuterte der Verkäufer, ist wartungsfrei, laufleise, hat eine Auszugssicherung und eine hohe Seitenstabilität. Dabei öffnete er mit großer Geschwindigkeit die Schubladen des Küchenschranks und ließ sie wieder zurückschnellen, ohne daß Janka begriff, warum er das tat. Sie war auch nicht bereit, ihrerseits den Lauf der Kästen zu prüfen oder sich die Scharniere anzusehen, die nach den Worten des Verkäufers mit einem Öffnungswinkel von 110

Grad selbstschließend waren und über eine Mehrfachverstellmechanik verfügten. Als Janka auch darauf nicht reagierte, gab der Mann mitten im Satz auf und zog sich zurück.
Ich möchte nach Hause, sagte Janka.
Für Tomek war nicht ersichtlich, ob sie damit die Kolonnenstraße in Berlin meinte oder Ujazd in Polen.
Schweigend ließ er den Kaufvertrag für die Küche und die Sitzgruppe ausfertigen und setzte mit steilen Buchstaben seinen Namen darunter.

Anna hatte Blumen, Schokolade und polnische Zeitungen mitgebracht. Jósef lag mittlerweile in einem Dreibettzimmer. Bei Patienten, Schwestern und Ärzten hieß er nur der Pole. Man behandelte ihn korrekt und freundlich, er wurde nicht benachteiligt, blieb aber der Pole, egal, was in seinen Papieren stand.
Janka und er hatten sich angewöhnt zu flüstern, wenn sie sich in ihrer Heimatsprache unterhielten, begrüßten und verabschiedeten sich aber vor aller Ohren auf deutsch.
Ganz anders Anna. Sie rief Jósef schon von der Tür aus ein fröhliches Dzień dobry zu und kümmerte sich nicht darum, daß sich ihr alle Köpfe zuwandten. Von einer Frau ihres Auftretens schien man nicht zu erwarten, daß sie zu den Polen gehörte, wie man sie aus dem Berliner Stadtbild kannte. Sie sprach kein deutsches Wort mit Jósef, flüsterte auch nicht wie Janka, und erst als sie die eintretende Schwester um eine Blumenvase bat, wußten alle im Zimmer, daß es sich bei dem Besuch des Polen um eine Deutsche handelte.
Anna ließ sich von Jósef genau berichten, was vorgefallen war, und Janka bestand darauf, daß er unter keinen Umständen den Job weitermachen dürfe.

Was dann? fragte Anna.
Sobald ich gesund bin, sagte Jósef, gehen wir wieder zurück nach Ujazd.
Jósef und Janka rechneten eigentlich mit Annas Empörung, allen Bemühungen zum Trotz aufgegeben zu haben. Sie wagten sie nicht anzusehen und machten sich auf ihren Widerspruch gefaßt. Anna ließ sich mit ihrer Antwort so viel Zeit, daß die übrigen Patienten auf das Schweigen am Bett des Polen aufmerksam wurden. Und dann hörte es jeder im Zimmer, weil Anna es auf deutsch sagte:
Wer wirklich glücklich sein will, muß zu Hause bleiben.
Und auf polnisch fuhr sie fort, daß die alte Jula das früher immer zu denen gesagt habe, die von Ujazd weggezogen seien.
Sie sind nicht von uns enttäuscht? fragte Janka nicht ganz sicher, ob Anna sie beide nicht vielleicht verspottete.
Nein, sagte Anna, wenn ich gekonnt hätte, wäre ich schon ein paarmal in meinem Leben nach Ujazd zurückgegangen.
Plötzlich sahen alle drei aus dem Fenster, als brauchte jeder für sich ein bißchen Zeit. Die Geräusche der Großstadt mischten sich in den Anblick der mittlerweile verblühten Linden, die vor dem Krankenhaus standen. Von Vögeln keine Spur, nur ein Flugzeug kroch lautlos über den Himmel. Es gab nichts, was sich auf Dauer lohnte anzusehen.
Tomek meint, die Mutter würde es nicht überleben, wenn wir gehen, sagte Janka, während ihre Finger den Bezug von Jósefs Bettdecke zusammendrückten und wieder glattstrichen, was meinen Sie, Pani Anna?
Das weiß ich nicht, antwortete Anna, ich weiß nur, daß jeder Mensch das Recht hat, über sich selbst zu entscheiden, egal, ob es anderen paßt oder nicht.

Als Józef aus der Klinik entlassen worden war, saß er zu Hause, wie Friedel behauptete, überall und jedem im Weg. Immer öfter kam es zwischen den beiden zu Spannungen, die stets mit Friedels üblicher Spitze endeten: Wenn er schon nicht auf Arbeit ginge, solle er wenigstens Deutsch lernen.
Damit mich die Neofaschisten nicht wieder zusammenschlagen, was?
Damit du vernünftige Arbeit bekommst, und nach einer Pause fügte sie hinzu, so wie Tomek.
Für einen Schafsmeister gibt es hier keine Arbeit.
Lern Deutsch und laß dich umschulen, du kriegst doch alles vom Arbeitsamt bezahlt.
Das war dann immer der Moment, in dem Józef es vorzog, sich der Schwiegermutter zu entziehen. Aber Friedel kam hinterher, stichelte weiter und warf ihm vor, ein Mitesser zu sein, und irgendwann fiel der Satz:
Geh doch wieder nach Polen, wenn's dir hier nicht gefällt.
Im ersten Augenblick war sie selbst darüber erschrocken. Schon wollte sie sich entschuldigen und sagen, daß es nicht so gemeint war, als Józef nickte und obendrein lächelte. Als er dann auch noch, ohne zu widersprechen, in seinem Zimmer verschwand, tippte Friedel sich an die Stirn und sagte zu Renata, daß der Józef wohl ein paar Schläge zuviel auf den Kopf bekommen hätte.
Jetzt kann sie uns keine Vorwürfe mehr machen, sagte Józef zu Janka, als sie allein waren, auch Tomek nicht.
Mit Ludwik Janik zu telefonieren war schwierig. Sie mußten nach Ost-Berlin fahren, weil von der DDR aus die Verbindungen in die Volksrepublik Polen leichter zustande kamen. Einen halben Tag brauchten sie für den Grenzübertritt und das Warten im Postamt am Bahnhof Friedrichstraße. Aber plötzlich war Ludwik Janik am Apparat, so verständlich und so nah, daß Józef glaubte, ihn atmen zu hören.

Er stand mit Janka in der winzigen Kabine, den Hörer zwischen ihren Köpfen, und war so aufgeregt, daß er außer seinem Namen nicht einen vernünftigen Satz herausbekam. Erst als ihm Janka zulächelte, konnte er sein Anliegen vorbringen.
Die darauffolgende Pause war lang. Sie fürchteten schon, Ludwik Janik habe aufgelegt, als sie ihn so deutlich sagen hörten, als stünde er zwischen ihnen:
Ich werde sehen, was ich machen kann. Zur Not könnt ihr auch im Schloß wohnen, da ist Platz.
Und Arbeit, fragte Jósef, haben Sie denn Arbeit für mich?
Für dich immer, sagte Ludwik Janik lachend, und weg war die Verbindung. Es war, als habe Ludwik Janik mit seinem Lachen die Leitung zerschnitten. Jedenfalls war kein Pieps mehr zu hören, und Jósef hängte den Hörer ein. Wie angewurzelt standen sie in der stickigen Kabine, noch immer Ludwik Janiks fröhliches Lachen im Ohr.
Im Schloß werden wir wohnen, flüsterte Janka, da wird uns fürs erste deine Schwester Halina behilflich sein.
Vielleicht, sagte Jósef, vielleicht auch nicht.
Plötzlich hielt er sich an Janka fest, obwohl er mit dem Rücken an der Kabinenwand lehnte.
Ich habe Angst, sagte er, Janka, ich habe Angst.
Und Janka sagte: Ich auch.
So standen sie eine Weile und rührten sich nicht von der Stelle, bis ein Mann wütend an die Tür klopfte.
Das ist eine Zelle zum Telefonieren und nicht zum..., schrie er und klatschte mit der Handfläche obszön auf die Faust.
Zu Hause erzählten sie nichts von ihrem Telefongespräch mit Ludwik Janik. Auch Tomek sagten sie nichts, obwohl er sich in die Streitigkeiten mit der Mutter nie einmischte, auch nicht Friedels hämischer Aufforderung zustimmte, Jó-

sef möge doch wieder nach Polen gehen. Einmal forderte er die Mutter sogar auf, den Mund zu halten, sonst ginge der Jósef tatsächlich noch und Janka mit ihm.
Der wird grad gehen, hatte Friedel gefaucht, was soll er denn da ohne Arbeit und Wohnung, nur mit Spott versehen und Hoffnung auf Armut? Der bleibt und die Janka erst recht, die kommt nach mir, die weiß das Leben anzupacken.

Die Firma hatte die Lieferung der Möbel für den späten Montagvormittag der kommenden Woche angekündigt.
Jósef und Janka hatten die ganze Nacht gepackt, ein paar Koffer waren bereits auf dem Bahnhof in einem Schließfach verstaut. Da sonst niemand ihr Zimmer betrat, bemerkte auch keiner etwas von ihrer bevorstehenden Abreise.
Friedel hatte es sich nicht nehmen lassen, in der Küche den Fußboden von Flecken zu reinigen und anschließend zu wachsen. Alles sollte wie neu aussehen, und Janka half ihr dabei. Sie kniete neben der Mutter und rieb mit Terpentin die Farbflecken von den Dielen. Es war schon eine ungewöhnliche Form des Abschiednehmens, aber Janka war keine bessere eingefallen. So war sie der Mutter am nächsten, sah ihr zu, wie sie schwerfällig über den Boden rutschte, ohne sich eine Pause zu gönnen.
Eine schöne Küche wird das. So eine hat noch keiner in Ujazd gesehen. Tomek hat gesagt, er wird sich einen Fotoapparat leihen und uns alle darin fotografieren. Man darf eben nicht aufgeben.
Friedel wandte ihr gerötetes Gesicht der Tochter zu, spürte ihre Traurigkeit, schüttelte den Kopf und fuhr mit tröstlicher Stimme fort:
Bei euch wird das Glück auch sein, wenn Jósef zur Einsicht kommt. Du mußt ihm gut zureden.
Janka nickte stumm und rieb auf dem Boden herum.

Na, sagte Friedel und stieß die Tochter aufmunternd an, wir sind doch eine Familie, da ist keiner allein.
Sie putzte wie besessen weiter. Ihr rundes Hinterteil fuhr bei jeder Handbewegung vor und zurück, und wenn sie sich die dünnen Haarsträhnen aus dem Gesicht strich, benutzte sie ihren Unterarm. Sie schwitzte und roch nicht wie sonst nach Seife und Kamillentee. Sie roch, wie es Janka von zu Hause her kannte, wenn sie gemeinsam im Garten gearbeitet oder Perka bei der Ernte auf dem Feld geholfen hatten.
Plötzlich legte Janka ihren Lappen weg, kroch neben die Mutter, umarmte und küßte sie.
Jesusmaria, entfuhr es Friedel, die sich aus dem Verhalten der Tochter keinen Reim machen konnte, Jesusmaria, was hast du denn?
Du darfst mir nicht böse sein, Mutter, versprichst du mir das? Janka war drauf und dran, ihr zu sagen, daß sie noch heute abreisen würden, als Friedel schon wieder weiterschrubbte, um bis zum Eintreffen der Möbel fertig zu sein.
Dir bin ich nicht böse, sagte sie, jetzt schon dabei, den Boden zu wachsen, aber der Jósef, der macht mir Sorgen. Kein Deutsch lernt er nicht, säuft und läßt sich verprügeln, wie will er da jemals vorwärtskommen?
Friedel legte den Kopf schief, freute sich an dem blanken Holz und sagte dabei: Wer mit Ochsen fährt, kommt auch auf den Markt. Man muß nur wollen.
Als es klingelte und die Möbel heraufgeschleppt wurden, hatten Jósef und Janka ihre restlichen Sachen gepackt und den Brief, den sie in der Nacht geschrieben hatten, zugeklebt. Sie hätten keinen großen Abschied gewollt, stand darin, keine Tränen und keine Vorwürfe. Es sei nun mal ihr Entschluß, heute um 15 Uhr mit dem Zug nach Poznań zurück in die Heimat zu fahren, die sie hier in Berlin für sich nicht hätten finden können. Arbeit sei ihnen von Ludwik Janik zugesagt

worden, und Unterkommen könnten sie vorerst im Schloß. Sie wären Tomek dankbar, wenn er ihnen ihre restlichen Sachen bei einer Fahrt nach Leszno mitbringen würde.
Ein wenig kühl war ihnen der Brief schon geraten, aber Jósef vertrat die Meinung, je sachlicher, um so besser.
Die Küchenmöbel wurden über den Gang nach hinten getragen und an die Plätze gestellt, die Renata und Friedel angaben. Es schien, als hätten sie Janka und Jósef vergessen. Tomek war in seinem Computerladen, und Jan ließ die Männer, die die Schränke an die Wand dübelten, die Türen einhängten und die Schubläden auf die Laufschienen setzten, nicht aus den Augen. So war es für Jósef und Janka ein leichtes, die Wohnung unbemerkt mit ihren Koffern zu verlassen.
Auf dem braunen Kunstlederbezug der neuen Sitzgruppe leuchtete weiß und ein wenig verloren der Brief. Wie ein winziges Kissen stand er aufrecht an der Lehne und fiel Friedel Kowalek erst auf, als die beiden längst unterwegs zum Bahnhof waren.
Na, was ist, Janka, hatte sie zuvor ärgerlich über den Flur gerufen, wollt ihr nicht sehen, wie schön unsere Küche jetzt aussieht?
Und weil es still blieb, riß Friedel die Tür zu ihrem Zimmer auf. Janka und Jósef waren nicht da. Die Betten waren abgezogen und sorgfältig übereinandergelegt. Kein Kleidungsstück lag herum, keine Schuhe, nicht einmal eine Plastiktüte. Nur in der Ecke stand ein mit einer Schnur umwickelter Koffer. Auch in den Schubladen der von der Tante überlassenen Kommode war nichts mehr zu finden. Ausgezogen, fuhr es Friedel durch den Kopf, die Tochter war Hals über Kopf ausgezogen, aber wohin, aus welchem Grund und, vor allem, warum in aller Heimlichkeit?
Friedel rief nach Renata und Jan, lief ins Wohnzimmer, sah

dort den Brief auf dem Polster, setzte sich erstmals auf einen der neuen Sessel und erschrak über die unerwartete Glätte des Materials.

Ohne Brille war für Friedel kein einziger Buchstabe zu entziffern, und der Eile wegen bat sie Renata vorzulesen, was die Tochter geschrieben hatte.

Renata las stockend die wenigen Sätze und sah immer wieder zu Friedel hinüber, die mit jedem Wort blasser wurde und am Ende wie tot aussah.

Jetzt hat sie der Schlag gerührt, dachte Renata. Aber Friedel sprang auf die Beine und schrie:

Ich hol sie zurück, ich hol meine Janka zurück, zog sich die Schuhe an, griff nach Jacke und Handtasche und fegte in einem für ihr Alter ungewöhnlichen Tempo die Treppe hinunter und auf die Straße.

Während der ganzen Fahrt bewegten sich Friedels Lippen. Es war nicht auszumachen, ob sie betete oder vor sich hin flüsterte. Sie nahm auch nicht Platz, und beim Umsteigen in die U-Bahn drängelte sie derart, daß die Passanten sie beschimpften. Aber Friedel Kowalek nahm davon keine Notiz, klammerte sich an die Haltestange und hörte nicht auf, lautlos vor sich hin zu murmeln. Dazwischen sah sie immer wieder auf die Uhr, und als die Bahn endlich am Bahnhof Zoo hielt, war sie die erste, die aus der U-Bahn sprang.

Die Treppen zum Fernbahnhof wollten kein Ende nehmen. Noch schlimmer waren die Menschenmassen, die ihr in großen Pulks entgegenkamen, sie schubsten und ihr das Fortkommen erschwerten. In Leuchtschrift stand über der letzten Treppe zu lesen, daß der Zug Verspätung hatte. Es gab zwei Bahnsteige, Friedel Kowalek nahm den falschen, sah den Zug über die Schienen hinweg auf der anderen Seite stehen, schrie nach Janka und Jósef, stolperte die Treppe wieder hinunter und auf der anderen Seite wieder herauf.

Jetzt fuhr der Zug an, so langsam, daß es Friedel Kowalek erst gar nicht merkte. Sie rannte an den Waggons entlang, fuchtelte mit den Armen und rief abwechselnd Jankas und Jósefs Namen. Vergeblich. Keiner von beiden zeigte sich an einem der Fenster. Nur Fremde beugten sich heraus, glaubten, die Frau wolle aufspringen, winkten warnend ab, riefen Friedel etwas zu und verschwanden mit immer größerem Tempo aus ihrem Blickfeld, während in anderen Fenstern neue Gesichter auftauchten. Nur nicht Janka und Jósef. Die Reisenden lachten, wie sie neben dem immer schneller werdenden Zug herrannte. Schon war sie am Ende der Halle, dort, wo noch der eine oder andere Gepäckwagen stand. Der letzte Waggon zeigte das Schlußlicht. Friedel Kowalek rannte noch immer die Bahnsteigkante entlang, jetzt unter freiem Himmel, und am Ende sah es so aus, als wolle sie auch noch auf die Gleise springen, um, von einer zur anderen Schwelle hüpfend, den Zug einzuholen.

Es war nur einem Gleisarbeiter zu verdanken, daß kein Unglück passierte. Er hatte beherzt zugegriffen und Friedel im letzten Moment vor dem Betreten des Bahnkörpers bewahrt. Später gab er an, daß er große Mühe gehabt habe, die wild um sich schlagende Frau bei der Bahnhofsmission abzuliefern.

Sie weigert sich zu sprechen, sagte die Mitarbeiterin der Bahnhofsmission zu Tomek, sie hat uns nicht einmal ihren Namen genannt. Gott sei Dank hatte sie den Ausweis in ihrer Handtasche.

Mama, sagte Tomek und küßte die Mutter, die mit einem befremdlichen Gesichtsausdruck auf einem Stuhl saß, Mama, was machst du für Sachen?

Friedel reagierte nicht auf den Kuß ihres Sohnes. Sie sah durch ihn hindurch wie durch eine Glasscheibe in eine andere Welt. Tomek redete beruhigend auf sie ein, sagte, daß zu

Hause Jan auf sie warte, daß Renata ihn auf der Arbeit angerufen habe und er hergekommen sei, um sie abzuholen. Darauf murmelte sie Jans Namen und nickte, als sei es jetzt Zeit zu gehen. Tomek dankte den Helferinnen für die Betreuung seiner Mutter, verließ mit Friedel am Arm die Bahnhofsmission und fuhr mit ihr im Taxi nach Hause.

Er führte sie durch die Wohnung, als habe sie diese noch nie gesehen, zeigte ihr die neue Küche und die Sitzgruppe, auf der sie den Brief gefunden hatte. Unter keinen Umständen wollte sie sich da hinsetzen. Störrisch und kopfschüttelnd blieb sie an der Tür stehen, als drohe ihr von dem Sofa, den Sesseln und dem Couchtisch Gefahr. Danach lief sie über den Flur in das Zimmer von Janka und Jósef.

Wie ein aufgescheuchtes Huhn, dachte Tomek, der ihr nachgegangen war, sie rennt wie ein aufgescheuchtes Huhn durch die Wohnung. Friedel hob jedes Stück Papier auf, jede leere Plastiktüte und durchwühlte die Decken, als hätte sich ihre Tochter streichholzgroß und der Mutter zum Trotz dort versteckt.

Was soll das denn, Mutter? fragte Tomek und spürte, wie er müde wurde, das Theater noch länger mitzuspielen.

Janka, sagte Friedel, das erste Mal, seit Tomek sie von der Bahnhofsmission abgeholt hatte, Janka und Jósef? Und schon war sie wieder am Suchen, hob die Matratzen hoch und zog alle Schubladen der Kommode auf.

Hör mal zu, Mutter, sagte Tomek, dem die Ungeduld anzuhören war, du warst es doch selbst, die Jósef immer wieder gesagt hat, er solle zurück nach Polen gehen. Jetzt ist er eben gegangen, basta. Und Janka, die gehört nun mal zu ihm und nicht mehr zu dir. Kannst du das denn nicht akzeptieren?

Friedel Kowalek begann zu zittern.

Jetzt fängt sie gleich an zu weinen, sagte Renata, das hast du nun davon.

Sie führte die Mutter in die Küche, wo sie sich willenlos auf einen der neuen Stühle setzen ließ.
Meint ihr vielleicht, mir macht das nichts aus, daß die beiden weg sind? rief Tomek, der ihnen gefolgt war. Nur so hätten sie nicht gehen dürfen. Nicht so und ohne Abschied.
Im Laufe des Nachmittags brachten weder Renata noch Jan Friedel Kowalek zum Sprechen. Stundenlang saß sie in der Küche zwischen den neuen Möbeln und starrte vor sich hin. Sie nahm keinen Bissen zu sich, hörte auch nicht mehr zu, und Renata nahm zu Recht an, daß die Mutter gar nicht mehr wußte, was eigentlich los war. Friedel Kowaleks Verstand hatte ausgesetzt und stand ihr nur noch in unregelmäßigen Abständen zur Verfügung.
Als Tomek am Abend nach Hause kam, setzte er sich mit Renata und Jan zu ihr an den Tisch in der Hoffnung, daß sie aus ihrer Lethargie herausfände. Über Janka und Jósef wurde kein Wort verloren. Auch ihre Plätze gab es nicht mehr. Um den Tisch standen nur noch vier Stühle, nichts erinnerte an sie. Tomeks Frage, ob denn die Mutter mit der neuen Einrichtung zufrieden sei, blieb unbeantwortet.
Sie hat nichts eingeräumt, flüsterte Renata ihrem Mann zu, sie sitzt nur da und schweigt.
Und weil Friedel nach wie vor nichts von der Suppe aß, die Renata gekocht hatte, nahm Tomek jetzt einen Löffel voll und versuchte ihn ihr zwischen die Lippen zu schieben.
Mach den Mund auf, Mutter.
Der Erfolg war, daß sie ihre Zähne noch fester aufeinanderpreßte und man sie knirschen hörte.
Du mußt essen, Babka, bat der Enkel, wenn du nicht ißt, wirst du krank.
Einen Augenblick dachten alle, es sei Jan gelungen, Friedel aus ihrer Abwesenheit herauszulocken, denn sie sah ihn an und nickte.

Na also, sagte Tomek und hatte schon wieder den Löffel in der Hand, worauf Friedel nicht nur die Lippen zusammenkniff, sondern auch die Augen. Ihr Gesicht verzerrte sich, als durchführe sie ein furchtbarer Schmerz.
Laß sie, sagte Renata, der die Verwirrung der Schwiegermutter angst machte, vielleicht braucht sie Ruhe.
Sie gingen ins Wohnzimmer, setzten sich ohne rechte Freude auf die neue Sitzgruppe und sprachen darüber, was die überstürzte Abreise von Janka und Jósef angerichtet hatte.
Friedel Kowalek war inzwischen wieder der Verstand abhanden gekommen. Sie sah, hörte und dachte nichts. Sie schien nicht einmal etwas zu fühlen, denn anstatt nach der Menge Wasser, die sie getrunken hatte, aufs Klo zu gehen, ließ sie unter sich.
Jesus, rief Renata, jetzt hat sie sich auch noch in die Hosen gemacht.
Sie führten Friedel gemeinsam ins Bad, zogen sie aus, wuschen sie und legten sie ins Bett, ließen aber die Tür zu ihrem Zimmer offen. Morgen wollten sie einen Arzt holen.
Kaum war Friedel eingeschlafen, befand sie sich in Ujazd, wo sie schon gar nicht mehr versuchte, die Futtereimer zu schleppen. Der Alptraum verkürzte sich. Hinter der verschlossenen Stalltür war das nackte Federvieh bereits verreckt, und die Daunen im Hof reichten bis unters Dach, nahmen Friedel Kowalek nicht nur die Sicht, sondern auch die Luft. Sie wachte auf und stellte sich die Frage, ob nicht vielleicht Jankas und Jósefs Abreise auch in den verhaßten Traum gehörte, der nachts wie ein Wolf über sie herfiel und ihr Leben zerriß.
Sie stand auf, schlich aus dem Zimmer hinüber in das von Janka und Jósef, flüsterte deren Namen und strich im Licht der Straßenlampen über Matratzen und Decken. Was war Wirklichkeit und was nicht? War sie etwa doch noch im Traum und hatte vergessen, daß alle Ausgangstüren versperrt

waren? Nur nicht wieder ins Bett, dachte sie, tappte in die Küche, setzte sich auf ihren Stuhl und rührte sich nicht mehr von der Stelle.

So fand sie Tomek, die Hände gefaltet, den Kopf ein wenig schräg, die Augen geradeaus gerichtet, blicklos.

Jetzt geht das schon wieder los, sagte er zu Renata, die er geweckt hatte, und beide brachten die Mutter wieder ins Bett.

Der Vorgang wiederholte sich stündlich, und schließlich ließen sie die Mutter in der Küche sitzen.

Gegen neun Uhr rief Tomek den Notarzt an, der eine halbe Stunde später zur Stelle war, ein freundlicher junger Mann, der nach allen Regeln der Kunst versuchte, Friedel Kowalek in ein Gespräch zu verwickeln.

Als das nichts nützte, verließ er mit Tomek die Küche und schlug ihm vor, die Mutter in eine psychiatrische Klinik einzuweisen, da es sich bei dem Krankheitsbild um eine schwere Depression handele, die sich in einer gegen die Patientin selbst gerichteten Verweigerung ausdrücke und nur stationär behandelt werden könne.

Dazu, sagte der Arzt, brauchen wir aber das Einverständnis Ihrer Mutter.

Muß sie etwas unterschreiben?

Nein, sagte der Arzt, zu unterschreiben braucht sie nicht. Es genügt eine mündliche Zustimmung, meinethalben auch ein Nicken und ein freiwilliges Mitgehen, das ist alles. Sonst kann ich keine Überweisung ausstellen.

Sie gingen wieder zurück in die Küche, wo Friedel Kowalek nach wie vor in die Ferne blickte.

Mama, sagte Tomek und legte seinen Arm um ihre Schultern, du bist krank. Der Doktor sagt, du mußt in ein Krankenhaus.

Es war nichts zu machen, Friedel Kowalek ließ sich zu keiner Zustimmung bewegen. Der Arzt wiegte den Kopf. Eine Zwangseinweisung, sagte er, sei nur über den Hausarzt möglich und mit vielen Scherereien verbunden. Tomek solle der Mutter noch einmal in Ruhe gut zureden, vielleicht, vielleicht auf polnisch. Er verstehe zwar diese Sprache nicht, aber man könne ja dann das Gesagte auf deutsch wiederholen.

Wenn du mit mir ins Krankenhaus gehst, sagte Tomek auf polnisch und sah die Mutter nicht an, werden vielleicht Janka und Jósef kommen, um dich zu besuchen.

Auch der Arzt sah, wie Leben in Friedel Kowaleks Blick kam. Janka und Jósef, murmelte sie und nickte vor sich hin.

Frau Kowalek, sagte der Arzt, sind Sie einverstanden, wenn Sie vorübergehend ins Krankenhaus gehen?

Friedel nickte noch immer, und es war nicht genau auszumachen, ob sie damit die Frage des Arztes beantwortete oder an Janka und Jósef dachte.

Oskar war seit drei Wochen in der Klinik. Jetzt wollte er nach Hause, obwohl er immer noch Fieber hatte.

Vielleicht, sagte Oskar zu seinem Arzt, vielleicht habe ich Glück und sterbe an einer Lungenentzündung statt an meinem Krebs.

Sie sollten noch hierbleiben, riet ihm der Doktor, und Oskar schloß daraus, daß es sich bei dem Fieber nicht um einen Infekt handelte, sondern um Reaktionen von Metastasen. Die Schmerzen waren schon seit Wochen nur noch mit Morphium zu ertragen, und Oskar mußte die Nachwirkungen in Kauf nehmen: Konzentrationsschwäche, zeitweise Verwirrung, Schweißausbrüche. Oft zitterte er derart, daß er nicht zu den geringsten Handreichungen fähig war.

Sie können nicht mehr allein leben, sagte der Arzt, und Oskar antwortete lächelnd, daß er zu Hause weniger allein sei als in der Klinik.

Als er Anna von der Station aus anrief und sagte, daß er heute nach Hause käme, wußte sie Bescheid, er hatte sich aufgege-

ben. Sie sagte alle Termine ab. Er brauchte sie jetzt. Schon bevor er in die Klinik ging, hatte sie einige Zeit bei ihm gewohnt. Sie schlief in seinem Arbeitszimmer, das er nicht mehr benutzte, und saß an seinem Schreibtisch, wenn er schlief. Manchmal sahen sie abends gemeinsam fern, manchmal kochte er sogar. Aber meistens saß er einfach nur in seinem Liegestuhl auf dem Balkon. Schön ist es mit dir, sagte er hin und wieder, wenn sie nach ihm sah, weiß der Himmel, warum ich dich nicht geheiratet habe.
Dann lachte sie und sagte: Sei froh, daß es so ist, wie es ist.
Als er diesmal aus der Klinik nach Hause kam, war es mit dieser Beschaulichkeit vorbei. Es gab nur noch wenige Stunden am Tag, in denen er schmerzfrei war und ohne Unruhe. Ich kann nicht mehr, sagte er immer häufiger, ich kann nicht mehr, hilf mir.
Morphium, immer wieder Morphium, bis er sich beruhigte. Manchmal nützte es auch, wenn sie ihn in die Arme nahm und festhielt. Selten fand sie Worte des Trostes, denn sie spürte seine Ablehnung, wenn sie sich darum bemühte.
Eines Abends saßen sie nach dem Essen noch eine Weile zusammen. Er hatte am Nachmittag ein paar Stunden gut geschlafen und schien gelöster als sonst. Später machte er eine Flasche Champagner auf, trank hastig und, wie Anna fand, zuviel, aber sie mochte ihm die Freude nicht verderben. Als er ein bißchen betrunken war, redete er seit langer Zeit wieder einmal davon, mit Anna in die Toskana zu fahren.
Wir werden in Lucca wohnen, denn Lucca ist schöner als Florenz oder Siena. Und dann werden wir ...
Plötzlich verstummte er mitten im Satz.
Was ist los? fragte Anna.
Du hörst mir ja gar nicht zu.
Natürlich höre ich dir zu.

Nein, sagte er störrisch, du denkst gar nicht an die Reise mit mir nach Lucca, sondern an meinen Tod.
Anna hatte tatsächlich an seinen Tod gedacht und daß er gar nicht mehr in der Lage war, noch woanders hinzufahren, außer ins Krankenhaus.
Vielleicht denke ich an beides, sagte sie vorsichtig.
Aber Oskars gute Stimmung war verflogen und schlug in Aggressivität um, die sich gegen Anna richtete. Er stand demonstrativ auf, sagte ihr nur kühl gute Nacht und machte die Schlafzimmertür hinter sich zu, die er sonst in der Nacht immer offenließ, damit er nach ihr rufen konnte, wenn es ihm schlechtging.
Anna war erschöpft. Vielleicht hatte Vera recht gehabt, sie eignete sich nicht zur Krankenpflegerin. Jedenfalls war es ihr nicht gelungen, Oskar aus seinem Tief zu holen.
In den frühen Morgenstunden wachte sie von einem ungewohnten Geräusch auf. Es waren tapsende, hin und wieder hüpfende Schritte. Dann fiel etwas um oder herunter, und dem folgte plötzliche Stille. Sekunden später begann alles von vorn, nur kam jetzt noch ein anderes Geräusch hinzu, ein Keuchen und kurzatmiges Fluchen, als spiele sich irgendwo ein Kampf ab. Mit einem Satz war sie aus dem Bett und in seiner Tür. Ihr bot sich ein Bild der Zerstörung. Seine Augen waren weit aufgerissen, und aus den Mundwinkeln tropfte Speichel. Die offene Pyjamajacke war durchgeschwitzt, auf seinem hageren Körper zeichneten sich die Rippen gespenstisch ab. Auf dem Fußboden lagen zertrümmerte Gegenstände herum. Jetzt hüpfte er barfuß im Zimmer hin und her und schlug wild um sich, wobei eine kleine Rokoko-Uhr zu Bruch ging, als gelte es, einen imaginären Gegner zu besiegen.
Oskar, um Gottes willen, was machst du denn da?
Er ließ die Arme sinken und wandte sich ihr zu, als freue er sich, daß sie gekommen sei.

Ich habe gesiegt, sagte er und wischte sich den Schweiß von der Stirn, ich habe ihn besiegt.
Er schien nicht zu bemerken, was er angerichtet hatte. Widerstandslos ließ er sich von ihr ins Bett bringen und fiel in einen schweren Schlaf.
Es war schon Mittag, als er aufwachte. Er konnte sich an nichts mehr erinnern, und hätte er nicht mit eigenen Augen die Unordnung gesehen, die er angerichtet hatte, die Scherben und das Durcheinander auf dem Boden, er hätte Anna kein einziges Wort geglaubt. Es bedrückte sie, mit ansehen zu müssen, wie er unter der Vorstellung litt, sich nicht mehr unter Kontrolle zu haben. Daß die hohe Dosis Morphium diesen Zustand verursachte, war kein Trost für ihn, aber als ihn am Nachmittag die Schmerzen anfielen, verweigerte er die Betäubung.
Ich muß es so probieren, sagte er, aber nach kurzer Zeit gab er auf, hielt die Tortur nicht aus, schob seinen Vorsatz beiseite und nahm doch wieder die übliche Dosis.
Er war sehr schweigsam. Hin und wieder räumte er um und bat sie, allerlei wegzuwerfen, zum Beispiel Reiseerinnerungen, die er nicht mehr rekonstruieren konnte.
Sieh mal hier, sagte er und schob Anna ein vergilbtes Foto über den Tisch, auf dem er mit ihr vor einem schmiedeeisernen Portal stand.
Das ist in Ujazd aufgenommen, sagte sie, als du mich dort mit Vera besucht hast. Willst du das Foto auch wegwerfen?
Natürlich nicht.
Aber als Anna einen Augenblick wegsah, zerriß er es und warf es in den Papierkorb. Danach setzte er sich in seinen Liegestuhl auf dem Balkon. Er schlief nicht wie sonst. Er sah in die Bäume und ins Licht, bis ihm die Augen tränten. Und was noch ungewöhnlicher war, er hatte seinen Stuhl in die Sonne gerückt, die er stets zu meiden suchte.

Was hast du? fragte Anna.
Ich friere.
Soll ich mich zu dir setzen?
Ja.
Sie holte eine Wolldecke und deckte ihn zu. Dann zog sie einen Stuhl heran und setzte sich neben ihn. Obwohl er erschöpft aussah, hatte Anna das Gefühl, daß es ihm besser ging. Eine ungewohnte Ruhe lag auf seinem Gesicht.
Wollen wir ein bißchen rausfahren? schlug sie vor und war enttäuscht, als er fast entsetzt ablehnte.
Auf keinen Fall, sagte er mit der alten Aggressivität, als habe ihm Anna eine unangenehme Störung bei einer konzentrierten Arbeit zugemutet.
Stundenlang saßen sie nebeneinander auf dem Balkon, ohne daß er über Schmerzen klagte. Manchmal sah er auf die Uhr und stöhnte, daß die Zeit nicht verging. Am Abend aß er ohne Appetit, und danach wollte er weder Schach spielen noch fernsehen.
Ich bin müde, sagte er, und als er Anna zum Nachtgruß umarmte, küßte er sie auf den Mund.
Du weißt, daß ich dich liebe, nicht wahr?
Ich weiß es, aber gesagt hast du es mir heute zum erstenmal.
Er lächelte und ging in sein Zimmer. Die Tür lehnte er diesmal wieder wie gewöhnlich nur an.
Die Nacht verlief ruhig und ohne Unterbrechung. Anna schlief tief und traumlos.
Am folgenden Morgen wachte sie später auf als sonst. Oskar mußte so leise ins Bad gegangen sein, daß sie es nicht gehört hatte. Er stand immer vor ihr auf, und wenn es sein Zustand erlaubte, pflegte er für sie beide Tee zu kochen. Heute war kein Geräusch zu hören, auch nicht aus der Küche. Anna sprang in dem unguten Gefühl aus dem Bett, allein in der Wohnung zu sein.

Als sie sein Zimmer betrat, stellte sie erleichtert fest, daß er im Bett lag und schlief. Also würde sie heute den Tee kochen. Und weil es ein schöner Sommermorgen war, pflückte sie von den Balkonkästen ein paar Blüten und legte sie auf das Tablett zwischen die Tassen.
Willst du nicht aufwachen, Oskar? fragte sie fröhlich und schob die Vorhänge zurück. Erst in der strahlenden Morgensonne, die auf sein Bett fiel, bemerkte sie seine Blässe und unnatürliche Haltung.
Oskar war tot.
Seine verschlungenen Hände waren gelb und wächsern und längst kalt. Die Lippen hatte er leicht geöffnet. Es sah aus, als sei er während eines Lächelns gestorben.
Jetzt entdeckte Anna einen Zettel auf dem Nachttisch, der zwischen einem leeren Tablettenröhrchen und einem Buch klemmte.
So ist es besser, stand darauf, sonst nichts. Nicht einmal seine Unterschrift. Als wenn er sich seinen Entschluß, freiwillig in den Tod zu gehen, schriftlich bestätigen mußte, dachte Anna.
Sie nahm die Blumen vom Tablett und schob sie unter seine Hände. Eine andere Geste der Zärtlichkeit gelang ihr nicht.
Nicht sein Tod, mit dem sie ja beide gerechnet hatten, versetzte sie in diese lähmende Bestürzung, sondern die Tatsache, daß er ihre Nähe dazu nicht benötigt hatte.
Alles, was zu tun war, tat sie mechanisch, und als sie am Abend Oskars Wohnung verließ, hatte sie nicht einmal weinen können.
Die Tränen kamen erst, als sie Vera anrief und auf dem Anrufbeantworter erfuhr, daß sie mit Bosco übers Wochenende nach Paris geflogen sei, um Urs zu treffen.
Die halbe Nacht hatte Anna auf ihrer Terrasse gesessen. Vera war der einzige Mensch, mit dem sie gern geredet hätte. Vera aber war nicht da, Vera würde vielleicht nie mehr wie früher

für sie dasein, so, wie Oskar nicht mehr da war. Was blieb, war die Erinnerung, ein ganzes Leben davon voll und nicht mehr wegzudenken.
Am nächsten Morgen faßte Anna den Entschluß, Friedel Kowalek in der Klinik zu besuchen.

Lange Gänge, verschlossene Türen, die sich nur mittels eines Summers öffneten. Kontrolle über Kontrolle. Hier konnte man auf eigenen Wunsch weder rein noch raus.
Ach, Frau Kowalek, sagte eine Schwester lächelnd zu Anna, die macht uns mit ihrem Polnisch das Leben ganz schön schwer.
Wieso?
Sie spricht kein Wort Deutsch.
Friedel saß im Aufenthaltsraum am Fenster und sah hinaus. Es schien sie nicht zu kümmern, was sich um sie herum abspielte. Friedel Kowalek war mit ihrem leeren Blick und ihrem leeren Lächeln die Ruhe selbst.
Friedel, sagte Anna auf deutsch, wie geht es dir?
Keine Reaktion. Erst als Anna ihre Worte auf polnisch wiederholte, wandte Friedel den Kopf.
Gut, daß du gekommen bist, sagte sie auf polnisch, ich habe schon die ganze Zeit gewartet.
Warum?
Na, wegen der Hühner, und sie winkte Anna zu sich heran, die Stalltür will nicht aufgehen.
Hier sind keine Hühner, Friedel, was redest du da?
Sie sind eingesperrt. Der Piotr soll mir die Tür aufbrechen. Sie müssen raus, verstehst du?
Der Piotr, der ist in Ujazd, Friedel.
Wo denn sonst?
Friedel faselte weiter von den Hühnern, die aus dem Stall müßten, um nicht ihre Federn zu lassen.

Wenn der Piotr vom Feld kommt, murmelte sie, dann schick ihn zu mir, ich verlaß mich auf dich.
Und warum macht dir Tomek die Türen nicht auf?
Tomek? fragte Friedel und sah Anna an, als gäbe es keine dümmere Frage, der Tomek, der ist doch in Berlin.
Und Janka?
Die auch. Alle sind sie in Berlin.
Friedel Kowalek fing an zu weinen, laut und schluchzend wie ein Kind.
In diesem Moment betrat eine Schwester den Aufenthaltsraum, nahm Friedels Kopf und drückte ihn liebevoll an ihren Bauch.
Wer wird denn weinen, sagte sie und tätschelte ihr die Wangen, jetzt gibt's gleich Essen.
Den Sohn erkennt sie auch nicht, sagte die Schwester zu Anna, sie hält ihn für den Postboten, so sagt er jedenfalls, und die Schwiegertochter, die redet sie auch mit falschem Namen an. Sie will einfach nicht wahrhaben, daß sie in Berlin wohnt. Und wieder streichelte die Schwester Friedel Kowalek, als sei sie ein verstörtes Tier, das mit gutem Zureden zur Besinnung zu bringen war.
Komm, sagte Anna und zog Friedel aus der Umarmung der Schwester, komm, wir setzen uns ans Fenster und warten auf Piotr, damit er dir die Hühner aus dem Stall läßt, wenn er vom Feld kommt.
Friedel schob dankbar ihre Hand in die von Anna und flüsterte: Hilfst du mir nachher die Eimer über den Hof schleppen?
Natürlich helfe ich dir, und wenn du willst, besuche ich dich jeden Tag, bis du die Türen wieder von allein aufbekommst und wie früher die Eimer über den Hof tragen kannst.

Der Arzt hatte Tomek beruhigt und gesagt, die Mutter würde wieder zu sich finden, es brauche nur seine Zeit, bis sie ihre Depression überwunden habe. Man müsse Geduld haben. Im Grunde habe die Mutter den Verlust der Heimat nicht verschmerzt, die Umstellung nicht verkraftet und erst recht nicht die Abreise der Tochter.
Aber wir haben jetzt alles erreicht, was die Mutter sich wünschte, hatte Tomek erwidert, wir haben eine Wohnung, und ich habe Arbeit, und sie bekommt ihre Rente.
Darauf hatte der Arzt freundlich genickt.
Ich glaube Ihnen das, aber für Ihre Mutter war der Preis zu hoch.
Sie sollten die Mutter so oft wie möglich besuchen, hatte der Arzt empfohlen, sie müsse das Gefühl vermittelt bekommen, gebraucht zu werden. Das sei ein besseres Heilmittel als jedes Medikament und jede Behandlung in der Klinik.
Danach hatte Tomek der Mutter, die ihn für den Suszko hielt, gegenübergesessen und gesagt:
Mutter, du mußt nach Hause kommen. Ohne dich kann Renata nicht arbeiten gehen. Sie hat eine Stelle in einer Bäckerei angeboten bekommen. Aber jemand muß auf den Jungen aufpassen.
Im ersten Augenblick glaubte Tomek, sie habe ihm zugehört, habe begriffen, um was er sie bat. Aber als er die Kolonnenstraße erwähnte, verschoben sich ihre Mundwinkel und gaben ihrem Gesicht wieder diesen leeren, ein wenig blöden Ausdruck.
Ob er ihr die Post mitgebracht habe, wollte sie wissen, eine Karte aus Berlin von den Kindern oder einen Brief.
Da gab Tomek auf und umarmte die Mutter auch nicht zum Abschied. Schon einmal hatte sie deshalb so ein Gezeter gemacht, daß die halbe Station zusammengelaufen war. Vom Postboten ließe sie sich nicht umarmen, erst recht nicht vom

Suszko. Seither vermied Tomek solche Situationen, verabschiedete sich mit einem Winken oder tippte mit zwei Fingern an die Stirn, wie es Suszkos Art war zu grüßen.

Als Tomek nach Hause kam, spielte Jan im Kinderzimmer mit seinen Autos. Renata war in der Küche beschäftigt und backte im neuen Herd für die Mutter Mazurki, die sie ihr das nächste Mal mitbringen wollte.

Tomek ging durch die Wohnung. Im Zimmer von Janka und Jósef lag auf dem Fensterbrett schon ein bißchen Staub, und neben der Matratze, auf der die beiden geschlafen hatten, standen kreuz und quer die ausrangierten Möbel der Tante. Das Zimmer der Mutter dagegen war peinlichst aufgeräumt. Da war nicht ein Flusen zu finden, selbst das Bett hatte Renata frisch bezogen.

Auch das Wohnzimmer wirkte unbelebt und strömte den Geruch von Kunstleder und Möbelpolitur aus. Es war so ganz anders als das Wohnzimmer zu Hause, dessen Schrank jetzt bei den Perkas in der Stube stand. Er war aus Birkenholz, vom Großvater geerbt und mit Schnitzereien versehen, die an manchen Stellen ein wenig ramponiert waren. Dieser Schrank hier war neu, hatte Glastüren, hinter die Renata das Kaffeegeschirr und eine Kristallvase gestellt hatte, und an den Seiten waren rechteckige Spiegel eingelassen, die Tassen und Kannen doppelt und dreifach wiedergaben.

Obwohl es ein warmer Sommertag war, fröstelte Tomek. In den rechteckigen Spiegeln des Schrankes sah er sein blasses Gesicht. Er hatte das Gefühl, als stünde plötzlich die alte Jula aus Ujazd hinter ihm, obwohl sie doch schon so lange tot war. Es roch auch nicht mehr nach Kunstleder und Möbelpolitur, sondern nach Salbei, und er glaubte die Stimme der Alten zu hören.

Dem Furchtsamen rauschen alle Blätter, wisperte sie ihm ins Ohr.

Er nahm ihr Altweibergekicher so deutlich wahr, daß er herumfuhr. Da stand Renata vor ihm, um ihm einen der Mazurki zum Kosten zu bringen. Probier mal, sagte sie, ich habe sie nach einem Rezept der alten Jula gebacken.